JESSICA A. REDMERSKI

# Wenn du mich küsst, dreht die Welt sich langsamer

*Buch*

Die zwanzigjährige Camryn Bennett dachte, sie wüsste genau, wie ihr Leben verlaufen würde. Doch nach einer wilden Nacht im angesagtesten Club in Raleigh, North Carolina, überrascht sie alle und sich selbst am meisten, als sie sich dafür entscheidet, noch einmal ganz von vorne anzufangen. Sie schnappt sich ihren Geldbeutel und das Handy und kauft sich ein Ticket für einen Greyhoundbus. Sie will sich endlich selbst finden – und findet stattdessen Andrew Parrish, der den Sitz neben ihr einnimmt.

Andrew lebt ein Leben, das kein Morgen kennt. Er ist sexy, er ist aufregend, und er bringt Camryn dazu, ihren dunkelsten und geheimsten Verlangen nachzugeben. Bald ist er es, um den sich Camryns neues Leben dreht. Sie lernt die Liebe, die Lust, die Emotionen kennen, die tief in ihr schlummerten und von denen sie nie gedacht hätte, dass sie überhaupt existieren. Doch da ist mehr in Andrew, als Camryn zuerst bemerkt. Wird sein Geheimnis ihre Liebe noch stärken oder sie für immer zerstören?

*Autorin*

Jessica Redmerski lebt mit ihren drei Kindern in North Little Rock, Arkansas. Sie liebt Bücher und Fernsehen, vor allem die Serie »The Walking Dead«.

Jessica A. Redmerski

# Wenn du mich küsst, dreht die Welt sich langsamer

Roman

Aus dem Amerikanischen
von Christoph Göhler

blanvalet

Die Originalausgabe erschien 2013
unter dem Titel »The Edge of Never« bei
Grand Central Publishing Forever, London.

MIX
Papier aus verantwortungsvollen Quellen
FSC® C014496
FSC
www.fsc.org

Verlagsgruppe Random House FSC® N001967
Das FSC®-zertifizierte Papier *Holmen Book Cream*
für dieses Buch liefert Holmen Paper, Hallstavik, Schweden.

1. Auflage
Deutsche Erstausgabe Juli 2014
bei Blanvalet Verlag, einem Unternehmen der
Verlagsgruppe Random House GmbH, München

Umschlaggestaltung: © www.buerosued.de
Umschlagfoto: Getty Images/Cultura/BDLM
LH · Herstellung: sam
Satz: DTP Service Apel, Hannover
Druck und Bindung: GGP Media GmbH, Pößneck
Printed in Germany
ISBN: 978-3-442-38326-9

www.blanvalet.de

*Allen Liebenden und Träumern und all jenen gewidmet,*
*die beides noch nicht wirklich erlebt haben*

# 1

Seit zehn Minuten dreht Natalie jetzt an derselben Locke, und allmählich treibt mich das in den Wahnsinn. Kopfschüttelnd ziehe ich meinen Iced Caffè Latte an mich und presse strategisch die Lippen auf den Strohhalm. Natalie sitzt mir gegenüber, beide Ellbogen auf der kleinen runden Tischplatte, das Kinn in eine Hand gestützt.

»Mann, ist der heiß«, sagt sie und stiert dabei den Typen an, der sich eben an der Theke angestellt hat. »Ernsthaft, Cam, würdest du ihn dir wenigstens *ansehen*?«

Ich verdrehe die Augen und nehme einen Schluck von meinem Caffè Latte. »Nat«, sage ich und stelle das Glas wieder auf den Tisch, »du hast einen Freund – muss ich dich wirklich ständig daran erinnern?«

Natalie grinst mich an. »Bist du vielleicht meine Mutter?« Aber sie schafft es nicht, mich länger anzusehen, nicht solange dieser wandelnde Sexgott an der Theke Kaffee und Scones bestellt. »Außerdem hat Damon nichts dagegen, dass ich mich ein bisschen umschaue – solange ich mich jede Nacht ausschließlich für *ihn* bücke, hat er damit kein Problem.«

Ich pruste los und werde rot.

»Siehst du! *Oh-ho*«, sagt sie, und ihr Lächeln wird noch breiter. »Ich hab dich zum Lachen gebracht.« Sie beugt sich vor und versenkt eine Hand in ihrer kleinen lila Handtasche. »Das muss ich mir notieren.« Und schon zieht sie ihr Smartphone heraus und öffnet den digitalen

Kalender. »Samstag. 15. Juni.« Ihr Finger fliegt über den Bildschirm. »13 Uhr 54 – Camryn Bennett lacht über einen meiner Sex-Jokes.« Dann lässt sie das Smartphone wieder in die Handtasche fallen und sieht mich mit dieser nachdenklichen Miene an, die sie immer bekommt, kurz bevor sie auf Therapiemodus schaltet. »Schau ihn wenigstens einmal kurz an«, bittet sie mich ganz ernst.

Ihr zuliebe drehe ich das Kinn so weit zur Seite, dass ich einen verstohlenen Blick auf den Typen werfen kann. Er geht gerade von der Kasse ans andere Ende der Theke, wo er sein Getränk von der Marmorplatte zieht. Groß. Perfekt gemeißelte Wangenknochen. Hypnotisierende grüne Augen und nach oben gegelte braune Haare.

»Stimmt«, gebe ich zu und sehe Natalie wieder an. »Er ist heiß. Na und?«

Natalie muss ihm nachschauen, bis er durch die Glastür hinausgegangen und draußen an unserem Fenster vorbeigeschlendert ist, bevor sie mich wieder ansehen und antworten kann.

»O. Mein. Gott«, verkündet sie mit weit aufgerissenen Augen und absolut ungläubig.

»Es ist nur ein Kerl, Nat.« Ich nehme den Strohhalm wieder zwischen die Lippen. »Warum lässt du dir nicht gleich ›sexbesessen‹ auf die Stirn tätowieren? Du sabberst ja schon, so notgeil bist du.«

»Machst du *Witze*?« Sie sieht mich mit blankem Entsetzen an. »Camryn, du hast ernsthafte Probleme. Das ist dir doch klar, oder?« Sie drückt sich gegen die Rückenlehne. »Du musst deine Medikamente aufstocken. Ganz im Ernst.«

»Ich nehme schon seit April keine mehr.«

»Was? *Warum*?«

»Weil das lächerlich ist«, erkläre ich ihr ganz sachlich.

»Ich habe keine Selbstmordabsichten, also brauche ich sie auch nicht zu nehmen.«

Sie sieht mich kopfschüttelnd an und verschränkt die Arme. »Glaubst du wirklich, dass sie dieses Zeug nur Leuten verschreiben, die sich umbringen wollen? Von wegen.« Sie zielt kurz mit dem Zeigefinger auf mich und versteckt ihn dann wieder in der Armbeuge. »Die Dinger sollen irgendwelche chemischen Prozesse wieder ins Gleichgewicht bringen oder irgend so eine Scheiße.«

Ich muss tatsächlich schmunzeln. »Ach wirklich? Seit wann kennst du dich so gut mit psychischen Krankheiten aus und weißt, welches Mittel man bei den vielen hundert verschiedenen Diagnosen einsetzt?« Meine Braue hebt sich gerade weit genug, um ihr zu demonstrieren, wie genau ich weiß, dass sie keinen Schimmer hat, wovon sie redet.

Als sie nichts sagt, sondern stumm die Nase rümpft, erkläre ich ihr: »Irgendwann werde ich von ganz allein über alles wegkommen. Ich brauche keine Pillen, die das für mich übernehmen.« Zu Beginn klang meine Erklärung ganz freundlich, aber beim letzten Satz hat sie unerwartet einen bitteren Beigeschmack bekommen. So was passiert mir dauernd.

Natalie seufzt, und das Lächeln auf ihrem Gesicht erlischt.

»Entschuldige.« Ich habe ein schlechtes Gewissen, weil ich sie so angefahren habe. »Hör zu, ich weiß, dass du recht hast. Ich gebe ja zu, dass ich zurzeit emotional angeknackst bin und manchmal echt nervig sein kann …«

»*Manchmal?*«, murmelt sie vor sich hin, aber mit einem Grinsen, das mir zeigt, dass sie mir schon wieder verziehen hat.

Auch das passiert uns dauernd.

Ich erwidere ihr Lächeln, so gut ich kann. »Ich will die Antworten eben selbst finden, verstehst du?«

»Was für *Antworten*?« Ich nerve sie schon wieder. »Cam«, sagt sie und legt dabei den Kopf schief, um philosophischer zu wirken. »Ich sage das nur ungern, aber irgendwann fliegt jeder von uns mal in die Scheiße. Trotzdem müssen wir alle drüber wegkommen. Und am besten lässt du so was hinter dir, wenn du Sachen tust, die dich glücklich machen.«

Okay, vielleicht ist sie gar nicht so schlecht als Therapeutin.

»Ich weiß, du hast ja recht«, gebe ich zu, »aber …«

Natalie zieht eine Braue hoch und wartet ab. »Aber was? Los, raus mit der Sprache!«

Ich schaue kurz die Wand an und lasse mir meine Antwort durch den Kopf gehen. In letzter Zeit sitze ich oft rum, denke über das Leben nach und zerbreche mir den Kopf über alle möglichen Dinge. Selbst jetzt. Im Café mit diesem Mädchen, das ich schon ewig kenne. Gestern habe ich darüber nachgedacht, was mich eigentlich dazu treibt, jeden Tag zur selben Zeit aufzustehen und genau dasselbe zu tun wie am Tag zuvor. Warum tue ich das? Was zwingt uns dazu, all das zu tun, was wir tun, wenn doch gleichzeitig etwas in uns steckt, das sich von alldem losreißen will?

Ich sehe von der Wand wieder auf meine beste Freundin, die garantiert nicht verstehen wird, was ich jetzt sage, aber weil es um jeden Preis rausmuss, sage ich es trotzdem: »Hast du dir schon mal überlegt, wie es wäre, mit dem Rucksack um die Welt zu reisen?«

Natalies Gesicht erschlafft. »Ähm, eigentlich nicht«, sagt sie. »Das könnte ganz schön … scheiße werden.«

»Denk doch mal darüber nach.« Ich beuge mich über

den Tisch und konzentriere mich auf sie. »Nur du und ein Rucksack mit dem Nötigsten. Keine Rechnungen. Nicht mehr jeden Morgen zur selben Zeit aufstehen müssen, um arbeiten zu gehen, obwohl dein Job dich ankotzt. Nur du und die Welt, die vor dir liegt. Nicht zu wissen, was der Tag bringen wird, wen du kennenlernen wirst, was du mittags essen oder wo du abends schlafen wirst.« Mir ist klar, dass ich möglicherweise ebenfalls ein bisschen besessen wirke, nachdem ich mich so in meinen Fantasien verloren habe.

»Du machst mir echt Angst«, sagt Natalie und sieht mich unsicher über den kleinen Tisch hinweg an. Ihre hochgezogene Braue senkt sich wieder auf eine Höhe mit der anderen, und dann sagt sie: »Und ständig musst du zu Fuß irgendwohin gehen, und jederzeit kann dich jemand vergewaltigen, ermorden und in den Straßengraben werfen. Ach ja, und außerdem musst du ständig zu Fuß gehen …«

Sie hält mich eindeutig für verrückt.

»Wie kommst du überhaupt auf so was?«, fragt sie und nimmt einen Schluck Kaffee. »Für mich hört sich das schwer nach Midlife-Crisis an – dabei bist du erst zwanzig.« Sie zielt wieder mit dem Finger auf mich, als wollte sie den nächsten Satz unterstreichen. »Und du hast in deinem ganzen Leben noch kaum eine Rechnung bezahlt.«

Wieder nimmt sie einen Schluck Kaffee; begleitet von einem ekligen Schlürfgeräusch.

»Vielleicht noch nicht«, sage ich nachdenklich. »Aber das werde ich *müssen*, wenn wir erst zusammenziehen.«

»Wie wahr.« Sie trommelt mit den Fingerspitzen gegen ihren Becher. »Alles halbe-halbe – warte mal, du machst doch nicht etwa einen Rückzieher?« Sie erstarrt in der Bewegung und sieht mich misstrauisch an.

»Nein, ich bin immer noch dabei. Nächste Woche ziehe ich bei meiner Mom aus und bei einer Schlampe ein.«

»Selber Schlampe!«, lacht sie.

Ich lächle kurz und versinke wieder in meinen Tagträumen, mit denen sie, genau wie ich erwartet habe, nichts anfangen kann. Schon vor Ians Tod habe ich irgendwie immer ein wenig über den Horizont hinausgedacht. Statt rumzusitzen und Sexpositionen auszutüfteln, wie Natalie sie sich gern mit Damon ausmalt, mit dem sie seit fünf Jahren zusammen ist, mache ich mir Gedanken über Dinge, die wirklich zählen. Wenigstens in meiner Welt. Wie sich in anderen Ländern wohl die Luft auf meiner Haut anfühlen würde, wie der Ozean riecht, warum mir so oft der Atem stockt, wenn ich Regen höre. *»Mein Gott, bist du tiefgründig.«* So hat Damon mich schon mehr als einmal aufgezogen.

»O Mann«, sagt Natalie. »Du bist ein echter Stimmungskiller, weißt du das?« Ohne den Strohhalm aus den Lippen zu lassen, schüttelt sie den Kopf. »Komm mit«, sagt sie im nächsten Augenblick und steht auf. »Mir reicht es mit diesem philosophischen Quatsch, und in kuscheligen Cafés zu sitzen macht dich dafür offenbar nur anfälliger – wir gehen heute Abend ins Underground.«

»Was? Da gehe ich auf gar keinen Fall hin.«

»O. Doch.« Sie wirft ihren leeren Pappbecher in hohem Bogen in den Mülleimer und packt mich am Handgelenk. »Heute kommst du mit, denn immerhin bist du meine beste Freundin, und *noch* ein Nein akzeptiere ich nicht.« Ein breites Lächeln zieht sich über ihr leicht gebräuntes Gesicht.

Ich weiß, dass es ihr ernst ist. Es ist ihr immer ernst, wenn sie so schaut: begeistert und entschlossen zugleich. Wahrscheinlich ist es am einfachsten, wenn ich dieses eine Mal mitgehe und die Sache hinter mich bringe, weil sie sonst nie Ruhe geben wird. So was ist ein notwendiges Übel, wenn man einen Quälgeist als beste Freundin hat.

Ich stehe auf und hänge mir den Riemen meiner Handtasche über die Schulter.

»Es ist erst zwei Uhr nachmittags«, sage ich. Nach einem letzten Schluck Caffè Latte werfe ich meinen Becher in denselben Mülleimer.

»Schon, aber erst müssen wir dir ein neues Outfit besorgen.«

»O nein«, bekunde ich entschlossen, während sie mich durch die Glastür in die leichte Sommerbrise führt. »Es reicht völlig, dass ich mit dir ins Underground gehe. Ich weigere mich, einkaufen zu gehen. Ich habe genug anzuziehen.«

Natalie hakt sich bei mir ein, während wir auf dem Gehweg an einer Reihe von Parkuhren vorbeigehen. Sie sieht mich lächelnd an. »Na schön. Aber dafür musst du wenigstens was aus *meinem* Kleiderschrank anziehen.«

»Was gefällt dir nicht an meinen Sachen?«

Sie kneift die Lippen zusammen und zieht das Kinn ein, als könnte sie nicht verstehen, wie ich eine so lächerliche Frage stellen kann. »Es ist das *Underground*«, erklärt sie, als wäre damit alles gesagt.

Okay, sie hat nicht ganz unrecht. Natalie und ich sind zwar beste Freundinnen, aber bei uns trifft das Sprichwort zu, dass Gegensätze sich anziehen. Sie ist ein Rockergirl und seit *Fight Club* in Jared Leto verknallt. Ich bin eher locker und trage kaum dunkle Sachen, wenn ich nicht gerade zu einer Beerdigung gehe. Nicht dass Natalie nur Schwarz tragen würde oder so eine Emo-Haar-Geschichte am Laufen hätte. Aber sie würde lieber tot umfallen, als was aus *meinem* Kleiderschrank anzuziehen, weil sie meine Sachen viel zu unauffällig findet. Ich bin da anderer Meinung. Ich weiß durchaus, wie ich mich anziehen muss, und die Jungs hatten noch nie ein Problem mit dem, was ich so trage – wie ich feststellen konnte, als ich noch darauf achtete, wie sie meinen Hintern in meinen Lieblingsjeans abcheckten.

Aber weil das Underground eher was für Leute wie Natalie ist, muss ich es wohl ertragen, mich für eine Nacht wie sie zu kleiden, wenn ich nicht auffallen will. Sonst bin ich keine Mitläuferin. War ich nie. Aber ich bin lieber ein paar Stunden jemand, der ich eigentlich nicht bin, als heute Abend alle Blicke auf mich zu ziehen.

Natalies Zimmer ist das absolute Gegenteil von klinisch sauber. Auch darin sind wir total unterschiedlich. Ich hänge meine Sachen nach Farben geordnet auf. Sie lässt ihre wochenlang in dem Korb unten an ihrem Bett liegen und wirft sie dann wieder in den Wäschesack, um sie noch mal zu waschen, weil alles komplett verknittert ist. Ich glaube nicht, dass sie in ihrem Zimmer je Staub gewischt hat, es sei denn, man rechnet es als Staubwischen, dass sie alle heiligen Zeiten eine fingerdicke Schmutzschicht von der Tastatur ihres Notebooks fegt.

»Das hier sieht bestimmt super an dir aus.« Natalie hält ein dünnes, kurzärmliges weißes T-Shirt mit der Aufschrift *Scars on Broadway* in die Höhe. »Das sitzt knalleng und schmiegt sich perfekt um deine Titten.« Sie hält das T-Shirt vor meine Brust und erwägt prüfend, wie ich wohl darin aussehe.

Unzufrieden mit ihrer ersten Wahl, fauche ich sie an.

Sie verdreht ärgerlich die Augen, und ihre Schultern sacken nach unten. »Na schön«, sagt sie und wirft das T-Shirt aufs Bett. Sie taucht mit einer Hand in den

Schrank, holt das nächste T-Shirt heraus und präsentiert es mit einem strahlenden Lächeln, das gleichzeitig eines ihrer überzeugendsten Manipulationsmittel ist. Breites strahlendes Lächeln heißt für mich: Ich will sie in ihren Bemühungen nicht enttäuschen.

»Hast du auch was ohne Aufdruck?«, frage ich sarkastisch.

»Aber das ist *Brandon Boyd*«, sagt sie und sieht mich mit riesigen Augen an. »Wie kann jemand Brandon Boyd nicht mögen?«

»Brandon Boyd ist schon in Ordnung«, sage ich, »ich habe bloß keine Lust, auf meiner Brust Werbung für ihn zu machen.«

»Ich hätte ihn lieber *selbst* auf meiner Brust«, sagt sie und betrachtet sehnsüchtig das T-Shirt mit dem V-Ausschnitt, das bestimmt genauso eng anliegt wie das, das sie mir zuerst gezeigt hat.

»Dann zieh *du* es doch an.«

Sie mustert mich nachdenklich und nickt, als würde sie sich mit dem Gedanken anfreunden. »Ich glaube, das mach ich.« Sie zieht sich das Top, das sie gerade trägt, über den Kopf, wirft es in den Wäschekorb neben dem Schrank und zerrt dann Brandon Boyds Gesicht über ihre riesigen Brüste.

»Sieht gut an dir aus«, stelle ich fest und schaue zu, wie sie sich in Position stellt und aus verschiedenen Blickwinkeln ihr Spiegelbild bewundert.

»O ja, das tut er«, sagt sie.

»Aber was wird Jared Leto dazu sagen?«, necke ich sie.

Natalie lacht kurz auf, wirft ihr langes dunkles Haar zurück und greift nach der Haarbürste. »Jared bleibt trotzdem meine Nummer eins.«

»Und was ist mit Damon, du weißt schon, deinem nicht imaginären Freund?«

»Hör auf«, sagt sie und sieht mich im Spiegel an. »Ständig musst du mich wegen Damon verarschen …« Sie hält mitten im Bürsten inne und dreht sich mit dem Oberkörper zu mir um. »Stehst du auf ihn oder was?«

Mein Kopf schnellt hoch, und ich kann spüren, wie sich meine Brauen zusammenziehen. »Nein, Nat! Wie kommst du auf so was?«

Natalie lacht und bürstet sich weiter die Haare. »Heute Abend suchen wir dir einen Kerl. Du brauchst einen Mann. Der dich aus deinem Loch holt.«

Mein Schweigen verrät ihr, dass sie zu weit gegangen ist. Ich hasse es, wenn sie mir so kommt. Warum muss jeder mit irgendwem zusammen sein? Das ist nichts als eine idiotische Illusion und eine echt erbärmliche Einstellung.

Sie legt die Bürste wieder auf die Kommode, dreht sich zu mir um und sieht mich schwer seufzend und mit absolut ironiefreier Miene an. »Ich weiß, ich soll so was nicht sagen – pass auf, ich schwöre dir, dass ich dich nicht verkuppeln werde, okay?« Sie hebt kapitulierend die Hände.

»Ich glaube dir.« Angesichts ihrer aufrichtigen Beteuerung gebe ich nach. Natürlich ist mir klar, dass ein solches Versprechen sie nicht wirklich bremsen kann. Vielleicht wird sie nicht versuchen, mich persönlich zu verkuppeln, aber sie braucht nur einmal mit ihren dunklen Wimpern zu schlagen, um Damon auf irgendeinen Typen im Club aufmerksam zu machen, und dann weiß Damon schon selbst, was er zu tun hat.

Dabei brauche ich gar keine Hilfe. Weil ich mit niemandem zusammen sein *will*.

»Oh«, sagt Natalie, den Kopf im Kleiderschrank. »Das hier ist perfekt!« Sie dreht sich um, und an ihrem Finger baumelt an einem Bügel ein weites Top mit ausgeschnittenen Schultern. Auf der Vorderseite steht SINNER.

»Das hab ich bei Hot Topic gefunden«, sagt sie und zieht es vom Bügel.

Weil ich das T-Shirt-Casting nicht unnötig in die Länge ziehen will, ziehe ich mein eigenes Shirt aus und nehme ihr das T-Shirt ab.

»Schwarzer BH«, stellt sie fest. »Gute Wahl.«

Ich ziehe das Top über und betrachte mich im Spiegel.

»Ja? Sag schon«, sagt sie und stellt sich mit einem breiten Lächeln hinter mich. »Es gefällt dir, oder?«

Ich erwidere ihr Lächeln und begutachte dann den Saum des Shirts, der ein Stück über meinen Hüften schwebt.

Und dann stelle ich fest, dass auf dem Rücken SAINT steht.

»Okay«, sage ich. Dann gehe ich heute eben als sündige Heilige. »Es gefällt mir wirklich.« Ich drehe mich um und ziele ernst mit dem Finger auf sie. »Aber nicht so gut, als dass ich sofort deinen ganzen Schrank durchwühlen müsste, also mach dir keine Hoffnungen. Ich stehe auf meine niedlichen Hemden, vielen Dank auch.«

»Ich habe nie behauptet, dass deine Sachen nicht niedlich wären, Cam.« Sie kommt auf mich zu und lässt grinsend den BH-Träger auf meinen Rücken schnalzen. »Du siehst immer verflucht sexy aus, Kleine – wenn ich nicht mit Damon zusammen wäre, wärst du absolut mein Fall.«

Mir bleibt der Mund offen stehen. »Du bist echt krank, Nat!«

»Ich weiß«, sagt sie, während ich wieder in den Spiegel

schaue, und ich höre das teuflische Lächeln in ihrer Stimme. »Aber so ist es. Ich habe dir das schon öfter gesagt, und das war kein Spaß.«

Ich schüttele nur den Kopf und greife lächelnd nach der Haarbürste. Natalie war schon einmal, während einer kurzen Trennungsphase mit Damon, mit einem Mädchen zusammen. Aber damals behauptete sie, sie sei »viel zu schwanzfixiert« (ihre Worte, nicht meine), als dass sie auf längere Sicht mit einem Mädchen zusammen sein könnte. Natalie ist keine *echte* Schlampe – wer sie so nennt, fängt sich eine –, aber als Freundin ist sie der feuchte Traum jedes Jungen, so viel steht fest.

»Und jetzt werde ich dich schminken«, sagt sie und stellt sich neben mich an die Kommode.

»Nein!«

Natalie stemmt die Hände in ihre Wespentaille und sieht mich mit aufgerissenen Augen an, als wäre sie meine Mom und ich ihr frech gekommen.

»Willst du es auf die harte Tour?«, fragt sie und durchbohrt mich dabei mit ihrem Blick.

Ich kapituliere und lasse mich auf den Stuhl vor der Kommode fallen.

»Meinetwegen«, sage ich und hebe das Kinn an, um ihr vollen Zugriff auf mein Gesicht zu geben, das sich für sie in diesem Moment in eine leere Leinwand verwandelt. »Aber keine beschissenen Waschbärenaugen, okay?«

Energisch umfasst sie mit einer Hand mein Kinn. »Mademoiselle«, entrüstet sie sich und versucht, dabei ernst zu bleiben. »Eine *Künstler* wie isch«, deklamiert sie dramatisch mit grauenvollem französischem Akzent und schwenkt die freie Hand, »braucht Ru'e zum Arbeiten! Glauben Sie, Sie sind 'ier in eine Beautysalon in Detroit?«

Als sie mit mir fertig ist, hat sie mich praktisch in ihr

Spiegelbild verwandelt. Bis auf die großen Brüste und das seidig braune Haar. Meine Haare haben von Natur aus jenes Blond, für das manche Mädchen eine schöne Stange Geld beim Friseur lassen, und sie fallen mir bis auf den Rücken. Zugegeben, in der Abteilung Haare habe ich Glück gehabt. Natalie beharrt darauf, dass meine Haare besser aussehen, wenn ich sie offen trage, also trage ich sie offen. Sie kann ungeheuer überzeugend sein …

Und sie hat mir keine Waschbärenaugen verpasst, auch wenn sie nicht mit dunklem Lidschatten gespart hat. »Dunkle Augen zu blondem Haar«, lautete ihr Kommentar, während sie dicke Lagen von schwarzem Mascara auftrug. »Das ist sexy und heiß.« Und ganz offensichtlich waren ihr meine kleinen Sandalen mit den offenen Zehen nicht gut genug, denn sie zwang mich, sie abzustreifen und dafür ein Paar ihrer spitzen Stiefel mit Absatz anzuziehen, die sich wie angegossen um die Beine meiner Jeans schmiegen.

»Das nenne ich eine sexy Bitch«, sagt sie und mustert mich dabei von Kopf bis Fuß.

»Du bist mir hierfür was schuldig«, erwidere ich.

»Hä? *Ich* bin *dir* was schuldig?« Sie legt den Kopf schief. »Nein, Süße, das glaube ich nicht. Morgen früh wirst du mir was schuldig sein, denn du wirst dich königlich amüsieren und mich anbetteln, dich öfter mitzunehmen.«

Ich verschränke die Arme, stelle einen Fuß aus und fixiere sie mit einem ironischen halben Lächeln. »Das bezweifle ich schwer«, sage ich. »Aber ich werde meine Zweifel zurückstellen und hoffen, dass ich mich wenigstens ziemlich gut amüsieren werde.«

»Gut«, sagt sie und schlüpft in ihre Stiefel. »Und jetzt raus hier; Damon wartet schon auf uns.«

# 2

Wir schaffen es bis Anbruch der Dunkelheit zum Underground, aber erst nachdem wir in Damons auffrisiertem Pick-up die halbe Stadt abgefahren und dabei mehrere Zwischenstopps eingelegt haben. Immer wieder biegt er in eine Garagenauffahrt, verschwindet für drei, vier Minuten im Haus und taucht dann ohne ein Wort der Erklärung wieder auf. Jedenfalls erzählt er nicht, was er drinnen gemacht hat oder mit wem er geredet hat – irgendwelche gewöhnlichen Sachen, die diese Besuche zu was Normalem machen würden. Aber an Damon ist kaum was gewöhnlich oder normal. Ich mag ihn wirklich. Ich kenne ihn fast so lange wie Natalie, doch an seine Drogengeschichten habe ich mich nie gewöhnen können. Er baut in seinem Keller Unmengen von Gras an, aber er ist kein Kiffer. Tatsächlich würde kein Mensch außer mir und ein paar engen Freunden auf die Idee kommen, dass ein heißer Typ wie Damon Winters Gras anbaut, weil die meisten Leute, die so etwas tun, eher abgefuckt aussehen und mit ihren Frisuren irgendwo zwischen den Siebzigern und Neunzigern hängen geblieben sind. Wenn jemand nicht abgefuckt aussieht, dann Damon – er könnte als Alex Pettyfers jüngerer Bruder durchgehen. Und Damon meint, dass ihm Gras nichts gibt. Nein, Damons Droge der Wahl ist Kokain, und er baut das Gras nur an und verkauft es, um damit seinen Kokainkonsum zu finanzieren.

Natalie tut so, als wäre das alles völlig harmlos. Sie weiß, dass Damon nicht selbst kifft, und behauptet, dass Gras eigentlich gar nicht so schlimm ist und dass sie kein Problem damit hat, wenn Damon anderen hilft, ein bisschen zu chillen und zu relaxen.

Allerdings will sie auf keinen Fall wahrhaben, dass sein Gesicht deutlich öfter mit weißem Schnee in Berührung kommt als mit irgendeinem Teil ihres Körpers.

»Okay, du wirst heute Abend Spaß haben, verstanden?« Natalie drückt mit ihrem Hintern die Autotür zu, nachdem ich ausgestiegen bin, und sieht mich dann mit milder Verzweiflung an. »Kämpf wenigstens nicht dagegen an, und *versuch* dich zu amüsieren.«

Ich verdrehe die Augen. »Nat, ich versuche doch nicht absichtlich, keinen Spaß zu haben«, sage ich. »Ich *will* mich doch amüsieren.«

Damon kommt auf unsere Seite des Wagens und legt uns beiden den Arm um die Taille. »Ich will heute mit zwei heißen Chicks im Arm einmarschieren.«

Natalie rammt ihm mit gespielter Empörung den Arm in die Rippen. »Halt den Mund, Baby. Sonst machst du mich noch eifersüchtig.« Und im nächsten Moment grinst sie schon wieder verzückt zu ihm auf.

Damon senkt seine Hand von ihrer Taille auf ihre Arschbacke. Sie stößt einen widerlichen Stöhnlaut aus und stellt sich auf die Zehenspitzen, um ihn zu küssen. Am liebsten würde ich ihnen raten, auf der Stelle heimzufahren und ins Bett zu hüpfen, aber das wäre nur Energieverschwendung.

Das Underground ist der heißeste Club in der Gegend, aber man findet ihn nicht im Telefonbuch. Nur Leute wie wir wissen, dass es ihn gibt. Ein Typ namens Rob hat vor zwei Jahren ein verlassenes Lagerhaus angemietet und seinem reichen Dad etwa eine Million abgeschwatzt, um es in einen geheimen Club zu verwandeln. Und seit zwei Jahren läuft der Laden wie verrückt; inzwischen gilt er als Geheimtipp, weil hier die hiesigen Rockstars inmitten von kreischenden Fans und Groupies ihre erotischen Rock-'n'-Roll-Träume ausleben können. Dabei wirkt der Laden absolut nicht runtergekommen. Von außen glaubt man zwar, vor einer leer stehenden Ruine in einem halb aufgegebenen Gewerbeviertel zu stehen, aber hinter den Mauern versteckt sich ein edler Hardrock-Nightclub mit blitzenden Stroboskoplampen, knapp gekleideten Bedienungen und einer Bühne, die so groß ist, dass zwei Bands gleichzeitig darauf spielen könnten.

Damit der Club nicht allzu bekannt wird, müssen die Besucher woanders parken und zu Fuß herkommen, weil ein »verlassenes« Lagerhaus, vor dem reihenweise Autos stehen, sofort Verdacht erregen würde.

Wir parken hinter einem McDonald´s in der Nähe und spazieren ungefähr zehn Minuten durch die verlassenen Straßen.

Natalie löst sich von Damons rechter Seite und drängt sich zwischen uns, aber nur damit sie mich auf dem Weg zum Club ein bisschen quälen kann.

»Also schön«, beginnt sie, als würde sie gleich eine Liste von Verhaltensregeln abhaken. »Wenn dich jemand fragt, bist du Single, okay?« Sie droht mir mit dem Finger. »Nicht, dass du wieder so was abziehst wie bei dem Typen, der dich bei Office Depot anquatschen wollte.«

»Wolltest du da Schreibpapier kaufen?«, fragt Damon lachend.

»Damon, der Typ war total scharf auf sie«, erzählt Natalie, so als wäre ich nur noch Luft. »Ich meine, sie hätte nur einmal mit den Wimpern klimpern müssen, und er hätte ihr ein Auto gekauft – und weißt du, was sie zu ihm gesagt hat?«

Ich schicke einen Blick zum Himmel und ziehe meinen Arm aus ihrem Griff. »Du bist so doof, Nat. Es war ganz anders.«

»Stimmt, Baby«, sagt Damon. »Ein Typ, der bei Office Depot arbeitet, kauft niemandem ein Auto.«

Natalie haut ihm im Spaß auf die Schulter. »Ich hab nicht gesagt, dass er dort gearbeitet hat – jedenfalls sah der Typ aus, als wäre er das Ergebnis einer Liebesnacht von … Adam Levine mit …«, sie lässt den Zeigefinger über ihrem Kopf kreisen, bis sich ein weiterer berühmter Name auf ihrer Zunge materialisiert, »… Jensen Ackles, aber als er Miss *Prüde* hier nach ihrer Nummer fragt, erklärt sie ihm, dass sie lesbisch wäre.«

»Ach, halt die Klappe, Nat!« Ihre krankhafte Übertreibungssucht ärgert mich. »Er hat wie keiner von beiden ausgesehen. Er war ganz normal, nur nicht ganz so hässlich wie die meisten anderen Typen.«

Sie bringt mich mit einem Wink zum Schweigen und wendet sich wieder an Damon. »Auch egal. Jedenfalls lügt sie sogar, um die Männer auf Abstand zu halten. Ich würde ihr jederzeit zutrauen, dass sie behauptet, sie hätte Chlamydien oder Filzläuse, nur um einen Typen in die Flucht zu schlagen.«

Damon lacht.

Ich bleibe auf dem dunklen Gehweg stehen, verschränke die Arme und kaue wütend auf meiner Unterlippe.

Natalie merkt, dass ich nicht mehr an ihrer Seite bin, und kommt zu mir zurückgelaufen. »Schon gut! Schon gut! Ich will doch nur nicht, dass du dir alles kaputtmachst, verstehst du? Ich bitte dich nur, nicht sofort die Stacheln auszufahren, wenn dich jemand anspricht, der nicht gerade aussieht wie der Glöckner von Notre-Dame. Es ist nichts dabei, ein bisschen zu quatschen und sich gegenseitig kennenzulernen. Schließlich verlange ich nicht von dir, gleich mit ihm nach Hause zu gehen.«

Ich hasse sie schon jetzt dafür. Sie hat es mir versprochen!

Damon taucht hinter ihr auf, legt die Hände an ihre Taille und drückt den Mund in ihren sich windenden Nacken.

»Vielleicht lässt du sie einfach ihr Ding machen, Baby. Rück ihr nicht immer so auf die Pelle.«

»Danke, Damon«, sage ich mit einem knappen Nicken.

Er zwinkert mir zu.

Natalie kneift die Lippen zusammen und sagt: »Du hast recht.« Dann hebt sie die Hände. »Ich sage nichts mehr. Ehrenwort.«

*Klar, als hätte ich das nicht schon mal gehört …*

»Gut«, sage ich, und wir setzen uns wieder in Bewegung. Diese Stiefel bringen mich jetzt schon um.

Der Oger am Eingang des Clubs hat die dicken Arme fest verschränkt und inspiziert uns eingehend.

Dann streckt er eine Hand vor.

Natalies Gesicht verzerrt sich empört. »Was soll das? Verlangt Rob jetzt Eintritt?«

Damon greift in seine hintere Hosentasche, zückt die Brieftasche und zupft ein paar Scheine heraus.

»Zwanzig pro Nase«, grunzt der Oger.

»Zwanzig? Willst du mich verarschen?«, kreischt Natalie.

Damon schiebt sie sanft zur Seite und klatscht drei Zwanziger in die Hand des Ogers. Der Oger steckt das Geld ein und tritt beiseite, um uns vorbeizulassen. Ich gehe voran, und Damon setzt seine Hand auf Natalies Rücken, um sie an dem Oger vorbeizuschieben.

Sie knurrt ihn im Vorbeigehen an. »Wahrscheinlich steckt er das Geld selbst ein«, behauptet sie. »Ich werde mich bei Rob erkundigen.«

»Komm schon«, sagt Damon, und wir marschieren durch den langen, trostlosen und von einer einsamen Neonröhre erhellten Gang bis zu dem Lastenaufzug am anderen Ende.

Das eiserne Scherengitter schließt sich laut scheppernd, und wir rumpeln abwärts ins Kellergeschoss. Es geht nur ein Stockwerk tiefer, aber der Aufzug klappert so, dass ich Angst kriege, er könnte jede Sekunde abstürzen und uns in den Tod reißen. Laute, wummernde Beats, vermischt mit dem Gebrüll von betrunkenen Collegestudenten und wahrscheinlich noch mehr Studienabbrechern, schallen durch die Kellerdecke in den Aufzugkäfig und verstärken sich mit jeder Sekunde, die wir in die Eingeweide des Clubs absteigen. Der Aufzug kommt rüttelnd zum Stehen, und der nächste Oger öffnet das Scherengitter, um uns rauszulassen.

Natalie rempelt mich von hinten an. »Jetzt mach schon!«, drängelt sie fröhlich und schubst mich vorwärts. »Ich glaube, da spielt gerade Four Collision!« Ihre Stimme erhebt sich über die Musik, während wir dem Clubraum zustreben.

Natalie nimmt Damon an der Hand und versucht auch meine Hand zu packen, aber ich weiß, was sie vorhat, und ich werde mich mit diesen dämlichen Stiefeln auf gar keinen Fall in eine Horde hüpfender, verschwitzter Leiber stürzen.

»Jetzt *komm schon*!«, quengelt sie. Dann kerbt sich rund um ihre Nase eine ärgerliche Falte ein, sie grapscht nach meiner Hand und zieht mich zu sich her. »Stell dich nicht so an! Falls dich jemand umwirft, trete ich ihm persönlich in den Arsch, okay?«

Damon grinst mich von der Seite her an.

»Na gut!«, schreie ich und wage mich mit ihnen auf die Tanzfläche, hauptsächlich weil Natalie mir praktisch die Finger aus den Gelenken zerrt.

Wir hüpfen ein bisschen herum, und nachdem Natalie eine Weile ihre Hüfte an meiner gerieben hat, damit ich mich nicht ausgeschlossen fühle, so wie es jede gute Freundin tun würde, taucht sie langsam in Damons Welt ab. Eigentlich könnten sie es gleich hier auf der Tanzfläche treiben, aber das fällt niemandem auf. Nur mir, weil ich wahrscheinlich das einzige Mädchen im ganzen Club bin, das ohne Date hier ist und es ihnen nicht gleichtut. Ich nutze die Gelegenheit, um mich zu verziehen und den Weg zur Bar einzuschlagen.

»Was darf's sein?«, fragt der große Blonde hinter der Theke, als ich mich auf die Zehen stelle und auf den freien Barhocker klettere.

»Rum-Cola.« Er macht sich an die Arbeit. »Heute was Hartes, wie?«, fragt er, während er das Glas mit Eis auffüllt. »Zeigst du mir deinen Ausweis?« Er grinst.

Ich mache einen Schmollmund. »Sicher, sobald du mir deine Ausschanklizenz gezeigt hast.« Ich grinse genauso breit, und er muss lächeln.

Er mixt den Drink fertig und schiebt ihn mir rüber.

»Ich trinke sowieso nicht viel«, sage ich und ziehe kurz am Strohhalm.

»Nicht viel?«

»Na schön, heute Abend brauche ich ein bisschen was.« Ich stelle das Glas ab und spiele an der Limettenscheibe herum, die am Glasrand klemmt.

»Und warum?«, fragt er und wischt dabei die Theke mit einem Papiertuch trocken.

»Moment mal!« Ich recke einen Finger hoch. »Bevor du auf falsche Gedanken kommst – ich sitze nicht hier, weil ich dir mein Herz ausschütten will. Ich brauche keine Barkeeper-Therapiestunde.« Natalie reicht mir völlig als Therapeutin.

Er lacht und wirft das Küchentuch irgendwo hinter die Theke.

»Das ist gut, weil ich nicht so der Ratgeber bin.«

Ich nehme noch einen Schluck, und diesmal beuge ich mich vor, statt das Glas anzuheben; sofort fallen mir die offenen Haare ins Gesicht. Ich richte mich wieder auf und klemme eine Strähne hinters Ohr. Ich hasse es, das Haar offen zu tragen; der Effekt ist nicht die Mühe wert.

»Also, wenn du es unbedingt wissen willst«, sage ich und sehe ihn dabei an, »ich wurde von meiner gnadenlosen besten Freundin hergeschleift, die wahrscheinlich peinliche Fotos von mir im Schlaf geschossen und mich damit erpresst hätte, wenn ich nicht freiwillig mitgekommen wäre.«

»Ach, eine von denen.« Er legt die Arme auf die Theke und faltet die Hände. »So einen Freund hatte ich auch mal. Sechs Monate nachdem meine Verlobte mich sitzen gelassen hatte, hat er mich in einen Club in der Nähe von Baltimore geschleppt – obwohl ich viel lieber zu Hause gehockt und in meinem Elend gebadet hätte; aber dann stellte sich raus, dass ich genau so eine Nacht gebraucht habe.«

Na super, der Typ glaubt, er kennt mich schon oder wenigstens meine »Situation«. Dabei hat er keine Ahnung von meiner Situation. Vielleicht hat er wirklich eine üble Trennung durchgemacht – das haben wir alle irgendwann –, aber alles andere, dass meine Eltern frisch geschieden sind, dass mein älterer Bruder Cole im Knast sitzt und dass die Liebe meines Lebens gestorben ist – nichts davon werde ich diesem Typen erzählen. Sobald du jemandem so was erzählst, verwandelst du dich automatisch in eine Heulsuse, und die kleinste Violine der Welt beginnt zu schluchzen. Im Ernst, jeder von uns hat Probleme; jeder muss schwere Zeiten und Schmerzen durchstehen, und mein Leid ist nichts verglichen mit dem vieler anderer, weshalb ich kein Recht habe, mich zu beklagen.

»Ich dachte, du bist nicht so der Ratgeber?« Ich schenke ihm ein zuckersüßes Lächeln.

Er richtet sich auf und sagt: »Bin ich auch nicht, aber wenn dir meine Geschichte trotzdem was gibt, dann freu dich einfach darüber.«

Ich deute ein Schmunzeln an und tue so, als würde ich an meinem Strohhalm ziehen. Eigentlich will ich keinen Schwips und mich ganz bestimmt nicht betrinken, vor allem da ich das dumpfe Gefühl habe, dass ich uns alle heimfahren darf.

Um nicht noch länger im Scheinwerferlicht zu stehen, stütze ich den Ellbogen auf die Theke, lege das Kinn auf die Fingerknöchel und frage: »Und was ist damals in Baltimore passiert?«

Er verzieht den linken Mundwinkel zu einem halben Grinsen und erklärt kopfschüttelnd: »Damals habe ich mich zum ersten Mal seit meiner Trennung abschleppen lassen, und dabei ist mir wieder bewusst geworden, wie geil es ist, nicht an einen einzigen Menschen gekettet zu sein.«

Mit dieser Antwort habe ich nicht gerechnet. Die meisten Typen hätten ihre Beziehungsphobie verheimlicht, vor allem wenn sie ein Mädchen anmachen wollen. Irgendwie mag ich den Typ. Nur so als Typ; das heißt nicht, dass ich mich gleich für ihn bücken muss, wie Natalie es vielleicht ausdrücken würde.

»Ich verstehe«, kommentiere ich und bemühe mich dabei, mein Lächeln nicht allzu breit werden zu lassen. »Wenigstens bist du ehrlich.«

»Alles andere bringt nichts«, sagt er, greift nach einem leeren Glas und mixt sich ebenfalls eine Cola mit Rum. »Ich habe festgestellt, dass die meisten Mädchen inzwischen genauso viel Bindungsangst haben wie wir Männer und dass man am ehesten unbeschadet aus einem One-Night-Stand herauskommt, wenn man von Anfang an mit offenen Karten spielt.«

Ich nicke und drücke mit den Fingerspitzen den Strohhalm zu. Ich bin absolut seiner Meinung und finde diese Einstellung sogar erfrischend, auch wenn ich das nie im Leben offen zugeben würde. Ehrlich gesagt habe ich mir noch nie Gedanken darüber gemacht, aber selbst wenn ich auf gar keinen Fall eine Beziehung eingehen will, bin ich doch ein Mensch aus Fleisch und Blut und hätte nichts gegen eine Nacht mit einem heißen Typen einzuwenden.

Nur nicht mit ihm. Oder irgendwem in diesem Laden. Na schön, vielleicht bin ich einfach zu feige für so was, und dieser Drink ist mir schon zu Kopf gestiegen. In Wahrheit hatte ich noch nie einen One-Night-Stand und immer eine Scheißangst davor, so aufregend ich die Vorstellung auch finde. Ich war bisher nur mit zwei Jungs zusammen: mit Ian Walsh, meiner ersten großen Liebe, der mich entjungfert hat und drei Monate später bei einem Autounfall starb, und danach mit Christian Deering, der mich über Ian hinwegtrösten sollte – einem

Arschloch, das mich mit einer rothaarigen Schlampe betrogen hat.

Nur gut, dass ich ihm gegenüber niemals diesen vergifteten Drei-Wort-Satz ausgesprochen habe, der mit »Ich« anfängt und mit »dich« aufhört, weil ich jedes Mal, wenn er ihn in den Mund nahm, das Gefühl hatte, dass er keinen Schimmer hatte, wovon er überhaupt redete.

Aber andererseits wusste er es vielleicht *sehr wohl* und hat sich darum woanders umgesehen, nachdem wir fünf Monate zusammen gewesen waren: weil ich den Satz kein einziges Mal erwidert hatte.

Als ich den Barkeeper ansehe, stelle ich fest, dass er mich anlächelt und geduldig abwartet, dass ich etwas sage. Der Typ ist gut; entweder das, oder er versucht tatsächlich nur, nett zu sein. Außerdem sieht er süß aus, zugegeben; er ist höchstens fünfundzwanzig und hat sanfte braune Augen, die noch vor seinen Lippen zu lächeln beginnen. Mir fällt auf, wie straff sein Bizeps ist und wie das enge T-Shirt über seiner Brust spannt. Und seine Haut hat eine gesunde Bräune; eindeutig hat er den Großteil seines Lebens in der Nähe des Meeres verbracht.

Ich wende den Blick ab, als ich mitbekomme, dass meine Gedanken abzuschweifen beginnen und ich mir vorstelle, wie er wohl in einer Badehose aussieht.

»Ich bin Blake«, sagt er. »Robs Bruder.«

*Rob? Ach ja, der Typ, dem das Underground gehört.*

Ich strecke die Hand aus, und Blake schüttelt sie sanft.

»Camryn.«

Noch bevor ich Natalie sehen kann, höre ich ihre Stimme. Sie bahnt sich ihren Weg durch eine Gruppe am Rand der Tanzfläche und zwängt sich rücksichtslos zwischen den Leuten hindurch, um zu mir zu gelangen. Im selben Moment fällt ihr Blick auf Blake, ihre Augen beginnen zu glänzen und erstrahlen zusammen mit ihrem blendenden Zahnpastalächeln. Damon, der hinter ihr an die Bar tritt und immer noch ihre Hand hält, bemerkt das ebenfalls, aber er wirft mir nur einen emotionslosen Blick zu. Ich finde das höchst befremdlich, aber dann schmiegt sich Natalie mit der Schulter an mich, und ich denke nicht weiter darüber nach.

»Was tust du hier drüben?«, fragt sie vorwurfsvoll. Sie grinst von einem Ohr zum anderen und lässt den Blick mehrmals zwischen mir und Blake hin- und herpendeln, bis sie ihn schließlich mir zuwendet.

»Was trinken«, sage ich. »Bist du hergekommen, um dir auch was zu bestellen oder um Kindermädchen zu spielen?«

»Beides!« Sie löst ihre Hand aus Damons Griff, klopft mit den Fingerspitzen auf die Theke und lächelt Blake an. »Irgendwas mit Wodka.«

Blake nickt und sieht Damon an.

»Für mich eine Cola mit Rum«, sagt Damon.

Natalie presst die Lippen an meinen Kopf, und ich spüre ihren heißen Atem im Ohr, als sie mir zuflüstert: »Heilige Scheiße, Cam! Weißt du, wer das ist?«

Mir fällt auf, wie sich Blakes Mund zu einem leisen Schmunzeln verzieht. Er hat sie gehört.

Ich spüre, wie mein Gesicht rot anläuft, und flüstere zurück: »Ja, das ist Blake.«

»Das ist Robs Bruder!«, zischt sie; und sofort richtet sich ihr Blick wieder auf ihn.

Hilfesuchend sehe ich zu Damon auf, in der Hoffnung, dass er die Andeutung versteht und Natalie von mir wegzerrt, aber diesmal stellt er sich ahnungslos. Wo ist der

Damon, den ich kenne und der mir bei Natalie immer den Rücken frei gehalten hat?

O Mann, offenbar ist er wieder mal sauer auf sie. So führt er sich nur auf, wenn Natalie ihre große Klappe nicht halten konnte oder wenn sie Damon irgendwie auf die Zehen gestiegen ist. Dabei sind wir gerade mal eine halbe Stunde hier. Was kann sie in der kurzen Zeit nur angestellt haben? Und dann wird mir klar: Hier geht es um Natalie, und wenn jemand einen Freund in weniger als einer Stunde wütend machen kann, ohne es auch nur zu merken, dann sie.

Ich rutsche von meinem Barhocker, nehme sie am Arm und ziehe sie von der Bar weg. Damon begreift offenbar, was ich vorhabe, und bleibt bei Blake.

Die Band beendet einen Song und fängt den nächsten an, der mir noch lauter vorkommt als der letzte.

»Was hast du angestellt?«, will ich wissen und drehe sie zu mir.

»Was meinst du mit: ›Was hast du angestellt‹?« Es fällt ihr schwer, mich überhaupt zu beachten; stattdessen wippt ihr Körper im Takt der Musik.

»Nat, ich meine es ernst.«

Endlich hält sie still, sieht mich an und sucht in meinem Gesicht nach einer Antwort.

»Warum ist Damon so sauer?«, frage ich. »Als wir hergekommen sind, war noch alles okay.«

Sie sieht kurz zu Damon hinüber, der an der Bar steht und an seinem Drink nippt, dann schaut sie mich verdutzt an. »Gar nichts … glaube ich.« Sie sieht nach oben, als würde sie in ihrem Gedächtnis nachforschen, was sie gesagt oder getan haben könnte.

Plötzlich stemmt sie die Hände in die Hüften. »Wie kommst du darauf, dass er sauer ist?«

»Weil ich es ihm ansehe«, erkläre ich knapp und werfe dabei einen Blick auf ihn und Blake. »Und weil ich es hasse, wenn ihr euch streitet, vor allem wenn ich mit euch den Abend verbringe und mir dann stundenlang von euch beiden irgendeinen dämlichen Scheiß anhören darf, was wer vor einem Jahr gesagt hat.«

Natalies verdutzte Miene verwandelt sich in ein boshaftes Lächeln. »Also, ich glaube, du bist paranoid und willst mich nur davon abhalten, etwas über dich und Blake zu sagen.« Und schon setzt sie diese besserwisserische Miene auf, die ich so hasse.

Ich verdrehe die Augen. »Es gibt kein ›mich und Blake‹, wir reden nur.«

»Reden ist immer der erste Schritt. Und ihn anzulächeln – wobei ich dich ganz klar erwischt habe, als ich an die Bar gekommen bin – ist der zweite.« Sie verschränkt die Arme und schiebt ihre Hüfte nach vorn. »Ich wette, du hast dich richtig gut mit ihm unterhalten, ohne dass er jedes einzelne Wort aus dir herausquetschen musste – Scheiße, du weißt sogar schon, wie er heißt.«

»Ich dachte, du wolltest, dass ich mich amüsiere und jemanden kennenlerne? Dann solltest du auch wissen, dass du besser die Klappe hältst, wenn offenbar alles genau so läuft, wie du es dir vorstellst.«

Natalie wird wieder von der Musik fortgetragen, hebt die Hände halb an und wackelt verführerisch mit den Hüften. Ich bleibe steif stehen.

»Es wird nichts weiter passieren«, erkläre ich ihr ernst. »Du hast bekommen, was du wolltest. Ich unterhalte mich mit ihm und werde ihm ziemlich sicher nicht erzählen, ich hätte Chlamydien, also mach mir bitte, bitte keine Szene.«

Sie gibt sich mit einem langen, tiefen Seufzen geschlagen und hält gerade lang genug in ihren Tanzbewegungen inne, um mir zu antworten: »Wahrscheinlich hast du recht. Ich lasse dich in Ruhe, aber falls er mit dir auf Robs Stockwerk verschwindet, erwarte ich einen detaillierten Bericht.« Sie kneift ein Auge zu, presst die Lippen zusammen und zielt nachdrücklich mit einem Finger auf mich.

»Ist gut«, sage ich, nur damit sie endlich Ruhe gibt. »Aber mach dir keine Hoffnungen, weil das *auf keinen Fall* passieren wird.«

# 3

Eine Stunde und zwei Drinks später bin ich mit Blake auf »Robs Stockwerk«. Ich bin ein wenig angesäuselt, kann aber noch perfekt gehen und sehen und schließe daraus, dass ich nicht wirklich betrunken bin. Allerdings bin ich ein bisschen überdreht, und das gibt mir zu denken. Als Blake vorschlug, wir sollten »wohin gehen, wo es ein bisschen ruhiger ist«, begannen die Alarmglocken in meinem Kopf zu schrillen: *Man verschwindet nicht nach ein paar Drinks mit einem fremden Typen aus dem Club. Tu es nicht, Cam. Du* bist *nicht blöd, also lass dich nicht vom Alkohol blöd machen.* All das gellte durch meinen Kopf. Und ich hörte auf die mahnenden Stimmen, bis die Stimmen und Alarmglocken unter Blakes ansteckendem Lächeln und seiner entspannten und entspannenden Art irgendwann so leise wurden, dass ich sie nicht mehr hörte.

»*Das* ist also Robs Stockwerk?« Ich blicke vom Dach der Lagerhalle aus über die Stadt. In der Innenstadt erstrahlen die Hochhäuser in Weiß und Blau und Grün. Die Straßen baden im orangefarbenen Schein unzähliger Straßenlaternen.

»Was hast du erwartet?« Er nimmt meine Hand, und ich lasse es zu, obwohl ich innerlich zurückzucke. »Eine plüschige Lusthöhle mit verspiegelter Decke?«

Moment mal ... ehrlich gesagt habe ich genau das erwartet – wenigstens mehr oder weniger –, und warum zur Hölle bin ich dann mit ihm nach oben gegangen?

Okay, *jetzt* gerate ich tatsächlich in Panik.

Vielleicht bin ich doch betrunkener, als ich dachte, sonst würde mein Urteilsvermögen bestimmt nicht so aussetzen. Und dass ich, selbst im betrunkenen Zustand, bereit sein könnte, mich in irgendeine »Lusthöhle« abschleppen zu lassen, erschreckt mich so, dass ich fast wieder nüchtern werde. Verblödet mich der Alkohol tatsächlich, oder bringt er nur etwas in mir zum Vorschein, das ich lieber nicht wahrhaben würde?

Ich werfe unauffällig einen Blick auf die Eisentür in der Ziegelmauer und stelle fest, dass zwischen der Tür und dem Rahmen Licht durchdringt. Er hat sie offen gelassen; das ist ein gutes Zeichen.

Er führt mich an einen hölzernen Picknicktisch, und ich lasse mich nervös neben ihm auf der Tischplatte nieder. Der Wind fährt durch meine Haare und weht mir ein paar Strähnen in den Mund. Ich ziehe sie mit dem Finger wieder zur Seite.

»Gut, dass ich es war.« Er hat die Hände zwischen den Knien und schaut über die Stadt; die Füße hat er auf der Sitzbank abgestellt.

Ich ziehe die Beine an, setze mich in den Schneidersitz und falte die Hände im Schoß. Dann sehe ich ihn fragend an.

Er lächelt. »Gut, dass ich dich hierhergebracht habe und kein anderer«, stellt er klar. »Ein schönes Mädchen wie du da unten unter all diesen Kerlen.« Er sieht mich direkt an; seine braunen Augen scheinen in der Dunkelheit zu schimmern. »Wenn es jemand anderes gewesen wäre, hättest du vielleicht das Vergewaltigungsopfer in deiner persönlichen Doku-Soap spielen können.«

Schlagartig bin ich stocknüchtern. Innerhalb von zwei Sekunden habe ich das Gefühl, keinen Tropfen getrunken zu haben. Mein Rücken versteift sich, und ich hole zitternd Luft.

*O Fuck, was habe ich mir nur dabei gedacht?*

»Schon gut«, sagt er mit einem sanften Lächeln und öffnet beide Hände. »Ich würde nie was mit einem Mädchen anstellen, was es nicht möchte, und erst recht nicht mit einem Mädchen, das nach ein paar Drinks *glaubt*, dass es was mit mir anstellen möchte.«

Ich habe das Gefühl, eben einer tödlichen Kugel ausgewichen zu sein.

Meine Schultern entspannen sich, und ich bekomme langsam wieder Luft. Ich meine, klar, vielleicht erzählt er nur irgendwelchen Mist, damit ich ihm vertraue, aber mein Instinkt sagt mir, dass er mir nichts tun würde. Natürlich werde ich wachsam bleiben und aufpassen, solange ich allein mit ihm hier oben bin, aber ich kann mich trotzdem entspannen. Wenn er die Situation ausnutzen wollte, hätte er mir wohl kaum erst lang und breit erzählt, was alles Schlimmes passieren könnte.

Mir wird klar, was er gerade gesagt hat, und ich lache in mich hinein.

»Was ist so komisch?« Er sieht mich lächelnd an und wartet ab.

»Deine Bemerkung mit der Doku-Soap.« Ich spüre, wie sich meine Lippen zu einem leichten, verlegenen Lächeln öffnen. »Schaust du so was?«

Er wendet den Blick ab und wirkt plötzlich mindestens so verlegen wie ich. »Ach Quatsch«, sagt er. »Das ist doch ein ganz gängiger Vergleich.«

»Wirklich?«, ziehe ich ihn auf. »Also, ich weiß nicht; du bist der erste Mann, aus dessen Mund ich das Wort ›Doku-Soap‹ gehört habe.«

Inzwischen ist er wirklich rot geworden, und ich

könnte mich ohrfeigen, weil ich mich so unglaublich darüber freue.

»Na gut, aber das bleibt unter uns, okay?« Er zeigt mir seinen schönsten Schmollmund.

Ich erwidere sein Lächeln und schaue dann hinaus auf die Stadt, um alle Hoffnungen, die er sich im Lauf unseres kurzen, flirtenden Wortwechsels gemacht haben mag, im Keim zu ersticken. Es ist mir egal, wie nett oder charmant oder sexy er ist, ich knicke nicht ein. Ich bin noch nicht bereit für mehr als das, was wir gerade haben: eine unschuldige, freundschaftliche Unterhaltung ohne sexuelle oder allzu intime Untertöne. So was hat man viel zu selten mit einem Mann, weil Männer offenbar glauben, dass hinter einem simplen Lächeln grundsätzlich mehr stecken muss.

»Also sag schon«, will er wissen, »warum bist du allein hier?«

»O nein …«, ich schüttele lächelnd den Kopf und hebe warnend den Finger, »… da wollen wir nicht hin.«

»Ach komm schon, wirf mir wenigstens einen Knochen zu. Wir unterhalten uns doch nur.« Er wendet sich mir zu und zieht ein Bein auf die Tischplatte. »Ich will es wirklich wissen. Das ist keine Taktik.«

»Taktik?«

»Klar, so lange in deinen Problemen rumzuwühlen, bis ich einen Grund finde, Mitleid zu heucheln, damit ich es irgendwann in dein Höschen schaffe – wenn ich es darauf abgesehen hätte, hätte ich dir das von Anfang an gesagt.«

»Ach, du willst also nicht in mein Höschen?« Ich werfe ihm einen Seitenblick mit einem leisen Lächeln zu.

Ertappt, aber unbeirrt sieht er mich mit offener Miene an und sagt: »Irgendwann vielleicht schon. Ich müsste total krank sein, wenn ich nicht mit dir schlafen wollte, aber wenn ich ausschließlich darauf aus wäre und dich nur deshalb hier heraufgebracht hätte, hätte ich dir das gesagt, bevor du dich einverstanden erklärt hast mitzukommen.«

Ich weiß seine Ehrlichkeit zu schätzen und respektiere ihn dafür, aber mein Lächeln ist erstarrt, sobald er »ausschließlich darauf« gesagt hat. Was könnte er *sonst* von mir wollen? Etwa ein Date, aus dem sich eine Beziehung entwickeln könnte? O nein, nicht mit mir.

»Hör zu.« Ich weiche ein bisschen zurück und stelle das sofort klar: »Ich will weder das eine noch das andere, nur damit du Bescheid weißt.«

»Noch das andere?« Und dann wird ihm klar, was das »andere« ist. Er schüttelt lächelnd den Kopf. »Klar. Da bin ich ganz auf deiner Linie – ich habe dich wirklich nur hier hochgebracht, um mit dir zu reden, auch wenn das schwer zu glauben ist.«

Etwas sagt mir, dass Blake dennoch nicht abgeneigt wäre, wenn ich Sex oder ein Date mit ihm wollte, aber er hat sich elegant aus der Affäre gezogen, ohne dabei gekränkt oder wie ein Loser zu wirken.

»Um deine Frage zu beantworten«, gebe ich nach, um das Gespräch nicht abzuwürgen, »ich bin Single, weil ich ein paar schlechte Erfahrungen gemacht habe, und im Moment kann ich keine Wiederholungen brauchen.«

Blake nickt. »Ich hab verstanden.« Als er den Blick von mir abwendet, fängt sich die Brise in seinen blonden Haaren und streicht die halblangen Strähnen aus seiner Stirn. »Wiederholungen sind immer Scheiße, jedenfalls zu Anfang. Schon der Lernprozess ist ein einziger Albtraum.« Er sieht mich wieder an, um das genauer auszuführen. »Wenn du so lange mit jemandem zusammen bist, dass du dich richtig an ihn gewöhnt hast, verstehst du? Dann entwickelt sich eine gewisse Vertrautheit. Und wenn wir aus unserer Vertrautheit herausgerissen werden, dann ist das so, als würdest du einen fetten Couchhocker aus seinem Wohnzimmer zerren, um ihn wieder ins Leben zurückzuholen; und zwar selbst wenn die Beziehung die Hölle und absolut ungesund war.« Vielleicht weil er spürt, dass das Gespräch zu schnell zu ernst geworden ist, ergänzt Blake grinsend: »Bei Jen hab ich drei Monate gebraucht, bevor ich bei ihr zu Hause kacken gehen konnte.«

Ich muss lachen, und als ich genug Mut gesammelt habe, um ihn wieder anzusehen, merke ich, dass er lächelt.

Inzwischen habe ich das unbestimmte Gefühl, dass er die Trennung von seiner Exverlobten weniger gut verwunden hat, als er wahrhaben möchte. Also tue ich ihm einen Gefallen, indem ich das Thema wechsle, bevor ihm das bewusst wird und seine Welt ein zweites Mal zusammenbricht.

»Mein Freund ist gestorben«, platzt es aus mir heraus. »Bei einem Autounfall.«

Blakes Gesicht fällt in sich zusammen, und er sieht mich erschrocken und voller Bedauern an. »Entschuldige, ich wollte nicht …«

Ich hebe die Hand. »Nein, das ist schon in Ordnung, du hast nichts falsch gemacht.« Nachdem er leise nickt und abwartet, erkläre ich: »Es war eine Woche vor dem Schulabschluss.« Er legt mir die Hand aufs Knie, aber mir ist klar, dass er mich damit nur trösten will.

Gerade als ich ihm erzählen will, was damals passiert ist, höre ich ein lautes Klatschen, und Blake fällt vom Tisch auf den Boden. Alles geschah so schnell, dass ich gar nicht mitbekommen habe, wie Damon aus der Eisentür hinter uns gestürmt ist und Blake von der Seite vom Tisch geremplet hat.

»Damon!«, kreische ich, während er sich über Blake aufbaut und mit beiden Fäusten auf dessen Gesicht einschlägt. »HÖR AUF! DAMON! O GOTT!«

Die Hiebe hageln auf Blake nieder, bis ich aus meiner Trance aufschrecke und Damon von ihm wegzuzerren versuche. Ich springe Damon von hinten an und packe ihn an beiden Handgelenken, aber er ist so versessen darauf, auf Blake einzuprügeln, dass ich mir vorkomme, als würde ich auf einem mechanischen Bullen reiten. Ich werde abgeworfen und lande mit dem Hintern und den Händen auf dem Beton.

Schließlich landet Blake einen Treffer in Damons Gesicht und kommt wieder auf die Füße. »Was hast du für ein Problem, verdammte Scheiße?«, rappelt er sich taumelnd auf. Er hat eine Hand auf die Wange gepresst und reibt sie kräftig, als wollte er sie wieder in Position schieben. Außerdem blutet er aus beiden Nasenlöchern, und seine Oberlippe ist aufgeplatzt und geschwollen. In der Dunkelheit sieht das Blut schwarz aus.

»Du weißt genau, was los ist, verfluchte Scheiße!«, brüllt Damon ihn an und will gleich wieder auf ihn losgehen, aber diesmal bin ich zur Stelle, um ihn aufzuhalten. Ich baue mich vor ihm auf und presse beide Handflächen auf seinen steinharten Brustkorb.

»Hör auf, Damon! Wir haben uns nur unterhalten! Was ist denn in dich gefahren?« Ich schreie so laut, dass ich meine Stimmbänder spüre. Ohne die Hände von Damons Brust zu nehmen, drehe ich mich zur Seite und sehe Blake an. »Das tut mir so leid, Blake, ich … ich …«

»Vergiss es«, sagt er und sieht mich eisig an. »Ich bin raus.«

Er dreht sich um und verschwindet durch die Eisentür. Ein markerschütterndes Scheppern hallt durch die Luft, als sie hinter ihm ins Schloss fällt. Flammen sprühen aus meinen Augen, als ich mich wieder zu Damon umdrehe und ihm mit aller Kraft auf die Brust schlage. »Du *Arschloch*! Ich kann nicht glauben, dass du das getan hast!«, schreie ich ihm aus nächster Nähe ins Gesicht.

Damons Lippen teilen sich, und er keucht immer noch angestrengt. Der starre Blick aus seinen dunklen, riesigen Augen wirkt entfesselt und irgendwie wild. Ein Teil von mir will argwöhnisch zurückweichen, aber der Teil in mir, der ihn seit zwölf Jahren kennt, wischt diesen Argwohn beiseite.

»Wie kommst du dazu, mit einem Typen abzuziehen, den du gerade erst kennengelernt hast, verdammt noch mal? Ich hätte dich für klüger gehalten, Cam, selbst wenn du total blau bist!«

Ich trete einen Schritt zurück und verschränke die Arme. »Hältst du mich für bescheuert? Wir haben uns nur *unterhalten*!«, schreie ich ihn an, und prompt fallen mir die blonden Haare über die Augen. »Ich kann immer noch einen netten Typen von einem Arschloch unterscheiden, und im Moment sehe ich ein Riesenarschloch!«

Er scheint hinter den zusammengepressten Lippen mit den Zähnen zu knirschen. »Beschimpf mich meinetwegen, aber ich habe dich nur beschützt.« Er erklärt das erstaunlich ruhig.

»*Wovor?*«, brülle ich ihn an. »Vor einem schlechten Gespräch? Einem Typen, der nur ein bisschen mit mir reden wollte?«

Damon feixt. »Kein Typ will nur ein bisschen reden«, sagt er, als wäre er der Experte. »Kein Typ würde ein

Mädchen wie dich allein auf das Dach eines gottverfluchten Lagerhauses locken, bloß um mit dir zu reden. Noch zehn Minuten, dann hätte er deinen kleinen Arsch auf diesen Tisch geworfen und wäre über dich hergefallen. Hier oben hört dich keiner, wenn du schreist, Cam.«

Ich schlucke den Kloß in meiner Kehle hinunter, aber sofort bildet sich ein neuer. Vielleicht hat Damon recht. Vielleicht hat mich Blake mit seiner aufrichtigen Art und seiner Verletzlichkeit so geblendet, dass ich auf eine Taktik reingefallen bin, die ich überhaupt nicht in Betracht gezogen habe. Natürlich habe ich solche Situationen in Gedanken immer wieder durchgespielt und auch oft im Fernsehen gesehen, aber vielleicht wollte Blake hier was ganz anderes abziehen … Nein, das glaube ich nicht. Wenn ich es gewollt hätte, hätte er mich bestimmt auf den Picknicktisch geworfen, aber sonst nicht, das sagt mir mein Herz.

Ich drehe Damon den Rücken zu, bis ich aus meiner Miene alles getilgt habe, was ihm verraten könnte, dass ich ihm eine Sekunde tatsächlich geglaubt habe. Ich bin stinksauer auf ihn, aber ich kann ihm deswegen nicht die Freundschaft kündigen, denn schließlich wollte er nur auf mich aufpassen. Okay, mit einer Überdosis an männlichem Testosteron, aber trotzdem wollte er eigentlich nur aufpassen.

»Cam, sieh mich bitte wieder an.«

Aus Trotz warte ich ein paar Sekunden ab und lasse die Arme verschränkt, als ich mich endlich umdrehe.

Damons Blick ist weicher als zuvor. »Es tut mir leid, aber …«, er wendet seufzend das Gesicht ab, als könnte er mir nicht in die Augen sehen, »… Camryn, ich ertrage es einfach nicht, dich mit einem anderen Typen zu sehen.«

Es ist, als hätte er mir mit voller Wucht in den Bauch

getreten. Ich stoße sogar ein merkwürdiges Quietschen aus und reiße entsetzt die Augen auf.

Nervös sehe ich erst zur Eisentür, dann wieder auf ihn. »Wo ist Natalie?« Ich muss diese Dachgeschichte beenden. Was hat er da gerade gesagt? Nein, das kann er unmöglich so gemeint haben, wie es sich angehört hat. Bestimmt habe ich ihn falsch verstanden. Wahrscheinlich meldet sich der Alkohol zurück, und ich kann nicht mehr klar denken.

Er kommt auf mich zu und hält mich an den Ellbogen fest. Augenblicklich möchte ich mich aus seinem Griff lösen, aber ich bin wie festgewachsen und kann gerade mal die Augen bewegen.

»Ehrlich«, erklärt er leise und beschwörend. »Ich stehe schon seit der siebten Klasse auf dich.«

Der nächste Tritt in die Magengrube.

Endlich schaffe ich es, einen Schritt zurückzutreten. »Nein. Nein.« Ich schüttele energisch den Kopf und versuche, das alles zu verstehen. »Bist du betrunken, Damon? Oder high? Du bist so komisch.« Ich löse die verschränkten Arme und hebe abwehrend die Hände. »Wir müssen Natalie suchen gehen. Ich werde ihr nichts von dem erzählen, was du mir gerade gesagt hast, weil du dich morgen früh sowieso nicht mehr daran erinnerst, aber wir müssen hier runter. Sofort.«

Ich will auf die geschlossene Eisentür zugehen, aber im selben Moment schließt sich Damons Hand um meinen Bizeps und zieht mich zurück. Mir stockt der Atem. Das argwöhnische Gefühl von vorhin meldet sich mit voller Wucht zurück und löscht dabei all die Jahre aus, in denen ich ihm vertraut habe. Sein Blick ist noch wilder als vorhin, strahlt aber gleichzeitig etwas gespenstisch Sanftes aus.

»Ich bin nicht betrunken, und gekokst habe ich seit einer Woche nicht mehr.«

Schon weil er kokst, würde ich niemals was mit ihm anfangen, aber er ist seit Jahren einer meiner besten Freunde, darum habe ich bisher immer über seine Drogengeschichten hinweggesehen. Aber jetzt sagt er die Wahrheit, und weil ich so lange so gut mit ihm befreundet bin, erkenne ich das sofort.

Zum ersten Mal wünsche ich mir, er hätte *tatsächlich* was genommen, denn dann könnten wir vergessen, dass das je passiert ist.

Ich senke den Blick auf seine Finger, die sich um meinen Arm gekrallt haben, und merke endlich, wie beängstigend stark sie zudrücken.

»Lass meinen Arm los, Damon. Bitte.«

Statt den Griff zu lockern, fassen seine Finger noch fester zu, und ich versuche mich loszureißen. Er zieht mich abrupt an seine Brust, und ehe ich weiß, wie mir geschieht, hat er seinen Mund auf meinen gepresst, und seine freie Hand schließt sich um meinen Nacken, um meinen Kopf festzuhalten. Er will mir die Zunge in den Mund schieben, aber ich schaffe es, den Kopf so weit zurückzuziehen, dass ich meine Stirn gegen seine knallen kann. Das bringt ihn kurz aus dem Konzept – genauso wie mich –, und er lässt mich unwillkürlich los.

»Cam! Warte!«, höre ich ihn schreien, während ich losrenne und die Eisentür aufreiße.

In meinem Rücken höre ich, wie seine schweren Stiefel die laute Eisentreppe herunterpoltern, aber dann hänge ich ihn ab, indem ich in den Lastenaufzug stürze, das Scherengitter zuknalle und mit aller Kraft auf den EG-Knopf schlage. Der Oger, der uns vorhin in den Club gelassen hat, steht immer noch vor dem Eingang, und ich muss ihn praktisch beiseiteschubsen, um ins Freie zu kommen.

»Sachte, Baby!«, ruft er mir nach, während ich auf dem Gehweg von der Lagerhalle wegrenne.

Ich laufe bis zur Tankstelle und rufe mir dort ein Taxi.

# 4

Am nächsten Morgen weckt mich das Telefon. Ich höre das Smartphone auf dem Nachttisch neben meinem Kopf brummen. NATALIE steht dick und fett auf dem Display, und zwei riesige Augen über einem breiten Zahnpastalächeln starren mich an. Sobald ich ihr Gesicht sehe, bin ich hellwach; ich richte mich steif auf, halte das Smartphone in der Hand und lasse es ein paarmal brummen, bevor ich endlich den Mut aufbringe, die grüne Taste zu drücken.

»Wo *warst* du denn?«, kreischt mir ihre Stimme ins Ohr. »O mein Gott, Cam, plötzlich warst du verschwunden, und Damon war zwischendurch auch weg, und dann ist er wieder aufgetaucht, und ich hab gesehen, wie Blake mit total blutigem Gesicht abgezogen ist, und da ist mir erst richtig klar geworden, was du gemeint hast, als du gesagt hast, dass Damon sauer wäre …«, endlich muss sie Luft holen. »Also habe ich ihn immer wieder gefragt, was ich getan oder gesagt habe oder ob es wegen der Sache im Restaurant letzte Woche war, aber er hat mich gar nicht beachtet und nur gesagt, wir müssten gehen und ich …«

»Natalie«, falle ich ihr ins Wort, während mir der Kopf von ihren Bandwurmsätzen schwirrt. »Komm erst mal wieder runter, okay?«

Das Smartphone immer noch am Ohr, werfe ich die Decke zur Seite und steige aus dem Bett. Ich weiß, dass ich da durchmuss, dass ich ihr erzählen muss, was Damon gemacht hat. Ich muss. Nicht nur weil sie es mir nie verzeihen würde, wenn sie es irgendwann herausfinden sollte, sondern weil ich mir das selbst nie verzeihen könnte. Wenn es andersrum passiert wäre, würde ich auf jeden Fall wollen, dass sie es mir erzählt.

Aber nicht am Telefon. Für so was braucht es unabdingbar ein Vier-Augen-Gespräch.

»Können wir uns in einer Stunde auf einen Kaffee treffen?«

Schweigen.

»Äh, ja, klar. Und bei dir ist wirklich alles in Ordnung? Ich hab mir solche Sorgen gemacht. Ich dachte, jemand hätte dich entführt oder so.«

»Natalie, ja, es …«, *nein, es geht mir überhaupt nicht gut,* »es geht mir gut, bestimmt. Lass uns uns in einer Stunde treffen, und komm bitte allein.«

»Damon liegt noch im Koma«, sagt sie, und ich kann das Grinsen in ihrer Stimme hören. »O Mann, ich sag dir, gestern hat er Sachen mit mir angestellt, die ich ihm nie zugetraut hätte.«

Ihre Worte lassen mich schaudern. Sie sind wie heulende Gespenster, die mich vom anderen Ende der Leitung aus ankreischen, doch ich muss so tun, als wären es nur Worte.

»Wobei, für mich war an Sex nicht zu denken, bis ich wusste, dass mit dir alles okay ist. Und weil du nicht ans Telefon gegangen bist, habe ich irgendwann um drei Uhr nachts deine Mom angerufen, die mir dann versichert hat, dass du im Bett liegst und schläfst. Ich habe mir solche Sorgen gemacht, nachdem du einfach verschwunden bist und …«

»Eine Stunde«, schneide ich ihr das Wort ab, bevor sie wieder loslegen kann.

Wir legen auf, und ich scrolle durch die entgangenen Anrufe auf meinem Smartphone. Sechs von Natalie und dazu neun von Damon. Aber nur Natalie hat mir auf die Mailbox gesprochen. Wahrscheinlich wollte Damon keine belastenden Beweise hinterlassen.

Nicht dass ich die gebraucht hätte. Natalie und ich sind beste Freundinnen, seit diese Schlampe mir bei einer Übernachtungsparty meine brünette Barbie mit dem Cordkleid geklaut hat.

Bis sie endlich auftaucht, würde ich am liebsten schon wieder gehen und habe meinen Caffè Latte mehr als halb ausgetrunken. Sie plumpst auf den freien Stuhl. Ich wünschte, sie würde nicht so breit lächeln; das macht es nur noch schlimmer.

»Du siehst beschissen aus, Cam.«

»Ich weiß.«

Sie blinzelt überrascht.

»Was? Kein sarkastisches ›Danke‹, gefolgt von deinem berühmten Augenrollen?«

*Bitte hör auf zu lächeln, Nat. Bitte nimm meinen besorgten Gesichtsausdruck ausnahmsweise ernst, und sieh mich genauso ernst an.*

Natürlich tut sie das nicht.

»Hör zu, ich will nicht lang um den heißen Brei herumreden, okay?«

Geschafft: Das Lächeln erlischt.

Ich schlucke und hole tief Luft. Gott, ich kann nicht glauben, dass das wirklich passiert ist! Wenn es einer der Kerle gewesen wäre, mit dem sie während einer ihrer diversen Trennungsphasen von Damon zusammen war, dann wäre es nicht so schwierig. Aber hier geht es um *Damon*, den Jungen, mit dem sie seit fünf Jahren zusammen ist, in dessen Arme sie nach jeder Trennung und nach jedem Streit zurückgeflüchtet ist. Er ist der Einzige, in den sie je wirklich verliebt war.

»Was ist denn los, Cam?« Sie spürt, dass ich ihr etwas wirklich Schwerwiegendes mitzuteilen habe, und ich sehe in ihren braunen Augen, wie sie abzuschätzen versucht, ob sie es hören möchte oder nicht. Wahrscheinlich ahnt sie, dass es etwas mit Damon zu tun hat.

Ich sehe, wie der Kloß in ihrer Kehle auf und ab rutscht.

»Gestern Abend war ich mit Blake auf dem Dach …«

Sofort stiehlt sich ein Lächeln in ihr besorgtes Gesicht. Es ist, als würde sie sofort die Gelegenheit ergreifen wollen, die unausweichlichen Neuigkeiten mit einer Salve von Scherzen abzuwehren.

Aber ich bremse sie, bevor sie auch nur ein Wort sagen kann.

»Hör mir einfach nur zu, okay?«

Endlich bin ich zu ihr durchgedrungen. Das Verspielte, das ihre Miene sonst immer ausstrahlt, löst sich in Luft auf.

Ich hole tief Luft:

»Damon dachte, Blake hätte mich nach oben gelockt, weil er sich an mich ranmachen wollte. Also ist Damon aufs Dach gestürmt und über Blake hergefallen; er hat ihn grün und blau geprügelt. Blake war natürlich stinkwütend und ist abgezogen, und dann waren nur noch Damon und ich da oben. Allein.«

Ich kann die Angst in Natalies Augen sehen. So als wüsste sie schon, was ich gleich sagen werde, und als würde sie mich dafür hassen.

»Und dann hat Damon mich festgehalten und mich gegen meinen Willen geküsst, Nat.«

Ihre Augen werden schmal.

»Er hat mich geküsst und mir erklärt, dass er seit der siebten Klasse auf mich steht.«

Ich erkenne an ihren kurzen, schweren Atemzügen, wie ihr Puls beschleunigt.

»Ich wollte dir das sagen …«

»Du dreckige Lügnerin!«

Wieder habe ich das Gefühl, einen Tritt in den Magen bekommen zu haben, aber diesmal verschlägt es mir wirklich den Atem.

Natalie springt aus ihrem Stuhl auf, hängt sich die Handtasche über und funkelt mich hasserfüllt mit dunklen Augen an, die von genauso dunklen Haaren umrahmt sind.

Ich bin immer noch so geschockt, dass ich mich nicht rühren kann.

»Du warst schon immer scharf auf Damon«, zischt sie mich an. »Glaubst du, ich hätte nicht bemerkt, wie du ihn all die Jahre angesehen hast?« Ihr Mund schließt sich zu einem dünnen Strich. »Scheiße, Camryn, immer stehst du auf seiner Seite und machst mir die Hölle heiß, wenn ich mal mit anderen Typen flirte.« Sie wedelt mit ihren Händen und imitiert mich übertrieben näselnd: »Du hast einen Freund, Nat – denk an Damon, Nat – du solltest Damon nicht vergessen.« Sie knallt die flachen Hände so fest auf die Tischplatte, dass der Tisch bedenklich ins Kippeln kommt. Ich bin so gelähmt, dass ich nicht mal nach meinem Kaffee greife, aber der Becher kippt zum Glück nicht um. »Halt dich von mir fern, und halt dich vor allem von Damon fern.« Sie sticht mit dem Finger in Richtung meines Gesichts. »Oder ich schlage dich grün und blau, das schwöre ich dir.«

Damit marschiert sie los, geradewegs auf die hohen

Glastüren zu, und gleich darauf hallt das Klingeln des Glöckchens über der Tür durch den Laden.

Als ich endlich aus meiner Schockstarre erwache, stelle ich fest, dass mich drei andere Gäste von ihren Tischen aus anglotzen. Auch das Mädchen hinter der Theke wendet den Blick ab, als ich in seine Richtung schaue. Ich senke die Augen auf den Tisch und starre auf die Platte, bis die Holzmaserung vor meinem Blick verschwimmt. Eine Ewigkeit bleibe ich so sitzen, den Kopf in beide Hände gestützt.

Zweimal will ich sie anrufen, doch beide Male scheue ich im letzten Moment zurück und lege das Smartphone auf den Tisch zurück.

Wie konnte das passieren? Uns verbindet eine jahrelange, unzertrennliche Freundschaft – ich habe hinter ihr her geputzt, als sie sich diesen Magenvirus eingefangen hatte, verdammt noch mal! –, doch sie wirft mich einfach weg wie verschimmelten Müll. *Sie ist nur verletzt*, versuche ich mir vorzuhalten. *Sie will das nicht wahrhaben, ich muss ihr Zeit lassen, die Wahrheit zu erkennen. Irgendwann wird sie sich wieder einkriegen, dann wird sie dieses Arschloch zum Teufel schicken und sich bei mir entschuldigen, und wenig später wird sie mich wieder ins Underground schleifen, damit wir uns* beide *einen neuen Mann suchen.* Aber insgeheim glaube ich mir kein Wort, oder genauer gesagt, mein irrationales, verletztes Unterbewusstsein ist geblendet von blutroter Wut.

Ein großer, älterer Mann in zerknittertem Anzug kommt an meinem Tisch vorbei und wirft mir verstohlen einen Blick zu, bevor er nach draußen verschwindet. Ich fühle mich bloßgestellt. Als ich aufschaue, ertappe ich die gleichen Augenpaare wie zuvor beim Glotzen, und wieder sehen alle verlegen weg. Ich habe das Gefühl, bemitleidet zu werden. Und ich hasse es, bemitleidet zu werden.

Ich hebe meine Tasche vom Boden auf, stehe auf, werfe mir lässig den Riemen über die Schulter und stürme beinahe so entrüstet wie Natalie aus dem Café.

Inzwischen habe ich seit über einer Woche nichts von Natalie gehört. Schließlich bin ich eingeknickt und habe sie angerufen – mehrmals –, aber jedes Mal bin ich auf der Mailbox gelandet. Und bei meinem letzten Anruf hatte sie ihre Ansage geändert: *Hi, hier ist Nat. Wenn wir befreundet sind* – wirklich *befreundet sind –, dann hinterlass mir eine Nachricht, und ich rufe dich zurück. Ansonsten kannst du dir die Mühe sparen.* Am liebsten hätte ich in mein Handy gegriffen und ihr die Finger um die Kehle gekrallt, aber ich habe mich damit begnügt, das Telefon durchs Zimmer zu schleudern. Zum Glück habe ich mir eine Schutzhülle spendiert, als ich mir das iPhone zugelegt habe, sonst stünde ich jetzt im Apple Store und könnte ein paar Hunderter für ein neues Gerät hinblättern.

Irgendwann war ich so verzweifelt, dass ich sogar Damon angerufen habe. Er ist der letzte Mensch auf diesem Planeten, mit dem ich sprechen möchte, aber er hält im Augenblick den Schlüssel zu meiner Freundschaft mit Natalie in der Hand. Leider, aber offenbar ist es so. Keine Ahnung, was ich mir dabei gedacht hatte: dass er Natalie die Wahrheit beichten und sich dadurch selbst ans Messer liefern würde? Als ob. So blöd ist nicht mal er.

Also habe ich aufgehört, bei ihr anzurufen. Ich meide seither unser Lieblingscafé und begnüge mich mit dem Spülwasser aus dem Laden an der Ecke, und als ich zu meinem Vorstellungsgespräch bei Dillard's musste, habe ich einen Umweg von zwei Meilen in Kauf genommen, nur damit ich nicht an Natalies Wohnung vorbeifahren musste.

Ich habe den Job bekommen. Sogar als stellvertretende Abteilungsleiterin – meine Mom hat ein gutes Wort für mich eingelegt; sie ist mit Mrs. Phillips befreundet, der Personalchefin –, aber ich freue mich auf die Arbeit im Kaufhaus etwa ebenso wie auf den beschissenen Kaffee, den ich mir jeden Morgen im Laden an der Ecke hole.

Und während ich am Küchentisch sitze und zusehe, wie sich meine blond gebleichte Mom durch den Kühlschrank wühlt, trifft es mich wie ein Schlag: Ich werde nicht mehr aus- und mit meiner besten Freundin zusammenziehen. Entweder muss ich mir ein kleines Apartment suchen, oder ich muss bei meiner Mutter bleiben, bis Natalie zur Besinnung kommt. Was vielleicht nie passieren wird. Oder erst so spät, dass ich ihr nicht mehr verzeihen kann und sie zum Teufel schicke, wenn sie schließlich wieder angekrochen kommt.

Der Raum scheint sich um mich zu drehen.

»Ich gehe heute Abend mit Roger aus«, höre ich meine Mutter hinter der Kühlschranktür. Sie richtet sich auf und sieht mich unter ihrem viel zu dunklen Lidschatten an. »Du bist Roger doch schon begegnet, oder?«

»Ja, bin ich.« Ehrlich gesagt nicht, vielleicht aber doch, oder ich verwechsle ihn mit einem anderen der fünf Kerle, mit denen sie letzten Monat abends aus war. Sie hat sich bei einer dieser abartigen Speed-Dating-Geschichten angemeldet. Und in ihrem Fall ist der Begriff eindeutig angebracht, denn seither hakt sie die Männer im Akkord ab.

»Er ist wirklich nett. Das ist heute unser drittes Date.«

Ich ringe mir ein Lächeln ab. Natürlich möchte ich, dass meine Mom glücklich wird, selbst wenn das heißt, dass sie wieder heiratet, wovor ich ehrlich gesagt eine Höllenangst habe. Ich liebe meinen Dad – ich bin immer noch Dads kleines Mädchen –, aber was er Mom angetan hat, ist unverzeihlich. Seit der Scheidung vor vier Monaten hat sich meine Mutter in eine Fremde verwandelt, die mir nur vage bekannt vorkommt. So als hätte sie in eine Schublade gegriffen, die dreißig Jahre verschlossen war, und jene Persönlichkeit herausgezogen, die sie früher getragen hatte, bevor sie meinem Vater begegnete und mich und meinen Bruder Cole bekam. Und seither versucht Mom Tag für Tag nach Kräften, sich diese Persönlichkeit überzustreifen, obwohl sie ihr längst nicht mehr passt.

»Er hat mir erzählt, dass er mit mir auf eine Kreuzfahrt gehen möchte.« Schon bei der Vorstellung hellt sich ihr Gesicht auf.

Ich klappe meinen Laptop zu. »Findest du drei Dates nicht ein bisschen wenig, um gemeinsam auf eine Kreuzfahrt zu gehen?«

Sie kneift die Lippen zusammen und wischt den Einwand beiseite. »Nein, Baby, das ist schon in Ordnung. Er hat so viel Geld, dass es für ihn nichts anderes ist, als mich zum Essen auszuführen.«

Ich wende den Blick ab und knabbere an dem Sandwich, das ich mir gemacht habe, obwohl ich überhaupt keinen Hunger habe.

Mom flitzt durch die Küche und tut so, als würde sie sauber machen. Normalerweise kommt mittwochs eine Putzfrau, aber wenn ein Mann zu Besuch kommt, fährt Mom vorher mit einem Lumpen über die Küchentheke, nebelt das Haus mit Raumspray ein und hält das für Saubermachen.

»Vergiss den Samstag nicht«, sagt sie zu meiner Überraschung, als sie den Geschirrspüler zu beladen beginnt.

»Ja, schon klar, Mom.« Ich seufze und schüttele den Kopf. »Aber vielleicht setze ich diesmal aus.«

Sie richtet sich auf und sieht mich entsetzt an.

»Baby, du hast versprochen, dass du mitkommst«, beschwört sie mich ängstlich und trommelt dabei mit den Fingernägeln auf die Küchentheke. »Du weißt, dass ich nicht gern allein in dieses Zuchthaus gehe.«

»Es heißt Justizvollzugsanstalt, Mom.« Ich picke beiläufig ein paar Brotkrumen auf und lasse sie auf den Teller fallen. »Außerdem können sie dir nichts tun; sie sind alle eingesperrt, genau wie Cole. Und das ist ihre eigene verdammte Schuld.«

Meine Mom senkt den Kopf, und in meinem Magen ballt sich die Scham zu einem brennenden Knoten.

Ich seufze tief. »Entschuldige. Ich habe es nicht so gemeint.«

Natürlich habe ich es genau so gemeint, ich wollte es nur nicht ihr gegenüber aussprechen, weil es ihr wehtut, wenn ich so über meinen älteren Bruder Cole und die fünf Jahre rede, zu denen er verurteilt wurde, nachdem er im Suff einen Mann totgefahren hat. Gerade mal sechs Monate nachdem Ian bei einem Unfall gestorben war.

Es ist, als würde ich jeden verlieren …

Ich stehe vom Tisch auf und stelle mich an die Theke, während meine Mom wieder den Geschirrspüler belädt.

»Ich komme mit, okay?«

Sie ringt sich ein Lächeln ab, durch das immer noch der Schmerz schimmert, und nickt. »Danke, Liebes.«

Sie tut mir leid. Es bricht mir das Herz, dass mein Dad sie nach zweiundzwanzig Jahren Ehe betrogen hat.

Aber wir haben es alle kommen sehen.

Unglaublich, dass meine Eltern versuchten, mich und Ian auseinanderzubringen, als ich mir mit sechzehn ein Herz fasste und meiner Mom gestand, dass ich ihn liebte.

Eltern haben diese verquere Überzeugung, dass niemand unter zwanzig erfassen kann, was Liebe ist, so als würde es für die Liebe ein festgesetztes Mindestalter geben wie für Alkohol. Sie glauben, ein Teenager sei noch nicht »emotional reif« genug, um erkennen zu können, wann es sich um »wahre Liebe« handelt und wann nicht.

Was für ein Quatsch.

In Wahrheit gibt es auch für Erwachsene nicht die *eine* Art zu lieben, sondern unzählige verschiedene Weisen. Ich liebte Ian ganz im Jetzt, ich liebte seinen Blick, ich liebte ihn dafür, wie er meinen Magen zum Flattern brachte und wie er mir die Haare zurückhielt, als ich mir nach einer verdorbenen Enchilada die Seele aus dem Leib kotzte.

*Das* ist Liebe.

Ich liebe meine Eltern, aber als meine Mom Jahre vor ihrer Scheidung das letzte Mal krank wurde, brachte mein Dad ihr gerade mal ein Päckchen Talcid ans Bett und fragte sie dann, wo die Fernbedienung liege.

Auch egal.

Ich schätze, irgendwo haben meine Eltern einfach verkackt, denn so nett sie auch zu mir sind, so viel sie auch für mich tun und sosehr ich sie auch liebe, ich hatte immer Angst, dass ich irgendwann wie sie enden könnte. Als unglückliche Existenzen, die sich vormachen, sie würden ein Postkartenleben mit zwei Kindern, einem Hund und einem Eigenheim führen. In Wahrheit haben sie seit Jahren nicht mehr miteinander geschlafen. Ich wusste, dass sich meine Mutter oft vorstellte, wie ihr Leben wohl verlaufen wäre, wenn sie dem Jungen aus der Highschool, den sie heimlich »liebte«, noch eine zweite Chance gegeben hätte. (Ich habe ihr altes Tagebuch gelesen. Ich weiß alles über ihn.) Und ich weiß, dass mein Dad – schon bevor er meine Mom mit ihr betrogen hat – oft an Rosanne Hartman dachte, seine erste Liebe, mit der er damals auf dem Abschlussball war und die immer noch drüben an der Wiltshire Road wohnt.

Wenn jemand keine Ahnung davon hat, wie wahre Liebe funktioniert und wie sie sich anfühlt, dann die Mehrheit der Erwachsenen.

Ian und ich hatten keinen Sex, als er mich damals entjungfert hat; in dieser Nacht haben wir *Liebe gemacht.* Ich hätte nie gedacht, dass ich diesen Ausdruck einmal verwenden würde: »Liebe machen«, denn das klang immer so spießig, so schrecklich erwachsen. Bis dahin war ich jedes Mal zusammengezuckt, wenn jemand so etwas sagte oder wenn es in einem Lied vorkam.

Inzwischen kann ich es sagen, weil genau das passiert ist.

Und es war magisch und wunderschön und der Wahnsinn, und nichts wird je wieder an dieses Gefühl herankommen. Jemals.

Natürlich bin ich am Samstag mit Mom zu Cole ins Gefängnis gefahren. Aber ich habe kaum was gesagt, so wie immer, und Cole hat mich ebenfalls mehr oder weniger ignoriert. Er tut das nicht, weil er mir damit eins auswischen will, ich habe eher den Eindruck, dass er Angst hat, irgendwas zu mir zu sagen, weil er genau weiß, wie sauer und verletzt und enttäuscht ich immer noch bin. Schließlich war das kein einmaliger Ausrutscher, den man als »tragischen Unfall« abtun könnte; Cole hatte schon bevor er achtzehn wurde ein Alkoholproblem. Er ist das schwarze Schaf der Familie. Schon als Jugendlicher war er ein kleiner Bastard, der immer wieder in Arrest genommen wurde und der meinen Eltern zahllose schlaflose Nächte bereitete, wenn er wieder mal wochenlang verschwunden war und weiß der Teufel was trieb. Er hat immer nur an sich gedacht.

Am folgenden Montag fing ich in meinem neuen Job im Kaufhaus an. Ich bin froh, einen Job zu haben, weil ich nicht ewig vom Geld meines Vaters leben möchte, aber als ich in meinem adretten schwarzen Hosenanzug und der weißen, hochgeschlossenen Bluse da im Kaufhaus stand, kam ich mir absolut fehl am Platz vor. Nicht unbedingt wegen der Kleidung, aber … ich gehöre dort einfach nicht hin. Ich kann nicht genau sagen, warum das so ist, aber den ganzen Montag und jeden Morgen danach, wenn ich aufwachte, mich anzog und in das Geschäft fuhr, kribbelte etwas in meinem Hinterkopf. Die Worte blieben unverständlich, aber dem Gefühl nach war es etwas wie: Das ist jetzt dein Leben, Camryn Bennett. Das ist dein Leben.

Und wenn ich mir die Kundinnen ansah, konnte ich nur das Negative sehen: die hochnäsigen Mienen, die teuren Handtaschen, die überflüssigen Einkäufe.

Und da wurde mir klar, dass alles, was ich von nun an tun würde, auf dasselbe hinauslief:

Das ist dein Leben, Camryn Bennett. *Das* ist dein Leben.

# 5

Seit gestern ist alles anders.

Das Kribbeln in meinem Hinterkopf trieb mich schließlich aus dem Haus. Irgendwann konnte ich mich nicht mehr dagegen wehren. Es sagte mir, dass ich Schuhe anziehen, eine Tasche mit dem Nötigsten packen und meine Handtasche mitnehmen sollte. Und genau das habe ich getan.

Was ich tat, hatte kein Ziel und keinen Grund außer der Erkenntnis, dass ich *irgendwas* unternehmen muss, weil ich sonst an meinem Leben zugrunde gehe. Oder wie meine Eltern enden werde.

Ich war immer der Meinung, dass Depressionen überschätzt werden, dass die Leute viel zu schnell mit dem Begriff um sich werfen (ähnlich wie mit dem L-Wort, das ich *nie im Leben* zu einem Mann sagen werde). In der Highschool redeten die Mädchen dauernd davon, wie »depressiv« sie seien und dass ihre Moms sie zum Psychiater geschleift hätten, um ihnen Medikamente verschreiben zu lassen, und dann haben alle die Köpfe zusammengesteckt, um zu bequatschen, wessen Pillen sie probieren würden. So wie ich es sah, ließ sich eine Depression in drei Worten zusammenfassen: Traurigkeit, Traurigkeit, Traurigkeit. Klar kenne ich diese bescheuerten Werbungen mit den Strichmännchen, die mit einer schwarzen Regenwolke über dem Kopf durch den Spot schleichen, aber ich war immer überzeugt, dass die Leute mit diesem Depressionskram entschieden zu dick auftragen. Natürlich habe ich Mitleid. Ich bin nicht aus Stein. Ich finde es schlimm, wenn jemand leidet, aber ich muss gestehen, dass ich früher meist kurz die Augen verdreht und mich mit etwas anderem beschäftigt habe, wenn ich mitbekam, wie jemand die Depressionskarte ausspielte.

Ich hatte ja keine Ahnung, dass eine Depression eine ernsthafte Krankheit ist.

Die Mädchen in der Schule hatten keine Ahnung, was es wirklich heißt, an Depressionen zu leiden.

Traurigkeit trifft dieses Gefühl bei Weitem nicht. Eigentlich hat Traurigkeit kaum was damit zu tun. Depression ist Schmerz in seiner reinsten Form, und ich würde alles tun, um dieses Gefühl nie wieder zu empfinden. *Irgendein* Gefühl. Schmerz ist schlimm, aber wenn der Schmerz so stark wird, dass du gar nichts mehr fühlen kannst, glaubst du, du wirst verrückt.

Ich finde es zutiefst erschreckend, dass ich das letzte Mal wirklich geweint habe, als ich in der Schule erfuhr, dass Ian bei diesem Unfall ums Leben kam. Und damals lag ich in Damons Armen. Ausgerechnet in *Damons.*

Aber das ist inzwischen über ein Jahr her, und seither habe ich keine Träne mehr vergossen.

Seit damals konnte ich einfach nicht mehr weinen. Nicht mal, als sich meine Eltern scheiden ließen oder Cole verurteilt wurde oder als Damon mir sein wahres Gesicht zeigte und Natalie mir so brutal in den Rücken fiel. Irgendwie denke ich immer noch, dass ich jeden Moment zusammenbrechen, mich aufs Bett werfen und mir die Augen wund heulen müsste. Eigentlich sollte ich so viel heulen, dass ich kotzen muss.

Aber es kommen keine Tränen, und ich spüre *gar nichts.*

Nur, dass ich irgendwie aus alldem ausbrechen muss. Dieses Kribbeln zwingt mich, ihm zu gehorchen, auch wenn es noch so vage und lästig ist. Ich weiß nicht warum, ich kann es nicht erklären, es ist einfach da und lässt mir keine Sekunde Ruhe.

Also verbrachte ich praktisch den ganzen Abend am Busbahnhof und wartete darauf, dass das Kribbeln mir sagte, was ich tun soll.

Und dann trat ich an den Schalter.

»Kann ich Ihnen helfen?«, fragte die Frau gelangweilt.

Ich überlegte eine Sekunde und sagte dann: »Meine Schwester in Idaho hat ein Kind bekommen, und ich will sie besuchen.«

Sie warf mir einen merkwürdigen Blick zu, und ich muss zugeben, ich kam mir auch merkwürdig vor. Ich habe keine Schwester, und ich war noch nie in Idaho, aber das war die erste Lüge, die mir in den Sinn kam. Außerdem aß die Frau gerade eine gebackene Kartoffel. Die Kartoffel lag in einer mit Butter und Sauerrahm gefüllten Folie hinter dem Schalter. Klar, dass mir da als Erstes Idaho in den Sinn kam. Eigentlich tut es nichts zur Sache, wohin ich fahre, es ist mir völlig egal.

Wenn ich erst in Idaho bin, dachte ich mir, kaufe ich mir einfach eine neue Fahrkarte woandershin. Vielleicht fahre ich von dort aus nach Kalifornien. Oder nach Seattle. Oder ich mache kehrt und fahre Richtung Süden, mal sehen, wie Texas so ist. Ich habe mir Texas immer als riesige, staubige Ödnis voller Bars und Cowboyhüte vorgestellt. Und die Texaner sollen ziemlich krass drauf sein. Vielleicht treten sie mir mit ihren Cowboystiefeln gehörig in den Arsch.

Selbst wenn, macht mir das nichts aus. Schließlich spüre ich nichts mehr.

Gestern also habe ich beschlossen, mein Zeug zu packen und zu verschwinden; einfach auszubrechen. Ich hatte schon immer davon geträumt, irgendwann einfach von hier abzuhauen, aber ich hätte mir nie vorgestellt, dass es so ablaufen würde. Bevor Ian starb, hatten wir beide uns immer ausgemalt, dass wir ein Leben außerhalb der Norm führen würden. Nichts sollte vorhersehbar sein, nichts sollte uns zu gesichtslosen Arbeitssklaven machen, die jeden Morgen um dieselbe Uhrzeit aufstehen und das Gestern wiederholen. Wir wollten mit dem Rucksack um die Welt reisen – deshalb hatte ich Natalie im Café darauf angesprochen. Vielleicht hatte ich insgeheim gehofft, sie könnte sich genauso für diese Idee begeistern und würde mit mir zusammen losziehen, aber das lief, genau wie alles andere, nicht so wie erhofft.

»Ist hier noch frei?« Im Mittelgang des Busses steht eine ältere Lady, die limettengrüne Handtasche an ihre Brust gepresst.

»Natürlich«, sage ich und lächle halb zu ihr auf. Eigentlich ist mir überhaupt nicht nach Lächeln zumute, aber sie soll keinesfalls glauben, ich wäre eine verwirrte junge Seele, die dringend gute Ratschläge von alten Damen braucht.

Sie quetscht erst ihre Reisetasche in das Gepäckfach über uns und sich dann auf den Platz neben mir. Sie ist untersetzt, hält sich aber gut. Und sie riecht angenehm.

»Sie sehen sehr jung aus«, sagt sie. »Wohin fahren Sie?«

»Idaho.«

»Wirklich?« Sie lächelt mich an, und tiefe Falten kerben sich um ihren Mund. »Bestimmt besuchen Sie dort jemanden – ich glaube nicht, dass irgendjemand dort Urlaub macht.«

»Stimmt. Ich fahre zu meiner Schwester.«

Sie schürzt dezent die Lippen und nickt sanft, als wollte sie meine Antworten abspeichern. Dann beginnt sie in ihrer Handtasche herumzukramen.

Ich sehe aus dem großen Plexiglasfenster neben mir und beobachte die Passagiere, die zwischen den anderen Bussen herumwandern. Es ist heller Tag, und wir sind in Nashville, Tennessee. Ich habe fast die ganze Fahrt über geschlafen – na ja, wenigstens habe ich es versucht, aber die meiste Zeit habe ich zusammengekauert auf meinem Sitz gedöst, bis ein Schlagloch oder mein verspannter Nacken oder Rücken mich wieder aufgeweckt haben. Ich war noch nie in Nashville, aber ganz ehrlich, dieser Busbahnhof macht mich nervös. Ich habe schon ein paar ziemlich finstere Gestalten entdeckt.

»Ich bin auf dem Weg nach Montana«, erklärt mir die Lady und legt sich eine kleine weiße Pille auf die Zunge. »Normalerweise fahre ich mit dem Zug, aber diesmal habe ich eine andere Route genommen. Ich wollte mal was Neues sehen.«

»Bestimmt reisen Sie viel.« Ich wende mich ihr wieder zu.

»Eigentlich nicht«, widerspricht sie. »Aber einmal im Jahr besuche ich meine Mama. Sie ist achtundneunzig.«

»Wow.«

»Ja, die Frau ist störrisch wie ein Ochse. Hatte schon fünfmal Krebs und jedes Mal überlebt. Sie lässt sich einfach nicht unterkriegen.«

Ich lächle sie an.

»Aber wenn Sie mich jetzt entschuldigen«, sagt sie, lehnt sich in den Sitz zurück und lässt den Kopf gegen die Lehne sinken, »ich muss dringend schlafen. Im letzten Bus habe ich kein Auge zugetan – der Fahrer fuhr die ganze Zeit Schlangenlinien.« Sie deutet nach oben. »Nehmen Sie sich in Acht in diesen Bussen. Hier begegnen einem die merkwürdigsten Leute, und die Fahrer sind fast immer übernächtigt. Man sollte immer die Augen offenhalten und im Fall der Fälle mit ihnen plaudern, um sie wachzuhalten, wenn man nicht in einem Schrotthaufen im Straßengraben enden will.«

Warum musste sie das sagen? Ich schlucke die Erinnerung an Ians Unfall hinunter, die sich bei ihren Worten aufdrängt, und nicke wortlos.

Sie schließt die Augen, schlägt sie aber gleich wieder auf und sieht mich noch einmal an. »Aber vor allem sollte man seine Mitmenschen aufmerksam wahrnehmen. Man weiß nie, wem man begegnet oder was das Schicksal für einen bereithält.«

»Danke, das werde ich mir merken«, sage ich.

Die Landschaft zieht wie im Nebel an meinem Fenster vorbei. Irgendwann schlafe ich auch ein. Ich träume nicht; seit Ians Tod habe ich nicht mehr geträumt, und wahrscheinlich ist das nur gut so. Träume können Gefühle auslösen, und mit Gefühlen bin ich durch. Allmählich gewöhne ich mich daran, dass mir alles egal ist. Der Vorteil ist, dass ich praktisch keine Angst mehr habe, außer vielleicht vor ein paar abgefuckten Busbahnhofbesuchern. Ich schätze, wenn dir alles absolut scheißegal ist, geht selbst die Angst vor dir in die Knie.

Früher habe ich auch nie so geflucht.

In St. Louis steigt die alte Lady wieder aus, und ich habe bis nach Kansas City den Doppelsitz für mich allein, wodurch ich endlich halbwegs flach liegen kann, statt immer die Wange an die Scheibe pressen zu müssen.

Draußen sieht alles gleich aus. Von daheim bis nach Missouri scheint sich kaum was zu verändern, abgesehen von den Autokennzeichen und den Schildern, die uns in den verschiedenen Bundesstaaten willkommen heißen und denen dann doch nur weitere Wälder und Freeways folgen. In jedem Staat steht irgendwo ein kaputtes Auto am Straßenrand. Es gibt immer einen Anhalter und dazu einen Typen im Feinripp-Unterhemd, der mit einem Benzinkanister von seinem Sattelschlepper zur nächsten Ausfahrt wandert, wo sich die Tankstellen und Fast-Food-Restaurants angesiedelt haben. Und irgendwo liegt immer, *immer* ein einzelner Schuh am Straßenrand. Ich würde zu gern wissen, was es mit diesen Schuhen auf sich hat. Nie sieht man eine Hose oder ein Hemd am Straßenrand liegen, und nur ganz selten so was wie einen Hut oder eine Sonnenbrille. Immer nur Schuhe. Was hat es mit diesen Schuhen nur auf sich?

Eine Busfahrt ist wie eine Reise in eine andere Welt.

Jeder, der einsteigt, weiß, dass er eine ganze Weile mitfahren wird. Verdammt lang. Es ist eng. Meistens sitzen die Leute so dicht, dass man die verschiedenen Parfüms und Deos und die unterschiedlichen Waschmittel und Weichspüler riechen kann. Und leider kann man auch die Leute riechen, die kein Parfüm oder Deo benutzen und die ihre Sachen seit Tagen nicht gewaschen haben.

Bis jetzt macht mir die Fahrerei nicht allzu viel aus. Nur wenn auf dem Platz neben mir jemand sitzt.

Mein nächster Bus hat zwei Stunden Verspätung, und so schlendere ich durch den geschäftigen Busbahnhof in Kansas City und suche nach einem möglichst abgeschiedenen Sitz im Wartebereich. Alle Busbahnhöfe riechen gleich, hauptsächlich nach dicken Dieselwolken, und allmählich wird mir von dem Gestank übel. Ich rutsche auf meinem harten Plastiksitz herum und versuche vergeblich, eine wenigstens halbwegs gemütliche Sitzposition zu finden. Ich sehe ein paar Münztelefone und muss kurz daran denken, wie überflüssig Münztelefone inzwischen geworden sind. Instinktiv greife ich nach dem Handy in meiner Umhängetasche und überzeuge mich, dass es noch da ist.

Die zweistündige Verspätung schleppt sich endlos hin, und so bin ich bei den Ersten, die aufstehen und sich anstellen, als unser Bus endlich in den Bahnhof biegt. Wenigstens sind im Bus die Sitze gepolstert und damit deutlich bequemer.

Der ganz in Blau und Dunkelgrau gekleidete Busfahrer nimmt mein Ticket, reißt seinen Abschnitt ab und reicht mir den Rest zurück. Ich verstaue es tief in meiner Tasche, steige in den Bus und suche die Sitzreihen nach dem Platz ab, der *dem idealen Sitz* am nächsten kommt. Schließlich entscheide ich mich für einen Fensterplatz hinten im Bus und fühle mich augenblicklich besser, sobald mein Hintern in das weiche Polster sinkt. Seufzend drücke ich meine Tasche gegen die Brust und verschränke die Arme darüber. Erst nach gut zehn Minuten scheint der Busfahrer überzeugt, dass er alle Passagiere für diese Fahrt beisammen hat. Diesmal sitzt nur eine Handvoll Leute im Bus, und Gott sei Dank sind keine schreienden Kinder oder rücksichtslosen Pärchen dabei, die noch nie gehört haben, dass es eklig ist, sich vor anderen Leuten gegenseitig die Zunge in den Hals zu stecken. Ich habe nichts gegen Küsse in der Öffentlichkeit – Ian und ich haben uns dauernd geküsst –, aber man sollte aufhören, bevor es in einen Porno ausartet.

Der Fahrer schließt die Türen, zieht aber im nächsten Moment den Hebel noch einmal zurück, woraufhin sie quietschend wieder aufklappen. Ein Typ mit einer schwarzen Reisetasche über der Schulter steigt ein. Groß, mit stylischem Kurzhaarschnitt, und dazu trägt er ein eng anliegendes blaues T-Shirt und im Gesicht ein schiefes Lächeln, das entweder superfreundlich oder aber reichlich eingebildet ist. »Danke«, sagt er entspannt zum Fahrer.

Obwohl noch mehrere Sitzreihen frei sind, schiebe ich mit Nachdruck die Reisetasche auf den Nebensitz, nur falls er es ausgerechnet auf *den* Platz abgesehen hat. Das ist zwar nicht wahrscheinlich, ich weiß, aber ich bin lieber vorbereitet. Die Tür schließt sich quietschend, und der Typ kommt durch den Mittelgang auf mich zu. Ich versenke mich in die Zeitschrift, die ich auf dem Busbahnhof gefunden habe, und studiere einen Artikel über Brangelina.

Als er an mir vorbeigeht und sich in der Sitzreihe hinter mir niederlässt, seufze ich erleichtert auf.

Endlich ein halbwegs leerer Bus, in dem ich vielleicht ein bisschen tiefer schlafen kann. Mehr will ich gar nicht. Je länger ich wach bleibe, desto öfter denke ich über all die Dinge nach, über die ich lieber nicht nachdenken möchte. Ich weiß nicht, was ich hier tue oder wohin ich letztendlich fahre, aber ich weiß sehr wohl, dass ich das, was ich tun will, möglichst bald tun sollte und dass ich dafür endlich irgendwo ankommen muss.

Nachdem ich eine Stunde aus dem Fenster in die Dunkelheit gestarrt habe, döse ich schließlich weg.

Kopfhörermusik aus der Reihe hinter mir reißt mich aus dem Schlaf. Draußen ist es immer noch dunkel.

Anfangs sitze ich nur da und hoffe, dass er vielleicht von selbst die Musik leiser dreht, wenn er bemerkt, wie mein hellwacher Kopf über der Lehne aufragt.

Aber es tut sich nichts.

Ich strecke mich, massiere einen schmerzenden Halsmuskel, den ich im Schlaf mit meinem Arm eingeklemmt habe, und drehe mich dann zu ihm um. *Schläft* der Kerl etwa? Wie kann jemand bei diesem Krach schlafen? Der Bus ist stockfinster bis auf ein paar matte Leselampen, die hier und dort von der Deckenverkleidung auf ein paar Bücher und Zeitschriften leuchten, und die kleinen grünen und blauen Lämpchen vorn im Armaturenbrett. Der Typ hinter mir sitzt im Dunkeln, aber wenigstens wird die eine Hälfte seines Gesichts vom Mond beschienen.

Eine Sekunde betrachte ich das halbe Gesicht, dann knie ich mich auf die Sitzfläche und beuge mich über die Rückenlehne, um auf sein Bein zu tippen.

Er rührt sich nicht. Ich klopfe fester. Er regt sich, öffnet verschlafen die Augen und sieht, wie ich mit dem Bauch über der Rückenlehne hänge.

Endlich zieht er die Kopfhörer aus seinen Ohren, und aus den winzigen Lautsprechern kreischt laute Musik.

»Könntest du das ein bisschen leiser machen?«

»Du hast das *gehört*?«, fragt er.

Ich ziehe eine Braue hoch. »Und ob, ziemlich laut sogar.«

Er drückt achselzuckend auf den Lautstärkeregler seines MP3-Players, und die Musik wird leiser.

»Danke«, sage ich und rutsche wieder auf meinen Sitz.

Diesmal rolle ich mich nicht in der Fötusstellung auf den beiden Sitzflächen zusammen, sondern drehe mich mit dem Rücken zum Fenster und lehne den Kopf an die Scheibe. Dann verschränke ich die Arme und schließe die Augen.

»Hey.«

Meine Augen gehen wieder auf, aber ich bewege den Kopf nicht.

»Schläfst du schon?«

Ich hebe den Kopf vom Fenster weg und stelle fest, dass der Typ sich über die Rückenlehne zu mir vorbeugt.

»Ich habe vor höchstens einer Sekunde die Augen zugemacht«, sage ich. »Wie soll ich so schnell eingeschlafen sein?«

»Keine Ahnung«, flüstert er. »Wenn mein *Opa* die Augen zugemacht hat, war er keine zwei Sekunden später eingeschlafen.«

»War dein Opa etwa Narkoleptiker?«

Es bleibt kurz still. »Nicht, soweit ich weiß.«

*Wow, was für eine schräge Unterhaltung.*

»Was ist denn?«, frage ich genauso leise wie er vorhin.

»Nichts.« Er grinst auf mich herunter. »Ich wollte nur wissen, ob du schon wieder eingeschlafen bist.«

»Warum?«

»Damit ich die Musik wieder aufdrehen kann.«

Ich lasse mir das eine Sekunde durch den Kopf gehen, löse die verschränkten Arme und richte mich dann auf, damit ich mich zu ihm umdrehen kann.

»Du willst warten, bis ich eingeschlafen bin, damit du die Musik wieder aufdrehen und mich *noch mal aufwecken kannst*?« Das kapiere ich einfach nicht.

Er lächelt schief.

»Du hast drei Stunden geschlafen, ohne dass dich die Musik aufgeweckt hat«, sagt er. »Ich schätze also, dass dich nicht die Musik aus dem Schlaf geholt hat, sondern irgendwas anderes.«

Ich ziehe die Brauen zusammen. »O nein, ich bin ziemlich sicher, dass es die Musik war.«

»Okay«, sagt er, rutscht wieder nach unten und verschwindet hinter meiner Rückenlehne.

Für den Fall, dass dieses Gespräch vielleicht noch merkwürdiger wird, warte ich ein paar Sekunden mit offenen Augen ab, aber es bleibt still, und so drifte ich wieder ab ins Land der Traumlosigkeit.

# 6

Am nächsten Morgen weckt mich die Sonne, die durch das Busfenster strahlt. Ich setze mich auf und schaue aus dem Fenster, um festzustellen, ob sich die Landschaft verändert hat, aber das hat sie nicht. Und dann höre ich die Musik, die hinter mir aus den Kopfhörern quäkt. In der festen Überzeugung, ihn im Tiefschlaf vorzufinden, ziehe ich mich an der Rückenlehne hoch, aber er sieht mit einem Ich-hab's-dir-doch-gesagt-Lächeln zu mir auf.

Ich verdrehe kurz die Augen, rutsche wieder auf meinen Sitz und ziehe die Reisetasche auf meinen Schoß, um darin herumzuwühlen. Inzwischen wünsche ich mir, ich hätte was mitgenommen, um die Zeit totzuschlagen. Ein Buch. Ein Kreuzworträtsel. *Irgendwas.* Nach einem entnervten Seufzen fange ich ernsthaft an, Däumchen zu drehen. Ich frage mich, wo in den Vereinigten Staaten wir wohl gerade sind, ob ich überhaupt noch in Kansas bin, und komme zu dem Schluss, dass es so sein muss, weil jeder Wagen, der an uns vorbeifährt, ein Kennzeichen aus Kansas hat.

Als ich draußen beim besten Willen nichts Interessantes entdecken kann, höre ich der Musik aus der Reihe hinter mir zu.

*Ist das …? Das ist doch ein* Witz.

*Feel Like Makin' Love* kommt aus den Ohrhörern; ich erkenne es an dem charakteristischen verzerrten Gitarrensolo, das jeder kennt, selbst wenn er nicht auf Bad Company steht. Ich habe nichts gegen Classic Rock, aber ich höre lieber neuere Sachen. Spiel mir was von Muse, Pink oder The Civil Wars vor, und ich bin glücklich.

Auf einmal baumeln Ohrhörer über meine Rückenlehne bis knapp über meine Schultern und erschrecken mich halb zu Tode. Ich fahre auf, und wie von selbst schießt meine Hand hoch, um die Fliege zu erschlagen, die ich im ersten Moment auf meiner Rückenlehne vermutet habe.

»Was soll der Scheiß?«, frage ich und sehe zu dem Typen auf, der wieder über meiner Rückenlehne hängt.

»Du siehst aus, als ob es dir langweilig wäre«, sagt er. »Wenn du willst, kannst du dir sie ausleihen. Es ist vielleicht nicht deine Musik, aber hey, nach einer Weile wird sie dir gefallen. Versprochen.«

Ich sehe zu ihm auf und verziehe das Gesicht. Meint der Kerl das *ernst*?

»Nein, aber danke«, sage ich und drehe mich nach vorn.

»Warum nicht?«

»Also, zum einen«, erkläre ich ihm, »haben die Dinger stundenlang in deinen Ohren gesteckt. Das ist voll eklig.«

»Und?«

»Was soll das heißen, *und*?« Ich glaube, mein Gesicht verzieht sich gerade noch mehr. »Reicht das nicht?«

Er schenkt mir wieder dieses schiefe Lächeln, bei dem sich, wie ich im Tageslicht bemerke, zwei winzige Grübchen neben seinen Mundwinkeln in die Wangen graben.

»Na ja«, sagt er und holt die Ohrhörer am Kabel wieder ein, »du hast ›zum einen‹ gesagt; da dachte ich, du hättest vielleicht noch einen Grund.«

»Wow.« Ich bin von den Socken. »Du bist echt unglaublich.«

»Danke.« Diesmal lächelt er richtig und zeigt mir dabei seine geraden, weißen Zähne.

Ich habe das keineswegs als Kompliment gemeint, und irgendwas sagt mir, dass er das genau weiß.

Obwohl mir klar ist, dass ich nichts als Kleidung in meiner Tasche finden werde, fange ich wieder an, darin herumzuwühlen, weil das immer noch besser ist, als mit diesem Irren zu reden.

Plötzlich plumpst er unversehens auf den freien Sitz neben mir, gerade als ein anderer Fahrgast zur Toilette gehen will.

Eine Hand in meiner Reisetasche, erstarre ich und warte ab. Ich sehe ihm zwar ins Gesicht, aber bevor ich auch nur überlegen kann, was ich ihm an den Kopf werfen will, muss ich abwarten, bis sich der Schock gelegt hat.

Der Typ greift in seine eigene Tasche, zieht ein kleines Päckchen mit einem Desinfektionstuch heraus, reißt die Verpackung auf und faltet das Tuch auseinander. Dann wischt er beide Ohrhörer gründlich ab und reicht sie mir. »Wie neu«, erklärt er und wartet darauf, dass ich sie nehme.

Nachdem es so aussieht, als wollte er tatsächlich nur nett zu mir sein, fahre ich meine Stacheln ein Stück weit ein. »Ich möchte sie trotzdem nicht. Aber danke.« Es überrascht mich selbst, wie schnell ich die ganze Setzt-sich-ohne-mich-zu-fragen-neben-mich-Aktion verdaut habe.

»Wahrscheinlich ist das sowieso nicht dein Ding.« Er steckt den Player in seine Tasche. »Schließlich höre ich weder Justin Bieber noch diese Irre mit dem Fleischmantel, also wirst du wohl ohne Musik auskommen müssen.«

Okay, die Stacheln sind wieder ausgefahren. Du willst es ja nicht anders.

Ich kneife die Augen zusammen und verschränke die Arme. »Erstens kann ich Justin Bieber nicht ausstehen. Und zweitens ist Lady Gaga gar nicht so übel. Zugegeben, sie ist ein bisschen zu lang auf der Schock-Masche geritten, aber ein paar von ihren Sachen gefallen mir echt gut.«

»Die Musik ist scheiße, das weißt du selbst«, erwidert er kopfschüttelnd.

Ich blinzle zweimal, weil ich nicht weiß, was ich darauf sagen soll.

Er stellt seine Tasche auf dem Boden ab, lehnt sich zurück und stemmt einen Fuß gegen die Rückenlehne des Vordersitzes, aber seine Beine sind so lang, dass das bestimmt nicht bequem ist. Er trägt diese stylischen nachgemachten Arbeitsstiefel. Dr. Martens, würde ich tippen. Verdammt. Die hat Ian auch immer getragen. Weil ich keinen Bock habe, diese äußerst merkwürdige Konversation mit diesem merkwürdigen Typen noch weiterzutreiben, wende ich stumm den Blick ab.

Die alte Lady in Tennessee hatte ganz recht.

Er sieht mich an, den Hinterkopf gegen den kratzigen Stoff gelehnt. »Classic Rock ist das einzig Wahre«, verkündet er sachlich und sieht dann nach vorn. »Led Zeppelin, Stones, Journey, Foreigner.« Er dreht den Kopf zur Seite und sieht wieder mich an. »Läutet da was bei dir?«

Ich verdrehe schnaubend die Augen. »Ich bin nicht *blöd*«, sage ich, aber dann mache ich einen halben Rückzieher, weil mir aufgeht, dass ich kaum Classic-Rock-Bands kenne, und ich will auf keinen Fall blöd wirken, nachdem ich eben so beredt verkündet habe, dass ich es nicht bin. »Ich mag … Bad Company.«

Ein kleines Lächeln zupft an seinem linken Mundwinkel. »Nenn mir einen Song von Bad Company, und ich bin still.«

Inzwischen bin ich echt nervös und suche hektisch nach einem anderen Song von Bad Company als dem, den er vorhin gehört hat. Keinesfalls werde ich diesem Typen ins Gesicht sehen und dabei erklären: *I Feel Like Makin' Love.*

Er wartet geduldig ab und lässt dabei sein halbes Lächeln stehen.

»*Ready for Love*«, platzt es aus mir heraus, weil das der einzige andere Titel ist, der mir einfällt.

»Und bist du es?«, fragt er.

»Hä?«

Das Lächeln kerbt sich wieder tiefer in sein Gesicht. »Vergiss es«, sagt er und sieht wieder weg.

Ich werde rot. Ich weiß nicht warum und will es auch gar nicht wissen.

»Hör mal«, sage ich, »gehst du wieder nach hinten? Ich würde es mir gern wieder gemütlich machen.«

Er lächelt, und diesmal ohne dass sich hinter seinen Augen ein ironisches Schmunzeln verbirgt. »Klar doch.« Er steht auf. »Falls du meinen MP3-Player doch noch ausleihen willst, weißt du, wo du mich findest.«

Ich schenke ihm ein schmales Lächeln und bin vor allem erleichtert, dass er anstandslos auf seinen Platz zurückkehrt. »Danke«, sage ich trotzdem höflich.

Kurz bevor er in seine Sitzreihe rutscht, beugt er sich noch mal über den Nebensitz und fragt: »Wohin fährst du eigentlich?«

»Idaho.«

Wenn er lächelt, strahlen seine grünen Augen noch heller. »Also, ich bin auf dem Weg nach Wyoming. Sieht so aus, als würden wir die nächsten Busse zusammen nehmen.« Und dann verschwindet sein lächelndes Gesicht hinter dem Polster.

Ich kann nicht abstreiten, dass er gut aussieht. Die kurzen, zerzausten Haare, die muskulösen Arme und kantigen Wangenknochen, die Grübchen und vor allem dieses verfluchte dreckige Grinsen, das mich immer wieder dazu verleitet, ihn anzusehen, obwohl ich es gar nicht will. Aber trotzdem bin ich nicht an ihm oder seiner Gesellschaft interessiert – er ist nichts als ein Fremder in einem Bus auf dem Weg nach nirgendwo. Auf gar keinen Fall würde ich mich mit ihm auf irgendwas einlassen. Und selbst wenn es anders wäre, wenn ich ihn seit sechs Monaten kennen würde, würde ich mich auf nichts einlassen. Niemals. Nicht mehr.

Die Fahrt durch Kansas scheint kein Ende nehmen zu wollen. Ehrlich gesagt habe ich mir nie richtig klargemacht, wie groß so ein Bundesstaat tatsächlich ist. Wenn du eine Landkarte studierst, hast du nur immer nur ein Blatt Papier mit merkwürdig gezogenen Grenzen und kleinen Straßenadern vor dir. Selbst Texas sieht so besehen ziemlich klein aus, und nachdem alle für längere Strecken nur noch das Flugzeug nehmen, hat man inzwischen das Gefühl, dass der nächste Bundesstaat nur eine Stunde entfernt ist. Nach weiteren neunzig Minuten haben sich mein Rücken und mein Hintern in steifes, hartes Dörrfleisch verwandelt. Ständig rutsche ich auf meinem Sitz herum und hoffe, eine Sitzposition zu finden, in der sich die Verkrampfungen lösen, aber stattdessen verkrampfen sich nur andere Körperteile.

Allmählich beginne ich meinen Beschluss zu bereuen, denn Busfahren nervt.

Ich höre ein Quietschen aus der Lautsprecheranlage

und dann die Stimme des Busfahrers: »In fünf Minuten legen wir eine Rastpause ein«, sagt er. »Sie haben fünfzehn Minuten, um etwas zu essen, dann fahren wir weiter. Fünfzehn Minuten. Wir können nicht warten, also seien Sie rechtzeitig wieder da, sonst fährt der Bus ohne Sie.« Dann verstummt der Lautsprecher wieder.

Auf diese Ankündigung hin beginnen alle, sich in ihren Sitzen zu räkeln und ihren Kram zusammenzusuchen – nichts wirkt so belebend wie die Aussicht, sich nach einer mehrstündigen Busfahrt die Beine vertreten zu dürfen.

Wir biegen auf eine weitläufige Raststätte, an der mehrere Sattelschlepper parken und wo es einen kleinen Laden, eine Autowaschanlage und ein Fast-Food-Restaurant gibt. Noch bevor der Bus auch nur anhält, stehen alle im Gang. Ich auch. Mein Rücken bringt mich bald um.

Im Gänsemarsch klettern wir aus dem Bus, und sobald ich von der letzten Stufe trete, genieße ich den Beton unter meinen Füßen und die milde Brise in meinem Gesicht. Es ist mir gleich, dass wir hier am Arsch der Welt gelandet sind oder dass die prähistorischen Zapfsäulen an der Tankstelle absolut widerliche Toiletten befürchten lassen; ich bin einfach nur froh, nicht mehr in diesem Bus zu stecken. Ich gleite praktisch (wie eine wenig grazile, lahme Gazelle) über den asphaltierten Parkplatz auf das Restaurant zu. Zuerst verschwinde ich in der Toilette, und als ich wieder herauskomme, stehen schon mehrere Gäste an der Theke an. Ich studiere konzentriert die Speisekarte und überlege, ob ich lieber große Pommes oder einen Vanilla Shake nehmen soll – ich war noch nie eine große Fast-Food-Freundin. Und als ich schließlich mit einem Vanilla Shake aus dem Restaurant trete, sehe ich den Typen aus dem Bus auf dem Rasenstreifen zwischen den verschiedenen Parkbuchten sitzen. Er hat die Knie angezogen und isst einen Burger. Ich sehe ihn absichtlich nicht an, als ich vorbeigehe, aber das hält ihn nicht davon ab, mich anzuquatschen.

»Du hast noch acht Minuten, bevor du wieder in diese Blechdose krabbeln musst«, sagt er. »Willst du *wirklich* deine kostbare Zeit da drin verbringen?«

Ich bleibe neben einem Bäumchen stehen, das von einem Stock aufrecht gehalten wird und mit einem rosa Band daran festgemacht ist.

»Es sind nur acht Minuten«, antworte ich. »Das macht doch keinen Unterschied.«

Er versenkt die Zähne in seinen Burger, kaut und schluckt.

»Stell dir vor, man würde dich lebendig begraben«, sagt er dann und zieht gleich darauf am Strohhalm seiner Limo. »Und du würdest langsam ersticken. Scheiße, wenn sie dich nur acht Minuten früher rausgeholt hätten, dann hättest du überlebt.«

»Okay, kapiert«, sage ich.

»Ich bin nicht ansteckend«, sagt er und beißt wieder in seinen Burger.

Wahrscheinlich war ich bis jetzt wirklich nicht besonders nett zu ihm. Ich meine, irgendwie hatte er das verdient, aber er ist nicht wirklich lästig oder so, darum gibt es keinen Grund, die Stacheln bis zum Anschlag auszufahren. Eigentlich möchte ich mir auf dieser Fahrt lieber keine Feinde machen.

»Na gut«, sage ich und setze mich ein Stück von ihm weg ins Gras.

»Und warum Idaho?«, fragt er, aber er sieht mich dabei kaum an, sondern vor allem auf sein Essen und in die Gegend.

»Ich fahre meine Schwester besuchen«, lüge ich. »Sie hat gerade ein Baby bekommen.«

Er nickt und schluckt.

»Warum Wyoming?«, frage ich in der Hoffnung, nicht mehr über mich reden zu müssen.

»Ich fahre meinen Vater besuchen«, sagt er. »Er liegt im Sterben. Inoperabler Gehirntumor.« Er beißt wieder in seinen Burger. Offenbar geht ihm das mit seinem Vater nicht besonders nahe.

»Oh …«

»Mach dir deswegen keinen Kopf.« Diesmal sieht er mich kurz an. »Irgendwann müssen wir alle abtreten. Mein alter Herr macht keine große Sache daraus, und er will auch nicht, dass wir es tun.« Er sieht mich an und lächelt. »Tatsächlich hat er gedroht, dass er uns aus dem Testament streicht, sobald wir anfangen zu heulen oder so.«

Ich sauge kurz an meinem Milkshake, um meinen Mund beschäftigt zu halten und nicht auf diese Erklärung reagieren zu müssen. Ich weiß sowieso nicht, was ich dazu sagen sollte.

Er nimmt ebenfalls einen Schluck.

»Wie heißt du?«, fragt er und stellt den Becher ins Gras.

Ich überlege kurz, ob ich ihm meinen richtigen Namen verraten soll. Die Kurzversion muss reichen, beschließe ich und sage: »Cam.«

»Wofür steht das?«

Damit habe ich nicht gerechnet.

Ich zögere, und mein Blick schweift ab. »Camryn«, gebe ich zu. Inzwischen muss ich mir so viele Lügen merken, dass ich vielleicht zum Ausgleich bei meinem wahren Vornamen bleiben sollte. Mit dem Vornamen allein kann man nur wenig anfangen, und ich muss mir nicht merken, was ich stattdessen gesagt habe.

»Ich bin Andrew. Andrew Parrish.«

Ich nicke und lächle schmal, aber ich werde ihm trotzdem nicht verraten, wie ich mit Nachnamen heiße. Er wird sich mit meinem Vornamen begnügen müssen.

Während er die Reste seines Burgers vertilgt und dann ein paar Pommes hinunterschlingt, studiere ich ihn aus dem Augenwinkel und bemerke dabei, dass unter den beiden Ärmeln seines T-Shirts der Ansatz eines Tattoos zu erkennen ist. Er ist höchstens Mitte zwanzig, wenn überhaupt.

»Wie alt bist du?« Die Frage kommt mir immer noch zu persönlich vor. Hoffentlich liest er nichts hinein, was ich nicht gemeint habe.

»Fünfundzwanzig«, sagt er. »Und du?«

»Zwanzig.«

Er betrachtet mich nachdenklich, stutzt kurz und spitzt dann leise die Lippen.

»Also, ich freue mich, dich kennenzulernen, zwanzigjährige Cam oder Camryn auf dem Weg nach Idaho zu ihrer Schwester, die gerade ein Baby bekommen hat.«

Meine Lippen lächeln, aber meine Augen nicht. Bis ich ein von Herzen kommendes Lächeln in seine Richtung schicken kann, muss noch einige Zeit ins Land gehen. Immerhin kann ich auf diese Weise ein nettes Mädchen sein, ohne dass ich deshalb eines der netten Mädchen werde, die nach einem allzu offenen Lächeln mit durchgeschnittener Kehle in einem Kofferraum landen.

»Du kommst also aus Wyoming?« Ich nehme wieder einen Schluck von meinem Milchshake.

Er nickt knapp. »Ich bin dort geboren, aber meine Eltern haben sich scheiden lassen, als ich sechs Jahre alt war, und danach zog meine Mutter mit uns nach Texas.«

Texas. Wie komisch. Vielleicht rächt sich jetzt mein dämliches Gerede über die Cowboystiefel und den Ruf der Texaner. Außerdem sieht er gar nicht wie ein Texaner aus, wenigstens entspricht er nicht der stereotypen Vorstellung, die man von einem Texaner hat.

»Und da fahre ich auch wieder hin, nachdem ich meinen Vater besucht habe – und wie sieht's bei dir aus?«

Okay, lügen oder nicht lügen? Ach, vergiss es. Schließlich habe ich es hier nicht mit einem Privatdetektiv zu tun, den mein Vater auf mich angesetzt hat, um mir nachzuspionieren. Damit ich nicht doch noch in einem Kofferraum ende, darf ich ihm nur erstens weder meinen Nachnamen noch zweitens irgendwelche Adressen verraten, die ihn zu mir führen könnten, falls ich je wieder nach Hause zurückkehren sollte. Wahrscheinlich ist es viel einfacher, mehr oder weniger bei der Wahrheit zu bleiben, als sich für jede Frage, die er mir stellt, eine passende Lüge auszudenken und sie mir alle für später einzuprägen. Schließlich werden wir noch länger miteinander im Bus sitzen, wie er so richtig bemerkt hat, und noch mehrmals gemeinsam umsteigen, bevor sich unsere Wege trennen.

»North Carolina«, sage ich.

Er mustert mich von Kopf bis Fuß. »Du siehst nicht aus wie jemand aus North Carolina.«

*Hä? Okay, das ist echt schräg.*

»Wie sollte ein Mädchen aus North Carolina denn aussehen?«

»Du legst wohl jedes Wort auf die Goldwaage, oder?«, fragt er grinsend.

»Und du provozierst deine Mitmenschen wohl gern, oder?«

»Ach was«, sagt er und lächelt arglos und fröhlich. »Ich nehme nur kein Blatt vor den Mund, und damit kann nicht jeder umgehen. Pass auf, wenn du den Typen da drüben fragst, ob dein Arsch in dieser Jeans fett aussieht, wird er das bestimmt abstreiten. Wenn du mich fragst, sage ich dir ganz ehrlich, was ich denke – und wenn etwas den Erwartungen der Menschen widerspricht, wirft sie das total aus dem Gleis.«

»Wirklich?« Obwohl ich inzwischen weiß, wie der Typ heißt, verstehe ich ihn genauso wenig wie davor. Ich sehe ihn weiter so an, als wäre er irre, was irgendwie seinen ganz eigenen Reiz hat.

»Wirklich«, antwortet er knapp.

Ich warte auf eine ausführlichere Erklärung, aber die kommt nicht. »Du bist echt merkwürdig«, sage ich.

»Und, willst du nicht fragen?«

»Was denn?«

Er lacht. »Ob ich finde, dass dein Arsch in dieser Jeans fett aussieht.«

Ich spüre, wie ärgerliche Falten mein Gesicht verknittern. »Ganz bestimmt nicht. Ich … äh …« Doppelt drauf geschissen. Wenn er Spielchen spielen will, ist er bei mir an der falschen Adresse. Ich schenke ihm ein zuckersüßes Schmunzeln. »Es interessiert mich nicht, was du denkst, denn ich *weiß*, dass mein Arsch in dieser Jeans nicht fett aussieht.«

Ein gefährlich harmloses Lächeln zieht seine Mundwinkel nach oben. Er trinkt noch mal von seiner Limonade, steht dann auf und streckt mir die Hand hin. »Sieht so aus, als wären unsere acht Minuten vorüber.«

Vielleicht hat mich dieser Wortwechsel absolut aus der Bahn geworfen, aber ich nehme tatsächlich seine Hand und lasse mich von ihm hochziehen.

»Siehst du«, er mustert mich von Kopf bis Fuß und lässt meine Hand wieder los, »wie viel wir in nur acht Minuten übereinander erfahren haben, Camryn?«

Ich gehe neben ihm, aber ich halte etwas Abstand. Ich weiß noch nicht so recht, ob mir seine schlagfertigen Erwiderungen und seine selbstbewusste Art auf den Geist gehen, oder ob ich beides erfrischender finde, als es mein Verstand eingestehen möchte.

Im Bus setzt sich jeder wieder auf seinen Platz. Ich hatte die Zeitschrift aus dem letzten Busbahnhof auf meinem Sitz liegen lassen, in der Hoffnung, dass mir niemand den Platz wegnimmt. Andrew setzt sich wieder in die Sitzreihe hinter meiner. Zum Glück nimmt er meine Bereitschaft, mit ihm zu reden, nicht als Aufforderung, sich auf den Platz neben mir zu pflanzen.

Stunden verstreichen, ohne dass wir ein Wort wechseln. Ich denke viel an Natalie und Ian.

»Hey, Camryn«, höre ich Andrew irgendwann hinter mir sagen, »vielleicht erzählst du mir später mal, wer Nat ist.«

Ich schieße hoch und beuge mich über die Lehne nach hinten. »Was hast du gesagt?«

»Immer mit der Ruhe, Mädel«, sagt er und hebt den Kopf von der Tasche, die er gegen die Außenverkleidung geklemmt hat und als Kopfkissen nutzt. »Du redest im Schlaf.« Er lacht leise. »Ich habe gestern Nacht gehört, wie du jemand namens Nat die Meinung gesagt hast – es ging um ein Haarshampoo oder so.« Ich sehe seine Schultern beben, obwohl er flach daliegt, die Arme über der Brust verschränkt und die Beine in den Gang gestreckt.

Super. Ich rede im Schlaf. Einfach perfekt. Warum hat Mom mir das nie erzählt?

Kurz frage ich mich, was ich da wohl geträumt habe,

und schlagartig wird mir klar, dass ich vielleicht sehr wohl träume und mich nur nie daran erinnern kann.

»Das geht dich nichts an«, sage ich, rutsche wieder auf meinen Platz und versuche es mir bequem zu machen. Mir steht vor Augen, wie sich Andrew hingelegt hat, der anscheinend tatsächlich eine halbwegs bequeme Position gefunden hat, und ich beschließe, es ihm gleichzutun. Schon mehrmals habe ich mit dem Gedanken gespielt, mich so hinzulegen, aber ich fand es unhöflich, meine Füße in den Gang zu strecken. Aber wahrscheinlich interessiert das niemanden, darum drücke ich meine Reisetasche zusammen, quetsche sie unter meinen Kopf und lege mich genau wie Andrew quer über die Sitzbank. Schon ist es deutlich bequemer. Ich wünschte, ich hätte das von Anfang an so gemacht.

Irgendwann weckt mich die Ankündigung des Busfahrers, dass wir in zehn Minuten in Garden City anhalten werden.

»Bitte achten Sie darauf, alles mitzunehmen«, ermahnt er uns über die Lautsprecheranlage, »und lassen Sie bitte keinen Abfall zurück. Wir danken Ihnen, dass Sie mit uns durch den wunderschönen Staat Kansas gefahren sind, und würden uns freuen, Sie bald wieder begrüßen zu dürfen.«

Er klingt absolut monoton und gelangweilt, aber wahrscheinlich würde ich genauso klingen, wenn ich das Tag für Tag zu meinen Fahrgästen sagen müsste.

Ich richte mich ganz auf, zerre meine Reisetasche wieder heraus und öffne sie, um nach meinem Busticket zu kramen. Schließlich ziehe ich es halb zerknittert zwischen einer Jeans und meinem auf alt gestylten Schlumpf-Schlafshirt hervor, streiche es glatt und informiere mich über die nächsten Stationen. So wie es aussieht, sind es noch sechseinhalb Stunden bis Denver, zwei Rastpausen unterwegs eingerechnet. Verflucht, wie bin ich nur auf *Idaho* verfallen? Es gibt so viele faszinierende Reiseziele, aber ich lasse mich von einer Folienkartoffel inspirieren. Dabei erwartet mich nach der tagelangen Fahrt rein gar nichts, worauf ich mich freuen könnte. Außer der nächsten Busfahrt. Scheiße, ich könnte genauso gut meine Kreditkarte benutzen und mir ein Flugticket nach Hause kaufen. Nein, dazu bin ich noch nicht bereit. Ich weiß nicht warum, aber ich kann noch nicht zurück.

Ich kann einfach nicht.

Überrascht, dass Andrew sich noch nicht bemerkbar gemacht hat, drehe ich mich um und versuche ihn heimlich durch den schmalen Spalt zwischen den beiden Sitzen auszuspähen, kann aber nichts erkennen.

»Bist du wach?«, frage ich und hebe dabei das Kinn an, damit er mich da hinten hört.

Er antwortet nicht, und ich schiele über die Rückenlehne. Natürlich, er ist wieder eingestöpselt. Verdutzt stelle ich fest, dass ich diesmal die Musik nicht aus den Ohrhörern quaken höre.

Andrew bemerkt mich, hebt lächelnd die Hand und wackelt grüßend mit dem Zeigefinger. Ich recke ebenfalls den Zeigefinger und deute damit nach vorne, um ihm mitzuteilen, dass es eine Durchsage gab. Er zieht die Stöpsel aus den Ohren, sieht mich an und wartet auf eine Erklärung zu meiner Geste.

# Andrew

Einige Tage zuvor …

# 7

Heute hat mich mein Bruder aus Wyoming angerufen. Er sagte, unser alter Herr würde es nicht mehr lange machen. Er musste schon während der letzten sechs Monate immer wieder ins Krankenhaus.

»Wenn du ihn noch sehen willst«, sagte Aidan am anderen Ende der Leitung, »dann solltest du dich schleunigst auf den Weg machen.«

Ich verstehe durchaus, was Aidan mir damit sagen will. Wirklich. Aber ehrlich gesagt kapiere ich in diesem Moment nur, dass mein Dad sterben wird, verfluchte Scheiße.

*»Und wehe euch, ihr weint mir nach«,* hatte er meinen Brüdern und mir letztes Jahr erklärt, als bei ihm eine seltene Form von Gehirntumor diagnostiziert wurde. *»Dann streiche ich euch aus meinem Testament, Jungs.«*

Ich hasse ihn, weil er mir damit mehr oder weniger erklärt hat, dass ich eine Pussy wäre, wenn ich um den einzigen Mann in meinem Leben weinen sollte, für den ich sogar sterben würde. Das mit dem Testament ist mir egal. Ich will sowieso nichts von dem haben, was er mir hinterlässt. Vielleicht schenke ich es meiner Mom.

Dad war immer ein harter Knochen. Er hat meine Brüder und mich gnadenlos gedrillt, aber ich schätze, wir haben uns ganz anständig entwickelt (und wahrscheinlich hatte er genau das mit dem Drill beabsichtigt). Aidan, mein ältester Bruder, besitzt eine gut gehende Bar in Chicago und ist mit einer Kinderärztin verheiratet. Asher, unser Jüngster, ist auf dem College und würde später am liebsten bei Google arbeiten.

Ich? Zu meiner Schande muss ich gestehen, dass ich heimlich eine Zeitlang für mehrere angesehene Agenturen gemodelt habe, aber dazu kam es nur, weil ich letztes Jahr schwer zu kämpfen hatte. Direkt nachdem ich das mit meinem Dad erfahren hatte. Weil ich nicht weinen konnte, habe ich meinen Frust an meinem 1969er Chevy Camaro ausgelassen. Ich habe ihn mit einem Baseballschläger demoliert. Mein Dad hatte diesen Wagen zusammen mit mir restauriert. Das war unser »Vater-Sohn-Projekt«, und wir hatten es kurz vor meinem Schulabschluss in Angriff genommen. Wahrscheinlich dachte ich mir, wenn er nicht mehr da ist, will ich den Wagen auch nicht mehr.

Darum der Job als Model.

Fuck nein, ich habe nie aktiv nach einer Agentur gesucht. Diese Scheiße interessiert mich nicht. Ich wurde von ein paar Scouts angesprochen, als ich gerade in Aidans Bar saß und mich vollllaufen ließ. Wahrscheinlich war es ihnen egal, dass ich … na ja, dass ich voll war, denn sie steckten mir ihre Karte zu und boten mir eine schöne Summe an, falls ich in ihrer Agentur in New York auftauchen würde, und nachdem ich drei Wochen den Camaro angestarrt und meinen Wutanfall bereut hatte, dachte ich mir, warum nicht? Mit dem Scheck für diesen einen Besuch konnte ich wenigstens die schlimmsten Dellen ausbeulen. Also fuhr ich hin. Und obwohl ich mit ein paar Anzeigen genug Geld verdiente, um den Wagen wieder herzurichten, schlug ich den Vertrag über fünfzigtausend Dollar aus, den LL Elite mir daraufhin anbot, weil es wie gesagt nicht mein Ding ist, mich dafür bezahlen zu lassen, dass ich in Unterhosen vor einer Kamera herumspringe. Fuck, ich kam mir schon blöd vor, die Aufträge anzunehmen, die ich angenommen *habe.* Also habe ich das gemacht, was jeder Fleisch futternde, Bier trinkende Normalo tun würde – mir ein paar Tattoos stechen lassen und mir einen Job als Mechaniker gesucht, um männlicher und weniger verweichlicht zu wirken.

Das ist vielleicht nicht die Zukunft, die sich mein alter Herr für mich ausgemalt hatte, aber im Gegensatz zu meinen Brüdern habe ich schon früh begriffen, dass es ausschließlich meine Zukunft und mein Leben ist und dass ich nicht das Leben führen kann, das sich jemand anderes für mich vorstellt. Auch darum bin ich vom College abgegangen, als mir klar wurde, dass ich etwas studierte, das mich einen Scheiß interessiert.

Wieso lassen die Menschen so gern andere über sich bestimmen?

Ich nicht. Ich will im Leben nur eines. Und das ist weder Geld noch Ruhm und auch kein mit Photoshop vergrößerter Pimmel auf einer Anzeigetafel am Times Square, genauso wenig wie ein Collegeabschluss, der mir später mal nützlich werden kann oder auch nicht. Was ich wirklich will, kann ich gar nicht so genau sagen, aber ich spüre es in meinem Bauch. Dort liegt es wie im Winterschlaf. Und sobald ich mein Ziel im Leben sehe, werde ich es erkennen.

»Mit dem *Bus*?«, fragt Aidan fassungslos.

»Genau«, sage ich. »Ich fahre mit dem Bus. Ich brauche Zeit zum Nachdenken.«

»Andrew, vielleicht hält Dad nicht mehr so lange durch«, sagt er, und ich höre den unterdrückten Zorn in seiner Stimme. »Im Ernst, Bro.«

»Wenn ich da bin, bin ich da.«

Mein Daumen zuckt auf die Taste mit dem roten Hörer und beendet das Telefonat.

Wahrscheinlich hofft etwas in mir, dass er gestorben ist, bevor ich dort ankomme. Denn ich weiß, dass ich Rotz und Wasser heulen werde, falls er stirbt, während ich gerade dort bin. Das ist mein *Vater*, der Mann, der mich großgezogen hat und zu dem ich heute noch aufsehe. Und er verbietet mir zu weinen. Ich habe immer alles gemacht, was er gesagt hat, und nachdem ich seit jeher versucht habe, ein guter Sohn zu sein, werde ich die Tränen zurückkämpfen, weil er es so will. Aber ich weiß auch, dass ich dadurch etwas noch viel Destruktiveres in mir heranzüchte.

Ich will nicht so enden wie mein Auto.

Eine kleine Reisetasche mit Wechselkleidung, Zahnbürste, Smartphone und der MP3-Player mit meinen liebsten Classic-Rock-Songs – noch etwas, das mein Dad mir mitgegeben hat: *»Dieses neue Zeug, das die Kids heutzutage hören, ist nur Mist, Junge«*, erklärte er mir mindestens einmal im Jahr. *»Halt dich lieber an Led Zep!«* Natürlich habe ich trotzdem auch neuere Musik gehört, auch wenn mein Dad nichts davon hielt. Ich habe meinen eigenen Kopf, klar? Aber ich habe auch genug Klassiker gehört und bin stolz darauf.

»Mom, die brauche ich nicht.«

Sie stopft ein Päckchen mit Desinfektionstüchern in meine Reisetasche. Sie hatte schon immer eine Höllenangst vor allen möglichen Keimen.

Seit ich sechs Jahre alt war, pendelte ich zwischen Texas und Wyoming hin und her. Irgendwann wurde mir klar, dass ich eher nach Texas passe, weil ich das Meer und die Hitze liebe. Inzwischen wohne ich seit vier Jahren in meinem eigenen Apartment in Galveston, aber gestern Abend wollte meine Mom um jeden Preis, dass ich bei ihr übernachte. Sie weiß, wie nahe ich meinem Dad stehe, und sie weiß, dass ich manchmal explodiere, wenn ich leide oder zornig bin. Letztes Jahr habe ich eine Nacht im Knast verbracht, weil ich Darren Ebbs verprügelt hatte, nachdem er seiner Freundin vor meinen Augen eine reingehauen hatte. Und als ich meinen besten Freund Maximus wegen einer Herzinsuffizienz einschläfern lassen musste, habe ich meine Trauer an dem Baum hinter meinem Apartment ausgelassen, bis mir die Hände bluteten.

Ich werde eigentlich ganz selten gewalttätig, nur gegenüber irgendwelchen Arschlöchern oder gelegentlich mir selbst.

»Diese Busse sind so verdreckt«, sagt sie und stopft das Päckchen in meine Reisetasche. »Vor ewigen Zeiten, noch bevor ich deinen Vater kennenlernte, musste ich mal mit einem fahren und lag danach wochenlang flach.«

Ich streite nicht mit ihr; das würde nichts bringen.

»Ich begreife trotzdem nicht, warum du nicht fliegst. Du wärst viel schneller dort.«

»Mom«, sage ich und gebe ihr einen Kuss auf die Wange, »ich muss das eben so machen – vielleicht ist das mein Schicksal oder so.« Den zweiten Halbsatz glaube ich selbst nicht, aber ich dachte, ich werfe ihr was mit Tiefsinn hin, auch wenn sie genau weiß, dass ich so was eigentlich nie sagen würde. Dann gehe ich zum Küchenschrank, ziehe zwei Fertigtoasts mit braunem Zucker und Zimt aus der Schachtel und lasse sie in meine Tasche fallen. »Vielleicht würde das Flugzeug abstürzen.«

»Das ist nicht komisch, Andrew.« Sie sieht mich streng an.

Ich schließe sie lächelnd in die Arme. »Ich komme

schon zurecht, und ich bin bei Dad, bevor er …« Mir versagt die Stimme.

Mom umarmt mich noch fester, als ich sie umarmt habe.

Bis ich endlich in Kansas bin, beginne ich mich zu fragen, ob meine Mom vielleicht recht hatte. Ich dachte, ich könnte auf der langen Fahrt in Ruhe nachdenken, den Kopf frei bekommen und mir vielleicht sogar Gedanken darüber machen, was ich da eigentlich tue und was ich mit meinem Leben anfangen will, wenn mein Dad gestorben ist. Weil sich dann alles verändern wird. Es verändert sich immer alles, wenn ein geliebter Mensch stirbt. Nur kann man sich dummerweise nicht auf diese Veränderungen vorbereiten, sosehr man sich auch bemüht.

Nur eines ist gewiss: dass man sich fragen wird, wer wohl als Nächstes dran ist.

Ich weiß, dass ich meine Mom fortan mit anderen Augen ansehen werde …

Im Nachhinein war die Busfahrt wohl eher Zeitverschwendung als eine Gelegenheit für tiefsinnige Überlegungen. Ich hätte wissen müssen, dass es mir nicht guttut, zu viel Zeit allein mit meinen Gedanken zu verbringen. Ich bin schon jetzt zu dem Schluss gekommen, dass ich mein Leben mehr oder weniger vergeudet habe, und nun schlage ich mich mit den zahllosen daraus folgenden Emotionen herum: Wozu bin ich hier? Was ist der Sinn des Lebens? Was zum Teufel treibe ich hier eigentlich? Bislang hatte ich jedenfalls keine Erleuchtungserlebnisse und habe auch keine plötzlichen weisen Erkenntnisse über das Leben gewonnen, während ich in einem filmtauglichen Augenblick aus dem Busfenster starrte. Die einzige Musik, die im Hintergrund meines ganz persönlichen Films läuft, ist *Would?* von Alice In Chains, und das ist ganz bestimmt kein erleuchtungsfördernder Song.

Der Fahrer will gerade die Tür schließen, als ich angelaufen komme und er mich bemerkt.

Gott sei Dank ein Bus, in dem ich vielleicht endlich in Ruhe schlafen kann: jede Menge freie Sitze.

Ich arbeite mich nach hinten vor und habe dabei die zwei freien Sitze hinter der niedlichen Blonden im Blick, die mich ziemlich sicher in den Knast bringen würde, wenn ich mit ihr was anfinge. Mein Minderjährigen-Radar ist immer aktiv, vor allem seit ich mich damals mit diesem Mädchen einließ, das ich in einem Fast-Food-Restaurant kennengelernt hatte. Sie hatte mir erklärt, sie sei neunzehn, aber dann erfuhr ich gerade noch rechtzeitig, dass sie sechzehn und ihr Vater schon mit einem Baseballschläger unterwegs zu dem Pool war, an dem wir uns vergnügten.

Mein Dad hat das ganz richtig erkannt: *»Heutzutage weißt du nicht mehr, ob eine zwölf oder zwanzig ist, Junge. Ich habe den Verdacht, dass die Regierung irgendwas in unser Wasser kippt – pass einfach verflucht auf, wenn du mal ein bisschen Spaß brauchst.«*

Als ich an dem Mädchen im Bus vorbeigehe, bemerke ich, dass sie ihre Tasche auf den freien Platz am Gang schiebt, damit ich mich woanders hinsetze.

Witzig. Ich meine, gut, sie ist niedlich, aber hinten im Bus sind ungefähr zehn Plätze frei, und das heißt, ich kann mir eine ganze Sitzbank nehmen, auf der ich mich nach Lust und Laune ausbreiten und den dringend nötigen Schlaf finden kann.

Leider läuft die Sache nicht nach Plan, und ich sitze Stunden später immer noch hellwach auf meinem Platz, starre aus dem Fenster und puste mir die Ohren mit Musik voll. Das Mädchen vor mir ist vor ungefähr einer Stunde weggepennt, und ich wollte ihr nicht länger zuhören, wie sie im Schlaf redet; ich habe zwar kaum ein Wort von dem verstanden, was sie vor sich hin murmelte, aber ich wollte auch nichts hören. Jemandem zuzuhören, der nicht weiß, was er redet, ist so, als würde man ihn belauschen. Da höre ich lieber Musik.

Schließlich schlafe ich ein, wuchte aber mühsam die Augenlider hoch, als ich ein Klopfen auf meinem Knie spüre. Wow, sie ist wirklich schön, selbst wenn ihr Haare an der Wange kleben und die Dunkelheit den Rest ihres Gesichts verschluckt. Sie könnte dich in den Knast bringen, Andrew. Dass ich mir das vorsage, hat nichts damit zu tun, dass ich andernfalls irgendwas tun könnte, was ich lieber lassen sollte, nein, ich sage das nur, damit ich nicht enttäuscht bin, wenn ich herausfinde, dass es stimmt.

Nach einem kurzen Geplänkel über die Möglichkeit, dass meine Musik sie aus dem Schlaf geholt hat, drehe ich den Player leiser, und sie rutscht wieder in ihre kleine Sitzplatz-Kuschelecke zurück.

Ich habe nicht den leisesten Schimmer, was mich dazu treibt, mich über ihre Lehne zu beugen und sie anzusehen. Aber Herausforderungen haben mich schon immer gereizt, und sie hat bei unserer nicht einmal fünfundvierzig Sekunden dauernden Unterhaltung so viel Feuer gezeigt, dass ich den metaphorischen Fehdehandschuh aufnehmen muss.

Ich habe schon immer gern mit dem Feuer gespielt.

Und ich habe noch nie vor einer Herausforderung zurückgescheut.

Am nächsten Morgen biete ich ihr an, ihr meinen MP3-Player zu leihen, aber offenbar hat sie genauso viel Angst vor irgendwelchen Keimen wie meine Mutter.

Ein Mann, ungefähr Anfang vierzig, sitzt drei Reihen vor dem Mädchen auf der anderen Seite des Busses. Mir ist schon beim Einsteigen aufgefallen, wie er sie ansieht. Sie ahnt nicht, dass er sie beobachtet, und ich finde die Vorstellung verstörend, dass er sie schon angestarrt hat, bevor ich eingestiegen bin, oder dass er weiß Gott was getrieben hat, während er da vorn allein in der Dunkelheit saß.

Seither behalte ich ihn irgendwie unauffällig im Auge. Wahrscheinlich hat er noch gar nicht mitbekommen, dass ich ihn beobachte, so gefesselt ist er von ihrem Anblick.

Sein Blick pendelt zwischen ihr und der winzigen Bustoilette hin und her. Ich kann fast hören, wie das Räderwerk in seinem Kopf arbeitet.

Ich frage mich, wann er sich an sie ranmachen wird.

Genau in dem Moment steht er auf.

Sofort rutsche ich aus meiner Sitzbank und setze mich neben sie. Dabei gebe ich mich so selbstsicher, als wäre rein gar nichts dabei. Ich spüre, wie ihre Augen mich ansehen und wie sie sich fragt, was der Scheiß soll.

Während der Mann an uns vorbeigeht, halte ich den Blick abgewandt, weil er sonst merken würde, dass ich ihm auf die Schliche gekommen bin. Jetzt denkt er wahrscheinlich, dass ich es ebenfalls auf die Kleine abgesehen hätte; dass ich mich selbst an sie ranmachen will, weshalb er vorerst zurückstecken und es später noch mal versuchen wird.

Und dann kriegt er meine Faust ins Gesicht.

Ich greife in meine Tasche und krame nach dem Päckchen mit Desinfektionstüchern, das meine Mom mir zugesteckt hat. Ich ziehe eins aus der Verpackung, wische damit die Ohrhörer ab und reiche sie ihr. »Wie neu«, sage ich und warte ab, ob sie zugreift, obwohl ich genau weiß, dass sie es nicht tun wird.

»Ich will sie trotzdem nicht. Aber danke.«

»Wahrscheinlich ist das sowieso nicht dein Ding«, sage ich und versenke den Player wieder in meiner Tasche. »Schließlich höre ich weder Justin Bieber noch diese Irre mit dem Fleischmantel, also wirst du wohl ohne Musik auskommen müssen.«

Ihrer irritierten Miene nach zu urteilen bin ich ihr damit schmerzhaft auf die Zehen gestiegen. Ich lache still in mich hinein und wende den Kopf halb ab, damit sie mich nicht grinsen sieht.

»Erstens kann ich Justin Bieber nicht ausstehen.«

Gott sei Dank.

»Und zweitens ist Lady Gaga gar nicht so übel. Zugegeben, sie ist ein bisschen zu lang auf der Schock-Masche geritten, aber ein paar von ihren Sachen gefallen mir echt gut.«

»Die Musik ist scheiße, das weißt du selbst«, zitiere ich kopfschüttelnd meinen Vater.

Ich stelle meine Tasche auf den Boden, lehne mich zurück und stemme einen Fuß gegen den Vordersitz. Ich frage mich, warum sie mich noch nicht weggeschickt hat. Und das macht mir echt zu schaffen. Wäre sie etwa »zu nett« gewesen, um den Arsch zum Teufel zu jagen, falls er sich vor mir an sie rangeschmissen hätte? Ein Mädchen wie sie könnte unmöglich auf einen Typen wie ihn stehen, aber sehen wir den Tatsachen ins Auge, manchmal lassen sich Mädchen von ihren allzu mitfühlenden Genen in die Irre leiten. Und mehr als die paar Sekunden sind nicht nötig.

Ich lasse den Kopf gegen das Polster sinken, drehe ihn zur Seite und sehe sie wieder an. »Classic Rock ist das einzig Wahre«, sage ich. »Led Zeppelin, Stones, Journey, Foreigner – läutet da was bei dir?«

Sie verdreht die Augen. »Ich bin nicht blöd«, sagt sie, und ein Lächeln zieht an meinem Mundwinkel, weil sie sofort wieder Funken sprüht. »Ich mag Bad Company.«

»Nenn mir einen Song von Bad Company, und ich bin still«, provoziere ich sie.

Ich sehe ihr die Nervosität an, weil sie leicht an ihrer Unterlippe zu nagen beginnt, was ihr wahrscheinlich genauso wenig bewusst ist wie die Tatsache, dass sie im Schlaf spricht und von widerlichen Kerlen angeglotzt wird.

Ich warte geduldig ab, kann aber nicht das Grinsen von meinem Gesicht wischen, weil ich es lustig finde, wie sie sich windet und sich an all die Autofahrten mit ihren Eltern zu erinnern versucht, auf denen sie das Zeug gehört hat, in der festen Hoffnung, irgendwann auf eine Erinnerung zu stoßen, die ihr über diesen kritischen Moment hinweghilft.

*»Ready for Love«*, antwortet sie schließlich, und ich bin beeindruckt.

»Und bist du es?«, frage ich, und in dem Moment haut es mich um. Ich habe nicht die leiseste Ahnung, was »es« ist, aber es haut mich nichtsdestotrotz um. Es ist als hätte ich bemerkt, dass mich dieses Gefühl heimlich beobachtet, und ich bekäme es nicht zu fassen.

»Hä?« Meine Frage trifft sie ebenso unvermutet, wie es mich getroffen hat.

Ein Lächeln stiehlt sich in mein Gesicht. »Nichts«, sage ich und schaue weg.

Der Perverse schleicht zu seinem Platz zurück und ärgert sich wahrscheinlich, dass ich immer noch da sitze, wo er gern sitzen würde. Ich bin nur froh, dass sie abwartet, bis er vorbeigegangen ist, bevor sie mich auf meine Bank schickt, damit sie sich wieder auf beiden Sitzen ausbreiten kann.

Nachdem ich wieder in meine Sitzreihe gerutscht bin, beuge ich mich noch mal vor und frage: »Wohin fährst du eigentlich?«

Nach Idaho, sagt sie, aber ich glaube, diese Antwort sagt nicht alles. Ich kann nicht genau sagen warum, aber ich habe das starke Gefühl, dass sie entweder lügt, was nicht verkehrt wäre, nachdem sie mich nicht kennt, oder dass sie irgendwas verheimlicht.

Vorerst bohre ich nicht weiter nach, sondern sage ihr nur, wohin ich fahre, und lasse mich dann auf meinem Platz nieder.

Der Mann drei Reihen weiter vorn hat schon wieder zu ihr herübergesehen. Am liebsten würde ich ihm allein für seine dreckigen Blicke das Hirn zu Brei prügeln.

Irgendwann später biegt der Bus auf einen Rastplatz, und der Fahrer gibt uns fünfzehn Minuten, um uns die Beine zu vertreten und was zu essen. Ich sehe, wie das Mädchen in der Toilette verschwindet, und stelle mich als Erster am Essensschalter an. Ich bekomme meine Bestellung, gehe wieder nach draußen und setze mich auf den Rasenstreifen neben dem Parkplatz. Der Perverse spaziert an mir vorbei und steigt allein wieder in den Bus.

Ich kann sie überreden, sich zu mir zu setzen. Anfangs zögert sie, aber offenbar bin ich charmant genug. Meine Mom meinte immer, ich sei ihr charmantes Sandwichkind. Wahrscheinlich hatte sie recht.

Wir reden kurz darüber, warum ich nach Wyoming fahre und sie nach Idaho. Ich werde immer noch nicht richtig schlau aus ihr, irgendwas ist da, ohne dass ich es genauer benennen könnte, aber gleichzeitig sperre ich mich dagegen, sie sympathisch zu finden, weil ich das beunruhigende Gefühl habe, dass sie minderjährig ist und mich eventuell anlügen würde, um sich älter zu machen.

Andererseits sieht sie aus, als wäre sie zwar jünger als ich, aber altersmäßig nicht allzu weit von mir entfernt.

O fuck! Warum mache ich mir überhaupt Gedanken darüber? Während ich hier neben ihr auf dem Rasen sitze, liegt mein Vater im Sterben. Ich sollte ausschließlich an meinen Dad denken und mir überlegen, was ich zu ihm sagen werde, falls ich es tatsächlich nach Wyoming schaffe, bevor er uns verlässt.

»Wie heißt du?«, frage ich, stelle meinen Becher ins Gras und versuche die Gedanken an meinen sterbenden Vater beiseitezuschieben.

Sie überlegt kurz, wahrscheinlich ob sie mir die Wahrheit sagen soll oder nicht. »Cam«, antwortet sie schließlich.

»Wofür steht das?«

»Camryn.«

»Ich bin Andrew. Andrew Parrish.«

Sie kommt mir ein bisschen schüchtern vor.

»Und wie alt bist du?«, fragt sie und überrascht mich absolut damit. Vielleicht ist sie doch nicht minderjährig, denn minderjährige Mädchen würden dieses Thema auf keinen Fall anschneiden, wenn sie selbst nicht verraten wollen, wie alt sie in Wahrheit sind.

Sofort mache ich mir Hoffnungen, dass sie doch schon volljährig ist. Ja, am liebsten hätte ich, dass sie …

»Fünfundzwanzig«, sage ich. »Und du?« Ganz plötzlich bleibt mir die Luft weg.

»Zwanzig«, sagt sie.

Ich lasse mir ihre Antwort kurz durch den Kopf gehen und presse dabei die Lippen zusammen. Ich weiß immer noch nicht, ob sie lügt, aber vielleicht werde ich die Wahrheit herausfinden, wenn wir mehr Zeit miteinander verbracht haben, auf dieser Reise, die uns vorübergehend zusammengeführt hat.

»Also, ich freue mich, dich kennenzulernen, zwanzigjährige Cam oder Camryn auf dem Weg nach Idaho zu ihrer Schwester, die gerade ein Baby bekommen hat.«

Ich lächle. Wir unterhalten uns noch ein paar Minuten – acht Minuten, genau gesagt – über dies und das, und ich ärgere sie ein bisschen, weil sie das mit ihrer großen Klappe nicht anders verdient hat.

Ich habe sogar den Eindruck, dass es ihr gefällt, wie ich mit ihr rede. Ich spüre eine gewisse Sympathie. Leicht nur, aber nicht zu verleugnen. Und das kann nicht an meinem Aussehen liegen – Scheiße, wahrscheinlich riecht mein Atem total nach Arsch, und ich habe seit gestern nicht mehr geduscht –, denn wenn es nur um mein Aussehen gehen würde, hätte *sie* im Gegensatz zu den Mädchen, die sonst auf mich stehen, mich auf der Stelle abserviert. Erst wollte sie nicht, dass ich mich neben sie setze. Dann hatte sie keine Hemmungen, mir zu erklären – und zwar ziemlich zickig –, dass ich die Musik leiser stellen soll. Sie wurde stinksauer, als ich behauptet habe, sie hätte Bieber-Fieber (*mich* macht es stinksauer, dass ich diesen Scheißbegriff auch nur kenne – ich gebe der Gesellschaft die Schuld daran), und ich glaube, sie hätte keine Hemmungen, mir in die Eier zu treten, wenn ich sie an der falschen Stelle berühren würde. Nicht dass ich das würde. Auf gar keinen Fall. Aber es gefällt mir, dass sie der Typ dafür wäre.

O fuck, ich mag das Mädchen.

Wir steigen wieder in den Bus, und ich krabbele auf meinen Sitz und lasse die Beine in den Gang hängen, und wenig später sehe ich ihre weißen Tennisschuhe aus ihrer Sitzreihe ragen und muss lächeln, weil sie mich offenbar interessant genug findet, um mich zu kopieren. Zwanzig Minuten später sehe ich kurz nach ihr, und genau wie gedacht schläft sie tief und fest.

Ich drehe die Musik auf und lausche, bis ich ebenfalls einschlafe.

Als ich wieder aufwache, streckt sie den Kopf über die Rückenlehne, und ich winke ihr lächelnd mit einem Finger zu.

Irgendwie sieht sie jedes Mal besser aus.

# Camryn

# 8

»Noch zehn Minuten«, sage ich, »dann dürfen wir aus dieser Blechdose raus.«

Andrew löst grinsend den Rücken vom Sitz und verstaut seinen MP3-Player.

Ich weiß nicht genau, warum ich ihm das unbedingt sagen wollte.

»Hast du besser geschlafen?«, fragt er und zieht den Reißverschluss seiner Tasche zu.

»Habe ich wirklich.« Ich fasse in meinen Nacken und spüre diesmal keine Verspannungen. »Danke für den unfreiwilligen Vorschlag.«

»Gern geschehen«, antwortet er, und sein Grinsen wird noch breiter.

»Denver?«, fragt er kurz darauf und sieht zu mir auf.

Ich nehme an, er will wissen, ob wir gleich dort halten. »Klar, in nur sieben Stunden.«

Andrew schüttelt den Kopf und scheint sich über diese Zeitangabe genauso wenig zu freuen wie ich.

Zehn Minuten später biegt der Bus in den Busbahnhof von Garden City. Hier warten mindestens dreimal so viele Fahrgäste wie an der letzten Station, und das gefällt mir gar nicht. Eilig bahne ich mir einen Weg durch das Terminal und nehme den ersten freien Sitz in Beschlag, weil alle in Windeseile besetzt sein werden. Andrew verschwindet um die Ecke in Richtung Verkaufsstand und kehrt mit einer Dose Mountain Dew und einer Tüte Chips zurück.

Er setzt sich auf den Platz neben mich, der auf wundersame Weise frei geblieben ist, und öffnet die Dose.

»*Was ist?*« Er sieht mich scharf an.

Mir ist gar nicht aufgefallen, wie angeekelt ich geschaut habe, während er seinen Softdrink weggeschluckt hat.

»Nichts«, sage ich und wende den Blick ab. »Ich finde das nur eklig.«

Ich höre ihn leise lachen, dann reißt er knisternd die Chipstüte auf. »Du findest wohl vieles eklig.«

Ich drehe mich ihm wieder zu und rücke die Reisetasche auf meinem Schoß zurecht. »Wann hast du das letzte Mal was gegessen, was nicht ganz so … herzinfarktsträchtig war?«

Er zerkaut einen Chip und schluckt ihn runter. »Ich esse, was mir gefällt – du bist doch hoffentlich keine von diesen hochnäsigen Vegetarierzicken, die sich ständig darüber beklagen, dass die Fast-Food-Ketten das ganze Land verfetten.«

»Bin ich nicht«, sage ich, »aber ich könnte mir vorstellen, dass die hochnäsigen Vegetarierzicken nicht ganz unrecht haben.«

Er zermahlt eine Handvoll Chips zwischen den Zähnen, nimmt einen tiefen Schluck Mountain Dew und grinst mich wieder an.

»Nicht das Fast Food macht die Menschen fett«, erklärt er kauend. »Die Menschen entscheiden selbst. Die Fast-Food-Ketten profitieren nur von der Blödheit der Leute, die sich entscheiden, bei ihnen zu essen.«

»Und du bist also einer dieser blöden Leute?« Jetzt feixe ich ihn an.

Er zuckt mit den Achseln. »Wahrscheinlich schon, wenn ich nur zwischen Verkaufsautomaten und Burgerläden entscheiden kann.«

Ich verdrehe die Augen. »Na klar, als würdest du dich anders ernähren, wenn du die Möglichkeit dazu hättest. Das kauf ich dir nicht ab.«

Ich glaube, ich werde langsam besser in diesen Wortgefechten.

Er lacht laut auf. »Scheiße, natürlich würde ich lieber was anderes essen. Ein saftiges Steak wäre mir allemal lieber als ein altbackener Hamburger und ein Bier eindeutig lieber als eine Dose Mountain Dew.«

Ich schüttele den Kopf, kann das leise Lächeln aber nicht von meinem Gesicht wischen.

»Was isst *du* denn normalerweise?«, fragt er. »Salat und Tofu?«

»Bäh.« Ich rümpfe die Nase. »Tofu kommt mir nicht in den Mund, und Salat ist nur was für Diätfanatiker.« Ich verstumme und lächle. »Ganz ehrlich?«

»Aber klar doch – spuck's aus«, sagt er.

Er sieht mich an, als würde er ein lustiges, niedliches Tier studieren.

»Ich mag Spaghetti, Fleischbällchen und Sushi.«

»Was, alles *zusammen*?« Jetzt sieht er angewidert aus.

Ich brauche ein paar Sekunden, bis ich kapiere.

»Quatsch, nein!« Ich schüttle heftig den Kopf. »Das wäre übrigens auch ziemlich eklig.«

Er lächelt und wirkt erleichtert.

»Ich bin kein großer Steak-Fan«, fahre ich fort, »aber wenn ich eingeladen würde, würde ich wahrscheinlich eins essen.«

»Ach, du willst, dass ich dich um ein Date bitte?« Sein Grinsen wird noch breiter.

Ich starre ihn an, und der Unterkiefer klappt mir runter. »Nein!«, beteuere ich und merke, wie ich dabei rot werde. »Ich wollte nur sagen …«

Andrew lacht und nimmt noch einen Schluck. »Ich weiß, ich weiß«, sagt er. »Mach dir deswegen keinen Kopf. Ich habe bestimmt nicht vor, dich zum Essen einzuladen.«

Meine Augen werden noch größer, mein Unterkiefer sackt noch weiter ab, und ich laufe endgültig knallrot an.

Er lacht noch lauter.

»Verdammt, Mädel«, sagt er immer noch lachend. »Du stehst wirklich auf dem Schlauch, wie?«

Ich sehe ihn strafend an.

Er zieht ebenfalls die Stirn in Falten, aber irgendwie lächelt er dabei.

»Ich sag dir was«, erklärt er mir halbwegs ernst. »Falls wir tatsächlich bei einer unserer Rastpausen ein Steakhaus finden, das uns in fünfzehn Minuten ein Steak brät, damit wir unseren Bus nicht verpassen, dann lade ich dich ein und überlass dir die Entscheidung, ob es als Date zählt oder nicht, wenn wir unsere Steaks gemeinsam im Bus verputzen.«

»Das wäre kein Date, das kann ich dir jetzt schon sagen.«

Er lächelt schief.

»Dann wäre es eben keins«, sagt er. »Damit kann ich leben.«

Ich hätte gedacht, dass das Thema damit abgehakt ist, aber dann fragt er aus heiterem Himmel: »Aber wenn es kein Date wäre, was wäre es dann?«

»Was weiß ich«, antworte ich. »Ich würde sagen, es wäre so ein Freundschaftsding. Du weißt schon, zwei Freunde, die sich gemeinsam den Bauch vollschlagen.«

»Ach«, sagt er mit einem Funkeln in den Augen. »Dann sind wir jetzt also Freunde?«

Damit habe ich nicht gerechnet. Er ist gut. Ich presse bedächtig die Lippen zusammen und überlege. »Klar«, antworte ich dann. »Ich schätze, wir sind irgendwie Freunde, wenigstens bis Wyoming.«

Er beugt sich vor und reicht mir die Hand. Zögernd nehme ich sie. Sein Griff ist sanft, aber fest und sein Lächeln freundlich und offen.

»Freunde bis Wyoming, so soll es sein.« Er schüttelt einmal meine Hand und lässt sie dann wieder los.

Ich kann nicht einschätzen, was gerade passiert ist, aber ich habe nicht das Gefühl, dass ich etwas getan habe, was ich später bereuen werde. Eigentlich ist nichts Schlimmes dabei, einen »Reisefreund« zu haben. So wie ich es sehe, wären wohl die meisten Menschen unangenehmere Weggefährten als Andrew. Alles in allem scheint er harmlos zu sein, außerdem ist er, zugegeben, ein amüsanter Gesprächspartner. Er ist keine alte Lady, die mich mit Geschichten aus ihrer Jugendzeit traktiert, er ist auch kein alter Sack, der sich einbildet, er sei immer noch so heiß wie mit siebzehn Jahren und ich würde das in ihm sehen, was er vor ein paar Jahrzehnten einmal dargestellt hat. Nein, verglichen damit fällt Andrew eindeutig in den Wohlfühlbereich. Klar, aus den verschiedensten Gründen wäre es besser, wenn er ein Mädchen wäre, aber immerhin ist er ungefähr in meinem Alter, und hässlich ist er auch nicht. Nein, Andrew Parrish ist eindeutig nicht von irgendeinem Baum gefallen.

Dafür steht er schon verdächtig nah am Baum der Versuchung, und genau das macht mir an der ganzen Sache zu schaffen.

Wir wissen doch alle, dass es nicht wirklich zählt, was gerade in deinem Leben abläuft, wen du in letzter Zeit verloren hast, wie sehr du die Welt hasst oder wie gefährlich es ist, sich zu jemandem hingezogen zu fühlen, bevor sich deine Wunden auf ein erträgliches Maß geschlossen haben. Wir alle sind trotzdem nur Menschen, und als Menschen registrieren wir es unwillkürlich, wenn wir jemanden attraktiv finden. Das liegt in unserer Natur.

Aber dieser Natur nachzugeben ist was ganz anderes, und genau da ziehe ich die Grenze.

Das wird nicht passieren, komme, was wolle.

Aber ja, natürlich macht es mir zu schaffen, dass er so heiß ist, denn das bedeutet, dass ich mich ganz besonders anstrengen muss, damit ich auf keinen Fall etwas sage oder tue, was einen falschen Eindruck erwecken könnte. Heiße Typen *wissen,* dass sie heiß sind. Sie wissen es einfach, selbst wenn sie nicht damit angeben. Und es liegt genauso in der menschlichen Natur, dass ein heißer Typ jedes unschuldige Lächeln und jedes lockere Gespräch über mehr als drei Minuten automatisch als Zeichen dafür nimmt, dass sich ein Mädchen zu ihm hingezogen fühlt.

Daher wird diese »Freundschaft« erhebliche Anstrengungen meinerseits erfordern. Ich werde mich bemühen, nett, aber nicht *zu* nett zu sein. Ich werde lächeln, wenn es angebracht ist, aber ich werde dabei aufpassen und das Lächeln immer der Situation anpassen müssen. Ich werde lachen, wenn er was Witziges sagt, aber er soll mein Lachen auf keinen Fall für ein Ich-steh-echt-wahnsinnig-auf-dich-Lachen halten.

Ja, das wird ganz bestimmt anstrengend. Vielleicht wäre eine alte Lady doch besser gewesen …

Andrew und ich warten fast eine Stunde im Terminal, bevor unser nächster Bus einfährt. Und wie erwartet sieht es nicht so aus, als hätten wir diesmal jeweils eine Sitzbank für uns. Obwohl es schon spät ist, sieht die

Warteschlange vor der Bustür eher so aus, als hätten gar nicht alle im Bus Platz. Ein Dilemma. Scheiße. Andrew und ich sind zwar seit vorhin Freunde auf Zeit, aber ich bringe es nicht fertig, ihn zu fragen, ob er neben mir sitzen will. Das könnte unter die Art von Fragen fallen, die den falschen Eindruck erwecken. Also stehe ich stumm vor ihm in der langsam vorrückenden Schlange und hoffe darauf, dass er sich von selbst neben mich setzen wird. Lieber er als jemand anderes, mit dem ich noch kein Wort gewechselt habe.

Ich arbeite mich bis zu einer leeren Sitzbank in der Mitte des Busses vor, rutsche durch und lasse mich auf den Fensterplatz fallen.

Er setzt sich neben mich, und ich atme insgeheim auf.

»Nachdem du ein Mädchen bist«, sagt er und stellt die Reisetasche zwischen seinen Füßen ab, »darfst du am Fenster sitzen.«

Er lächelt.

Als endlich alle eingestiegen sind und ich schon die Körperwärme der vielen Menschen um uns herum aufsteigen spüre, höre ich die Türen quietschen, und gleich darauf ruckt der Bus an.

Jetzt, wo ich jemanden zum Reden habe, kommt mir die Fahrt längst nicht mehr so lang und ermüdend vor. Das Gefühl stellt sich schon nach einer Stunde Unterhaltung ein, während der wir über alles Mögliche reden, beispielsweise über seine liebsten Rockbands oder über meine Begeisterung für Pink und darüber, warum ihre Sachen viel besser sind als irgendwelche Songs von Boston oder Foreigner, die für mich absolut gleich klingen. Etwa zwanzig Minuten der ersten Stunde gehen für diesen Streit drauf – er ist echt stur, aber andererseits stehen wir uns in der Beziehung wahrscheinlich in nichts nach, nachdem er das Gleiche über mich sagt. Und ich verrate ihm, wer »Nat« ist, verschweige dabei aber die grausigen Einzelheiten unserer Beziehung.

Als wir eine Zeitlang durch die Dunkelheit gefahren sind, wird mir klar, dass keine Sekunde lang verlegenes Schweigen zwischen uns geherrscht hat, seit wir in den Bus gestiegen sind und er sich neben mich gesetzt hat.

»Wie lange willst du in Idaho bleiben?«

»Ein paar Tage.«

»Und dann fährst du mit dem Bus wieder heim?« Auf einmal ist das Lächeln aus Andrews Gesicht verschwunden.

»Schon«, sage ich. Ich will das Thema nicht vertiefen, weil ich keine Ahnung habe, wie meine Antworten ausfallen werden.

Ich höre ihn seufzen.

»Es geht mich ja nichts an.« Er sieht mich an, und ich spüre, wie der Abstand zwischen uns dahinschmilzt, so nahe ist er mir. »Aber du solltest nicht so allein durch die Welt gondeln.«

Ich sehe ihn nicht an. »Mir bleibt wohl kaum was anderes übrig.«

»Warum?«, fragt er. »Ich will dich nicht anbaggern oder so, aber für ein junges, verflucht hübsches Mädchen wie dich ist es nicht ungefährlich, ganz allein durch die schmuddeligsten Busbahnhöfe Amerikas zu ziehen.«

Ich merke, wie sich auf meinem Gesicht ein Lächeln ausbreitet, das sich einfach nicht unterdrücken lässt.

Ich sehe ihn wieder an. »Du willst mich also nicht anbaggern«, sage ich, »aber du bezeichnest mich als ›verflucht hübsch‹ und bringst noch im selben Satz mehr oder weniger den alten Was-macht-ein-Mädchen-wie-du-an-so-einem-Ort-Spruch?«

Er wirkt fast ein bisschen beleidigt. »Ganz im Ernst, Camryn«, sagt er, und mein Lächeln löst sich in Luft auf. »Es könnte dir wirklich was passieren.«

Ich bemühe mich, die Spannung zu lösen, indem ich grinsend erkläre: »Mach dir um mich keine Sorgen. Glaub mir, ich kann verdammt laut schreien, wenn sich jemand an mich ranmachen will.«

Er schüttelt den Kopf, atmet tief durch und lässt sich dann widerstrebend auf meinen Versuch, die Stimmung zu heben, ein.

»Erzähl mir von deinem Dad«, sage ich.

Das halbe Lächeln erlischt, und er blickt starr nach vorn. Ich habe das Thema nicht zufällig aufgebracht. Ich weiß nicht warum, aber ich habe das komische Gefühl, dass er was mit sich herumträgt. Als er in Kansas kurz erwähnte, dass sein Vater im Sterben liegt, wirkte er äußerlich völlig ungerührt. Trotzdem muss er ihn lieben, denn immerhin fährt er die ganze Strecke, noch dazu im Bus, um seinen Vater ein letztes Mal vor seinem Tod zu sehen. Tut mir leid, aber niemand bleibt ungerührt, wenn ein geliebter Mensch gestorben ist oder im Sterben liegt.

Eine merkwürdige Bemerkung von jemandem, der selbst nicht mehr weinen kann.

»Er ist ein guter Mann.« Andrew schaut stur geradeaus. Ich habe das Gefühl, dass er in diesem Moment seinen Dad vor sich sieht, dass er nichts mehr wahrnimmt außer seinen Erinnerungen.

Plötzlich dreht er sich mir wieder zu und lächelt, und es ist kein Lächeln, hinter dem sich Schmerzen verstecken, sondern eher eines, das von einer schönen Erinnerung getragen wird.

»Mein Dad hat mich als Kind nicht ins Baseballstadion, sondern zu einem Boxkampf mitgenommen.«

»Echt?« Ich merke, wie mein Gesicht sich aufhellt. »Erzähl.«

Er sieht wieder nach vorn, aber seine Miene bleibt gefühlvoll. »Dad wollte uns zu Kämpfern machen …« Er sieht mich kurz an. »Nicht zu Boxkämpfern oder *echten* Kämpfern, obwohl ihn das wahrscheinlich nicht besonders gestört hätte. Ich meine Kämpfer im Allgemeinen, du weißt schon, im Leben. Im übertragenen Sinn.«

Ich zeige mit einem Nicken, dass ich verstanden habe.

»Ich saß mit meinen acht Jahren am Ring, schaute gebannt zu, wie diese zwei Männer aufeinander einprügelten, und hörte dabei die ganze Zeit die Stimme meines Vaters, der neben mir gegen die Menge anredete: ›Sie haben keine Angst, Sohn‹, sagte er zu mir. ›Jede einzelne Bewegung ist kalkuliert. Manchmal führt sie zum Erfolg, manchmal nicht, aber sie lernen aus jeder Bewegung, aus jeder Entscheidung.‹«

Andrew fängt kurz meinen Blick auf, und sein Lächeln verblasst langsam, bis er mich fast ausdruckslos ansieht. »Er erklärte mir, dass ein echter Kämpfer niemals weint, dass er sich von keinem Schlag in die Knie zwingen lässt. Bis auf den unvermeidlichen letzten Schlag natürlich, aber selbst dann geht er immer wie ein Mann zu Boden.«

Auch mein Lächeln ist erloschen. Ich weiß nicht genau, was in diesem Moment in Andrews Kopf vorgeht, aber wir wirken beide ernüchtert. Ich möchte ihn fragen, ob bei ihm alles okay ist, weil es das offensichtlich nicht ist, aber das käme mir komisch vor. Das Timing würde nicht stimmen, schließlich kenne ich ihn nicht gut genug, um in seinen Gefühlen herumzuwühlen.

Also sage ich nichts.

»Bestimmt hältst du mich jetzt für ein Arschloch«, sagt er.

Ich blinzle überrascht. »Nein!«, widerspreche ich. »Wie kommst du denn darauf?«

Sofort macht er einen Rückzieher und lässt wieder dieses unwiderstehliche Lächeln aufstrahlen, so als hätte er die Frage ironisch gemeint.

»Ich fahre ihn besuchen, bevor er ins Gras beißt«, sagt er, und seine Wortwahl lässt mich erschrocken auffahren, »denn so gehört sich das schließlich, oder? Das ist so üblich, so wie man ›Gesundheit‹ wünscht, wenn jemand niest, oder sich bei anderen erkundigt, wie das Wochenende war, obwohl es dich einen feuchten Dreck interessiert.«

*Verdammt, wo kommt das plötzlich her?*

»Man muss im Jetzt leben«, sagt er, und ich schweige fassungslos. »Findest du nicht auch?« Er dreht den Kopf zur Seite und sieht mich wieder an.

Ich brauche ein paar Sekunden, um meine Gedanken zu ordnen, und selbst dann weiß ich nicht, was ich sagen soll. »Im Jetzt leben«, zitiere ich ihn und muss dabei unwillkürlich an meine Überzeugung denken, im Jetzt zu *lieben*. »Wahrscheinlich hast du recht.« Aber ich frage mich trotzdem, wie er das für sich sieht.

Den Rücken gegen die Lehne geschmiegt, hebe ich den Kopf, um Andrew genauer in Augenschein zu nehmen. Plötzlich habe ich das Bedürfnis, alles über seine Ansichten zu erfahren. Alles über *ihn* zu erfahren.

»Was bedeutet es für dich, im Jetzt zu leben?«, frage ich.

Ich merke, dass seine eine Braue kurz zuckt und sich seine Miene verändert, als würde ihn die Ernsthaftigkeit meiner Frage oder mein aufrichtiges Interesse überraschen. Vielleicht auch beides.

Er richtet sich auf und hebt ebenfalls den Kopf.

»Nur dass es Quatsch ist, irgendwelchen Dingen nachzutrauern oder große Pläne zu schmieden«, sagt er. »Wenn man Vergangenem nachtrauert, kann man nicht nach vorn blicken. Und wenn man zu viel Zeit aufs Planen verwendet, engt man dadurch seine Möglichkeiten ein und tritt am Ende das ganze Leben auf der Stelle.« Er sieht mir in die Augen. »Wenn du im Augenblick lebst«, erklärt er mir eindringlich, als wäre ihm das wirklich wichtig, »und alles vom Leben mitnimmst, wenn du dir genügend Zeit nimmst und deine schlechten Erinnerungen halbwegs im Zaum hältst, dann kommst du viel schneller voran und dabei viel seltener ins Stolpern.«

Es wird still, während unsere Gedanken darum kreisen, was er gerade gesagt hat. Ich frage mich, ob er das Gleiche denkt wie ich. Und ich frage mich vor allem, warum ich bei unseren Gesprächen so oft das Gefühl habe, in einen Spiegel zu blicken.

Der Bus rollt schwer über den Freeway, immer laut und selten sanft. Aber inzwischen habe ich schon fast vergessen, wie unangenehm eine Busfahrt verglichen mit einer Fahrt im eigenen Auto ist. Und wenn man sich auf die positiven Aspekte einer Busfahrt konzentriert statt auf die negativen, vergisst man genauso leicht, dass es überhaupt negative Aspekte gibt. Neben mir sitzt ein Junge mit wunderschönen grünen Augen und einem schön geschnittenen Gesicht und einer schönen Art zu denken. In Gesellschaft von etwas so Schönem kann es keine unangenehme Busfahrt geben.

Eigentlich sollte ich gar nicht hier sein …

# Andrew

# 9

Ich fasse es nicht, dass sie mich auf meinen Vater angesprochen hat. Nicht dass ich deswegen sauer wäre, es überrascht mich nur, dass sie sich anscheinend tatsächlich dafür interessiert. Dass sie sich das überhaupt gemerkt hat. Sie hat sich nicht unauffällig erkundigt, was ich arbeite, um daraus Schlüsse zu ziehen, wie viel ich wohl verdiene, und sie hat auch nicht errötend gekichert und mit dämlichem Gesichtsausdruck meine Tattoos zu berühren versucht, als Vorwand, *mich* zu berühren. Das turnt so was von ab. Ich meine, zugegeben, es ist scharf, wenn du flachgelegt werden willst – das vereinfacht vieles –, aber aus einem mir unerklärlichen Grund bin ich froh, dass Camryn es nicht versucht hat.

Wer *ist* dieses Mädel, verflucht noch mal?

Und warum mache ich mir so viele Gedanken über sie?

Irgendwann schläft sie neben mir ein, den Kopf gegen das Busfenster gelehnt. Ich widerstehe dem Drang, sie anzusehen und erneut festzustellen, wie jung und unschuldig sie aussieht, weil ich genau weiß, wie mein Instinkt, und ganz besonders mein Beschützerinstinkt, darauf reagiert.

Der Perversling hat es offenbar aufgegeben, sie zu beobachten, nachdem er uns nebeneinander im Terminal sitzen sah. In seiner männlichen Sichtweise betrachtet er sie jetzt wahrscheinlich als mein »Territorium«, meinen

Besitz. Und das ist nur gut so, denn das bedeutet, dass er sie in Frieden lassen wird, solange ich in ihrer Nähe bin. Allerdings fahren wir nur bis Wyoming miteinander, und das macht mich ganz krank vor Sorge. Hoffentlich steigt der Typ aus, bevor Camryns Weg und meiner sich trennen. Es sind noch zwei Raststopps bis Denver – ich hoffe nur, dass er in Denver aussteigt, und wenn nicht, werde ich ihn bis Wyoming nicht aus den Augen lassen.

Er wird auf keinen Fall nach Idaho fahren. Eher bringe ich den Hurensohn um.

Ich lasse den Blick durch den dunklen, stillen Bus wandern. Der Kerl hat den Kopf gegen die Rückenlehne gedrückt und schläft. Auf dem Fensterplatz neben ihm sitzt eine Frau, aber sie ist viel zu alt, als dass er sich für sie interessieren würde. Er mag sie jung, wahrscheinlich *richtig* jung. Mir wird ganz schlecht, wenn ich mir vorstelle, was er anderen jungen Mädchen schon angetan haben mag.

Obwohl es in einem Bus immer laut ist, obwohl man ständig das Pfeifen des Windes hört, der gegen das Metall drückt, das schnelle Sirren der Reifen auf dem Straßenbelag und das Dröhnen des schweren Motors, der diese Blechdose über den Freeway treibt, ist es gleichzeitig auch ruhig. Fast friedlich. So friedlich, wie eine Busfahrt überhaupt sein kann.

Ich stopfe mir die Ohrhörer in die Gehörgänge, schalte den MP3-Player an und stelle ihn auf Zufallswiedergabe. Was wohl als Erstes kommt? Das erste Lied gibt immer die Stimmung vor. Ich habe über dreihundert Songs auf diesem Ding. Dreihundert verschiedene Stimmungsgeber. Allerdings habe ich den Verdacht, dass mein MP3-Player voreingenommen ist, weil als Erstes grundsätzlich *Dust in the Wind* von Kansas, *Going to California* von Led Zeppelin oder irgendwas von den Eagles kommt.

Ich warte gespannt auf die ersten Akkorde, ohne auf das kleine Display mit der Playlist zu sehen, so als würde ich bei einem Quiz mitmachen und wollte nicht bescheißen. Ah, eine gute Wahl. *Dream On* von Aerosmith. Ich lehne mich zurück, schließe die Augen und merke, erst als die Musik deutlich leiser geworden ist, dass ich automatisch den Lautstärkeregler gedrückt habe. Weil ich Camryn nicht aufwecken will.

Ich öffne die Augen, schaue zu ihr hinüber und sehe, wie fest sie ihre Reisetasche umklammert, so als würde sie sogar im Tiefschlaf darauf achtgeben. Ich frage mich, was sie wohl enthält, ob sich darin irgendwas finden würde, das mir mehr über sie verrät. Ob irgendwas darin ist, das mir die Wahrheit über sie verraten könnte.

Aber das tut nichts zur Sache. Nach Wyoming werden wir uns nicht mehr kennen, und wenig später wird sie wahrscheinlich vergessen haben, wie ich heiße. Es ist besser so, ich weiß. Ich schleppe zu viel Ballast mit mir herum, und selbst wenn wir jetzt befreundet sind, möchte ich ihr nichts davon aufladen. Das würde ich niemandem wünschen.

Steven Tylers tiefer, melodiöser Singsang wiegt mich in den Halbschlaf. Ich warte noch die Stelle mit dem hohen Schrei ab und lasse ihn alles herausbrüllen, um danach endgültig abzudriften.

»Alter, ernsthaft«, höre ich eine Stimme.

Etwas drückt gegen meine Schulter. Ich wache auf und sehe, wie Camryn mich mit ihren dünnen Armen wegzuschieben versucht. Ehrlich gesagt amüsieren mich ihr ärgerlicher Blick und ihre verschlafene Miene und die Tatsache, dass es ihr trotz aller Anstrengung nicht gelingt, meinen schweren Körper wegzudrücken.

»Entschuldige«, sage ich, noch nicht ganz wach. Ich richte mich auf, versuche mich zu orientieren und merke, dass mein Nacken steif wie ein Brett ist. Ich wollte bestimmt nicht mit dem Kopf auf ihrer Schulter schlafen, aber mir ist das längst nicht so peinlich, wie sie jetzt tut. Jedenfalls bin ich ziemlich sicher, dass sie nur so tut, als wäre es ihr peinlich. Sie kann sich nur mit Mühe ein Lächeln verkneifen.

Dabei kann ich ihr helfen. Ich grinse sie an.

»Findest du das etwa komisch?«, fragt sie mit halb offenem Mund, während ihre Brauen ihre hübsche kleine Stirn zerknittern.

»Also, ehrlich gesagt schon.« Mein Grinsen wird noch breiter, und endlich weicht ein Lächeln ihr Gesicht auf. »Aber es tut mir auch leid. Ehrlich.« Und das ist nicht gelogen.

Sie kneift ein Auge halb zu und sieht mich von der Seite an, wie um zu prüfen, ob ich es ernst meine, und auch das finde ich niedlich.

Ich schaue nach vorn, strecke die Arme nach oben, um mich zu dehnen, und muss sofort gähnen.

»Wie eklig!« Ihre Bemerkung überrascht mich kein bisschen. »Dein Atem riecht voll nach *Arsch*!«

Ein leises, kurzes Lachen gluckert durch meine Worte: »Verdammt, Mädchen, woher willst du überhaupt wissen, wie Arsch riecht?«

Damit bringe ich sie zum Schweigen. Ich lache noch mal, lasse meinen MP3-Player in die Reisetasche fallen und fange an zu wühlen. Dann klicke ich den Deckel der Zahnpastatube auf, tupfe einen Klecks auf meine Zunge, verteile ihn überall in meinem Mund und schlucke. Natürlich beobachtet Camryn mich dabei mit angewiderter Miene, aber genau darauf habe ich es abgesehen.

Offenbar ist der ganze Bus vor mir aufgewacht. Ich kann kaum glauben, dass ich tatsächlich geschlafen habe und nicht mindestens dreimal aufgewacht bin, um mir eine bequemere Position zu suchen, die ich dann doch nie finde.

»Wo sind wir überhaupt?«, frage ich und schaue in der Hoffnung, irgendwelche Straßenschilder zu erblicken, aus dem riesigen Fenster neben Camryn.

»Immer noch ein Stück vor Denver«, antwortet sie. »Der Fahrer hat eben durchgesagt, dass wir in zehn Minuten noch mal Rast machen.«

»Gut«, sage ich und strecke ein Bein in den Gang. »Ich muss mir unbedingt die Beine vertreten. Ich bin total steif.«

Obwohl sie sich sofort dem Fenster zudreht, ertappe ich sie bei einem Lächeln. Total steif. Okay, sie hat also einen genauso versauten Humor wie ich. Schon die Vorstellung bringt mich zum Lachen.

Die nächste Raststätte unterscheidet sich kaum von den vorangegangenen und besteht aus Tankstellen beiderseits des Freeways sowie zwei Fast-Food-Restaurants. Ich kann nicht glauben, dass ich nur wegen dieses Mädchens mit mir hadere, ob ich in eines davon gehen soll, was ich ansonsten, ohne zu zögern, getan hätte. Und mir ist selbst nicht klar, ob ich ihr damit demonstrieren möchte, dass ich mich sehr wohl zu einer gesünderen Ernährung durchringen kann, wenn ich die Wahl habe, oder ob ich bloß nicht von ihr zur Schnecke gemacht werden will.

Moment mal! Wer hat hier eigentlich die Hosen an?

Eindeutig *sie.* O fuck.

Wir steigen alle nacheinander aus dem Bus, ich direkt nach Camryn, und kaum ist sie vorn am Bus vorbei, bleibt sie stehen, dreht sich mit verschränkten Armen und zusammengekniffenen Lippen zu mir um und sieht mich auffordernd an.

»Also, wenn du so superschlau bist«, höre ich mich sagen und klinge dabei zugegebenermaßen wie ein bockiger Drittklässler, »dann zeig doch mal, ob du in einem von diesen Läden was Gesundes zu essen findest – das nicht wie Gummireifen in flüssiger Scheiße schmeckt.«

Ein Lächeln zupft an ihrem Mundwinkel. »Die Wette gilt«, nimmt sie die Herausforderung an.

Ich folge ihr in den angeschlossenen Supermarkt, und sie steuert direkt auf die Getränke-Kühlregale zu. Genau wie die Blondine in dieser Gameshow (ich weiß nicht, in welcher, weil ich keine Gameshows schaue, aber die Blondine kennt echt jeder) schwenkt Camryn ihre Hände vor der Glastür des Kühlregals auf und ab, als wollte sie mir zum allerersten Mal die Welt der Fruchtsäfte und Wasserflaschen offenbaren.

»Wie du siehst, beginnen wir mit einer Auswahl an Säften«, verkündet sie mit ihrer besten Gameshow-Ansagerinnenstimme. »Jeder dieser Säfte ist besser als Limonade. Du hast die Wahl.«

»Ich hasse Säfte.«

»Sei nicht kindisch. Du kannst dich frei entscheiden. Bestimmt findest du *einen*, den du trinkbar findest.« Sie tritt zwei Schritte zurück und gibt den Blick auf die unzähligen, mit Geschmack versetzten Mineralwässer hinter der nächsten Tür frei.

»Du kannst auch ein Wasser nehmen«, fährt sie fort, »aber du kommst mir nicht wie jemand vor, der an einer schicken Wasserflasche nuckelt.«

»Nein, das ist mir eindeutig zu zickig.« Eigentlich habe ich kein Problem damit, Wasser aus der Flasche zu trinken, aber mir gefällt dieses Spiel.

Sie lächelt und versucht gleichzeitig ernst zu bleiben.

Ich rümpfe die Nase, ziehe einen Schmollmund und lasse den Blick zwischen ihr und dem Kühlregal hin- und herpendeln.

Dann trete ich mit einem tiefen Seufzen an die Tür, lasse die Augen über die verschiedenen Marken und Geschmacksrichtungen und Geschmacksmischungen wandern und rätsele, warum es so viele Flaschen mit Erdbeer oder Kiwi oder Erdbeer *und* Kiwi gibt. Ich kann beides nicht ausstehen.

Schließlich ziehe ich die Tür auf und greife nach einem schlichten Orangensaft.

Sie verzieht prompt das Gesicht.

*»Was ist?«*, frage ich hinter der offenen Tür.

»Orangensaft stillt den Durst nicht besonders gut.«

Ich schnaufe hörbar aus und sehe sie, ohne zu blinzeln, an.

»Endlich habe ich mich entschieden, und jetzt erklärst du mir, ich hätte mich falsch entschieden?« Ich muss beinahe lachen, aber ich versuche ihr ein schlechtes Gewissen zu machen.

Und es scheint zu wirken.

Sie zieht die Stirn in Falten. »Na ja, es ist nur … Orangensaft ist eher so was wie ein Vitamin-C-Stoß für unterwegs. Der macht dich nur noch durstiger.«

Sie sieht tatsächlich so aus, als hätte sie Angst, dass sie mich vor den Kopf gestoßen haben könnte, und das berührt mich eigenartig. Also lächle ich, nur um sie wieder lächeln zu sehen.

Sie grinst mich an wie der Teufel persönlich.

Oh, sie ist *gut* …

# Camryn

# 10

Endlich zieht Denver an uns vorbei, und wir nähern uns Andrews Reiseziel in Wyoming. Es wäre gelogen, wenn ich behaupten würde, dass mir das nicht zu schaffen macht. Andrew hatte recht, als er sagte, es sei nicht ungefährlich für mich, allein zu reisen. Ich verstehe nur nicht, warum mich das nicht gestört hat, *bevor* ich ihm begegnet bin. Vielleicht fühle ich mich einfach sicherer in seiner Gesellschaft, weil er so aussieht, als könnte er ohne Schwierigkeiten ein paar Kiefer zertrümmern. Verdammt, vielleicht hätte ich besser gar nicht mit ihm sprechen sollen; jedenfalls hätte ich ihn nicht neben mir sitzen lassen sollen, weil ich mich jetzt irgendwie an ihn gewöhnt habe. Wenn wir erst mal in Wyoming sind und sich unsere Wege trennen, werde ich wieder stundenlang aus dem Fenster starren und die Welt da draußen vorbeifliegen sehen, ohne zu wissen, wo ich als Nächstes landen werde.

»Und, hast du eine Freundin?« Ich frage das bloß, um ein Gespräch anzufangen und um mich davon abzulenken, dass ich in ein paar Stunden wieder allein bin.

Andrews Grübchen zeigen sich wieder. »Wieso interessiert dich das?«

Ich verdrehe die Augen. »Fühl dich nicht allzu geschmeichelt; das ist nur eine Frage. Wenn du nicht antworten …«

»Doch«, unterbricht er mich. »Ich bin Single und glücklich damit.«

Er lächelt mich abwartend an, und ich brauche eine Sekunde, bis der Groschen fällt.

Ich deute nervös auf meine Brust und wünsche mir, ich hätte ihm eine weniger persönliche Frage gestellt. »Ich? Ich auch.« Ich fasse mir ein Herz und ergänze: »Ich bin ebenfalls glücklich und Single und fest entschlossen, es zu bleiben. Und zwar bis … in alle Ewigkeit.« Ich hätte es bei »glücklich und Single« belassen sollen, statt mich um Kopf und Kragen zu reden und mich damit bloßzustellen.

Natürlich springt Andrew sofort darauf an. Ich habe das Gefühl, dass ihm nie ein peinlicher Moment entgeht. Er genießt es, wenn sich andere blamieren.

»Das merke ich mir«, erklärt er grinsend.

Gott sei Dank bohrt er nicht nach.

Er lässt den Kopf zurücksinken und trommelt ein paar Sekunden gedankenverloren mit dem Daumen und dem kleinen Finger auf seine Jeans. Heimlich studiere ich seine muskulösen, braun gebrannten Arme und versuche zu erkennen, was die Tattoos auf seinen Armen darstellen, aber wie üblich sind sie praktisch unter den Ärmeln seines T-Shirts verborgen. Das auf seiner rechten Seite habe ich vorhin teilweise zu sehen bekommen, als er sich vorbeugte, um seinen Stiefel zu binden. Ich glaube, es ist eine Art Baum. Was auf dem Arm direkt vor mir ist, kann ich nicht feststellen, aber jedenfalls hat es Federn. Alle Tattoos, die ich bisher an ihm gesehen habe, sind einfarbig.

»Neugierig?«, fragt er, und ich schrecke auf. Ich hätte nicht gedacht, dass er meine Blicke bemerkt.

»Schätze schon.«

Ehrlich gesagt sterbe ich vor Neugier.

Andrew beugt sich vor und zieht den linken Ärmel nach oben, wobei ein Phönix mit langen, wunderschön geschwungenen Schwanzfedern zum Vorschein kommt, die eine Handbreit unterhalb des T-Shirt-Ärmels enden. Im Gegensatz dazu wirkt der Rest des gefiederten Körpers wie ein Skelett, wodurch das Tattoo »männlicher« aussieht.

»Das ist echt schön.«

»Danke. Das habe ich mir vor ungefähr einem Jahr stechen lassen«, sagt er und rollt den Ärmel wieder nach unten. »Und das hier«, damit dreht er sich mir halb zu und zieht den anderen Ärmel hoch (wobei mir sofort die markanten Bauchmuskeln unter dem Shirt ins Auge stechen), »ist mein knorriger Horrorfilm-Baum – ich stehe auf gruselige Bäume –, und wenn du genau hinsiehst …«, ich beuge mich näher und studiere die Stelle im Stamm, auf die sein Finger deutet, »erkennst du darin meinen 1969er Chevy Camaro. Eigentlich gehört der Wagen meinem Dad, aber nachdem er bald stirbt, werde ich ihn wohl behalten müssen.« Er sieht wieder nach vorn.

Da ist es wieder, dieses winzige schmerzhafte Schimmern, das er unterdrückt hat, als er vorhin über seinen Vater sprach. Er leidet viel stärker, als er sich anmerken lassen möchte, und das bricht mir irgendwie das Herz. Ich kann mir beim besten Willen nicht vorstellen, dass meine Mom oder mein Dad auf dem Sterbebett liegen und ich mich in einen Greyhoundbus setze, um sie ein letztes Mal zu sehen. Mein Blick tastet sein Profil ab. Ich würde gern etwas sagen, um ihn zu trösten, aber ich glaube nicht, dass ich das kann. Aus irgendeinem Grund habe ich das Gefühl, dass mir das nicht zusteht; dass ich zumindest warten muss, bis er das Thema selbst anspricht.

»Ich habe noch mehr Tattoos«, sagt er schließlich und dreht sich wieder mir zu, ohne den Kopf von der Rücklehne zu nehmen. »Ein kleines hier unten«, er dreht das rechte Handgelenk und zeigt mir einen schlichten schwarzen Stern knapp unter seiner Handwurzel; ich kann kaum glauben, dass er mir nicht schon früher aufgefallen ist. »Und noch ein großes links über meinen Rippen.«

»Und was zeigt das auf deinen Rippen? Wie groß ist es?«

Seine strahlend grünen Augen funkeln über einem warmherzigen Lächeln, und er dreht mir den Kopf ganz zu. »Es ist verdammt groß.« Seine Hände streichen über seine Seite, als wollte er sein T-Shirt anheben und es mir zeigen, doch dann entscheidet er sich dagegen. »Es ist eine Frau. Nichts, weswegen es sich lohnt, sich in einem Bus nackt auszuziehen.«

Jetzt will ich unbedingt wissen, wie es aussieht, nur weil er es mir nicht zeigen will.

»Ist es eine Frau, die du kennst?«, frage ich. Immer wieder senke ich den Blick auf sein T-Shirt, weil ich insgeheim hoffe, dass er seine Entscheidung überdenkt und sein Hemd doch noch anhebt, aber das tut er nicht.

Er schüttelt den Kopf. »Nein, nichts dergleichen. Es stellt Eurydike dar.« Er wedelt kurz mit der Hand, wie um jede weitere Erklärung abzuwehren.

Der Name klingt irgendwie altertümlich, wahrscheinlich griechisch und ist mir außerdem vage vertraut, aber ich kann ihn nicht einordnen.

Ich nicke. »Hat es wehgetan?«

Er lächelt.

»Ein bisschen. Na schön, eigentlich ist es auf den Rippen am schmerzhaftesten, also ja, es hat wehgetan.«

»Hast du geweint?« Ich grinse ihn an.

Er lacht kurz auf. »Nein, habe ich nicht, aber zum Teufel, ich hätte wahrscheinlich geweint, wenn es nur einen

Fingerbreit größer geworden wäre. Alles in allem hat das Tätowieren sechzehn Stunden gedauert.«

Ich blinzle verblüfft. »Wow, du bist sechzehn Stunden auf diesem Stuhl gesessen?«

Eigentlich wundert es mich, dass er mir das Tattoo nicht zeigen will, über das wir uns so ausführlich unterhalten. Vielleicht hat der Tätowierer Mist gebaut, und es ist irgendwie misslungen oder so.

»Nicht am Stück«, korrigiert er mich. »Es waren mehrere Sitzungen in ein paar Tagen – ich würde ja fragen, ob *du* Tattoos hast, aber irgendwas sagt mir, dass du keine hast.« Er lächelt mich wissend an.

»Und damit hast du recht«, antworte ich leicht errötend. »Nicht dass ich noch nie mit dem Gedanken gespielt hätte.« Ich hebe den Arm und schließe den anderen Daumen und Mittelfinger um das Handgelenk. »Vielleicht hier, dachte ich mir, so was wie einen Schriftzug mit ›Freedom‹ oder irgendwas Lateinischem – aber wie du siehst, habe ich mir noch keine genaueren Gedanken darüber gemacht.« Lächelnd und leicht verlegen atme ich aus. Ich finde es ein bisschen einschüchternd, mit jemandem über Tattoos zu reden, der ganz offensichtlich wesentlich mehr darüber weiß als ich.

Als ich die Hand wieder auf der Armlehne ablege, schließen sich Andrews Finger um mein Handgelenk. Ganz kurz stockt mir der Atem, und mich durchläuft ein kurzer Schauer, aber der löst sich sofort wieder auf, als er ganz sachlich zu erklären beginnt: »Bei einem Mädchen kann ein Tattoo am Handgelenk sehr elegant und feminin wirken.« Er fährt mit der Fingerspitze über meine Pulsader, um zu verdeutlichen, wo es seiner Meinung nach hingehören würde. Ich spüre ein leises Kribbeln. »Genau hier würde etwas Lateinisches bestimmt gut aussehen, wenn es nicht zu auffällig ist.« Er zieht seine Hand zurück, und mein Arm plumpst wieder auf die Lehne. »Ich hätte gedacht, du würdest ›nie im Leben‹ zu einem Tattoo sagen.« Er lacht leise, zieht ein Bein an und platziert den Knöchel auf dem anderen Knie. Dann verschränkt er die Finger und rutscht ein Stück tiefer, um bequemer zu sitzen.

Draußen ist immer noch alles flach; doch am Horizont kann ich im Dunst die ersten Berge erkennen.

»Wahrscheinlich bin ich nicht so leicht zu durchschauen.« Ich lächle ihn an.

»Nein, bist du wohl nicht.« Er lächelt ebenfalls und schaut dann nachdenklich geradeaus.

Um kurz nach zwei Uhr mittags weckt Andrew mich an der Busstation in Cheyenne, Wyoming. Ich spüre seinen Zeigefinger in meinen Rippen. »Wir sind da«, sagt er, und endlich öffne ich die Augen und hebe den Kopf vom Fenster weg.

Weil mein Mund trocken und widerlich schmeckt und ich befürchte, dass mein Atem nicht gerade nach Rosen duftet, drehe ich das Gesicht weg, während ich gähne.

Der Bus bremst quietschend am Terminal, und wie jedes Mal winden sich die Fahrgäste aus ihren Sitzen und zerren ihre Taschen aus den Gepäckfächern über ihren Köpfen. Ich bleibe verschreckt sitzen und sehe verstohlen zu Andrew hinüber. Ich habe das unangenehme Gefühl, dass sich eine kleine Panikattacke anbahnt. Ich meine, mir war klar, dass dieser Augenblick irgendwann kommen würde, dass Andrew aussteigen und ich allein weiterfahren würde, aber ich hätte nie gedacht, dass ich mich dabei wie ein verängstigtes kleines Mädchen fühlen würde, das in die Welt hinausgejagt wird, wo es schutzlos und ganz auf sich allein gestellt ist.

*Scheiße! Scheiße! Scheiße!*

Ich kann nicht glauben, dass ich mich so schnell an ihn gewöhnt habe und dass ich jetzt meine Angst nicht mehr in die Knie zwingen kann.

Denn ich habe Angst davor, allein zu sein.

»Kommst du?« Er steht im Mittelgang, sieht mich an und streckt mir die Hand hin. Er lächelt sanft und verkneift sich alle ironischen Bemerkungen oder Seitenhiebe, denn immerhin ist dies das letzte Mal, dass wir uns sehen. Es ist nicht so, als hätten wir uns verliebt oder als wäre sonst was Verrücktes passiert, aber es geschieht etwas Merkwürdiges mit dir, wenn du mehrere Tage mit einem Fremden im Bus sitzt, ihn immer besser kennenlernst und allmählich seine Gesellschaft zu genießen beginnst. Und wenn ihr euch im Grunde ziemlich ähnlich seid und euch etwas verbindet – selbst wenn ihr nie aussprecht, was euch insgeheim auf dem Herzen liegt –, dann macht das den unvermeidlichen Abschied umso schwerer.

Aber das darf ich ihm nicht verraten. Das ist idiotisch. Ich habe mich selbst in diese Lage gebracht und fest vor, allein damit fertigzuwerden. Ganz egal, wohin mich das alles letzten Endes führt.

Ich lächle zu ihm auf und lege meine Hand in seine. Und den ganzen Weg durch den Mittelgang geht er mir voran und umgreift dabei meine Finger mit seiner Hand. Ich spüre die Wärme seiner Berührung und halte mich im Geist daran fest, fast als würde ich hoffen, daraus Kraft schöpfen zu können, wenn ich wieder allein bin.

»Also, Camryn …« Er sieht mich an, als versuche er sich an meinen Nachnamen zu erinnern.

»Bennett.« Lächelnd breche ich meine eigene Regel.

»Also, Camryn *Bennett*, es war wirklich schön, dir auf dem Weg nach nirgendwo zu begegnen.« Er rückt den Trageriemen der Reisetasche auf seiner Schulter zurecht und schiebt dann die Hände in die Jeanstaschen. Die Muskeln an seinen Armen wölben sich. »Hoffentlich findest du das, wonach du suchst.«

Ich bemühe mich zu lächeln, aber mir ist klar, dass es bei einem halben Lächeln unter einer gerunzelten Stirn bleibt.

Ich ziehe ebenfalls den Riemen meiner Handtasche auf der einen Schulter zurecht und hänge mir die Reisetasche über die andere, und dann lasse ich hilflos die Arme baumeln.

»Es war auch schön, dich kennenzulernen, Andrew Parrish«, sage ich, obwohl ich eigentlich was ganz anderes sagen will. Am liebsten würde ich ihn anbetteln, noch ein Stück mit mir zu fahren. »Und bitte tu mir einen Gefallen.«

Damit habe ich seine Neugier geweckt. Er schiebt das Kinn ein Stück zur Seite. »Na klar. Was für einen Gefallen denn? Einen sexuellen?« Seine Grübchen werden tiefer, und seine so teuflisch schönen Lippen verziehen sich zu einem Lächeln.

Ich lache kurz und senke den Blick, weil ich merke, wie ich rot werde, aber dann warte ich kurz ab, weil das wirklich keine schnell dahingesagte Bitte ist. Stattdessen sehe ich ernst und mit echtem Mitgefühl zu ihm auf.

»Wenn dein Dad es nicht schaffen sollte«, setze ich an, und seine Miene fällt in sich zusammen, »dann lass zu, dass du weinst, okay? Kaum was ist schlimmer, als nicht weinen zu können, denn dadurch … dadurch verdüstert sich irgendwann alles andere.«

Er sieht mich lange schweigend an, dann nickt er und

lässt zu, dass in den Tiefen seiner Augen ein winziges, dankbares Lächeln aufleuchtet. Ich reiche ihm die Hand, um mich zu verabschieden, und er nimmt sie, aber er hält sie eine Sekunde länger fest als angebracht und zieht mich dann in eine Umarmung. Während ich mich an ihn schmiege, wünsche ich mir, ich könnte einfach losplärren, dass ich nicht allein gelassen werden will, aber ich weiß, dass ich das nicht kann.

*Reiß dich zusammen, Camryn!*

Er löst sich von mir, nickt mir ein letztes Mal mit jenem Lächeln zu, das mir so schnell ans Herz gewachsen ist, und dann geht er los, aus dem Terminal hinaus. Ich bleibe eine Ewigkeit stehen und kann mich nicht vom Fleck rühren. Ich sehe ihn draußen in ein Taxi steigen und schaue ihm nach, bis das Taxi anfährt und aus meinem Blickfeld verschwindet.

Ich bin wieder allein. Mehr als tausend Meilen von zu Hause entfernt. Ohne Richtung, ohne Plan, ohne Ziel außer dem einen, mich auf dieser Reise, die ich mir niemals zugetraut hätte, selbst zu finden. Natürlich habe ich Angst. Aber ich muss das machen. Ich muss es machen, weil ich eine Weile allein sein muss, weil ich Abstand brauche zu all dem, was mich von zu Hause weggetrieben hat.

Schließlich habe ich mich wieder unter Kontrolle und wende mich von den großen Fenstern ab, um mir einen Wartesessel zu suchen. Ich habe vier Stunden Aufenthalt, bis der nächste Bus nach Idaho fährt, und ich muss irgendwas finden, um die Zeit auszufüllen.

Erst mal steuere ich die Snackautomaten an.

Ich werfe mein Kleingeld in den Schlitz und will schon E4 drücken, um mir einen Ballaststoffriegel herauszulassen – noch das Gesündeste im ganzen Sortiment –, aber plötzlich biegt mein Finger scharf links ab und drückt D4, woraufhin ein fett machender, ekliger, viel zu süßer Schoko-Candy-Riegel aus seiner Spirale in den Schacht purzelt. Ich ziehe glückselig mein Junkfood aus dem Schlitz, gehe weiter zu den Getränkeautomaten, marschiere geradewegs an den Sichtfenstern mit den Wasser- und Saftflaschen vorbei und kaufe mir stattdessen einen zahnzerfressenden, magenblubbernden Softdrink.

Andrew wäre so stolz auf mich.

*Verflucht! Hör auf, an Andrew zu denken!*

Mit meinem Junkfood bewaffnet, suche ich mir einen leeren Sitz und beginne zu warten.

Der vierstündige Aufenthalt verlängert sich zu einem sechsstündigen Aufenthalt. Irgendwann kommt eine Lautsprecherdurchsage, dass der Bus aufgrund eines mechanischen Schadens Verspätung habe. Das ganze Terminal stöhnt enttäuscht auf.

Na toll. Ganz toll. Jetzt hänge ich in einem Busbahnhof mitten im Nichts fest und kann vielleicht die ganze Nacht hier verbringen, und auf dem harten, unbequemen Plastiksitz werde ich bestimmt kein Auge zukriegen, selbst wenn ich mich noch so klein zusammenrolle.

Oder ich gehe einfach los, kaufe mir ein neues Ticket und fahre woanders hin.

*Das ist es! Problem gelöst!*

Ich wünschte nur, ich wäre schon früher auf den Gedanken gekommen und hätte mir die Zeit gespart, die ich hier schon verschwendet habe. Man könnte meinen, ich hätte mein eigenes Hirn ausgetrickst und ihm weisgemacht, ich müsste tatsächlich bis nach Idaho fahren, bloß weil ich das Scheißticket bezahlt habe.

Ich ziehe meine Reisetasche und die Handtasche vom Nebensitz, schultere beide und marschiere quer durch das Terminal, an einer Herde missmutiger Wartender vorbei, die dazu verdammt sind, hier auszuharren, und direkt auf den Schalter zu.

»Wir schließen gerade, Madam«, verkündet die Angestellte hinter ihrem Tresen.

»Warten Sie, *bitte*«, flehe ich und werfe die Arme verzweifelt auf die Theke. »Ich brauche nur schnell ein Ticket. Bitte, Sie würden mir damit einen riesigen Gefallen tun!«

Die alte Frau mit den drahtigen Haaren rümpft kurz die Nase und scheint innen an ihrer Wange zu nagen. Dann tippt sie seufzend auf ihrer Tastatur herum.

»Ach, vielen Dank!«, sage ich. »Das ist wirklich wahnsinnig nett von Ihnen! Vielen Dank!«

Sie verdreht die Augen.

Ich ziehe die Handtasche von meiner Schulter, schwinge sie auf die Theke und finde nach kurzer Suche meine kleine Geldbörse.

»Wohin möchten Sie denn fahren?«, fragt sie.

Na großartig, schon wieder die Eine-Million-Dollar-Frage. Ich fahnde jenseits der Theke nach einem weiteren »Zeichen« wie der gebackenen Kartoffel im Terminal in North Carolina, kann aber keinen eindeutigen Hinweis entdecken. Weil die alte Lady mit jeder Sekunde ärgerlicher wird, suche ich umso eiliger nach der Auflösung dieses Rätsels.

»Miss?«, fragt sie schwer seufzend. Sie wirft einen Blick auf die Wanduhr. »Ich habe seit fünfzehn Minuten Feierabend. Ich würde wirklich gern heimgehen und abendessen.«

»Ja, bitte entschuldigen Sie.« Ich wühle meine Kreditkarte aus der Geldbörse und reiche sie ihr. »Texas«, sage ich probehalber, aber im nächsten Moment wird mir klar, dass sich das Wort gut auf meiner Zunge anfühlt. »Genau, am liebsten irgendwo nach Texas.«

Die alte Lady zieht eine ungezupfte, rötliche Braue hoch. »Sie wissen nicht, wohin Sie fahren wollen?«

Ich nicke hektisch. »Äh, sicher doch, ich meine nur, dass ich einfach den nächsten Bus nehme, der in Richtung Texas fährt.« Ich lächle sie an und hoffe gleichzeitig, dass sie mir diese gequirlte Scheiße abkauft und nicht meinen Führerschein sehen will, um mich überprüfen zu lassen. »Ich sitze inzwischen seit Stunden hier fest. Ich hoffe, Sie verstehen das.«

Sie taxiert mich mit einem langen, zermürbenden Blick, aber dann zieht sie mir die Kreditkarte aus den Fingern und tippt wieder auf ihrer Tastatur herum.

»Der nächste Bus nach Texas fährt in einer Stunde.«

»Großartig! Den nehme ich!«, sage ich, bevor sie mir auch nur erklären kann, wohin er genau fährt.

Außerdem tut das nichts zur Sache. Und sie hat es so eilig, nach Hause zu kommen, dass es ihr offenbar genauso egal ist. Wenn es mich nicht interessiert, braucht es sie erst recht nicht zu interessieren.

Um genau 21:05 bekomme ich mein brandneues Busticket ausgehändigt, stecke es in meine Handtasche neben das alte und merke, während hinter mir der Schalter schließt, wie ich unwillkürlich erleichtert aufatme. Auf dem Rückweg zu meinem Plastiksitz wühle ich in meiner Handtasche nach dem Smartphone und checke, ob irgendwelche Anrufe oder Textnachrichten eingegangen sind. Meine Mutter hat zweimal angerufen und mir beide Male auf die Mailbox gesprochen, aber Natalie hat sich immer noch nicht gemeldet.

»Baby, wo steckst du?«, fragt meine Mom, als ich sie zurückrufe. »Ich habe mehrmals bei Natalie angerufen, weil ich nachfragen wollte, ob du bei ihr bist, aber irgendwie erreiche ich sie nicht. Ist alles in Ordnung?«

»Ja, Mom, alles wunderbar.« Das Telefon ans Ohr gepresst, marschiere ich vor meinem Sitz auf und ab. »Ich habe bloß spontan beschlossen, meine Freundin Anna in Virginia zu besuchen. Ich bleibe noch ein bisschen hier bei ihr, aber es ist alles in Ordnung.«

»Aber was ist mit deinem neuen Job, Camryn?« Sie klingt enttäuscht, vor allem weil ihre Freundin mir mit diesem Job eine Chance geben wollte. »Maggie hat erzählt, du hättest eine Woche gearbeitet und wärst dann einfach nicht mehr aufgetaucht, ohne auch nur anzurufen oder Bescheid zu sagen.«

»Ich weiß, Mom, und das tut mir auch wirklich leid, aber der Job war nichts für mich.«

»Also, ich hätte schon erwartet, dass du so höflich bist und ihr das persönlich sagst – dass du ihr meinetwegen erklärst, du würdest in zwei Wochen wieder aufhören – *irgendwas,* Camryn.«

Ich habe deswegen wirklich ein schlechtes Gewissen, auch weil ich normalerweise nicht so unbedacht handle, aber leider Gottes hat die Situation es erfordert.

»Du hast recht«, sage ich. »Sobald ich zurück bin, rufe ich bei Mrs. Phillips an und entschuldige mich bei ihr.«

»Aber so was sieht dir gar nicht ähnlich«, bohrt sie nach, und allmählich bekomme ich Bedenken, dass sie die wahren Gründe für meine überstürzte Abreise, über die ich auf gar keinen Fall mit ihr reden will, erahnen könnte. »Und einfach nach Virginia zu reisen, ohne mich anzurufen oder mir wenigstens eine Nachricht zu hinterlassen. Ist bei dir *wirklich* alles in Ordnung?«

»Ja, wirklich. Mach dir keine Sorgen. Bitte. Ich rufe dich später wieder an, aber jetzt muss ich Schluss machen.«

Sie will nicht auflegen, das erkenne ich an dem tiefen Seufzen am anderen Ende, aber schließlich gibt sie sich geschlagen. »Na schön, aber pass auf dich auf, und vergiss nicht, dass ich dich liebe.«

»Ich hab dich auch lieb, Mom.«

Ich checke noch mal meine Nachrichten, in der Hoffnung, dass Natalie mir vielleicht eine SMS geschickt hat, die ich übersehen habe. Ich gehe dabei mehrere Tage zurück, obwohl ich genau weiß, dass das Icon von einem kleinen roten Kreis umringt wäre, wenn ich noch ungelesene Nachrichten hätte.

Schließlich bin ich, ohne es zu merken, so weit zurückgegangen, dass mich Ians Name anspringt und mir fast das Herz in der Brust gefriert. Ich halte inne und will schon mit dem Daumen über seinen Namen streichen, um noch einmal unseren letzten SMS-Wechsel vor seinem Tod zu lesen, aber ich kann es nicht.

Wütend stopfe ich das Smartphone in die Handtasche zurück.

# 11

Jetzt fällt mir noch ein Grund ein, warum ich keine Softdrinks mag: weil ich dann immer pinkeln muss. Die Vorstellung, eingesperrt im nächsten Bus zu sitzen und am Ende auf die streichholzschachtelgroße Bordtoilette gehen zu müssen, lenkt mich geradewegs zu den Toiletten im Busbahnhof. Unterwegs versenke ich die halb volle Getränkedose im Müll.

Ich marschiere an den ersten drei Kabinen vorbei, die einfach abstoßend aussehen, schließe mich in der vierten ein und hänge meine beiden Taschen an den Haken oben an der blauen Tür. Dann breite ich eine dicke Schicht Toilettenpapier über den Sitz, damit ich mir nichts einfange; ich erledige schnell, weshalb ich gekommen bin, und dann kommt der akrobatische Abschluss. Einen Fuß auf der Toilettenbrille, damit der Sensor nicht die automatische Spülung auslöst, fummle ich den Knopf meiner Jeans zu, ziehe die beiden Taschen vom Haken und öffne die Tür, alles ohne den Fuß von der Toilettenbrille hinter mir zu nehmen.

Und dann springe ich aus der Kabine, bevor die Spülung losrauschen kann.

Schuld daran sind nur die Myth Busters; nach der Episode darüber, wie eine Toilette dich beim Spülen über und über mit unsichtbaren Bazillen besprüht, hatte ich monatelang Todesängste, wenn ich auf ein öffentliches Klo musste.

Die Neonröhren an der Decke sind nicht so grell wie die draußen. Die eine über mir flackert. In der Ecke an der Wand hängen zwei Spinnen hinter Netzen voller toter Insekten. Und es stinkt hier drinnen. Ich trete vor den Spiegel, halte Ausschau nach einem trockenen Fleck auf der Ablage, auf dem ich meine Taschen abstellen kann, und wasche mir die Hände. Fantastisch, keine Papierhandtücher. Ich könnte mir die Hände höchstens an dem nervigen Gebläsetrockner an der Wand trocknen, allerdings trocknen die Dinger rein gar nichts, sondern verteilen das Wasser nur auf den Händen. Ich will mir schon die Hände an der Jeans abwischen, drücke aber im letzten Moment auf den großen Silberknopf des Trockners, der laut röhrend zum Leben erwacht. Ich verziehe das Gesicht. Ich hasse diesen Krach.

Während ich so tue, als würde ich meine Hände trocknen (obwohl ich genau weiß, dass ich sie letztendlich nur an meinen Jeans abwischen werde), fällt mir im Spiegel ein sich bewegender Schatten im Hintergrund auf. Gerade als ich mich umdrehe, schaltet sich der Trockner ab, und der Raum liegt wieder in tiefer Stille.

Ein Mann steht in der Tür zur Damentoilette und sieht mich an.

Mein Herz stoppt, und meine Kehle dörrt aus. »Hier ist für Damen.«

Ich sehe unauffällig auf meine Taschen, die auf der Ablage neben den Waschbecken stehen. Habe ich eine Waffe dabei? Richtig, ich habe ein Messer eingepackt, nur wird mir das wenig helfen, wenn es ein paar Schritte von mir entfernt in einer verschlossenen Reisetasche liegt.

»Verzeihung, ich dachte, hier wäre die Herrentoilette.«

*Gut, Entschuldigung angenommen, und jetzt verzieh dich endlich.*

Doch der Mann in den schmutzigen, abgetretenen Joggingschuhen und den ausgewaschenen Jeans mit den Farbflecken an den Beinen bleibt stumm in der Tür stehen. Das ist nicht gut. Wenn er tatsächlich irrtümlich in die Damentoilette gekommen wäre, müsste ihm das eigentlich schrecklich peinlich sein, und er hätte schon kehrtgemacht und Reißaus genommen.

Ich gehe zu meinen Taschen und registriere aus dem Augenwinkel, dass er langsam auf mich zukommt.

»Ich … wollte dir keine Angst machen«, sagt er.

Ich reiße meine Tasche auf und wühle zitternd nach meinem Messer, während ich ihn gleichzeitig im Auge zu behalten versuche.

»Ich hab dich im Bus gesehen«, sagt er und kommt dabei immer näher. »Ich heiße Robert.«

Ich drehe mich zu ihm um. »Hören Sie, Sie haben hier drin nichts zu suchen. Das ist wirklich kein Ort für eine Unterhaltung, und ich möchte, dass Sie jetzt gehen. Sofort.« Endlich habe ich das Messer erspürt und halte es fest in der Hand, ohne es aus der Tasche zu ziehen. Meine Finger drücken die Feder nach unten, die die Klinge aus dem Griff schnappen lässt. Ich höre, wie sie mit einem leisen Klicken einrastet.

Der Mann bleibt etwa drei Schritte vor mir stehen und lächelt mich an. Er hat das schwarze, ölige Haar zurückgekämmt. Ja, jetzt erinnere ich mich an ihn; er sitzt seit Tennessee mit mir im selben Bus.

*O Gott, hat er mich etwa die ganze Zeit beobachtet?*

Ich ziehe meine Faust mit dem einsatzbereiten Messer aus der Tasche und lasse es ihn sehen, damit er weiß, dass ich nicht zögern werde.

Er lächelt nur. Das macht mir noch mehr Angst.

Das Herz hämmert mir gegen die Rippen.

»Verzieh dich, verdammt«, zische ich mit zusammengebissenen Zähnen. »Oder ich schlitz dir den Bauch auf wie einem verdammten Schwein, das schwöre ich dir.«

»Ich will dir doch nichts tun«, sagt er mit einem widerlichen Lächeln. »Ich will nur, dass du mir einen bläst. Ich zahle dir auch was dafür – eine Menge. Mehr will ich gar nicht. Du gehst mit fünfhundert Dollar mehr aus dieser Toilette, und ich habe endlich nicht mehr dieses Bild im Kopf. Wir haben *beide* was davon.«

Ich schreie aus vollem Hals, und im selben Moment bemerke ich aus dem Augenwinkel einen weiteren Schatten. Einen Sekundenbruchteil später rammt Andrew den Mann zur Seite, schleudert ihn hoch und gegen die lange Waschtheke. Der Kerl kracht mit dem Rücken in einen der Spiegel. Das Glas zersplittert, und um uns regnet es Scherben. Ich springe kreischend zurück, remple mit dem Rücken gegen den Handtrockner und erwecke ihn zu neuem Leben. Irgendwie ist mir das Messer aus der Hand gefallen. Ich sehe es auf dem Boden liegen, aber ich kann es nicht aufheben, weil ich mich vor Angst nicht mehr rühren kann.

Blut tropft von den Resten des Spiegels, und Andrew zerrt den Mann an dessen Hemd von der Theke. Dann holt er mit der anderen Hand aus und drischt sie dem Typen ins Gesicht. Ich höre ein widerwärtiges knirschendes Geräusch und sehe Blut aus der Nase sprühen. Immer wieder schlägt Andrew auf den Kerl ein, immer mehr Blut fließt, bis der Mann den Kopf nicht mehr halten kann und sein Schädel wie trunken auf den Schultern hin und her pendelt. Aber Andrew lässt nicht von ihm ab, sondern packt ihn mit beiden Händen an den Schultern, hebt ihn in die Luft und schmettert ihn mit dem Rücken zweimal gegen die Fliesen.

Der Mann sackt leblos in sich zusammen.

Andrew lässt ihn los, und der andere plumpst leblos zu Boden. Ich höre, wie der Kopf dumpf auf den Fliesen aufschlägt. Andrew bleibt über ihm stehen, als würde er abwarten, ob sich der andere noch mal wehrt, aber wie er so drohend auf den Bewusstlosen hinunterstarrt, strahlen seine Haltung und sein zornverzerrtes Gesicht etwas verstörend Wildes aus.

Ich bekomme kaum Luft und bringe gerade noch ein »Andrew? Alles in Ordnung?« heraus.

Er erwacht aus seiner Trance und dreht sich abrupt zu mir um. *»Wie bitte?«* Er schüttelt den Kopf und sieht mich ungläubig aus schmalen Augen an. Dann baut er sich vor mir auf. »Ob mit *mir* alles in Ordnung ist? Was ist das denn für eine Frage?« Er packt mich an beiden Oberarmen und sieht mir tief in die Augen. »Ist mit *dir* alles in Ordnung?«

Ich versuche das Gesicht abzuwenden, weil ich seinen bohrenden Blick nicht ertrage, aber sein Kopf folgt meiner Bewegung, und gleich darauf schüttelt er mich einmal kurz, damit ich ihn wieder ansehe.

»Ja, mir … ist nichts passiert«, sage ich schließlich. »Dank dir.«

Andrew zieht mich an seine steinharte Brust, schlingt die Arme um mich und drückt mich halb zu Tode.

»Wir sollten die Polizei rufen«, sagt er, als er sich wieder von mir löst.

Als ich nicke, nimmt er mich an der Hand und zieht mich aus der Toilette und durch den düsteren grauen Gang davor in die Wartehalle.

Bis die Polizisten eintreffen, ist der Mann verschwunden.

Andrew und ich nehmen an, dass er sich aus dem

Staub gemacht hat, sobald wir ihn allein gelassen haben. Offenbar ist er durch den Hinterausgang verschwunden, während Andrew die Polizei rief. Wir geben den Polizisten eine Beschreibung des Mannes und machen unsere Aussagen. Die Bullen loben Andrew – wenn auch desinteressiert –, weil er sich eingemischt hat, aber er wirkt eher so, als wollte er dieses Gespräch so schnell wie möglich hinter sich bringen.

Mein Bus nach Texas ist vor zehn Minuten abgefahren, und ich sitze schon wieder in Wyoming fest.

»Ich dachte, du wolltest nach Idaho?«, fragt Andrew.

Ich habe eine Bemerkung fallen lassen, dass mein »Bus nach Texas« eben ohne mich losgefahren ist.

Ich kaue verlegen an meiner Unterlippe und schlage die Beine übereinander. Wir sitzen in der Nähe des Eingangs zum Busterminal und sehen hinter den riesigen Scheiben die Menschen kommen und gehen.

»Aber jetzt fahre ich nach Texas«, sage ich nur, obwohl mir klar ist, dass ich gerade aufgeflogen bin und dass ich ihm höchstwahrscheinlich bald die Wahrheit sagen muss. »Ich dachte, du wärst mit dem Taxi weggefahren?«, versuche ich von mir abzulenken.

»Das bin ich auch«, sagt er. »Aber komm mir nicht so, Camryn. Warum willst du plötzlich nicht mehr nach Idaho?«

Ich seufze. Mir ist klar, dass er keine Ruhe gibt, bis ich ihm alles erzählt habe, und so werfe ich das Handtuch.

»Ich habe gar keine Schwester in Idaho«, gebe ich zu. »Ich reise einfach so durchs Land. Mehr ist nicht dabei, ehrlich.«

Ich höre ihn neben mir ärgerlich seufzen. »Da ist garantiert noch mehr dabei – bist du etwa von zu Hause ausgerissen?«

Jetzt muss ich ihn doch ansehen. »Denkst du etwa, ich bin noch minderjährig? Nein, ich bin nicht ›ausgerissen‹, jedenfalls nicht im klassischen Sinn.«

»In was für einem Sinn dann?«

Ich zucke mit den Schultern. »Ich musste einfach eine Weile von zu Hause weg.«

»Also bist du weggelaufen?«

Ich atme hörbar aus und schaue in seine intensiven grünen Augen, die mich zu durchbohren scheinen. »Ich bin nicht weg*gelaufen,* ich musste nur mal *weg.*«

»Und darum bist du allein in einen Bus gestiegen?«

»Genau.« Allmählich beginnt mich sein Kreuzverhör zu nerven.

»Du musst mir schon mehr als das geben«, setzt er unerbittlich nach.

»Hör mal, du kannst dir nicht vorstellen, wie dankbar ich dir bin. *Ehrlich.* Aber dass du mich gerettet hast, gibt dir noch lange nicht das Recht, dich in meine Angelegenheiten einzumischen.«

Sein Gesicht erstarrt kaum merklich, so als hätte ich ihn beleidigt.

Augenblicklich bekomme ich ein schlechtes Gewissen, aber es stimmt: Ich bin nicht verpflichtet, ihm überhaupt was zu erzählen.

Er gibt auf, schlägt die Beine übereinander, sodass der Knöchel auf dem anderen Knie zu liegen kommt, und starrt vor sich hin. »Seit ich in Kansas in den Bus gestiegen bin, habe ich gesehen, wie dieses Stück Scheiße dich angeglotzt hat«, offenbart er mir und sichert sich damit meine Aufmerksamkeit. »Du hast das nicht gemerkt, aber ich schon, und darum habe ich angefangen, *ihn* zu beobachten.« Er hat mich immer noch nicht angesehen, aber mein Blick hängt wie gebannt an seinem Profil. »Erst als ich gesehen habe, wie er vor mir in ein Taxi gestiegen und weggefahren ist, konnte ich dich einigermaßen beruhigt allein hier sitzen lassen. Aber auf dem Weg zum Krankenhaus bekam ich plötzlich ein ganz komisches Gefühl. Ich habe mich von dem Fahrer stattdessen bei einem Restaurant absetzen lassen und was gegessen. Trotzdem ließ sich das Gefühl nicht abschütteln.«

»Warte mal«, unterbreche ich ihn. »Du warst noch gar nicht im Krankenhaus?«

Er sieht mich an. »Nein, weil mir klar war …«, er wendet den Blick wieder ab, »… dass ich dem miesen Gefühl, das sich in mir breitgemacht hatte, keine Beachtung mehr schenken könnte, wenn ich erst meinem sterbenden Vater ins Gesicht sehe.«

Ich verstehe und sage nichts weiter.

»Also bin ich stattdessen zum Haus meines Vaters gefahren, habe sein Auto geholt und bin eine Weile damit durch die Gegend gekreuzt, und als ich es nicht mehr ausgehalten habe, bin ich wieder hergefahren. Ich habe auf der anderen Straßenseite geparkt und einfach gewartet, und tatsächlich kam irgendwann ein Taxi angefahren, und der Typ stieg wieder aus.«

»Warum hast du in deinem Wagen gewartet und bist nicht ins Terminal gekommen?«

Er senkt nachdenklich den Kopf. »Ich wollte dir keine Angst einjagen.«

»Wieso hätte mir das Angst einjagen sollen?« Ich merke, dass ich lächeln muss.

Andrew hebt den Kopf, und ich beobachte, wie sich in seinem Gesicht wieder dieses ironische, freche Grinsen ausbreitet.

Er hebt die nach oben geöffneten Hände. »Ähmmm, ein merkwürdiger Typ, den du im Bus kennengelernt hast und der Stunden später aus dem Nichts wieder auftaucht, um sich neben dich zu setzen?« Er runzelt die Stirn. »Das ist fast so gruselig wie ein Blas-mir-einen-für-fünfhundert-Dollar-Fiesling, findest du nicht?«

Ich lache. »Nein, ich finde, das lässt sich *überhaupt* nicht vergleichen.«

Er versucht sein Lächeln zu unterdrücken, gibt aber bald auf. »Was willst du jetzt machen, Camryn?« Sein Gesicht wird wieder ernst, und mein Lächeln erlischt.

Ich schüttle den Kopf. »Keine Ahnung; wahrscheinlich bleibe ich einfach hier sitzen, bis der nächste Bus nach Texas fährt, und mache mich dann wieder auf den Weg.«

»Warum nach Texas?«

»Warum nicht?«

»Im Ernst?«

Ich klatsche mit beiden Händen auf meine Schenkel. »Ich fahre auf keinen Fall schon wieder heim!«

Es scheint ihn nicht zu stören, dass ich ihn anbrülle.

»Und warum willst du noch nicht wieder heim?«, fragt er ruhig und mit Nachdruck. »Du kannst mir genauso gut dein Herz ausschütten, denn nach dem, was vorhin passiert ist, werde ich dich auf keinen Fall allein in diesem Busbahnhof sitzen lassen.«

Ich verschränke die Arme fest vor der Brust und starre vor mich hin. »Also, dann mach dich darauf gefasst, hier sitzen zu bleiben, bis mein Bus geht.«

»O nein. Das schließt ein, dass ich dich auf keinen Fall allein *in einen Bus steigen* lasse. Egal, ob nach Texas. Oder Idafuckingho. Oder was weiß ich. Das ist gefährlich, und ich sehe dir an, dass du ein kluges Mädchen bist – pass auf, ich sage dir, was wir tun werden …«

Seine plötzliche autoritäre Art lässt mich verblüfft blinzeln.

Er erklärt: »Ich bleibe bis morgen früh hier bei dir sitzen. Bis dahin kannst du dich entscheiden, ob du dir von mir ein Flugticket nach Hause bezahlen lässt oder ob du jemanden anrufen willst, der angeflogen kommt und dich abholt. Du hast die Wahl.«

Ich sehe ihn an, als wäre er verrückt geworden.

Sein Blick erwidert: O doch, es ist mir todernst.

»Ich werde ganz bestimmt nicht nach North Carolina fliegen.«

Andrew springt aus seinem Stuhl und baut sich vor mir auf. »Na schön, dann fahre ich mit dir.«

Ich blinzle wieder und stelle mich seinem durchdringenden Blick; aus diesem Blickwinkel wirken seine perfekt gemeißelten Wangenknochen noch markanter und seine Augen noch wilder. Ich spüre ein Flattern in meinem Bauch.

»Das ist doch verrückt.« Ich tue seinen Vorschlag mit einem Lachen ab, aber weil ich weiß, dass es ihm ernst ist, ergänze ich, ohne zu lachen: »Was ist mit deinem Dad?«

Seine Zähne mahlen, und der durchdringende Blick bekommt etwas Verlorenes.

Erst wendet er das Gesicht ab, aber dann kommt ihm ein Gedanke. »Komm doch mit.«

*Was? Auf keinen Fall …*

Plötzlich wirkt er eher hoffnungsvoll als entschlossen. Er setzt sich wieder auf den blauen Plastiksitz neben meinem.

»Bis morgen früh bleiben wir hier«, fährt er fort, »weil du doch bestimmt nicht mitten in der Nacht mit einem Unbekannten aus dem Busbahnhof abziehen würdest. *Oder*?«

Er dreht das Kinn von mir weg und sieht mich fragend aus dem Augenwinkel an.

»Nein, würde ich nicht«, antworte ich, obwohl ich das unbedingte Gefühl habe, dass ich ihm vertrauen kann – immerhin hat er mich davor bewahrt, vergewaltigt zu werden! Und nichts an ihm löst bei mir jene Ängste aus, die ich bekam, als Damon mich ähnlich unter Druck setzte. Nein, Damons Blick war viel düsterer, als er mich damals auf dem Dach ansah. In Andrews Augen sehe ich nur Sorge um mich.

Trotzdem werde ich nicht einfach so mit ihm verschwinden.

»Gute Antwort«, sagt er. Anscheinend ist er froh, dass ich so »klug« bin, wie er gehofft hat. »Wir warten bis morgen früh, und damit du dir gar keine Sorgen zu machen brauchst, werden wir in einem Taxi zum Krankenhaus fahren, damit du nicht in mein Auto steigen musst.«

Ich nicke und bin froh, dass er daran gedacht hat. Ich kann nicht behaupten, dass ich das alles schon so weit durchgeplant hätte. Ich meine, ich vertraue ihm eigentlich, aber er benimmt sich so, als wollte er sicherstellen, dass ich es *nicht tue*, fast als wollte er mir ganz unauffällig und indirekt etwas beibringen.

Es beschämt mich, dass er mir überhaupt etwas beibringen muss.

»Und vom Krankenhaus aus fahren wir mit dem Taxi wieder hierher, und dann begleite ich dich, wohin du auch fahren willst.« Er streckt mir die Hand hin. »Abgemacht?«

Ich überlege kurz und verdattert, dabei hat er mich längst überzeugt. Ich nicke erst zaghaft und dann noch einmal entschlossen. »Abgemacht«, sage ich und lege meine Hand in seine.

Ehrlich gesagt weiß ich noch nicht recht, ob ich wirklich mit alldem einverstanden bin. Warum sollte er so was tun? Hat er kein eigenes Leben? Bestimmt hat er weniger Bauchschmerzen als ich, nach Hause zurückzukehren.

*Das ist doch verrückt! Wer ist dieser Junge?*

Wir sitzen mehrere Stunden nebeneinander im Busbahnhof und reden über nichts Wichtiges, und doch liebe ich jede Sekunde unserer Unterhaltung. Ich erkläre ihm, dass ich mich eigentlich nur seinetwegen für einen Softdrink entschieden habe und nur wegen des Softdrinks auf die Toilette musste, wo mich dieser Kerl bedrängt hat – was er mit einem Lachen abtut, um mir dann zu erklären, dass ich einfach eine schwache Blase hätte. Wir lästern leise über die anderen Reisenden, die kommen und gehen; über die Verrückten und über die Zombies, die so aussehen, als hätten sie eine ganze Woche im Bus gesessen und kein Auge dabei zugetan. Und wir streiten wieder mal über Classic Rock, wobei unser Streit genauso unentschieden endet wie bei unserer ersten Diskussion im Bus.

Den Todesstoß versetzte ich ihm, als ich ihm erklärte, dass ich Pink jederzeit den Rolling Stones vorziehen würde. Ich meine, ich hatte wirklich das Gefühl, ihn damit ins Herz zu treffen. Er presste sich die riesige Hand auf die Brust, warf erschüttert den Kopf in den Nacken und so weiter. Es war äußerst dramatisch. Und komisch. Ich musste mir alle Mühe geben, nicht zu lachen, aber das war echt schwer, vor allem weil sein verhärtetes, übertrieben schmerzverzogenes Gesicht gleichzeitig irgendwie zu lächeln schien.

Als wir kurz nach Sonnenaufgang aufbrechen, bleibe ich noch einmal kurz stehen, um ihn anzusehen. Ein Windstoß fegt durch seine kurzen braunen Haare. Er legt den Kopf schief, lächelt mich an und winkt mich ins Taxi. »Du kommst doch mit, oder?«

Ich schenke ihm ein warmherziges Lächeln und nicke. »Natürlich.« Dann nehme ich seine Hand und rutsche neben ihn auf den Rücksitz.

Während ich ihn angesehen habe, ist mir bewusst geworden, dass ich seit Ians Tod nicht mehr so viel gelächelt oder gelacht habe. Nicht einmal Natalie konnte mich wirklich aus meiner düsteren Stimmung holen, dabei hat sie sich so angestrengt. Sie hat echt alles versucht, um mich aus meiner Depression zu zerren, aber nichts davon kam auch nur entfernt an das heran, was Andrew in so kurzer Zeit und absolut mühelos geschafft hat.

# Andrew

# 12

Sobald wir das Krankenhaus betreten, schnürt es mir die Kehle zu, so als wäre auf einmal eine schwarze Wand aus dem Boden gewachsen, die mich nahtlos umschließt. Ich bleibe eine Sekunde im Eingang stehen, lasse die Arme hängen und rühre mich nicht mehr. Und dann spüre ich Camryns Hand an meinem Gelenk.

Ich sehe sie an. Unter ihrem warmen Lächeln beginnt meine Erstarrung ein wenig zu schmelzen. Sie hat die blonden Haare zu einem losen Zopf geflochten, der locker über ihrer rechten Schulter liegt. Ein paar Strähnen sind dem Gummi entkommen und fallen ihr ins Gesicht. Am liebsten würde ich sie mit dem Finger zur Seite streichen, aber ich tue es nicht. Diesen Scheiß darf ich gar nicht erst anfangen. Ich muss mich gegen diese Anziehungskraft wehren. Aber weil sie irgendwie anders ist als andere Mädchen, fällt mir das ungeheuer schwer. Nur kann ich das zurzeit absolut nicht brauchen.

»Du schaffst das schon«, sagt sie.

Als sie merkt, dass ich ihr zuhöre, löst sich ihre Hand von meinem Gelenk. Ich lächle sie müde an.

Wir folgen dem Korridor bis zu den Aufzügen und fahren hoch in den dritten Stock. Bei jedem einzelnen Schritt würde ich am liebsten umdrehen und abhauen. Mein Vater will nicht, dass ich Gefühle zeige, wenn ich an seinem Bett stehe, und im Moment explodiere ich fast vor unterdrückten Gefühlen.

Vielleicht sollte ich noch mal rausgehen und zum Abreagieren ein paar Bäume verdreschen, bevor ich in sein Zimmer gehe.

Wir kommen in den Wartebereich, in dem ein paar Leute sitzen und Zeitschriften lesen.

»Ich warte hier auf dich«, sagt Camryn, und ich sehe sie an.

»Komm doch mit.«

Ich möchte das unbedingt. Ich weiß nicht warum.

Camryn will schon den Kopf schütteln. »Ich – ich kann da nicht rein«, sagt sie und wirkt plötzlich verlegen. »Ehrlich, ich … ich finde, das gehört sich nicht.«

Ich ziehe behutsam den Gurt der Umhängetasche von ihrer Schulter und hänge ihn mir selbst über. Die Tasche ist nicht schwer, aber sie scheint Camryn zu belasten.

»Das passt schon«, sage ich. »Ich *will,* dass du mitkommst.«

*Warum sage ich das?*

Sie blickt erst zu Boden und lässt danach ihre blauen Augen vorsichtig durch den Raum wandern, bevor sie mich wieder ansieht. »Okay«, sagt sie dann und nickt kaum merklich.

Ich merke, wie sich ein zaghaftes Lächeln auf meinem Gesicht ausbreitet, und nehme sie automatisch bei der Hand. Sie zieht sie nicht zurück.

Ihre Anwesenheit beruhigt mich, das versteht sich von selbst, und ich habe das Gefühl, dass sie ganz gern mitkommt. Bestimmt weiß sie, wie schwer so was für einen alleine ist.

Hand in Hand gehen wir auf das Krankenzimmer meines Vaters zu.

Sie drückt einmal meine Hand und sieht zu mir her, als wollte sie mir Mut machen. Und dann mache ich die

Tür auf. Eine Krankenschwester sieht uns vom Bett aus an, als wir eintreten.

»Ich bin ein Sohn von Mr. Parrish.«

Sie nickt ernst und fährt dann fort, die Maschinen und Schläuche zu kontrollieren, an denen mein Vater hängt. Er liegt in einem typisch freudlosen, sterilen Krankenzimmer mit weißen Wänden und einem Fliesenboden, der so glänzt, dass sich die Lampen in den Deckenpaneelen darin spiegeln. Aus dem Pulsmonitor neben dem Bett höre ich ein leises, regelmäßiges Piepsen.

Ich habe meinen Vater immer noch nicht angesehen. Plötzlich wird mir bewusst, dass ich alles im Raum ansehe, nur nicht ihn.

Camryns Finger drücken meine.

»Wie geht es ihm?«, frage ich, obwohl mir klar ist, wie dämlich die Frage ist. Er liegt im Sterben; wie soll es ihm da schon gehen? Aber etwas anderes kommt mir einfach nicht über die Lippen.

Die Schwester sieht mich ausdruckslos an.

»Er ist zeitweise bei Bewusstsein und zeitweise nicht, aber das wissen Sie wahrscheinlich schon.«

*Nein, ehrlich gesagt wusste ich das nicht.*

»Und es gab in letzter Zeit keine Veränderungen zum Besseren oder Schlechteren.« Sie korrigiert eine Infusionsnadel auf seinem fleckigen Handrücken.

Dann geht sie um das Bett herum, nimmt die Krankenakte von seinem Nachttisch und klemmt sie unter ihren Arm.

»War schon jemand hier?«, frage ich.

Die Schwester nickt. »Während der letzten Tage hatte er immer wieder Besuch von Verwandten. Die letzten Besucher sind vor ungefähr einer Stunde gegangen, aber ich nehme an, dass sie bald zurückkommen.«

Wahrscheinlich Aidan, mein älterer Bruder, und seine Frau Michelle. Und mein jüngerer Bruder Asher.

Die Schwester schlüpft aus dem Raum.

Camryn sieht zu mir auf und drückt noch einmal meine Hand. Ihre Augen lächeln vorsichtig. »Ich setze mich so lange da drüben hin, okay?«

Ich nicke, obwohl ihre Worte irgendwie nur kurz durch meinen Kopf gezogen sind wie eine schwache Erinnerung. Ihre Finger lösen sich vorsichtig von meinen, und sie setzt sich auf den freien Plastikstuhl an der Wand. Ich hole tief Luft und lecke mir die Trockenheit von den Lippen.

Sein Gesicht ist angeschwollen. Aus seinen Nasenlöchern hängen Sauerstoffschläuche. Es überrascht mich, dass er noch nicht künstlich beatmet wird, aber selbst das lässt eine schwache Hoffnung in mir aufflackern. Eine äußerst schwache Hoffnung. Mir ist klar, dass er sich nicht mehr erholen wird; das steht so gut wie fest. Die wenigen Haare, die ihm noch geblieben waren, hat man abrasiert. Die Ärzte hatten überlegt, ihn ein weiteres Mal zu operieren, aber nachdem mein Dad erfahren hatte, dass ihn die Operation nicht retten würde, protestierte er natürlich dagegen: »Ich lasse mir bestimmt nicht den verdammten Schädel aufschneiden. Ihr wollt mir doch nicht allen Ernstes ein paar tausend Dollar aus der Tasche ziehen, damit diese Pappnasen von Ärzten meinen verfluchten Schädel knacken? *Verflucht noch mal*, Junge« – damit hatte er Aidan gemeint – »du bist doch nicht ganz bei Trost!«

Meine Brüder und ich waren bereit, alles zu tun, um ihn zu retten, aber er hatte hinter unserem Rücken eine Art Patientenverfügung verfasst, dass niemand das Recht habe, so schwerwiegende Entscheidungen für ihn zu fällen, falls sich die Dinge zum Schlechteren entwickelten.

Tatsächlich war es meine Mom, die das Krankenhaus ein paar Tage vor dem Operationstermin auf seine Wünsche hinwies und die nötigen Dokumente lieferte. Natürlich waren wir damals sauer, aber meine Mom ist eine kluge und fürsorgliche Frau, und keiner von uns konnte ihr das lange übel nehmen.

Ich trete ans Bett und betrachte das, was von ihm noch übrig geblieben ist. Meine Hand hat so was wie einen eigenen Willen, und ehe ich mich versehe, schiebt sie sich in seine und hält sie fest. Selbst das fühlt sich eigenartig an. So als sollte ich das nicht tun. Bei jedem anderen wäre es überhaupt kein Ding, eine Hand zu ergreifen. Aber weil das hier mein Dad ist, habe ich das Gefühl, dass ich etwas Unerlaubtes tue. Ich kann fast seine Stimme in meinem Kopf hören: »Männer halten sich nicht bei der Hand, Junge. Was ist denn los mit dir?«

Plötzlich schlägt mein Vater die Augen auf, und ich ziehe instinktiv die Hand zurück.

»Bist du das, Andrew?«

Ich nicke und sehe auf ihn hinab.

»Wo ist Linda?«

»Wer?«

»Linda«, wiederholt er. Seine Augen können sich nicht entscheiden, ob sie offen bleiben wollen. »Meine Frau Linda. Wo ist sie?«

Ich schlucke schwer und drehe mich kurz zu Camryn um, die still an der Wand sitzt und uns zusieht.

Dann wende ich mich wieder meinem Dad zu. »Dad, du bist seit letztem Jahr von Linda geschieden, hast du das vergessen?«

Feuchtigkeit schimmert in seinen hellgrünen Augen. Keine Tränen, nur Feuchtigkeit. Einen Moment sieht er mich benommen an, dann schmatzt er mit den Lippen und fährt mit der trockenen Zunge durch seinen Mund.

»Willst du was trinken?«, frage ich und strecke die Hand nach dem langen Rolltisch aus, der ein Stück beiseitegeschoben wurde. Darauf steht ein hellrosa Wasserkrug neben einem dicken Plastikbecher mit Trinkdeckel, aus dem ein Strohhalm ragt.

Mein Dad schüttelt den Kopf.

»Hast du Miss Nina repariert?«, fragt er.

Ich nicke wieder. »Sie sieht super aus. Frisch lackiert und neue Felgen.«

»Gut, gut«, sagt er und nickt müde.

Ich fühle mich unwohl und weiß, dass man es mir an meiner Miene und Haltung ansieht. Ich weiß nicht, was ich sagen oder ob ich ihn zum Wassertrinken zwingen soll oder ob ich lieber nur dasitzen und abwarten soll, bis Aidan und Asher zurückkommen. Mir wäre es lieber, wenn die beiden das hier übernehmen würden. Ich bin nicht gut in so was.

»Wer ist das hübsche Ding?«, fragt er und sieht dabei auf die Wand.

Ich frage mich, wie er Camryn da drüben überhaupt sehen kann, und dann begreife ich, dass er sie in dem großen Spiegel auf seiner anderen Seite sieht, in dem sich der Rest des Zimmers spiegelt. Camryn erstarrt kurz, aber gleich darauf leuchtet ihr strahlendes Lächeln auf. Sie hebt die Hand und winkt ihm mit den Fingern über den Spiegel zu.

Obwohl sein Gesicht völlig verschwollen ist, kann ich das Lächeln auf den Lippen meines Vaters erkennen. »Ist das deine Eurydike?«, fragt er, und ich reiße erschrocken die Augen auf. Ich hoffe, dass Camryn ihn nicht gehört hat, aber andererseits wüsste ich nicht, wie sie das überhört haben sollte. Mein Dad hebt schwach die Hand und winkt sie her.

Gehorsam steht sie auf und stellt sich neben mich. Sie lächelt ihn so warmherzig an, dass ich ehrlich beeindruckt bin. Sie ist ein Naturtalent. Ich weiß, dass sie nervös ist und dass ihr wahrscheinlich noch nie irgendwas so unangenehm war, wie in diesem Raum bei diesem Sterbenden zu stehen, den sie überhaupt nicht kennt, aber sie hält sich tapfer.

»Hi, Mr. Parrish«, sagt sie. »Ich bin Camryn Bennett, eine Freundin von Andrew.«

Seine Augen wenden sich mir zu. Ich kenne diesen Blick; er gleicht ihre Antwort mit meiner Miene ab und versucht, die Bedeutung des Wortes »Freundin« zu dechiffrieren.

Und dann tut mein Vater ganz plötzlich etwas, das ich noch nie bei ihm erlebt habe: Er streckt seine Hand aus … nach mir.

Die Geste lässt mich erstarren.

Erst als ich merke, wie Camryn mich verstohlen anfunkelt, seine Hand zu ergreifen, erwache ich aus meiner Erstarrung und umschließe nervös seine Finger. Ich halte sie lange verlegen fest, während mein Vater wieder die Augen schließt und einschläft. Erst als ich spüre, wie sein schwacher Griff völlig erschlafft, löse ich meine Hand aus seiner.

Die Tür geht auf, und meine Brüder treten ein, gefolgt von Aidans Frau Michelle.

Wie auf ein Stichwort hin trete ich vom Bett zurück und ziehe Camryn mit mir, ohne auch nur zu merken, dass ich sie dabei an der Hand genommen habe, bis Aidans Blick sich auf unsere verschränkten Finger senkt.

»Wie schön, dass du es noch geschafft hast«, sagt

Aidan, wenn auch mit hörbarer, leiser Verachtung in der Stimme.

Er ist immer noch sauer auf mich, weil ich nicht das Flugzeug genommen habe und früher gekommen bin. Drauf geschissen, er wird damit leben müssen; jeder trauert auf seine Weise.

Trotzdem packt er meine Hand, zieht mich an seine Brust und klopft mir mit der anderen auf den Rücken.

»Das ist Camryn«, sage ich und drehe mich zu ihr um.

Sie hat sich schon wieder auf den freien Stuhl an der Wand verzogen und lächelt zu den anderen auf.

»Das ist mein älterer Bruder Aidan und seine Frau Michelle.« Ich deute nacheinander auf beide. »Und das ist Asher, unser Kümmerling.«

»Penner«, sagt Asher.

»Ich weiß«, sage ich.

Aidan und Michelle lassen sich auf den beiden Stühlen am Tisch nieder und beginnen die Burger und Fritten zu verteilen, die sie gerade gekauft haben.

»Der alte Herr ist noch nicht wieder zu Bewusstsein gekommen«, sagt Aidan und stopft sich ein paar Fritten in den Mund. »Ich sag's nur ungern, aber ich glaub nicht, dass er es nochmal tun wird.«

Camryn sieht mich an. Wir beide haben gerade eben mit meinem Vater gesprochen, und jetzt erwartet sie, dass ich den anderen davon erzähle, das sehe ich ihr an.

»Wahrscheinlich nicht«, sage ich und sehe, wie Camryn überrascht die Stirn runzelt.

»Wie lange bleibst du?«, fragt Aidan.

»Nicht lang.«

»Warum überrascht mich das nicht?« Er beißt in seinen Burger.

»Spar dir diese Scheiße, Aidan, ich bin nicht in der

Stimmung, und das ist weder die Zeit noch der richtige Ort dafür.«

»Wenn du meinst.« Aidan schüttelt den Kopf und zermahlt mit seinen Kiefern das Essen. Er tunkt ein paar Pommes in den Ketchuphügel, den Michelle eben auf einer Serviette in der Tischmitte aufgehäuft hat. »Mach, was du willst, aber komm zur Beerdigung.«

Sein Gesicht zeigt keinerlei Emotion. Er isst einfach weiter.

Mein ganzer Körper versteift sich.

»Verflucht, Aidan«, sagt Asher in meinem Rücken. »Kannst du bitte mal damit aufhören? Im Ernst, Bro, Andrew hat recht.«

Asher hat immer zwischen mir und Aidan vermittelt. Er war immer der ausgeglichenste von uns. Aidan und ich denken zu oft mit den Fäusten. Als wir noch Kinder waren, hat Aidan jeden Kampf gewonnen, aber ihm war nicht klar, dass er mich jedes Mal trainiert hat, wenn er mich grün und blau geprügelt hat.

Inzwischen sind wir etwa gleich stark. Wir vermeiden es um jeden Preis, uns zu prügeln, aber ich würde jederzeit zugeben, dass bei mir die Sicherungen schneller durchbrennen als bei ihm. Und das weiß er. Darum macht er jetzt einen Rückzieher und setzt Michelle zur Ablenkung ein. Er beugt sich vor und wischt Ketchup aus ihrem Mundwinkel. Sie kichert.

Camryn fängt meinen Blick auf; wahrscheinlich versucht sie schon seit Minuten, meine Aufmerksamkeit auf sich zu ziehen, und im ersten Moment glaube ich, sie will mir ein Zeichen geben, dass sie gehen möchte, aber dann schüttelt sie stattdessen den Kopf und bedeutet mir, dass ich mich wieder beruhigen soll.

Sofort erlischt mein Zorn.

»Also«, mischt sich Asher ein, um die Wogen wieder zu glätten, »wie lange seid ihr schon zusammen?« Er lehnt sich neben dem Fernseher an die Wand und verschränkt die Arme.

Mit unseren braunen Haaren und diesen unglaublichen Scheißgrübchen sehen wir uns absolut ähnlich. Nur Aidan sticht aus unserem Trio heraus; seine Haare sind viel dunkler, und statt der Grübchen hat er ein kleines Muttermal auf der linken Wange.

»Ach, wir sind nur befreundet«, sage ich.

Ich glaube, Camryn wurde gerade rot, aber ich bin mir nicht sicher.

»Ihr müsst aber gut befreundet sein, wenn sie dich bis nach Wyoming begleitet«, sagt Aidan.

Zum Glück sagt er es ganz freundlich. Wenn er seine Wut an ihr auslassen würde, müsste ich ihm die Fresse polieren.

»Stimmt«, mischt sich Camryn ein, und augenblicklich bringt mich ihre melodiöse Stimme zur Ruhe. »Ich wohne nicht weit von Galveston; und weil er den Bus nehmen wollte, dachte ich, dass ihn jemand begleiten sollte.«

Ich hätte nicht gedacht, dass sie noch weiß, in welcher Stadt ich lebe.

Aidan nickt ihr freundlich zu; seine Wangen bewegen sich kauend.

»Sie ist heiß, Bro«, höre ich Asher in meinem Rücken flüstern.

Ich drehe mich zu ihm um und bringe ihn mit einem bitterbösen Blick zum Schweigen. Er lächelt, aber er verstummt tatsächlich.

Unser alter Herr rührt sich kaum merklich, und Asher tritt an sein Bett. Er stupst Dad spielerisch auf die Nase. »Aufwachen. Wir haben Burger mitgebracht.«

Aidan hält seinen Burger hoch, so als könnte unser Dad ihn tatsächlich sehen. »Und zwar gute. Du solltest dich ranhalten, sonst sind sie weg.«

Dad bleibt reglos liegen.

Er hat uns gut trainiert. Keiner von uns dreien käme auf den Gedanken, an sein Bett zu treten und deprimiert auf ihn runterzuglotzen. Und wenn er stirbt, werden Aidan und Asher wahrscheinlich eine Pizza bestellen und einen Kasten Bier kaufen und sich die Kante geben, bis am nächsten Morgen die Sonne aufgeht.

Aber ich werde nicht dabei sein.

Und je länger ich hier herumstehe, desto wahrscheinlicher stirbt er, bevor ich wieder verschwinden kann.

Ich rede noch ein paar Minuten mit meinen Brüdern und Michelle und gehe dann zu Camryn.

»Bist du so weit?«

Sie nimmt meine Hand und steht auf.

»Haust du schon wieder ab?«, fragt Aidan.

Camryn antwortet, bevor ich was sagen kann. »Er kommt gleich wieder; wir holen uns nur was zu essen«, erklärt sie lächelnd.

Sie versucht den Streit zu entschärfen, ehe er überhaupt ausbrechen kann. Sie sieht mich an, und ich spiele mit, indem ich mich an Asher wende und sage: »Ruf mich an, wenn sich was tut.«

Er nickt, ohne etwas zu sagen.

»Bye, Andrew«, sagt Michelle. »War schön, dich wiederzusehen.«

»Gleichfalls.«

Asher begleitet uns auf den Gang.

»Du kommst nicht wieder, oder?«, fragt er.

Camryn lässt meine Hand los und geht ein paar Schritte, um uns allein zu lassen.

Ich schüttele den Kopf. »Tut mir leid, Ash, aber ich kann das nicht. Ich kann es einfach nicht.«

»Ich weiß, Bro.« Er schüttelt den Kopf. »Dad wäre das sowieso nicht wichtig, das weißt du selbst. Wenn es nach ihm ginge, solltest du dich flachlegen lassen oder dich besaufen, statt neben seinem verrunzelten Arsch rumzuhängen.«

Es klingt merkwürdig, aber es stimmt.

Nachdem er das gesagt hat, sieht er kurz zu Camryn hinüber. »Nur befreundet? *Im Ernst?*«, flüstert er mir mit einem teuflischen Grinsen zu.

»Ja, wir sind nur befreundet, also halt deine blöde Klappe.«

Er lacht leise in sich hinein und schlägt mir dann auf den Arm. »Ich ruf dich an, wenn es sein muss, okay?«

Ich nicke. »Wenn es sein muss« heißt: Wenn Dad gestorben ist.

Asher winkt Camryn kurz zu. »Vielleicht sieht man sich mal wieder.«

Sie lächelt, und er verschwindet wieder ins Krankenzimmer.

»Ich finde wirklich, du solltest hierbleiben, Andrew. Ehrlich.«

Mit langen Schritten eile ich den Gang hinunter, doch sie bleibt an meiner Seite. Ich vergrabe die Hände in den Hosentaschen. So wie immer, wenn ich nervös bin. »Wahrscheinlich hältst du mich für einen egoistischen Bastard, weil ich sofort wieder abhaue, aber du verstehst das nicht.«

»Dann erklär es mir«, sagt sie, nimmt mich am Ellbogen und hält störrisch mit mir Schritt. »Ich halte dich nicht für egoistisch, ich glaube, dass du nur nicht weißt, wie du mit dieser Art von Schmerz umgehen sollst.«

Sie versucht meinen Blick aufzufangen, aber ich kann sie jetzt nicht ansehen. Ich will nur raus aus diesem Backstein-Todestrakt.

Wir schaffen es zum Lift, und Camryn verstummt vorübergehend, weil zwei Leute mit uns in der Kabine stehen, aber sobald wir unten angekommen sind und die silbernen Türen aufgleiten, fängt sie wieder an. »Andrew. Bleib stehen. *Bitte!*«

Ihre Stimme lässt mich tatsächlich innehalten, und sie dreht mich zu sich. Sie sieht mit einem so gequälten Blick zu mir auf, dass es mich ins Herz trifft. Immer noch hängt der lange, blonde Zopf über ihrer rechten Schulter.

»Rede mit mir«, sagt sie leise, weil sie weiß, dass ich ihr zuhöre. »Reden tut nicht weh.«

»So wie es nicht wehtut, wenn du mir erzählst, warum du plötzlich nach Texas willst?«

Das bringt sie zum Schweigen.

# Camryn

# 13

Mir verschlägt es sekundenlang die Sprache. Meine Hand fällt aus seiner Ellenbeuge. »Ich glaube, was bei dir los ist, ist wesentlich wichtiger als das, was bei mir los ist«, rechtfertige ich mich.

»Wirklich?«, sagt er. »Und dass du ziellos und planlos allein im Bus durchs Land reisen willst und dich dabei verflucht noch mal in Gefahr bringst; *das* findest du also nicht besonders wichtig?«

Er ist wütend. Ich merke ihm das an, aber seine Wut rührt größtenteils, wenn nicht komplett, daher, dass da oben sein Vater im Sterben liegt und Andrew nicht weiß, wie er ihn gehen lassen kann. Er tut mir leid, auch weil ihm von Kindheit an beigebracht wurde, dass er kein richtiger Mann ist, wenn er die Gefühle zeigt, die in einer solchen Situation angemessen sind.

Ich kann auch keine Gefühle zeigen, aber ich wurde nicht dazu erzogen, mir wurde das aufgezwungen.

»Weinst du jemals?«, frage ich ihn. »Über andere Sachen? Hast du *überhaupt* schon mal geweint?«

Er schnaubt. »Na klar. Jeder weint mal, selbst ein großer, harter Bursche wie ich.«

»Okay, dann erzähl.«

Die Antwort kommt sofort: »Einmal musste ich … bei einem Film weinen«, aber plötzlich wirkt er verlegen und scheint sein Bekenntnis zu bereuen.

»Was für einem Film?«

Er kann mir nicht in die Augen sehen. Ich merke, wie sich trotz der Umstände die Stimmung ein wenig aufhellt.

»Was tut das schon zur Sache?«, meint er.

Ich dränge mich lächelnd an ihn. »Ach komm, sag schon – oder hast du etwa Angst, ich könnte dich auslachen und für ein Weichei halten?«

Unter der verlegenen Röte in seinen Wangen macht sich ein kleines Lächeln breit. *»Wie ein einziger Tag«*, sagt er so leise, dass ich ihn kaum verstehe.

»Hast du gerade *Wie ein einziger Tag* gesagt?«

»Ja! Ich habe bei *Wie ein einziger Tag* geweint, zufrieden?«

Er dreht mir den Rücken zu, und ich muss meine ganze Selbstbeherrschung aufbieten, um nicht zu lachen. Nicht dass er bei *Wie ein einziger Tag* geweint hat, ist so komisch; sondern dass ihm das so peinlich ist.

Ich lache. Ich kann nicht anders, es bricht einfach aus mir heraus. Andrew fährt herum und stiert mich eine Sekunde mit tellergroßen Augen an. Dann kreische ich auf, weil er mich über die Schulter wirft und mich huckepack aus dem Krankenhaus trägt.

Ich muss lachen, bis mir die Tränen kommen. Es sind Lachtränen, nicht solche, wie ich sie seit Ians Tod nicht mehr vergossen habe.

»Lass mich runter!« Ich trommle mit den Fäusten auf seinen Rücken.

»Du hast versprochen, dass du nicht lachen würdest!«

Daraufhin muss ich noch mehr lachen. Ich gackere und gebe merkwürdige Geräusche von mir, die ich noch nie aus meinem Mund gehört habe.

»Bitte, Andrew! Lass mich runter!« Meine Finger bohren sich durch den Hemdstoff und in seinen Rücken.

Endlich spüre ich wieder Beton unter meinen Füßen. Ich sehe ihn an und höre wirklich zu lachen auf, weil ich möchte, dass er mit mir redet. Ich kann nicht zulassen, dass er vom Totenbett seines Vaters flüchtet.

Aber er kommt mir zuvor: »Ich kann nur nicht in seiner Nähe oder um *ihn* weinen, das habe ich dir doch erklärt.«

Ich lege die Finger auf seinen Arm. »Du brauchst auch nicht zu weinen, aber du solltest trotzdem hierbleiben.«

»Das werde ich nicht, Camryn.« Er sieht mir tief in die Augen, und ich sehe ihm an, dass er sich nicht umstimmen lassen wird. »Ich weiß, dass du mir nur helfen willst, aber da kann ich nicht nachgeben.«

Ich nicke widerwillig.

»Wenn wir tatsächlich zusammen auf die Reise gehen sollten, werden wir uns vielleicht irgendwann all das erzählen können, was wir sonst nicht erzählen wollen«, sagt er, und aus einem unerfindlichen Grund reagiert mein Herz auf seine Stimme. Ich spüre ein leises Flattern zwischen meinen Brüsten, knapp hinter dem Brustbein.

Andrew lächelt mich so offen an, dass die perfekt geformten grünen Augen mitten aus seinem Gesicht zu leuchten scheinen.

*Er sieht echt gut aus …*

»Also, wozu hast du dich entschlossen?« Er verschränkt die Arme und sieht mich eindringlich an. »Soll ich dir ein Flugticket nach Hause kaufen, oder willst du wirklich weiterziehen nach Nirgendwo, Texas?«

»Würdest du *ernsthaft* mitkommen?« Ich halte das immer noch für ausgeschlossen, wünsche mir aber gleichzeitig nichts sehnlicher als das.

Mit angehaltenem Atem warte ich ab.

Er lächelt. »Ja, ich will.«

Das Flattern verwandelt sich in heiße Lava, und mein Gesicht strahlt so, dass ich sekundenlang nichts dagegen unternehmen kann.

»Ich habe nur einen Einwand vorzubringen«, erklärt er mit erhobenem Zeigefinger.

»Und der wäre?«

»Diese dämliche Busfahrerei«, sagt er. »Ich hasse diesen Scheiß, ehrlich.«

Ich lache leise und muss ihm insgeheim recht geben. »Und wie sollen wir sonst fahren?«

Sein linker Mundwinkel hebt sich in einem wissenden Lächeln. »Wir können das Auto nehmen«, antwortet er. »Ich fahre.«

Ich brauche nicht zu überlegen. »Okay.«

»Okay?« Er stutzt. »Das ist alles? Du hüpfst also mit einem Typen, den du kaum kennst, in einen Wagen und hoffst einfach darauf, dass er dich nicht auf einem verlassenen Highway vergewaltigen wird – ich dachte, das hätten wir schon durchgekaut?«

Ich lege den Kopf schief und verschränke die Arme. »Was wäre denn anders, wenn wir uns in der Bücherei kennengelernt und du mich ein, zwei Abende später allein mit deinem Auto abgeholt hättest?« Ich lege den Kopf auf die andere Seite. »Wir fangen alle als Fremde an, Andrew, aber nicht jedes Mädchen trifft dabei auf einen Fremden, der es vor einem Vergewaltiger rettet *und* es am nächsten Morgen zu seinem sterbenden Vater mitnimmt – ich würde sagen, du hast den Vertrauenswürdigkeitstest schon vor einer ganzen Weile bestanden.«

Sein linker Mundwinkel hebt sich noch weiter und löst die ernste Stimmung, die bei meinen aus tiefstem Herzen kommenden Worten aufgekommen ist. »Heißt das, dass unsere Reise als Date gilt?«

»Was?« Ich lache. »Quatsch! Das war nur eine Analogie.«

Ich weiß, dass er sich dessen bewusst ist, aber ich muss etwas sagen, um ihn von meinen knallroten Wangen abzulenken. »Du weißt genau, wie ich das meine.«

Er lächelt. »Klar doch, aber trotzdem schuldest du mir noch ein ›freundschaftliches‹ Essen in Gesellschaft eines Steaks.« Bei dem Wort »freundschaftlich« macht er Anführungszeichen mit den Fingern. Das Lächeln bleibt die ganze Zeit.

»Stimmt, das kann ich nicht abstreiten.«

»Dann sind wir uns einig«, sagt er, nimmt mich am Arm und geht mit mir auf das Taxi zu, das beim Parkplatz wartet. »Wir fahren zum Busbahnhof, holen den Wagen meines Dads ab, legen einen Zwischenstopp bei ihm zu Hause ein, um ein paar Sachen einzupacken, und dann fahren wir los.«

Er öffnet die hintere Tür des Taxis, um mich zuerst einsteigen zu lassen, rutscht dann neben mich und zieht sie von innen zu.

Das Taxi verlässt den Parkplatz.

»Ach ja, wahrscheinlich sollte ich ein paar Regeln festlegen, bevor wir uns auf den Weg machen.«

»Ach?« Ich drehe mich ihm zu und sehe ihn neugierig an. »Was für Regeln?«

Er lächelt. »Also, Regel Nummer eins: *mein* Auto, *meine* Stereoanlage; damit ist im Grunde alles gesagt.«

Ich verdrehe die Augen. »Du willst mir also erklären, dass ich mit dir im Auto festsitze und dabei nur Classic Rock hören kann?«

»Ach, du wirst die Musik lieben lernen.«

»Ich habe sie nicht mal lieben gelernt, als meine Eltern mich früher damit gequält haben.«

»Nummer zwei«, fährt er mit zwei erhobenen Fingern fort und wischt meinen Einwand damit beiseite: »Du musst tun, was ich sage.«

Ich ziehe abrupt den Kopf zurück und die Brauen zusammen. »Wie bitte? Was soll das denn heißen?«

Sein Lächeln wird so breit, dass es fast unverschämt wird. »Du hast gesagt, du vertraust mir, also vertrau mir.«

»Nein, das reicht nicht als Begründung. Ernsthaft, ohne Witz.«

Er lehnt sich zurück und faltet die Hände zwischen den langen, leicht gespreizten Beinen. »Ich verspreche dir, dass ich nichts Schädliches, Entwürdigendes, Gefährliches oder Unannehmbares von dir verlangen werde.«

»Kurz gesagt wirst du also nicht von mir verlangen, dass ich dir für fünfhundert Dollar einen blase oder so?«

Andrew lässt den Kopf in den Nacken fallen und lacht. Der Taxifahrer rutscht auf seinem Sitz herum. Ich merke, wie sein Blick vom Rückspiegel wegzuckt, sobald ich nach vorn sehe.

»Nein, absolut nichts in dieser Richtung – Ehrenwort.« Er lacht immer noch.

»Okay, aber was würdest du dann von mir verlangen?«

Die ganze Sache schmeckt mir überhaupt nicht. Ich traue ihm, zugegeben, aber diese Vorstellung schreckt mich ab, so als müsste ich befürchten, mit einem angemalten Schnauzbart aufzuwachen.

Er tätschelt meinen Schenkel. »Also gut, du kannst dich weigern, wenn dir etwas absolut gegen den Strich geht, aber ich hoffe, dass du es nicht tust, weil ich dir ehrlich zeigen möchte, wie man lebt.«

Wow, damit hat er mich total überrumpelt. Das ist ihm

echt wichtig; er sagt das ohne jede Ironie und schlägt mich damit sofort wieder in seinen Bann.

»Wie man lebt?«

»Du stellst zu viele blöde Fragen.« Er tätschelt noch mal meinen Schenkel und legt die Hand dann wieder in seinen Schoß.

»Also, wenn du auf dieser Seite des Autos sitzen würdest, würdest du auch einen Haufen Fragen stellen.«

»Vielleicht.«

Meine Lippen öffnen sich einen Spalt. »Du bist ein wirklich eigenartiger Mensch, Andrew Parrish, aber schön, ich vertraue dir.«

Er lässt den Kopf gegen die Rückenlehne sinken, sieht mich an, und sein Lächeln wird wärmer.

»Noch mehr Regeln?«, frage ich.

Er starrt nachdenklich in die Luft und kaut kurz auf seiner Wange herum.

»Nein.« Sein Kopf rollt zur Seite. »Das ist alles.«

Jetzt bin ich an der Reihe. »Gut, denn ich habe ebenfalls ein paar Regeln.«

Er hebt neugierig den Kopf, lässt aber die Hände in seinem Schoß und seine starken Finger ineinander verschränkt.

»Na schön, nur raus damit«, sagt er grinsend und auf alles vorbereitet, was ich ihm an den Kopf werfen könnte.

»Nummer eins: Ich lasse dich unter keinen Umständen in mein Höschen. Nur weil ich nett zu dir bin und mich auf deinen Vorschlag einlasse, der – na schön – das Verrückteste ist, was ich in meinem ganzen Leben getan habe, werde ich nicht mit dir ins Bett steigen oder mich in dich verlieben (inzwischen grinst er von einem Ohr zum anderen, was mich ziemlich irritiert) oder irgendwas in der Richtung tun. Ist das klar?« Ich sage das so ernst ich kann. Weil es mir echt ernst ist. Und weil ich meine, was ich da sage. Aber dieses dämliche Grinsen entlockt mir zuletzt doch ein Lächeln, das ich ihm zutiefst übel nehme.

Er kräuselt nachdenklich die Lippen. »Du hast dich absolut klar ausgedrückt«, stimmt er mir zu, obwohl ich spüre, dass hinter den Worten eine verborgene Botschaft steckt.

Ich nicke. »Gut.« Ich bin froh, dass ich so deutlich war.

»Was noch?«, fragt er.

Um ein Haar hätte ich die zweite Regel vergessen.

»Genau, Nummer zwei lautet: nichts von Bad Company.«

Er sieht mich fast schockiert an.

»Was für eine Regel ist *das* denn?«

»Meine Regel«, antworte ich schmunzelnd. »Hast du etwa ein Problem damit? Du hast echt genug Classic Rock, den du anhören kannst, und ich darf überhaupt nichts hören, was *mir* gefällt, darum kannst du wohl kaum was gegen diese winzig kleine Einschränkung einwenden.« Ich halte Daumen und Zeigefinger dicht übereinander, um ihm zu demonstrieren, wie winzig klein die Einschränkung ist.

»Trotzdem gefällt mir die Regel nicht«, murrt er. »Bad Company ist eine super Band – was hast du gegen sie?« Er sieht mich verletzt an. Richtig niedlich.

Ich kneife die Lippen zusammen. »Ganz ehrlich?« Wahrscheinlich werde ich das bedauern.

»O ja, ganz ehrlich«, wiederholt er und verschränkt die Arme. »Raus damit.«

»Sie singen zu viel über Liebe. Das ist kitschig.«

Andrew muss wieder laut lachen, und mir kommt der Gedanke, dass der Taxifahrer während dieser Fahrt ordentlich was zu lauschen hat.

»Klingt, als wäre da jemand ganz schön *ver-bit-tert*«, sagt Andrew, und ein breites Lächeln erwärmt seine Lippen.

O ja, ich bedauere es.

Ich wende den Blick ab, weil ich nicht will, dass er etwas in meinem Gesicht sieht, das ihm bestätigt, wie richtig er mit dieser Einschätzung liegt. Wenigstens soweit es meinen treulosen Ex Christian betrifft. Bei ihm spüre ich tatsächlich so was wie Verbitterung. Bei Ian spüre ich nur unerträglichen, puren Schmerz.

»Na schön, das kriegen wir auch noch geregelt«, erklärt er lässig.

Ich sehe wieder zu ihm. »Ähm, vielen Dank, Dr. Sommer, aber damit brauche ich wirklich keine Hilfe.«

*Hey, Moment mal! Wer hat gesagt, dass bei mir überhaupt was »geregelt« werden muss?*

»Ach ja?« Er reckt das Kinn vor und sieht mich neugierig an.

»Ach ja«, sage ich. »Außerdem würde das gegen meine Regel Nummer eins verstoßen.«

Er blinzelt und lächelt dann. »Ach, du bist also automatisch davon ausgegangen, dass ich mich als dein Versuchskaninchen zur Verfügung stellen würde?« Seine Schultern zucken unter seinem Lachen.

*Autsch!*

Ich gebe mir alle Mühe, nicht beleidigt auszusehen. Und weil ich nicht sicher bin, ob ich das hinkriege, entscheide ich mich für einen neuen Ansatz.

»Also, bitte nicht«, sage ich und schlage die Augen nieder. »Du bist nämlich echt nicht mein Typ.«

Aha, damit habe ich den Ball in sein Feld zurückgeschlagen; ich glaube, er ist leicht zusammengezuckt.

»Und was passt dir nicht an mir?«, fragt er, und mir geht auf, dass mein Kommentar ihn nicht wirklich getroffen hat. Normalerweise lächelt man nicht, wenn man gerade beleidigt wurde.

Ich drehe mich ihm ganz zu, lehne mich mit dem Rücken gegen die Tür und begutachte ihn ausgiebig. Zu behaupten, dass mir der Anblick nicht gefällt, wäre glatt gelogen. Bis jetzt habe ich noch nichts an ihm gefunden, was mir nicht gefallen würde. Im Gegenteil, wenn ich zurzeit irgendwas mit Sex oder Dates oder Beziehungen oder Liebe im Sinn hätte, wäre Andrew Parrish genau der Typ, auf den ich absolut stehen würde und bei dem Natalie total ins Sabbern käme.

Sie würde seinen Namen auf einem T-Shirt tragen.

»Es ist nicht so, dass mir irgendwas an dir nicht ›passen‹ würde«, antworte ich. »Aber normalerweise sind die Jungs, bei denen ich lande, eher … zahm.«

Daraufhin wirft Andrew den Kopf zum dritten Mal lachend in den Nacken. »Zahm?«, fragt er immer noch lachend. Er nickt ein paarmal und meint dann: »Ja, ich schätze, du hast recht, unter ›zahm‹ falle ich nicht wirklich.« Er hebt den Finger, wie um etwas zu betonen. »Aber vor allem interessiert mich deine Bemerkung, dass du bei ihnen ›landest‹ – was soll das denn heißen?«

Wie kam der Ball so schnell wieder in mein Feld? Ich habe ihn überhaupt nicht kommen sehen.

Ich blicke ihn an und warte auf die Antwort, obwohl er doch die Frage gestellt hat. Er lächelt immer noch, aber diesmal kommt mir sein Lächeln weicher und aufmerksamer und längst nicht so provokant vor wie sonst.

Er sagt kein Wort.

»Ich … ich weiß nicht«, antworte ich ausweichend und sehe ihm dann direkt in die Augen. »Wieso muss das überhaupt was zu bedeuten haben?«

Er schüttelt leise den Kopf, sieht aber nach vorne, weil in diesem Moment das Taxi auf den Parkplatz beim Busbahnhof einbiegt. Nur der 1969er Chevy Chevelle von Andrews Dad steht noch dort. Die beiden haben es echt mit Oldtimern.

Andrew zahlt das Taxi, und wir steigen aus.

»Einen schönen Tag noch«, sagt er und hebt kurz die Hand, während das Taxi wieder wegfährt.

Weil ich immer noch über das nachdenken muss, was er vorhin gesagt hat, fahre ich mehr oder weniger schweigend zum Haus von Andrews Dad, aber als wir in die Einfahrt zu dem makellos gepflegten Gebäude biegen, platzt es doch aus mir heraus. »O Mann«, sage ich im Aussteigen, und der Mund bleibt mir offen stehen. »Das nenn ich mal ein Haus.«

Er drückt die Fahrertür zu. »O ja, meinem Vater gehört ein erfolgreiches Bau- und Architekturunternehmen«, erklärt er lässig. »Jetzt komm, ich will möglichst schnell wieder weg, sonst taucht am Ende noch Aidan auf.«

Ich gehe mit ihm über den geschwungenen, sorgfältig angelegten Weg zur Haustür des dreistöckigen Kastens. Der Bau ist so pompös und herausgeputzt, dass ich mir Andrews Vater kaum darin vorstellen kann. Er wirkt so anspruchslos und längst nicht so materialistisch wie meine Mutter.

Meine Mutter würde bei so einem Haus in Ohnmacht fallen.

Andrew geht die Schlüssel durch und schiebt dann den richtigen ins Schloss.

Es öffnet sich mit einem Klicken.

»Ich will ja nicht neugierig sein, aber warum wohnt dein Vater in so einem Kasten?«

In der Eingangshalle riecht es nach einer Zimtduftmischung.

»Ach, das wollte seine Exfrau, nicht er.« Ich folge ihm direkt zu der mit einem weißen Teppich belegten Treppe. »Sie war nett – Linda, die Frau, von der er im Krankenhaus gesprochen hat –, aber sie kam nicht mit Dad zurecht, und ich kann ihr daraus keinen Vorwurf machen.«

»Ich hätte gedacht, du würdest mir erzählen, dass sie ihn wegen seines Geldes geheiratet hat.«

Andrew schüttelt den Kopf und geht mir voran die Treppe hinauf. »Nein, so war es nicht – mit meinem Dad ist nicht so einfach zusammenzuleben.« Er schiebt den Schlüsselbund in die vordere Hosentasche.

Ich werfe einen verstohlenen Blick auf seinen Hintern in der Jeans, während er vor mir die Treppe hinaufsteigt. Und dann beiße ich mir auf die Unterlippe und verpasse mir im Geist einen Tritt.

»Das da ist mein Zimmer.« Wir treten in das erste Zimmer auf der linken Seite. Es ist praktisch leer und sieht mit den vereinzelten Kartons an der maulwurfsgrauen Wand, den Fitnessgeräten und einem irritierenden Indianer, der als Statue halb in Plastik verpackt in der Ecke steht, eher aus wie ein Lagerraum. Andrew durchquert das Zimmer, tritt an den begehbaren Schrank und schaltet das Licht darin ein. Ich bleibe mit verschränkten Armen in der Mitte des Zimmers stehen, schaue mich um und versuche nicht so auszusehen, als würde ich alles ausschnüffeln wollen.

»Das *ist* dein Zimmer, sagst du?«

»Genau«, antwortet er aus dem Schrank heraus. »Wenn

ich zu Besuch komme oder falls ich irgendwann wieder herziehen will.«

Ich trete zu ihm an den Schrank und sehe, wie er die Anziehsachen durchgeht, die fast so geordnet hängen wie bei mir. »Wie ich sehe, pflegst du auch eine kleine Zwangsneurose.«

Er sieht mich fragend an.

Ich deute auf die nach Farben sortierten Kleidungsstücke, die an identischen schwarzen Bügeln hängen.

»O nein, ganz und gar nicht«, stellt er klar. »Dads Haushälterin ordnet die Sachen, wenn sie hier aufräumt. Mir ist es scheißegal, ob meine Sachen aufgehängt sind, und nach Farben würde ich sie schon gar nicht sortieren – das ist mir viel zu … warte mal …« Er dreht sich von den Hemden weg und sieht mich von der Seite an. »Hängst du deine Sachen etwa so auf?« Er deutet mit dem Zeigefinger auf die Hemden und streicht waagerecht darüber.

»Schon.« Es ist mir unangenehm, das ihm gegenüber zuzugeben. »Ich mag es, wenn alles aufgeräumt und an seinem Platz ist.«

Andrew lacht und geht weiter seine Hemden durch. Ohne sie genauer anzusehen, zieht er ein paar davon und eine Jeans vom Bügel und wirft alles über seinen Arm. »Ist das nicht anstrengend?«, fragt er.

»Was? Meine Sachen ordentlich aufzuhängen?«

Lächelnd drückt er mir den kleinen Kleiderhaufen in die Arme.

Ich sehe verlegen darauf und dann wieder ihn an.

»Vergiss es«, sagt er und deutet in das Zimmer hinter mir. »Kannst du das in die Tasche legen, die an der Hantelbank hängt?«

»Klar.« Ich trage die Sachen rüber.

Erst lege ich sie auf die schwarz gepolsterte Trainingsbank, dann ziehe ich die Sporttasche von den Gewichten.

»Und wo fahren wir zuerst hin?«, frage ich und falte das zuoberst liegende Hemd zusammen.

Er wühlt immer noch im Schrank herum.

»Nein, nein«, höre ich ihn sagen; seine Stimme klingt irgendwie gedämpft. »Keine weiteren Regeln, Camryn. Wir steigen einfach ins Auto und fahren los. Ohne Landkarten, ohne Plan und …« Er streckt den Kopf aus dem Schrank, und sofort höre ich ihn klar und deutlich. »Was machst du da?«

Ich sehe von dem zweiten, halb gefalteten Hemd auf. »Ich lege sie zusammen.«

Ich höre ein Plumpsen, als er ein Paar schwarze Sportschuhe fallen lässt und aus dem Schrank auf mich zukommt. Als er vor mir steht, sieht er mich an, als hätte ich etwas falsch gemacht, und nimmt mir dann das halb zusammengelegte Hemd aus der Hand. »Sei nicht so perfekt, Babe; schmeiß sie einfach in die Tasche.«

Er macht es mir vor, als wollte er mir zeigen, wie einfach das geht.

Ich weiß nicht, was mich mehr irritiert: seine Lektion in Unordnung oder der Purzelbaum, den mein Magen auf sein »Babe« hin schlägt.

Ich überlasse ihm achselzuckend seine Sachen.

»Es kommt nicht darauf an, was du trägst«, erklärt er mir und verschwindet wieder in seinen begehbaren Schrank. »Es kommt allein darauf an, wohin du gehst und was du in deinen Klamotten tust.«

Er wirft mir die Sportschuhe einzeln zu, und ich fange beide. »Schmeiß die auch mit rein, wenn es dir nichts ausmacht.«

Ich tue genau das, was er mir aufträgt, und werfe beide

Schuhe in die Tasche, auch wenn mir innerlich das Herz blutet. Zum Glück sehen die Schuhsohlen aus, als wären die Schuhe nie getragen worden, sonst hätte ich protestieren müssen.

»Weißt du, was ich an einem Mädchen sexy finde?«

Er hat einen muskulösen Arm in die Luft gestreckt und durchsucht jetzt ein paar Kartons im obersten Schrankfach. Ich sehe das äußerste Ende des Tattoos, das er auf der linken Seite hat, unter dem Saum seines Hemdes hervorblitzen.

»Ähm, keine Ahnung«, antworte ich. »Mädchen in zerknitterten Sachen?« Ich verziehe das Gesicht.

»Mädchen, die nach dem Aufstehen einfach irgendwas überwerfen«, antwortet er und zieht einen Schuhkarton herunter. Den Karton auf der flachen Hand balancierend, kommt er wieder zu mir. »Dieser Ich-komm-gerade-aus-dem-Bett-und-es-ist-mir-scheißegal-Stil ist voll sexy.«

»Kapiert«, sage ich. »Du bist einer von den Kerlen, die Make-up und Parfüm und all den Kram verabscheuen, der Mädchen zu Mädchen macht.«

Er reicht mir den Schuhkarton, und genau wie bei den Anziehsachen blicke ich fragend darauf.

Andrew lächelt. »Quatsch, ich verabscheue das nicht, ich finde nur, schlicht ist sexy, ganz einfach.«

»Was soll ich damit machen?«

Ich tippe mit dem Finger auf den Kartondeckel.

»Mach auf.«

Ich sehe unsicher auf den Karton und dann wieder ihn an. Er nickt bekräftigend.

Ich hebe den roten Deckel ab und starre auf einen Stapel CDs in ihren Originalhüllen.

»Mein Dad war zu faul, einen MP3-Player in den Wagen einbauen zu lassen«, erklärt er mir. »Und unterwegs hat man oft nur schlechten Empfang – manchmal findet man überhaupt keinen anständigen Sender.«

Er nimmt mir den Karton wieder ab.

»Das hier wird unsere offizielle Playlist.« Er strahlt mich an und entblößt dabei seine geraden, weißen Zähne.

Ich strahle weit weniger. Stattdessen ziehe ich eine Grimasse und presse säuerlich einen Mundwinkel zusammen.

Da sind sie alle, die vielen Bands, die er mir während der Busfahrt aufgezählt hat, und dazu ein paar andere, von denen ich noch nie gehört habe. Ich bin ziemlich sicher, dass ich neunundneunzig Prozent der Songs, auf die ich hier blicke, irgendwann bei meinen Eltern gehört habe. Trotzdem müsste ich mit ziemlicher Sicherheit passen, wenn mich jemand nach dem Titel von diesem oder jenem Song fragen sollte oder nach dem Namen des Albums, auf dem er veröffentlicht wurde, oder auch nach der Band, die ihn gespielt hat.

»Super«, sage ich sarkastisch und lächle ihn zweifelnd mit gerümpfter Nase an.

Er strahlt. Ich glaube, er quält mich für sein Leben gern.

# Andrew

# 14

Sie ist so niedlich, wenn ich sie quäle. Weil sie es insgeheim genießt.

Ich weiß nicht, wie ich mich in diese Lage gebracht habe, aber ich weiß, dass ich sie nicht aus den Augen lassen kann, so fest mich mein Gewissen auch an den verfluchten Ohren zieht und mich ermahnt, die Finger von ihr zu lassen. Ich will es auch gar nicht.

Dafür ist es schon zu spät.

Ich weiß, ich hätte die Sache auf dem Busbahnhof beenden sollen. Ich hätte ihr ein Flugticket erster Klasse nach Hause besorgen sollen, das so teuer ist, dass sie es guten Gewissens nicht verfallen lassen kann, und dann hätte ich sie in ein Taxi setzen und zum Flughafen schicken sollen.

Keinesfalls hätte ich zulassen dürfen, dass sie mit mir ins Krankenhaus kommt, denn nun kann ich sie nicht mehr allein lassen, so viel ist klar. Ich muss ihr noch eine Menge beibringen. Das ist Pflicht. Erst muss ich ihr alles zeigen. Vielleicht wird sie hinterher dafür leiden müssen, aber wenigstens wird sie mehr von ihrem Leben erwarten, wenn sie nach North Carolina zurückkehrt.

Ich nehme ihr den Schuhkarton ab, setze den Deckel wieder auf und stelle den Karton auf die offene Sporttasche. Sie sieht zu, wie ich die oberste Kommodenschublade aufziehe, ein paar frische Boxershorts und Socken raushole und sie ebenfalls in die Tasche stopfe. Mein

Waschzeug liegt draußen im Auto in der Reisetasche, die ich schon im Bus dabeihatte.

Ich hänge mir die Tasche über und sehe sie an. »Bist du so weit?«

»Ich glaube schon«, sagt sie.

»Moment mal – du glaubst es nur?« Ich baue mich vor ihr auf. »Entweder bist du so weit oder nicht.«

Sie lächelt mit ihren wunderschönen kristallblauen Augen zu mir auf. »Ja, ich bin eindeutig so weit.«

»Gut, wieso zögerst du dann?«

Sie schüttelt bedächtig den Kopf, um mir anzuzeigen, dass ich mich irre. »Ich zögere nicht«, widerspricht sie mir. »Das ist alles einfach so … merkwürdig, verstehst du? Aber es ist gut.«

Sie sieht aus, als müsste sie etwas in ihrem Kopf entwirren. Offenbar geht darin gerade eine Menge vor.

»Du hast recht«, sage ich. »Es *ist* sonderbar – okay, *höchst* sonderbar, weil es eigentlich nicht unsere Art ist, einfach so aus unserer Schublade rauszuspringen.« Ich sehe ihr in die Augen, bis sie meinen Blick erwidert. »Aber genau darum geht es.«

Ihr Lächeln leuchtet auf, als hätten meine Worte sie plötzlich an etwas erinnert.

Auf einmal nickt sie und erklärt fröhlich und begeistert: »Und worauf warten wir dann?«

Wir treten wieder in den Flur, aber gerade als wir die Treppe hinunterwollen, bleibe ich noch einmal stehen.

»Warte kurz.«

Sie wartet oben an der Treppe, während ich kehrtmache, an meinem Zimmer vorbeilaufe und in dem von Aidan verschwinde. Sein Zimmer sieht genauso verlassen aus wie meines. Ich sehe seine Gitarre an der Wand gegenüber lehnen, gehe hin, packe sie am Hals und nehme sie mit.

»Du kannst Gitarre spielen?«, fragt Camryn, während ich sie die Treppe hinunterführe.

»Na ja, ein bisschen.«

# Camryn

Andrew wirft die Tasche auf die Rückbank zu seiner kleineren Reisetasche und zu meinem Gepäck. Bei der Gitarre ist er nicht ganz so lässig und legt sie behutsam quer über die Rückbank. Wir springen in den schwarzen Oldtimer (mit zwei Rallyestreifen in der Mitte der Motorhaube und einer durchgehenden Sitzbank vorne) und ziehen gleichzeitig die Türen zu.

Er sieht mich an.

Ich sehe ihn an.

Er schiebt den Schlüssel in die Zündung, und die Chevelle erwacht röhrend zum Leben.

Ich kann nicht glauben, dass ich das tatsächlich tue. Ich habe keine Angst; ich habe weder irgendwelche Bedenken noch das Gefühl, dass ich diesem Unsinn ein Ende machen und auf der Stelle heimfliegen sollte. Das hier fühlt sich einfach richtig an; zum ersten Mal seit langer, langer Zeit habe ich das Gefühl, dass mein Leben wieder in der Spur läuft, nur dass es eine ganz neue Spur ist, die weiß Gott wohin führt. Ich kann das nicht erklären ... nur dass, also, wie gesagt: dass es sich *richtig* anfühlt.

Sobald wir auf dem Zubringer sind und auf den Highway 87 in Richtung Süden biegen, drückt Andrew aufs Gas.

Ich schaue ihm irgendwie gern beim Fahren zu, er ist so lässig, selbst wenn er an ein paar langsameren Autos vorbeizieht. Es sieht nie so aus, als wollte er irgendwas beweisen, wenn er sich zwischen den anderen Autos durchschlängelt; bei ihm wirkt das absolut natürlich. Ich ertappe mich dabei, wie ich ab und zu einen Blick auf seinen muskulösen rechten Arm werfe, dessen Hand das Lenkrad hält. Und während meine Augen verstohlen seinen Körper abtasten, frage ich mich gleich wieder, wie das Tattoo unter dem dunkelblauen T-Shirt, das ihm so gut steht, wohl aussieht.

Wir plaudern eine Weile über dies und das; darüber, dass die Gitarre Aidan gehört und dass Aidan wahrscheinlich an die Decke gehen wird, wenn er herausfindet, dass Andrew sie mitgenommen hat. Andrew ist das egal: »Immerhin hat er mir mal die Socken geklaut«, sagt er.

»Die *Socken?*« Wahrscheinlich habe ich ihn ziemlich entsetzt angesehen. Woraufhin er mich ansieht und ich in seiner Miene lesen kann: Hey, Socken, Gitarren, Deo – Eigentum ist Eigentum.

Ich lache, weil ich das trotzdem lächerlich finde, aber ich lasse ihn damit durchkommen.

Außerdem unterhalten wir uns ausführlich und eingehend über das Mysterium der einzelnen Schuhe auf den Seitenstreifen der Freeways überall in den Vereinigten Staaten.

»Wahrscheinlich wurde die Freundin sauer und hat das ganze Gerümpel ihres Freundes aus dem Fenster geworfen«, meint Andrew.

»Ja, die Möglichkeit besteht«, wende ich ein. »Aber ich glaube, viele davon gehören irgendwelchen Anhaltern, weil die meisten ziemlich zerfetzt aussehen.«

Er sieht mich fragend von der Seite an, so als warte er auf eine ausführlichere Erklärung. »Anhaltern?«

Ich nicke. »Na klar, sie müssen viel zu Fuß gehen, also

sind ihre Schuhe schnell ausgetreten. Sie gehen also am Freeway entlang, die Füße tun ihnen weh, und dann sehen sie einen Schuh – wahrscheinlich einen von denen, die eine wütende Freundin aus dem Fenster geschleudert hat« – ich zeige mit dem Finger auf ihn, um seine Theorie mit einzuschließen – »und weil sie sehen, dass dieser Schuh nicht ganz so ausgelatscht ist wie ihrer, wechseln sie ihn aus.«

»Das ist totaler Blödsinn«, sagt Andrew.

Ich klappe den Mund auf und wieder zu und schnaufe erbost aus. »So was könnte durchaus passieren!«, lache ich und schlage ihn auf den Arm. Er grinst mich nur an.

Von da an stellen wir abwechselnd die verschiedensten Theorien auf, und jede ist noch abwegiger als die vorige.

Ich weiß nicht mehr, wann ich das letzte Mal so viel gelacht habe.

Zwei Stunden später erreichen wir Denver. Es ist eine so schöne Stadt mit all diesen Bergen im Hintergrund, deren verschneite Gipfel sich am knallblauen Horizont entlangziehen wie weiße Sommerwolken. Es ist noch nicht mal Mittag, aber die Sonne scheint schon mit voller Kraft.

Als wir über eine breite Einfallstraße das Herz der Stadt erreichen, bremst Andrew den Wagen auf lahme vierzig Meilen pro Stunde ab.

»Du bestimmst, wohin wir fahren«, erklärt er mir, während die nächste Auffahrt zum Freeway näher rückt.

Er sieht nach links, nach rechts und geradeaus und dann mich an.

Völlig unvorbereitet, halte ich an jeder Kreuzung links und rechts Ausschau nach einem Hinweis, welche Richtung wir von hier aus einschlagen sollen, während er gleichzeitig immer langsamer wird.

Fünfunddreißig Meilen.

»Und wohin soll's gehen?«, fragt er, und seine grünen Augen funkeln boshaft.

Ich bin so nervös! Fast als müssten wir eine Bombe entschärfen und er hätte mich gefragt, welchen Draht er durchschneiden soll.

»Weiß ich doch nicht!«, entfährt es mir, aber meine Lippen lächeln breit und nervös dabei.

Zwanzig Meilen pro Stunde. Die anderen Autofahrer hupen uns an, und ein Typ in einem roten Flitzer zeigt uns den Finger, als er an uns vorbeischießt.

Fünfzehn.

O Mann! Ich halte das nicht mehr aus! Es ist, als müsste ich jeden Moment losprusten, aber als steckte das Lachen in meiner Kehle fest.

*Hup! Hup! Fick dich! Aus dem Weg, Arschloch!*

Andrew lässt das alles völlig kalt, er lächelt mich ungerührt an.

»Hier lang!«, schreie ich schließlich und zeige auf eine Auffahrt in Richtung Osten. Die ganze Sache ist mir so peinlich, dass ich quietschend auflache und auf der Sitzbank so tief wie möglich nach unten rutsche, damit mich niemand sehen kann.

Andrew setzt den Blinker und wechselt geschmeidig zwischen zwei Autos auf die linke Spur. Wir schaffen es gerade noch über die gelbe Ampel und sind Sekunden später auf dem nächsten Freeway, wo Andrew sofort das Gaspedal durchdrückt. Ich habe keine Ahnung, wohin wir fahren, nur dass wir Richtung Osten unterwegs sind, aber wohin uns dieser Weg führt, ist noch völlig offen.

»Das war doch gar nicht so schwer, oder?« Er sieht mich grinsend an.

»Irgendwie war das total geil«, antworte ich und lache kurz auf. »Die Leute waren richtig sauer.«

Er tut das mit einem Achselzucken ab. »Immer sind alle in Eile. Sobald du es wagst, dich auch nur an die Geschwindigkeitsbegrenzung zu halten, würden sie dich am liebsten lynchen.«

»Wie wahr«, bestätige ich und blicke durch die Windschutzscheibe. »Obwohl ich gestehen muss – gewöhnlich bin ich einer von ihnen.« Dabei verziehe ich beschämt das Gesicht.

»Klar, ich auch.«

Plötzlich wird es still im Wagen. Es ist der erste ruhige Moment, den wir beide bewusst wahrnehmen. Ich frage mich, ob ihm das Gleiche im Kopf herumgeht wie mir, ob er sich über mich Gedanken macht und ob ich ihm Rätsel aufgebe, so wie ich mir zahllose Fragen über ihn stelle. Es ist einer jener Augenblicke, die unvermeidlich irgendwann eintreten und in denen sich fast immer die Tür zu einer neuen Phase öffnet, in der sich zwei Menschen dann *wirklich* kennenlernen.

Das hier ist nicht mit unserer Busfahrt zu vergleichen. Im Bus gab es keinen Grund, persönliche Themen anzusprechen, weil wir beide davon ausgingen, dass wir nur eine festgelegte Zeitspanne miteinander verbringen und uns danach nie wiedersehen würden.

Jetzt ist alles anders, jetzt bleiben uns nur noch persönliche Themen.

»Erzähl mir von deiner Freundin Natalie.«

Weil ich nicht genau weiß, was ich ihm von ihr erzählen soll, schaue ich sekundenlang stur geradeaus auf die Straße und lege mir meine Antwort zurecht.

»Falls sie immer noch deine Freundin ist«, ergänzt er, als hätte er meinen unterschwelligen Groll gespürt.

Ich sehe ihn an. »Nicht mehr. Ich kann es nur so erklären, dass sie total unter seiner Fuchtel steht.«

»Du kannst das bestimmt besser erklären«, sagt er und sieht wieder auf die Straße. »Aber vielleicht willst du es nicht.«

Ich fälle eine Entscheidung. »Nein, eigentlich *will* ich es erklären.«

Er sieht zufrieden aus, hält sich aber respektvoll zurück.

»Wir kennen uns seit der zweiten Klasse«, erzähle ich, »und ich hätte nie geglaubt, dass uns irgendwas auseinanderbringen könnte, aber da habe ich mich wohl geirrt.« Allein der Gedanke ist mir so zuwider, dass ich den Kopf schütteln muss.

»Was ist denn passiert?«

»Sie hat sich für ihren Freund und gegen mich entschieden.«

Ich glaube, er hat eine ausführlichere Erklärung erwartet, und eigentlich hatte ich die ihm auch geben wollen, aber mehr bringe ich nicht heraus.

»Hast du sie gezwungen, sich zu entscheiden?«, fragt er, und seine Braue hebt sich ein winziges bisschen dabei.

Ich sehe ihn von der Seite an. »Nein, es war ganz anders.« Ich seufze tief. »Damon – ihr Freund – hat mich an einem Abend allein abgepasst und mir erklärt, dass er auf mich steht. Und ehe ich weiß, wie mir geschieht, beschimpft Natalie mich als verlogene Schlampe und eröffnet mir, dass sie mich nie wiedersehen will.«

Andrew reagiert mit einem langen, energischen Nicken, das mir zeigen soll, dass er mich genau versteht.

»Sie ist unsicher«, urteilt er. »Wahrscheinlich ist sie schon lang mit ihm zusammen, stimmt's?«

»Ungefähr fünf Jahre.«

»Dir ist schon klar, dass deine Freundin dir glaubt, oder?«

Ich sehe ihn verdattert an.

Er nickt noch mal. »Sie glaubt dir; überleg doch mal, sie kennt dich praktisch ihr ganzes Leben lang. Glaubst du wirklich, sie würde so eine Freundschaft aufkündigen, wenn sie dir *nicht* glaubt?«

Ich begreife immer noch nicht.

»Aber sie glaubt mir nicht«, antworte ich nur. »Genau so hat es sich abgespielt.«

»Quatsch«, sagt er. »Das ist nur eine Panikreaktion, Camryn. Sie *will* dir nicht glauben, aber tief im Innersten weiß sie, dass du die Wahrheit sagst. Sie braucht nur Zeit, um über alles nachzudenken und um die Dinge so zu sehen, wie sie wirklich sind. Sie wird sich schon wieder melden.«

»Ja, aber vielleicht will ich dann nicht mehr.«

»Vielleicht«, sagt er, blinkt rechts und wechselt die Spur, »aber so schätze ich dich nicht ein.«

»So nachtragend?«, frage ich.

Er nickt.

Wir ziehen an einem schleichenden Sattelschlepper vorbei und schwenken vor ihm auf seine Spur.

»Ich weiß nicht.« Plötzlich bin ich verunsichert. »Ich bin nicht mehr so wie früher.«

»Wie warst du denn früher?«

Nicht mal da bin ich mir noch sicher. Ich muss kurz überlegen, wie ich es erklären kann, ohne dabei Ian zu erwähnen. »Früher war ich lustig und offen und ich …« Plötzlich muss ich lachen, als würde mich die Erinnerung kitzeln. »Früher bin ich jeden Winter nackt in einen halb zugefrorenen See gesprungen.«

Andrews schönes Gesicht erstrahlt unter einem neugierigen, begeisterten Lächeln. »Wow«, sagt er, »ich sehe das direkt vor mir …«

Ich schlage ihn wieder auf den Arm. Lächelnd. Er tut so, als würde es wehtun, aber ich weiß, dass er schwindelt.

»Das Krankenhaus in unserer Stadt hat jedes Jahr so eine Spendenaktion veranstaltet«, erzähle ich weiter. »Und ich habe immer mitgemacht.«

*»Nackt?«* Jetzt grinst er nicht nur, er wirkt auch völlig verwirrt.

»Natürlich nicht *ganz* nackt«, schränke ich ein, »aber wenn du im Unterhemd und in Shorts in eisiges Wasser springst, könntest du genauso gut ganz nackt sein.«

»Scheiße, sobald ich heimkomme, melde ich mich für alle Spendenaktionen unseres Krankenhauses an«, gelobt er und schlägt dabei aufs Lenkrad. »Ich hatte ja keine Ahnung, was mir da entgeht.« Er dämpft sein Lächeln und sieht mich wieder an. »Und warum hast du das nur *früher* gemacht?«

*Weil Ian mich dazu überredet hat und ich es zwei Jahre lang mit ihm zusammen gemacht habe.*

»Letztes Jahr habe ich damit aufgehört – es war irgendwie einfach vorbei.«

Weil mir schwant, dass er überzeugt ist, an der Sache sei mehr dran, schneide ich ein neues Thema an, um ihn abzulenken.

»Was ist mit dir?« Ich drehe mich ihm zu und schenke ihm meine ganze Aufmerksamkeit. »Was hast du Verrücktes angestellt?«

Andrew presst nachdenklich die Lippen zusammen

und schaut auf die Straße. Wir überholen den nächsten Sattelschlepper und schwenken vor ihm wieder ein. Je weiter wir uns von der Stadt entfernen, desto dünner wird der Verkehr.

»Einmal bin ich auf einer Motorhaube gesurft – aber das war eher bescheuert als verrückt.«

»Allerdings, total bescheuert sogar.«

Er hebt die linke Hand und zeigt mir die Innenseite des Handgelenks. »Natürlich bin ich von dem Scheißding runtergerutscht und hab mir dabei das ganze Gelenk aufgeschlitzt.« Ich besehe mir die fingerlange Narbe, die vom Daumenballen bis über sein Handgelenk reicht. »Ich bin über die Straße gerollt. Und hab mir dabei den Kopf aufgeschlagen.« Er deutet hinten rechts auf seinen Schädel. »Das hat mir noch mal neun Stiche hier hinten zu den sechzehn an meiner Hand eingebracht. So was mache ich nie wieder.«

»Das will ich doch hoffen«, erkläre ich ernst und versuche gleichzeitig die Narbe unter seinem braunen Haar auszumachen.

Er wechselt die Hand am Lenkrad, fasst mich am Handgelenk und legt seinen Zeigefinger über meinen, um mir die Stelle zu zeigen.

Ich beuge mich zur Seite und lasse meine Hand von seiner führen.

»Genau … hier«, sagt er, als er sie gefunden hat. »Spürst du sie?«

Seine Hand löst sich von meiner, doch mein Blick bleibt an seinen Fingern hängen.

Dann konzentriere ich mich wieder auf seinen Kopf, schaue auf und fahre mit der Fingerspitze über einen ungleichmäßigen, glatten Hautstreifen auf seinem Schädel, bevor ich zuletzt die kurzen Haare mit den Fingern teile.

Die Narbe ist vielleicht streichholzlang. Ich fahre ein letztes Mal mit dem Finger darüber und ziehe dann widerwillig den Arm zurück.

»Ich könnte mir vorstellen, dass du jede Menge Narben hast«, sage ich.

Er lächelt. »So viele auch wieder nicht; eine auf dem Rücken, wo Aidan mir einen Peitschenhieb mit der Fahrradkette verpasst hat« – ich verziehe das Gesicht und beiße die Zähne zusammen – »und mit zwölf habe ich Asher auf dem Lenker meines Fahrrads fahren lassen. Bis wir auf einen Stein geprallt sind. Das Rad kippte vornüber, und wir sind beide über den Beton geschlittert.« Er deutet auf seine Nase. »Ich hab mir bloß die Nase gebrochen, aber Asher hat sich den Arm gebrochen und musste mit vierzehn Stichen am Ellbogen genäht werden. Mom dachte, wir wären mit einem Auto zusammengestoßen und würden ihr nur die Hucke volllügen, um nicht bestraft zu werden.«

Ich sehe immer noch auf seine perfekt geformte Nase; soweit ich erkennen kann, deutet nichts darauf hin, dass sie je gebrochen war.

»Und innen am Oberschenkel hab ich eine irre L-förmige Narbe«, fährt er fort und deutet auf seine Hose. »Aber die werde ich dir nicht zeigen.« Grinsend legt er auch die freie Hand ans Steuer.

Ich werde rot, weil ich keine zwei Sekunden gebraucht habe, um mir auszumalen, wie er vor mir die Hose herunterlässt.

»Gut so«, lache ich und beuge mich dann vor zum Armaturenbrett, damit ich das Babydoll-Shirt mit der aufgedruckten Schlumpfine über meine Hüfte hochziehen kann. Etwas flattert in meinem Magen auf, als ich bemerke, wie aufmerksam er mir zusieht, aber ich ignoriere das Gefühl. »Die hier habe ich vom Camping«, erzähle ich. »Ich bin von der Klippe ins Wasser gesprungen und auf einem Fels gelandet – um ein Haar wäre ich ertrunken.«

Andrew zieht die Stirn in Falten, beugt sich zur Seite und fährt die kleine Narbe über meiner Hüfte nach. Ein Schauer läuft mir über den Rücken hoch bis in den Nacken, so als würde ein eisiger Stromschlag durch meine Adern schießen.

Auch das ignoriere ich, so gut ich kann.

Ich ziehe das Hemd wieder über die Hüfte und lehne mich zurück.

»Also, ich bin froh, dass du nicht ertrunken bist.« Sein Blick und sein Gesicht leuchten unter einem Lächeln auf.

Ich lächle auch. »Ja, das wäre echt scheiße gewesen.«

»Finde ich auch.«

# 15

Ich erwache im Dunkeln, weil Andrew an einer Mautstelle abbremst. Ich weiß nicht, wie lange ich geschlafen habe, aber ich fühle mich, als hätte ich eine ganze Nacht durchgeschlafen, obwohl ich zusammengerollt neben Andrew auf der Sitzbank liege, den Kopf an die Tür gedrückt. Eigentlich sollte ich mir jetzt die steifen Muskeln massieren wollen wie nach der Busfahrt, aber ich fühle mich gut.

»Wo sind wir?«, frage ich und gähne hinter vorgehaltener Hand.

»Bei Wellington, Kansas, irgendwo im Nirgendwo«, antwortet er. »Du hast ganz schön lang geschlafen.«

Ich setze mich auf und warte darauf, dass sich meine Augen und mein Körper ans Wachsein gewöhnen. Andrew biegt auf die nächste Landstraße.

»Jedenfalls habe ich besser geschlafen als auf der ganzen Busfahrt von North Carolina nach Wyoming.«

Mein Blick fällt auf die blau leuchtenden Ziffern auf dem Autoradio: 22:14. Ein Song plätschert aus den Lautsprechern. Ich muss an unsere erste Begegnung im Bus denken. Und ich lächle still in mich hinein, weil ich den Verdacht habe, dass er die Musik absichtlich leise gestellt hat, während ich geschlafen habe.

»Bist du nicht müde?« Ich drehe mich ihm zu und betrachte sein von der Dunkelheit überschattetes Gesicht. »Es kommt mir ein bisschen komisch vor, dir das anzubieten, denn immerhin ist es das Auto von deinem Dad, aber ich kann auch mal fahren, wenn du möchtest.«

»Das braucht dir nicht komisch vorzukommen«, sagt er. »Es ist bloß ein Auto. Zwar ein Oldtimer, der meinem Alten so lieb und so teuer ist, dass er dich mit dem Arsch am Ventilator aufhängen würde, wenn er jemals erführe, dass du hinter dem Steuer gesessen hast, aber ich würde dich auf jeden Fall fahren lassen.« Selbst im Schatten sehe ich das boshafte Grinsen, zu dem sich sein rechter Mundwinkel verzieht.

»Plötzlich bin ich mir nicht mehr so sicher, ob ich das wirklich will.«

»Er liegt im Sterben, schon vergessen? Was sollte er dagegen unternehmen?«

»Das ist nicht witzig, Andrew.«

Das weiß er selbst. Mir ist sonnenklar, welches Spiel er da abzieht – dass er ständig nach einem Weg sucht, um mit der ganzen Sache klarzukommen, und doch nie fündig wird. Ich frage mich nur, wie lange er das noch durchhalten kann. Irgendwann werden die dummen Witze schal, und dann wird er nicht mehr wissen, wie er damit umgehen soll.

»Beim nächsten Motel halten wir an«, sagt er und biegt auf eine andere Straße. »Ich muss dringend mal die Augen zumachen.« Dann sieht er mich an. »Getrennte Zimmer, versteht sich.«

Ich bin froh, dass er das von sich aus vorgeschlagen hat. Selbst wenn ich allein mit ihm quer durch die Vereinigten Staaten fahre, glaube ich nicht, dass ich mir das Zimmer mit ihm teilen will.

»Super.« Ich verschränke die Finger und strecke die Arme nach vorn. »Ich muss mindestens eine Stunde duschen und Zähne putzen.«

»Allerdings«, grinst er.

»Hey, dein Atem riecht auch nicht besser.«

»Ich weiß«, sagt er, hält die hohle Hand vor den Mund und atmet kurz hinein. »Das stinkt, als hätte ich diesen grauenvollen Scheißeintopf gegessen, den meine Tante jedes Jahr zu Thanksgiving macht.«

Damit bringt er mich zum Lachen. »Keine glückliche Wortwahl«, erkläre ich ihm. »Scheißeintopf? Im Ernst?« Ich muss im Geist würgen.

Andrew lacht auch. »O Mann, es könnte echt einer sein – ich liebe meine Tante Deana, aber die Frau ist *nicht* mit Kochtalent gesegnet.«

»Klingt wie meine Mom.«

»Das war bestimmt furchtbar«, meint er und wirft mir einen Seitenblick zu. »Mit Instantnudeln und Toasties aufzuwachsen.«

Ich schüttle den Kopf. »O nein, ich habe mir stattdessen selbst das Kochen beigebracht – ich ernähre mich gesund, hast du das vergessen?«

Andrews lächelndes Gesicht wird von dem sanften grauen Licht erhellt, das die Straßenlaternen verströmen.

»Ach ja, richtig«, sagt er. »Keine halb garen Burger und fettigen Fritten für die kleine Miss Reiswaffel.«

Ich verziehe angewidert das Gesicht, um ihm zu zeigen, was ich von seiner Reiswaffeltheorie halte.

Minuten später biegen wir auf den Parkplatz eines kleinen Motels mit zwei Stockwerken; eines von denen, bei denen die Zimmer im oberen Stockwerk an einer offenen Galerie liegen. Wir steigen aus und strecken unsere Beine durch – wobei Andrew die Beine, die Arme, den Hals, eigentlich alles durchstreckt –, dann ziehen wir unsere Reisetaschen vom Rücksitz. Die Gitarre lässt er liegen.

»Verriegel die Tür«, erklärt er mir mahnend.

Wir treten in die Lobby, wo es nach vollen Staubsaugerbeuteln und Filterkaffee mieft.

»Zwei Einzelzimmer nebeneinander, wenn Sie noch welche haben«, sagt Andrew und zückt die Brieftasche aus der hinteren Hosentasche.

Ich schwinge meine Handtasche auf den Tresen und hole meinen kleinen Geldbeutel mit dem Reißverschluss heraus. »Ich kann mein Zimmer selbst zahlen.«

»Nein, ich mache das schon.«

»Nein, im Ernst, lass mich bezahlen.«

»Ich habe Nein gesagt, also steck dein Geld wieder ein.«

Widerstrebend gebe ich mich geschlagen.

Die etwa fünfzigjährige Frau hinter der Theke hat das graublonde Haar im Nacken zu einem schlaffen Knoten gebündelt und sieht uns verständnislos an. Sie klickert auf ihrer Tastatur herum, um festzustellen, welche Zimmer noch frei sind.

»Raucher oder Nichtraucher?«, fragt sie und sieht Andrew dabei an.

Mir entgeht nicht, wie ihr Blick seinen muskulösen Arm streichelt, während er seine Kreditkarte heraussucht.

»Nichtraucher.«

*Tipp, tipp, tipp. Klick, klick, klick.* Hin und her zwischen Tastatur und Maus.

»Die einzigen freien Einzelzimmer nebeneinander wären ein Raucher- und ein Nichtraucherzimmer.«

»Die nehmen wir«, sagt er und reicht ihr seine Karte.

Sie zieht sie zwischen seinen Fingern hervor und beobachtet dabei die ganze Zeit jede noch so kleine Bewegung seiner Hand, bis seine Finger hinter dem Tresen und damit aus ihrem Blickfeld verschwinden.

*Schlampe.*

Nachdem wir gezahlt und die Keycards zu unseren Zimmern bekommen haben, gehen wir wieder nach draußen zum Auto, wo Andrew die Gitarre vom Rücksitz nimmt.

»Ich hätte fragen sollen, bevor wir hier eingecheckt haben«, sagt er, während ich neben ihm hergehe, »aber wenn du hungrig bist, könnte ich noch mal die Straße runterfahren und uns was zu essen holen.«

»Nein, das ist schon in Ordnung. Aber danke.«

»Bist du sicher?« Er sieht mich an.

»Ja, ich bin echt nicht hungrig, und wenn ich wirklich noch Hunger kriegen sollte, kann ich mir auch was aus dem Automaten ziehen.«

Er schiebt die Magnetkarte in den Schlitz am ersten Zimmer, das grüne Lämpchen glüht auf, und er drückt die Tür auf.

»Aber in den Dingern kriegst du nichts, was nicht ausschließlich aus Fett und Zucker besteht«, meint er und bezieht sich damit auf unsere vorherigen Fast-Food-Gespräche.

Wir treten in den trostlosen Raum mit dem Einzelbett, das vor einer Holzvertäfelung steht. Die Tagesdecke ist braun und hässlich und macht mir eine Scheißangst. Der Raum selbst ist sauber und sieht einigermaßen anständig aus, aber ich habe noch nie in einem Motel geschlafen, ohne erst die Tagesdecke vom Bett zu ziehen. Kein Mensch weiß, was alles darin lebt oder wann sie das letzte Mal gewaschen wurde.

Andrew atmet tief ein und schnuppert prüfend. »Das ist das Nichtraucherzimmer«, sagt er und sieht sich um, als wollte er es erst inspizieren. »Hier schläfst du.« Er lehnt die Gitarre an die Wand und spaziert in das winzige

Bad, schaltet dort das Licht an, testet die Lüftung und tritt dann an das Fenster auf der anderen Seite des Bettes, um dort probeweise die Klimaanlage anzuwerfen – immerhin haben wir Mitte Juli. Danach kehrt er zum Bett zurück, zieht behutsam die Wolldecke zur Seite und betrachtet eingehend die Laken und Kissen.

»Was suchst du?«

»Ich will mich nur überzeugen, dass es sauber ist«, sagt er, ohne mich anzusehen. »Ich will nicht, dass du in irgendwelchem ekligen Dreck schläfst.«

Ich laufe knallrot an und drehe ihm den Rücken zu, bevor er es bemerken kann.

»Noch ein bisschen früh fürs Bett«, stellt er fest, macht einen Schritt zurück und greift wieder nach seiner Gitarre. »Aber die Fahrt hat mich echt geschafft.«

»Mal ehrlich, genau genommen hast du nicht mehr geschlafen, seit wir in Cheyenne aus dem Bus gestiegen sind.« Ich stelle meine Handtasche und die Reisetasche am Fußende des Bettes ab.

»Stimmt«, sagt er. »Das heißt, dass ich seit über dreißig Stunden auf den Beinen bin. Verdammt, das war mir gar nicht klar.«

»Das kommt von der Erschöpfung.«

Er geht an die Tür, legt die Hand auf den silbernen Drehknopf und öffnet sie mit einem Klicken. Ich bleibe wie angewurzelt vor meinem Bett stehen. Es ist ein peinlicher Moment, aber er ist gleich wieder vorüber.

»Also, dann bis morgen früh«, sagt er von der Tür aus. »Ich bin gleich nebenan in 110, du musst also nur rufen oder an die Wand klopfen, wenn du mich brauchst.« Seine Miene ist dabei völlig offen und freundlich.

Ich lächle und antworte mit einem Nicken.

»Na dann, gute Nacht«, sagt er.

»Nacht.«

Damit schlüpft er aus der Tür und zieht sie sacht hinter sich zu.

Eine Sekunde starre ich gedankenverloren auf die geschlossene Tür, dann erwache ich aus meiner Trance und beginne in meiner Reisetasche zu wühlen. Das wird die erste Dusche seit mehreren langen Tagen. Schon bei dem Gedanken daran beginne ich praktisch zu sabbern. Ich zerre einen sauberen Slip hervor, dazu meine liebsten weißen Baumwollshorts und ein Babydoll-Shirt mit einem Universitätsschriftzug und rosa-blauen Streifen an den Dreiviertelärmeln. Dann krame ich Zahnbürste, Zahnpasta und Mundspülung heraus und mache mich mit allem auf den Weg ins Bad. Ich ziehe mich nackt aus, steige glücklich aus den schmutzigen Klamotten, die ich seit Tagen nicht gewechselt habe, und lasse sie in einem Haufen am Boden liegen. Ich begutachte mich im Spiegel. O mein Gott. Ich sehe schrecklich aus! Mein Make-up hat sich komplett verabschiedet; selbst die Mascara sieht man kaum noch. Außerdem haben sich noch mehr Haarsträhnen aus meinem Zopf gelöst und kleben mir jetzt in einem unentwirrbaren Knäuel seitlich am Kopf.

Ich kann nicht glauben, dass ich so mit Andrew durch die Gegend gefahren bin.

Ich ziehe das Haarband aus meinem Zopf, um auch die restlichen Haare zu befreien, und fahre dann mit den Fingern durch die Strähnen, um sie voneinander zu lösen. Zuerst putze ich mir die Zähne und lasse danach das Listerine im Mund, bis das Brennen längst aufgehört hat.

Die Dusche ist himmlisch. Ich bleibe eine Ewigkeit darunter stehen und lasse das kochend heiße Wasser auf meine Haut prasseln, bis ich es nicht mehr aushalte und mich die Wärme fast im Stehen einschlafen lässt. Dann seife ich mich überall gründlich ein. Zweimal. Nur weil ich es kann und weil ich es so verflucht lang nicht konnte. Zuletzt rasiere ich mich und entferne glücklich die eklige Matte, die auf meinen Beinen zu sprießen begann. Und schließlich drehe ich die quietschenden Hähne wieder zu und greife nach dem weißen Motelhandtuch, das akkurat gefaltet über dem Halter hinter der Toilette hängt.

Ich höre die Dusche nebenan laufen und ertappe mich dabei, wie ich dem Rauschen zuhöre. Ich stelle mir Andrew darunter vor, einfach beim Duschen, ohne irgendwelche erotischen oder perversen Fantasien, obwohl die wirklich naheliegen würden. Ich denke nur ganz allgemein an ihn, was wir beide hier machen und warum wir es tun. Dann denke ich an seinen Dad, und mir bricht das Herz bei der Vorstellung, wie Andrew unter alldem leiden muss und dass ich nicht das Geringste daran ändern kann. Und dann zwinge ich mich, stattdessen über mich selbst und mein Leben und meine Probleme nachzudenken, die bei Weitem nicht an die von Andrew heranreichen.

Hoffentlich muss ich ihm nie von meinen Problemen und den Gründen erzählen, aus denen ich diesen Bustrip ins Nirgendwo angetreten habe, denn dann würde ich mir unglaublich blöd und kindisch vorkommen. Verglichen mit seinen Problemen sind meine Kinderkram.

Ich setze mich mit nassen Haaren ins Bett und kämme sie dort mit den Fingern aus. Ich schalte den Fernseher ein – müde bin ich nicht, schließlich habe ich praktisch seit Denver geschlafen – und surfe durch die Kanäle, bis ich bei irgendeinem Film mit Jet Li hängen bleibe. Aber eigentlich lasse ich die Kiste nur zur Berieselung laufen.

Mom hat viermal angerufen und vier Nachrichten hinterlassen.

Von Natalie kommt noch immer nichts.

»Wie ist es so in Virginia?«, fragt meine Mutter in mein Ohr. »Ich hoffe, du amüsierst dich gut.«

»Ja, bis jetzt war's super. Wie geht es dir?«

Meine Mutter kichert in den Hörer, was ich instinktiv abstoßend finde. Ein Mann ist bei ihr. Iih, wie eklig, hoffentlich sitzt sie nicht gerade nackt im Bett, während ein Kerl sie am Hals leckt.

»Mir geht es blendend, Baby«, sagt sie. »Ich treffe mich immer noch mit Roger – nächstes Wochenende wollen wir doch zusammen auf Kreuzfahrt gehen.«

»Das klingt toll, Mom.«

Sie kichert wieder.

Ich rümpfe die Nase.

»Also, Baby, ich muss jetzt Schluss machen – hör auf, Roger!« Sie kichert schon wieder. Gleich muss ich kotzen. »Ich wollte nur mal hören, wie es dir geht. Ruf mich morgen noch mal an, dann können wir ein bisschen plaudern. In Ordnung?«

»Ist gut, Mom, mach ich. Liebe dich.«

Wir legen auf, und ich lasse das Handy vor mir aufs Bett fallen. Dann lasse ich mich selbst in die Kissen fallen und muss sofort an Andrew im Zimmer nebenan denken. Vielleicht lehnt er gerade den Kopf gegen dieselbe Wand. Ich surfe noch eine Weile durch die Kanäle, bis ich jeden einzelnen mindestens fünfmal durchgeschaltet habe, und gebe dann auf.

Ich rutsche noch tiefer in die Kissen und sehe mir das Zimmer an.

Andrews Gitarrenspiel reißt mich aus meinen Gedanken, und ich wühle mich mühsam aus meinen Kissen wieder hoch, um besser zuhören zu können. Es ist eine sanfte Melodie, halb suchend, halb klagend. Und dann, wenn der Refrain kommt, wird das Spiel jedes Mal kurzfristig schneller, nur um bei der nächsten Strophe wieder zu verlangsamen. Es klingt wunderschön.

Eine Viertelstunde höre ich ihm zu, dann wird es nebenan still. Sobald er zu spielen anfing, hatte ich den Fernseher ausgeschaltet, und jetzt höre ich nur noch das regelmäßige Tropfen des Wasserhahns im Bad und ab und zu ein Auto, das über den Motelparkplatz fährt.

Ich schlafe ein, und der Traum kehrt zurück:

*An diesem Morgen hatte ich nicht wie sonst schon vor dem Aufstehen eine ganze Kette von SMS von Ian bekommen. Ich versuchte ihn anzurufen, aber das Telefon läutete immer weiter, ohne dass sich die Mailbox einschaltete. Und als ich in die Schule kam, war Ian nicht da.*

*Alle starrten mich an, als ich durch die Korridore ging. Manche konnten mir nicht in die Augen sehen. Jennifer Parsons brach in Tränen aus, als ich an ihrem Schrank vorbeiging, während eine andere Gruppe von Mädchen, Cheerleader, die Nase rümpfte und mich beäugte, als hätte ich eine ansteckende Krankheit. Ich hatte keinen Schimmer, was los war, aber ich hatte das Gefühl, in einem schrägen alternativen Universum gelandet zu sein. Keiner redete ein Wort mit mir, dabei war es glasklar, dass jeder in dieser Schule etwas wusste, nur ich nicht. Und das war übel. Ich hatte nie echte Feinde, außer vielleicht ein paar Cheerleader-Zicken, die eifersüchtig auf mich waren, weil Ian ausgerechnet mich liebte und sie nicht mal mit dem Arsch angeschaut hätte. Was soll ich sagen? Ian Walsh war heißer als der Quarterback unseres Footballteams, und es interessierte niemanden, nicht mal Emily Derting, das reichste Mädchen auf der Millbrook High School, dass Ian so gut wie kein Geld hatte und immer noch von seinen Eltern zur Schule gefahren wurde.*

*Sie hätte ihn trotzdem mit Handkuss genommen.*

*So wie jede in unserer Schule.*

*Ich ging weiter zu meinem Schrank, in der Hoffnung, Natalie zu treffen, damit sie mir erzählte, was eigentlich los war. Deshalb machte ich mich länger als sonst an meinem Schrank zu schaffen und hielt dabei nach ihr Ausschau. Stattdessen tauchte Damon auf und erzählte mir, was passiert war. Er zog mich zur Seite und in die Nische mit den Trinkbrunnen. Das Herz hämmerte in meiner Brust. Schon als ich am Morgen aufgestanden war, hatte ich gespürt, dass irgendwas nicht stimmte, und zwar noch bevor ich gesehen hatte, dass mir Ian keine SMS geschickt hatte. Ich fühlte mich … daneben. So als wüsste ich irgendwie …*

*»Camryn«, sagte Damon, und mir war sofort klar, dass er mir was echt Schlimmes erzählen würde, weil er und Natalie mich sonst nur »Cam« nannten. »Ian hatte gestern Abend einen Unfall …«*

*Mir stockte der Atem, und ich schlug die Hände vor den Mund. Tränen brannten in meiner Kehle und strömten aus meinen Augen.*

*»Er starb heute Morgen im Krankenhaus.« Es kostete Damon unendliche Mühe, mir das zu erzählen, und sein Gesicht verriet, wie er dabei litt.*

*Eine halbe Ewigkeit starrte ich Damon einfach nur an, bis ich mich nicht mehr auf den Beinen halten konnte und in seine Arme sank. Ich weinte und weinte, bis mir ganz übel wurde, und schließlich sah Natalie uns, und beide brachten mich zusammen ins Zimmer der Krankenschwester.*

Schwitzend und mit rasendem Herzen schrecke ich aus meinem Albtraum hoch. Ich schleudere die Decke zur Seite und bleibe mit angezogenen Knien in der Mitte des Bettes sitzen, fahre mir mit den Händen über den Kopf und stöhne halblaut. Diesen Traum hatte ich schon ewig nicht mehr. Tatsächlich war es der letzte Traum, den ich bewusst hatte. Warum ist er plötzlich zurückgekehrt?

Ich werde von einem lauten Hämmern an meiner Zimmertür aus dem Schlaf gerissen.

»STEH AUF MEIN HERZ UND SUCHE FREUD!«, singt Andrew von der Galerie aus.

Ich kann mich nicht erinnern, nach dem Traum wieder eingeschlafen zu sein. Die Sonne scheint durch einen Spalt zwischen den Vorhängen und sammelt sich in einem Streifen auf dem braunen Teppichboden. Ich stehe auf, streiche mir die wirren Haare aus dem Gesicht und öffne die Tür, bevor er noch das ganze Motel aufweckt.

Als ich die Tür aufziehe, sieht er mich mit riesigen Augen an.

»Verdammt noch mal, Mädchen«, sagt er und lässt seinen Blick an mir herabwandern. »Was zum Teufel tust du mir da an?«

Immer noch höchstens halb wach sehe ich an mir hinunter und stelle fest, dass ich in meinen winzigen weißen Baumwollshorts und im T-Shirt vor ihm stehe – und dass ich keinen BH anhabe. Ach du Scheiße, meine Nippel bohren sich wie Leuchttürme durch das Shirt! Ich presse beide Arme auf meine Brüste und versuche ihm nicht in die Augen zu sehen, während er ungefragt in mein Zimmer tritt.

»Eigentlich wollte ich dir sagen, dass du dich anziehen sollst«, meint er grinsend, während er seine Taschen und seine Gitarre in mein Zimmer schleppt, »aber ganz ehrlich, meinetwegen kannst du gern so bleiben.«

Ich schüttle den Kopf und verkneife mir das Lächeln, das sich in mein Gesicht stehlen will.

Er haut sich in den Sessel am Fenster und stellt sein Zeug ab. Heute trägt er hellbraune Cargoshorts, die ihm bis knapp über die Knie reichen, dazu ein schlichtes dunkelgraues T-Shirt und diese flachen, schwarzen Sneakers mit extrem kurzen oder gar keinen Socken. Ich kann das Tattoo auf seinem Fußgelenk sehen; eine Art kreisförmiges keltisches Muster, das direkt über seinem Knöchel sitzt. Und er hat eindeutig Sportlerbeine; an den Waden wölben sich straffe Muskeln.

»Warte hier, ich bin gleich fertig«, sage ich und gehe zu der langgezogenen Kommode, auf der am einen Ende der Fernseher und am anderen meine Reisetasche steht.

»Wie lange wird das dauern?«, fragt er, und ich entdecke einen leichten Verhörton in seiner Stimme.

Mir fällt ein, was er bei seinem Dad zu Hause gesagt hat, und ich überdenke meine Antwort, um die Alternativen abzuwägen: meine übliche Halbstunden-Prozedur oder ein Hals-über-Kopf-Aufbruch?

Er hilft mir bei der Entscheidung: »Du hast zwei Minuten.«

*»Zwei Minuten?«*

Er nickt grinsend. »Du hast mich schon verstanden. Zwei Minuten. Er reckt zwei zappelnde Finger in die Höhe. »Du hast dich bereiterklärt, alles zu tun, was ich sage, schon vergessen?«

»Schon, aber ich dachte, dabei ginge es um irgendwas Verrücktes, wie den nackten Hintern aus dem Autofenster zu strecken oder Käfer zu essen.«

Eine seiner Brauen hebt sich anerkennend, und er zieht das Kinn zurück, als hätte ich ihm eben zwei geniale Ideen in den Schoß geworfen. »Irgendwann wirst du schon noch jemandem den nackten Hintern ins Gesicht strecken und Käfer essen – dazu kommen wir später.«

*Was habe ich da nur angerichtet?*

Ich werfe streitlustig und peinlich berührt den Kopf zurück und stemme die Hände in die Hüften. »Also, ich werde ganz bestimmt nicht …« Ich merke, dass sein Grinsen deutlich pubertärer geworden ist, senke den Blick und stelle fest, dass meine Arme nicht mehr die Nippel bedecken, die sich in dieser Pose umso stolzer durch den dünnen Stoff meines Shirts bohren. Wütend schnaufe ich durch die Nase aus, und der Unterkiefer klappt mir herunter. »*Andrew!*«

Er senkt scheinbar beschämt den Kopf, sieht dabei aber umso verschlagener aus, weil er mich unter den gesenkten Lidern hervor beäugt.

*Er ist so verflucht heiß …*

»Hey, was kann ich dafür, dass du dich lieber über unsere festgelegten Regeln beschwerst, als deine Mädels zu bedecken – ich sollte dich warnen, sie sind ziemlich eigensinnig.«

»Mag sein, aber ich wette, an dir gibt es noch mehr, was ziemlich eigensinnig ist.« Ich nehme meine Tasche, ziehe barfuß ins Bad ab und schließe lächelnd die Tür hinter mir.

Als mein Blick in den Spiegel fällt, wird mir klar, dass ich grinse wie auf einem dieser debilen Studiofotos aus den Achtzigerjahren.

Okay, zwei Minuten. Ich tauche kopfüber in meinen BH und in enge Jeans und hüpfe ein paarmal, um sie über den Hintern zu bekommen. Reißverschluss. Knopf. Gründliches Zähneputzen. Ein kurzer Spritzer Listerine. Durchspülen. Gurgeln. Ausspucken. Verfilztes Haar auskämmen und zu einem schlampigen Zopf über der rechten Schulter flechten. Ein bisschen Foundation und eine dünne Lage Puder. Schwarze Mascara, weil Mascara die wichtigste Waffe im Schminkarsenal einer Frau ist. Lippensti …

*BAMM! BAMM! BAMM!* »Die zwei Minuten sind um!«

Ich trage den Lippenstift trotzdem fertig auf und tupfe ihn mit einem Blatt Toilettenpapier trocken.

Ich weiß genau, dass er auf der anderen Seite der Badezimmertür steht und grinst, und finde meine Annahme bestätigt, als ich gleich darauf die Tür aufziehe. Er hält sich mit beiden Händen oben am Türrahmen ein. Dadurch wird sein T-Shirt nach oben gezogen, und sein festes Sixpack ist halb zu sehen. Eine Zündschnur aus Haaren zieht sich von seinem Nabel abwärts bis unter den Hosenbund.

»Siehst du? Schau dich an!« Er pfeift leise durch die Zähne und blockiert weiter die Tür, aber ich denke gar nicht daran, *mich* anzusehen. »Simpel ist sexy.«

Ich zwänge mich an ihm vorbei und nutze die Gelegenheit dazu, meine Handfläche gegen seine Brust zu stemmen, damit er mich durchlässt.

»Wäre mir neu, dass ich sexy für dich aussehen will.« Ich bleibe mit dem Rücken zu ihm stehen und werfe die Sachen, in denen ich geschlafen habe, in meine Tasche.

»Wow, sieh sich das einer an«, meint er nur. »Simpel, sexy *und* schlampig – ich bin echt stolz auf dich!«

Ich hatte es nicht mal gemerkt. Ich habe eben meine Sachen in die Tasche gestopft, ohne auch nur einen Gedanken daran zu verschwenden, dass ich sie zusammenlegen könnte. Ich bin nicht »klinisch« zwangsneurotisch; ich gehöre zu den Leuten, die das nur von sich behaupten, um sich ein paar Spleens zu gönnen. Trotzdem habe ich meine Sachen noch jeden Tag korrekt zusammengelegt und ordentlich aufeinandergestapelt, seit ich ungefähr elf Jahre alt war.

# Andrew

# 16

Das nenne ich frühmorgendliche sexuelle Frustration. Also schön, ich werde bei ihr einen Gang runterschalten müssen, sonst glaubt sie noch, ich hätte es nur auf das Eine abgesehen. Bei jedem anderen Mädchen wäre ich schon längst aus dem Bett gehüpft, um das Kondom im Klo zu versenken, aber bei Camryn liegt der Fall anders. Es ist hart (haha), aber ich werde mir das Flirten so weit wie möglich verkneifen müssen. Diese Reise ist wahnsinnig wichtig, und zwar für uns beide. Ich habe nur einen einzigen Versuch, alles richtig hinzubekommen, und ich will es auf gar keinen Fall versauen.

»Also, wohin führt uns der nächste spontane Trip?«, fragt sie.

»Erst mal zum Frühstück«, sage ich und nehme meine Taschen auf. »Aber ich schätze, er wäre kaum spontan, wenn ich schon was geplant hätte.«

Sie nimmt ihr Handy vom Nachttisch, prüft, ob Nachrichten oder Anrufe eingegangen sind, und lässt es dann in ihre Handtasche fallen.

Wir gehen raus.

Auftritt von Camryn, der Quengel-Queen: »Bitte, Andrew, ich kann in so was nicht essen«, beklagt sie sich vom Beifahrersitz aus.

Es ist eine Kleinstadt, und die meisten Läden haben entweder noch zu oder gehören zu einer Fast-Food-Kette.

»Ich meine es *ernst*«, sagt sie mit einem niedlichen Schmollgesicht, das ich am liebsten mit beiden Händen packen und abschlecken würde, bis sie kreischend protestiert, dass ihr so was Ekliges noch nie passiert wäre. »Wenn du keine wirklich lästige Reisebegleiterin haben möchtest, die sich den grummelnden Bauch hält und die nächste Stunde vor sich hin stöhnt, dann solltest du mich nicht zwingen, so was zu essen, und schon gar nicht so früh.«

Ich drücke den Kopf gegen die Nackenstütze, presse die Lippen zusammen und sehe sie an. »Komm schon, du übertreibst.«

Allmählich glaube ich, dass sie es nicht tut.

Sie schüttelt den Kopf, legt den Ellbogen auf die Verkleidung der Autotür und bohrt dann den Daumen zwischen die Schneidezähne. »Nein, im Ernst; mir wird schlecht, wenn ich Fast Food esse. Ich will hier nicht rumzicken, glaub mir, das stellt uns jedes Mal vor Probleme, wenn ich mit meiner Mom oder Natalie essen gehen will. Wir müssen immer erst mühsam was finden, wo ich essen kann, ohne dass es mir hinterher hundeelend geht.«

Okay, sie sagt wohl die Wahrheit. »Na schön, also, ich will dich auf gar keinen Fall kotzen sehen.« Ich lache kurz auf. »Wir fahren einfach ein Stück weiter und schauen, ob wir unterwegs was finden. In ein paar Stunden haben mehr Läden auf.«

»Danke.« Sie schenkt mir ein süßes Lächeln.

*Nur zu gern geschehen.*

Zweieinhalb Stunden später sind wir in Owasso, Oklahoma.

Camryn sieht zu dem riesigen, gelb-schwarzen Restaurantschild auf und überlegt offensichtlich, ob sie dort essen will oder nicht.

»Im Grunde gibt es nur einen Ort zum Frühstücken«, sage ich und biege auf den dazugehörigen Parkplatz. »Vor allem hier im Süden – hier gibt es praktisch an jeder Straßenecke ein Waffle House, so wie anderswo Starbucks.«

Sie nickt. »Ich glaube, damit kann ich leben – haben die auch Salat?«

»Jetzt pass mal auf, ich habe dir schon das Fast-Food-Fett erspart«, ich lege den Kopf zur Seite und drehe mich ihr zu. »Aber bei Salat ziehe ich die Grenze.«

Sie macht einen Schmollmund, kaut auf ihrer Wange herum und sagt schließlich nickend: »Na gut, dann esse ich eben keinen Salat, obwohl es Salat auch mit Hühnchen und allen möglichen leckeren Sachen gibt, an die jemand wie du wahrscheinlich noch nie gedacht hat.«

»Nein. Gib es auf«, erkläre ich entschieden und nicke dann kurz in Richtung Restaurant. »Und jetzt komm, ich habe lang genug auf mein Frühstück gewartet. Ich bin am Verhungern. Und ich werde bockig, wenn ich hungrig bin.«

»Du bist *immer* bockig«, murmelt sie.

Ich packe sie am Arm und ziehe sie zu mir her. Sie versucht ihr errötendes Gesicht zu verstecken.

Ich liebe den typischen Waffle-House-Geruch; es ist der Geruch von Freiheit, denn hier bist du nur, wenn du irgendwohin unterwegs bist, und du weißt, dass neunzig Prozent der Leute um dich herum auch unterwegs sind. Trucker, Reisende, Verkaterte – lauter Menschen, die kein monotones Leben als Sklaven der Gesellschaft führen.

Drinnen ist es fast voll. Camryn und ich bekommen gerade noch einen Tisch an dem Frühstücksgrill, der am weitesten von den Panoramafenstern entfernt ist. Vor einem der Fenster steht die obligatorische Jukebox – die symbolisch für die Kultur des Waffle House steht.

Die Bedienung begrüßt uns mit einem Lächeln, bleibt mit einem Notizblock in der einen Hand und dem schreibbereiten Kugelschreiber in der anderen bei uns stehen und klopft erwartungsvoll mit der Spitze auf das Papier. »Kann ich euch Kaffee bringen?«

Ich sehe Camryn an, die bereits die bebilderte Speisekarte überfliegt.

»Ich nehme ein Glas süßen Tee«, sagt sie.

Die Bedienung notiert es und sieht dann wieder mich an.

»Kaffee.«

Sie nickt und geht die Getränke holen.

»Manche von den Sachen sehen echt gut aus«, sagt Camryn, den Blick auf die Speisekarte gesenkt und das Kinn auf ihre Fingerknöchel gestützt. Ihr Zeigefinger gleitet über das Plastik und landet auf der winzigen Salatspalte. »Schau mal, siehst du?« Sie sieht mich an. »Sie haben einen Salat mit gegrilltem Hähnchen und einen mit Hähnchen, Äpfeln und Pekannüssen.«

Dem hoffnungsvollen Blick ihrer riesigen blauen Augen kann ich einfach nicht widerstehen.

Ich knicke voll ein. Wie ein verfickter Strohhalm. »Du kannst bestellen, was du willst«, erkläre ich ihr nachgiebig. »Ehrlich, ich werde es dir nicht vorhalten.«

Sie blinzelt zweimal, fast erstaunt, dass ich so schnell klein beigebe, und dann scheinen ihre Augen mich wieder anzulächeln. Sie klappt die Speisekarte zu, stellt sie wieder in den Halter an unserem Tisch, und im selben Moment kommt die Bedienung mit unseren Getränken.

»Möchten Sie jetzt bestellen?«, fragt sie, nachdem sie die Getränke vor uns abgestellt hat. Die Spitze ihres Kugelschreibers drückt wieder gegen den Notizblock, als hätte der Stift diese Position kein einziges Mal verlassen und würde nur darauf warten, zum Einsatz zu kommen.

»Ich nehme das Fiesta Omelett«, sagt Camryn, und ich entdecke ein winziges Lächeln in ihrem Gesicht, als sie mir dabei kurz in die Augen sieht.

»Mit Toast oder Biskuit?«, fragt die Bedienung.

»Biskuit.«

»Grütze, Bratkartoffeln oder Tomaten?«

»Bratkartoffeln.«

Die Bedienung notiert Camryns Bestellung und wendet sich dann mir zu.

Ich warte eine Sekunde ab und sage dann: »Ich nehme den Salat mit Hähnchen, Äpfeln und Pekannüssen.«

Camryns Grinsen erstirbt augenblicklich, und ihre Miene gefriert. Ich zwinkere ihr zu und stecke meine Speisekarte zu ihrer in die Halterung.

»Du bist ja ein ganz Wilder«, kommentiert die Bedienung.

Sie reißt unseren Bestellabschnitt ab.

»Nur heute«, erkläre ich ihr, und sie spaziert kopfschüttelnd davon.

»Was soll *das* denn?« Camryn streckt mir die offenen Hände über den Tisch entgegen. Sie weiß nicht, ob sie lächeln oder mich verlegen ansehen soll, und so macht sie beides zugleich.

»Ich dachte, wenn du meinetwegen was Ungewohntes isst, dann kann ich das Gleiche auch für dich tun.«

»Na super, ich kann mir nur nicht vorstellen, wie du von einem Salat satt werden willst.«

»Wahrscheinlich hast du recht«, sage ich, »aber fair ist fair.«

Sie schnaubt kurz und lässt sich in die Sitzpolster sinken. »Das ist kein bisschen fair, wenn ich mir später auf der Fahrt deine Klagen anhören darf, dass du hungrig bist – du hast selbst gesagt, dass du bockig wirst, wenn du hungrig bist.«

Ihr gegenüber könnte ich *unmöglich* bockig sein, aber sie hat recht: Von dem Salat werde ich nie und nimmer satt. Und ich muss von grünem Salat furzen – sie wird bestimmt nicht gern neben mir im Auto sitzen, wenn ich diesen Scheiß esse. Aber ich kann das schaffen. Ich hoffe bloß, dass ich den Teller schaffe, ohne dass eine der tausend Klagen über meine Lippen dringt, die jetzt schon auf meiner Zungenspitze tanzen.

Das wird bestimmt interessant.

Ein paar Minuten später serviert die Bedienung Camryns Essen und stellt meinen Teller der Blasphemie vor mir ab. Sie füllt unsere Becher wieder auf, fragt, ob wir noch was brauchen, und geht dann weiter zum nächsten Tisch.

Camryn sieht mich jetzt schon kritisch an.

Sie schaut auf ihren Teller, schiebt den Biskuit auf die andere Seite der Bratkartoffeln und dreht dann den Teller am Rand herum, bis das Omelette genau vor ihr liegt. Ich greife nach meiner Gabel, stochere damit ein paarmal in meinem Salat herum und tue, genau wie Camryn, so, als würde ich ihn zubereiten.

Wir sehen einander an und halten inne, als würden wir beide darauf warten, dass der andere zuerst was sagt. Sie kneift die Lippen zusammen. Ich kneife meine zusammen.

»Sollen wir tauschen?«, fragt sie endlich.

»Ja«, antworte ich wie aus der Pistole geschossen, und wir schieben uns gegenseitig die Teller über den Tisch zu.

Unsere Gesichter hellen sich erleichtert auf.

Ich hätte das zwar nicht bestellt, aber es ist eindeutig besser als grüner Salat.

Nachdem wir halb mit unserem Essen fertig sind – also, sie ist halb fertig, ich habe schon aufgegessen –, bestelle ich noch ein Stück Schokokuchen und lasse meinen Kaffee noch mal nachfüllen. Und dabei quatschen wir die ganze Zeit über ihre ehemals beste Freundin Natalie, die anscheinend eine abgedrehte Bisexuelle mit Riesenbrüsten ist. So hört sie sich jedenfalls nach Camryns Beschreibungen an.

»Und was passierte nach dem Zwischenfall im Klo?«, frage ich und beiße in meinen Kuchen.

»Danach bin ich nie wieder mit ihr zusammen auf eine öffentliche Toilette gegangen«, sagt sie. »Das Mädchen kennt keine Scham.«

»Sie klingt lustig«, sage ich.

Camryn sieht mich gedankenversunken an. »Das war sie auch.«

Ich studiere sie heimlich. Sie ist in irgendeine Erinnerung abgetaucht und pickt dabei mit ihrer Gabel auf dem letzten Stückchen Hühnerfleisch in ihrem Salat herum. Ich fälle eine Entscheidung und lasse die Gabel klappernd auf den Teller fallen. Dann wische ich mir kurz mit der Serviette den Mund ab und rutsche aus meiner Bank.

»Wo willst du hin?« Sie sieht zu mir auf.

Wortlos grinsend, marschiere ich direkt auf die Jukebox am Fenster zu. Ich werfe Geld ein und gehe die Titel durch, habe schließlich einen Song gefunden und drücke die entsprechenden Tasten. Noch während ich auf dem Rückweg bin, schallt *Raisins In My Toast* durch den Raum.

Alle drei Bedienungen und der Koch spießen mich mit ätzenden, gnadenlosen Blicken auf. Ich lächle nur.

Camryn sitzt in Schockstarre in ihrer Bank. Ihr Rücken ist durchgestreckt, das Weiß ihrer weit aufgerissenen Augen schreit mir entgegen, und als ich anfange, lautlos den Text des Pseudo-Rockabilly-Songs mitzusprechen, rutscht sie *ganz tief* in ihren Sitz, und ihr Gesicht ist dabei so rot, wie ich es noch nie bei ihr gesehen habe.

Ich lasse mich hüftschwingend auf den Platz ihr gegenüber fallen.

»O Gott, Andrew, bitte fang nicht an zu *singen!*«

Trotzdem trällere ich mit einem riesigen Grinsen mit und gebe mir dabei alle Mühe, nicht loszulachen. Sie vergräbt ihr Gesicht in den Händen, und die kleinen Schultern beginnen unter dem dünnen weißen Hemd zu beben, so muss sie sich anstrengen, ihr Lachen zu unterdrücken. Ich schnippe im Takt mit den Fingern, als hätte ich mein Haar mit Pomade nach hinten gekämmt, und als die Falsettstimme einsetzt, verziehe ich das Gesicht und jodle übertrieben gefühlvoll mit. Auch die tiefen Stellen treffe ich, und dabei senke ich die Brust aufs Kinn und schaue sie total ernst an. Und die ganze Zeit schnippe ich dabei mit den Fingern. Bei der zweiten Strophe entwickle ich noch mehr Gefühl. Und in der Mitte des Songs kann Camryn sich nicht mehr halten. Sie muss so lachen, dass ihr die Tränen in die Augen schießen.

Inzwischen ist sie so tief in ihre Bank gerutscht, dass ihr Kinn praktisch auf Tischhöhe ist.

Als der Song endet – zur Erleichterung der Angestellten –, ernte ich ein einsames Klatschen, das von der alten Lady aus der Nische hinter Camryn kommt. Ansonsten interessiert sich kein Schwein für uns, aber wenn man Camryn ansieht, könnte man meinen, das ganze Restaurant hätte uns zugeschaut und ausgelacht. Zum Schreien. Und sie sieht so süß aus, wenn sie verlegen wird.

Ich stütze mich mit den Ellbogen auf den Tisch, lege meine Arme auf die Tischplatte und verschränke die Hände. »Also, *so* übel war das doch gar nicht, oder?« Ich muss schmunzeln.

Sie zieht den flachen Finger unter beiden Augen durch, um den winzigen schwarzen Fleck wegzuwischen, den sie dort instinktiv erahnt. Ihre Brust erbebt unter ein paar letzten Lachern.

»Du kennst auch keine Scham«, stellt sie fest und lacht noch einmal.

»Das war todespeinlich, aber ich glaube, ich habe das gebraucht.« Camryn streift sich die Schuhe ab und zieht die nackten Füße auf die Sitzbank.

Wir sind wieder unterwegs, und diesmal orientieren wir uns allein an Camryns ausgestrecktem Zeigefinger. Wir fahren auf der Interstate 44 in Richtung Osten; so wie es aussieht, werden wir irgendwann in die untere Hälfte von Missouri vorstoßen.

»Freut mich, dass ich dir helfen konnte.«

Ich beuge mich vor und drücke die Taste des CD-Players.

»O nein«, zieht sie mich auf. »Wie weit werden wir wohl diesmal in die Siebziger zurückreisen?«

Ich lege den Kopf schief und lächle sie an. »Der Song ist wirklich gut«, sage ich, drehe die Lautstärke hoch und klopfe mit den Daumen aufs Lenkrad.

»Ja, den kenne ich.« Sie lässt den Kopf gegen die Nackenstütze sinken. »*Wayward Son.*«

»Nah dran«, sage ich. »*Carry On Wayward Son.*«

»Genau, so nah dran, dass du mich nicht zu verbessern brauchst.« Sie tut so, als wäre sie beleidigt, aber sie ist wenig überzeugend.

»Und von wem ist er?«, stelle ich sie auf die Probe.

Sie verzieht das Gesicht. »Weiß *ich* doch nicht!«

»Kansas«, erkläre ich ihr mit intellektuell hochgezogener Braue. »Eine meiner Lieblingsbands.«

»Das sagst du von jeder Band.« Sie kneift die Lippen zusammen und flattert mit den Lidern.

»Mag sein«, gebe ich zu, »aber ganz ehrlich, die Songs von Kansas haben unglaublich viel Gefühl. Nimm nur *Dust in the Wind;* ich kann mir kein besseres Stück über den Tod vorstellen. Irgendwie nimmt es dir die Angst davor.«

»Es nimmt dir die Angst vor dem *Tod?*« Sie ist sichtbar nicht überzeugt.

»Na ja, ich schätze schon. So als wäre Steve Walsh der Sensenmann und würde dir erzählen, dass du keine Angst zu haben brauchst. Fuck, wenn ich mir einen Song auswählen sollte, zu dem ich sterben muss, dann stünde der ganz oben auf meiner Playlist.«

Sie sieht mich traurig an. »Das ist für meinen Geschmack ein bisschen zu morbide.«

»Wenn du es so betrachtest, wahrscheinlich schon.«

Inzwischen sitzt sie mit angezogenen Knien und mir zugewandt auf der Sitzbank, während ihre linke Schulter und der Kopf an der Rückenlehne liegen. Dieser goldene Zopf, mit dem sie so unglaublich sanft aussieht, fällt wie immer über ihre rechte Schulter.

*»Hotel California«*, sagt sie. »Von den Eagles.«

Ich sehe sie an. Ich bin beeindruckt.

»Das ist ein klassischer Song, der mir wirklich gefällt.«

Ich muss lächeln. »Im Ernst? Das ist einer von den ganz Großen; lässt mich jedes Mal frösteln – fast als würde ich in einem von diesen alten Schwarzweiß-Horrorfilmen mitspielen – eine gute Wahl.«

Ich bin *echt* beeindruckt.

Ich trommle mit den Daumen weiter zu *Carry On Wayward Son* aufs Lenkrad, und dann höre ich ein lautes *Popp*, gefolgt von einem unheilverheißenden *Flapp-flapp-flapp-flapp-flunk-flapp-flunk*, bis ich den Wagen ganz behutsam auf den Seitenstreifen gelenkt und angehalten habe.

Camryn hat die nackten Füße schon wieder vom Sitz genommen und sieht sich im Wagen um, um festzustellen, woher das Geräusch kommt.

»Haben wir einen Platten?«, fragt sie, dabei klingt es eher wie: »Super, wir haben einen Platten!«

»Ja.« Ich schalte die Automatik auf Parkstellung und den Motor aus. »Gut, dass ich einen Ersatzreifen im Kofferraum habe.«

»Etwa einen von diesen hässlichen Minireifen?«

Ich lache.

»Nein, ich habe einen lebensgroßen Reifen mit Felgen und allem Drum und Dran da hinten liegen, und ich verspreche dir, dass er zu den anderen drei passen wird.«

Sie wirkt ein bisschen erleichtert, bis sie merkt, dass ich sie verarscht habe, und sie mir schielend die Zunge rausstreckt. Keine Ahnung, warum mich das so anmacht, dass ich sie am liebsten sofort auf den Rücksitz zerren würde, aber jedem das seine, schätze ich.

Ich lege die Hand an den Türgriff, und sie zieht die Füße wieder auf den Sitz.

»Wie kommst du auf die Idee, dass du es dir hier gemütlich machen kannst?«

Sie blinzelt. »Wie meinst du das?«

»Zieh dir die Schuhe an«, sage ich und nicke zum Fußraum hin. »Und dann schwingst du deinen Arsch da raus und hilfst mir.«

Ihre Augen werden immer größer, und sie bleibt reglos sitzen, als würde sie darauf warten, dass ich zu lachen anfange und ihr erkläre, dass ich nur Spaß mache.

»Ich – ich weiß nicht, wie man einen Reifen wechselt«, sagt sie, als sie merkt, dass ich es ernst meine.

»Du weißt *sehr wohl*, wie man einen Reifen wechselt«, korrigiere ich, und das verblüfft sie noch mehr. »Du hast es schon hundertmal im Film und im wirklichen Leben gesehen – glaub mir, du weißt es; das weiß *jeder.*«

»Aber ich habe in meinem ganzen Leben noch keinen Reifen gewechselt.« Fehlt nur noch, dass sie schmollend die Unterlippe vorschiebt.

»Heute wirst du es tun.« Ich grinse und öffne die Tür nur einen Spalt weit, damit der Sattelschlepper, der eben an uns vorbeizieht, sie nicht abreißt.

Es folgen ein paar Sekunden ungläubiger Starre, dann schiebt Camryn die Füße in ihre Sneakers und schließt von außen die Beifahrertür.

»Komm hier rüber.« Ich winke ihr zu, und sie tappt zu mir ans Heck des Wagens. Ich deute auf den platten Hinterreifen auf der Beifahrerseite. »Wenn es einer der beiden Reifen auf der Straßenseite gewesen wäre, wärst du vielleicht drum herumgekommen.«

»Du lässt mich ernsthaft einen Reifen wechseln?«

Ich dachte, das hätten wir schon geklärt. »Ja, Babe, ich lasse dich *ernsthaft* einen Reifen wechseln.«

»Aber im Auto hast du noch gesagt, ich soll dir helfen, nicht alles allein machen.«

Ich nicke. »Also, genau gesagt *wirst* du mir auch helfen, aber – ach, komm einfach her.«

Sie stellt sich neben mich an den Kofferraum, wo ich den Ersatzreifen heraushebe und auf den Asphalt stelle. »Und jetzt holst du den Wagenheber und den Kreuzschlüssel aus dem Kofferraum.«

Sie tut, was ich sage, auch wenn sie dabei halblaut etwas von »schwarzer Schmiere« an den Händen grummelt. Ich unterdrücke meinen leidenschaftlichen Wunsch, sie auszulachen, und rolle stattdessen den Ersatzreifen neben den Platten, wo ich ihn flach hinlege. Der nächste Sattelschlepper röhrt vorbei; der Wind schaukelt den Wagen sanft hin und her.

»Das ist gefährlich«, sagt sie und lässt Wagenheber und Kreuzschlüssel vor meine Füße fallen. »Und wenn ein Fahrzeug von der Straße abkommt und uns trifft? Siehst du nie diese Sendung mit den spektakulärsten Unfällen?«

*Heilige Scheiße! Sie sieht die etwa auch?*

»Tatsächlich sehe ich die sehr wohl«, sage ich. »Und jetzt komm her, und lass uns das durchziehen. Wenn du statt mir hier hinter dem Auto hockst und nicht zu sehen bist, ist die Wahrscheinlichkeit, dass wir überfahren werden, wesentlich geringer.«

»Wieso das denn?« Ihre Brauen kräuseln sich unter der Stirn.

»Also, ich würde wahrscheinlich auch von der Straße abkommen, wenn ich dich so sexy am Straßenrand stehen sehen würde.«

Sie verdreht entnervt die Augen und bückt sich nach dem Kreuzschlüssel.

»Ugh!«, stöhnt sie, als sie die Muttern zu lösen versucht. »Die Dinger sitzen so verdammt fest!«

Ich lockere die Muttern für sie, aber danach muss sie selbst schrauben, während ich den Verkehr im Auge behalte, ohne ihr zu verraten, wie nervös ich dabei bin. Immerhin kann ich sie im Notfall eher rechtzeitig wegziehen und in Sicherheit bringen als andersrum.

Danach kommt der Wagenheber zum Einsatz; ich helfe ihr damit, demonstriere ihr, wie man ihn erst ein Stück aufdreht, damit er sich ausdehnt, und zeige ihr dann die beste Stelle, um ihn anzusetzen, obwohl sie das anscheinend auch ohne meine Hilfe gewusst hätte. Erst hantiert sie eine Weile mit der Kurbel herum, aber bald hat sie den Dreh raus und hebt den Wagen langsam an. Ich schaue ihr währenddessen ab und zu auf den Hintern, weil ich ein Idiot oder schwul sein müsste, um es nicht zu tun.

Und dann prasselt praktisch aus heiterem Himmel, ohne dass auch nur ein Donner- oder Blitzschlag ihn angekündigt hätte, der Regen wie aus Kübeln auf unsere Köpfe.

Camryn beginnt zu kreischen, dass sie pitschnass wird, und das lenkt sie völlig vom Reifenwechseln ab. Sie springt unwillkürlich auf und will schon die Autotür aufreißen, hält aber im letzten Moment inne, als ihr aufgeht, dass sie besser nicht einsteigen sollte, solange der Wagen auf dem Heber steht.

»Andrew!« Sie ist schon jetzt nass und hält sich die Hände über den Kopf, als könnte sie den Regen dadurch abschirmen.

Ich lache mir den Arsch ab.

*»Andrew!«*

Sie ist so wütend, dass ich mich wegschmeißen könnte.

Ich lege die Hände auf ihre Schultern und erkläre ihr, während mir der Regen ins Gesicht weht: »Ich mache das fertig.« Es ist schwer, dabei ernst zu bleiben. Also versuche ich es gar nicht erst.

Ein paar Minuten später sitzt der neue Reifen, und ich werfe den platten Reifen zusammen mit dem Wagenheber und dem Kreuzschlüssel in den Kofferraum.

»Warte!«, sage ich, als Camryn in den wieder sicheren Wagen steigen will.

Sie bleibt stehen. Sie bibbert im Regen und ist inzwischen von Kopf bis Fuß durchnässt. Ich knalle den Kofferraumdeckel zu, gehe zu ihr und spüre dabei, wie das Wasser in meinen Schuhen quatscht, weil ich keine Socken trage. Dann lächle ich, um sie ebenfalls zum Lächeln zu bringen.

»Das ist nur Regen.«

Sie entspannt sich ein bisschen und wartet ganz offensichtlich auf eine weitere ironische Ermutigung.

»Komm her.« Ich strecke die Hand aus, und sie nimmt sie.

»Was ist denn?«, fragt sie schüchtern.

Ihr Zopf ist wasserschwer; die losen Strähnen, die ihr sonst immer sacht ins Gesicht wehen, kleben an ihrer Stirn und an ihrem Hals. Ich gehe mit Camryn nach hinten und setze mich auf den Kofferraumdeckel. Sie bleibt unten stehen und lässt den Regen weiter über ihr Gesicht waschen. Ich strecke ihr wieder die Hand hin, sie nimmt sie zögerlich, und ich ziehe sie zu mir auf den Kofferraum. Dann klettert sie mit mir zusammen aufs Autodach und sieht mich dabei an, als wäre ich total verrückt und total unwiderstehlich.

»Leg dich hin«, übertöne ich das Trommeln des Regens und lege mich dabei rücklings auf das Dach, sodass meine Beine über die Windschutzscheibe hängen.

Ohne Frage oder Einwand – obwohl beides deutlich in ihrer Miene geschrieben steht – legt sie sich neben mich.

»Das ist total verrückt!«, ruft sie. »*Du* bist total verrückt.«

Offenbar steht sie auf Verrückte, denn ich habe das starke Gefühl, dass sie gern bei mir hier oben ist.

Ich werfe meinen ursprünglichen Plan über Bord – nämlich, mich in ihrer Nähe zusammenzureißen –, strecke den linken Arm zur Seite, und sie legt instinktiv ihren Kopf darauf.

Ich muss schwer schlucken. Damit habe ich echt nicht gerechnet. Aber ich bin froh, dass sie es macht.

»Und jetzt halt die Augen offen, und sieh nach oben«, sage ich und starre dabei selbst in den Himmel.

Ein kleinerer Lastwagen zischt vorbei, gefolgt von ein paar Autos, aber das bekommen wir praktisch nicht mit. Noch ein Sattelschlepper fliegt vorüber und bringt den Wagen leicht ins Schaukeln, aber auch das ist uns egal.

Im ersten Moment zuckt sie zusammen, als ihr der Regen in die Augen fällt, aber sie hält die Lider mit aller Kraft offen, auch wenn sie von Zeit zu Zeit blinzeln muss und ihr Gesicht in meiner Achsel vor dem Regen abzuschirmen versucht, und die ganze Zeit lacht sie dabei. Sie zwingt sich erneut, ihr Gesicht nach oben zu drehen, aber diesmal macht sie die Augen zu und dafür den Mund halb auf. Ich beobachte ihre Lippen, beobachte, wie der Regen in kleinen Rinnsalen darüber fließt und wie sie lächelt und zusammenzuckt, wenn ein Tropfen tief in ihrer Kehle landet. Wie ihre Schultern nach oben drücken, als sie lächelnd und lachend und klatschnass ihr Gesicht wieder abzuschirmen versucht.

Ich beobachte sie so fasziniert, dass ich den Regen überhaupt nicht mehr spüre.

# Camryn

# 17

Als ich meine Augen endlich lang genug aufhalten konnte, starrte ich in den Regen, der auf mein Gesicht prasselte. So hatte ich ihn noch nie betrachtet, direkt dem Himmel zugewandt; und auch wenn ich öfter die Augen zukniff, als wirklich was zu sehen, war es, *wenn* ich mal was sehen konnte, absolut schön. So als wäre jeder einzelne Tropfen, der auf mich zuschoss, von allen anderen getrennt und für einen winzigen Moment der Zeit entrissen, sodass ich ihn genau betrachten und in sämtlichen winzigen Facetten wahrnehmen konnte. Ich sah die grauen Wolken, die sich über mir türmten, und ich merkte, wie der Wagen unter den Druckwellen des vorbeiziehenden Verkehrs schwankte. Ich zitterte, dabei ist es eigentlich so warm, dass man schwimmen gehen könnte. Aber nichts, was ich sah oder fühlte oder hörte, war so warm und faszinierend wie Andrews Nähe.

Lachend und kreischend fliehe ich Minuten später zurück ins Auto.

Meine Tür knallt zu und gleich darauf auch seine.

»Ich *erfriere!*« Ich lache bibbernd, presse die angewinkelten Arme zwischen die Brüste, verschränke die Finger und presse mein Kinn darauf.

Andrew grinst über das ganze Gesicht, schaudert einmal kurz und schaltet die Heizung ein.

Instinktiv versuche ich zu vergessen, dass ich mich auf seinen Arm gelegt habe oder dass er ihn mir angeboten hat. Ich glaube, auch er versucht das zu vergessen oder wenigstens zu überspielen.

Er knetet seine Hände, um sie in der heißen Luft aus dem Gebläse aufzuwärmen. Meine Zähne klappern.

»In nassen Sachen Auto fahren nervt«, stelle ich mit zitterndem Unterkiefer fest.

»Ja, da bin ich ganz deiner Meinung«, sagt er, zieht den Gurt über die Brust und lässt ihn in der Halterung einrasten.

Ich tue es ihm nach, aber wie immer, wenn ich so lang im Auto gesessen habe, rutsche ich schließlich wieder aus dem Gurt, um mir eine bequemere Sitzposition zu suchen.

»Meine Zehen fühlen sich total schleimig an«, sagt er und schaut auf seine Füße.

Automatisch verziehe ich das Gesicht. Er beugt sich lachend nach unten, zieht die Schuhe aus und wirft sie hinter den Fahrersitz auf den Boden.

Ich beschließe, es ihm gleichzutun, denn meine Füße fühlen sich ebenfalls schleimig an, auch wenn ich das nie im Leben zugeben würde.

»Wir müssen was finden, wo wir uns umziehen können«, sage ich.

Er stellt den Automatikhebel auf Fahren und sieht mich an. »Es gäbe da immer noch die Rückbank«, meint er grinsend. »Ich schau auch nicht, Ehrenwort.« Er hebt beschwörend die Hände, legt sie dann wieder ans Steuer und lenkt den Wagen zurück auf die Spur, sobald sich eine Lücke im Verkehr auftut.

Ich pruste. »Ich warte lieber, bis wir was Richtiges finden.«

»Wie du willst.«

Ich weiß genau, dass er auf jeden Fall schauen würde.

Und ehrlich gesagt würde es mich nicht besonders stören …

Die Scheibenwischer fegen wie wild hin und her, und es regnet so heftig, dass man kaum die Straße erkennen kann. Andrew lässt die Heizung aufgedreht, bis wir Saunatemperaturen erreicht haben, und schaltet sie erst zurück, nachdem er sich überzeugt hat, dass mir wieder warm ist.

»Also, *Hotel California,* wie?« Er grinst mich mit tiefen Grübchen an. Er beugt sich nach vorn und drückt so lange auf den Knopf des CD-Wechslers, bis er den Song gefunden hat. »Mal sehen, wie gut du den kennst.«

Seine Hand kehrt ans Lenkrad zurück.

Der Song beginnt, wie mir noch gut im Gedächtnis ist, mit dieser gespenstischen, langsamen und sehnsüchtigen Gitarre. Wir sehen uns immer wieder an, lassen die Musik zwischen uns und durch uns hindurch schweben und warten auf die Lyrics. Dann heben wir beide die Hände im Takt, als wollten wir *one, two, three* einzählen, und fangen gemeinsam mit Don Henley an zu singen.

Wir sind voll drin, Zeile um Zeile, nur manchmal setzen wir abwechselnd kurz aus, damit ich oder er eine Zeile allein singen kann. Und als zum ersten Mal der Refrain kommt, grölen wir aus vollem Hals mit und schleudern die Lyrics gegen die Windschutzscheibe. Wir kneifen die Augen zusammen und wackeln mit den Köpfen, und ich tue so, als wäre mir mein Gesang nicht total peinlich. Dann kommt die zweite Strophe, und unser Wechselgesang verheddert sich ein bisschen, aber wir haben trotzdem unseren Spaß und patzen nur ein paarmal. Und wir schreien gemeinsam: *»Nineteen-sixty-nine!«* Danach ebbt unsere Leidenschaft ein wenig ab, und wir lassen die Musik unbegleitet durch das Auto röhren. Aber als der berühmte zweite Refrain kommt und der Song langsamer und quälender wird, werden wir wieder ernst und singen jedes einzelne Wort gemeinsam mit, wobei wir uns fast die ganze Zeit in die Augen sehen. Andrew trifft *»alibis!«* so exakt, dass mir ein Schauer über den Rücken läuft. Und »*stabbed the beast*« johlen wir gemeinsam und pumpen dabei mit den Fäusten wie die Irren.

Und so machen wir die nächsten paar Stunden weiter.

Wir singen so lange, dass ich irgendwann heiser werde.

Natürlich beschränken wir uns auf Classic Rock mit ein paar Einsprengseln aus den frühen Neunzigern: größtenteils Alice in Chains oder Aerosmith, und kein einziges Stück geht mir auf die Nerven. Ich liebe jeden Song und vor allem die Erinnerung, die in Zukunft damit verbunden sein würde. Die Erinnerung an Andrew.

In Jackson, Tennessee, finden wir eine Raststätte an der Straße und machen halt. Wir huschen auf die Toilette, um die nassen Sachen auszuziehen, die wir länger anhatten, als uns beiden bewusst war. Ich schätze, mein genialischer Gesang und seine Anstrengungen, Begeisterung für meine Sangeskünste zu heucheln, haben uns so abgelenkt, dass wir darüber alles andere vergessen haben.

Er hat sich schneller umgezogen und sitzt schon wieder im Wagen, als ich aus der Raststätte geschlendert komme, in die letzten sauberen Sachen aus meiner Reisetasche gekleidet: die weißen Baumwollshorts und das T-Shirt mit dem Uni-Logo, in dem ich so gern schlafe. Ich hatte nur den einen BH mitgenommen, den ich im Regen anhatte, und der ist immer noch tropfnass. Aber ich trage ihn trotzdem, denn ich werde mich auf gar keinen Fall ohne BH zu ihm in dieses Auto setzen.

»Diese Shorts trage ich *nicht deinetwegen.*« Ich zeige streng mit dem Finger auf ihn, als ich wieder in den Wagen steige. »Nur dass du es weißt.«

Ein Mundwinkel hebt sich zu einem halben Grinsen. »Ist notiert«, sagt er und schreibt es mit dem Zeigefinger auf einem imaginären Notizblock.

Ich hebe den Hintern kurz vom Sitzpolster und ziehe den unteren Saum meiner Hose ein bisschen tiefer, damit der Stoff einen Fingerbreit mehr Haut bedeckt und die Shorts nicht ganz zwischen meinen Schenkeln verschwinden. Gerade als ich mir meine schwarzen Flipflops von den Füßen treten will, sehe ich, wie durchtränkt die Fußmatte ist, und beschließe, sie anzulassen. Gut, dass das Auto Ledersitze hat.

»Ich muss mir was zum Anziehen besorgen«, sage ich.

Andrew trägt wieder Jeans und seine schwarzen Doc-Martens-Stiefel und dazu ein weiteres schlichtes graues T-Shirt, diesmal ist es allerdings heller als das letzte. Die Sachen sehen genauso gut an ihm aus wie alles andere, trotzdem fehlen mir irgendwie die braunen, muskulösen Waden und das schwarz-graue Kelten-Tattoo auf seinem Knöchel.

»Warum hast du nicht mehr mitgenommen?«, fragt er, den Blick auf die Straße gerichtet. »Nicht dass ich mich beschweren würde.«

Ich schmunzle. »Na ja, nachdem ich keine Ahnung hatte, wohin es mich verschlagen würde, wollte ich nicht einen ganzen Berg von unnützem Zeug rumschleppen.«

»Klingt vernünftig.«

Die Sonne scheint über Tennessee, und wir sind auf dem Weg nach Süden. Auf der Gegenrichtung staut sich der Verkehr an einer Baustelle, und wir beglückwünschen uns gegenseitig, dass wir nicht auf *der* Straßenseite gelandet sind. Irgendwann verschwindet das Tageslicht hinter dem Horizont, und die Abenddämmerung badet die Reis- und Baumwollfelder in einem lila Dunst; *irgendein* Riesenfeld liegt immer an einer Seite des Freeways und verliert sich in der Ferne.

In der Dunkelheit erreichen wir Birmingham, Alabama.

»Wo willst du dir was zum Anziehen kaufen?«, fragt er, während wir eine von Ampeln und Tankstellen gesäumte Einfallstraße entlangrollen.

Ich richte mich auf, sehe mich um und halte nach einem geeigneten Neonschild Ausschau.

Andrew deutet nach vorn: »Da wäre ein WalMart.«

»Ich schätze, der tut es so gut wie jeder andere«, sage ich, und er biegt an der Ampel links ab auf den Parkplatz.

Wir steigen aus, und automatisch ziehe ich meine Shorts aus der Poritze.

»Kann ich helfen?«

»Nein!«, lache ich.

Wir spazieren zusammen durch das Meer aus Autos auf dem Parkplatz, und bei jedem Schritt klatschen mir die Flipflops gegen die Hacken. Augenblicklich schrumpfe ich innerlich zusammen, denn mir ist bewusst, wie ich mit meinem schmutzigen, verfilzten Zopf über der Schulter und in diesen ultraknappen Shorts, die mir immer in die Poritze rutschen, aussehen muss. Mein Make-up ist auch futsch, das wurde bei meinem Einssein-mit-dem-Regen weggewaschen. Ich halte den Blick auf den strahlend weißen Boden gesenkt und vermeide jeden Blickkontakt, während wir durch die Gänge des WalMarts streifen.

Zuerst gehen wir zur Abteilung für Damenbekleidung, aus der ich ein paar einfache Sachen mitnehme: noch zwei Baumwollshorts, die zwar kurz, aber nicht solche Poritzen-Rutscher sind wie die, die ich gerade anhabe, und dazu ein paar niedliche T-Shirts mit V-Ausschnitt und verschiedenen Aufdrucken. Einen Besuch in der Unterwäscheabteilung verkneife ich mir. Ich glaube, fürs Erste komme ich mit dem aus, was ich dabeihabe.

Dann folge ich Andrew nach hinten in die Drogerieabteilung, wo die Vitamine und Erkältungsmittel und Zahnpasten und anderes Zeugs stehen.

Wir halten direkt auf den Gang mit den Rasierern und Rasiercremes zu.

»Ich habe mich seit einer Woche nicht rasiert«, sagt er und reibt über die Stoppeln, die während der letzten Tage auf seinem Gesicht gesprossen sind.

Ich finde sie ja sexy, aber dieses Gesicht ist mit und ohne Stoppeln sexy, darum werde ich mich nicht beklagen.

Warum sollte ich auch?

Ich nehme mir ebenfalls ein Päckchen Einwegrasierer und dazu eine Rasiercreme in einer goldenen Dose. Dann hole ich mir aus dem nächsten Gang ein kleines Fläschchen Mundspülung, weil man nie genug Mundspülung haben kann. Inzwischen ist mein Arm so beladen, dass ich die Handtasche über die andere Schulter hängen muss. Wir gehen noch einen Gang weiter, wo ich ein Shampoo und einen Conditioner aus dem Regal ziehe und sie neben den anderen Sachen auf dem Arm zu platzieren versuche, bis Andrew mir beides abnimmt. Die Mundspülung nimmt er ebenfalls.

Wir gehen weiter zu den Arzneimitteln, wo ein Paar mittleren Alters vor den Hustensäften steht und die Verpackungen studiert.

Andrew meint ganz beiläufig, aber doch deutlich hörbar: »Babe, hast du schon das Zeugs gegen deine Hefepilzinfektion gefunden?«

Ich reiße vor Schreck die Augen auf und bleibe wie angewurzelt vor dem Fach mit den Schmerzmitteln stehen.

Er zieht eine kleine Schachtel Ibuprofen aus dem Regal.

Die beiden tun so, als hätten sie nichts gehört, aber ich weiß genau, dass sie jedes Wort mitbekommen haben.

»Ich meine, bist du überhaupt sicher, dass das Jucken daher kommt?«, fährt er fort, und ich zerschmelze förmlich, so glüht mein Gesicht.

Diesmal wirft uns das Paar einen verstohlenen Blick zu.

Andrew steht neben mir, tut so, als würde er die Verpackungen lesen, und lacht sich den Arsch ab.

Ich würde ihm am liebsten eine reinhauen, aber stattdessen steige ich auf sein Spiel ein.

»Klar, Baby, hab ich«, antworte ich genauso lässig. »Und was ist mit dir? Hast du schon nachgeschaut, ob sie hier XXS-Kondome haben?«

Die Frau dreht den Kopf und mustert ihn von Kopf bis Fuß, dann sieht sie kurz mich an und wendet sich schließlich wieder den Hustensäften zu.

Andrew lässt sich nicht beeindrucken; irgendwie war mir das klar. Er lächelt mich an und genießt eindeutig jede einzelne Sekunde.

»Die sind alle gleich groß, Babe«, antwortet er. »Ich hab dir doch gesagt, dass sie besser passen, wenn du ihn endlich mal hart kriegst.«

Ein leises Prusten presst sich zwischen meinen Lippen durch, dann muss ich lachen.

Das Paar verschwindet.

»Du bist so übel!«, zische ich ihn immer noch lachend an. Die Dose mit Rasierschaum rutscht mir aus dem Arm und fällt klappernd zu Boden, und ich bücke mich, um sie aufzuheben.

»Du bist auch kein Unschuldslamm.«

Andrew nimmt noch eine Tube mit antibiotischer Wundsalbe mit, die er in derselben Hand hält wie das Ibuprofen, dann gehen wir zur Kasse. Dort wirft er noch zwei Tüten Beef Jerky auf das Fließband und eine Schachtel Tictacs. Ich lege noch ein Reisefläschchen mit Handdesinfektionsmittel zu meinen Sachen, außerdem einen Labello und ebenfalls eine Tüte Beef Jerky.

»Du wirst immer mutiger, wie?«, meint er mit Blick auf die Tüte.

Ich lächle ihn an und schiebe den grauen Warentrenner zwischen seine und meine Sachen. »Gar nicht. Ich liebe Trockenfleisch. Ich würde es sogar essen, wenn es radioaktiv verseucht wäre.«

Er lächelt nur, versucht dann aber, während er die Kreditkarte aus seiner Brieftasche zieht, die Kassiererin zu überzeugen, dass sein und mein Zeug »zusammengehört«.

»Nein, diesmal nicht«, widerspreche ich ihm und lege den Unterarm neben dem Warentrenner auf das Band. Ich sehe die Kassiererin kopfschüttelnd an, damit sie gar nicht erst auf die Idee kommt, meine Sachen mit seinen zu kassieren. »Ich zahle meine Einkäufe selbst.« Sie sieht kurz zwischen Andrew und mir hin und her, als wollte sie seinen Widerspruch abwarten.

Sobald er auch nur den Mund aufklappt, schiebe ich das Kinn vor und sage: »Ich zahle für meine Sachen, und damit basta. Komm damit klar.«

Er gibt nach, verdreht kurz die Augen und zieht die Karte durch den Schlitz.

Als wir wieder im Auto sitzen, reißt Andrew seine Tüte Beef Jerky auf und wirft sich einen Fetzen Trockenfleisch in den Mund.

»Und du willst bestimmt nicht, dass ich mal fahre?«, frage ich.

Er schüttelt den Kopf und kaut dabei mit aller Gewalt auf dem zähen Fleischstück herum. »Wir suchen uns wieder ein Motel und fahren morgen weiter.«

Dann schluckt er, wirft das nächste Stück Fleisch ein, legt den Gang ein und fährt los.

Ein paar Meilen weiter draußen finden wir ein Motel. Wir nehmen unsere Sachen und beziehen unsere nebeneinanderliegenden Kingsize-Zimmer. Diesmal mit grün kariertem Teppichboden unter farblich abgestimmten, schweren dunkelgrünen Vorhängen und dazu einer dunkelgrünen Blumenmuster-Tagesdecke. Ich schalte sofort den Fernseher ein, um die Düsterkeit zu beleben und die unheimliche Atmosphäre zu vertreiben.

Genau wie schon gestern hat er beide Zimmer bezahlt, wobei er »Vorhin im WalMart ging es nach deinem Willen« als Vorwand nahm, um damit durchzukommen.

Und genau wie gestern sieht sich Andrew erst beide Zimmer an, bevor er sich in den Sessel am Fenster plumpsen lässt.

Ich lasse mein Zeug auf den Boden fallen, reiße die Tagesdecke vom Bett und werfe sie in die Ecke.

»War da was drauf?« Die Beine weit gespreizt, lehnt er im Sessel.

Er sieht erschöpft aus.

»Nein, die Dinger machen mir nur Angst.« Ich setze mich aufs Bett, schlüpfe aus den Flipflops und verschränke dann die Beine im Schneidersitz. Weil ich immer noch die knappen weißen Baumwollshorts trage und mich in dieser Haltung ein bisschen entblößt ihm gegenüber fühle, senke ich beide Hände in den Schoß.

»Du hast gesagt, du hattest keine Ahnung, wohin es dich verschlagen würde«, sagt Andrew.

Ich sehe ihn an und brauche einen Moment, um zu begreifen, was er meint: meine Erklärung im Auto, warum ich nicht mehr zum Anziehen mitgenommen habe. Er verschränkt die Finger und breitet die Hände über den Bauch.

Erst nach kurzem Überlegen antworte ich, und auch dann bleibt meine Antwort vage: »Stimmt, das wusste ich wirklich nicht.«

Andrew beugt sich in seinem Sessel vor, stützt die Ellbogen auf die Schenkel und lässt die verschränkten Hände zwischen den Knien baumeln. Er legt den Kopf schief und sieht mich an. Mir ist klar, dass wir auf eines dieser Gespräche zusteuern, bei denen ich nicht im Vorhinein weiß, ob ich mich seinen Fragen stellen oder ihnen ausweichen werde. Das hängt ganz davon ab, wie geschickt er darin ist, die Antworten aus mir herauszulocken.

»Ich bin zwar kein Psychologe«, sagt er, »aber ich kann mir nicht vorstellen, dass du mit nichts als einer Handtasche und einer kleinen Reisetasche in einen Bus steigst und einfach losfährst, ohne zu wissen, wohin es dich verschlägt, nur weil dir deine beste Freundin in den Rücken gefallen ist.«

Er hat recht. Ich bin nicht wegen Natalie und Damon gefahren; die beiden waren nur der Auslöser. »Nein.«

»Wieso dann?«

Ich will nicht darüber reden, jedenfalls *glaube* ich nicht, dass ich es will. Ein Teil von mir hat das Gefühl, ihm alles erzählen zu können, und irgendwie *will* ich es auch, aber ein anderer Teil warnt mich, vorsichtig zu sein. Ich habe nicht vergessen, dass er viel ernstere Probleme hat als ich, und ich käme mir blöd und mimosenhaft und selbstsüchtig vor, wenn ich mich ihm jetzt anvertrauen würde.

Deshalb schaue ich lieber auf den Fernseher und tue so, als würde mich das Programm zumindest oberflächlich interessieren.

Er steht auf.

»Offenbar ist dir was ziemlich Schlimmes passiert«, sagt er und kommt auf mich zu. »Und ich möchte, dass du es mir erzählst.«

Ziemlich schlimm? Super, damit hat er es noch schlimmer gemacht; bis zu diesem Moment hätte ich, wenn ich ihm was erzählt hätte, wenigstens nicht im Kopf gehabt, dass er mit was richtig Furchtbarem rechnet. Jetzt, wo ich das weiß, würde ich mir am liebsten was aus den Fingern saugen.

Was ich natürlich nicht mache.

Ich spüre, wie das Bett einsinkt, als er sich neben mich setzt. Ich kann ihn noch nicht wieder ansehen; mein Blick bleibt fest auf den Fernseher gerichtet. Mein Magen badet in Schuldgefühlen und kribbelt gleichzeitig, weil er mir so nahe ist. Aber die Schuldgefühle überwiegen.

»Bis jetzt habe ich es hingenommen, dass du mir nichts erzählst«, sagt er. Er stützt die Ellbogen auf die Schenkel und sitzt genauso neben mir wie zuvor auf dem Sessel, die gefalteten Hände zwischen den Beinen. »Aber irgendwann wirst du damit rausrücken müssen.«

Ich sehe ihn an. »Verglichen mit dem, was du durchmachen musst, ist es gar nichts.« Dabei belasse ich es und starre stattdessen wieder auf den Fernseher.

*Bitte hör auf zu bohren, Andrew. Ich würde dir für mein*

*Leben gern alles erzählen, weil ich irgendwie das Gefühl habe, dass du mir alles erklären könntest, dass du alles wieder in Ordnung bringen könntest – was* denke *ich da? Bitte hör einfach auf zu bohren!*

»Du vergleichst uns also?«, fragt er und weckt damit meine Neugier. »Du glaubst, was dich dazu getrieben hat, in einen Bus zu steigen, kann nicht damit mithalten, dass mein Vater im Sterben liegt?« Er sagt das so, als fände er allein den Gedanken absurd.

»Ja«, gestehe ich. »Genau das glaube ich.«

Seine Brauen ziehen sich zusammen, und er schaut kurz auf den Fernseher, bevor er mich wieder ansieht.

»Also, das ist der totale Scheiß«, erklärt er sachlich.

Mein Kopf fährt herum.

»Weißt du, ich konnte es noch nie leiden, wenn mir jemand mit ›Andere sind viel schlimmer dran als du‹ kam; ich meine, wenn du einen Wettbewerb daraus machen willst, dann wäre ich jederzeit lieber arm als blind, aber das hier ist kein beschissener Wettbewerb. *Richtig?*«

Fragt er, weil er wissen will, wie ich dazu stehe, oder will er mir erklären, wie die Dinge liegen, und fragt, ob ich ihn verstanden habe?

Ich nicke nur.

»Schmerz ist Schmerz, Babe.« Jedes Mal wenn er mich »Babe« nennt, rückt im selben Moment alles andere in den Hintergrund. »Nur weil manche Probleme weniger traumatisch sind als andere, tun sie nicht automatisch weniger weh.«

Wahrscheinlich hat er damit nicht unrecht, aber ich komme mir trotzdem egoistisch vor.

Als er seine Hand auf mein Handgelenk legt, senke ich den Blick und sehe, wie sich die maskulinen Finger um meine Hand schmiegen. Ich will ihn küssen; auf einmal drängt der Wunsch mit aller Gewalt an die Oberfläche, doch ich zwinge ihn mit einem festen Schlucken wieder in meine Magengrube zurück, die seit ein paar Sekunden wie verrückt zittert.

Ich entziehe ihm meine Hand und stehe auf.

»Camryn, hör zu, ich hab das nicht so gemeint. Ich wollte doch nur …«

»Ich weiß«, schneide ich ihm leise das Wort ab, verschränke die Arme und drehe ihm den Rücken zu. Das hier ist ganz eindeutig ein Es-liegt-nicht-an-dir-sondern-an-mir-Augenblick, aber *das* werde ich ihm keinesfalls auf die Nase binden.

Ich spüre, wie er aufsteht, drehe ich mich halb um und sehe, wie er seine Taschen und die an der Wand lehnende Gitarre aufhebt.

Er geht zur Tür.

Ich will ihn aufhalten, aber ich kann es nicht.

»Ich lass dich jetzt schlafen«, sagt er leise.

Ich nicke wortlos, weil ich Angst habe, dass mein Hirn meinen Mund austricksen könnte, sobald ich auch nur einen Mucks von mir gebe, und dass ich mich dadurch noch tiefer in diese gefährliche Situation verstricken könnte, die mir mit jedem Tag in Andrews Nähe weniger beherrschbar erscheint.

# 18

Ich hasse mich dafür, dass ich ihn durch diese Tür gehen lasse, aber das muss sein. Ich *darf* das nicht. Ich darf mich nicht in diese Welt namens Andrew Parrish fallen lassen, obwohl mein Herz – und auch mein Körper – es mir befehlen. Und zwar nicht nur, weil ich Angst habe, wieder verletzt zu werden; diese Phase macht jeder irgendwann durch, und ich bin vielleicht noch nicht ganz darüber hinweg, aber hier geht es um viel mehr.

Ich *kenne* mich nicht mehr.

Ich weiß nicht mehr, was ich will oder empfinde oder empfinden *sollte,* und inzwischen habe ich den Verdacht, dass ich das noch nie wirklich wusste. Es wäre egoistisch und gemein, mich Andrew zu öffnen. Und wenn er sich in mich verliebt oder etwas von mir möchte, das ich ihm nicht geben kann? Wenn ich ihm auch noch das Herz breche, während sein Vater stirbt? Ich möchte seinen Schmerz nicht noch verschlimmern.

Abrupt drehe ich mich um, schaue auf die Tür und sehe wieder vor mir, wie er aussah, bevor er dahinter verschwand.

Vielleicht ist das überhaupt kein Thema. Wie eingebildet von mir, auch nur zu erwägen, dass er sich in mich verlieben würde. Vielleicht will er einfach nur eine Freundin fürs Bett oder was für eine Nacht.

In meinem Kopf kreist ein chaotischer Schwarm von Gedanken, von denen mir kein einziger richtig vorkommt und die doch allesamt im Bereich des Möglichen sind. Ich stelle mich vor den Spiegel und blicke in die Augen eines Mädchens, das mir irgendwie vertraut vorkommt, mir aber im Grunde immer unbekannt geblieben ist. Ich fühle mich wirklich losgelöst von mir und von allem anderen.

*Fuck!*

Ich beiße die Zähne zusammen und klatsche mit der flachen Hand auf den Fernsehtisch. Dann schnappe ich mir ein neues Paar schwarzer Baumwollshorts und mein neues weißes T-Shirt mit dem Schreibschriftaufdruck *je t'aime* rund um einen gezeichneten Eiffelturm und verschwinde damit in der Dusche. Ich lasse das Wasser eine halbe Ewigkeit auf mich prasseln, nicht weil ich mich schmutzig, sondern weil ich mich beschissen fühle. Ständig muss ich an Andrew denken. Und an Ian. Und mir will nicht in den Kopf, warum ich plötzlich das befremdliche, verstörende Bedürfnis habe, an beide gleichzeitig zu denken.

Erst als sich meine Haut von dem heißen Wasser wie abgeschliffen anfühlt, steige ich aus der Dusche, trockne mich ab und drücke das Wasser aus meinen Haaren ins Handtuch. Ich föhne mich nackt vor dem Spiegel und kehre dann, weil ich keinen frischen Slip ins Bad mitgenommen habe, ins Zimmer zurück, um mich anzuziehen. Schließlich kämme ich die noch leicht feuchten Haare aus, damit sie in der Luft trocknen können, wobei ich sie hinter die Ohren und aus meinem Gesicht streiche.

Wieder höre ich Andrew auf der anderen Seite der Wand Gitarre spielen. Aus dem Fernseher tönt immer noch nervtötendes Geplapper, also stapfe ich hin und schalte ihn aus, damit ich Andrew in Ruhe zuhören kann.

Ein paar Sekunden bleibe ich still stehen und lausche

den Klängen, die durch die Wand und so schmerzlich in meine Ohren dringen. Es ist kein trauriges Lied, aber aus irgendeinem Grund quält es mich.

Schließlich greife ich nach dem Zimmerschlüssel, schlüpfe in die Flipflops und verlasse das Zimmer.

Nervös lecke ich mir die Trockenheit von den Lippen, hole tief Luft und klopfe leise an seine Tür.

Die Gitarre verstummt, und gleich darauf geht die Tür auf.

Er hat auch geduscht. Sein braunes Haar ist noch nass; ein paar Strähnen hängen wirr in seine Stirn. Er starrt mich an, mit nacktem Oberkörper und nichts als schwarzen Cargoshorts am Leib. Ich gebe mir alle Mühe, nicht auf sein leicht gebräuntes Sixpack zu starren oder auf die dicken Adern an seinen Armen, die bei so viel nackter Haut irgendwie noch deutlicher hervortreten.

*O … mein Gott. Vielleicht sollte ich lieber wieder in meinem Zimmer verschwinden.*

Nein, ich bin hergekommen, um mit ihm zu reden, und das werde ich auch tun.

Zum ersten Mal sehe ich das Tattoo unter seinem linken Arm, und sofort liegen mir ein paar Fragen auf der Zunge, aber die hebe ich mir für später auf.

Er lächelt mich an.

»Das Ganze hat vor anderthalb Jahren angefangen«, setze ich ohne Einleitung an. »Eine Woche vor dem Highschoolabschluss – als mein Freund bei einem Autounfall starb.«

Sein Lächeln verblasst, sein Blick wird weich und lässt gerade so viel Bedauern erkennen, dass ich das Mitgefühl darin erkennen kann, ohne dass es aufgesetzt oder übertrieben wirkt.

Er stößt die Tür ganz auf, und ich trete in sein Zimmer. Bevor ich mich auch nur auf das Fußende seines Bettes gesetzt habe, hat er sich ein Hemd übergezogen. Vielleicht möchte er mir damit zeigen, dass er mich nicht ablenken oder mit mir flirten will, vor allem, nachdem ich offenkundig hier bin, um mir etwas von der Seele zu reden. Dafür respektiere ich ihn umso mehr. Diese kleine, scheinbar unbedeutende Geste spricht Bände, und auch wenn es schade ist, dass er diesen Körper wieder verhüllt, finde ich das okay. Deswegen bin ich nicht hergekommen.

Glaube ich wenigstens …

In seinen grünen Augen erkenne ich aufrichtiges Bedauern, vermischt mit Nachdenklichkeit. Er schaltet den Fernseher aus und setzt sich neben mich, genau wie vorhin in meinem Zimmer, und dann sieht er mich an und wartet geduldig ab, bis ich weitererzähle.

»Wir waren sechzehn, als wir uns ineinander verliebten«, fange ich an, den Blick geradeaus gerichtet, »aber er hat zwei Jahre – *zwei Jahre*«, ich sehe ihn kurz an, um meinen Worten Nachdruck zu verleihen, »abgewartet, bis ich endlich mit ihm schlief. Ich kenne keinen anderen Jungen, der so lange warten würde, um mit einem Mädchen ins Bett zu steigen.«

Andrew macht eine Kannst-du-wohl-sagen-Miene.

»Ich war schon vor Ian mit ein paar Jungs kurz zusammen, aber die waren alle so …«, ich suche nach dem richtigen Wort und sehe auf, »… banal. Ganz ehrlich, seit ich zwölf war, fand ich *eine Menge Leute* banal.«

Andrew hat die Brauen leicht gerunzelt und sieht mich nachdenklich an.

»Aber Ian war anders. Als wir uns gerade kennengelernt hatten und das erste Mal unterhielten, sagte er: ›Ich wüsste zu gern, wie der Ozean am anderen Ende der Welt riecht.‹ Im ersten Moment musste ich lachen, weil ich das für echt schräg hielt, aber dann erkannte ich, dass ihn dieser schlichte Satz von allen anderen Menschen in meiner Umgebung abhob. Es war, als würde Ian vor einem Terrarium stehen und zuschauen, wie wir anderen hin und her flitzen, wie wir jeden Tag das Gleiche machen und immer dieselben Wege gehen, so als wären wir Ameisen in einer Ameisenfarm.« Ich atme kurz durch. »Ich hatte mir schon immer irgendwie mehr vom Leben erhofft, ich wollte schon immer was anderes als meine Freunde, aber erst als ich Ian kennenlernte, wurde mir das wirklich klar.«

Andrew meint lächelnd: »Schon vor dem zwanzigsten Geburtstag gefestigt und gereift – das findet man nicht oft.«

»Ja, schätze schon.« Ich erwidere sein Lächeln und muss dann kurz lachen. »Du kannst dir nicht vorstellen, wie oft Damon oder Natalie oder sogar meine Mom und mein Bruder Cole mich damit aufgezogen haben, dass ich so ›philosophisch‹ wäre.« Ich rahme das »philosophisch« mit pantomimischen Gänsefüßchen ein und verdrehe die Augen.

»Philosophisch ist gut«, sagt er, und ich werfe ihm einen verstohlenen Blick zu, weil ich hören kann, wie attraktiv er das findet, auch wenn er sich alle Mühe gibt, das zu überspielen, um unser Gespräch nicht abzuwürgen. Aber dann erlischt sein Lächeln, und seine Stimme wird wieder ernst: »Also hast du mit Ian deinen Seelenverwandten verloren.«

Mein Lächeln erlischt ebenfalls, ich stütze die Hände auf die Bettkante und lasse den Körper zwischen die Schultern sacken. »Genau. Wir wollten nach dem Abschluss mit dem Rucksack durch die Welt ziehen, vielleicht auch nur durch Europa, aber auf jeden Fall waren wir fest entschlossen, eine Weile wegzugehen; *so viel* hatten wir immerhin geplant.« Ich sehe Andrew offen ins Gesicht. »Uns war beiden klar, dass wir nicht direkt aufs College gehen und danach vierzig Jahre im selben Job arbeiten wollten – wir wollten auf unserer Reise *überall* arbeiten und *alles* ausprobieren.«

Andrew lacht. »Das ist echt eine coole Idee«, sagt er. »Eine Woche kellnerst du in einer Bar und kassierst Trinkgelder, und in der nächsten Woche tanzt du in einer anderen Stadt als Bauchtänzerin an der Straßenecke und lässt die Touristen Geld in deinen Hut werfen.«

Meine zusammengesackten Schultern beben leicht vor Lachen, und ich sehe ihn mit leicht gerötetem Gesicht an. »Kellnern sicher, aber Bauchtanzen?« Ich schüttle den Kopf. »Wohl kaum.«

Er grinst. »Ach, du könntest so was bestimmt abziehen.«

Mit immer noch heißem, rotem Gesicht schaue ich wieder nach vorn und warte ab, bis die Hitze abklingt.

»Sechs Monate nach Ians Tod«, fahre ich fort, »fuhr mein Bruder Cole betrunken einen Mann tot und wanderte dafür ins Gefängnis, wo er immer noch sitzt. Und danach hat mein Dad meine Mom betrogen, und die beiden ließen sich scheiden. Kurz darauf wurde *ich* von Christian, meinem neuen Freund, betrogen. Und zu alldem kam dann noch die Sache mit Natalie, von der ich dir schon erzählt habe.«

Damit bin ich am Ende angekommen. Ich habe ihm alles erzählt, was mich von zu Hause weggetrieben hat. Aber ich kann ihm nicht in die Augen sehen, weil ich das Gefühl habe, dass ich noch nicht fertig sein dürfte, dass er insgeheim denkt: Okay, und wo bleibt der Rest?

»Fuck, das ist echt ein ganz schöner Haufen für einen alleine«, sagt er, und ich sehe ihn an, weil ich spüre, wie er sich neben mir zurechtsetzt. Er hat mir den Oberkörper zugedreht, und ich kann seinen Pfefferminzatem riechen. »Ich kann gut verstehen, dass du darunter leidest, Camryn.«

Ich sage nichts, aber ich danke ihm mit meinen Augen.

»Irgendwie kann ich jetzt verstehen, warum du so leicht zu überzeugen warst, mit mir auf große Fahrt zu gehen«, sagt er.

Ich kann seine Miene nicht deuten. Hoffentlich glaubt er jetzt nicht, ich würde ihn nur dazu benutzen, um jenen Abschnitt meines Lebens, den ich mit Ian geplant hatte, nachzuspielen. Wenn ich so darüber nachdenke, scheint das die Situation auf den ersten Blick nahezulegen, dabei bin ich aus einem ganz anderen Grund mit Andrew losgefahren. Ich bin mit ihm hier in Alabama, weil ich es will.

In diesem Augenblick wird mir eines klar: Dass ich so viel über Ian und Andrew nachgedacht habe, hat weniger damit zu tun, dass ich Ian *in* Andrew zu finden versuche … Wahrscheinlich war das eher mein schlechtes Gewissen … weil ich Ian ja womöglich zu ersetzen versuche.

Ich stehe vom Bett auf und schüttle diesen Gedanken ab.

»Und was willst du danach machen?«, fragt Andrew hinter mir. »Was willst du mit deinem Leben anfangen, wenn diese Reise zu Ende geht?«

Mein Herz verhärtet sich in meiner Brust. Während der ganzen Reise mit Andrew, nein, seit meiner Abreise aus North Carolina habe ich kein einziges Mal über die Gegenwart hinausgedacht. Nicht dass ich mich eigens angestrengt hätte, nicht an die Zukunft zu denken, ich habe einfach keinen Gedanken daran verschwendet. Andrews Frage rüttelt mich wach, und schlagartig gerate ich in Panik. Auf diese Dosis Realität hätte ich gut verzichten können; eigentlich war ich völlig zufrieden mit meiner Illusion.

Ich drehe mich um und verschränke die Arme. Andrews hypnotisierende Augen blicken mich eindringlich an.

»Ich … hab keine Ahnung.«

Er wirkt überrascht, dann wird sein Blick nachdenklich und schweift ab.

»Du kannst immer noch aufs College gehen.« Wahrscheinlich will er mir Vorschläge machen, damit ich mich besser fühle. »Und das heißt nicht, dass du dir danach sofort einen Job suchen und bis zur Rente darin arbeiten musst – Scheiße, du kannst hinterher immer noch mit dem Rucksack durch Europa ziehen, wenn du willst.«

Er steht ebenfalls auf. Ich kann fast sehen, wie das Räderwerk in seinem Kopf arbeitet, während er auf dem grünen Teppichboden auf und ab geht.

»Du siehst fantastisch aus«, sagt er, und mein Herz beginnt zu flattern, »du bist klug und bist ganz offensichtlich zielstrebiger als die meisten Mädchen; ich glaube, du kannst so gut wie alles schaffen, was du dir vornimmst – Scheiße, ich weiß, das klingt total abgedroschen, aber in deinem Fall stimmt es.«

Ich zucke mit den Achseln. »Mag sein«, sage ich, »aber ich habe nicht die leiseste Ahnung, was ich machen will. Ich weiß nur, dass ich auf keinen Fall heimfahren will, um es herauszufinden. Wahrscheinlich habe ich Angst, dass ich dann endgültig in der Scheiße ertrinke, aus der ich mich gezogen habe, indem ich in den Bus gestiegen bin.«

»Sag mir eins«, meint Andrew plötzlich, und unsere Blicke treffen sich. »Was frustriert dich am meisten daran, unter anderen Menschen zu sein?«

*Was mich daran frustriert?*

Ich überlege eine Sekunde, den Blick fest auf die an der Wand montierte Messinglampe neben dem Bett gerichtet.

»Ich – ich … weiß nicht.«

Er macht einen Schritt auf mich zu, legt zwei Finger in meine Armbeuge, damit ich mich wieder neben ihn setze, und ich lasse es geschehen.

»Denk einfach mal darüber nach«, fährt er fort. »Wenn du danach gehst, was du mir gerade erzählt hast, was unterscheidet dich dann von deinen Mitmenschen?«

Es gefällt mir gar nicht, dass ich so lange brauche, um etwas rauszukriegen, das er sich offenbar schon zurechtgelegt hat. Ich starre auf die Hände in meinem Schoß und überlege lang und angestrengt, bis mir die einzige Antwort einfällt, die *möglicherweise* stimmen könnte, wobei ich mir allerdings immer noch unsicher bin: »Die Erwartungen?«

»Ist das eine Frage oder deine Antwort?«

Ich gebe auf.

»Ich weiß es echt nicht – ich meine, von allen anderen fühle ich mich irgendwie … *eingeengt*, Ian natürlich ausgenommen.«

Er hört mir nickend zu und lässt mich ohne Unterbrechung weiterreden, solange die Lösung noch irgendwo in meinem Hirn festhängt.

Und dann, aus dem Nichts, kommen die Antworten: »Ich kenne niemanden, der das machen möchte, was ich gern machen würde«, sage ich, und je sicherer ich mir werde, desto schneller entfalten sich die Erklärungen: »Zum Beispiel, eine Zeitlang einfach so ins Blaue zu leben und sich seinen eigenen Weg zu suchen, verstehst du? Ich kenne keinen, der das mit mir zusammen machen würde, weil niemand aus seiner gewohnten Umgebung ausbrechen will und weil nur die wenigsten Menschen so was überhaupt je tun. Meinen Eltern habe ich ewig lang verheimlicht, dass ich nicht aufs College wollte, weil sie das von mir *erwarteten.* Ich habe einen Job in einem Kaufhaus angenommen, weil meine Mom *erwartete,* dass mich das irgendwie ausfüllen würde. Ich bin jeden Samstag mit meiner Mom meinen Bruder im Gefängnis besuchen gefahren, weil sie das von mir *erwartet* hat, denn immerhin ist er mein Bruder, und darum *sollte* ich ihn besuchen wollen, obwohl ich eigentlich lieber daheimgeblieben wäre. Und Natalie hat ununterbrochen versucht, mich mit irgendwelchen Jungs zu verkuppeln, weil sie es für nicht normal hielt, dass ich keinen Freund hatte. Ich glaube, beinahe mein ganzes Leben hatte ich Angst, ich selbst zu sein.« Ich drehe mich unvermittelt zu ihm um. »Irgendwie war das sogar bei Ian so.«

Ich wende sofort den Blick ab, weil ich nicht damit gerechnet hatte, dass ich den letzten Satz tatsächlich laut aussprechen würde. Die Erkenntnis hat so plötzlich in meinem Kopf Gestalt angenommen, dass er mir einfach entschlüpft ist.

Andrew sieht mich neugierig an, wirkt aber auch unsicher, ob er nachbohren soll. Und ich weiß nicht recht, ob ich das genauer ausführen soll.

Er nickt. Offenbar ist er zu dem Schluss gekommen, dass es ihm nicht zusteht, dieses besondere Thema zu vertiefen.

Nachdenklich zieht er die Innenseite seiner Wange zwischen die Zähne. Ich schaue ihm kurz dabei zu und versuche wie immer zu ignorieren, wie attraktiv ich ihn finde, aber das wird zunehmend schwieriger. Sobald mein Blick auf seine Lippen fällt, frage ich mich, wie sie wohl schmecken. Und dann wende ich mit aller Kraft den Blick ab – denn ich tue es schon wieder. Genau in diesem Augenblick. Ich habe Angst, ihm zu sagen, was ich will. Oder was ich wenigstens zu wollen *glaube.*

»Andrew«, sage ich, und seine Miene reagiert sichtbar auf meine Stimme, die seinen Namen ausspricht.

*Überleg dir das gut, Cam,* sage ich zu mir selbst. *Bist du sicher, dass du das willst?*

»Was ist?«, fragt er.

»Hattest du schon mal einen One-Night-Stand?«

Ich komme mir vor, als hätte ich das größte Geheimnis, das mir je anvertraut wurde, vor einem voll besetzten Saal in ein Mikrofon gesprochen. Aber jetzt ist die Katze aus dem Sack. Ich weiß nicht mal genau, ob ich das wirklich will, aber ich trage diesen Gedanken schon eine ganze Weile mit mir herum. Ich weiß noch, dass er mir kam, als ich mit Blake auf dem Dach war.

Andrews Gesicht verliert jede Emotion, und plötzlich fehlen ihm die Worte. Augenblicklich gefriert mein Herz, und mir wird speiübel. Ich habe doch gewusst, dass ich das nicht sagen sollte! Bestimmt hält er mich jetzt für eine Nutte oder so.

Ich springe vom Bett auf. »Bitte entschuldige – Gott, du musst glauben, ich …«

Seine Hand schießt vor und schließt sich um mein Handgelenk. »Setz dich.«

Widerwillig folge ich, aber ich kann ihn nicht ansehen. O fuck, ich schäme mich zu Tode.

»Was ist eigentlich los mit dir?«, fragt er.

»Hä?«

Ich sehe ihn an.

»Du machst es gerade schon wieder, *genau jetzt*.« Das »genau jetzt« unterstreicht er mit einer kurzen Handbewegung; seine Brauen sitzen tief über den Augen.

»Was denn?«

Er fährt sich mit der Zunge über die Lippen, seufzt scheinbar enttäuscht und sagt schließlich: »Camryn, du wolltest mir eben etwas erzählen, was du dir ein-, zweimal überlegt hast, und als du dir endlich ein Herz gefasst hattest, deine Gedanken auszusprechen, hast du gleich wieder einen Rückzieher gemacht und deinen Mut bereut.« Er sieht mir tief in die Augen, und aus seinem durchdringenden Blick spricht ein tiefes Wissen und etwas anderes, das ich nicht einordnen kann. »Stell mir die Frage noch mal, und gib mir diesmal Zeit zu antworten.«

Ich halte die Luft an und suche mit Blicken seine angespannte Miene ab, die mich zutiefst verunsichert. Aber vielleicht ist es gar nicht er, der mich so verunsichert.

Ich schlucke und frage noch mal: »Hattest du schon mal einen One-Night-Stand?«

Er verzieht keine Miene. »Ja, ich hatte ein paar.«

Jetzt wartet er auf meine Antwort, dabei habe ich keinen Schimmer, wie ich mich in dieser sich so schräg entwickelnden Unterhaltung zurechtfinden soll. Man könnte fast meinen, dass er weiß, wie ich mich innerlich winde; doch um mir eine Lektion zu erteilen, wartet er ab, was ich sage, statt weiterhin meinen Therapeuten zu spielen, wie er es getan hat, seit ich das Zimmer betreten habe.

Seine Brauen wandern ein Stück nach oben und fragen wortlos: *Also?*

»Also, ich hab mich das nur gefragt … weil ich so was noch nie gemacht habe.«

»Warum nicht?«, fragt er ganz sachlich.

Ich senke den Kopf und sehe ihn dann wieder an, damit er nicht mit mir schimpft. »Na ja, weil so was irgendwie nuttig ist, schätze ich.«

Zu meiner Überraschung beginnt Andrew laut zu lachen.

Schließlich erlöst er mich wenigstens teilweise von meinen Qualen.

»Macht ein Mädchen so was *dau-ernd*«, er zieht das Wort mit einem zimperlichen Lächeln in die Länge, »dann wäre das schon nuttig, stimmt. Aber bei einem oder zwei One-Night-Stands …«, er balanciert die Hände auf Schulterhöhe, als würde er im Geist unentschlossen die Zahlen abwägen, »ist nichts dabei, finde ich.«

Warum nutzt er die Situation nicht aus? Ich erschrecke innerlich und frage mich, warum er immer noch im Therapeutenmodus bleibt, statt mit mir zu flirten und zur Sache zu kommen.

»Und wie …?«

Ich bringe es nicht über die Lippen. Es ist einfach nicht mein Ding, so locker über *irgendwas* Sexuelles zu plaudern. Ich kann das höchstens mit Natalie, und selbst da halte ich mich immer bedeckt.

Andrew seufzt, und seine Schultern sacken nach vorn. »Heißt das, dass du mit mir schlafen willst? Willst du einen One-Night-Stand mit *mir*?« Ihm war klar, dass ich das niemals aussprechen würde, also hat er nachgegeben und mir die Sache abgenommen.

Es war sonnenklar, dass diese Frage kommen würde, aber sie verschlägt mir trotzdem den Atem. Dass er sie stellt, ist mir genauso peinlich und unangenehm, nein, noch peinlicher und unangenehmer, als wenn ich sie selbst gestellt hätte.

»Vielleicht …«

Er steht auf, sieht auf mich herunter und sagt: »Tut mir leid, aber daran bin ich nicht interessiert.«

Die größte Faust, die man sich vorstellen kann, rammt mir in den Magen. Meine Hände erstarren und umklammern so fest die Matratzenkante, dass ich meine Arme bis zu den Schultern nicht mehr bewegen kann. Ich will nur noch aus der Tür rennen und mich in meinem Zimmer einschließen und Andrew nie wieder sehen müssen. Nicht weil ich ihn nicht mehr sehen will, sondern weil ich nicht will, dass er *mich* sieht.

Noch nie in meinem ganzen Leben war mir irgendwas so peinlich.

*Super* Idee, meine Gedanken auszusprechen!

Ich weiß nicht, ob ich das als bittere Lektion abhaken soll oder ob ich *ihn* hassen soll, weil er mich dazu getrieben hat.

# 19

Einen Sekundenbruchteil später bin ich aufgesprungen und auf dem Weg zur Tür.

»Camryn, bleib stehen.«

Ich denke nicht dran, stehen zu bleiben, sondern gehe im Gegenteil noch schneller, als ich spüre, dass er hinter mir herkommt. Im nächsten Augenblick packe ich den Knauf, ziehe die Tür auf und laufe raus in den Gang.

»Fuck, Camryn, bitte warte eine Sekunde!«, sagt er hinter mir, und ich höre den Ärger, der sich in seiner Stimme breitmacht.

Ohne mich auch nur umzudrehen, greife ich in die hintere Hosentasche, zücke meine Keycard und stoße sie in den Kartenleser an der Tür. Dann schiebe ich mich durch die offene Tür in mein Zimmer und will sie hinter mir zudrücken, aber Andrew hat sich schon hinter mir durch den Türspalt gezwängt.

Die Tür fällt hinter ihm ins Schloss.

»Würdest du mir bitte mal *zuhören*?«, versucht er es ärgerlich.

Ich will ihn nicht anschauen, aber ich kann nicht anders.

Als ich mich schließlich umdrehe, sieht er mich eindringlich und aufrichtig mit riesigen Augen an.

Er kommt auf mich zu und nimmt sanft meine Oberarme. Und dann beugt er sich vor und setzt ganz behutsam seine Lippen auf meine. Ich merke, wie ich dahinwelke, aber ich bin immer noch zu verwirrt, um darauf zu reagieren. Verwirrt und wie gelähmt und mit wild rasendem Herzen.

Er löst sich wieder von mir, sieht mich an, sein Gesicht ist völlig offen, und dann legt er den Kopf schief … *und lächelt.*

»Was ist daran so komisch?«, frage ich scharf und will ihn wegstoßen.

Er hält mich immer noch an den Oberarmen und bannt gleichzeitig meinen beschämten Blick, in den sich langsam Ärger schleicht.

»Ich hab gesagt, dass ich an einem One-Night-Stand nicht interessiert bin, Camryn, weil …«, er hält inne, tastet mit seinen Augen mein Gesicht ab und betrachtet zuletzt nachdenklich meine Lippen, als würde er überlegen, ob er sie noch mal küssen soll, »… weil ich unmöglich nur ein einziges Mal mit dir schlafen könnte.«

Seine Worte reißen mich aus meinen Gedanken, und hinter meinen Rippen setzt das rasende Herz unvermittelt einen Schlag aus. Irgendwie weigert sich mein Hirn, seinen letzten Satz zu verstehen, und statt darüber nachzugrübeln, was er damit meinen könnte, reiße ich mich nach Kräften zusammen und versuche etwas von der Fassung wiederzugewinnen, die mir abhandengekommen ist, als ich aus seinem Zimmer gestürmt bin.

»Hör zu.« Er stellt sich neben mich und schiebt seinen Arm um meine Taille. Ich brauche nur seine Finger auf meiner Haut zu spüren, und schon kriege ich eine Gänsehaut. Scheiße, was ist nur mit mir los? *Natürlich* will ich ihn … Ich meine, im Moment habe ich das Gefühl, dass es für mich kein Zurück gibt, dass ich mich lieber heute Nacht zur Schlampe machen würde, nur damit er mit mir im Zimmer bleibt. Aber gleichzeitig kapiere ich nicht, warum ich das komische Gefühl habe, dass ich mehr von ihm will als nur Sex …

»Camryn?« Seine Stimme holt mich zurück, und ich versuche mich zu erinnern, was er gerade gesagt hat. Er führt mich zum Bett, lässt mich hinsitzen und geht dann vor mir in die Hocke. Er sieht mir von unten in die Augen. »Ich will *keinen* One-Night-Stand mit dir, aber wenn du mich lässt, werde ich dafür sorgen, dass du kommst.«

Ein winziger Blitz schoss gerade durch meinen Bauch und direkt zwischen meine Schenkel.

»… Was?« Jetzt fehlen mir wirklich die Worte.

Er lächelt, bis die Grübchen tiefer werden, senkt die Arme auf meine nackten Schenkel und legt die Hände links und rechts an meine Taille.

»Da ist kein Haken dabei, versprochen«, sagt er. »Ich lasse dich kommen, und wenn du morgen früh aufwachst, bin ich im Zimmer nebenan, und wir machen uns auf den Weg zu unserem nächsten Ziel. Nichts wird sich zwischen uns ändern – ich werde weder Witze noch irgendwelche Bemerkungen über das machen, was zwischen uns passiert ist. Es wird so sein, als wäre überhaupt nichts passiert.«

Mir stockt der Atem. Er hat gerade mit nichts als ein paar unverblümten Worten die empfindliche Stelle zwischen meinen Beinen anschwellen lassen.

»Aber … was ist mit *dir*?«, bringe ich mühsam heraus.

»Was soll mit mir sein?«

Er drückt seine Fingerspitzen ein bisschen fester in meine Taille. Ich tue so, als würde ich nichts merken.

»Das erscheint mir … nicht fair.«

Ehrlich gesagt habe ich keinen Schimmer, was ich da rede. Ich stehe immer noch unter Schock.

Andrew lächelt nur zu mir auf, ohne sich irgendwie von meinem Einwand beeindruckt zu zeigen, und dann richtet er sich plötzlich aus der Hocke auf, drängt sich dabei zwischen meine Beine und zwingt mich ein kleines Stück weiter aufs Bett zu rutschen. Er setzt sich vor mich und zieht mich auf seinen Schoß, sodass meine Beine ihn umschließen. Meine Augen werden immer größer, und ich beiße mir fast in die Unterlippe. Er geht das alles so entspannt an, dass allein das, die ganze unerwartete Situation, mich feucht werden lässt.

Er schließt seine festen Arme um meinen Rücken, beugt sich vor und streicht mit dem Mund seitlich an meinem Kinn entlang. Eine Gänsehaut überläuft mich von Kopf bis Fuß. Dann zieht er mich an seinen Körper und flüstert mir ins Ohr: »Doch, das ist fair. Ich *will* dich kommen lassen, und glaub mir, ich hab *ganz bestimmt* was davon.« Ich höre das Lächeln in seiner Stimme und sehe in seine Augen und kann nicht länger widerstehen. Wenn Andrew mich jetzt bitten würde, mich umzudrehen und mich für ihn zu bücken, würde ich es, ohne zu zögern, tun.

Er streicht mit den Lippen an der anderen Seite meines Kinns entlang.

»Und warum willst du nicht mit mir schlafen?«, frage ich leise, aber dann versuche ich es umzuformulieren: »Ich meine, wenn du was … anderes für mich machen willst …«

Er löst seine Lippen von meinem Kinn und legt die drei mittleren Finger auf meinen Mund, um mich zum Schweigen zu bringen.

»Ich werde das nur ein einziges Mal sagen«, setzt er an, und in den unergründlichen Tiefen seines Blickes scheint es zu brodeln, »und ich möchte nicht, dass du irgendeinen Kommentar dazu abgibst, okay?«

Ich nicke nervös.

Er wartet einen Moment ab, fährt sich mit der Zunge über die Lippen und sagt dann: »Bevor ich dich ficke, musst du mir *gehören.*«

Eine Woge nackter Lust überschwemmt meinen Körper. Seine Worte lassen mich in unterwürfige Starre verfallen. Mein Herz befiehlt mir eine Antwort. Mein Hirn rät mir entsetzt davon ab. Aber ich kann beide nicht hören, weil ich das Gefühl zwischen meinen Beinen unmöglich noch länger ignorieren kann.

Ich schlucke schwer, denn mein Mund ist wie ausgetrocknet. Es ist, als hätte jeder Körperteil, der normalerweise Feuchtigkeit produziert, die Arbeit eingestellt, weil sich die ganze Feuchtigkeit an diesem einen Punkt unterhalb meines Bauchnabels sammelt.

Ich bekomme immer noch keine Luft.

O mein Gott, dabei hat er mich noch nicht mal *berührt*.

Träume ich?

»Und wenn ich dir einen runterholen würde oder so?«

Ich gebe es zu; irgendwie habe ich bei der Sache ein schlechtes Gewissen.

Er legt schmunzelnd den Kopf schief, und sofort will ich ihn küssen. »Ich hab dir doch gesagt, dass du keinen Kommentar abgeben sollst.«

»Ich – also, genau gesagt war das kein Kommentar zu dem, was du gesagt hast, ich wollte nur …«

Er schiebt die Finger unter den dünnen Stoff meines Slips und berührt mich. Ich schnappe nach Luft und habe im selben Moment vergessen, was ich eigentlich sagen wollte.

»Still«, verlangt er freundlich, aber ohne Widerspruch

zu dulden. Mein Mund klappt zu, und ich schnappe wieder nach Luft, als er zwei Finger in mich schiebt und sie dort lässt, während sein Daumen von außen gegen meinen Beckenknochen drückt. »Wirst du jetzt still sein, Camryn?«

Ich bringe schaudernd ein »J-ja« heraus und beiße mir auf die Unterlippe.

Dann ziehen sich seine Finger wieder zurück. Am liebsten würde ich ihn anbetteln, sie nicht wegzunehmen, aber der anmaßende Tonfall, in dem er mir zu schweigen befohlen hat, hat mich total scharf und gleichzeitig vollkommen gefügig gemacht, darum verkneife ich mir jede Bemerkung. Ich öffne vorsichtig die Augen, als er seine feuchten Finger über meine Lippen zieht, und beginne instinktiv daran zu lecken, aber nur ganz kurz, bis er sie an seine Lippen legt und meinen Geschmack auf seine Zunge streicht. Ich beuge mich vor, drücke meine Lippen auf seine und schließe die Augen wieder, weil ich nichts weiter will, als ihn und mich in seinem Mund zu schmecken. Seine Zunge schießt kurz vor und berührt meine, aber dann drückt er mich sanft aufs Bett zurück, statt mir den heißhungrigen Kuss zu geben, nach dem ich mich so verzehre.

Er greift mit beiden Händen an den Bund meiner Hose und zieht meine Shorts mitsamt dem Slip über meine Hüften und an den Beinen abwärts, um sie dann achtlos auf den Boden fallen zu lassen.

Dann kommt er aufs Bett, schmiegt sich an mich, legt den einen Arm über meinen Körper und schiebt seine Hand langsam unter mein Shirt. Ich habe nach dem Duschen keinen BH mehr angezogen. Er kneift sanft erst den einen Nippel, dann den anderen und streift währenddessen immer wieder mit den Lippen an meinem Hals entlang. Als seine Zunge meine Ohrmuschel nachfährt, steht jedes einzelne Härchen auf meinem Rücken stramm. »Soll ich dich berühren?« Sein Atem streicht warm über mein Gesicht.

»*Ja*«, presse ich hervor.

Er zieht das Ohrläppchen zwischen seine Zähne, und seine Hand beginnt über meinen Bauch abwärts zu wandern, hält aber knapp unter meinem Bauchnabel inne.

»*Sag mir*, dass ich dich berühren soll«, haucht er mir ins Ohr.

Ich bekomme die Augen nur mit größter Mühe auf.

»*Bitte*, berühr mich …«

Er lässt seine Hand weiter abwärtsgleiten, und mein Herz beginnt in meiner Brust zu hämmern, aber gerade als ich glaube, dass er mich endlich berührt, wandert seine Hand weiter an die Innenseite meines Schenkels. »Mach sie für mich breit.« Ich lasse meine Beine nach außen fallen, aber er schiebt sie mit der Hand noch weiter auseinander, indem er mit den Fingern gegen meine Schenkel drückt, bis ich völlig entblößt bin.

Dann stemmt er sich neben mir hoch, beugt sich über meinen Körper, schiebt mein Shirt nach oben über meine Brüste und zieht nacheinander beide Nippel zwischen die Zähne. Er schnalzt fast schmerzhaft mit der Zungenspitze darüber, und zuletzt nimmt er meine Brüste in den Mund und küsst sie hungrig. Ich vergrabe meine Finger in seinen Haaren und hätte sie am liebsten gepackt, um ihn nach unten zu zerren, aber das mache ich nicht. Andrew wandert ohnehin langsam abwärts zu meinen Rippen, die er einzeln mit der Zunge nachfährt, bevor er über meinem Bauchnabel innehält.

Er sieht mit einem dominanten, verschleierten Blick zu mir auf und sagt, die Lippen auf meinem Bauch: »Du musst mir *sagen,* was ich tun soll, Camryn.« Er leckt so langsam mit der Zunge über meinen Bauch, dass die Haut unter meinem Schaudern erzittert. »Und ich mache es erst, wenn du es so gesagt hast, dass ich dir glaube.«

Mein Atem geht so flattrig, dass mein ganzer Brustkorb bebt: »Bitte, bitte berühr mich …«

»Ich glaube dir nicht«, erklärt er ironisch und leckt einmal schnell über meine Klitoris. Nur ein einziges Mal. Dann hört er wieder auf und sieht mich abwartend an.

Weil ich mich das Wort nicht auszusprechen traue, flüstere ich ganz leise: »Bitte … ich will, dass du meine Muschi leckst«, woraufhin er so tut, als hätte er mich nicht gehört.

»Was war das?« Wieder zieht er die Zunge einmal über meine Klitoris, diesmal allerdings langsamer, sodass ein anhaltendes Schaudern durch meinen Unterleib geht. »Ich habe dich nicht verstanden.«

Ich wiederhole meine Bitte, diesmal ein bisschen lauter, aber ich bin immer noch zu verlegen, um das verbotene Wort auszusprechen, das ich immer so schmutzig und falsch fand und das für mich so nach Pornofilm klang.

Andrew lässt seine Hand zwischen meine Schenkel gleiten und teilt mit zwei Fingern meine Schamlippen. Er leckt mich einmal. Wieder nur ein einziges Mal. Meine Schenkel zittern immer heftiger.

Ich weiß nicht, wie lange ich das noch aushalte.

»Eine Frau, die weiß, was sie im Bett will«, wieder leckt er mich und sieht mich dabei unter schweren Lidern an, »und das ohne Angst aussprechen kann, ist so *unglaublich* heiß, Camryn. Sag. Mir. Was. Du. Willst. Sonst kriegst du es nicht.« Wieder leckt er mich, und ich gebe endgültig auf.

Ich reiche mit den Händen nach unten, packe seine

Haare, drücke sein Gesicht zwischen meine Beine, so weit er das zulässt, und schaue ihm dabei direkt in die Augen. »Leck meine Muschi, Andrew; leck mir endlich meine verfickte Muschi!«

Ich erhasche einen Blick auf das finsterste Lächeln, das ich je auf seinem Gesicht gesehen habe, dann schließe ich die Augen, und mein Kopf kippt in den Nacken, denn in diesem Moment beginnt er zu lecken und hört nicht mehr damit auf. Er saugt kräftig an meiner Klitoris und fickt mich dabei mit den Fingern, bis ich in Ohnmacht zu fallen glaube. Ich bekomme die Augen nicht mehr auf; ich bin wie berauscht vor Lust. Ich wölbe ihm die Hüften entgegen und zerre mit aller Kraft an seinen Haaren, aber er kommt nicht mal aus dem Rhythmus. Er leckt mich schnell und fest, nur hin und wieder wird er langsamer, um an mir zu saugen oder um den Daumenballen über meine geschwollene Klitoris zu rollen, bevor er wieder mit den Fingern zustößt. Und als ich es endgültig nicht mehr aushalte und von seinem Gesicht wegzurutschen versuche, packt er mich mit beiden Händen an den Schenkeln und hält sie fest, bis ich so heftig komme, dass meine Beine unkontrollierbar flattern und sich meine Hände mit aller Kraft an seinem Kopf festkrallen. Ein Stöhnen löst sich von meinen Lippen, ich reiße die Hände hoch und umklammere mit den Fingerspitzen das Kopfende des Bettes, um mich daran von Andrews peitschender Zunge wegzuziehen. Er hat die Hände unter meinen Schenkeln und auf meinen Hüften und hält mich unerbittlich fest; und er drückt dabei so kräftig zu, dass sich seine Fingerspitzen schmerzhaft in meine Haut bohren, aber trotzdem ist es ein geiles Gefühl.

Und als mein bebender Körper allmählich zur Ruhe kommt und mein abgehackter Atem langsamer, aber keineswegs gleichmäßiger wird, beginnt Andrew mich wieder sanfter zu lecken. Schließlich bleibe ich ermattet liegen, er küsst mich auf die Innenseite meiner Schenkel und knapp unter den Bauchnabel und kommt dann wieder nach oben gekrabbelt zu meinem Mund, wobei er sich mit seinen muskulösen Armen links und rechts von mir auf der Matratze abstützt. Seine weichen, feuchten Lippen landen erst auf meinem Hals und links und rechts auf meinem Kinn und anschließend auf meiner Stirn. Zuletzt sieht er mir tief in die Augen, beugt sich langsam herab und haucht mir einen Kuss auf die Lippen.

Und dann steht er auf.

Ich kann keinen Muskel mehr rühren.

Ich will die Hand nach ihm ausstrecken und ihn festhalten und ihn auf mich ziehen, aber ich kann mich nicht rühren. Mir hat nicht nur dieser unglaubliche Orgasmus das Hirn rausgeblasen, sondern das ganze unglaubliche Erlebnis.

Ohne den Kopf vom Kissen heben zu können, sehe ich ihm hinterher, während er zur Tür geht. Er legt die Hand auf den Knauf und sieht mich noch mal an.

Aber ich komme ihm zuvor: »Wo gehst du hin?«

Ich weiß genau, wohin er geht, aber was anderes ist mir nicht eingefallen, um ihn wenigstens ein paar Sekunden aufzuhalten.

Er lächelt mich an. »In mein Zimmer«, sagt er, als sollte mir das klar sein.

Sobald die Tür aufgeht, umfließt ihn das Licht aus dem Gang und fällt auf seine Gesichtszüge, die bis dahin im Schatten lagen. Ich will was sagen, weiß aber nicht was. Mühsam hebe ich den Rücken an und setze mich auf; meine Finger spielen ruhelos mit dem Laken neben meinem Schoß.

»Wir sehen uns dann morgen früh«, sagt er und schenkt mir ein letztes vielsagendes Grinsen, bevor er die Tür hinter sich zuzieht und das Licht aus dem Gang abgeschnitten wird. Trotzdem bleibt es halbwegs hell im Zimmer; ich hatte die Leselampe neben dem Bett angelassen. Mein Blick richtet sich auf die Lampe, und ich komme ins Grübeln. Das Licht war die ganze Zeit an. Eigentlich war ich immer eher prüde im Bett und hatte selbst mit Ian höchstens im Schein des Fernsehers Sex, aber nie im Hellen. Diesmal habe ich keinen einzigen Gedanken daran verschwendet.

Und die Worte, die aus meinem Mund kamen … So was habe ich noch nie zu einem Jungen gesagt. Ich werde selbst jetzt fast rot. Klar, ich habe zu Ian »bitte fick mich« gesagt oder »fester«, aber damit war mein pornografisches Vokabular auch schon erschöpft.

Was stellt Andrew Parrish da mit mir an?

Was es auch ist … ich will nicht, dass es aufhört.

Ich stehe auf, steige wieder in meinen Slip und in die Shorts und marschiere zur Zimmertür, um geradewegs zu ihm rüberzugehen und … was dann?

Ich bleibe an der Tür stehen, ohne sie zu öffnen, und senke den Blick auf meine nackten Füße auf dem grünen Teppichboden. Ich habe keine Ahnung, was ich zu ihm sagen sollte, wenn ich wirklich rübergehen würde, weil ich keine Ahnung habe, was ich eigentlich will oder *nicht* will. Meine Arme fallen resigniert herab, und ein tiefer Seufzer kommt über meine Lippen.

»Als wäre überhaupt nichts passiert«, äffe ich ihn sarkastisch nach. »Klar, als würdest du es schaffen, *das* durchzuziehen.«

# Andrew

# 20

Ich bin schon seit acht Uhr wach. Mein Bruder Asher hat angerufen; erst wollte ich nicht ans Telefon gehen, weil ich dachte, es gäbe was »Neues« von meinem Vater. Dabei hat er nur angerufen, um mir auszurichten, dass Aidan stinksauer ist, weil ich seine Gitarre mitgenommen habe. Drauf geschissen; was will er denn machen, mir bis Birmingham nachfahren und mich vermöbeln? Ich weiß, dass es ihm nicht wirklich um die Gitarre geht; Aidan ist nur angepisst, dass ich aus Wyoming abgehauen bin, bevor unser Dad gestorben ist.

Außerdem wollte sich Asher unauffällig nach mir erkundigen. »So weit alles im Lot, Bro?«, fragte er.

»Yeah, mir geht's fantastisch.«

»Ist das sarkastisch gemeint?«

»Nein«, sagte ich ins Telefon. »Ganz ehrlich, Ash, es geht mir super.«

»Es ist dieses Mädchen, richtig? Camryn? So hieß sie doch, oder?«

»Ja, so heißt sie, und ja, es liegt an ihr.« Ich lächelte still in mich hinein, weil mir plötzlich äußerst lebhaft vor Augen stand, was gestern Abend passiert war, aber dann dachte ich an Camryn allgemein und lächelte ganz offen.

»Also, falls du irgendwas brauchst, weißt du, wo du mich findest«, sagte Asher. Er ist klug genug, die unterschwellige Botschaft, die er mir übermitteln wollte, nicht offen auszusprechen. Ich hatte ihm erklärt, dass ich ihm die Scheiße aus dem Leib prügeln müsste, wenn er das Thema je wieder aufbringen sollte.

»Klar, weiß ich, danke, Bro – hey, wie geht's Dad so?«

»Genauso wie vor deiner Abreise.«

»Das ist eher besser als schlechter, schätze ich.«

»Genau.«

Nachdem wir aufgelegt hatten, rief ich meine Mom an, um sie wissen zu lassen, dass es mir gut geht. Ein Tag länger, und sie hätte mir die Polizei auf den Hals gehetzt.

Ich habe noch ein paar Stunden verstreichen lassen, weil ich glaube, dass Camryn noch schläft. Aber jetzt stehe ich auf und stopfe meinen Kram in die Reisetasche. Als ich am Fernseher vorbeikomme, schlage ich mit dem Handballen gegen die Wand, hinter der höchstwahrscheinlich Camryns Kopf auf dem Kissen liegt. Falls sie noch nicht wach war, ist sie es jetzt. Na schön, vielleicht auch nicht, sie hat einen echt tiefen Schlaf – außer wenn Musik läuft, so wie's aussieht. Ich dusche kurz und putze mir die Zähne und denke dabei daran, wie ich sie gestern Abend in meinem Mund hatte, und finde es scheiße, dass ich mir überhaupt die Zähne putzen muss. Auch egal, vielleicht mache ich es ihr später noch mal. Wenn sie mich lässt, natürlich. Fuck, ich habe damit absolut keine Probleme, abgesehen davon, dass ich es mir danach selbst besorgen muss, aber auch das ist okay. Das ist mir immer noch lieber, als mich von ihr berühren zu lassen. Denn wenn ich das zulasse, ist alles vorbei. Für mich jedenfalls. *Fuck*, ich will sie wirklich, aber das läuft nur, wenn die Geschichte keine Einbahnstraße wird. Und im Moment sehe ich ihr an, dass sie nicht weiß, *was* sie will.

Ich ziehe mich an, schlüpfe mit den nackten Füßen in meine schwarzen Sneaker und bin froh, dass sie nach dem Regen wieder getrocknet sind. Nachdem ich mir beide Taschen aufgeladen habe, greife ich mir noch Aidans Gitarre und mache mich auf den Weg in den Gang und zu Camryns Tür.

Drinnen läuft der Fernseher, also muss sie wach sein.

Ich frage mich, wie lange sie dem Druck noch standhält.

# Camryn

Andrew klopft an meine Tür. Ich hole tief Luft, halte sie lange und angespannt an und atme dann pustend aus, wobei eine Strähne zur Seite weht, die sich aus meinem Zopf befreit hat – alles Maßnahmen, um mich dem Druck zu widersetzen.

Als wäre überhaupt nichts passiert, *leck mich am Arsch.*

Schließlich öffne ich die Tür, und als ich ihn so lässig – und *so* lecker – im Gang stehen sehe, gebe ich dem Druck nach. Also, eigentlich laufe ich nur knallrot an, bis sich mein Gesicht anfühlt, als stünde es in Flammen. Ich senke den Blick, weil mir wahrscheinlich der Kopf schmilzt, wenn ich ihm noch eine Sekunde länger in die Augen sehe.

Ein paar Sekunden später schaffe ich es, den Blick wieder zu heben.

Sein Lächeln ist breiter geworden und spricht inzwischen für sich.

*Hey! Dieses Grinsen ist noch schlimmer, als darüber zu reden!*

Er mustert mich kurz von Kopf bis Fuß, stellt fest, dass ich schon angezogen und abfahrbereit bin, und meint dann lächelnd mit einer kurzen Kopfbewegung: »Na dann komm.«

Ich nehme meine Handtasche und die Reisetasche und gehe ihm hinterher zum Parkplatz.

Wir springen in den Wagen, und ich suche angestrengt nach einem belanglosen Thema, um mich so weit wie möglich vom besten Oralsex abzulenken, den ich in meinem ganzen Leben hatte. Andrew riecht heute besonders gut: natürliche Haut mit einem Anflug von Seife und etwas Shampoo. Auch das hilft nicht gerade. »Also sollen wir weiter von Motel zu Motel fahren und immer nur im Waffle House essen?«

Nicht dass ich irgendwas dagegen hätte, aber ich bin immer noch auf der Suche nach einem »belanglosen Thema«.

Er schnallt sich an und startet den Motor. »Nein, ich habe da schon was im Kopf.« Er sieht mich von der Seite an.

»Ach ja?« Meine Neugier ist geweckt. »Du hast tatsächlich was geplant und brichst also mit der Regel, spontan über unser Reiseziel zu entscheiden?«

»Hey, genau genommen war das nie eine Regel«, belehrt er mich.

Wir setzen rückwärts aus der Parklücke, und die alte Chevelle schnurrt auf die Straße.

Er trägt dieselben schwarzen Cargoshorts wie gestern, und ich wage einen kurzen Blick auf seine felsenharten Waden, unter denen sein rechter Fuß sanft aufs Gaspedal drückt. Das dunkelblaue T-Shirt schmiegt sich um seine Brust und seine Arme und spannt ein kleines bisschen über seinem Bizeps.

»Also, was hast du geplant?«

»New Orleans«, sagt er nur und lächelt mich an. »Von hier aus sind es nur noch ungefähr fünfeinhalb Stunden.«

Mein Gesicht erstrahlt. »Ich war noch nie in New Orleans!«

Er lächelt in sich hinein, als würde er sich freuen, dass er mir die Stadt bei meinem ersten Besuch zeigen kann. Ich freue mich genauso wie er. Aber ehrlich gesagt ist es mir völlig egal, wohin wir fahren, selbst wenn wir dabei in den dicksten Moskitoschwärmen am Mississippi landen, solange nur Andrew neben mir sitzt.

Zwei Stunden später haben wir sämtliche belanglosen Themen abgegrast, um nur nicht darüber zu reden, was gestern Abend passiert ist, und so beschließe ich, das Thema anzuschneiden. Ich beuge mich vor und drehe die Musik leiser. Andrew sieht mich neugierig an.

»Bis gestern ist mir so was nie über die Lippen gekommen, nur dass du's weißt.« Damit habe ich es mir von der Seele geredet.

Andrew grinst und senkt die Hand, bis er nur noch mit den Fingerspitzen lenkt. Er wirkt völlig relaxt, hat den linken Arm auf die Tür gelegt und das linke Knie angewinkelt, während der rechte Fuß auf dem Gaspedal bleibt.

»Aber es hat dir gefallen«, sagt er, »es zu sagen, meine ich.«

*Mmmmm, ehrlich gesagt gab es gestern Abend nichts, was mir* nicht *gefallen hätte.*

Mein Gesicht ist höchstens rosa. »Ja, hat es«, gebe ich zu.

»Erzähl mir nicht, dass du noch nie daran gedacht hast, so was beim Sex zu sagen«, sagt er.

Ich zögere. »Doch, schon.« Ich werfe ihm einen scharfen Blick zu. »Nicht dass ich stundenlang rumsitzen und mir was zusammenfantasieren würde, ich habe einfach nur schon mal daran gedacht.«

»Und warum hast du es noch nie gemacht, wenn du Lust dazu hattest?« Dauernd stellt er mir Fragen, obwohl er die Antworten mit ziemlicher Sicherheit kennt.

Ich zucke mit den Achseln. »Schätze, ich hatte zu viel Schiss.«

Leise lachend, hebt er die Hand und fasst das Lenkrad wieder fester, weil der Highway kurviger wird.

»Irgendwie hatte ich immer die Vorstellung, so was sagen nur Schauspielerinnen, die Dominique Starla oder Cinnamon Dreams heißen und in Filmen wie *Strip langsam* oder *Arielle, die Nicht-mehr-Jungfrau* mitspielen.«

»Hast du die wirklich *gesehen*?«

Mein Kopf fährt herum, und ich schnappe nach Luft. »*Nein!* Ich … ich wusste nicht, dass es die tatsächlich gibt, ich habe mir nur was ausgedacht, um …«

Andrews Brust bebt vor unterdrücktem Lachen. »Ich weiß auch nicht, ob's die wirklich gibt«, gibt er nach, bevor ich noch vor Scham im Autositz versinke. »Aber ich könnte es mir durchaus vorstellen. Und ich hab dich schon verstanden.«

Augenblicklich entspanne ich mich wieder.

»Also, jedenfalls ist so was echt heiß«, sagt er. »Nur um das mal festzuhalten.«

Ich werde wieder rot. Eigentlich könnte ich genauso gut durchgehend rot bleiben, weil ich in seiner Nähe offenbar alle paar Minuten erröte.

»Du findest Pornostars also heiß?« Ich winde mich innerlich und hoffe, dass er das verneint.

Andrew kneift kurz die Lippen zusammen und sagt: »Nicht besonders. Also, jedenfalls ist es auf eine ganz andere Art heiß, wenn so was in einem Porno gesagt wird.«

Ich ziehe die Brauen zusammen. »Inwiefern anders?«

»Na ja, wenn … Dominique Starla«, holt er den Namen aus der Luft, »so was sagt, dann tut sie das, um einem beliebigen Typen vor dem Computerbildschirm beim Abspritzen zu helfen.« Die grünen Augen richten sich auf mich. »Dieser Typ träumt einzig und allein davon, dass sie ihren Kopf über seinen Schoß beugt.« Dann sieht er wieder auf die Straße. »Aber wenn jemand … ich weiß nicht … zum Beispiel ein süßes, sexy und ganz und gar nicht nuttiges Mädchen so was sagt, dann denkt der Typ an viel mehr als nur an ihren Kopf in seinem Schoß. Wahrscheinlich denkt er dann überhaupt nicht mehr an so was, weil seine Gedanken in eine ganz andere Richtung laufen.«

Mir ist die versteckte Botschaft hinter seinen Worten nicht entgangen, und wahrscheinlich ist ihm das bewusst.

»Ich fand das jedenfalls total scharf«, sagt er und sieht mich an, bis sich unsere Blicke verbinden, »nur dass du's weißt.« Aber dann wendet er sich wieder ab und tut so, als müsste er sich aufs Fahren konzentrieren. Vielleicht möchte er nicht, dass ich ihm vorwerfe, er würde »darüber reden«, obwohl ich selbst das Thema aufgebracht habe. Ich übernehme dafür die volle Verantwortung und bereue nichts.

»Was ist mit dir?«, frage ich in die kurze Stille hinein. »Hattest du je Angst, im Bett was auszuprobieren, was du gern mal gemacht hättest?«

Er überlegt kurz und sagt: »Schon, als ich jünger war, so um die siebzehn, aber da hatte ich vor allem Angst, die Mädchen um irgendwas zu bitten, weil ich davon ausging, dass sie …«

»Dass sie was?«

Er lächelt milde, presst die Lippen zusammen, und ich habe das Gefühl, dass er gleich eine Art Vergleich ziehen wird.

»Jüngere Mädchen, also wenigstens die, mit denen

ich damals abhing, fanden alles, was irgendwie aus dem Rahmen fiel, ›eklig‹. Wahrscheinlich waren sie ein bisschen wie du, insgeheim fanden sie ganz andere Dinge scharf als die Missionarsstellung, aber das wollten sie auf keinen Fall zugeben. Und in dem Alter war es echt riskant, zu einem Mädchen zu sagen: ›Ich will's dir von hinten machen‹, weil es ziemlich wahrscheinlich war, dass sie die Vorstellung total widerlich fand und sie dich für einen sexuell gestörten Perversen hielt.«

Ein Lachen prustet durch meine Lippen.

»Wahrscheinlich hast du recht«, sage ich. »Als ich ein Teenager war, fand ich es tatsächlich widerlich, wenn Natalie mir erzählte, was Damon alles mit ihr anstellen durfte. Manche Sachen fand ich erst heiß, nachdem ich mit achtzehn meine Unschuld verloren hatte, aber …«, meine Gedanken driften zu Ian ab, »… aber selbst damals war ich wahnsinnig nervös. Ich wollte … ähm …« Selbst *jetzt* kann ich es kaum aussprechen.

»Komm schon, spuck's aus«, sagt er, aber immer noch halb ironisch. »Inzwischen müsstest du wissen, dass ich sowieso keine Ruhe gebe.«

Das erschreckt mich (und bringt gleichzeitig mein Herz zum Flattern). Steht mir tatsächlich ins Gesicht geschrieben, dass ich Angst habe, er könnte einen schlechten Eindruck von mir bekommen? Er lächelt mich aufmunternd an, wie um mir zu versichern, dass nichts, was ich sage, bei ihm einen schlechten Eindruck hinterlassen könnte.

»Okay, versprichst du mir, dass du es nicht als Einladung nimmst, wenn ich es dir sage?« Vielleicht ist es trotzdem eine, da bin ich mir noch nicht sicher, aber glauben soll er das auf keinen Fall. Jedenfalls nicht jetzt und vielleicht überhaupt nie. Ich weiß nicht …

»Ehrenwort«, sagt er ganz ernst und kein bisschen beleidigt. »Das werde ich auf keinen Fall.«

Ich hole tief Luft.

Ugh! Ich kann nicht glauben, dass ich ihm das erzählen werde. Ich habe das noch niemandem erzählt; na schön, außer Natalie, aber auch ihr nur ganz allgemein.

»Aggression.« Ich verstumme kurz, weil es mir immer noch peinlich ist, das auszusprechen. »Wenn ich mir in meinen Tagträumen vorstelle, wie ich es mit jemandem mache, dann ...«

Seine Augen grinsen! Bei dem Wort »Aggression« hat sich etwas in seiner Miene verändert. Es kommt mir fast so vor, als ... Nein, das kann unmöglich stimmen.

Sobald er es bemerkt, wird sein Blick wieder weich.

»Red weiter.« Das Lächeln ist zurückgekehrt.

Und so rede ich weiter, denn aus einem unerklärlichen Grund habe ich plötzlich weniger Angst als noch vor ein paar Sekunden, mich zu offenbaren: »Dann stelle ich mir fast immer vor, wie ich ... rücksichtslos genommen werde.«

»Harter Sex turnt dich an«, stellt er gleichmütig fest.

Ich nicke. »Jedenfalls die *Vorstellung*, allerdings hatte ich noch nie wirklich welchen, jedenfalls nicht so, wie ich es mir vorstelle.«

Er wirkt leicht überrascht – oder eher zufrieden?

»Ich glaube, das habe ich eigentlich sagen wollen, als ich dir erklärt habe, dass ich immer bei den zahmen Jungs lande.«

In meinem Kopf hat es eben klick gemacht: Andrew wusste schon in Wyoming und damit lange vor mir, was ich eigentlich meinte, als ich sagte, ich würde immer bei den zahmen Jungs »landen«. Ohne es zu merken, habe ich mit diesem Wort offenbart, dass ich das schade finde und es lieber anders hätte. Bis jetzt wusste er vielleicht nicht, was ich mit »zahm« meinte, aber er wusste schon vor mir, dass ich mich nach was anderem sehnte.

Trotzdem liebte ich Ian, und darum sind mir diese Gedanken irgendwie unangenehm. Ian war sexuell eindeutig zahm, und bei der Vorstellung, irgendwie schlecht von ihm zu denken, bekomme ich ein schlechtes Gewissen.

»Du magst es also, wenn man dich an den Haaren zieht und …«, setzt er neugierig an, lässt den Satz aber versickern, als er meinen angriffslustigen Blick bemerkt.

»Schon, aber *aggressiver*«, schlage ich vage vor, weil ich möchte, dass er es ausspricht und ich es nicht selbst zu tun brauche. Sofort kehrt die Nervosität zurück.

Er schiebt das Kinn zur Seite, und seine Brauen heben sich fragend. »Wie, also … Moment, *wie* aggressiv?«

Ich schlucke schwer und wende den Blick ab. »Ich mag Gewalt. Keine Vergewaltigungen oder irgendwas Extremes, aber ich glaube, ich bin sexuell extrem unterwürfig.«

Jetzt muss auch Andrew den Blick abwenden.

Ich drehe unauffällig den Kopf, bis ich erkenne, dass seine Augen größer geworden sind und sein Blick düster, aber absolut durchdringend ist. An der Bewegung seines Adamsapfels erkenne ich, dass er schlucken muss. Und er hält das Lenkrad mit beiden Händen fest.

Ich wechsle das Thema: »Wenn ich es recht überlege, hast du mir bisher noch nicht verraten, worum du die Mädchen gern gebeten *hättest*.« Ich hoffe, die verspielte Atmosphäre mit einem Lächeln wieder heraufbeschwören zu können.

Er entspannt sich und grinst mich an. »Hab ich wohl«, sagt er und ergänzt nach einer kurzen Pause: »Analsex.«

Irgendwie spüre ich, dass er sich um die Wahrheit herummogelt. Ich kann nicht den Finger darauf legen, aber ich glaube, die Geschichte mit dem Analsex soll mich nur ablenken. Aber warum sollte von uns beiden ausgerechnet Andrew Angst haben, die Wahrheit zu sagen? Schließlich hilft er mir mehr oder weniger, mich mit meiner eigenen Sexualität anzufreunden. Bis zu diesem Augenblick hätte ich gedacht, dass er derjenige im Wagen ist, der keine Hemmungen kennt, aber plötzlich bin ich da nicht mehr so sicher.

Ich wünschte, ich könnte seine Gedanken lesen.

»Also, ob du's glaubst oder nicht«, sage ich mit einem kurzen Seitenblick auf ihn, »Ian und ich haben das tatsächlich einmal probiert, aber es hat höllisch wehgetan, und damit versteht es sich von selbst, dass ›einmal‹ hier wortwörtlich zu verstehen ist.«

Andrew prustet kurz.

Dann schaut er auf die Schilder am Straßenrand und scheint kurz im Kopf die Route zu überlegen. Wir fahren vom Highway ab und auf einen anderen. Wieder breiten sich zu beiden Seiten der Straße riesige Felder aus. Baumwolle und Reis und Mais und was weiß ich; ehrlich gesagt erkenne ich kaum einen Unterschied zwischen den jeweiligen Feldern außer den augenfälligsten: Baumwolle ist weiß, und Mais ist hoch. Wir fahren stundenlang geradeaus, bis die Sonne nur noch knapp über dem Horizont steht. Dann lenkt Andrew den Wagen an den Straßenrand, und die Reifen kommen knirschend auf dem Kies zum Stehen.

»Haben wir uns verfahren?«, frage ich.

Er beugt sich zu mir herüber und reckt sich nach dem Handschuhfach. Sein Ellbogen und sein Unterarm streichen über mein Bein, als er das Fach aufklappt und eine zerfledderte Straßenkarte herausholt. Sie ist an den Kanten eingeknickt, so als wäre sie nach dem Auffalten nie wieder richtig zusammengelegt worden. Er faltet sie auf, legt sie aufs Lenkrad und studiert sie genau, wobei er mit dem Finger die Straßen entlangfährt. Dabei zieht er den rechten Mundwinkel zwischen die Zähne und macht mit den Lippen nachdenkliche Klicklaute.

»Wir haben uns verfahren, stimmt's?« Ich will lachen, nicht über ihn, sondern über die Situation.

»Das ist nur deine Schuld«, sagt er und versucht dabei ernst zu bleiben, scheitert aber elend, wie ich an seinen lächelnden Augen erkenne.

Ich schnaube. »Und wieso ist das *meine* Schuld?«, wehre ich mich. »*Du* sitzt am Steuer.«

»Weil du mich mit deinem Gerede über Sex und heimliche Wünsche und Pornos und diese Schlampe Dominique Starla so abgelenkt hast, dass ich, ohne es zu merken, auf den Highway 20 abgebogen bin, statt auf dem 59 zu bleiben, wie es richtig gewesen wäre.« Er schnippt mit dem Finger gegen die Straßenkarte und schüttelt den Kopf. »Wir sind zwei Stunden in die falsche Richtung gefahren.«

*»Zwei Stunden?«* Jetzt muss ich doch lachen und klatsche mit der flachen Hand aufs Armaturenbrett. »Und du merkst das *erst jetzt*?«

Hoffentlich hält sein Ego das aus. Außerdem bin ich weder wütend noch enttäuscht; wir könnten auch zehn Stunden in die falsche Richtung fahren, und es würde mich nicht stören.

Er sieht mich verletzt an. Ich bin ziemlich sicher, dass er mir was vorspielt, aber ich nutze die günstige Gelegenheit und wage etwas, das ich schon tun will, seit wir in Tennessee nebeneinander im Regen auf dem Autodach lagen. Ich löse meinen Gurt, rutsche über die Sitzbank und setze mich neben ihn. Er sieht mich überrascht an, hebt aber trotzdem einladend den Arm, damit ich mich darunter kuscheln kann. »Ich zieh dich nur auf, weil wir uns verfahren haben«, sage ich und lege meinen Kopf an seine Brust. Nach kurzem Zögern lässt er seinen Arm auf meine Schulter sinken.

Es ist ein gutes Gefühl, so dazusitzen. *Viel zu* gut …

Ich versuche so zu tun, als würde ich nicht merken, wie wohl wir beide uns fühlen, und gebe mich dabei möglichst lässig. Gemeinsam schaue ich mit ihm in die Karte und fahre mit dem Finger eine neue Route ab.

»Wir können einfach hier weiterfahren«, schlage ich vor und ziehe die Fingerspitze auf dem Papier abwärts, »und dann über den Highway 55 direkt nach New Orleans. Oder?« Ich hebe den Kopf, um ihm in die Augen zu sehen, und mein Herz kommt ins Stocken, als mir klar wird, wie nahe sein Gesicht meinem ist. Aber ich warte nur lächelnd seine Antwort ab.

Er lächelt auch, aber ich habe das Gefühl, dass er kaum was von dem mitbekommen hat, was ich gesagt habe. »Ja, wir nehmen einfach den 55er.« Sein Blick wandert über mein Gesicht und streicht kurz über meine Lippen.

Ich beginne die Karte wieder zusammenzufalten und drehe dann die Musik wieder lauter. Andrew hebt den Arm von meiner Schulter und stellt die Automatik auf Fahren.

Doch als der Wagen beschleunigt, kommt seine Hand auf meinem Schenkel zu liegen, der sich immer noch an sein Bein schmiegt, und so fahren wir eine ganze Weile weiter; er nimmt die Hand nur weg, wenn wir durch eine enge Kurve fahren oder er was an der Musik ändert, und jedes Mal kehrt sie an ihren Ausgangsort zurück.

Genau wie ich es mir erhofft habe.

# 21

»Bist du sicher, dass wir noch auf dem 55er sind?«, frage ich viel später. Es ist schon dunkel, und es kommt mir so vor, als hätte ich seit Ewigkeiten keine Scheinwerfer oder Rücklichter mehr gesehen.

Stattdessen sehe ich immer nur Felder und Bäume und ab und zu ein paar Kühe.

»Ja, Babe, wir sind noch auf dem 55er; diesmal hab ich aufgepasst.«

Gerade als er das sagt, kommen wir an einem Highway-Schild vorbei, auf dem tatsächlich 55 steht.

Ich löse mich von Andrews Oberarm, an dem mein Kopf seit über einer Stunde lehnt, und strecke meine Arme und Beine und den Rücken durch. Dann beuge ich mich vor und massiere meine Wadenmuskeln; jeder Muskel in meinem Körper scheint zementschwer an meinen Knochen zu hängen.

»Willst du aussteigen und dir eine Weile die Beine vertreten?«, fragt Andrew.

Ich betrachte sein im Schatten liegendes Gesicht; über seiner Haut liegt ein leicht bläulicher Schimmer. In der Dunkelheit wirkt der kantige Kiefer noch energischer.

»Gern«, sage ich und beuge mich zum Armaturenbrett vor, um mir einen genaueren Eindruck zu verschaffen, wie die Landschaft hinter der Windschutzscheibe aussieht. Na klar. Felder und Bäume und – da steht die nächste Kuh – ich hätte es wissen müssen. Aber dann sehe ich den Himmel. Ich drücke mich gegen das Armaturenbrett und schaue hoch zu den Sternen vor der unendlichen Schwärze, und mir fällt auf, wie hell sie strahlen und wie viele es sind, weil in mehreren Meilen Umkreis kein Licht den Himmel verschmutzt.

»Willst du aussteigen und ein bisschen rumgehen?« Er wartet immer noch auf den Rest meiner Antwort.

Plötzlich habe ich eine Idee und nicke lächelnd. »Ja, das ist eine Superidee – hast du eigentlich eine Decke im Kofferraum?«

Einen Moment sieht er mich neugierig an. »Schon, ja, im Kofferraum in der Kiste mit dem Pannenwerkzeug – warum?«

»Ich weiß, dass es ein Klischee ist«, setze ich an, »aber das wollte ich schon immer mal machen – hast du schon mal unter den Sternen geschlafen?« Ich komme mir bei der Frage ein bisschen albern vor, weil es *tatsächlich* ein Klischee ist und weil Andrew bisher kein einziges Klischee erfüllt hat.

Ein warmes Lächeln breitet sich auf seinem Gesicht aus. »Ehrlich gesagt, nein, ich habe noch nie unter den Sternen geschlafen – kommst du mir jetzt etwa romantisch, Camryn Bennett?« Er wirft mir einen ironischen Seitenblick zu.

»Nein!«, lache ich. »Komm schon, ich mein's ernst; ich glaube, das ist die perfekte Gelegenheit.« Ich deute mit beiden Händen durch die Windschutzscheibe. »Sieh dir doch all die Felder da draußen an.«

»Schon, aber wir können unsere Decke weder auf einem Baumwoll- noch auf einem Maisfeld ausbreiten«, sagt er, »und meistens steht auf diesen Feldern knöcheltief das Wasser.«

»Nicht auf denen mit Gras und Kuhfladen«, sage ich.

»Du willst wirklich auf Gras und Kuhscheiße schlafen?«, meint er sarkastisch, aber genauso amüsiert.

Ich muss kichern. »Nein, nur auf dem Gras. Komm mit …«, dann fixiere ich ihn drohend. »Oder fürchtest du dich vielleicht vor einem kleinen Kuhfladen?«

»Haha!« Er schüttelt den Kopf. »Camryn, an einem richtigen Kuhfladen ist überhaupt nichts klein.«

Ich rutsche noch mal an seine Seite, lege den Kopf mitten auf seinen Schoß und sehe mit Schmollmund zu ihm auf. *»Bitte?«* Ich klimpere mit den Wimpern.

Und versuche dabei vergeblich zu ignorieren, worauf mein Kopf liegt.

# Andrew

Ich schmelze absolut dahin, als sie so zu mir aufsieht. Fuck, wie könnte ich ihr irgendwas abschlagen? Ob neben einem Haufen Kuhkacke oder neben einem besoffenen Penner unter einer Autobahnbrücke – ich würde *überall* neben ihr schlafen.

Und genau da liegt das Problem.

So wie ich es sehe, wurde die Sache in dem Moment zum Problem, als sie beschlossen hat, im Auto an meine Seite zu rutschen. Denn in diesem Augenblick hat sich alles verändert, ab da begann sie wahrscheinlich zu glauben, dass sie mehr von mir möchte als nur Oralsex. Das gestern in Birmingham war für mich schon hart an der Grenze, mehr darf sie nicht von mir wollen. Auf keinen Fall darf sie mich anfassen, und auf gar keinen Fall darf ich mit ihr schlafen.

*Natürlich* will ich sie, ich will sie auf jede nur vorstellbare Weise, aber ich ertrage den Gedanken nicht, dass ich ihr das Herz brechen müsste – dieser winzige Körper ist wieder eine ganz andere Geschichte; der hält bestimmt eine Menge aus. Aber falls sie irgendwann tatsächlich zulassen sollte, dass sie mir gehört, werde ich letztendlich ihr (und damit mir) das Herz brechen.

Seit sie mir von ihrem Ex erzählt hat, ist es noch schwerer für mich.

»Bitte«, sagt sie noch mal.

Obwohl ich mich gerade erst selbst ins Kreuzverhör

genommen habe, senke ich die Hand, streiche mit den Fingerspitzen über ihre Wange und sage ganz leise: »Na schön.«

Ich habe noch nie auf die Stimme der Vernunft gehört, wenn ich irgendwas um jeden Preis haben wollte, aber bei Camryn muss die Vernunft noch viel öfter die Klappe halten als sonst.

Nachdem wir zehn Minuten gefahren sind, entdecke ich ein Feld, das sich wie ein flaches Meer aus Gras am Horizont verliert, und parke den Wagen am Straßenrand. Wir befinden uns im absoluten Nichts. Wir steigen aus, verriegeln die Türen und lassen alles im Auto liegen. Ich öffne die Kofferraumklappe und wühle in meiner Pannenkiste nach der aufgerollten Decke, die nach altem Auto und Benzin riecht.

»Sie stinkt«, sage ich, als mir der Geruch entgegenschlägt.

Camryn beugt sich vor, schnuppert kurz und rümpft die Nase. »Ach, was soll's, mir egal.«

Mir sowieso. Bestimmt riecht das Ding besser, wenn sie erst darauf liegt.

Ohne auch nur nachzudenken, nehme ich ihre Hand, und wir steigen die Straßenböschung hinunter, springen über den kleinen Graben und klettern auf der anderen Seite wieder hoch zu dem niedrigen Zaun, der sich zwischen uns und dem Feld entlangzieht. Ich suche noch nach der besten Stelle zum Drübersteigen, da hat sie ihre Hand schon aus meiner gelöst und klettert über das verdammte Ding.

»Mach schon!«, sagt sie und landet in der Hocke auf der anderen Seite.

Ich kriege das Grinsen nicht aus meinem Gesicht.

Ich springe über den Zaun, lande neben ihr, und wir

laufen gemeinsam los in die weite Dunkelheit; sie wie eine elegante Gazelle, ich wie der Löwe, der sie jagt. Ich höre, wie die Flipflops beim Rennen gegen ihre Füße klatschen, und sehe ein paar blonde Haarsträhnen hell um ihren Kopf im Wind fliegen. Die Decke in einer Hand, laufe ich ihr nach und bleibe dabei immer ein paar Schritte hinter ihr, damit ich sie erst auslachen und ihr dann aufhelfen kann, wenn sie hinfällt. Es ist finster, nur der Mond badet die Landschaft in seinem Licht. Aber es ist immer noch so hell, dass wir erkennen können, wohin wir treten, sodass wir weder in einen Graben purzeln noch über einen liegenden Baumstamm stolpern.

Und weil auch keine Kühe zu sehen sind, können wir darauf hoffen, dass dies eventuell ein unbekacktes Feld ist, was eindeutig von Vorteil wäre.

Dann sind wir so weit vom Wagen weg, dass ich nur noch die Chromleisten glänzen sehe.

»Ich glaube, das reicht«, sagt Camryn und bleibt keuchend stehen.

Die nächsten Bäume stehen dreißig oder vierzig Schritte weg.

Sie hebt die Arme über den Kopf, legt den Kopf in den Nacken und lässt den Wind über ihr Gesicht streichen. Ihre Augen sind geschlossen, und ihr Lächeln ist so breit, dass ich stumm abwarte, weil ich sie in ihrem Einklang mit der Natur nicht stören will.

Schließlich rolle ich die Decke auf dem Boden aus.

»Mal ganz ehrlich«, sagt sie, wobei sie die Finger um mein Handgelenk schließt und mich an ihrer Seite auf die Decke runterzieht, »hast du wirklich noch nie mit einem Mädchen die Nacht unter freiem Himmel verbracht?«

Ich schüttle den Kopf. »Ganz ehrlich.«

Das scheint ihr zu gefallen. Noch während ich beobachte, wie sie mich anlächelt, schiebt sich eine leichte Brise zwischen uns hindurch und weht ihr ein paar Haare ins Gesicht. Sie holt sie zwischen ihren Lippen hervor, indem sie die Strähnen behutsam mit dem Finger nach hinten zieht.

»Eigentlich bin ich nicht so der Typ für Rosenblätter auf dem Bett.«

»Nein?«, fragt sie und klingt überrascht dabei. »Ehrlich gesagt halte ich dich für einen echten Romantiker.«

Ich zucke mit den Achseln. Will sie mich ein bisschen aushorchen? Ich glaube schon.

»Ich schätze, das hängt davon ab, wie du Romantiker definierst«, sage ich. »Wenn ein Mädchen von einem Candlelight-Dinner mit Kaufhausmusik im Hintergrund träumt, ist sie bei mir definitiv an der falschen Adresse.«

Camryn muss lachen. »Also, das wäre auch echt *zu* romantisch«, sagt sie. »Aber ich wette, du hast trotzdem schon die eine oder andere romantische Aktion gebracht.«

»Wahrscheinlich schon.« Dabei fällt mir im Moment nicht eine einzige ein.

Sie legt den Kopf schief und sieht mich an. »So einer bist du also.«

»Was für einer?«

»Einer von den Typen, die nicht über ihre Exfreundinnen sprechen.«

»Du willst was über meine Exfreundinnen wissen?«

»Selbstverständlich.«

Sie legt sich auf den Rücken, winkelt die nackten Knie an und tätschelt dann die Decke an ihrer Seite.

Ich lege mich neben sie und winkle ebenfalls die Knie an.

»Erzähl mir von deiner ersten Liebe«, sagt sie, und sofort habe ich das Gefühl, dass wir dieses Gespräch lieber nicht führen sollten. Aber wenn sie darüber sprechen will, werde ich trotzdem nach besten Kräften alles beantworten, was sie wissen will.

Ich schätze, das ist nur fair, schließlich hat sie mir auch von ihrer ersten Liebe erzählt.

»Na schön.« Ich sehe in den sternenübersäten Himmel auf. »Sie hieß Danielle.«

»Und du warst in sie verliebt?« Camryn dreht den Kopf zur Seite und sieht mich an.

Ich schaue weiter in den Himmel. »Ja, ich war in sie verliebt, aber es hat nicht sollen sein.«

»Wie lange wart ihr zusammen?«

Ich frage mich, warum sie das interessiert; bei den meisten Mädchen, die ich kenne, würde ein Gespräch über irgendwelche verflossenen Freundinnen sofort zu einem eifersuchtsgetriebenen Stimmungsumschwung führen, bei dem ich automatisch die Hände vor die Eier nehmen möchte.

»Zwei Jahre«, antworte ich. »Wir haben uns einvernehmlich getrennt; irgendwann fingen wir beide an, andere abzuchecken, und dabei ist uns wahrscheinlich klar geworden, dass wir uns doch nicht so geliebt hatten, wie wir glaubten.«

»Oder ihr habt euch einfach entliebt.«

»Nein, wir haben uns nie wirklich geliebt.« Diesmal drehe ich ihr den Kopf zu.

»Woher weißt du das?«, fragt sie.

Ich muss kurz nachdenken und suche dabei in ihren gefährlich nahen Augen nach einer Antwort.

»Ich glaube, dass man sich nicht wirklich *entlieben* kann«, sage ich und bemerke ein nachdenkliches Flackern in ihrem Blick. »Ich glaube, wenn du jemanden wirklich und tatsächlich liebst, dann liebst du ihn dein ganzes Leben lang. Alles andere fällt unter Erfahrungen sammeln oder unter Wunschvorstellungen.«

»Ich wusste gar nicht, dass du so philosophisch sein kannst.« Sie grinst. »Ich muss dich warnen, so was fällt eindeutig unter romantisch.«

Normalerweise ist das Erröten ihr Ding, aber diesmal hat sie mich drangekriegt. Ich versuche sie nicht anzusehen, aber das lässt sich nicht so leicht durchhalten.

»Und hast du jemals ein Mädchen *wirklich* geliebt?«, fragt sie.

Ich strecke die Beine aus, lege die Knöchel übereinander und verschränke die Finger auf dem Bauch. Dann schaue ich in den Himmel und sehe im Augenwinkel, wie Camryn es mir nachtut.

»Ganz ehrlich?«

»Ja doch«, sagt sie. »Ich bin nur neugierig.«

Ich starre auf einen funkelnden Sternenhaufen und sage: »Eigentlich nicht.«

Sie pustet einen kleinen Atemstoß in die Luft. »Also bitte, Andrew; ich dachte, du wolltest ehrlich sein?«

»Bin ich auch«, sage ich und sehe sie wieder an. »Ein paarmal dachte ich, das ist jetzt die wahre Liebe, aber – wieso müssen wir überhaupt darüber reden?«

Camryn dreht wieder den Kopf zur Seite, und diesmal lächelt sie nicht. Im Gegenteil, sie wirkt irgendwie traurig. »Ich schätze, weil ich dich schon wieder als Therapeuten missbrauchen wollte.«

Mein Blick verdüstert sich. »Wie meinst du das?«

Sie wendet den Blick ab; der lockere blonde Zopf rutscht ihr von der Schulter und schlängelt sich über die Decke. »Weil ich allmählich glaube, dass ich vielleicht gar nicht … Nein, so was darf ich nicht sagen.« Sie hat nichts mehr von der glücklichen, lächelnden Camryn, die vorhin über den Zaun geklettert ist.

Ich stütze mich auf beide Ellbogen und sehe sie erwartungsvoll an. »Wenn du das Gefühl hast, etwas aussprechen zu müssen, solltest du es tun, wann und was es auch sein mag. Vielleicht tut es dir gut, wenn du es endlich aussprichst.«

Sie sieht mich nicht mal an. »Aber ich fühle mich schon schuldig, wenn ich es nur *denke*.«

»Schuldgefühle sind absolut fies, aber denkst du nicht, dass du es vor allem deshalb denkst, weil es vielleicht wahr ist?«

Sie lässt den Kopf zur Seite rollen.

»Sag es einfach. Wenn du dich mies fühlst, nachdem du es gesagt hast, dann überleg dir, wie du damit umgehst, aber wenn du diese Scheiße weiter für dich behältst, wird dich die Ungewissheit stärker peinigen, als es die Schuldgefühle je könnten.«

Wieder sieht sie zu den Sternen auf. Ich auch, nur um ihr Zeit zum Nachdenken zu geben.

»Vielleicht habe ich Ian nie wirklich geliebt«, sagt sie plötzlich. »Natürlich war ich in ihn verliebt, bis über beide Ohren, aber wenn ich ihn *wirklich* geliebt hätte … dann würde ich es vielleicht immer noch tun.«

»Gut beobachtet.« Ich lächle leicht und hoffe, dass sie es mir nachmacht. Ich hasse es, sie so ernst zu sehen, ganz im Ernst.

Ihre Miene ist leer und abwesend.

»Und wie kommst du darauf, dass du ihn vielleicht nie wirklich geliebt hast?«

Sie sieht mir offen in die Augen, lässt ihren Blick kurz über mein Gesicht wandern und sagt dann: »Weil ich kaum noch an ihn denke, wenn ich mit dir zusammen bin.«

Ich lege mich sofort wieder hin und blicke starr in den schwarzen Himmel. Wahrscheinlich könnte ich versuchen, alle Sterne da oben zu zählen, nur zur Ablenkung, aber direkt neben mir liegt eine viel größere Ablenkung, als es sämtliche Sterne im Universum sein könnten.

Ich muss der Sache ein Ende machen, und zwar auf der Stelle.

»Kein Wunder, wo ich so unterhaltsam bin«, bemerke ich mit einem Grinsen in der Stimme. »Und nachdem ich gestern Abend deinen kleinen Hintern quer durchs Bett getrieben habe, kann ich sehr gut verstehen, warum du lieber an meinen Kopf zwischen deinen Beinen denkst als an irgendwas anderes.« Ich will um jeden Preis die verspielte Stimmung wieder heraufbeschwören, selbst wenn das heißt, dass sie mir eins überbrät und ich damit mein Als-wäre-nie-was-passiert-Versprechen breche.

Und natürlich brät sie mir eins über, gleich nachdem sie sich halb aufgerichtet und sich genau wie ich zuvor auf beide Ellbogen gestützt hat.

Sie lacht. »Arschloch!«

Ich lache ebenfalls; ich würde meinen Kopf nach hinten fallen lassen, wenn er nicht schon am Boden liegen würde.

Dann rutscht sie näher an mich heran und sieht, auf einen Ellbogen gestützt, auf mich herunter. Ich spüre, wie ihr weiches Haar über meinen Arm streicht.

»Warum wolltest du mich nicht küssen?«, fragt sie mich und erwischt mich damit völlig unvorbereitet. »Als du mich gestern geleckt hast, wolltest du mich auf keinen Fall küssen. Warum?«

»Ich *habe* dich geküsst.«

»Aber nicht *richtig*«, sagt sie und ist dabei meinen Lippen so nahe, dass ich sie auf der Stelle küssen möchte, aber das tue ich nicht. »Ich weiß nicht, was ich dabei empfinden soll – was ich empfinde, *gefällt* mir nicht besonders, aber ich weiß nicht, was ich dabei empfinden *soll.*«

»Also, jedenfalls solltest du dich nicht schlecht fühlen, so viel steht fest«, antworte ich so vage wie möglich.

»Aber warum wolltest du mich nicht küssen?«, hakt sie nach, und ihre Miene wird ernst dabei.

Ich gebe mich geschlagen. »Weil Küssen etwas sehr Intimes ist.«

Sie legt den Kopf schief. »Du willst mich also aus denselben Gründen nicht küssen, aus denen du nicht mit mir schlafen willst?«

Sofort bekomme ich einen Ständer. Hoffentlich merkt sie das nicht.

»Ja«, sage ich, und bevor ich das irgendwie ausführen kann, setzt sie sich rittlings auf meinen Schoß. Scheiße, wenn sie bis dahin nicht wusste, wie hart ich bin, dann weiß sie es jetzt. Ihre nackten Knie bohren sich links und rechts von mir in die Decke, dann beugt sie sich vor, bis sie sich auf den Händen abstützen kann, und ich sterbe tausend Tode, als ihre Lippen langsam über meine streichen.

Sie sieht mir in die Augen. »Du musst nicht mit mir schlafen, wenn du nicht willst, aber ich will, dass du mich küsst. Dass du mich einfach nur küsst.«

»Warum?«, frage ich.

Sie muss schleunigst runter von mir. Ach du Scheiße … und genau jetzt klemmt mein Schwanz direkt zwischen ihren Pobacken. *Wenn sie auch nur einen Zentimeter nach hinten rutscht …*

»Weil ich wissen will, wie es sich anfühlt«, flüstert sie dicht über meinen Lippen.

Meine Hände wandern an ihren Beinen aufwärts bis an ihre Taille, wo sich meine Finger festsetzen. Sie riecht so verflucht gut. Sie fühlt sich unglaublich an, dabei sitzt sie nur auf meinem Schoß. Ich darf gar nicht daran denken, wie sie sich wohl von innen anfühlt; die Vorstellung treibt mich zum Wahnsinn.

Dann spüre ich, wie sie sich durch unsere Kleider hindurch an mich presst, wie sie die kleinen Hüften kreisen lässt, nur ein einziges Mal, um mich aus dem Konzept zu bringen, und dann abwartend innehält. Ich bin so scharf, dass ich poche. Während ihr Blick über mein Gesicht und meine Lippen wandert, will ich ihr nur noch die Kleider vom Leib reißen und meinen Schwanz in ihr versenken.

Sie senkt ihren Kopf langsam herab, bis ihre Lippen meine berühren, und taucht ihre warme Zunge in meinen widerstrebenden Mund. Meine Zunge schlingt sich langsam um ihre, schmeckt sie und spürt die feuchte Wärme, als ihre Zunge mit meiner zu tanzen beginnt. Wir atmen tief in den Mund des anderen, und als ich ihr schließlich nicht mehr widerstehen oder ihr diesen Kuss noch länger verwehren kann, halte ich ihr Gesicht mit beiden Händen fest, um sie mit aller Kraft an mich zu drücken und meine Lippen in rasendem Hunger über ihren zu schließen. Als ich ihr Stöhnen in meinem Mund höre, küsse ich sie noch gieriger und schlinge einen Arm um ihren Rücken, um ihren Körper an mich zu drücken.

Und dann bricht der Kuss ab. Unsere Lippen bleiben noch aufeinander liegen, bis sie langsam zurückweicht und mich mit einem rätselhaften Ausdruck in den Augen ansieht, den ich noch nie bei ihr gesehen habe und der etwas mit meinem Herzen anstellt, das ich noch nie gefühlt habe.

Auf einmal fällt ihr Gesicht in sich zusammen, die Miene löst sich in der Dunkelheit auf und wird von Verwirrung und Verletzung ersetzt, die sie unter einem zaghaften Lächeln zu verbergen versucht.

»Bei solchen Küssen«, sagt sie und feixt übertrieben, um ihre Gefühle zu überspielen, »müsstest du wohl nie mit mir schlafen.«

Ich muss lachen; natürlich ist das Quatsch, aber meinetwegen kann sie glauben, was sie will.

Sie krabbelt von meinem Schoß, legt sich wieder neben mich und bettet den Hinterkopf auf ihre verschränkten Hände. »Sie sind wunderschön, nicht wahr?«

Ich schaue mit ihr zu den Sternen auf, aber ich nehme sie kaum wahr; ich kann nur noch an sie und an diesen Kuss denken.

»Ja, sie sind wunderschön.«

*Aber nicht so schön wie du …*

»Andrew?«

»Ja?«

Wir schauen weiter in den Himmel.

»Ich wollte dir noch danken.«

»Wofür?«

Ihre Antwort kommt erst nach einer Denkpause: »Für alles: dafür, dass du mich dazu gebracht hast, meine Sachen in die Reisetasche zu stopfen, statt sie zusammenzulegen, dass du die Musik im Auto leiser drehst, damit ich nicht aufwache, und dass du für mich das Rosinenlied gesungen hast.« Sie dreht den Kopf zu mir, und ich drehe meinen zu ihr. Und dann sieht sie mir in die Augen und sagt: »Und dafür, dass du mir geholfen hast, mich lebendig zu fühlen.«

Ein Lächeln erwärmt mein Gesicht, und ich wende den Blick ab. »Na ja, jeder braucht ab und zu Hilfe, sich wieder lebendig zu fühlen.«

»Nein«, erklärt sie ernst, und ich sehe sie wieder an. »Ich habe nicht *wieder* gesagt; dank dir fühle ich mich *zum ersten Mal* wirklich lebendig.«

Mein Herz beginnt bei ihren Worten so zu klopfen, dass ich nichts darauf sagen kann. Aber ich kann auch nicht den Blick von ihr abwenden. Wieder schreit mich meine Vernunft an, die ganze Sache zu beenden, bevor es zu spät ist, aber ich kann nicht. Das bringe ich einfach nicht über mich.

Camryn lächelt mich an, ich erwidere ihr Lächeln, und dann schauen wir wieder zu den Sternen auf. Die heiße Julinacht ist für so was wie geschaffen, ein leichter Wind weht über die Ebene, und nicht eine Wolke ist am Himmel zu sehen. Grillen und Frösche lärmen, und ein paar Nachtschwalben singen in der Dunkelheit. Ich habe den Gesang der Schwalben schon immer geliebt.

Der Frieden wird abrupt durch Camryns gellenden Schrei gestört. Sie springt schneller von der Decke als eine Katze aus der Badewanne.

»Eine Schlange!« Ihre eine Hand zeigt nach unten, die andere presst sich auf ihren Mund. »Andrew! Gleich da unten! Mach sie tot!«

Ich sehe etwas Schwarzes über das Fußende der Decke schlittern und springe ebenfalls auf. Dann trete ich einen Schritt zurück, um genug Abstand zu haben, und hebe den Fuß, um der Schlange ins Genick zu steigen.

»Nein-nein-nein-nein!«, kreischt sie und wedelt mit beiden Händen. »Du sollst sie doch nicht *töten*!«

Ich blinzle sie verwirrt an. »Aber du hast doch gerade gesagt, ich soll sie totmachen.«

»Aber das habe ich doch nicht wörtlich gemeint!«

Sie ist immer noch total durch den Wind und steht leicht gekrümmt da, als wollte sie ihren Körper so weit wie möglich von der Schlange abschirmen, was einfach zum Schreien aussieht.

Ich hebe die offenen Hände. »Was? Soll ich vielleicht *so tun*, als würde ich sie töten?« Ich lache kopfschüttelnd über die Vorstellung.

»Nein, aber – jetzt kann ich unmöglich hier draußen schlafen.« Sie packt mich am Arm. »Komm, wir verschwinden.« Sie zittert wirklich am ganzen Leib und sieht aus, als müsste sie gleichzeitig lachen und weinen.

»Na gut«, sage ich, bücke mich und hebe die Decke auf, von der die Schlange inzwischen weggekrochen ist. Ich muss sie mit einer Hand ausschütteln, weil sich Camryn mit aller Kraft an meiner anderen Hand festklammert. Dann gehen wir langsam zurück in Richtung Auto.

»Ich hasse Schlangen, Andrew!«

»Das hab ich gesehen, Babe.«

Ich gebe mir alle Mühe, nicht zu lachen.

Auf dem Weg über das Feld wird sie immer schneller und beginnt mich hinterherzuziehen. Als ihr fast nackter Fuß auf einem harmlosen Erdhügel landet, quiekt sie in panischer Angst auf, und mir wird klar, dass wir es vielleicht nicht bis zum Wagen schaffen, ohne dass sie in Ohnmacht fällt.

»Komm her«, sage ich und halte sie mitten im Lauf an. Ich ziehe sie hinter meinen Rücken, helfe ihr hochzuklettern und hake meine Arme unter ihre Schenkel.

# 22

Am nächsten Morgen wache ich davon auf, dass Camryn ihren Kopf in meinem Schoß zurechtrückt.

»Wo sind wir?«, fragt sie und setzt sich auf dem Vordersitz auf; die Sonne scheint durch die Autofenster, und die Strahlen bündeln sich auf der Beifahrertür.

»Etwa eine halbe Stunde vor New Orleans«, antworte ich und massiere mit der linken Hand einen verspannten Muskel in meinem Nacken.

Nach unserer überstürzten Flucht vom Feld sind wir gestern Abend weitergefahren und wollten eigentlich bis New Orleans kommen, aber irgendwann war ich so verflucht müde, dass ich um ein Haar am Steuer eingenickt wäre. Sie war da schon längst eingeschlafen. Also habe ich am Straßenrand angehalten, den Kopf zurückgelehnt und war sofort weg. Natürlich hätte ich es allein auf dem Rücksitz bequemer gehabt, aber wenn ich am nächsten Morgen beim Aufwachen neben ihr sitzen kann, nehme ich dafür gern in Kauf, dass ich ein bisschen steif bin.

Und wo wir gerade von steif reden …

Ich wische den Schleier von meinen Augen und räkle mich, um ein paar Muskeln in Bewegung zu bringen. Und um unauffällig meine Shorts zurechtzuziehen, damit ihr mein Ständer nicht direkt ins Auge fällt. Camryn streckt sich gähnend, zieht die Beine an und stemmt die nackten Füße gegen das Armaturenbrett, wobei ihre Shorts an den Schenkeln bis zum Anschlag nach oben rutschen.

*Keine* gute Idee so früh am Morgen.

»Du musst echt müde gewesen sein«, stellt sie fest und zieht die Finger durch die Haare, um ihren Zopf aufzulösen.

»Yeah, wenn ich noch länger gefahren wäre, hätte es uns vielleicht um einen Baum gewickelt.«

»Irgendwann musst du mich auch mal fahren lassen, Andrew, sonst …«

»Sonst *was?*« Ich grinse sie an. »Sonst legst du mir winselnd den Kopf in den Schoß und sagst *bittebitte?*«

»Gestern Abend hat es funktioniert, oder?«

Da kann ich ihr nicht widersprechen.

»Hör zu, meinetwegen kannst du gern fahren.« Ich sehe sie an und starte den Motor. »Und ich verspreche dir, dass ich dir nach New Orleans eine Weile das Steuer überlasse, ganz egal wohin wir fahren, okay?«

Ein süßes, verzeihendes Lächeln hellt ihr Gesicht auf.

Ich lenke den Wagen nach einem vorbeirasenden Geländewagen auf die Straße, und Camryn kämmt sich wieder mit den Fingern durch die Haare. Dann fängt sie an, ihre Haare so schnell und ohne auch nur einmal hinzusehen, zu einem festen Zopf zu flechten, dass mir echt nicht in den Kopf will, wie das überhaupt gehen soll.

Trotzdem wandert mein Blick immer wieder zu ihren nackten Beinen zurück.

Ich muss echt damit aufhören.

Und so drehe ich den Kopf zur anderen Seite und schaue abwechselnd aus dem Seitenfenster und durch die Windschutzscheibe, immer hin und her.

»Wir sollten uns allmählich auf die Suche nach einem Waschsalon machen«, sagt sie und schnippt dabei den Haargummi um das Ende ihres Zopfes. »Ich habe nichts Sauberes mehr anzuziehen.«

Ich warte schon seit einiger Zeit auf eine Gelegenheit, »meine Angelegenheiten zu ordnen«, und sehe sie gekommen, als sie sich über ihre Handtasche beugt.

»Stimmt das eigentlich?«, fragt sie und sieht mich an, eine Hand noch in der Tasche.

Ich ziehe die Hand aus meinem Schoß und hoffe, dass es so ausgesehen hat, als würde ich nur meine Shorts zurechtzupfen, aber damit komme ich nicht durch, denn sie fragt: »Haben alle Kerle am Morgen einen Ständer?«

Meine Augen werden größer. Ich starre stumm durch die Windschutzscheibe.

»Nicht *jeden* Morgen«, sage ich dann, immer noch ohne sie anzusehen.

»Ach was, sondern nur dienstags und freitags oder wie?«

Ich weiß, dass sie lächelt, aber ich weigere mich, sie anzusehen.

»Und *ist* heute ein Dienstag oder Freitag?«, bohrt sie nach, um mich zu quälen.

Schließlich sehe ich kurz zu ihr hinüber. »Freitag«, sage ich nur.

Sie atmet schwer durch. »Ich bin echt keine Nutte oder so«, sagt sie und nimmt die Füße vom Armaturenbrett. »Und ich weiß, dass du mich nicht dafür hältst, denn schließlich hast *du* mich dazu gedrängt, offener zu meiner Sexualität und meinen Wünschen zu stehen …« Sie lässt den Satz in der Luft hängen. So als würde sie darauf warten, dass ich das bestätige, so als hätte sie immer noch Angst, ich könnte schlecht von ihr denken.

Ich sehe ihr offen in die Augen. »Nein, ich würde dich nie für eine Nutte halten, es sei denn, du würdest mit jeder Menge Typen rumvögeln, und dann säße ich im Knast, weil ich jedem einzelnen die Scheiße aus dem Leib prügeln müsste – aber nein, warum willst du das wissen?«

Sie wird rot, und ihre Schultern rutschen praktisch bis zu ihren Ohren hoch, Ehrenwort.

»Na, weil ich gerade gedacht habe …« Sie weiß immer noch nicht recht, ob sie aussprechen soll, was ihr auf der Zunge liegt.

»Was hab ich dir gesagt, Babe? Wenn dir was auf der Seele brennt, dann spuck's aus.«

Sie schiebt ihr Kinn vor und sieht mich mit weichem Blick an. »Also, nachdem du was für mich gemacht hast, dachte ich, ich könnte vielleicht auch was für dich tun.« Im nächsten Moment kippt ihr Tonfall, so als hätte sie immer noch Bedenken, ich könnte sie für ein Flittchen halten. »Ich meine, ohne dass irgendein Haken dabei ist. Es wird so sein, als wäre gar nichts passiert.«

Ach du Scheiße! Warum hab ich *das* nicht kommen sehen?

»Nein«, sage ich automatisch.

Sie zuckt zusammen.

Ich gebe mir Mühe, so sanftmütig wie möglich auszusehen und zu sprechen. »Ich kann nicht zulassen, dass du das für mich tust, okay?«

»Warum verflucht noch mal nicht?«

»Ich kann es einfach nicht – o Gott, natürlich will ich dich, du hast ja keine Ahnung, aber das geht absolut nicht.«

»Das ist doch Quatsch.«

Sie wird richtig ärgerlich.

»Warte …« Sie sieht mich neugierig an und legt den Kopf ein bisschen schief. »Hast du irgendwelche ›Probleme‹ da unten?«

Mir klappt der Kiefer runter. »Ähmm, nein?«, antworte

ich mit großen Augen. »Scheiße, wenn du willst, halte ich sofort an und zeig es dir.«

Sie wirft lachend den Kopf zurück, wird aber sofort wieder ernst. »Also, du willst nicht mit mir schlafen, du willst nicht, dass ich dir einen blase, und ich musste dich zwingen, mich zu küssen.«

»Du hast mich überhaupt nicht gezwungen.«

»Stimmt«, gibt sie zurück, »ich habe dich dazu verführt.«

»Ich habe dich geküsst, weil ich dich küssen wollte«, sage ich. »Ich will *alles* mit dir machen, Camryn. Glaub mir! In den letzten Tagen habe ich mir bestimmt mehr Positionen mit dir ausgemalt, als im Kamasutra stehen. Ich wollte …« Mir fällt auf, dass meine Knöchel weiß leuchten, so fest halte ich das Steuer umklammert.

Sie sieht getroffen aus, aber diesmal lasse ich mich nicht aus dem Konzept bringen.

»Ich habe dir doch erklärt«, setze ich behutsam an, »dass ich das nicht mit dir machen kann, solange …«

»Solange ich dir nicht gehöre«, beendet sie meinen Satz wütend. »Ja, ich weiß, was du gesagt hast, aber was soll das genau bedeuten: dass ich dir *gehöre*?«

Ich schätze, Camryn weiß genau, was das bedeutet, will sich aber noch einmal vergewissern.

Einen Moment … Sie spielt mit mir; entweder das, oder sie weiß immer noch nicht, was sie will, sexuell und auch sonst, und ist damit genauso verwirrt und uneins mit sich selbst wie ich.

# Camryn

Er hat den Test bestanden. Ich müsste lügen, wenn ich behaupten wollte, dass ich *nicht* mit ihm schlafen oder ihm auf andere Weise Erleichterung verschaffen möchte, so wie er mir – all das würde ich nur zu gern mit ihm machen. Aber vor allem wollte ich sehen, ob er den Köder schlucken würde. Und das hat er nicht.

Und jetzt habe ich Angst vor ihm.

Ich habe Angst vor dem, was ich für ihn empfinde. Ich sollte so nicht empfinden und hasse mich dafür.

Ich war mir sicher, dass ich so was nie tun würde. Ich habe mir geschworen, dass ich niemals …

Um wieder etwas Leichtigkeit und Normalität in unser Gespräch zu bringen, lächle ich ihn an. Am liebsten würde ich mein Angebot zurückziehen und so tun, als wäre nie was gewesen, allerdings mit meinem neuen Wissen: dass Andrew Parrish mich respektiert und etwas von mir will, das ich ihm mit ziemlicher Sicherheit nicht geben kann.

Ich ziehe die Knie an und stelle die Füße auf den Ledersitz. Ich will nicht, dass er meine letzte Frage beantwortet: was es bedeutet, ihm zu gehören. Hoffentlich vergisst er einfach, dass ich gefragt habe. Ich weiß selbst, was das bedeutet, oder ich glaube es wenigstens zu wissen: ihm zu gehören bedeutet, richtig mit ihm zusammen zu sein, so wie ich mit Ian zusammen war. Nur dass ich tief im Herzen glaube, dass ich Andrew wirklich, *wahrhaf-*

*tig* lieben könnte. Und zwar viel zu leicht. Schon jetzt ertrage ich kaum die Vorstellung, von ihm getrennt zu sein. Schon jetzt hat Andrews Gesicht sämtliche Gesichter in meinen Tagträumen verdrängt. Und schon jetzt graut mir vor dem Tag, an dem unsere ziellose Reise endet, an dem er nach Galveston oder Wyoming zurückkehren muss und ich allein zurückbleibe.

Warum habe ich so viel Angst davor? Und woher kommt plötzlich dieses miese Gefühl in meiner Magengrube?

»Es tut mir leid, Babe, ehrlich. Ich wollte dir nicht wehtun. Absolut nicht.«

Ich sehe auf und zu ihm hinüber und dann schüttle ich energisch den Kopf. »Das hast du nicht. Bitte glaub das nicht.« Irgendwie muss ich es ihm erklären: »Andrew, die Wahrheit ist …« Ich hole tief Luft. Inzwischen muss er sich anstrengen, auf die Straße zu schauen. »… die Wahrheit ist, dass – also, erst mal will ich nicht lügen und behaupten, dass ich das nicht mit dir machen würde – denn das würde ich *auf jeden Fall*. Aber ich bin froh, dass du es nicht wolltest, das sollst du wissen.«

Ich glaube, er versteht mich. Ich kann es ihm ansehen.

Er streckt mir lächelnd die Hand hin. Ich nehme sie, rutsche neben ihn, und er legt mir den Arm um die Schulter. Ich neige den Kopf zur Seite, bis ich ihm ins Gesicht sehen kann, und lege meine Hand auf seinen Oberschenkel.

Er ist so wunderschön …

»Du machst mir richtig Angst«, sage ich schließlich.

Auf mein Geständnis hin sehe ich einen schwachen Funken in seinen Augen aufglühen.

»Du musst eins verstehen: Damals habe ich mir fest vorgenommen, es nie so weit kommen zu lassen. Ich habe mir geschworen, nie wieder jemanden so nahe an mich heranzulassen.«

Ich spüre, wie sein Arm mich fester umfasst und wie schnell inzwischen mein Herz schlägt; es pocht wie wild.

Dann macht sich ein Lächeln in seinem Gesicht breit, und er fragt: »Bist du etwa in mich verliebt, Camryn Bennett?«

Ich werde knallrot, presse die Lippen zu einem dünnen Strich zusammen und drücke mein Gesicht tiefer in seinen harten Brustmuskel.

»Noch nicht«, antworte ich dann mit einem leisen Lächeln in der Stimme. »Aber viel fehlt nicht mehr.«

»Du bist eine miserable Lügnerin«, sagt er und drückt meinen Arm.

Dann küsst er mich auf den Scheitel.

»Ja, ich weiß«, erwidere ich im gleichen spöttischen Tonfall wie er, und dann gleiten meine Gedanken ab, »ich weiß …«

New Orleans sehe ich zum ersten Mal aus weiter Ferne: im Vordergrund den Lake Pontchartrain und dahinter das Panorama von kleinen Hütten und Stadthäusern und Bungalows. Ich finde die Stadt überwältigend: angefangen vom Superdome, den ich immer erkennen werde, nachdem ich ihn nach dem Wirbelsturm Katrina so oft im Fernsehen sah, über die riesigen, ausgreifenden Eichen, die sich so gespenstisch und schön und alt über die Straßen wölben, bis hin zu den Menschen, die durchs French Quarter schlendern, obwohl die meisten davon wohl Touristen sind.

Und während wir durch die Straßen fahren, bestaune ich mit großen Augen die schmiedeeisernen Balkons, die sich oft über die gesamte Hausfront erstrecken. Sie sehen echt genauso aus wie im Fernsehen, nur dass jetzt nicht Mardi Gras gefeiert wird und niemand seine Brüste zeigt oder Perlen vom Balkon wirft.

Andrew merkt, wie begeistert ich bin, und lächelt mich an.

»Ich liebe die Stadt schon jetzt«, sage ich und kuschle mich an ihn, nachdem ich in den letzten Minuten praktisch mit dem Gesicht an der Scheibe geklebt und alles in mich aufgesogen habe.

»Es ist eine tolle Stadt.« Er strahlt stolz; ich frage mich, wie gut er sie wohl kennt.

»Ich versuche jedes Jahr herzukommen«, erklärt er. »Am liebsten zum Mardi Gras, aber eigentlich hat jede Jahreszeit ihren Reiz.«

»Ach so, wenn du sonst kommst, siehst du überall nackte Brüste.« Ich zwinkere.

»Ich bekenne mich schuldig!«, sagt er, nimmt die Hände kurz vom Lenkrad und hebt sie kapitulierend.

Wir bekommen zwei Zimmer im Holiday Inn, von wo aus wir zu Fuß in die berühmte Bourbon Street gehen können. Fast hätte ich ihm erklärt, dass er einfach ein Zimmer mit zwei Betten nehmen soll, aber dann habe ich nichts gesagt. *Nein, Camryn, damit machst du es dir nur noch schwerer. Zieh nicht mit ihm in ein Zimmer. Beende die Sache, solange du noch kannst.*

Und tatsächlich hatte ich ein absolut merkwürdiges Gefühl, als wir am Empfang standen und Andrew ganz kurz stockte, nachdem der Portier uns gefragt hatte, wie er »uns helfen« könnte. Aber jetzt haben wir wieder zwei Zimmer nebeneinander, so wie sonst auch.

Ich gehe in meines, er schlendert weiter zu seinem. Mit den Keycards in den Händen, sehen wir uns über den Flur hinweg an.

»Ich springe kurz unter die Dusche«, sagt er, die Gitarre in einer Hand, »komm einfach rüber, und sag mir Bescheid, wenn du fertig bist.«

Ich nicke, wir lächeln uns zu und verschwinden dann in unseren Zimmern.

Keine fünf Minuten später höre ich das Handy in meiner Handtasche summen. Ich bin ziemlich sicher, dass meine Mom dran ist, und will schon rangehen und ihr erklären, dass ich noch am Leben bin und mich königlich amüsiere, aber dann ziehe ich das Handy aus der Tasche und sehe, dass nicht meine Mutter anruft.

Sondern Natalie.

Meine Hand erstarrt am Handy, und ich starre auf das leuchtende Display. Soll ich den Anruf annehmen oder nicht? Jedenfalls muss ich schnell entscheiden.

»Hallo?«

»Cam?«, fragt Natalie vorsichtig am anderen Ende.

Ich bekomme kein Wort über die Lippen. Ich weiß nicht, ob inzwischen so viel Zeit vergangen ist, dass ich mich unversöhnlich stellen sollte, oder ob ich einfach nett sein soll.

»Bist du noch dran?«, fragt sie, als ich nicht antworte.

»Ja, Nat, ich bin noch da.«

Sie seufzt und gibt dabei dieses schräge weinerliche Stöhnen von sich, das unverkennbar anzeigt, dass sie total nervös ist.

»Ich bin eine scheißblöde Kuh«, sagt sie dann. »Das ist mir klar, und außerdem bin ich eine beschissene beste Freundin und sollte mich dir eigentlich zu Füßen werfen und dich um Verzeihung anbetteln, aber ich … na schön, so hatte ich es eigentlich geplant, aber dann hat deine Mom gesagt, du bist in … *Virginia?* Was machst du verflucht noch mal in Virginia?«

Ich lasse mich aufs Bett fallen und schleudere die Flipflops von meinen Füßen. »Ich bin nicht in Virginia«, sage ich. »Aber verrat das nicht meiner Mom oder irgendwem sonst.«

»Wo bist du denn dann? Wo steckst du seit einer Woche?«

Wow, war es wirklich nur eine Woche? Es fühlt sich an, als wäre ich schon mindestens einen Monat mit Andrew unterwegs.

»Ich bin in New Orleans, aber das ist eine lange Geschichte.«

»Ähmmm, also, *hall-o?*«, fragt sie sarkastisch. »Ich habe jede Menge Zeit.«

Ich merke, wie ich sofort sauer werde, und sage: »Natalie, *du* hast *mich* angerufen. Und wenn ich mich recht erinnere, hast du mich als verlogene Schlampe beschimpft und mir kein Wort geglaubt, als ich dir erzählt habe, was Damon getan hatte. Tut mir leid, aber ich glaube nicht, dass wir so tun können, als wäre nichts passiert, und sofort wieder beste Freundinnen sind.«

»Ich weiß, du hast recht, und es tut mir leid.« Sie überlegt kurz, und ich höre im Hintergrund den Verschluss einer Getränkedose knacken. Sie schluckt kurz. »Es war nicht so, dass ich dir nicht geglaubt habe, Cam, aber ich war echt total verletzt. Damon ist ein Arschloch. Ich hab mit ihm Schluss gemacht.«

»Warum, weil du ihn inzwischen selbst mit einer anderen erwischt hast und dich deshalb nicht mehr auf das Wort deiner besten Freundin seit der zweiten Klasse verlassen musstest, die dir schon erklärt hat, was für ein Schwein er ist?«

»Das habe ich verdient«, sagt sie, »aber nein, ich habe ihn nicht mit einer anderen erwischt. Mir ist bloß aufgegangen, dass ich meine beste Freundin vermisse und dass ich den schlimmsten Verstoß gegen den Beste-Freundinnen-Kodex begangen habe. Also hab ich ihn schließlich zur Rede gestellt, und natürlich hat er mich angelogen, aber ich hab ihn immer weiter bearbeitet, weil ich wollte, dass er es endlich selbst zugibt. Nicht weil ich seine Bestätigung gebraucht hätte, ich wollte bloß … Ich wollte unbedingt, dass er mir die Wahrheit sagt, Cam. Ich wollte es von ihm selbst hören.«

Der Schmerz durchdringt ihre Stimme. Ich weiß, dass sie es ernst meint, und ich werde ihr bestimmt verzeihen, aber ich habe es nicht allzu eilig, ihr das auf die Nase zu binden, weil ich ihr nicht von Andrew erzählen will. Keine Ahnung, woher das kommt, aber es ist, als wäre Andrew zurzeit der einzige Mensch in meiner Welt, der wirklich zählt. Ich liebe Natalie von Herzen, aber ich bin noch nicht bereit, sie einzuweihen. Ich will ihn noch nicht mit ihr teilen. Sie kann die Dinge manchmal … ziemlich in den Schmutz ziehen, auch wenn das vielleicht gemein ausgedrückt ist.

»Hör zu, Nat«, sage ich, »ich hasse dich nicht, und ich will mich auch mit dir versöhnen, aber das wird eine Weile dauern; du hast mich echt verletzt.«

»Ich verstehe«, sagt sie, aber ich höre ihr die Enttäuschung an. In dieser Hinsicht ist Natalie wie ein kleines Kind – sie kann keine Sekunde warten und will jede Belohnung sofort einkassieren.

»Aber dir geht es gut, oder?«, erkundigt sie sich. »Mir will ja nicht in den Schädel, wieso du ausgerechnet nach New Orleans durchgebrannt bist – haben wir gerade Hurrikansaison?«

Ich höre die Dusche in Andrews Zimmer laufen.

»Ja, es geht mir super«, sage ich und denke dabei an

Andrew. »Um die Wahrheit zu sagen, Nat, ich hab mich noch nie so lebendig gefühlt, und ich war noch nie so glücklich wie in der letzten Woche.«

»O mein Gott … du hast einen Kerl! Du bist mit einem Typen zusammen, hab ich recht? Camryn Marybeth Bennett, du versaute Schlampe, versuch gar nicht erst, so was vor mir geheim zu halten!«

Genau das habe ich gemeint, als ich sagte, dass sie die Dinge manchmal in den Schmutz zieht.

»Wie heißt er?« Sie schnappt so laut nach Luft, als wäre ihr gerade die Antwort auf sämtliche Mysterien der Welt in den Schoß gefallen. »Du hast einen Stecher! Ist er heiß?«

»Natalie, *bitte.*« Ich schließe die Augen und versuche so zu tun, als wäre sie eine reife Zwanzigjährige und nicht geistig in der Highschool stecken geblieben. »Ich will noch nicht darüber sprechen, in Ordnung? Gib mir noch ein paar Tage, dann rufe ich dich wieder an und erzähle dir, wie es so läuft, aber bitte …«

»Also abgemacht!«, fällt sie mir zustimmend ins Wort, aber sie denkt gar nicht daran, ihre überschwängliche Begeisterung zu zügeln. »Solange es dir nur gut geht und du mich nicht mehr hasst, bin ich mit allem einverstanden.«

»Danke.«

Endlich verlässt sie ihre lüsterne Klatschwolke. »Es tut mir echt leid, Cam. Ich kann das gar nicht oft genug sagen.«

»Ich weiß, ich glaube dir. Und wenn ich dich wieder anrufe, musst du mir auch erzählen, wie das mit Damon gelaufen ist. Wenn du willst.«

»Schön«, sagt sie, »das klingt gut.«

»Bis bald … und Nat?«

»Ja?«

»Ich bin wirklich froh, dass du angerufen hast. Du hast mir echt gefehlt.«

»Du mir auch.«

Wir legen auf, und ich starre eine volle Minute schweigend auf mein Telefon, bis meine Gedanken sich langsam von Natalie weg und wieder auf Andrew richten. Ich hab's ja gesagt: Andrews Gesicht hat alle anderen Gesichter aus meinen Gedanken verdrängt.

Ich dusche und ziehe eine Jeans an, die zwar immer noch nicht gewaschen ist, aber zumindest nicht stinkt und daher fürs Erste okay ist. Trotzdem muss ich bald meine Sachen waschen oder ins nächste Kaufhaus und mir schon wieder was Neues kaufen. Ich bin nur froh, dass ich ganze zwölf saubere Unterhosen in meine Reisetasche gepackt habe.

Ich lege Make-up auf und absolviere die übliche Prozedur, aber dann kommen meine Finger auf dem Waschbeckenrand zu liegen, und ich betrachte mich im Badezimmerspiegel, um zu ergründen, was Andrew wohl in mir sieht. Er hat mich in wirklich übler Verfassung gesehen: ohne Make-up, mit Ringen unter den Augen nach der langen, praktisch schlaflosen Busreise, mit fiesem Atem und wilden, zerzausten Haaren – ich muss lächeln, als ich daran denke, und dann stelle ich mir vor, dass er genau jetzt hinter mir steht und ich ihn im Spiegel sehe. Ich sehe, wie sich sein Mund in die Mulde unter meinem Hals senkt, wie sich seine festen Arme von hinten um meinen Körper schlingen und die Finger gegen meine Rippen drücken.

Ein Klopfen an der Zimmertür reißt mich aus meinem Tagtraum.

»Bist du so weit?«, fragt Andrew, als ich ihm öffne.

Und schon steht er in meinem Zimmer.

»Wo wollen wir überhaupt hin?«, frage ich auf dem Rückweg ins Bad, wo mein Schminkzeug steht. »Und ich brauche was Sauberes zum Anziehen. Ernsthaft.«

Als er hinter mir stehen bleibt, stockt mir das Herz, weil wir fast genau so dastehen wie in meinem Tagtraum vor wenigen Sekunden. Ich beuge mich über das Waschbecken zum Spiegel und trage Mascara auf. Das linke Auge halb zugekniffen, schminke ich das rechte und beobachte, wie Andrew währenddessen meinen Hintern mustert. Er macht überhaupt kein Geheimnis daraus. Ich *soll* sehen, was für ein Macho er sein kann. Also verdrehe ich kurz die Augen, bevor ich zum linken Auge wechsle und mich fertig schminke.

»Im zwölften Stock kann man Wäsche waschen«, erklärt er.

Er schließt die Hände um meine Hüften, zieht die Unterlippe zwischen die Zähne und sieht mich mit einem teuflischen Grinsen im Spiegel an.

Ich drehe mich zu ihm um. »Dann gehen wir zuerst dahin«, beschließe ich.

»*Was?*« Er sieht mich enttäuscht an. »Nein, ich will *ausgehen*, mir die Stadt anschauen, ein paar Bier trinken und ein paar Bands hören. Wäsche waschen können wir auch später.«

»Ach, hör auf zu winseln.« Ich drehe mich wieder zum Spiegel und krame den Lippenstift aus meinem Kulturbeutel. »Es ist noch nicht mal zwei Uhr nachmittags – du bist doch keiner von diesen Typen, die schon zum Frühstück Bier trinken, oder?«

Er verzieht das Gesicht und drückt die Hand auf sein Herz, als hätte ich ihn tief getroffen. »Auf keinen Fall! Ich warte mindestens bis zum Mittagessen!«

Kopfschüttelnd schiebe ich ihn mitsamt seinem blendenden, grübchenumrahmten Lächeln aus dem Bad und drücke vor seiner Nase die Tür zu.

»Was sollte *das* denn?«, fragt er durch die Tür.

»Ich muss pinkeln!«

»Ich hätte bestimmt nicht geschaut!«

»Hol deine Schmutzwäsche aus deinem Zimmer, Andrew!«

»Aber …«

»Jetzt gleich, Andrew! Oder wir gehen nachher nicht aus!«

Ich sehe genau vor mir, wie er schmollend die Unterlippe vorschiebt, obwohl er mit Sicherheit genau das Gegenteil tut. Er grinst praktisch ein Loch durch die verfluchte Tür.

»Na schön!«, ruft er gleich darauf, dann höre ich die Zimmertür auf- und wieder zugehen.

Als ich im Bad fertig bin, suche ich meine schmutzigen Sachen zusammen, stopfe sie in meinen Beutel und schlüpfe in die Flipflops.

# 23

Wir gehen erst waschen, und dabei lege ich *sehr wohl* alles zusammen, was ich aus dem Trockner hole, statt die Sachen nur in den Beutel zu stopfen. Er will protestieren, aber diesmal setze ich mich durch. Danach erkunden wir die Stadt, und er zeigt mir alles, sogar den St. Louis Cemetery, einen Friedhof, auf dem die Toten in überirdischen Grabstätten beigesetzt wurden, weil der Erdboden zu feucht ist. So was habe ich nie zuvor gesehen. Gemeinsam spazieren wir die ganze Canal Street hinunter bis zum World Trade Center New Orleans und zum Mississippi, wo wir endlich den dringend benötigten Starbucks finden. Wir reden eine Ewigkeit bei unserem Kaffee, und ich erzähle ihm von Natalies Anruf. Danach quatschen wir über sie und Damon, den Andrew jetzt schon aus tiefstem Herzen hasst.

Später kommen wir an einem Steakhouse vorbei, in das Andrew mich locken will, indem er mir den Deal vorhält, den ich im Bus mit ihm abgeschlossen habe. Aber ich bin kein bisschen hungrig und versuche einem winselnden Andrew auf Steakentzug zu erklären, dass ich einen Bärenhunger haben muss, wenn ich das Steak auch genießen soll.

Und dann landen wir in einem Einkaufszentrum: »The Shops« am Canal Place, in das ich unbedingt gehen will, nachdem ich eine ganze Woche dieselben langweiligen Sachen tragen musste.

»Aber wir haben doch gerade alles gewaschen«, protestiert Andrew, während ich in die Mall stürme. »Wozu brauchst du was Neues?«

Ich hänge mir die Handtasche über die andere Schulter und packe ihn am Ellbogen.

»Wenn wir heute Abend ausgehen«, sage ich und schleife ihn hinter mir her, »will ich richtig gut aussehen.«

»Aber du siehst doch jetzt schon richtig gut aus«, widerspricht er mir.

»Ich will nur eine neue Jeans und ein Top.« Ich bleibe stehen und sehe ihn an. »Du darfst mir aussuchen helfen.«

Sofort ist er hellwach.

»Na gut«, erklärt er sich lächelnd bereit.

Ich ziehe ihn wieder weiter. »Aber mach dir nicht allzu viele Hoffnungen«, sage ich und zupfe dabei nachdrücklich an seinem Arm. »Ich habe gesagt, du darfst *helfen*, nicht *aussuchen*.«

»Heute geht es ganz schön oft nach deinem Kopf«, meint er. »Du solltest wissen, Babe, dass ich dir das nur für eine begrenzte Zeit durchgehen lasse, bevor ich meine Karten ausspiele.«

»Und welche Karten wirst du genau ausspielen?«, schieße ich selbstbewusst zurück, weil ich überzeugt bin, dass er nur blufft.

Doch als ich ihn ansehe, sind seine Lippen auffällig schmal, und meine Selbstsicherheit schmilzt dahin.

»Falls du dich noch erinnerst«, meint er herablassend, »du stehst immer noch im Wort, alles zu tun, was ich dir sage.«

Das war's mit meiner Selbstsicherheit.

Er grinst und zieht zur Abwechslung meinen Arm um sich.

»Und da du mich schon einmal zwischen deine Schenkel gelassen hast«, meint er, und meine Augen werden groß, »denke ich doch, dass ich dir einfach befehlen könnte, dich hinzulegen und die Beine zu spreizen, ohne dass du was dagegen einwenden könntest, stimmt's?«

Ich kann kaum den Blick heben, um festzustellen, ob ihn vielleicht ein Passant gehört hat. Wie nicht anders zu erwarten, hat Andrew es nicht für nötig befunden, den letzten Satz zu flüstern.

Dann wird er langsamer, beugt sich zu meinem Ohr herab und sagt halblaut: »Wenn du mir nicht bald bei irgendeiner Kleinigkeit meinen Willen lässt, werde ich dich vielleicht noch mal mit meiner Zunge foltern müssen.« Sein Atem an meinem Ohr lässt mich in Verbindung mit seinen Worten feucht werden und jagt mir einen Schauer über den Rücken. »Das liegt ganz bei dir, Babe.«

Er löst sich von mir, und ich würde ihm am liebsten das Grinsen aus dem Gesicht ohrfeigen, aber ich wette, das würde ihm nur gefallen.

Mein Dilemma? Soll ich ihm jetzt bei irgendwas seinen Willen lassen oder ihn lieber weiter rumkommandieren und mich später dafür »foltern« lassen? Hmmmm. Ich glaube, ich bin masochistischer, als ich bisher dachte.

Es wird dunkel, und ich bin ausgehbereit. Ich trage eine neue, enge Jeans, ein schwarzes trägerloses Top, das sich sexy um meine Taille schmiegt, und die schärfsten schwarzen High Heels, die in New Orleans zu finden sind.

Andrew sieht mich mit großen Augen vom Gang aus an. »Ich sollte meine Karte jetzt gleich ausspielen«, sagt er und tritt in mein Zimmer.

Diesmal habe ich mein Haar zu zwei losen Zöpfen geflochten, die jeweils über einer Schulter liegen und fast bis auf meine Brüste reichen. Und ich lasse mir immer ein paar lose Strähnen ins Gesicht fallen, weil ich das bei anderen Mädchen immer besonders hübsch fand, also müsste das doch auch bei mir so sein, oder?

Andrew scheint es zu gefallen. Er streicht mit seinen Fingern über beide Zöpfe.

Ich erröte innerlich.

»Babe, kein Witz, du bist so heiß, dass man sich die Finger an dir verbrennt.«

»Danke …« *O Gott, ich habe doch nicht ernsthaft gerade …* gekichert.

Ich mustere ihn ebenfalls von oben bis unten, und obwohl er wieder nur Jeans und ein schlichtes T-Shirt und dazu seine schwarzen Doc Martens anhat, habe ich noch nie einen Mann gesehen, der so sexy wirkt wie er, ganz egal, *was* er trägt.

Wir ziehen los, und schon im Lift und in der Lobby drehen sich ein paar grauhaarige Herren nach mir um. Andrew amüsiert sich königlich darüber, das sehe ich ihm an. Er marschiert mit einem so strahlenden Grinsen neben mir her, dass ich schon wieder rot anlaufe.

Erst hängen wir ungefähr eine Stunde im d.b.a. ab und hören einer Band zu. Aber als die Bedienung meinen Ausweis sehen will und es so aussieht, als würde ich hier nichts mehr zu trinken bekommen, wechselt Andrew mit mir in eine andere Bar ein Stück weiter die Straße runter.

»Das ist hier reine Glückssache«, sagt er, als wir uns der Bar nähern. »Die meisten wollen einen Ausweis sehen, aber ab und zu hat man Glück, und sie pfeifen drauf, solange du wie über einundzwanzig aussiehst.«

»In fünf Monaten bin ich wirklich einundzwanzig«,

sage ich und halte mich an seiner Hand fest, während wir eine viel befahrene Kreuzung überqueren.

»Als ich dich im Bus gesehen habe, hatte ich Angst, du könntest erst siebzehn sein.«

»*Siebzehn?!*« Ich hoffe doch sehr, dass ich nicht *so* jung aussehe.

»Hey«, sagt er und wirft mir einen schnellen Blick zu, »ich bin schon *Fünfzehnjährigen* begegnet, die wie zwanzig aussehen – heute lässt sich das nicht mehr so leicht feststellen.«

»Du findest also, ich sehe wie *siebzehn* aus?«

»Nein, du siehst wie ungefähr zwanzig aus«, gibt er zu, »ich meine ja nur.«

Was für eine Erleichterung.

Diese Bar ist ein bisschen kleiner als die letzte, und das Publikum setzt sich hauptsächlich aus Collegeabsolventen und ein paar Leuten Anfang dreißig zusammen. Hinten im Raum stehen dicht an dicht ein paar Pooltische, und die schummrige Beleuchtung konzentriert sich vor allem auf die Pooltische und den Gang zu den Toiletten rechts von mir. Dichter Zigarettenrauch hängt in der Luft, ganz anders als in der letzten Bar, die praktisch rauchfrei war, aber das stört mich nicht weiter. Ich hab's nicht mit Zigaretten, aber irgendwie gehört Zigarettenrauch einfach in eine Bar. Ohne würde der Raum irgendwie nackt wirken.

Aus den Lautsprechern in der Decke kommt Mainstream-Rock. Links gibt es eine kleine Bühne, auf der normalerweise Bands spielen, aber heute Abend tritt niemand auf. Trotzdem ist die Stimmung so ausgelassen, dass ich Andrew über der Musik und dem Lärm kaum verstehe.

»Kannst du Pool spielen?« Er beugt sich zu mir und schreit mir fast ins Ohr.

Ich brülle zurück: »Ich hab's ein paarmal probiert! Aber ich bin total schlecht!«

Er zieht mich an der Hand, und wir gehen auf die Tische und die Lampen zu, wobei wir uns vorsichtig zwischen den Menschen durchzwängen, die sich praktisch auf jedem freien Zentimeter drängen.

»Setz dich hierher.« Hier hängen keine Lautsprecher von der Decke, und er kann etwas leiser sprechen. »Das wird unser Tisch.«

Ich setze mich an einen kleinen runden Tisch direkt an der Wand, wo über und links von mir eine Treppe auf eine Galerie führt. Gerade als ich mit der Fingerspitze den vollen Aschenbecher auf dem Tisch von mir wegstupse, kommt die Bedienung auf mich zu.

Andrew verhandelt gerade mit einem Typen an einem der Pooltische, wahrscheinlich um den Einstieg in ein Spiel.

»Entschuldige den Dreck«, sagt die Bedienung, nimmt den Aschenbecher weg und ersetzt ihn durch einen sauberen, den sie verkehrt herum auf den Tisch stellt. Dann wischt sie die Tischplatte mit einem Lumpen ab und hebt den Aschenbecher an, um auch darunter sauber zu machen.

Ich lächle sie an. Sie ist hübsch und schwarzhaarig und wahrscheinlich selbst erst knapp über einundzwanzig, und sie balanciert das Serviertablett auf einer Hand.

»Kann ich dir was bringen?«

Jetzt ist die Gelegenheit, so zu tun, als bekäme ich diese Frage dauernd gestellt, ohne dass irgendwer zuvor meinen Ausweis sehen will, und so antworte ich wie aus der Pistole geschossen: »Ich nehme ein Heineken.«

»Mir auch eins«, sagt Andrew, der mit einem Queue in der Hand an den Tisch zurückgekehrt ist.

Der Bedienung fallen fast die Augen aus dem Kopf, als sie ihn bemerkt, und genau wie Andrew vorhin im Aufzug freue ich mir ein Bein ab. Sie nickt und wirft mir einen Du-Glückliche-Blick zu, bevor sie zur Theke geht.

»Der Typ spielt noch eine Partie, dann kriegen wir den Tisch«, sagt er und setzt sich auf den freien Stuhl.

Die Bedienung kommt mit zwei Bierflaschen zurück und stellt sie vor uns ab.

»Macht euch bemerkbar, wenn ihr was braucht«, sagt sie und verschwindet wieder.

»Die wollte deinen Ausweis nicht sehen«, stellt er fest, halb über den Tisch gebeugt, damit ihn niemand hört.

»Nein, aber das heißt nicht, dass das nicht noch kommen kann – das ist mir mal in einer Bar in Charlotte passiert; Natalie und ich waren schon halb betrunken, da wollte der Barkeeper auf einmal unsere Ausweise sehen und hat uns an die Luft gesetzt.«

»Na, dann genieß dein Glück, solange es anhält.« Er setzt lächelnd die Flasche an die Lippen und trinkt.

Ich tue es ihm nach.

Inzwischen wünsche ich mir, ich hätte meine Handtasche im Hotel gelassen und müsste nicht darauf aufpassen, aber als wir den Pooltisch bekommen, stelle ich sie einfach unter unseren Tisch auf den Boden. Der Tisch steht praktisch in einer Nische, darum mache ich mir keine allzu großen Sorgen.

Andrew geht mit mir zum Queuehalter.

»Welchen hättest du denn gern?«, fragt er und schwenkt den Arm über die diversen Queues. »Du musst dir einen aussuchen, der gut in deiner Hand liegt.«

Das wird witzig; er glaubt tatsächlich, er würde mir hier was beibringen.

Ich spiele die schüchterne Ahnungslose, lasse den Blick

über die Stöcke wandern, als wären es Bücher in einem Regal, und nehme dann einen heraus. Ich fahre mit den Fingern das Holz nach und halte ihn nach vorn, als wollte ich ein Gefühl dafür bekommen, wie es ist, eine Kugel anzustoßen. Mir ist klar, dass ich mich wie die Superblondine aufführe, aber genau so will ich auch wirken.

»Der da ist so gut wie jeder andere«, meine ich achselzuckend.

Andrew füllt die Kugeln in das Dreieck und tauscht die vollen mit den halben, bis alle Kugeln abwechselnd liegen, dann schiebt er das Dreieck über den Filz. Vorsichtig hebt er es von den Kugeln ab und verstaut es in dem Schlitz unter dem Tisch.

Er nickt. »Willst du anstoßen?«

»Nee, mach du.«

Ich will nur sehen, wie er sich voll konzentriert und sexy über den Tisch beugt.

»Na gut«, sagt er und legt den Spielball in Position. Ein paar Sekunden bringt er noch damit zu, den Kreidewürfel über der Spitze des Queues zu drehen, dann setzt er ihn auf dem Tischrand ab.

»Wenn du schon mal gespielt hast«, sagt er und stellt sich hinter der Spielkugel auf, »dann kennst du bestimmt noch die Regeln.« Er deutet mit dem Queue auf die Spielkugel. »Du weißt, dass du nur die weiße Kugel spielen darfst.«

Das wird lustig, aber er legt es wirklich darauf an.

Ich nicke.

»Wenn du die halben Kugeln hast, dann darfst du nur die in den Taschen versenken – wenn du eine von den vollen triffst, hilfst du mir nur, dich zu besiegen.«

»Und was ist mit der schwarzen Kugel?« Ich deute auf die 8 in der Mitte des Kugeldreiecks.

»Die darfst du erst nach all deinen Halben versenken«, erklärt er mir streng, »sonst hast du verloren. Und wenn du die Weiße versenkst, bin ich an der Reihe.«

»Ist das alles?«, frage ich und kreide meine Queuespitze.

»Fürs Erste schon«, sagt er; wahrscheinlich will er mir die paar anderen Grundregeln ersparen.

Andrew tritt einen Schritt zurück, beugt sich über den Tisch, setzt die Finger angewinkelt auf den blauen Filz und legt den Queue geschickt über den leicht gekrümmten Zeigefinger. Dann zieht er ihn ein paarmal kurz zurück, um zu zielen, und rammt schließlich mit der Queuespitze den Spielball, der gegen die restlichen Kugeln prallt und sie auf dem ganzen Tisch verteilt.

*Guter Break, Baby*, denke ich im Stillen. Zwei Kugeln hat er beim Anstoß versenkt – eine halbe und eine volle.

»Welche nimmst du?«, fragt er.

»Welche *was* soll ich nehmen?« Ich spiele weiter die Superblondine.

»Die Vollen oder die Halben? Du hast die Wahl.«

»Ach so«, sage ich, als hätte ich es eben erst kapiert, »ist doch egal; ich glaube, ich nehme die mit den Streifen.«

Er biegt die Regeln ein bisschen zurecht, aber ich bin ziemlich sicher, dass er es mir zuliebe tut.

Ich habe die Aufnahme und umrunde auf der Suche nach der besten Zielposition den Tisch. »Sagen wir an, welche wir spielen?«

Andrew sieht mich zweifelnd an – vielleicht hätte ich mich anders ausdrücken sollen: Ist es egal, welche von meinen Kugeln ich treffe? Hoffentlich habe ich mich nicht verraten.

»Such dir einfach eine gestreifte Kugel aus, die du versenken willst, und leg los.«

Okay, es sieht so aus, als hätte ich ihn immer noch an seinem süßen Arsch.

»Warte mal, sollen wir nicht um einen Einsatz spielen oder so?«, frage ich.

Er sieht überrascht auf, aber die Überraschung schlägt sofort in Arglist um. »Klar, worum willst du denn spielen?«

»Um meine Freiheit.«

Andrew runzelt die Stirn. Aber dann macht er sich bewusst, dass ich ganz offensichtlich keine Ahnung vom Billardspielen habe, und seine süßen Lippen heben sich wieder.

»Also, es verletzt mich zwar, dass du deine Freiheit zurückhaben willst«, sagt er und lässt dabei den aufrecht stehenden Queue von einer Hand in die andere pendeln, »aber meinetwegen, ich nehme deinen Einsatz an.«

Gerade als ich glaube, wir sind uns einig, ergänzt er, einen Finger erhoben: »Wenn *ich* allerdings gewinne, werde ich unsere *Du-musst-tun-was-ich-sage*-Vereinbarung auf eine ganz neue Ebene heben.«

Diesmal ziehe ich eine Braue hoch. »Was für eine neue Ebene?«, frage ich mit einem argwöhnischen Seitenblick.

Andrew lehnt den Queue gegen den Tisch, stützt sich mit beiden Händen auf die Bande und beugt sich vor ins Licht. Sein tiefes Grinsen und die unverhohlene Boshaftigkeit dahinter jagen mir Schauer über den Rücken.

»Sind wir uns einig oder nicht?«, fragt er.

Ich bin ziemlich sicher, dass ich ihn schlagen kann, aber trotzdem ist mir plötzlich ganz flau. Und wenn er doch besser spielt als ich und ich verliere und dann tatsächlich Käfer essen oder meinen nackten Hintern aus dem Autofenster strecken muss? Schließlich habe ich mich von Anfang an dagegen gewehrt, dass er mich zu solchen Sachen zwingen darf – und ich habe keine Sekunde vergessen, wie er daraufhin erklärte: *Dazu kommen wir später.* Klar könnte ich mich immer noch weigern, wenn mir was total gegen den Strich geht; das hat er mir vor unserer Abreise aus Wyoming zugesichert, aber eigentlich wollte ich es gar nicht erst so weit kommen lassen.

Oder … Moment … Wenn es um was Sexuelles geht?

Damit ist der Fall klar … jetzt hoffe ich fast, dass *er* gewinnt.

»Abgemacht.«

Er grinst überheblich, richtet sich auf und nimmt seinen Queue wieder in die Hand.

Eine kleine Gruppe von mehreren Jungs und zwei Mädchen hat ihr Spiel am Tisch nebenan beendet, und ein paar von ihnen schauen jetzt uns zu.

Ich beuge mich über den Tisch, halte den Queue genau wie Andrew zuvor, lasse ihn ein paarmal probeweise durch die Finger gleiten und treffe den Spielball genau in der Mitte. Die 11 trifft auf die 15 und die 15 auf die 10, und beide Kugeln landen in einer Ecktasche.

Andrew hält den Queue senkrecht zwischen den Fingern und sieht mich stumm an.

Dann zieht er eine Braue hoch. »War das Anfängerglück, oder werde ich hier abgezogen?«

Lächelnd spaziere ich auf die andere Tischseite, um den nächsten Stoß zu platzieren. Ich antworte nicht. Stattdessen prüfe ich mit einem leichten Schmunzeln die Position. Absichtlich entscheide ich mich für den Stoß, bei dem ich Andrew am nächsten bin, beuge mich vor ihm über den Tisch (wobei ich mich mit einem verstohlenen Blick nach unten vergewissere, dass meine Brüste für die Kerle, die mich von gegenüber beobachten, nicht zu sehen sind) und visiere kurz die Kugeln an, bevor ich die 9 in die Mitteltasche jage.

»Ich werde abgezogen«, höre ich Andrew hinter mir sagen. »*Und* vorgeführt.«

Ich richte mich auf und lasse den Blick kurz über sein Gesicht streifen, bevor ich ans Tischende trete.

Diesmal patze ich absichtlich. Die Kugeln liegen beinahe perfekt, aber ich will nicht, dass es zu einfach wird.

»O nein, Babe, so nicht«, sagt er und kommt an meine Seite. »Bloß keine Mitleidsnummer – du hättest die 13 locker versenken können.«

»Ich bin abgerutscht.« Ich sehe ihn verschämt an.

Er kneift die Augen zusammen und schüttelt seinen schönen Kopf, denn er weiß genau, dass ich lüge.

Ab da spielen wir ernsthaft: Er versenkt mühelos drei Kugeln nacheinander, bevor er die 7 verfehlt. Ich versenke eine Kugel. Dann wieder er. Und so geht es hin und her; bei jedem Stoß lassen wir uns Zeit, und wir patzen beide hin und wieder, um das Spiel in Gang zu halten.

Irgendwann geht es ans Eingemachte. Ich bin dran, und auf dem Tisch liegen nur noch seine 4, der Spielball und die 8. Die 8 liegt eine Handspanne zu weit in der Mitte für einen direkten Stoß in eine der Ecktaschen, aber ich weiß, dass ich sie über Bande spielen und in der linken Tasche versenken kann.

Inzwischen schauen uns zwei weitere Typen zu, zweifellos weil sie mich scharf finden (ich höre schon eine ganze Weile ihre halblauten Kommentare über meinen Körper, vor allem, wenn ich mich über den Tisch beuge), aber davon lasse ich mich nicht ablenken. Allerdings ist mir aufgefallen, dass Andrew schon mehrmals zu ihnen hinübergesehen hat, und dass er offensichtlich eifersüchtig ist, macht mich ganz kribbelig.

Ich deute mit dem Queue auf den Tisch und sage an: »Linke Tasche.«

Dann gehe ich zur Tischseite und dort in die Hocke, um festzustellen, ob der Winkel stimmt. Ich stehe wieder auf und überprüfe die Anordnung des Spielballs und der 8 aus einem anderen Blickwinkel, bevor ich mich schließlich über den Tisch beuge. Eins. Zwei. Drei. Nach dem vierten Zurückziehen stoße ich den Spielball geschmeidig an, der daraufhin die 8 an genau der richtigen Stelle trifft und sie erst gegen die rechte Bande und dann wieder zurückrollen lässt, bis sie, ohne anzustoßen, in der linken Tasche versinkt.

Die Typen von gegenüber lassen sich so begeistert über mich aus, als könnte ich sie nicht hören.

Andrew steht jetzt auf der anderen Seite des Tisches und grinst mich breit an.

»Du bist gut, Babe«, sagt er und stellt die Kugeln wieder auf. »Damit bist du ab sofort wieder frei.«

Mir fällt unwillkürlich auf, dass er dabei ein bisschen melancholisch klingt. Sein Gesicht lächelt vielleicht, aber sein enttäuschter Blick spricht Bände.

»Ach was«, sage ich, »ich will meine Freiheit nicht wieder, solange ich keine Käfer essen oder den Hintern aus dem Autofenster strecken muss – irgendwie gefällt es mir, wenn du über alles andere bestimmst.«

Andrew lächelt.

# 24

Wir spielen noch eine Partie, die er ehrlich gewinnt, und danach beschließe ich, mich wieder an unseren Tisch zu setzen, bevor mir die neuen Schuhe Blasen an die Füße reiben. Ich bin inzwischen bei meinem zweiten Heineken und spüre das Bier gerade erst in meinen Zehen und in meiner Magengrube. Noch eins, dann habe ich einen ganz netten Schwips.

»Lust auf ein Spiel, Mann?«, wird Andrew von einem Typen angesprochen, gerade als er sich zu mir setzen will.

Andrew sieht mich an, und ich winke ihn weg. »Mach nur, mir geht's gut – ich will sowieso meine Nachrichten abrufen und mich ein bisschen ausruhen.«

»In Ordnung, Babe«, sagt er, »aber wenn du gehen möchtest, bevor ich fertig bin, dann sag mir Bescheid, und wir ziehen sofort weiter.«

»Mach dir um mich keine Gedanken«, dränge ich ihn. »Geh spielen.«

Er lächelt mich an und kehrt die paar Schritte zum Billardtisch zurück. Ich hole die Handtasche unter dem Tisch hervor und krame darin nach meinem Handy.

Genau wie ich vermutet habe: Natalie hat meinen Speicher mit Nachrichten überflutet, insgesamt sechzehn Stück, aber wenigstens hat sie nicht versucht mich anzurufen. Meine Mom hat auch nicht angerufen, aber wenn ich mich recht erinnere, wollte sie an diesem Wochenende ohnehin mit ihrem neuen Freund auf Kreuzfahrt gehen. Hoffentlich amüsiert sie sich. Hoffentlich amüsiert sie sich genauso gut wie ich.

Ein neuer Song dröhnt aus den Deckenlautsprechern, und mir fällt auf, dass inzwischen dreimal so viele Gäste in der Bar sind wie bei unserer Ankunft. Obwohl Andrew nicht weit von mir entfernt steht, sehe ich nur, wie sich seine Lippen bewegen, wenn er was zu dem Typen sagt, mit dem er jetzt Billard spielt. Als die Bedienung an meinem Tisch vorbeikommt, bestelle ich noch ein Bier und widme mich, während sie es holen geht, wieder der SMS-Queen. Natalie und ich schreiben uns hin und her, was sie heute gemacht hat und wohin sie heute Abend ausgeht, aber mir ist klar, dass das nur Pausenkonversation ist, die das ersetzen muss, was sie für ihr Leben gern wissen würde: was ich mit dem »Mystery Guy« in New Orleans tue, wem er ähnlich sieht (nicht »wie er aussieht«, weil sie die Männer grundsätzlich mit irgendwelchen Promis vergleicht) und ob ich mich für ihn schon »gebückt« habe. Ich antworte möglichst vage, nur um sie auf die Folter zu spannen. Schließlich hat sie es nicht anders verdient. Außerdem bin ich noch nicht wirklich bereit, ihr von Andrew zu erzählen. Eigentlich will ich noch niemandem von ihm erzählen. Es ist fast so, als würde die ganze magische Erfahrung in einer Rauchwolke verpuffen, wenn ich über ihn spreche oder auch nur bestätige, dass er existiert. Sobald ich über ihn rede, breche ich den Zauber. Oder ich wache auf und merke, dass ich mir die ganze Reise mit Andrew nur zusammenfantasiert habe, weil Blake mir was in einen dieser Drinks gemixt hat, die er mir ausgeschenkt hat, bevor ich mit ihm aufs Dach gegangen bin.

»Ich bin Mitchell«, sagt eine Stimme halb über mir, begleitet von einer intensiven Whiskyfahne und einer Wolke von billigem Herrenparfüm.

Der Typ ist durchschnittlich groß und muskulös, aber nicht übertrainiert. Seine Augen sind genauso blutunterlaufen wie die des blonden Jungen an seiner Seite.

Ich lächle gequält und werfe Andrew einen Blick zu, der schon auf dem Weg zu unserem Tisch ist.

»Ich bin mit jemandem hier«, sage ich freundlich.

Der Muskelmann sieht vielsagend auf den leeren Stuhl und dann wieder mich an, als wollte er mich darauf hinweisen, dass er frei ist.

»Camryn?« Andrew steht hinter den beiden. »Ist alles in Ordnung?«

»Ja, alles okay«, sage ich.

Der Muskelmann dreht sich halb zu Andrew um.

»Sie hat gesagt, es ist alles okay«, sagt er, und ich höre die Provokation in seinem Tonfall.

Ich meinte natürlich nicht: »Alles okay, lass mich in Ruhe, Andrew«, das ist Andrew klar, aber diese beiden verstehen mich absichtlich falsch.

»Sie ist mit mir hier.« Andrew versucht ruhig zu bleiben, wahrscheinlich nur meinetwegen – in seinen Augen glüht bereits die unverkennbare Angriffslust.

Der Blonde lacht.

Der Muskelmann sieht mich wieder an, eine Flasche Budweiser in der Hand. »Ist er dein Freund oder was?«

»Nein, aber wir sind …«

Der Muskelmann grinst hämisch und dreht sich zu Andrew um, ohne mich aussprechen zu lassen. »Wenn du nicht ihr Freund bist, dann verpiss dich, Mann.«

Andrews Angriffslust hat sich eben zu Mordlust gesteigert. Lange wird er sich nicht mehr zurückhalten können.

Ich stehe auf.

»Vielleicht will sie sich ja mit uns unterhalten«, sagt der Muskelmann und nimmt einen Schluck Bier. Er wirkt nicht richtig blau, nur angetrunken.

Andrew macht einen Schritt auf ihn zu, legt den Kopf leicht schief und sieht dem Typen tief in die Augen. Dann sieht er mich an. »Camryn, willst du dich mit den beiden unterhalten?«

Er weiß, dass ich das nicht will, aber auf diese Weise reibt er Salz in die Wunde, die er dem Typen zufügen wird.

»Nein, will ich nicht.«

Andrew schiebt das Kinn vor, und ich sehe seine Nasenflügel beben, als er sich vor dem Muskelmann aufbaut und zischt: »Verzieh dich, du Arsch, sonst kannst du deine Zähne fressen.«

Die Zuschauer an den Pooltischen sammeln sich in ehrfürchtiger Entfernung.

Der Blonde, offenbar der Klügere der beiden, legt beschwichtigend die Hand auf die Schulter seines Kumpels. »Komm schon, Mann, lass uns wieder rübergehen.« Er nickt zu dem Teil der Bar hin, aus dem sie offenbar gekommen sind.

Der Muskelmann schiebt seine Hand weg und baut sich seinerseits vor Andrew auf.

Mehr braucht es nicht.

Andrew holt mit dem Queue aus und rammt ihn dem Kerl in die Brust, dass er von den Füßen gehoben wird und es ihm den Atem verschlägt. Der Typ taumelt rückwärts, knapp an meinem Tisch vorbei, und streckt dabei die Hand aus, um sich an der Tischkante festzuhalten. Ich reiße gerade noch japsend die Handtasche von der Tischplatte, bevor der Kerl mitsamt dem Tisch zu Boden geht. Mein Bier knallt auf die Dielen. Bevor der Typ wieder aufstehen kann, ist Andrew schon über ihm und lässt die Fäuste auf sein Gesicht regnen.

Ich weiche zurück bis zum Fuß der Treppe, aber inzwischen drängen sich immer mehr Schaulustige um uns, die jetzt eine feste Barriere in meinem Rücken bilden.

Der Blonde springt Andrew von hinten an, packt ihn am Nacken und will ihn von seinem Kumpel zerren. Daraufhin springe ich *ihn* an und prügle mit meinen schwachen kleinen Fäusten auf sein Gesicht ein, die Handtasche fest um meine Schulter geschlungen, wodurch sie bei jedem Schlag hin und her tanzt und meine Bemühungen behindert. Zum Glück windet sich Andrew mit Leichtigkeit aus dem Griff des Blonden, dreht sich um und versetzt ihm einen Arschtritt, der ihn mit dem Gesicht voraus zu Boden segeln lässt.

Andrew packt mich am Handgelenk.

»Halt dich da raus, Cam!« Er schubst mich gegen die Menge in meinem Rücken und dreht sich im selben Moment zu den beiden Angreifern um.

Der Muskelmann steht inzwischen wieder, allerdings nicht lang, denn Andrew versetzt ihm einen linken und einen rechten Schwinger, gefolgt von einem Kinnhaken, bei dem tatsächlich Blut spritzt. Ich sehe einen roten Zahn durch die Luft fliegen. Es ist kein schöner Anblick. Der Typ kippt rückwärts in den nächsten Tisch und reißt ihn von seinem Metallfuß. Und als der Blonde Andrew erneut angreifen will, springt der Typ, mit dem Andrew Pool gespielt hat, ein und übernimmt ihn, sodass Andrew sich auf den Muskelmann konzentrieren kann.

Bis die Türsteher sich durch die Menge gearbeitet haben, um den Kampf zu beenden, hat Andrew dem Muskelmann bereits zwei blaue Augen und eine blutige Nase verpasst. Der Muskelmann presst sich taumelnd eine Hand aufs Gesicht, während ein Türsteher ihn durch die Menge wegzerrt.

Andrew schubst die Hand des zweiten Türstehers beiseite. »Schon kapiert«, wehrt er ihn mit erhobener Hand ab und wischt sich gleichzeitig mit der anderen Blut von der Nase. »Ich bin schon weg, du brauchst mich nicht rauszuwerfen.«

Ich laufe zu ihm, und er nimmt meine Hand. »Alles okay, Camryn? Hast du dir was getan?« Seine Augen lodern zornig und unkontrolliert, während er mich von Kopf bis Fuß in Augenschein nimmt.

»Nein, ich bin okay. Lass uns einfach gehen.«

Er drückt meine Hand, zieht mich an seine Seite und schiebt sich mit mir durch die Menge, die uns bereitwillig den Weg frei macht.

Gleich darauf stehen wir draußen in der Nachtluft, die Tür fällt hinter uns zu, und die dröhnende Musik verstummt abrupt. Die beiden Idioten, die mich belästigt haben, sind schon ein ganzes Stück weit weg, der Muskelmann immer noch mit der Hand vor dem blutenden Gesicht. Ich bin ziemlich sicher, dass Andrew ihm die Nase gebrochen hat.

Andrew dreht mich zu sich hin und hält mich an den Oberarmen fest. »Ganz ehrlich, Baby, haben sie dir irgendwas getan? Denn dann sind die beiden fällig, das schwöre ich bei Gott, verfluchte Scheiße!«

Mir schmilzt das Herz, wenn er mich »Baby« nennt. Und dieser besorgte, zornige Blick … Am liebsten würde ich ihn küssen.

»Ganz im Ernst«, sage ich, »es geht mir gut. Dem einen habe ich sogar ein paar mitgegeben, als er dich von hinten angesprungen hat.«

Er löst die Hände von meinen Armen, legt sie an mein Gesicht und sieht mich an, als würde er mir immer noch nicht glauben.

»Mir ist nichts passiert«, versichere ich ihm ein letztes Mal.

Er drückt die Lippen auf meine Stirn.

Dann nimmt er mich an der Hand. »Lass uns ins Hotel gehen.«

»Nein«, widerspreche ich ihm. »Bis eben war es wirklich lustig, und außerdem bin ich wegen diesem Mist wieder völlig nüchtern.«

Er legt den Kopf schief, und sein Blick wird weich. »Und wohin möchtest du stattdessen?«

»Gehen wir in einen anderen Club«, schlage ich vor, »ich weiß nicht, vielleicht in einen, der ein bisschen relaxter ist?«

Andrew seufzt schwer und drückt meine Hand. Dann mustert er mich noch einmal genau: erst die Füße mit den lackierten Zehennägeln, die vorn aus den Schuhen herausleuchten, dann die Beine und meinen Rumpf bis an den oberen Saum meines trägerlosen, hautengen schwarzen Tops, das ich vielleicht ein bisschen zurechtrücken sollte.

Ich löse meine Hand aus seinem Griff, greife den Saum über meinen Brüsten und ziehe ihn ein Stück nach oben, bis er wieder richtig sitzt.

»Ich liebe dich in diesem Ding«, sagt er, »aber du musst zugeben, dass du damit auch einige Arschlöcher anziehst.«

»Ich will auf keinen Fall bis ins Hotel zurückgehen, nur um ein anderes Top anzuziehen.«

»Fuck, das will ich erst recht nicht«, sagt er und greift wieder nach meiner Hand. »Aber wenn wir noch mal in einen Club gehen, dann musst du mir einen Gefallen tun, okay?«

»Und welchen?«

»*Behaupte* einfach, dass du meine Freundin wärst«, sagt er, und ein kleines Lächeln stiehlt sich auf meine Lippen. »Dann macht dich keiner an, oder es versuchen wenigstens nicht ganz so viele Typen.«

Er stutzt kurz und sieht mich dann an. »Es sei denn, du *möchtest*, dass sie dich anmachen.«

Ich schüttle den Kopf, ohne auch nur eine Sekunde zu überlegen. »Nein. Ich will *nicht* von anderen Typen angemacht werden. Ein unschuldiger Flirt gern – so was bewirkt Wunder für mein Selbstbewusstsein –, aber bitte keine Arschlochanmache.«

»Gut, dann sind wir uns einig. Du bist heute Abend meine sexy Freundin, und das bedeutet, dass ich dich später auf mein Zimmer mitnehmen und dich zum Quieken bringen darf.« Da ist das bubenhafte Grinsen wieder, das ich so liebe.

Mir kribbelt es jetzt schon zwischen den Beinen. Ich schlucke schwer und überspiele das, indem ich ihn streng ansehe. Ich bin nur froh, dass ich wieder seine Grübchen sehe und nicht diese zornglühende – wenn auch unglaublich erotische – Miene, die gerade noch sein Gesicht beherrscht hat.

»So gut mir dieser Gedanke auch gefällt – also, ›gefällt‹ ist in diesem Fall eindeutig untertrieben –, ich lasse dich das nicht noch mal machen.«

Er sieht mich verletzt und erschrocken an. »Warum denn nicht?«

»Weil, Andrew, ich … ich dich einfach nicht lasse – und jetzt komm her.« Ich schlinge die Arme um seinen Hals und ziehe ihn zu mir herunter.

Und dann küsse ich ihn ganz sanft und löse meine Lippen erst lange danach von seinem Mund.

»Was machst du da?«, fragt er misstrauisch und sieht mir dabei tief in die Augen.

Ich lächle entwaffnend zu ihm auf. »Ich übe nur für meine neue Rolle.«

Ein Lächeln spielt um seine Mundwinkel. Er dreht mich um, legt einen Arm um meine Taille, und wir gehen los in Richtung Bourbon Street.

# Andrew

# 25

Vielleicht sollte ich den Dingen einfach ihren Lauf lassen. Warum muss ich mich überhaupt quälen und mir ausgerechnet das vorenthalten, wonach ich mich am meisten sehne; wann, wenn nicht jetzt, hätte ich das Anrecht, mir jeden Wunsch zu erfüllen? Vielleicht nimmt alles ein ganz unerwartetes Ende, und Camryn braucht gar nicht zu leiden. Vielleicht sollte ich doch noch einmal zu Marsters gehen. Und wenn ich sie jetzt gehen lasse und nie wiedersehe und sich hinterher rausstellt, dass Marsters Mist gebaut hat?

*Verflucht noch mal!* Nichts als Ausflüchte.

Camryn und ich waren noch in zwei weiteren Bars im French Quarter, und in beiden ging sie als einundzwanzig durch. Nur eine Bedienung wollte ihren Ausweis sehen, aber nachdem Camryn im Dezember Geburtstag hat, hat sie wohl ein Auge zugedrückt.

Aber jetzt ist sie betrunken, und ich bin nicht sicher, ob sie es zu Fuß zum Hotel zurückschafft.

»Ich rufe ein Taxi«, sage ich und halte sie neben mir auf dem Bürgersteig aufrecht.

Ständig kommen und gehen Paare und Grüppchen durch die Tür der Bar hinter uns, und mehr als einmal strauchelt jemand über der Schwelle.

Mein Arm liegt fest um Camryns Taille. Sie hebt müde eine Hand und hängt sie von vorn über meine Schulter; sie kann kaum ihren Kopf gerade halten.

»Ich glaube, ein Taxi ist eine gute Idee.« Ihre Lider sind schwer. Entweder sie schläft gleich ein, oder sie muss kotzen. Ich hoffe nur, dass sie mit beidem wartet, bis wir wieder im Hotel sind.

Das Taxi setzt uns vor dem Hotel ab, und ich helfe ihr vom Rücksitz, indem ich sie einfach auf den Arm nehme, weil sie kaum noch laufen kann. Als ich sie zum Lift trage, baumeln ihre Beine über meinen Arm, und ihr Kopf liegt an meiner Brust. Die Leute drehen sich nach uns um.

»Lustigen Abend gehabt?«, fragt ein Mann im Aufzug.

»Allerdings.« Ich nicke. »Manche von uns vertragen eben mehr als andere.«

Es klingelt, als der Aufzug die nächste Etage erreicht, und der Mann verschwindet durch die offene Tür. Zwei Stockwerke weiter oben trage ich Camryn durch den Flur zu unseren Zimmern.

»Wo ist dein Schlüssel, Babe?«

»In meiner Handtasche«, antwortet sie schwach.

Wenigstens kann sie mich noch verstehen.

Ohne sie abzusetzen, ziehe ich die Handtasche unter ihrem Arm hervor und dann den Reißverschluss auf. Normalerweise würde ich jetzt Witze darüber reißen, was sie alles in diesem Ding mit rumschleppt und ob mich irgendwas davon beißen könnte, aber mir ist klar, dass ihr nicht nach Witzen zumute ist. Es geht ihr elend.

Das wird eine lange Nacht.

Die Tür fällt hinter uns zu, noch während ich sie zum Bett trage und dort ablege.

»Mir geht's beschissen«, stöhnt sie.

»Ich weiß, Babe. Du brauchst jetzt vor allem Schlaf.«

Ich ziehe ihr die Schuhe aus und stelle sie auf den Boden.

»Ich glaube, ich muss …« Im selben Moment hängt sie den Kopf über die Bettkante und beginnt zu spucken.

Ich greife automatisch nach dem Mülleimer neben dem Nachttisch und kann das meiste auffangen, aber wahrscheinlich wird das Zimmermädchen morgen trotzdem wenig begeistert sein. Camryn würgt alles raus, was sie noch im Magen hat, und das überrascht mich, denn eigentlich hat sie heute kaum was gegessen. Schließlich ist sie fertig und fällt aufs Kissen zurück. Nach dem Erbrechen laufen ihr Tränen aus den Augenwinkeln. Sie versucht mich anzuschauen, aber mir ist klar, dass sie zu hinüber ist, um mich noch klar zu erkennen.

»Es ist so heiß hier drin«, klagt sie.

»Schon gut«, sage ich und drehe die Klimaanlage höher. Dann gehe ich ins Bad, halte einen Waschlappen unter das kalte Wasser und wringe ihn aus. Damit kehre ich an ihr Bett zurück, setze mich auf die Kante und wische ihr Gesicht ab.

»Das tut mir so leid«, lallt sie. »Ich hätte nach dem Wodka Schluss machen sollen. Jetzt musst du meine Kotze wegwischen.«

Ich wische ihr weiter über die Wangen und die Stirn, streiche dabei die losen Strähnen zur Seite, die ihr ins Gesicht hängen, und fahre dann mit dem kalten Lappen über ihre Lippen.

»Du brauchst dich für nichts zu entschuldigen«, sage ich. »Du hast dich amüsiert, und nur das zählt.« Dann grinse ich. »Außerdem bist du mir jetzt wehrlos ausgeliefert.«

Sie versucht zu lächeln und mich auf den Arm zu boxen, aber selbst dazu fehlt ihr die Kraft. Ihr verlorenes Lächeln weicht einem ängstlichen Gesichtsausdruck, und auf ihrer Stirn perlt plötzlich Schweiß.

»O nein …« Sie richtet sich mühsam auf. »Ich muss ins Bad«, sagt sie und streckt die Hand nach mir aus, damit ich ihr aufhelfe.

Ich bringe sie ins Bad, wo sie sich sofort über die Toilette hängt und sich mit beiden Händen am Porzellan festhält. Ihr Rücken hebt und senkt sich unter einem trockenen Würgen, und aus ihren Augen fließen immer neue Tränen.

»Du hättest eben doch ein Steak mit mir essen sollen, Babe.« Ich stehe hinter ihr, halte ihre Zöpfe aus der Schusslinie und drücke ihr den kalten Waschlappen in den Nacken. Schon der Anblick ihres sich so brutal krümmenden Körpers bereitet mir Schmerzen, vor allem weil kaum noch was aus ihrem Mund kommt. Ich weiß, wie weh ihr danach der Hals und die Brust und der Bauch tun werden.

Als sie fertig ist, sinkt sie auf den kalten Fliesenboden.

Ich versuche sie hochzuziehen, aber sie protestiert leise: »Nein, bitte … ich will hier liegen bleiben; der Boden ist so schön kühl.«

Ihr Atem geht flach, und ihre eigentlich leicht gebräunte Haut ist fahl wie die eines Tuberkulosepatienten. Ich hole einen sauberen Waschlappen, feuchte ihn an und fahre damit immer wieder über ihr Gesicht, über ihren Hals und die nackten Schultern. Dann knöpfe ich ihre enge Hose auf und ziehe sie vorsichtig nach unten, um den Druck von ihrem Bauch und ihren Beinen zu nehmen.

»Keine Angst, ich werde dich bestimmt nicht belästigen«, erkläre ich ihr ironisch, aber diesmal bleibt sie stumm.

Die Wange auf den kalten Fliesen, ist sie eingeschlafen.

Wenn ich sie jetzt hochhebe, wird sie wahrscheinlich aufwachen und sofort wieder anfangen zu würgen, aber ich will sie auch nicht allein neben dem Klo liegen lassen. Also lege ich mich neben sie und wische stundenlang mit dem Lappen über ihre Stirn und ihre Arme und Schultern, bis ich irgendwann einschlafe.

Ich hätte nie gedacht, dass ich mal freiwillig und nüchtern vor einer Kloschüssel schlafen würde, aber ich meinte es absolut ernst, als ich sagte, ich würde überall neben ihr schlafen.

# Camryn

Die Tür zu meinem Zimmer geht auf. Die Sonne strahlt grell durch einen schmalen Spalt in den Vorhängen auf der anderen Seite. Ich zucke zusammen wie ein Vampir, kneife die Augen zu und drehe den Kopf weg. Erst nach einer Sekunde begreife ich, dass ich in dem trägerlosen schwarzen Top von gestern Abend auf meinem Bett liege und dazu meinen lila Slip anhabe. Das Bett ist nackt bis auf das Laken, auf dem ich liege, und einem weiteren Laken als Decke, das sich frisch gewaschen anfühlt und auch so riecht. Wahrscheinlich habe ich das andere vollgespuckt; und offenbar hat Andrew das hier vom Housekeeping geholt.

»Geht's dir schon besser?« Andrew tritt mit einem Pappeimer voll Eis unter dem einen Arm und einem Stapel Plastikbecher sowie einer Flasche Sprite im anderen an mein Bett.

Er setzt sich neben mich, stellt alles auf den Nachttisch und öffnet die Flasche.

Mein Kopf hämmert, und ich habe immer noch das Gefühl, mich jeden Moment übergeben zu müssen. Ich hasse Kater. Lieber würde ich stinkbesoffen hinfallen und mir die Nase blutig schlagen oder was weiß ich, als mit so einem Kater aufzuwachen. Ich hatte schon mal so einen; damals war es so schlimm, dass es an eine Alkoholvergiftung grenzte. Wenigstens laut Natalie, die schon mal eine hatte und sie mit den Worten beschrieb: »Als hätte dir Satan persönlich am nächsten Morgen ins Gesicht geschissen.«

»Kein bisschen«, antworte ich schließlich, und sofort schießen die Schmerzen durch meinen Hinterkopf und hinter meinen Ohren vorbei. Dann beginnt sich der Raum zu verdoppeln, und ich schließe verzweifelt die Augen.

»Dich hat's echt übel erwischt, Babe«, sagt Andrew, und gleich darauf spüre ich einen kühlen Lappen an meinem Hals.

»Kannst du den Vorhang zuziehen? Bitte?«

Er steht auf, ich höre ihn ein paar Schritte gehen und dann das Rascheln des schweren Stoffes, der in Position gebracht wird. Ich ziehe die nackten Beine mitsamt der Decke an die Brust, um mich wenigstens teilweise zu bedecken, und schmiege mich in Embryostellung an das weiche Kissen.

Andrew holt einen Plastikbecher aus der Verpackung, und ich höre Eiswürfel klappern. Erst gießt er das Sprite über das Eis, danach rasselt eine Pillendose in seiner Hand.

»Nimm die.« Das Bett sinkt ein, als er sich neben mich setzt und sich mit einem Arm über meinem Bein abstützt.

Ganz vorsichtig öffne ich die Augen. Aus dem Plastikbecher ragt bereits ein Strohhalm, damit ich mich zum Trinken nicht allzu weit aufrichten muss. Ich nehme drei Kopfschmerztabletten aus seiner Hand, werfe sie ein und trinke danach gerade so viel Sprite, dass ich sie hinunterspülen kann.

»Bitte sag mir, dass ich gestern Abend nichts Oberpeinliches gesagt oder getan habe.«

Ich kann ihn nur durch schmale Schlitze ansehen.

Aber ich spüre sein Lächeln. »Doch, das hast du«, sagt er, und das Herz rutscht mir in die Hose. »Du hast diesem Kerl erzählt, dass du glücklich mit mir verheiratet wärst und dass wir vier Kinder kriegen würden – vielleicht auch fünf, so genau weiß ich das nicht mehr –, und dann kam später dieses süße Mädchen vorbei und wollte sich an mich ranschmeißen, und du bist aus deinem Stuhl aufgesprungen und wolltest ihr sofort die Augen auskratzen wie eine Prolltante aus dem Trailerpark – zum Totlachen.«

Ich glaube, ich muss mich gleich wieder übergeben. »Andrew, ich hoffe, du lügst – das ist ja megapeinlich!«

Mein Schädel dröhnt noch heftiger. Dabei hatte ich gedacht, es könnte nicht schlimmer kommen.

Ich höre ihn lachen, schlage die Augen etwas weiter auf und versuche sein verschwommenes Gesicht zu erkennen.

»Na schön, ich hab gelogen, Babe.« Er beugt sich vor und fährt mit dem feuchten Lappen über meine Stirn. »Ehrlich gesagt hast du dich wacker gehalten, selbst auf dem Weg durchs Hotel nach oben.« Sein Blick wandert über meinen Körper. »Entschuldige, aber ich musste dich ausziehen – was ich natürlich genossen habe, aber ich bin dabei nur meiner Pflicht nachgekommen. Es war unabdingbar, wenn du verstehst.« Er hat ein so ernstes Gesicht aufgesetzt, dass ich unwillkürlich lächeln muss.

Dann schließe ich die Augen und schlafe noch ein paar Stunden, bis das Zimmermädchen an unsere Tür klopft.

Ich glaube nicht, dass Andrew währenddessen von meiner Seite gewichen ist.

»Kommen Sie nur rein, und machen Sie sauber, ich gehe solange mit ihr nach nebenan.«

Eine ältere Frau mit schlecht gefärbten roten Haaren

tritt in Zimmermädchenuniform in den Raum. Andrew kommt zu mir ans Bett.

»Komm, Babe«, sagt er und hebt mich einfach mitsamt dem Laken, das um meinen Unterleib gewickelt ist, auf seinen Arm. »Lassen wir die Lady sauber machen.«

Wahrscheinlich könnte ich die paar Schritte auch gehen, aber ich werde bestimmt nicht protestieren. Ehrlich gesagt gefällt es mir hier oben viel besser.

Als wir an meiner Handtasche auf dem Fernsehtisch vorbeikommen, strecke ich die Hand danach aus, woraufhin Andrew stehen bleibt, danach greift und sie in der anderen Hand mitnimmt. Ich lasse meinen Kopf an seine Brust sinken und schlinge die Arme um seinen Hals.

In der Tür bleibt er kurz stehen und dreht sich zu dem Zimmermädchen um.

»Bitte entschuldigen Sie den Fleck neben dem Bett.« Er nickt in die entsprechende Richtung und verzieht kurz das Gesicht. »Sie bekommen dafür auch ein ordentliches Trinkgeld.«

Dann geht er mit mir in seinem Arm über den Flur in sein Zimmer.

Nachdem er mich auf seinem Bett abgelegt hat, zieht er sofort die Vorhänge zu. »Ich hoffe, dass du bis heute Abend wieder auf den Beinen bist.« Er geht im Zimmer herum, als würde er etwas suchen.

»Was ist heute Abend?«

»Da gehen wir in eine andere Bar«, sagt er.

Er findet seinen MP3-Player neben dem Sofakissen am Fenster und legt ihn neben seine Tasche auf den Fernsehtisch.

Ich protestiere stöhnend. »Auf keinen Fall, Andrew. Ich gehe heute Abend in keine Bar. Ich werde bis an mein Lebensende keinen Tropfen mehr trinken.«

Er lässt sein Grinsen aufblitzen. »So was sagt jeder«, verkündet er. »Und ich würde dich auch nichts trinken lassen, selbst wenn du wolltest. Du brauchst mindestens eine nüchterne Nacht zwischen zwei Katern, sonst kannst du dich direkt bei den Anonymen Alkoholikern anmelden.«

»Also, ich hoffe, mir geht's heute irgendwann gut genug, um *irgendwas* zu machen, außer im Bett zu liegen – aber im Moment sieht es nicht danach aus.«

»Jedenfalls musst du etwas essen, so viel steht fest. Auch wenn dir schon bei dem Gedanken ans Essen schlecht wird, brauchst du was im Bauch, sonst fühlst du dich den ganzen Tag beschissen.«

»Du hast recht«, stimme ich ihm kleinlaut zu. »Mir wird *wirklich* schlecht, wenn ich nur ans Essen denke.«

»Toast und Eier«, sagt er und kommt wieder ans Bett. »Irgendwas Leichtes – du weißt Bescheid.«

»Ja, ich weiß Bescheid«, sage ich tonlos und wünsche mir, ich bräuchte nur mit den Fingern zu schnippen, und schon ginge es mir wieder besser.

# 26

Bis zum Spätnachmittag geht es mir tatsächlich wieder besser; zwar nicht hundertprozentig, aber doch gut genug, um mit Andrew in der Straßenbahn ein paar Sehenswürdigkeiten abzuklappern, die wir gestern nicht mehr geschafft haben. Nachdem ich Eier und zwei Scheiben Toast heruntergewürgt hatte, fuhren wir mit dem Riverfront Streetcar zum Audubon Aquarium und spazierten in einem zehn Meter langen Plexiglastunnel durch das Becken und die Fischschwärme. Danach fütterten wir Wellensittiche aus der Hand und schlenderten im Tropenhaus herum. Wir fütterten auch die Rochen und fotografierten uns gemeinsam mit unseren Smartphones, auch wenn das mit den vorgestreckten Armen irgendwie idiotisch aussieht. Später betrachtete ich die Bilder noch einmal in aller Ruhe, unsere aneinandergeschmiegten Wangen und das Lächeln, so als wären wir ein ganz normales Paar, das sich königlich amüsiert.

Ein ganz normales Paar … Aber wir sind kein Paar, und ich merke, dass ich mir das immer wieder ins Gedächtnis rufen muss.

Die Wirklichkeit kann manchmal zum Kotzen sein.

Aber nicht zu wissen, was man will, ist auch zum Kotzen. Wobei ich eigentlich *sehr wohl* weiß, was ich will. Ich kann es nicht länger abstreiten, aber ich fürchte mich immer noch davor. Ich fürchte mich vor Andrew und vor den Schmerzen, die er mir zufügen würde, wenn er mir irgendwann wehtun sollte, denn mir schwant, dass ich sie nicht ertragen könnte. Schon jetzt kann ich die Schmerzen kaum ertragen, dabei hat er mir noch gar keine zugefügt.

Jedenfalls stecke ich knietief in der Scheiße, so viel steht fest.

Bis es Nacht wird über New Orleans und die Feiermeute sich aus ihren Höhlen wagt, hat Andrew mich dazu überredet, mit der Fähre über den Mississippi zu setzen und zu Fuß zu einem Schuppen namens Old Point Bar zu gehen. Ich bin froh, dass ich die schwarzen Flipflops und nicht die neuen High Heels anhabe. Andrew hat mehr oder weniger darauf bestanden, vor allem, weil wir ein ganzes Stück zu Fuß gehen müssen.

»Ich reise nie aus New Orleans ab, ohne hier gewesen zu sein«, sagt er, während er Hand in Hand mit mir die Straße entlangwandert.

»Ach, du bist dort Stammgast?«

»Ich schätze, so könnte man es ausdrücken; allerdings ein Stammgast, der nur ein- oder zweimal im Jahr vorbeischaut. Ich bin dort ein paarmal aufgetreten.«

»Mit deiner Gitarre?«, nehme ich an und werfe ihm einen neugierigen Blick zu.

Eine Vierergruppe kommt uns auf dem Bürgersteig entgegen, und ich dränge mich an Andrew, um Platz zu machen.

Im selben Moment löst er seine Hand aus meiner und schiebt sie stattdessen um meine Taille.

»Ich habe als Sechsjähriger angefangen, Gitarre zu spielen.« Er lächelt mich an. »Es klang ehrlich gesagt nicht besonders, aber irgendwo muss man ja anfangen – erst als ich zehn war, spielte ich so, dass sich das Zuhören lohnte.«

Ich schnaufe beeindruckt aus. »Jung genug, um als musikalisches Talent zu gelten, würde ich sagen.«

»Wahrscheinlich schon; als Kind war ich in unserer Familie immer ›der Musiker‹, während Aidan ›der Architekt‹ war« – er sieht mich kurz an –, »weil er immer alles Mögliche baute – einmal sogar ein riesiges Baumhaus im Wald. Und Asher war ›der Hockeyspieler‹. Mein Dad liebte Hockey, fast noch mehr als das Boxen« – wieder sieht er mich an –, »aber eben nur fast. Allerdings verabschiedete sich Asher schon nach einem Jahr wieder vom Hockey – da war er gerade mal dreizehn« – er lacht kurz auf –, »ehrlich gesagt war Dad ein größerer Hockeyfan als Asher. Eigentlich wollte Asher immer nur an seinen elektronischen Geräten rumbasteln – nachdem er *Contact* gesehen hatte, schraubte er sich aus allem möglichen Zeugs im Haus einen Apparat zusammen, um mit den Aliens zu kommunizieren.«

Wir lachen beide.

»Was ist eigentlich mit deinem Bruder?«, fragt er. »Du hast mir zwar erzählt, dass er im Knast sitzt, aber wie war eure Beziehung davor?«

Mein Gesicht zieht sich säuerlich zusammen. »Cole war ein fantastischer großer Bruder, bis er in der achten Klasse anfing, mit dem größten Arschloch im Viertel abzuhängen – Braxton Hixley; ich habe diesen Typen von Anfang an gehasst. Jedenfalls fingen Cole und Braxton bald darauf mit Drogen und allem möglichen Mist an. Mein Dad versuchte ihm zu helfen, indem er ihn in ein Heim für schwierige Jugendliche steckte, aber Cole türmte und geriet danach noch tiefer in die Scheiße. Von da an ging es stetig bergab.« Ich sehe wieder nach vorn, wo uns die nächste Gruppe auf dem Bürgersteig entgegenkommt. »Er hat es förmlich darauf angelegt, im Knast zu landen.«

»Vielleicht wird er eher wie der große Bruder von damals sein, wenn er wieder rauskommt.«

»Vielleicht.« Ich zucke mit den Achseln, denn das bezweifle ich.

Wir gehen den Bürgersteig entlang bis zur nächsten Straßenecke, wo der Patterson Drive auf die Olivier Street trifft, und stehen dort direkt vor der Old Point Bar, die von außen eher aussieht wie ein historisches Südstaaten-Wohnhaus mit einem seitlichen Anbau. Wir gehen unter dem länglichen alten Schild hindurch und vorbei an den Plastiktischen und Stühlen auf der Veranda, auf der ein paar Raucher sitzen und sich laut unterhalten.

Drinnen höre ich eine Band spielen.

Ein Pärchen kommt aus der Bar, Andrew hält die Tür auf und greift nach meiner Hand. Die Bar ist nicht besonders groß, aber gemütlich. Ich sehe zur hohen Decke auf und lasse die Augen über die unzähligen Fotos und Nummernschilder und Bierreklamen und bunten Banner und alten Schilder wandern, die sämtliche Wände bedecken. Von der Holzdecke hängen mehrere Ventilatoren herab. Und rechts von mir ist die Theke, über der, wie in so ziemlich jeder Bar, ein Fernseher hängt. Obwohl der Laden gut besucht ist, hebt die Frau hinter der Theke einen Arm, so als würde sie Andrew zuwinken.

Andrew lächelt ihr zu und winkt mit zwei Fingern zurück, als wollte er sagen: »Ich komm gleich rüber.«

Es sieht so aus, als wären alle Tische besetzt, und die ersten Gäste tanzen schon. Die Band, die hinten in der Bar auftritt, ist ziemlich gut; sie spielen eine Art Bluesrock oder so. Jedenfalls gefällt es mir. Ein schwarzer Mann sitzt auf einem Hocker und spielt eine silberne Gitarre, dazu singt ein Weißer, vor dessen Bauch an einem breiten Gitarrengurt eine Akustikgitarre hängt. Ein untersetzter Drummer trommelt dazu, außerdem steht noch ein Keyboard auf der Bühne, aber das ist unbesetzt.

Ich schrecke kurz zurück, als mein Blick nach unten wandert und auf einen struppigen schwarzen Hund fällt, der schwanzwedelnd zu mir aufsieht. Ich bücke mich und kraule ihn hinter den Ohren. Zufrieden tappt er zurück zu seinem Herrn, der am Tisch neben mir sitzt, und legt sich ihm zu Füßen.

Nach ein paar Minuten sieht Andrew drei Leute an einem Tisch in der Nähe der Bühne aufstehen, nimmt mich ins Schlepptau, und schon sitzen wir.

Ich leide immer noch unter den Nachwehen meines Katers, und mein Kopf pocht leise, aber zu meiner Überraschung verstärkt der Lärm hier drin die Schmerzen nicht.

»Kein Bier für sie«, sagt Andrew freundlich zu der Frau, die hinter der Bar hervorgekommen ist, und deutet dabei auf mich.

Bis ich mich gesetzt hatte, hatte sich die Barkeeperin zwischen den Gästen hindurch bis an unseren Tisch vorgearbeitet.

Sie hat die weichen braunen Haare hinter die Ohren gekämmt, sieht aus, als wäre sie Anfang vierzig, und drückt Andrew mit einem so breiten Lächeln an ihre Brust, dass ich mich schon frage, ob sie vielleicht seine Tante oder Cousine ist.

»Das waren volle zehn Monate, Parrish«, tadelt sie ihn und klopft mit beiden Händen auf seinen Rücken. »Wo hast du verflucht noch mal gesteckt?« Dann lächelt sie mich an. »Und wer ist das?« Sie sieht Andrew amüsiert an, aber ich meine noch mehr in ihrem Lächeln zu entdecken: so etwas wie ein stilles Abwägen.

Andrew nimmt meine Hand, und ich stehe auf, um

mich förmlich vorstellen zu lassen. »Das ist Camryn«, sagt er. »Camryn, das ist Carla; sie stand bei mindestens sechs meiner grauenvollen Auftritte hinter der Theke.«

Carla boxt ihn lachend gegen die Brust und sieht mich dann wieder an. »Lass dir nichts vormachen.« Sie deutet auf ihn und zieht beide Brauen hoch. »Der Bursche kann singen.« Dann zwinkert sie mir zu und schüttelt mir die Hand. »Freut mich.«

Ich lächle sie ebenfalls an.

*Singen?* Ich dachte, er würde hier Gitarre spielen; ich hatte keine Ahnung, dass er auch singt. Eigentlich überrascht mich das nicht. Halb hat er das schon in Birmingham unter Beweis gestellt, als er bei *Hotel California* auf Anhieb den richtigen Ton bei *»alibis«* getroffen hat. Und ab und zu hat er während unserer langen Fahrt vergessen, dass ich neben ihm sitze – oder es war ihm egal –, und irgendwelche Rocksongs aus den Lautsprechern mitgesungen.

Aber ich hätte nie gedacht, dass er tatsächlich irgendwo aufgetreten ist. Zu dumm, dass er seine Gitarre nicht dabeihat; ich hätte ihn so gern auf der Bühne gesehen.

»Es ist so schön, dich wiederzusehen«, sagt Carla und deutet dann auf den Schwarzen auf der Bühne. »Eddie wird begeistert sein.«

Andrew nickt Carla lächelnd zu, woraufhin sie sich zwischen den Gästen durchschlängelt und wieder hinter die Theke zurückkehrt.

»Willst du irgendwas trinken?«

Ich wedle mit der Hand. »Nein danke, ich brauche nichts.«

Er bleibt stehen, und als die Band mit ihrem Song fertig ist, wird mir klar warum. Der Schwarze mit der silbernen Gitarre bemerkt Andrew, lehnt lächelnd die Gitarre an seinen Stuhl und kommt auf uns zu. Er umarmt Andrew fast so herzlich wie Carla zuvor, und ich stehe wieder auf, um vorgestellt zu werden und »Eddie« die Hand zu schütteln.

»Parrish! Du warst ja ewig nich' hier«, erklärt Eddie in seinem breiten Cajun-Akzent. »Wie lang war's diesma'? Ein Jahr?«

Auch bei Carla hatte man den Cajun-Akzent durchgehört, aber längst nicht so deutlich wie bei Eddie.

»Fast.« Andrew strahlt.

Andrew scheint sich wirklich zu freuen, dass er hier ist, so als wären diese Menschen lang vermisste Familienangehörige, mit denen er sich immer gut verstanden hat. Selbst sein Lächeln wirkt wärmer und einladender als je zuvor. Als er mich mit Carla und Eddie bekanntgemacht hat, hat es praktisch den ganzen Raum erhellt. Es war, als wäre ich das eine Mädchen, das er endlich mit nach Hause bringt, um es seiner Familie vorzustellen, und so wie die beiden mich angesehen haben, haben sie das wohl ähnlich empfunden.

»Spielste heut' Abend?«

Ich setze mich wieder, sehe zu Andrew auf und erwarte seine Antwort offenbar genauso gespannt wie Eddie. Eddie fixiert Andrew lächelnd mit einem »Komm-garnicht-erst-auf-die-Idee-abzulehnen«-Blick, bei dem sich die Falten um seine Augen und um seine Mundwinkel deutlich vertiefen.

»Ich hab die Gitarre nicht dabei.«

»Oh.« Eddie schüttelt den Kopf. »Was soll'n das werden? Willste mich verarsch'n?« Er deutet auf die Bühne. »Da sin' Gitarrn genug.«

»Ich will dich auch spielen hören«, erkläre ich Andrew.

Andrew dreht sich unsicher zu mir um.

»Ich meine es ernst. Ich bitte dich darum.« Ich lege den Kopf leicht schief und lächle zu ihm auf.

»O Mann, hat das Mädel Augen, und wie.« Eddie grinst Andrew ebenfalls an.

Andrew gibt sich geschlagen. »Na gut, aber nur einen Song.«

»Nur einen, wie?« Eddie reckt sein faltiges Kinn vor und meint: »Gut, aber dann darf *ich* ihn aussuch'n.« Er deutet knapp oberhalb des weißen Hemds auf seine Brust. Ein Päckchen Zigaretten ragt aus der linken Brusttasche.

Andrew nickt. »Na schön, du darfst ihn aussuchen.«

Eddies Grinsen wird noch breiter, dann sieht er mich mit einem verschwörerischen Seitenblick an. »Den für die Ladys, den wir auch letztes Ma' gespielt ham.«

»Den von den Rolling Stones?«, fragt Andrew nach.

»O ja«, sagt Eddie. »Das isser, Junge.«

»*Welcher* Song?« frage ich und stütze das Kinn auf die Knöchel.

*»Laugh, I Nearly Died«,* antwortet Andrew. »Wahrscheinlich hast du ihn noch nie gehört.«

Er hat recht. Ich schüttle langsam den Kopf. »Nein, hab ich nicht.«

Eddie befiehlt Andrew mit einer knappen Kopfbewegung, ihm auf die Bühne zu folgen. Andrew beugt sich vor, haucht unerwartet einen kurzen Kuss auf meine Lippen und geht ihm hinterher.

Die Ellbogen auf den Tisch gestützt, bleibe ich gespannt und aufgeregt sitzen. Um mich herum sind so viele Unterhaltungen im Gange, dass der Lärm wie ein stetiges Summen im Raum zu schweben scheint. Hin und wieder höre ich das Klirren von Bierflaschen, die gegeneinander geschlagen oder auf den Tisch gestellt werden. Es ist dunkel hier drin, denn der Raum wird nur von dem gefilterten Licht der Neonröhren in den Bierreklamen erhellt und von dem durch die hohen Glasfenster sickernden Widerschein des Mondes und der Straßenlaternen. Ab und zu leuchtet rechts hinter der Bühne, wo sich vermutlich die Toiletten befinden, ein gelber Lichtstrahl auf, wenn jemand die Tür öffnet.

Andrew und Eddie steigen auf die Bühne und arrangieren das Set: Andrew zieht irgendwo hinter den Drums einen übrig gebliebenen Barhocker hervor und stellt ihn hinter das Mikrofon am Bühnenrand. Eddie sagt etwas zu dem Drummer – wahrscheinlich, welches Stück er spielen soll –, der daraufhin bestätigend nickt. Ein weiterer Mann tritt mit noch einer Gitarre auf die Bühne, aber vielleicht ist das auch ein Bass; ich habe nie wirklich darauf geachtet, wo der Unterschied liegt. Eddie reicht Andrew eine schwarze Gitarre, die er zuvor an einen Verstärker angeschlossen hat, und die beiden wechseln ebenfalls ein paar Worte abseits des Mikrofons. Und dann nimmt Andrew auf dem Hocker Platz und stellt den einen Fuß auf die unterste Querstrebe. Danach lässt sich Eddie auf seinem nieder.

Sie zupfen und stimmen ein wenig, und der Drummer schlägt unregelmäßig auf seine Becken. Ich höre ein Ploppen und dann ein Pfeifen, als ein weiterer Verstärker angeschaltet oder aufgedreht wird, und dann klopft Andrew ein paarmal mit dem Daumen auf das Mikro.

Mein Magen flattert schon so nervös, als säße ich selbst da oben und müsste einem Haufen Fremder was vorsingen. Aber hauptsächlich flattert mein Magen, weil Andrew da oben sitzt. Er sieht mich kurz von der Bühne herab an, unsere Blicke treffen sich, dann beginnt der Drummer das Stück, indem er dezent den Takt auf den Becken vorgibt. Gleich darauf setzt Eddies Gitarre ein; mit einer langsamen, eingängigen Melodie, bei der die meisten stehenden Gäste sich umdrehen und zur Bühne schauen, um sich das neue Stück anzuhören – das sie offensichtlich alle kennen und nicht oft genug hören können. Andrew spielt ein paar Akkorde mit Eddie, und schon merke ich, wie sich mein Oberkörper im Takt der Musik wiegt.

Als Andrew zu singen anfängt, reagiere ich, als hätte ich eine Sprungfeder im Nacken. Ich höre auf der Stelle auf, mich zu wiegen, stattdessen reißt es mir den Kopf zurück, weil ich meinen Ohren nicht traue; so bluesig und fesselnd ist seine Stimme. Er singt mit geschlossenen Augen und nickt langsam im Takt des sinnlichen, souligen Stückes.

Und als der Refrain kommt, stockt mir endgültig der Atem …

Der Rhythmus beschleunigt, und ich merke, wie es mir den Rücken gegen die Lehne presst und meine Augen immer größer werden, so viel Soul legt Andrew in jedes einzelne Wort. Seine Miene verzerrt sich bei jeder intensiven Note und beruhigt sich, sobald auch die Musik wieder ruhiger wird. In der Bar ist es still. Ich will den Blick nicht von Andrew abwenden, um mich zu überzeugen, trotzdem spüre ich, dass sich die Atmosphäre verändert hat, sobald Andrew den kraftvollen Refrain angestimmt hat, mit einem sexy Blues-Timbre, das ich nie bei ihm vermutet hätte.

Bis bei der zweiten Strophe der Beat wieder langsamer wird, hat er jeden einzelnen Gast im Raum in seinen Bann gezogen. Überall um mich herum tänzeln und wiegen sich die Zuhörer, und alle Pärchen bewegen sich mit den Lippen oder Hüften aufeinander zu, weil man bei diesem

Song einfach nicht anders kann. Aber ich … ich starre nur atemlos nach vorn und lasse Andrews Stimme in jeden Hohlraum und jeden Knochen meines Körpers dringen. Sie wirkt wie ein unwiderstehliches Gift: Ich sauge sie auf, hypnotisiert von den Gefühlen, die sie in mir auslöst, und obwohl ich genau weiß, dass sie meine Seele auslöschen könnte.

Andrew hat immer noch die Augen geschlossen, so als müsste er alle anderen Eindrücke ausschalten, um sich ganz der Musik hinzugeben. Und als der Refrain zum zweiten Mal kommt, geht er noch mehr mit, bis er fast vom Hocker aufsteht und den Hals dem Mikro entgegenstreckt, das Gesicht gefühlvoll verzerrt und die Gitarre fest in seinem Schoß.

Eddie, der Drummer und der Bassist singen zwei Zeilen mit, dann setzt das Publikum leise ein.

Bei der dritten Strophe möchte ich am liebsten weinen, kann es aber nicht. Ich spüre den Drang wie einen Druck in der Magengrube, der mich nur quälen will.

*Laugh, I Nearly Died …*

Andrew singt immer weiter, so leidenschaftlich, dass *ich* beinahe sterbe, weil mein Herz wie rasend schlägt. Und dann stimmt die Band wieder in den Gesang ein, und gleich darauf wird die Musik langsamer, bis nur noch die Drums zu hören sind; das tiefe, raue Klopfen der Basstrommel, das durch die Dielen unter meinen Füßen läuft. Im selben Moment beginnt das Publikum im Takt aufzustampfen, und alle singen den Refrain mit. Als sie dabei alle genau einmal gleichzeitig klatschen, bringt der Laut die Luft selbst zum Schwingen. Dann noch mal. Andrew singt: »*Yeah-yeah!*«, und dann endet die Musik abrupt.

Rufe, begeisterte Pfiffe, viele »Yeahs« sind zu hören und vereinzelt ein »Heilige Scheiße«. Mir laufen Schauer über den Rücken und von dort aus bis in meine Finger- und Zehenspitzen.

*Laugh, I Nearly Died …* Diesen Song werde ich mein Leben lang nicht mehr vergessen.

*Wie kann so jemand* echt *sein?*

Ich warte darauf, dass mich jeden Moment die düstere Wirklichkeit einholt oder dass ich hinten in Damons Auto aufwache und in Natalies Gesicht aufschaue, die mir erklärt, dass Blake mir im Underground K.o.-Tropfen in meinen Drink gemixt hat.

Andrew lehnt die geborgte Gitarre an den Hocker, geht zu Eddie, um ihm die Hand zu schütteln, und dann weiter zum Drummer und zuletzt zum Bassisten. Eddie begleitet ihn ein Stück zu unserem Tisch, bleibt aber dann stehen und zwinkert mir noch einmal zu, bevor er wieder auf die Bühne steigt. Ich mag Eddie. Der Mann wirkt absolut ehrlich, gut und mitfühlend.

Natürlich wird Andrew auf dem Rückweg an unseren Tisch immer wieder von Leuten aus dem Publikum aufgehalten, die ihm die Hand schütteln und ihm wahrscheinlich erklären, wie gut ihnen der Auftritt gefallen hat. Er dankt ihnen und arbeitet sich dabei langsam, aber stetig zu mir vor.

Mir ist aufgefallen, dass ein paar Frauen ihm mit ausgesprochenem Wohlgefallen nachsehen.

»Wer *bist* du?«, frage ich ihn nur halb ironisch.

Andrew wird irgendwie rot, zieht einen freien Stuhl zu sich her und setzt sich mir gegenüber.

»Du bist der *Wahnsinn,* Andrew. Ich hatte keine Ahnung.«

»Danke, Babe.«

Er wirkt wahnsinnig bescheiden. Irgendwie hätte ich erwartet, dass er Witze reißt, mich als sein Groupie bezeichnet und von mir verlangt, mit ihm hinters Haus zu gehen oder so. Aber er will ganz offensichtlich nicht über sein Talent reden, so als wäre es ihm peinlich. Oder hat er nur Probleme mit aufrichtigem Lob?

»Ganz im Ernst«, sage ich. »Ich wünschte, ich könnte so singen.«

Damit entlocke ich ihm doch eine Reaktion, wenn auch nur ganz kurz: »Das kannst du«, sagt er nur.

Ich ziehe den Kopf zurück und schüttle ihn energisch. »Nein-nein-nein-nein-nein«, gebiete ich ihm Einhalt, bevor er auf dumme Gedanken kommen kann. »Ich kann nicht singen. Vielleicht klingt es nicht direkt grauenvoll, wenn ich singe, aber ich gehöre auf keine Bühne, so viel steht fest.«

»Warum nicht?« Carla bringt ihm ein Bier, lächelt mich an und kehrt dann hinter die Theke zurück. »Lampenfieber?« Er setzt die Flasche an die Lippen und legt den Kopf in den Nacken.

»Ehrlich, ich habe noch nie daran gedacht, woanders zu singen als im Auto.« Ich sinke in meinen Stuhl zurück. »Und ich habe mir noch nie so viele Gedanken übers Singen gemacht, als dass ich mir überlegt habe, ob ich Lampenfieber hätte.«

Andrew zuckt mit den Achseln, nimmt noch einen Schluck Bier und stellt die Flasche dann auf den Tisch. »Nur um das festzuhalten, ich finde, du hast eine sehr schöne Stimme. Ich habe dich im Auto singen gehört.«

Ich verdrehe die Augen und verschränke die Arme. »Danke, aber es ist keine Kunst, so zu klingen, als könnte man singen, wenn man bloß jemanden begleitet. Wahrscheinlich würdest du dir die Ohren zuhalten, wenn ich allein zur Musik singen müsste.« Ich beuge mich vor und ergänze: »Wieso sitze eigentlich ich auf einmal im Kreuzfeuer?« Dabei kneife ich ein Auge zusammen und fixiere ihn spielerisch. »Wir sollten hier ausschließlich über dich reden – woher kannst du das?«

»Ich habe mich beeinflussen lassen, schätze ich«, sagt er. »Aber niemand kann es so singen wie Jagger.«

»Da bin ich anderer Meinung.« Ich ziehe das Kinn zurück. »Was, ist Jagger dein musikalisches Idol oder wie?«, frage ich halb im Scherz, und er lächelt mich an.

»Er hat mich bestimmt beeinflusst, aber nein, mein musikalisches Idol ist ein bisschen älter als er.«

Hinter seinen Augen liegt ein tiefes Geheimnis verborgen.

»Und wer ist es?«, frage ich wie benommen.

Ohne jede Vorwarnung beugt Andrew sich vor, packt mich um die Taille und hebt mich auf seinen Schoß, sodass ich ihm ins Gesicht sehe. Ich erschrecke kurz, aber ich würde mich auf keinen Fall wehren. Während ich rittlings auf seinen Schenkeln sitze, sieht er in meine Augen auf.

»Camryn?«

Ich lächle ihn an und frage mich immer noch, wie es hierzu kam. »Was ist denn?« Ich lege den Kopf leicht schief; meine Hände liegen auf seiner Brust.

Ein kurzer Gedanke zuckt durch sein Gesicht, aber er antwortet nicht.

»Was ist denn?«, frage ich noch mal, neugierig geworden.

Ich spüre, wie sich seine Hände um meine Hüften schmiegen, dann richtet er sich auf und streicht mit den Lippen über meine. Meine Augen schließen sich von selbst, und ich verliere mich in seiner Berührung. Mir ist klar, dass ich ihn jetzt küssen könnte, aber ich bin mir nicht sicher, ob ich es sollte.

Als sich seine Lippen von meinem Mund lösen, fliegen meine Augen sofort wieder auf. »Was ist denn, Andrew?«

Er lächelt, und mir wird sofort warm.

»Nichts«, sagt er, schlägt leicht mit den flachen Händen auf meine Schenkel und ist sofort wieder der verspielte, ironische Andrew. »Ich wollte dich nur auf meinem Schoß haben.« Er grinst boshaft.

Ich versuche von seinem Schoß zu rutschen – aber nicht allzu energisch –, woraufhin er die Arme um meine Taille schließt und mich festhält. Den ganzen Abend lässt er mich nur ein einziges Mal von seinem Schoß aufstehen, als ich zur Toilette muss, und da steht er vor der Tür Wache. Wir bleiben noch lange im Old Point, hören Eddie und der Band zu, die Blues und Bluesrock und sogar ein paar alte Jazzsongs spielen, und machen uns erst um kurz nach elf auf den Rückweg ins Hotel.

# 27

Im Hotel kommt Andrew erst mal mit auf mein Zimmer und schaut sich mit mir einen Film an. Wir unterhalten uns lange, und ich spüre so was wie ein Zögern zwischen uns: Uns liegt beiden etwas auf dem Herzen, das wir dem anderen unbedingt erklären möchten.

Aber keiner von beiden will diese Linie überschreiten, da sind wir uns wohl zu ähnlich.

Was hält uns zurück? Vielleicht liegt es an mir; vielleicht kann das, was uns verbindet, sich erst weiter entwickeln, wenn er spürt, dass ich es wirklich will und dass ich mir dessen sicher bin. Oder er ist schlicht und einfach genauso unsicher wie ich.

Aber wie lange können zwei Menschen, die unzweifelhaft *mehr* füreinander empfinden als bloße Zuneigung, diesen Zustand aufrechterhalten? Inzwischen sind wir seit über einer Woche zusammen unterwegs. Wir haben intime Geheimnisse miteinander geteilt und *waren* wirklich intim. Wir haben nebeneinander geschlafen und uns berührt, und doch stehen wir immer noch auf verschiedenen Seiten einer dicken gläsernen Wand. Wir pressen die Finger an die Scheibe, wir sehen uns in die Augen, und wir wissen genau, was wir wollen, aber diese *verfickte* Glaswand will sich einfach nicht bewegen. Entweder ist das ein Fall von eiserner Selbstdisziplin oder von purer, ungetrübter Selbstquälerei.

»Nicht dass ich es eilig hätte, wieder abzufahren«,

sage ich, als Andrew aufsteht, um in sein Zimmer zu verschwinden. »Aber wie lange bleiben wir noch in New Orleans?«

Er nimmt sein Handy vom Nachttisch und sieht kurz aufs Display, bevor er es in seiner Hand verschwinden lässt.

»Wir haben bis Donnerstag bezahlt«, sagt er, »aber du hast die Wahl; wenn du willst, können wir schon morgen fahren oder auch noch länger bleiben.«

Ich presse lächelnd die Lippen aufeinander, tue so, als müsste ich die Entscheidung genau überdenken und tippe dabei mit dem Zeigefinger gegen meine Wange.

»Ich weiß nicht recht«, sage ich und stehe ebenfalls auf. »Eigentlich gefällt es mir hier, aber irgendwann müssen wir schließlich nach Texas.«

Andrew sieht mich neugierig an. »Ach ja? Du willst also immer noch nach Texas?«

Ich nicke langsam, denn jetzt muss ich wirklich überlegen. »Ja«, antworte ich gedankenversunken, »ich glaube schon – mit Texas hat schließlich alles angefangen …«, und dann schießen mir die Worte *und vielleicht endet alles auch in Texas* durch den Kopf, und mir entgleist das Gesicht.

Andrew lächelt und gibt mir einen Kuss auf die Stirn. »Wir sehen uns morgen früh.«

Und ich lasse ihn gehen, weil die gläserne Wand zu dick und zu einschüchternd ist, als dass ich ihn aufhalten könnte.

Stunden später, noch lang vor dem Morgengrauen, während alle anderen schlafen, bin ich plötzlich hellwach und setze mich mitten im Bett auf. Ich weiß nicht genau, was mich geweckt hat, dem Gefühl nach könnte es ein lauter Schlag gewesen sein. Während ich mich zu sammeln versuche, wandert mein Blick durch das stockdunkle Zimmer, bis sich meine Augen an die Finsternis gewöhnt haben, und ich versuche zu erkennen, ob irgendwas runtergefallen ist. Ich stehe auf, gehe herum und ziehe die Vorhänge einen Spalt weit auf, um mehr Licht hereinzulassen. Mein Blick geht erst zum Bad, dann zum Fernseher und schließlich zur Wand. Andrew. Langsam dämmert es mir: Ich glaube, ich habe etwas aus *seinem* Zimmer gehört, direkt hinter meinem Kopf.

Ich streife die weißen Baumwollshorts über meinen Slip, nehme meine Keycard und die Card zu seinem Zimmer, die er mir gegeben hat, und tappe barfuß durch den hell erleuchteten Flur.

Erst klopfe ich leise an.

»Andrew?«

Keine Antwort.

Ich klopfe noch mal, diesmal etwas fester, und rufe ihn leise, aber ich höre trotzdem keine Reaktion. Nach kurzem Abwarten schiebe ich seine Karte in den Leser und drücke die Tür ganz leise auf, falls er noch schläft.

Andrew sitzt am Fußende seines Bettes, hat die Ellbogen auf die Knie gestützt und die Hände zwischen den Beinen gefaltet. Vornübergebeugt hockt er zusammengesunken da, und sein Kopf hängt nach unten, sodass er nichts außer dem Teppichboden sehen kann.

Ich schaue nach rechts und sehe sein Handy mit zersprungenem Display am Boden liegen. Mir ist sofort klar, dass er es gegen die Wand geschleudert haben muss.

»Andrew? Was ist denn los?«, frage ich und nähere mich ihm ganz langsam, nicht weil ich Angst vor ihm habe, sondern weil ich Angst *um* ihn habe.

Weil die Vorhänge weit zurückgezogen sind, badet der Mond den gesamten Raum und Andrews halb nackten

Körper in einem gräulich blauen Dämmerlicht. Andrew trägt nur seine Boxershorts. Ich trete vor ihn hin, streiche einmal an seinen Armen abwärts und nehme dann seine Hände. »Du kannst es mir erzählen«, sage ich, dabei weiß ich ohnehin, was passiert ist.

Er sieht nicht auf, aber er ergreift meine Finger und drückt leise zu.

Mir bricht das Herz …

Ich mache noch einen Schritt auf ihn zu, bis ich zwischen seinen Beinen stehe, und sofort schlingt er die Arme um meinen Körper. Ich spüre, wie mein Brustkorb zu zittern beginnt, sobald ich sein Leid in mir aufnehme, lege die Hände um seinen Kopf und ziehe ihn an meinen Bauch.

»Es tut mir so leid, Baby.« Auch wenn meine Stimme bebt und mir Tränen übers Gesicht laufen, versuche ich nach besten Kräften, die Fassung zu wahren. Ich drücke sanft seinen Kopf, und er presst die Stirn fester gegen meinen Bauch. »Ich bin hier, Andrew«, sage ich vorsichtig.

Und er weint leise in meinen Bauch. Er gibt keinen einzigen Laut von sich, trotzdem spüre ich, wie sein Körper an meinem zittert. Sein Vater ist gestorben, und endlich lässt er die Trauer zu. Eine halbe Ewigkeit hält er mich fest, er fesselt mich mit seinen Armen, wenn der Schmerz zu groß wird, und ich drücke ihn an meinen Bauch, die Hände in seinem Haar vergraben.

Schließlich hebt er den Kopf und sieht mich an. Ich wünschte, ich könnte den Schmerz aus seinem Gesicht zaubern. Im Moment ist das alles, was mich interessiert. Ich will nur seinen Schmerz lindern.

Andrew zieht mich an der Taille auf sein Bett und hält mich dort liegend in der Umklammerung seiner harten

Arme, die meinen Rücken gegen seinen Bauch pressen. Eine volle Stunde verstreicht, in der ich den Mond am Himmel weiterwandern sehe. Die ganze Zeit spricht Andrew kein einziges Wort, und ich versuche ihn auch nicht zum Reden zu bringen, weil ich genau weiß, dass er noch Zeit braucht. Außerdem könnte ich damit leben, dass nie wieder einer von uns ein Wort spricht, solange wir nur so liegen bleiben.

Endlich weinen die zwei Menschen, die nicht weinen konnten, miteinander, und wenn die Welt heute zugrunde gehen würde, so wäre für uns trotzdem alles gut.

Irgendwann beginnt die Morgensonne das Mondlicht auszuwaschen, und eine Weile sind weder Mond noch Sonne zu sehen, beide verborgen am selben weiten Himmel, sodass keiner den anderen überstrahlt. Die Atmosphäre badet in dunklem Violett und einem von knallrosa Klecksen durchsetzten Grau, bis die Sonne sich schließlich durchsetzt und unsere Seite der Welt weckt.

Ich drehe mich zu Andrew um. Auch er ist immer noch wach. Ich lächle ihn an, und er weicht nicht zurück, als ich mich vorbeuge, um ihn sacht auf die Lippen zu küssen. Er hebt die Hand und streichelt erst mit dem Fingerrücken über meine Wange, dann berührt er meinen Mund, wobei sein Daumen ganz leicht über meine Unterlippe streicht, bevor er die Hand wieder senkt. Ich dränge mich an ihn, er nimmt meine Hand und hält sie zwischen unseren aneinandergeschmiegten Körpern fest. Seine wunderschönen grünen Augen lächeln mich liebevoll an, und dann lässt er meine Hand wieder los und schlingt den Arm um meine Hüfte, bis ich so nah an ihm liege, dass ich seinen regelmäßigen warmen Atem auf meinem Kinn spüre.

Ich weiß, dass er nicht über seinen Vater sprechen will

und dass es den Augenblick zerstören würde, wenn ich das Thema jetzt aufbrächte, darum bleibe ich stumm. Sosehr ich es mir auch wünsche und so überzeugt ich auch bin, dass er darüber sprechen muss, um seine Trauer zu bewältigen, ich werde warten. Er braucht Zeit.

Mit meiner freien Hand fahre ich das Tattoo auf seinem rechten Oberarm nach. Und dann wandern meine Finger langsam über seinen Rippen abwärts.

»Kann ich es sehen?«, flüstere ich.

Er weiß, dass ich von dem Eurydike-Tattoo unter seinem linken Arm spreche, das sich in diesem Moment unter ihm in die Matratze presst.

Als Andrew mich ansieht, ist seine Miene nicht zu deuten. Sein Blick wandert lange ziellos umher, aber dann setzt er sich auf und krabbelt über mich hinweg auf die andere Seite des Bettes, sodass das Tattoo sichtbar wird. Wieder legt er sich seitlich aufs Bett und zieht mich näher, dann hebt er den Arm von seinen Rippen. Ich stütze mich auf meinen Ellbogen, um einen besseren Blick zu bekommen, und fahre mit den Fingern über das verschnörkelte Kunstwerk, das so schön und lebensecht wirkt. Der Scheitel der Frau liegt fünf Zentimeter unter seiner Armbeuge, während ihre nackten Füße bis auf Andrews schmale Hüfte und eine Handbreit weit auf seinen Bauch reichen. Sie trägt ein langes, fließendes und halb transparentes Gewand, das von einem starken Luftzug gegen ihren Leib gedrückt wird. Lange Stoffbahnen wehen hinter ihr her und um sie herum im unsichtbaren Wind.

Sie steht auf einer Klippe, den Blick nach unten gerichtet und einen Arm halb nach hinten gestreckt.

Und dann wird es schräg.

Den anderen Arm hat Eurydike nach vorn gereckt, aber die Tätowierung endet an ihrem Ellbogen. Von der anderen Seite reicht ein weiterer Arm herein, aber es ist nicht ihrer; er scheint zu jemand anderem zu gehören und sieht männlich aus. Genauso wenig passen die zusätzlichen Stoffbahnen in das Bild, die genau wie ihr Gewand im Wind wehen. Und unten steht neben ihr auf einer Felsklippe ein Fuß mit einer muskulösen Wade, die knapp unter dem Knie abgeschnitten ist.

Wie gebannt von so viel Schönheit, fahre ich das Tattoo Zentimeter für Zentimeter nach und versuche gleichzeitig die unzusammenhängenden Ansätze und fehlenden Teile zu erfassen.

Ich sehe zu Andrew auf, und er sagt: »Du hast gestern Abend gefragt, wer mein musikalisches Idol sei, und die Antwort darauf lautet Orpheus – ziemlich schräg, ich weiß, aber ich habe die Sage von Orpheus und Eurydike immer geliebt, vor allem in der Fassung des Apollonius von Rhodos –, und das ist irgendwie hängen geblieben.«

Ich muss lächeln und betrachte wieder das Tattoo; meine Finger ruhen immer noch auf seinen Rippen. »Orpheus kenne ich, aber Eurydike weniger.« Es ist mir ein bisschen peinlich, dass ich die Geschichte nicht kenne, vor allem da sie Andrew offenbar so viel bedeutet.

Er beginnt zu erklären: »Orpheus war der Sohn einer Muse und daher ein Musiker ohnegleichen, und wenn er die Leier spielte oder sang, schlug er damit alle Menschen und Tiere in seinen Bann. Es gab keinen größeren Musiker als ihn, aber seine Liebe zu Eurydike war noch größer als seine musikalische Gabe; für sie hätte er absolut alles getan. Die beiden heirateten, aber schon kurz nach der Hochzeit wurde Eurydike von einer Viper gebissen und starb. In seiner unendlichen Trauer reiste Orpheus seiner Frau in die Unterwelt nach, entschlossen, sie wieder heimzubringen.«

Während Andrew die Geschichte erzählt, sehe ich mich unwillkürlich und absolut egoistisch in der Rolle der Eurydike. Und Andrew als Orpheus. Ich sehe sogar den albernen Moment vor mir, als ich nachts mit Andrew auf dem Feld lag und eine Schlange über unsere Decke kroch. So zu denken ist dumm und egoistisch, ich weiß, aber ich kann einfach nicht anders …

»In der Unterwelt spielte Orpheus die Leier und begann zu singen, bis alle dort ganz verzaubert waren und von ihren Gefühlen überwältigt wurden. Schließlich durfte Orpheus Eurydike wieder in die Oberwelt zurückführen, aber nur unter einer Bedingung: Orpheus durfte sich auf dem Weg nach oben kein einziges Mal zu ihr umdrehen.« Andrew bleibt kurz still. »Aber je länger er wanderte, desto stärker wurde bei ihm der Wunsch und der Drang festzustellen, ob Eurydike ihm wirklich folgte.«

»Und so drehte er sich um«, ergänze ich.

Andrew nickt traurig.

»Genau, er drehte sich eine Sekunde zu früh um und sah Eurydike im Halbdunkel des Höhleneingangs stehen. Die beiden versuchten sich an den Händen zu fassen, doch gerade als sich ihre Finger berühren wollten, wurde sie ins Dunkel der Unterwelt zurückgezogen, und er sah sie nie wieder.«

Ich schlucke meine Gefühle hinunter und blicke sehnsüchtig in Andrews Gesicht. Er schaut mich nicht an, sondern scheint gedankenverloren durch mich hindurchzusehen.

Dann kehrt er abrupt in die Realität zurück.

»Jeder Zweite hat irgendein tiefsinniges, bedeutungsschwangeres Tattoo«, erklärt er und sieht mich dabei wieder an. »Das ist meins.«

Ich betrachte es wieder und sehe ihm dann in die Augen, weil ich plötzlich an etwas denken muss, das sein Vater damals in Wyoming gesagt hat.

»Andrew, was hat dein Vater gemeint, als er das im Krankenhaus zu dir gesagt hat?«

Sein Blick wird weich, und er sieht kurz weg. Gleich darauf nimmt er wieder meine Hand und fährt mit dem Daumen über meine Finger.

»Du hast das gehört?«, fragt er mit einem leisen Lächeln.

»So halb.«

Nach einem Kuss auf meine Finger lässt Andrew meine Hand wieder los. »Er hat mich deswegen immer aufgezogen. Nachdem ich mir das Tattoo stechen ließ, habe ich Aidan erzählt, was es bedeutet und warum es unvollständig ist, und er hat es unserem Vater weitererzählt.« Andrew verdreht die Augen. »Versteht sich, dass ich von dem Tag an für mein Tattoo büßen musste. In den letzten zwei Jahren hat mich mein Dad ständig damit verarscht, aber ich weiß, dass er damit nur seiner Rolle gerecht wurde: als harter Bursche, der nie weint und nicht an Gefühle glaubt. Nur einmal, als Aidan und Asher nicht dabei waren, hat er mir im Vertrauen erklärt, dass mein tiefsinniges Tattoo zwar ›was für Muschis‹ sei, aber dass er mich trotzdem verstand – wörtlich sagte er« – Andrew zwirbelt die Finger in der Luft –: »›Ich hoffe, du findest eines Tages deine Eurydike, Sohn – solange sie dich nicht in eine Muschi verwandelt, wünsche ich dir das aus tiefstem Herzen.‹«

Ich versuche das kleine Lächeln von meinen Lippen zu tilgen, aber er entdeckt es und muss ebenfalls lächeln.

»Aber warum ist es unvollendet geblieben?« Wieder betrachte ich es und hebe seinen Arm von Eurydikes Kopf. »Und was genau bedeutet es?«

Andrew seufzt, als hätte er von Anfang an gewusst, dass ich das irgendwann fragen würde. Ich habe das dumpfe Gefühl, dass es ihm lieber gewesen wäre, wenn ich die Sache auf sich beruhen lassen hätte.

Als ob.

Plötzlich richtet sich Andrew auf und zieht mich mit hoch. Er hakt die Finger unter den Saum meines Tanktops und beginnt es nach oben zu schieben. Automatisch hebe ich die Arme an, lasse mir das Shirt ausziehen und sitze mit nacktem Oberkörper vor ihm. Ich fühle mich nur ein winziges bisschen verunsichert und merke, wie meine Schultern automatisch nach vorn wandern, wie um mit ihrem Schatten meine Brüste zu verdecken.

Andrew drückt mich sanft aufs Bett zurück und zieht mich so fest an seinen Körper, dass meine nackten Brüste zwischen unseren Oberkörpern plattgedrückt werden. Dann legt er meine Arme um seinen Körper, so wie seine um meinen liegen, und drückt mich noch fester an seinen Rumpf, bis sich auch unsere nackten Beine verschränken. Unsere Rippen berühren sich, und unsere Körper fügen sich ineinander wie zwei glatte Puzzleteilchen.

Und plötzlich beginne ich zu verstehen …

»Meine Eurydike ist nur die Hälfte des Tattoos«, sagt er, und mein Blick wandert nach unten, wo das Tattoo genau an meinem Körper endet. »Ich habe mir immer vorgestellt, dass Eurydike eines Tages ihre andere Hälfte finden und sich mit ihr vereinen würde.«

Mir klopft das Herz im Hals. Ich versuche es herunterzuschlucken, aber es klemmt dick und warm in meiner Kehle.

»Aber natürlich ist das eine Schnapsidee«, sagt er, und ich spüre, wie sich seine Arme langsam von mir lösen.

Ich fasse ihn fester, um ihn bei mir zu behalten.

»Das ist es überhaupt nicht«, sage ich leise und eindringlich. »Und es ist auch nichts ›für Muschis‹; es ist *wunderschön*, Andrew. *Du* bist wunderschön …«

Ganz kurz spiegelt sich ein Gefühl, das ich nicht einordnen kann, in seinem Gesicht.

Dann steht er auf, und ich lasse ihn widerstrebend los.

Er hebt seine dunkelbraune Cargoshorts vom Boden auf und zerrt sie über seine Boxershorts.

All das tut er so schnell und unvermittelt, dass ich verdattert liegen bleibe und es einen Moment dauert, bis ich beginne mir mein Tanktop wieder überzustreifen.

»Weißt du, vielleicht hatte mein Dad ja von Anfang an recht.« Er steht am Fenster und sieht auf New Orleans hinab. »Er hat die ganze Scheiße durchschaut und diesen Echte-Männer-weinen-nicht-Quatsch nur gebracht, damit es nicht ganz so hart rüberkommt.«

»Was rüberkommt?«

Ich trete hinter ihn, aber diesmal berühre ich ihn nicht. Er ist unerreichbar, und ich habe das Gefühl, dass er mich nicht in seiner Nähe haben will. Das ist kein Desinteresse und auch keine plötzliche Gefühlskälte, es ist etwas anderes …

Er antwortet, ohne sich dabei umzudrehen: »Dass im Leben nichts von Dauer ist.« Die Arme verschränkt, starrt er aus dem Fenster und überlegt kurz. »Es ist besser, erst gar keine Gefühle zuzulassen, als ihnen zu verfallen und sich von ihnen knechten zu lassen – denn nachdem nichts ewig hält, verwandelt sich alles, was früher mal gut war, irgendwann notgedrungen in Höllenqualen.«

Seine Worte schneiden mir mitten durchs Herz.

Alles, was sich während der Woche mit Andrew in mir verändert hat, all die Mauern, die ich seinetwegen eingerissen habe, schießen höher denn je aus dem Boden.

Weil er recht hat und ich verflucht noch mal *weiß*, dass er recht hat.

Genau diese Logik hat mich lange davon abgehalten, ganz in seine Welt einzutauchen. Und innerhalb weniger Sekunden unterwirft mich die Wahrheit, die er eben ausgesprochen hat, dieser Logik wieder.

Ich beschließe, nicht weiter darüber nachzudenken. Im Moment sind meine Probleme Nebensache, und ich gebe mir alle Mühe, mich ihm gegenüber nicht anders zu verhalten als zuvor.

»Du … musst zur Beerdigung deines Vaters fahren, darum …«

Andrew dreht sich zu mir um und sieht mich entschlossen an. »Nein, ich werde ganz bestimmt nicht zur Beerdigung fahren.«

Er streift sich ein sauberes T-Shirt über und zieht es über seinen muskulösen Bauch.

»Aber Andrew … du musst.« Meine Brauen ziehen sich zusammen. »Wenn du nicht zur Beerdigung deines Vaters fährst, wirst du dir das nie verzeihen.«

Ich sehe, wie sein Kiefer mahlt, als würde er mit den Zähnen knirschen. Er wendet den Blick ab, setzt sich aufs Fußende des Bettes, beugt sich vor und zwängt die nackten Füße in die niedrigen schwarzen Laufschuhe, ohne sie vorher aufzuschnüren. Dann steht er auf.

Ich bleibe fassungslos vor ihm stehen. Irgendwie habe ich das Gefühl, ich müsste etwas zu sagen wissen, was ihn überzeugt, doch noch zur Beerdigung zu fahren, aber mein Herz sagt mir, dass ich diesen Streit unmöglich gewinnen kann.

»Ich muss was erledigen«, sagt er und schiebt die Autoschlüssel in die Hosentasche. »Ich bin bald wieder da, okay?«

Ehe ich darauf antworten kann, tritt er vor mich hin, nimmt mein Gesicht in beide Hände und beugt sich vor, bis seine Stirn meine berührt. Ich sehe ihm stumm in die Augen und lese darin Schmerz und Zerrissenheit und Unentschlossenheit, aufgepeitscht von einem Sturm anderer Gefühle, die ich nicht einmal zu benennen vermag.

»Kommst du zurecht?«, fragt er leise, das Gesicht dicht vor meinem.

Ich entziehe mich ihm und nicke. »Ich komme zurecht«, behaupte ich.

Aber *mehr* bringe ich nicht über die Lippen. Ich bin genauso zerrissen und unentschlossen, wie er mir vorkommt. Aber ich leide auch. Ich habe das Gefühl, als würde zwischen uns irgendwas ablaufen, das uns trennt, statt uns näher zusammenzubringen wie die ganze bisherige Reise. Und das macht mir höllische Angst.

Rein logisch verstehe ich ihn. Meine Mauern sind massiver denn je. Trotzdem macht mir das hier mehr Angst als alles, was ich bisher erlebt habe.

Er lässt mich einfach stehen, und ich sehe ihm nach, bis er aus dem Zimmer geschlüpft ist.

Seit er damals umgekehrt und zum Busbahnhof zurückgefahren ist, ist dies das erste Mal, dass er mich allein lässt. Wir waren die ganze Zeit zusammen, wir waren praktisch unzertrennlich, und jetzt … ist es mir, kaum dass er die Tür hinter sich zugezogen hat, als würde ich ihn nie wiedersehen.

# Andrew

# 28

»Sie fangen ja früh an«, sagt der Barkeeper, als er den Kurzen über den Tresen schiebt.

»Zu früh kann es nicht sein, wenn Sie schon aufhaben und ausschenken.«

Es ist schon drei Uhr nachmittags. Als ich Camryn heute Morgen allein in meinem Hotelzimmer stehen ließ, war es noch nicht mal acht. Irgendwie merkwürdig, dass wir so lange zusammen gereist sind und keiner von uns daran gedacht oder Wert darauf gelegt hat, Telefonnummern auszutauschen. Wahrscheinlich war es scheißegal, weil wir sowieso ständig zusammen waren. Inzwischen fragt sie sich bestimmt schon nicht mehr, ob ich zurückkomme, und wahrscheinlich wünscht sie sich auch nicht mehr, sie hätte meine Nummer, damit sie sich erkundigen kann, ob mir was passiert ist – das Display ist zwar gesprungen, aber das Handy funktioniert noch. Allmählich wünsche ich mir aber, es wäre kaputtgegangen, denn Asher und meine Mom haben immer wieder anzurufen versucht.

Irgendwann muss ich noch mal ins Hotel, aber ich habe beschlossen, dass ich dann nur Aidans Gitarre aus meinem Zimmer holen und ein Flugticket für Camryn auf meinem Bett liegen lassen werde. Das Zimmer kann sie bis zum Abflug behalten, das ist noch für zwei Nächte bezahlt. Außerdem werde ich ihr genug Geld für die Taxifahrt zum Flughafen dalassen. Das ist das Mindeste, was ich für sie tun kann. Schließlich habe ich sie so in die

Scheiße geritten. Also werde ich auch dafür sorgen, dass ihre Heimfahrt bezahlt ist und sie diesmal nicht den Bus nehmen muss.

*Heute* ist Schluss.

Ich hätte es auf keinen Fall so weit kommen lassen dürfen, aber ich habe mir was vorgegaukelt und mich von meinen schmerzhaft verbotenen Gefühlen für sie blenden lassen. Trotzdem glaube ich, dass sie über alles wegkommen wird; immerhin haben wir nicht miteinander geschlafen, und keiner von beiden hat die drei unheilvollen Worte ausgesprochen, die alles viel komplizierter gemacht hätten, also ja … ich glaube, sie wird drüber wegkommen.

Schließlich hat sie mir nie nachgegeben. Im Grunde habe ich ihr die Karten auf den Tisch gelegt: *Bevor ich dich ficke, musst du mir gehören.* Wenn das keine unverblümte Einladung war, dann weiß ich echt nicht. Nicht besonders romantisch, aber dafür umso ehrlicher.

Ich zahle meinen Kurzen und ziehe weiter. Ich brauchte nur was, um den schärfsten Schmerz zu dämpfen. Obwohl ich die ganze verfluchte Flasche trinken müsste, damit es *diesem* Schmerz auch nur die schlimmste Schärfe nimmt. Die Hände tief in den Hosentaschen, wandere ich durch die Bourbon Street und die Canal Street und danach durch irgendwelche Straßen, deren Namen ich schon wieder vergessen habe, sobald ich das Straßenschild passiere. Ich streife eine Ewigkeit durch die Stadt, ähnlich ziellos und orientierungslos wie auf meiner und Camryns sprunghafter Reise. Ich will einfach nur gehen.

Ich glaube, ich will nicht bloß die Zeit bis zum späten Abend totschlagen, damit ich mich in mein Zimmer und wieder rausschleichen kann, während sie schläft. Ich schlage die Zeit tot, weil ich immer noch hoffe, dass ich meine Meinung ändere. Ich will sie nicht verlassen, aber ich weiß, dass ich es muss.

Schließlich lande ich im Woldenberg Riverfront Park, wo ich am Ufer des Mississippi sitze, den Schiffen nachschaue und die Fähre beobachte, die immer wieder nach Algiers übersetzt. Endlich wird es dunkel. Und lange leistet mir nur die Statue von Malcolm Woldenberg Gesellschaft, bis schließlich zwei Mädchen, durch das »I Love NOLA« auf ihren T-Shirts als Touristinnen erkennbar, auf mich zukommen.

Die Blondine lächelt mich nur schüchtern an, dafür geht die Braunhaarige sofort aufs Ganze.

»Hast du Lust, mit uns feiern zu gehen?« Sie legt den Kopf schief und sieht auf mich herab. »Ich bin Leah, und das ist Amy.«

Das hingerissene Lächeln ihrer blonden Freundin macht mir deutlich, dass sie zu allem bereit ist und ich nur zu fragen brauche, ob sie mit mir schlafen will.

Ich nicke höflich, verrate meinen Namen aber nicht.

»Und wie sieht's aus? Lust auf Feiern oder nicht?«, fragt die Braunhaarige und setzt sich neben mich auf den Beton.

Ich habe schon wieder vergessen, wie die beiden heißen.

»Nein, ehrlich gesagt nicht«, antworte ich knapp.

Die Blonde setzt sich auf meine andere Seite und zieht die Knie an, bis ihre Shorts an den nackten Schenkeln hochrutschen.

*Camryn sieht in solchen Shorts eindeutig besser aus.*

Ich schüttle nur den Kopf und starre weiter auf den Mississippi.

»Komm doch mit«, bohrt die Braunhaarige nach. »Im

d.b.a. ist heute Abend die Hölle los; und du siehst aus, als wäre dir todlangweilig.«

Ich werfe ihr einen kurzen Blick zu. Sie ist wirklich heiß, genau wie ihre Freundin, aber je mehr sie redet, desto weniger Lust habe ich. Meine Gedanken kreisen immerzu um Camryn. Dieses Mädchen hat mich in der Seele getroffen. So tief, dass sie nie wieder heilen kann.

Meine Augen wandern die Beine der Braunhaarigen entlang und beobachten dann, wie sich ihre Lippen bewegen, als sie sagt: »Wär doch voll nett, wenn du mitkommen würdest; das wird bestimmt lustig.«

Ich *könnte* schon … Wenn ich wirklich verschwinden und Camryn nie wiedersehen will, dann *sollte* ich vielleicht sogar mit diesen beiden losziehen, mir woanders ein Zimmer nehmen und sie beide durchficken. So, wie das Gespräch bisher läuft, bin ich ziemlich sicher, dass sie es voreinander mit mir machen würden. Alles schon gehabt, und es macht immer wieder Spaß.

»Ich weiß nicht«, sage ich. »Eigentlich warte ich auf jemanden.«

Ich habe keine Ahnung, was ich da sage oder warum ich es sage.

Die Braunhaarige beugt sich zu mir und legt die Hand auf mein Bein.

»Mit uns hättest du bestimmt mehr Spaß.« In ihrem heiseren Flüstern schwingen all die zweideutigen Zwischentöne mit, die auf viel zu viele One-Night-Stands schließen lassen.

Ich hebe ihre Hand weg, stehe auf, vergrabe die Hände in den Hosentaschen und gehe. Bis vor zwei Wochen hätte ich vielleicht Ja gesagt, aber heute nicht.

Vielleicht ist meine Seele ja tatsächlich unheilbar verletzt. Es wird Zeit, dass ich aus dieser Stadt verschwinde.

Während ich mich wortlos von den beiden entferne, flattern mir ihre Stimmen leise hinterher. Es ist mir scheißegal, was sie über mich sagen oder ob sie sich zurückgewiesen fühlen. In einer Stunde hocken sie auf irgendeinem anderen Schwanz und haben garantiert schon vergessen, dass sie je mit mir geredet haben.

Inzwischen ist es nach Mitternacht. Ich habe schon einen Stopp in einem Internetcafé eingelegt und für Camryn online einen Flug nach North Carolina gebucht, außerdem habe ich an einem Geldautomaten mehr als genug Bares abgehoben, um ihr das Taxi zum Flughafen und ein zweites Taxi vom Flughafen in North Carolina nach Hause zu zahlen.

Auf meinem Weg durch die Lobby unseres Hotels bitte ich den Nachtportier um einen Umschlag, einen Bogen Papier und einen Stift, bevor ich mich auf einer Couch niederlasse und einen Brief an Camryn schreibe:

*Camryn,*
*bitte verzeih mir, dass ich einfach so verschwunden bin, aber ich konnte mich nicht von dir verabschieden. Ich hoffe, dass du dich an mich erinnern wirst, aber wenn es für dich einfacher ist, mich zu vergessen, dann kann ich auch damit leben.*
*Bleib dir treu, Camryn Bennett; tu immer das, was du tief im Herzen willst, sprich immer aus, was du fühlst, und fürchte dich nie davor, du selbst zu sein. Scheiß drauf, was die anderen denken. Du lebst dein Leben für dich, nicht für sie.*
*Den Code unten musst du am Flughafen angeben, damit sie dich ins Flugzeug nach North Carolina lassen. Du brauchst nur deinen Ausweis vorzuzeigen. Der Flug geht morgen früh. Das Bargeld ist fürs Taxi.*

*Ich danke dir für die zwei schönsten Wochen in meinem ganzen Leben und dafür, dass du da warst, als ich dich am dringendsten brauchte.*

*Andrew Parrish*
*KYYBPR*

Ich lese den Brief fünfmal durch, bis ich endlich zufrieden bin und ihn zusammen mit dem Geld in den Umschlag stecke.

Dann gehe ich zum Aufzug. Die letzte Hürde besteht darin abzuhauen, ohne dass Camryn was merkt. Hoffentlich schläft sie noch. Bitte lass sie einfach schlafen. Ich kann das schaffen, wenn ich sie nicht sehen muss, aber wenn sie mich entdeckt … Nein. Ich muss es so oder so durchziehen.

Und ich werde es schaffen.

Ich steige in unserem Stockwerk aus dem Aufzug und gehe langsam über den langen, hell erleuchteten Gang an den anderen Türen vorbei. Mein Magen beginnt nervös zu schwimmen, sobald unsere Zimmer in mein Blickfeld kommen. Ganz leise passiere ich ihre Tür; jedes noch so leise Schlurfen könnte ihr verraten, dass ich hier draußen bin. An ihrer Tür hängt ein »Bitte-nicht-stören«-Schild, und unerklärlicherweise verknotet sich daraufhin mein Magen. Vielleicht weil ich diese Schilder immer nur an meine Zimmertür gehängt habe, wenn ich gerade flachgelegt wurde. Die Vorstellung, dass Camryn da drin von einem anderen Typen gevögelt wird …

Ich beiße die Zähne zusammen und gehe weiter. Wie erbärmlich und bescheuert war das denn? Sie ist noch nicht mal meine feste Freundin, und trotzdem werde ich von einer verrückten Eifersuchtsfantasie vergewaltigt?

Je früher ich aus New Orleans verschwinde, desto besser.

Ich schiebe meine Keycard in den Schlitz an der Tür und husche in mein Zimmer. Es sieht genauso aus wie heute früh: verstreute Anziehsachen rund um meine Reisetaschen und daneben Aidans Gitarre, die unter der Wandleuchte lehnt. Ich gehe im Zimmer herum, sammle alles ein und hätte um ein Haar mein Aufladegerät stecken lassen, wenn ich im Vorbeigehen nicht zufällig in die richtige Richtung geblickt hätte. Ich ziehe es aus der Steckdose und stopfe es zu meinen Kleidern in die Tasche. Zuletzt verschwinde ich kurz ins Bad, um meine Zahnbürste zu holen.

Als ich wieder herauskomme, steht Camryn in der Tür.

# Camryn

# 29

»Andrew? Ist alles in Ordnung?« Ich verschränke die Arme und sehe ihn an, während hinter mir die Tür mit einem leisen Klicken ins Schloss fällt.

Ich habe mir solche Sorgen um ihn gemacht … Sorgen, dass er verschwinden könnte, ohne sich zu verabschieden, aber noch mehr Sorgen, weil er so durch den Wind war, als er losgegangen ist. Weil sein Vater gestorben ist.

Ich hole leise Luft, während er an mir vorbei zu den Reisetaschen geht, die am Fußende auf seinem Bett stehen.

Warum sieht er mich nicht an?

Ich sehe wieder auf die Reisetaschen und begreife endlich, was er da tut. Meine Arme sinken herab, und ich gehe auf ihn zu.

»Bitte sprich mit mir«, sage ich leise. »Andrew, du hast mir so eine Scheißangst eingejagt …« Er schiebt die Zahnbürste in die Reisetasche, ohne sich zu mir umzudrehen. »Wenn du zur Beerdigung fahren musst, dann ist das in Ordnung. Ich kann solange nach Hause fahren. Vielleicht können wir darüber reden …«

Andrew wirbelt herum.

»Es geht nicht um die Beerdigung oder um meinen Vater, Camryn«, sagt er, und seine Worte treffen mich ins Mark, ohne dass ich wüsste, was sie zu bedeuten haben.

»Worum denn dann?«

Er dreht mir wieder den Rücken zu und tut so, als würde er was in seiner Reisetasche suchen, dabei weiß ich genau, dass das nur ein Ablenkungsmanöver ist. Aus seiner hinteren Hosentasche ragt ein Briefumschlag. *RYN* kann ich darauf lesen; die restlichen Buchstaben, die zusammengenommen mit Sicherheit *meinen* Namen ergeben, stecken unter dem Stoff der Shorts.

Ich greife nach dem Umschlag und ziehe ihn heraus.

Andrew dreht sich wieder um, und seine Miene fällt in sich zusammen.

»Camryn …« Er atmet traurig aus und sieht kurz zu Boden.

»Was ist das?« Ich sehe fragend auf meinen Namen.

Dabei fahre ich schon mit dem Fingernagel unter die Decklasche.

Andrew antwortet nicht; er steht nur da und wartet ab, bis ich den Brief gelesen habe, weil ihm klar ist, dass ich ihn ohnehin lesen werde.

Weil er genau das will.

Ich sehe ein paar Geldscheine im Umschlag liegen und lege ihn daraufhin, ohne das Geld anzurühren, aufs Bett. Mich interessiert einzig und allein der Brief in meiner Hand, der mir schon jetzt das Herz bricht, ohne dass ich auch nur ein Wort davon gelesen habe. Mehrmals sehe ich abwechselnd Andrew und das Blatt Papier an, bevor ich es schließlich auffalte.

Meine Hände zittern.

Warum zittern meine Hände?

Und während ich lese, verhakt sich ein glühender Klumpen in meiner Kehle. In meinen Augen brennen Zorn und Schmerz und Tränen.

»Babe, du wusstest, dass diese Reise irgendwann zu Ende gehen muss.«

»Nenn mich nicht Babe«, fahre ich ihn an. Ich lasse die Hände sinken und kralle wütend die Finger in das Papier. »Dazu hast du kein Recht mehr, wenn du mich verlässt.«

»Stimmt.«

Ich sehe wieder zu ihm auf, wohl wissend, dass er mir die Schmerzen und Fragen und Verwirrung ansehen muss. Warum bin ich so wütend, so verletzt? Andrew hat recht: Irgendwann musste es zu Ende gehen; warum macht mich das trotzdem so fertig?

Tränen fließen aus meinen Augen. Ich kann sie nicht aufhalten, aber eher sterbe ich, als dass ich jetzt zu heulen anfange wie ein Baby. Ich sehe ihn nur an, das angespannte Gesicht von Schmerz und rasendem Zorn verzerrt. Meine Hände sind zu Fäusten geballt, und Andrews Brief hängt halb zerknüllt zwischen meinen Fingern.

»Wenn du mich verlassen würdest, weil du zur Beerdigung deines Vaters fahren willst oder weil du eine Weile allein sein müsstest und wenn da unten *deine* Nummer stehen würde statt eines verfickten Buchungscodes, dann könnte ich das noch verstehen.« Ich hebe das zerknüllte Blatt an und lasse es gleich wieder sinken. »Aber meinetwegen abzuhauen und dabei so zu tun, als wäre zwischen uns nie was gewesen … Das tut weh, Andrew. Das tut scheißweh.«

Ich sehe, wie sein Kiefer zuckt.

»Wer hat verflucht noch mal gesagt, dass ich so tun könnte, als wäre nie was gewesen?« Die Worte brechen aus ihm heraus, ganz offensichtlich habe ich ihn getroffen. Er lässt den Griff der Reisetasche auf seinem Bett los und kommt auf mich zu. »Ich werde *niemals irgendwas* hiervon vergessen, Camryn! Genau deswegen konnte ich dir nicht mehr gegenübertreten!« Er durchschneidet mit der flachen Hand die Luft zwischen uns.

Ich trete einen Schritt zurück, weg von ihm. Auf einmal wird mir alles zu viel. Mein Herz zerspringt jede Sekunde aufs Neue. Und es ärgert mich unendlich, dass ich nicht aufhören kann zu weinen. Ich sehe auf das Papier in meiner Hand und dann wieder zu ihm, und schließlich gehe ich um ihn herum zum Bett und lasse den Brief neben den Umschlag und das Geld fallen.

»Na schön. Dann hau doch ab. Aber ich werde meine Heimfahrt selbst bezahlen.«

Ich wische mir über die Augen und gehe zur Tür.

»Du hast immer noch Angst!«, ruft er mir nach.

Wutentbrannt drehe ich mich zu ihm um. »*Fick dich!* Du weißt einen *Scheiß*!« Dann reiße ich die Tür auf, lasse seine Keycard auf den Boden fallen und verschwinde in meinem Zimmer.

Ich gehe auf und ab. Und auf und ab. Und auf und ab. Am liebsten würde ich gegen die Wände treten oder irgendwas zerfetzen, aber ich begnüge mich damit, endlich wie ein Baby loszuheulen.

Andrew stürmt in mein Zimmer, dass die Tür gegen die Wand knallt. Er packt mich an den Oberarmen und bohrt die Finger in meine Muskeln.

»Warum hast du immer noch Angst?« Tränen hängen an seinen Wimpern: Tränen der Wut und der Qual. Er schüttelt mich: *»Sag endlich, was du fühlst!«*

Unter seinem Brüllen erstarrt mein Körper für einen Augenblick, dann schubse ich seine Hände weg. Ich bin so durcheinander. Ich weiß, was ich sagen will. Ich will nicht, dass er geht, aber …

»Camryn!« In seinem Gesicht kämpfen Wut und Verzweiflung miteinander. »Sag endlich, was du fühlst! Es ist mir egal, ob es gefährlich oder dämlich oder schmerzlich oder saublöd ist – *sag mir endlich, was du fühlst!* Seine Stimme brennt sich mir ins Mark.

Aber er ist noch nicht fertig: »Sei ehrlich zu mir! Sei endlich ehrlich zu *dir selbst*!« Seine Hände fegen in einer großen Geste durch die Luft. »*Camr…*«

»Ich will *dich*, verdammt noch mal!«, schreie ich ihn an. »Der Gedanke, dass du mich verlassen und ich dich nie wiedersehen könnte, *zerfrisst mich mit jeder Sekunde*!« Meine Kehle brennt wie Feuer. »Ich kann ohne dich nicht *atmen*, verdammte Scheiße!«

*»Dann sag es! Verdammt«*, keucht er erschöpft, »dann sag es endlich.«

»Ich will *dir* gehören!« Ich kann mich kaum noch auf den Beinen halten. Das Schluchzen schüttelt meinen ganzen Körper durch. Meine Augen brennen, und mein Herz droht jeden Moment zu explodieren.

Andrew packt mich und hält meine beiden Hände mit einer Hand auf meinem Rücken fest. Dann zieht er meinen Rücken rücksichtslos an seine Brust. »Sag es noch mal, Camryn«, verlangt er, und sein Atem weht so heiß über meinen Hals, dass mich eisige Schauer durchlaufen. Seine Zähne kratzen knapp unter meinem Ohr ganz leicht an meiner Haut. »Sag es, Baby, sag es.« Seine Finger spannen sich schmerzhaft um meine Handgelenke.

»Ich gehöre *dir*, Andrew Parrish … ich will *dir gehören …*«

Er schiebt die Finger der anderen Hand in mein Haar und zieht meinen Kopf nach hinten, bis mein Nacken entblößt vor ihm liegt. Erst knabbert er leicht an meinem Kinn, dann wandern seine Zähne an meinem Hals nach unten. Ich spüre, wie sich sein harter Schwanz durch unsere Sachen hindurch an mich presst.

»*Bitte …*«, flüstere ich, »*lass mich nicht los …*«

Ohne meine Handgelenke loszulassen und ohne seinen muskulösen Körper von meinem Rücken zu lösen, schiebt er die Finger seiner freien Hand unter den Bund meiner Shorts und zerrt sie mitsamt dem Slip nach unten. Dann dreht er mich rücksichtslos zum Bett, dass meine Schienbeine gegen die Matratze drücken, hebt meine Arme an und zieht mir auch das Tanktop aus.

Ich spüre, wie er hinter mir die Schuhe von seinen Füßen streift und seine Sachen auszieht, aber ich drehe mich nicht um. Ich würde mich nur bewegen, wenn er es mir erlaubt.

Seine felsenharten Bauchmuskeln drücken sich in meinen Rücken. Ich spüre, wie sich seine warmen Arme um meine nackte Taille schlingen; eine Hand wandert nach oben und drückt meine Brust, die andere gleitet nach unten zwischen meine Beine. Als er einen Finger zwischen meine pochenden Schamlippen zwängt und mich zu reizen beginnt, werfe ich unwillkürlich den Kopf in den Nacken und gegen seine Brust. Ich schnappe nach Luft und ziehe den Kopf noch weiter zurück, bis ich seinen Mund spüre. Seine Zunge schnellt kurz zwischen den Lippen hervor und schlägt nach meiner; sie ist so fleischig und warm und feucht, dass es mir den Verstand raubt. Er presst seine Lippen auf meine und küsst mich wild, bis wir beide kaum noch Luft bekommen. Dann zwingt er mich nach vorn aufs Bett. Meine Hände stemmen sich in die Matratze, meine Finger krallen sich in die Laken, doch er drückt mich mit seinem ganzen Gewicht nieder, bis mich meine Arme nicht mehr halten können und ich auf dem Bauch zu liegen komme. Wieder packt er meine Handgelenke, zieht sie nach hinten und presst mich so gegen seinen Körper.

»Gott verdammt, bitte fick mich, Andrew … *bitte*«, bettle ich schaudernd. Diesmal sage ich, was ich fühle, ohne dass er mich dazu drängen muss.

Und es fühlt sich so *richtig* an.

Andrew beugt sich weit über mich; ich spüre genau, wie hart, wie kräftig und wie fordernd er ist. Ich will ihn endlich in mir spüren, aber er hält sich absichtlich zurück; er vermittelt mir das Gefühl, dass er jeden Moment in mich eindringen wird, aber er tut es einfach nicht.

Stattdessen arbeitet sich seine Zungenspitze langsam um meinen Nacken herum, bis neue Schauer meinen Körper durchlaufen. Eine Seite meines Gesichts wird gegen die Matratze gepresst, und sein fester, schwerer Körper auf meinem Rücken verhindert, dass ich mich irgendwie bewegen kann. Ich beiße mir auf die Lippe, als seine Zähne sich über meinen Rücken abwärts arbeiten, so fest, dass es schon wehtut, aber noch nicht zur Qual wird. Und nach jedem Biss küsst und leckt er über die schmerzende Stelle, um den Schmerz zu lindern.

Scheinbar völlig mühelos dreht Andrew meinen Körper mit einer Hand auf den Rücken und schiebt mich nach oben in die Mitte des Bettes. Er zwängt sich zwischen meine Beine und drängt sie dabei mit den Knien auseinander, bis ich völlig entblößt vor ihm liege. Damit ich die Beine nicht wieder schließen kann, presst er die Handflächen knapp über den Knien auf meine Schenkel.

Seine grünen Augen blitzen mich kurz an, bevor er den Blick auf meine weit gespreizten Schenkel senkt. Er spannt mich auf die Folter, indem er einen Finger zwischen meine Schamlippen schiebt und dann an meiner Klitoris entlangstreicht. Ich schnappe schaudernd nach Luft und spüre, wie sich bei jeder Berührung alles in mir zusammenzieht. Wieder sieht er mir unter gefährlich schweren Lidern in die Augen, und im nächsten Moment lässt er seine Finger bis zum Anschlag in mich gleiten. Unwillkürlich senke ich die Hand neben seine, und er lässt ein paar Sekunden zu, dass ich mich selbst berühre, bevor er mir mehr verweigert. Inzwischen haben seine Finger zu tanzen begonnen und bearbeiten dabei jede empfindsame Stelle, und ich beginne mich zu winden, den Hinterkopf ohnmächtig ins Kissen gepresst. Und als wüsste er genau, dass ich jeden Moment kommen könnte, zieht er seine Hand zurück, um mich weiter auf die Folter zu spannen.

Küssend und leckend und beißend wandert sein Mund von meinen Schenkeln aufwärts bis an meinen Hals; dann zieht er meine Arme erneut nach oben über den Kopf, sodass ich ihn nicht berühren kann. Seine Wolfsaugen verschlingen meinen Mund und bohren sich dann glühend in meine Augen. »Ich werde dich *so* brutal ficken«, sagt er heiser, »Mädchen, du hast *keine* Ahnung.« Seine Worte lassen mich erneut erschauern, von meinem Ohr bis hinunter in die feuchte, pochende Hitze zwischen meinen Beinen. Er beißt mich in die Zunge und küsst mich heftiger, bis wir dabei stöhnend nach Luft ringen.

Ohne den Kuss zu unterbrechen, fasst seine rechte Hand nach unten und umgreift seinen Schwanz, um dann nur mit der Spitze in mich einzudringen, was mich endgültig zum Wahnsinn treibt. Ich dränge ihm mit den Hüften entgegen, um ihn tiefer in mich aufzunehmen, küsse ihn mit aller Kraft und schaffe es schließlich, eine Hand um seinen Hinterkopf zu legen. Meine Finger krallen sich so fest, dass ich das Gefühl habe, ihm die Haare auszureißen. Es ist ihm egal. Genau wie mir. Er genießt den Schmerz ebenso wie ich.

Und dann gleitet er unendlich langsam tiefer, sodass in jeder einzelnen Sekunde, in der er mich schmerzhaft weitet, ein Schauer durch meinen ganzen Körper läuft. Mein Hals streckt sich wie von selbst nach hinten durch, und meine Lippen öffnen sich. Ich stöhne und keuche und wimmere. Meine Augen brennen so unter den schweren Lidern, dass ich sie kaum noch aufhalten kann. Es fühlt sich fast so an, als würde sein Schwanz in mir immer weiter anschwellen, und meine Schenkel pressen sich bebend gegen seine Hüften.

Erst fickt er mich ganz langsam und zwingt dabei meine Augen auf, damit ich ihn ansehe. Er nimmt meine Unterlippe zwischen die Zähne, zieht sie nach oben und fährt sie dann mit der Zungenspitze vom einen Mundwinkel bis zum anderen ab.

Ich drücke meinen Mund auf seinen, presse die Hüften hoch und nehme ihn dabei noch tiefer in mir auf.

Meine Beine schlottern inzwischen so, dass ich sie nicht mehr kontrollieren kann. Er beginnt mich härter zu ficken, bis ich ihn nicht länger küssen kann. Wieder streckt sich mein Nacken durch, bis sich mein Rücken von der Matratze hebt und ich ihm dadurch meine Brüste präsentiere, deren Nippel er hungrig zu lecken beginnt. Ich schlinge die Arme und Beine um seinen Leib, ich bohre die Fingernägel in seinen Rücken und spüre die Schweißperlen unter meinen Fingerkuppen. Schließlich kratzen meine Nägel über seine Haut. Daraufhin fickt er mich noch härter.

*»Komm mit mir«*, flüstert er heiß in mein Ohr und küsst mich noch mal.

Sekunden später tue ich es. Zitternd und bebend zieht sich mein Körper um ihn herum zusammen. *»Bleib bei mir«*, flüstere ich, als wir gemeinsam kommen. Und er bleibt. Ein tiefes, schauderndes Stöhnen steigt aus seiner Brust, und ich spüre, wie er sich heiß in mir ergießt. Ich spanne meine Schenkel um seine Taille an, bis ich nicht mehr kann und ihn langsam wieder freigebe. Er hört erst auf zu stoßen, als sich sein Körper zu entspannen beginnt.

Schließlich liegt er neben mir; sein Gesicht über meinem Herzen, mein Bein über seiner Taille. So bleiben wir liegen, ineinander verschlungen, bis unser Atem wieder gleichmäßig geht und unsere Körper zur Ruhe gekommen sind. Aber zwanzig Minuten darauf sind wir schon wieder dabei. Und bevor die Nacht in den Tag übergeht und wir eng umschlungen einschlafen, hat er mich auf mehr Weisen genommen, als ich je genommen wurde.

Als am nächsten Morgen die Sonne durch die Vorhänge strahlt, weckt er mich mit liebevollen Küssen und zeigt mir, dass er nicht immer rau und grob ist. Nachdem er jede einzelne meiner Rippen geküsst und mir den Rücken massiert hat, liebt er mich zärtlich und langsam.

Mit ihm an meiner Seite und umschlungen von seinen Armen, könnte ich sterben und wüsste nicht mal, dass ich gestorben bin.

Andrew drückt mich an sich und küsst mich aufs Kinn.

»Jetzt kannst du auf keinen Fall fort«, flüstere ich.

»Das wollte ich auch nie.«

Ich drehe mich zu ihm um und schiebe meine nackten Beine zwischen und über seine. Er lässt seine Stirn gegen meine sinken.

»Aber du wolltest fort«, sage ich leise.

Er nickt. »Ja, ich musste weg, weil …« Dann verliert er sich in seinen Gedanken.

»Wieso?«, frage ich. »Weil ich zu große Angst vor dem Offensichtlichen hatte?«

Mit Sicherheit war es das. Glaube ich. Hoffe ich.

Andrews Blick gleitet nach unten. Ich streiche mit der Fingerspitze seine Braue entlang und dann seinen Nasenrücken hinunter. Schließlich beuge ich mich ein bisschen vor und küsse ihn sanft auf die Lippen.

»Andrew? War es *deswegen*?«

Doch tief im Herzen weiß ich, dass es etwas anderes war.

Seine Augen beginnen zu lächeln, er zieht mich an sich, umschlingt mich mit beiden Armen und küsst mich leidenschaftlich.

»Bist du *sicher*, dass du das willst?«, fragt er, als könnte er nicht glauben, dass ich ihn auf diese Weise wollen könnte, was für mich ein absolut absurder Gedanke ist.

Ich versuche seinen Gedankengang nachzuvollziehen, und versage kläglich.

»Warum sollte ich das nicht wollen?«, frage ich. »Andrew, es war mir wirklich ernst, als ich sagte, dass ich ohne dich nicht atmen kann. Gestern Abend saß ich auf diesem Bett, nachdem du den ganzen Tag verschwunden warst, und bekam im wahrsten Sinn des Wortes keine Luft mehr. Ich dachte, du wärst einfach abgehauen, und ich zerbrach mir den Kopf darüber, dass ich nicht einmal deine Handynummer habe und dich nie wiederfinden würde …«

Er legt den Finger an meine Lippen, um mich zum Schweigen zu bringen. »Jetzt bin ich hier, und ich werde nirgendwohin gehen.«

Ich lächle voller Sehnsucht und lege den Kopf auf seine Brust. Sein Kinn senkt sich auf meinen Scheitel. Ich höre den Schlag seines Herzens und seinen Atem, der über mir langsam und gleichmäßig durch seine Nase strömt. So bleiben wir stundenlang liegen, ohne ein Wort zu sprechen. Und mir wird klar, dass ich nie etwas anderes als das hier wollte, seit ich ihn damals im Bus angesprochen habe.

Ich habe jede einzelne Regel gebrochen … Jede. Einzelne. Regel.

# Andrew

# 30

Das Herz hat noch immer über den Verstand gesiegt. So leichtsinnig und selbstmörderisch und masochistisch das Herz auch sein mag, es setzt sich jedes Mal durch. Der Verstand weiß vielleicht, was das Beste wäre, aber inzwischen scheiße ich darauf, was mein Verstand mir sagt. Inzwischen will ich nur noch für den Augenblick leben.

»Steh auf«, sage ich und klatsche Camryn mit der flachen Hand auf den Arsch.

Sie ist in meinen Armen eingeschlafen, nachdem wir heute früh gemeinsam aufgewacht waren. Ich will nicht ausschließen, dass ich irgendwann ebenfalls geschlafen habe, aber eigentlich habe ich die ganze Nacht ausschließlich über sie nachgedacht, und falls ich tatsächlich irgendwann eingeschlafen bin, weiß ich nichts davon.

Mit einem protestierenden Stöhnen wälzt sie sich zu mir herum, den Körper in den weißen Laken verheddert, die blonden Haare plattgedrückt und verfilzt, und gleichzeitig unglaublich sexy.

»Komm schon, Baby«, sagt sie, und mein Herz beginnt aufgeregt zu pochen, sobald sie das sagt, »lass uns den ganzen Tag verschlafen.«

Ich streife mein T-Shirt über, steige in meine Shorts und setze mich neben sie aufs Bett, um mich mit einem Arm hinter ihrer Schulter abzustützen.

Dann beuge ich mich vor und presse die Lippen auf ihre Stirn.

»Ich will einfach alles mit dir erleben.« Mir ist klar, dass mein glückseliges Grinsen ein erbärmlicher Anblick sein muss, aber das ist mir egal. »Wir können überall hingehen, alles tun, was uns gerade in den Sinn kommt.«

Ich war noch nie so glücklich. Ich wusste nicht, dass man überhaupt so glücklich sein kann.

Camryn lächelt so süß zu mir auf, und in ihren blauen Augen glänzt immer noch diese Ich-bin-gerade-erst-aufgewacht-Unschuld. So als würde sie mich studieren, als würde sie versuchen, mich zu durchschauen, und diesen Vorgang absolut genießen.

Sie streckt beide Arme nach mir aus.

»Aber du wirst mich den ganzen Tag tragen müssen«, erklärt sie mir.

Ich nehme ihre Hände und ziehe sie hoch, bis sie sich aufgesetzt hat.

»Also, damit habe ich keine Probleme«, lache ich. »Fuck, ich trage dich gern überallhin – sollen die Leute doch glotzen, ich scheiß drauf –, aber wieso muss ich dich tragen?«

Sie küsst mich auf die Nase. »Weil ich bestimmt nicht mehr gehen kann.«

Prompt weitet sich mein Lächeln zu einem schmutzigen Grinsen.

Sie schwenkt die Beine über die Bettkante, um aufzustehen, und verzieht dabei schmerzhaft das Gesicht.

»O *fuck*, Baby, das tut mir *so* leid.« Es tut mir tatsächlich leid, aber trotzdem kann ich nicht aufhören zu grinsen.

Sie auch nicht.

»Ich sage das nicht, um deinem sexuellen Ego zu schmeicheln«, erklärt sie, »aber *so* bin ich noch *nie* gefickt worden.«

Ich werfe den Kopf zurück und lache kurz auf. »Was du für Worte in den Mund nimmst!«, sage ich.

»Hey!« Sie deutet auf mich. »Das ist allein *deine* Schuld. Du hast mich in eine fluchende, perverse Nymphomanin verwandelt, die die nächsten ein, zwei Tage breitbeinig durch die Gegend laufen wird, wenn mich nicht alles täuscht.« Sie nickt, um ihren Worten Nachdruck zu verleihen. Vorsichtig nehme ich sie auf die Arme, und zwar so, dass beide Beine über meinen rechten Arm baumeln, damit sie in ihrem »Zustand« nicht breitbeinig huckepack sitzen muss.

»Tut mir leid, Babe, aber geflucht hast du schon, als wir uns begegnet sind«, erkläre ich ihr und lächle sie breit an, während sie zweifelnd ihre Oberlippe vorschiebt. »Pervers? Mag sein. Aber die Neigung war schon vorher da, die musste ich nur ein bisschen hervorkitzeln. Und *Nymphomanin*? Das würde heißen, dass du es immerzu und überall tun willst, selbst wenn du dafür ein paar Tage breitbeinig gehen musst.«

Ihre Augen werden mit jedem meiner Worte größer. »O nein, das kommt überhaupt nicht in Frage, jedenfalls nicht bis morgen früh.«

Ich küsse sie auf die Stirn und trage sie ins Bad.

»Klingt gut«, sage ich und höre auf zu witzeln, um sie stattdessen liebevoll anzusehen. »Das würde ich sowieso nicht zulassen. Heute wirst du verwöhnt, Camryn Bennett. Und das fängt mit einem langen, heißen Bad an.«

»Mit Schaum?«, fragt sie und macht ein Bambiaugen-Schmollmund-Gesicht.

Ich lächle sie an. »Ja, mit Schaum.«

Ich lasse das Wasser einlaufen, während sie splitternackt auf der Ablage thront, auf der ich sie abgesetzt habe.

»Das mit dem Schaum könnte ein Problem werden, Babe«, sage ich und quetsche die Überreste des Shampoos aus dem Portionsfläschchen, das vom Hotel bereitgestellt wurde.

»Weißt du was?«, fragt sie und lässt die Füße baumeln, während sie sich mit den Händen an der Kante der Ablage festhält. »Ich muss mich sowieso mit allem neu eindecken – meine Zahnpasta ist alle, und ich könnte auch eine Waschlotion oder so gebrauchen.« Sie beugt sich vor und streicht über ihre nackten Beine. »Ich kriege allmählich eine Haut wie ein Reptil«, erklärt sie und verzieht das Gesicht.

Ich ziehe die Wange zwischen die Zähne und gebe mich geschlagen: »Ich gehe einkaufen.« Während hinter mir das Wasser in die Wanne läuft, nehme ich die Sachen in Augenschein, die neben ihr auf der Ablage liegen. Dann verschwinde ich kurz ins Zimmer und komme mit einem winzigen Hotelbleistift und einem quadratischen Notizblock zurück. »Was brauchst du alles?«

Während sie überlegt, schreibe ich auf, was sie schon genannt hat. »Zahnpasta, Waschlotion …« Ich sehe kurz auf. »Das ist so was wie flüssige Seife, oder?«

»Nein, eigentlich nicht«, sagt sie, während ich mir Mühe gebe, nicht allzu offensichtlich auf ihre Brüste zu glotzen. »Es ist keine Handseife, sondern – egal, du kriegst das schon hin.«

Ich krakele auf den Block: *keine flüssige Handseife.*

Dann sehe ich wieder auf. »Also, was brauchst du noch?«

Sie kneift nachdenklich die Lippen zusammen. »Shampoo und Conditioner, am liebsten von L'Oreal; in einer rosa Flasche, aber das ist eigentlich egal, Hauptsache, es ist keine von diesen Shampoo-Conditioner-Kombinationen – ich hab beides erst neulich gekauft, aber dann im letzten Motel stehen lassen. Ach ja! Und bring ein kleines Fläschchen Babyöl mit.«

Ich ziehe sehr interessiert die Braue hoch. »Babyöl? Schwebt dir da irgendwas vor?«

»Nein!« Sie peitscht mir mit den Fingerrücken gegen den Arm, aber bei mir bleibt nur hängen, wie ihre Brust wackelt, als sie das tut. »Auf keinen Fall! Ich öle mich einfach gern unter der Dusche ein.«

Ich kritzle auf meinen Block: *Eine große Flasche Babyöl (für alle Fälle).*

»Und vielleicht was zum Knabbern und ein Sixpack Wasser oder Tee, aber keinen Zitronentee – jedenfalls keine Limo – und, oh!« Sie hebt mahnend den Finger: »Auf jeden Fall ein paar Päckchen Beef Jerky!«

Grinsend schreibe ich auch das auf. »Das ist alles?«

»Ich glaube schon; jedenfalls fällt mir sonst nichts mehr ein.«

»Also, falls doch«, sage ich und ziehe mein Handy aus der Beintasche an meinen Shorts, »dann ruf an, und sag Bescheid – wie ist deine Nummer?«

Glückselig lächelnd sagt sie die Ziffern auf, die ich sofort eintippe. Ich lande auf ihrer Mailbox und sage: *Hey Babe, ich bin's. Ich bin gleich zurück; im Moment bin ich damit beschäftigt, eine unglaublich heiße Blondine anzustarren, die nackt vor mir auf der Badablage sitzt.*

Camryn errötet lächelnd, zieht mich zwischen ihre baumelnden Beine und küsst mich ausdauernd.

»Ach du Scheiße! Das Wasser!«, ruft sie plötzlich, und tatsächlich läuft die Wanne fast über.

Ich drehe eilig den Hahn zu.

Dann lege ich das Handy und die Einkaufsliste auf der Ablage ab und nehme sie wieder auf den Arm.

»Ich bin nicht querschnittsgelähmt, Andrew.« Aber sie wehrt sich nicht wirklich.

Ich helfe ihr in die Wanne, wo sie sich ins warme Wasser zurücklehnt, bis ihre offenen Haare fast ganz eingetaucht sind.

»Bin gleich wieder da«, sage ich und will schon gehen.

»Versprichst du es mir?«

Das bremst mich abrupt. Ich drehe mich zu ihr um und erkenne, dass es ihr ernst ist. Ihre Frage ist mir schrecklich unangenehm, nicht weil sie mich beleidigt, sondern weil ich ihr überhaupt einen Grund dafür gegeben habe.

Ich sehe sie ernst an. »Ja, ich verspreche es dir, Babe. Du bist jetzt praktisch an mich gefesselt, das weißt du doch, oder?«

Sie lächelt süß, aber auch boshaft. »Wo habe ich mich da wieder reingeritten?«

Ich zwinkere ihr zu und gehe.

# Camryn

Sex ändert grundsätzlich alles. So als würde man zu zweit unter einer Glaskuppel leben, in der alles sicher und erotisch und oft vorhersehbar ist. Solange das letzte, intimste Mysterium ungelöst bleibt, kann man sich ewig zu dem richtigen Menschen hingezogen fühlen, doch sobald man miteinander schläft, verwandeln sich sicher, erotisch und vorhersehbar oft ins Gegenteil. Wird die Anziehungskraft auf einmal verpuffen? Werden wir uns immer noch so begehren wie vor dem Sex? Denkt einer von uns insgeheim, dass wir einen katastrophalen Fehler gemacht haben und dass man die Dinge besser so gelassen hätte, wie sie waren? Nein. Ja. Und nein. Ich weiß es, weil ich es empfinde. Und das hat nichts mit einem überdimensionalen Ego oder den romantischen Schwärmereien einer unerfahrenen und unsicheren jungen Frau zu tun. Es ist schlicht und einfach so: Es war Andrew und mir bestimmt, uns in diesem Bus in Kansas zu begegnen.

Zufall ist nur ein allgemein akzeptierter Begriff für Schicksal.

Ich weiche eine Weile in der Badewanne ein, beschließe aber, wieder aus dem Wasser zu steigen, bevor ich mich in eine Schrumpelpflaume verwandle. Natürlich bin ich wund, aber ich kann sehr wohl laufen. Ich finde es nur süß, dass er das Gefühl hat, mich pflegen zu müssen.

Ich schlüpfe in die grauen Baumwollshorts, die ich unterwegs gekauft habe, und dazu in ein schwarzes

Tanktop. Nachdem ich das Bett gemacht und das Zimmer halbwegs aufgeräumt habe, checke ich die Nachrichten auf meinem Smartphone: noch mehr Mitteilungen von Natalie. Immer noch nichts von meiner Mom. Ich stelle mein Handy grundsätzlich auf Vibration. Ich ertrage es nicht, es läuten zu hören. Das hat nichts damit zu tun, dass ich mir einen anderen Klingelton zulegen wollte; ein läutendes Handy wirkt auf mich wie Fingernägel auf einer Schiefertafel. Ich gehe ans Fenster, ziehe die Vorhänge zurück, damit das Zimmer von der strahlenden Sonne durchflutet wird, und schaue, aufs Fensterbrett gestützt, auf die Stadt hinunter. Ich werde New Orleans nie vergessen.

Kurz schweifen meine Gedanken zu Andrew und seinem Vater ab, aber dann verbiete ich es mir. Ich werde ihm ein paar Tage Zeit lassen, bevor ich ihn noch einmal darauf anspreche. Natürlich wird ihm der Tod seines Vaters zusetzen, aber ich will nicht, dass er sich unabsichtlich hinter mir versteckt. Irgendwann wird er sich seinen Gefühlen stellen müssen.

Ich lege das Handy aufs Fensterbrett und scrolle durch die Musik. Ich habe schon seit einiger Zeit nichts von meiner eigenen Musik gehört; zu meiner Überraschung hat mir das kaum gefehlt. Nicht nur, dass ich mich an Andrews Classic Rock gewöhnt habe; inzwischen höre ich ihn richtig gern.

*Barton Hollow* von The Civil Wars. Den klicke ich an – das war in den letzten zwei Monaten eines meiner Lieblingslieder – und stelle dann auf Lautsprecher, sodass der Folk-Country-Mix, den ich beinahe mit schlechtem Gewissen genieße, das Zimmer erfüllt. Eigentlich bin ich kein Country Girl, aber bei dieser Band mache ich eine Ausnahme. Ich stimme in den Gesang von John und Joy ein, und nachdem ich in meinem Zimmer ganz allein bin, lasse ich alle Hemmungen fallen und trällere, so laut ich kann. Eine Weile tanze ich vor dem Fenster hin und her. Und als Joys Solo beginnt, singe ich so wie immer mit ihr mit und gebe alles, damit meine untrainierte Stimme so samtig klingt wie ihre. Natürlich werde ich nie so gut singen wie sie, aber mitzusingen macht einfach Spaß.

Mein Mund klappt zu, und mein ganzer Körper erstarrt, als ich Andrew neben der Tür an der Wand lehnen sehe, den Blick fest auf mich gerichtet. Natürlich mit einem breiten Grinsen.

Mein Gesicht beginnt so zu glühen, dass ich praktisch zerschmelze.

Jetzt, wo er aufgeflogen ist, kommt er auf mich zu und stellt zwei Plastiktüten auf dem Fernsehtisch ab.

»Für jemanden, der so fürchterlich wund ist«, meint er feixend, und seine Grübchen werden dabei deutlich tiefer, »hast du ganz schön die Hüften kreisen lassen.«

Immer noch knallrot, versuche ich ihn von meiner kleinen Aufführung abzulenken, indem ich mich tief über die Tüten beuge. »Und du solltest mich nicht heimlich beobachten.«

»Ich habe dich nicht heimlich beobachtet«, widerspricht er, »ich habe dir nur zugesehen und mich bestens amüsiert – du hast echt eine süße Stimme.«

Ich werde noch röter, drehe ihm den Rücken zu und krame in einer der Tüten herum. »Danke, Baby, aber ich glaube, du bist da irgendwie voreingenommen.« Ich drehe ihm nur kurz den Kopf zu, um ihm ein kleines Lächeln zu schenken.

»Nein, ernsthaft«, sagt er und scheint es so zu meinen. »Du singst ganz und gar nicht so übel, wie du glaubst.«

»Nicht so übel?« Ich drehe mich um, eine Riesenflasche

Babyöl in der Hand. »Was soll das heißen – dass ich nur *ein bisschen* falsch singe?« Ich sehe ihn finster an und halte das Babyöl hoch. »Eine kleine Flasche, habe ich gesagt.«

»Die kleinen Flaschen waren aus.«

»Ach was.« Ich schmunzle wieder und stelle die Flasche auf dem Fernsehtisch ab.

»Also nein, ich finde, du singst ganz und gar nicht schlecht«, sagt er, und ich höre die Federn quietschen, als er sich auf dem Fußende des Bettes niederlässt.

Ich sehe ihn über den Spiegel vor mir an.

»Also beim Shampoo und Conditioner hast du gut gewählt«, stelle ich fest, während ich die Flaschen aus der Tüte ziehe und neben das Babyöl stelle. »Bei der Waschlotion weniger.«

»*Was?*« Er sieht echt enttäuscht aus. »Keine Flüssigseife, hast du nur gesagt. Und auf dem da steht klar und deutlich ›Waschlotion‹.«

»Ich mache nur Spaß.« Seine Reaktion bringt mich zum Lächeln. »Das ist wunderbar.«

Sichtlich erleichtert lässt er die Hand neben sich aufs Bett sinken. »Du solltest auftreten. Wenigstens einmal. Nur damit du weißt, was das für ein Gefühl ist.«

Mir gefällt diese Glühbirne, die ich über seinem Kopf zu sehen meine, ganz und gar nicht. Absolut nicht.

»Mmmm, also … *nein.*« Ich sehe ihn kopfschüttelnd im Spiegel an. »Dass ich auf der Bühne stehe, ist genauso ausgeschlossen, wie dass ich Käfer esse oder für einen Tag Astronautin sein darf.«

Ich fasse in die Tüte und ergreife ein … *o nein, das hat er nicht …*

»Warum denn nicht?«, fragt er. »Es wäre eine ganz neue Erfahrung, etwas, das du dir nie zugetraut hättest, und hinterher wirst du dich wie verwandelt fühlen.«

»Was soll *das denn*, verfluchte Scheiße?« Ich drehe mich um, eine Schachtel *Vionell* in der Hand.

Er versinkt fast im Boden vor Verlegenheit. »Das ist … na, du weißt schon«, windet er sich, »für deine … Intimregion.« Er nickt peinlich betreten zu meiner »Intimregion« hin.

Mir klappt der Unterkiefer runter. »Findest du, dass ich komisch rieche? Oder kratze ich mich vielleicht verdächtig oft da unten?« Ich muss mir Mühe geben, ernst zu bleiben.

Andrew reißt die Augen auf. »Was – *nein!* Ich dachte nur, vielleicht hilft das ja gegen die wunden Stellen.« Ich habe ihn noch nie so verlegen und gleichzeitig so erschrocken erlebt. »Hey, es war echt nicht angenehm, als Mann in dem Gang mit den ganzen Frauensachen zu stehen und die vielen Aufschriften zu studieren.« Er beginnt hilflos zu gestikulieren. »Ich habe nur gelesen, dass es für den Intimbereich ist, und die Schachtel einfach in den Korb geworfen.«

Ich stelle die Packung ab und gehe zu ihm. »Also, dieses Zeug hilft nicht gegen wunde Stellen aufgrund von …«, ich kneife die Lippen zusammen, »… ›exzessiver Reibung‹, aber ich weiß deine Fürsorge trotzdem zu schätzen.« Ich setze mich rittlings auf seinen Schoß, halte mich an seinem Hals fest und beuge mich vor, um ihn zu küssen.

Er drückt mich mit beiden Armen an sich.

»Dann darf ich wohl die Behauptung wagen, dass wir keine getrennten Zimmer mehr brauchen«, erklärt er und lächelt mich an.

Die Hände in seinem Nacken verschränkt, beuge ich mich noch mal vor, um ihn zu küssen. »Eigentlich wollte ich rübergehen und dein Zeug holen, während du weg warst, aber dann wurde mir klar, dass ich deinen Ersatzschlüssel auf den Boden geworfen habe, als ich gestern Abend aus deinem Zimmer gerannt bin.«

Seine großen Hände gleiten nach unten, packen meinen Hintern und drücken mich an ihn. Dann küsst er mich in meine Nackenbeuge und steht auf, ohne mich von seiner Hüfte zu lassen.

»Dann gehe ich jetzt meine Sachen holen«, sagt er und lässt mich behutsam aus seinem Griff gleiten. »Ich schätze, ich werde ein paar Tage brauchen, um den Song zu lernen und mir den Text einzuprägen – du hast ihn ja offenbar schon drauf.«

*Oh-oh …*

Ich werfe ihm einen schmalen Seitenblick zu. »*Wozu* willst du ihn lernen?«

Seine Grübchen werden wieder tiefer. »Wenn ich mich recht entsinne, hast du deine Freiheit gleich wieder aufgegeben, nachdem du sie bei einer Billardpartie zurückgewonnen hattest.«

Seine Miene verheißt Schlimmes.

Ich schüttle erst langsam und dann immer heftiger den Kopf, als mir langsam die Erkenntnis dämmert.

»Wie du damals sagtest«, er nickt einmal bekräftigend, »und ich zitiere: *Ich will meine Freiheit nicht wieder, solange ich keine Käfer essen oder den nackten Hintern aus einem Fenster strecken muss* – tut mir leid, Babe, aber du solltest lernen, im richtigen Moment den Mund zu halten.«

»Nein … Andrew.« Ich weiche einen Schritt zurück und überkreuze die Arme vor der Brust. »Bitte zwing mich nicht, vor anderen Leuten zu singen. Das wäre grausam.«

»Dir oder dem Publikum gegenüber?«

Er grinst.

Ich trete ihm mit voller Wucht auf den Fuß.

»Ich mache nur Witze! Ich mache nur *Witze*!« Er biegt sich vor Lachen.

»Jedenfalls kannst du mich nicht dazu zwingen.«

Er legt den Kopf schief, und in seinen grünen Augen leuchtet all das, was ihn so unwiderstehlich macht. »Nein, ich werde dich zu nichts zwingen, aber …« Na toll, jetzt zieht er einen übertriebenen Flunsch. Und was das Schlimmste ist – es funktioniert! »… ich würde mir so, *so* wünschen, dass du es für mich tust.« Er zieht mich an den Ellbogen zu sich her.

Ich knurre warnend und beiße hinter den fest verschlossenen Lippen die Zähne zusammen.

Eine Sekunde. Zwei Sekunden. Drei Sekunden.

Ich hole tief Luft.

»Na schön.«

Sein Gesicht hellt sich auf.

»Aber nur ein einziges Mal!« Ich strecke einen Finger hoch. »Und wenn auch nur einer im Publikum über mich lacht, wirst du mich aus dem Gefängnis holen!«

Er legt die Hände an meine Wangen, drückt sie zusammen und küsst meinen Fischmund.

# 31

Minuten später kehrt Andrew mit seinen Reisetaschen und der Gitarre seines Bruders zurück.

Er freut sich wie blöd.

Ich mache mir vor Angst fast in die Hose und könnte mich jetzt schon dafür ohrfeigen, dass ich zugestimmt habe. Aber ich muss zugeben, dass ich auch ein winziges bisschen aufgeregt bin. Schließlich ist es nicht so, dass ich an übertriebenem Lampenfieber leiden würde – ich hatte kein Problem damit, in der elften Klasse ein Referat über gefährdete Tierarten zu halten oder in meinem letzten Schuljahr bei einer Schulaufführung die Schwester Ratched in *Einer flog übers Kuckucksnest* zu spielen. Aber Singen ist was anderes. Schauspielern kann ich einigermaßen. Vor Publikum zu singen, vor allem im Duett mit jemandem wie Andrew, der mit seiner göttlichen Bluesrock-Stimme Mädchenhöschen zum Schmelzen bringt, ist eine ganz andere Geschichte.

»Ich dachte, du willst meine Art von Musik nicht hören?«

Andrew stellt seine Taschen auf dem Boden ab und setzt sich mit der Gitarre aufs Bett.

»Also, ich weiß nicht, zu welchem Song du eben so niedlich gesungen und getanzt hast, aber da mache ich eine Ausnahme – der hat wirklich was.«

»The Civil Wars – mein Favorit des Monats, schätze ich.« Ich trete aus dem Bad, mit nassem Haar, das ich an den Spitzen mit einem Handtuch trockne (ich habe beschlossen, es noch mal zu waschen, nachdem Andrew mit den Pflegesachen zurückkam). »Der Song heißt *Barton Hollow.*«

»Sehr modern-folkig«, urteilt er und schlägt ein paar Akkorde an. »Gefällt mir.«

Dann sieht er zu mir auf und fragt: »Wo ist dein Handy?«

Ich nehme es vom Fensterbrett, ziehe die Abspielleiste zum Anfang zurück und reiche es ihm. Er legt es neben sich aufs Bett und drückt auf Play. Ich trockne mir weiter die Haare, während er die Harmonien zusammensucht und die Musik dabei abwechselnd stoppt und startet, um immer wieder den Hals der Gitarre zu umgreifen, bis er die richtigen Akkorde gefunden hat. Schon nach ein paar Minuten kann er, nach einigen Fehlversuchen, das erste Riff problemlos nachspielen.

Und bis es dunkel wird, hat er sich praktisch den ganzen Song angeeignet, abgesehen von einem kurzen Riff, das er immer wieder mit einem anderen verwechselt. Um keine Zeit zu verlieren, hat er die Akkorde schließlich online nachgeschlagen, was, nachdem er sie gefunden hatte, den Lernprozess deutlich beschleunigt hat.

Mit dem Text war es noch einfacher.

»Ich glaube, jetzt hab ich's bald«, sagt er und sitzt dabei auf dem Fensterbrett vor einem dunklen, wolkenverhangenen, regnerischen Nachthimmel. Gegen acht hat es angefangen zu regnen und seither nicht mehr aufgehört.

Ab und zu habe ich eingestimmt und ein paar Zeilen mitgesungen, aber ehrlich gesagt bin ich zu nervös. Ich habe keinen Schimmer, wie ich so was Verrücktes durchziehen soll, wenn ich jetzt schon so nervös bin, obwohl mich niemand außer ihm hört. So viel dazu, dass ich keine Probleme habe, vor anderen aufzutreten. Ich prophezeie eine extreme Lampenfieberattacke.

»Komm schon, Babe«, sagt er nickend, die Finger über der Gitarre, »ich weiß, dass du den Text kannst, aber deshalb musst du mich nicht allein üben lassen.«

Ich plumpse aufs Bett. »Du versprichst, dass du keine Fratzen schneidest und auch nicht grinst oder lächelst oder …«

»Ich werde nicht mal atmen«, lacht er. »Ehrenwort! Also los.«

Seufzend stehe ich vom Bett auf und lege mein angebissenes Stück Trockenfleisch auf den Nachttisch. Andrew rückt die Gitarre auf seinem Schenkel zurecht und trinkt einen Schluck Eistee aus der Flasche, um seinen Mund anzufeuchten.

»Mach dir keinen Kopf«, beruhigt er mich, während ich langsam auf ihn zukomme, »der Typ singt viel öfter allein als das Mädchen – die Frauenstimme hat nur ein einziges Solo, ansonsten singen wir immer gemeinsam.«

Ich zucke nervös die Achseln. »Mag sein«, gebe ich zu. »Wenigstens übertönt deine Stimme meine fast den ganzen Song durch.«

Er klemmt das Gitarrenplektrum zwischen die Lippen und streckt die Hand nach mir aus. »Komm her, Baby.«

Gehorsam lege ich meine Hand in seine und lasse mich von ihm zwischen seine Beine ziehen, sodass nur die Gitarre uns trennt. Sobald ich dort stehe, wo er mich haben will, nimmt er das Plektrum aus dem Mund. »Ich liebe deine Stimme, okay? Aber selbst wenn ich der Meinung wäre, dass dein Gesang zu wünschen übrig lässt, würde ich das mit dir machen wollen. Und es tut rein gar nichts zur Sache, was alle anderen denken.«

Meine Lippen heben sich zu einem unsicheren, verlegenen Lächeln. »Okay«, sage ich. »Ich tue das für dich, aber *nur* für dich; vergiss das bloß nicht.« Ich ziele mit dem Zeigefinger auf seine Brust. »Und du bist mir dafür was schuldig.«

Er schüttelt den Kopf. »Ich möchte aber nicht, dass du es nur für mich tust. Aber nachdem wir lieber üben als uns streiten sollten, warte ich ab, bis wir im Old Point gesungen haben, und frage dich *danach*, ob du damit wirklich nur *mir* einen Gefallen getan hast.«

»Klingt fair.«

Er nickt knapp, setzt sich wieder zurecht und beginnt die Akkorde anzustimmen.

»W-warte … vielleicht solltest du ebenfalls stehen, damit ich nicht das Gefühl habe, auf dem Präsentierteller zu stehen.«

Andrew lacht und steht auf. »Verdammt, Mädchen – na schön, ich tue alles, um es dir zu erleichtern. Meinetwegen kannst du dir auch eine Tüte über den Kopf ziehen.«

Ich sehe ihn an, als würde ich das ernsthaft in Erwägung ziehen.

»Kommt gar nicht in die Tüte, Camryn, vergiss es. Also, lass uns das durchziehen.«

Wir üben bis tief in die Nacht, müssen aber irgendwann aufhören, weil wir offenbar die anderen Hotelgäste stören. Und das, als ich gerade auf den Geschmack kam und ein bisschen aus mir herausging, ohne mir noch länger Gedanken darüber zu machen, was Andrew wohl von meinem Gesang hält.

Eigentlich klingt es gar nicht so übel.

Nachdem unsere Proben vorzeitig beendet wurden, gehen wir früh zu Bett, wo wir uns aneinanderkuscheln und einfach nur reden.

»Ich bin froh, dass du dich von meinem Scheiß nicht hast beirren lassen«, sage ich, in seine Achsel gebettet. »Sonst wäre ich jetzt vielleicht schon wieder in North Carolina.«

Ich spüre seine Lippen in meinem Haar.

»Ich muss dir was gestehen«, sagt er.

Sofort spitze ich die Ohren. »Ach ja?«

»Ja«, sagt er und sieht zur Decke auf, wo sich der Widerschein der vorbeigleitenden Scheinwerfer in unregelmäßigen Abständen zu bizarren Mustern ordnet. »Damals in Wellington, Kansas, in unserem ersten Motel, habe ich, als du am nächsten Morgen im Bad warst und ich dir nur zwei Minuten gab, um fertig zu werden …« Er verstummt, und ich spüre eine leise Kopfbewegung, so als würde er auf mich herabblicken.

Ich ziehe meinen Kopf aus seinem Arm und sehe zu ihm auf. »Ja, ich weiß noch, was hast du da gemacht?«

Er lächelt nervös. »Da habe ich mit meinem Smartphone deinen Führerschein abfotografiert.«

Ich blinzle leicht fassungslos. »Wozu das denn?« Ich richte mich ein bisschen auf, damit ich ihn ansehen kann, ohne dabei mit verdrehten Augen von unten nach oben zu starren.

»Bist du wütend auf mich?«

Ich schnaufe aus. »Das hängt ganz davon ab, was du mit dieser ziemlich persönlichen Information anfangen wolltest.«

Er wendet den Blick ab, aber ich sehe selbst im Dunklen, wie er rot wird.

»Also, ich habe ihn bestimmt nicht fotografiert, damit ich dich irgendwann aufspüren und zu Gulasch zerstückeln kann oder so.«

Mir bleibt der Mund offen stehen. »*Das* ist ja tröstlich.«

Dann muss ich doch lachen. »Ganz im Ernst, was wolltest du damit?«

Er sieht wieder zur Decke auf, scheinbar in Gedanken versunken.

»Ich wollte sichergehen, dass ich dich wiederfinden kann«, gesteht er. »Du weißt schon … nur für den Fall, dass wir beschließen sollten, getrennte Wege zu gehen.«

Meine Augen lächeln, aber mein Mund nicht. Dass er meinen Führerschein fotografiert hat, macht mich nicht wütend – eigentlich möchte ich ihn dafür am liebsten küssen –, aber ich weiß auch nicht recht, was ich mit diesem »nur für den Fall« anfangen soll. Irgendwie weckt das in mir den Verdacht, dass er mich irgendwann auf jeden Fall sitzen lassen wollte.

»Andrew?«

»Ja, Babe?«

»Kann es sein, dass du mir irgendwas verschweigst?«

Er stutzt. »Nein. Wieso fragst du?«

Ich sehe ebenfalls zur Decke auf.

»Ich weiß nicht, ich spüre bei dir immer eine merkwürdige … Zurückhaltung.«

*»Zurückhaltung?«* Er sieht mich fassungslos an. »Habe ich etwa Zurückhaltung gezeigt, als ich dich zu dieser Reise überredet habe? Oder als wir miteinander ins Bett gegangen sind?«

»Nein, da nicht.«

»Camryn, wenn ich in irgendeiner Hinsicht zurückhaltend war, dann nur bei der Frage, ob wir tatsächlich zusammen sein sollten.«

Ich richte mich im Bett auf und drehe den Oberkörper, um ihn anzusehen. So im Schatten leuchten seine Augen noch intensiver. Er hat kein Hemd an und den einen Arm unter den Kopf geschoben.

»Du findest das nicht richtig?«

Diese Unterhaltung schlägt mir mit jeder Sekunde mehr aufs Gemüt.

Mit seiner freien Hand greift er nach meinem Handgelenk. »Nein, Babe, ich … ich finde das in *jeder* Hinsicht mehr als richtig … und genau deshalb denke – genau deshalb *dachte* ich, dass wir uns vielleicht lieber nicht aufeinander einlassen sollten.«

»Aber das ergibt doch keinen Sinn.«

Er zieht mich wieder zu sich nach unten, und ich komme auf meinen Händen zu liegen, die über seine Brust gebreitet sind.

»Ich war nur nicht sicher, ob das wirklich eine gute Idee ist.« Er kämmt mit den Fingern durch das Haar über meinen Ohren. »Aber, Babe, du warst dir da auch nicht sicher.«

Ich lege mich wieder hin. Da kann ich ihm schwer widersprechen.

Ich verstehe nur nicht, was *er* für Gründe hatte, sich nicht mit mir einlassen zu wollen. Er weiß, warum ich von zu Hause abgehauen bin, und er weiß über Ians Tod Bescheid. Es ist so, als hätte ich eine ganze Liste mit meinen Beweggründen mit einem Bananenmagneten an den Kühlschrank geheftet, wo jeder sie sehen kann. Andrews Gründe liegen immer noch verborgen in irgendeinem Schuhkarton mit der Aufschrift »Weihnachtskarten«.

Und ich nehme ihm nicht mehr ab, dass es ihm dabei nur um seinen Dad geht.

Er zieht den Arm unter meinem Kopf hervor und klettert über mich, sodass ich zwischen seinen Knien und den muskulösen Armen zu liegen komme.

»Ich bin so froh, dass du bei Musik nicht schlafen

kannst«, sagt er und bezieht sich dabei anscheinend auf den ersten Satz, den ich zu ihm gesagt habe. Dann beugt er sich vor und küsst mich.

Ich nehme sein wunderschönes Gesicht in die Hände und ziehe ihn zu mir herab, um ihn noch mal zu küssen. »Und ich bin so froh, dass Idaho der Kartoffelstaat ist.«

Er runzelt fragend die Stirn.

Ich lächle nur und ziehe ihn wieder auf meine Lippen herab. Er küsst mich tief und umspielt mit seiner Zunge meine. Dann küsst er sich abwärts über meinen Hals zu meinem Bauch. Er zieht mit der Zungenspitze einen Kreis um meinen Bauchnabel und schiebt die Fingerspitzen unter den Bund meines Slips.

»Ich glaube nicht, dass ich schon wieder …«, sage ich leise, den Blick auf seinen Scheitel gerichtet.

Er fährt mit der Zunge über meinen Bauch und küsst meine Finger, die erst über sein Gesicht streichen und sich dann in sein Haar wühlen.

»Kein Sex«, sagt er, »und ich lecke dich nur ganz vorsichtig, Ehrenwort.« Er zieht mir den Slip aus, und ich hebe unwillkürlich den Hintern, um ihm die Arbeit zu erleichtern.

Er küsst die Innenseite meines linken Schenkels. Dann die des rechten.

»Ich passe auf, dass meine Zunge nass bleibt, dann brennt es nicht«, erklärt er mir murmelnd und küsst sich an der Innenseite meiner Schenkel der warmen Mitte entgegen.

Als seine Finger mich ganz vorsichtig berühren und meine Schamlippen teilen, stockt mir kurz der Atem.

»Verdammt, Baby, du bist echt geschwollen.« Sein Kommentar klingt aufrichtig und kein bisschen prahlerisch.

Es brennt sehr wohl ein kleines bisschen, aber bei Gott, ich möchte es so gern …

Sein Atem streicht heiß zwischen meinen Beinen entlang. »Ich bin bestimmt ganz vorsichtig«, sagt er, und mir stockt gleich wieder der Atem, als seine nasse Zunge mich einmal ganz langsam leckt, während seine Finger mich immer noch spreizen, ohne dabei irgendwelchen Druck auszuüben.

Er leckt immer weiter und übt dabei so wenig Druck aus, dass ich keinen Schmerz, sondern nur absolute und uneingeschränkte Ekstase spüre, bis mein Körper in die Laken schmilzt.

Seit zwei Tagen üben wir nun *Barton Hollow,* meist in unserem Zimmer im Holiday Inn, aber zwischendurch sind wir auch ans Ende der Canal Street spaziert und haben direkt am Mississippi geprobt. Ich glaube, Andrew wollte mich auf diese Weise unauffällig daran gewöhnen, vor Publikum zu singen. Zu dieser Uhrzeit waren dort kaum Leute, trotzdem war ich höllisch nervös. Die meisten Passanten gingen einfach vorbei, ohne sich für uns zu interessieren (wir haben das Lied nicht in einem Rutsch durchgespielt, sondern immer wieder zwischendrin abgebrochen und woanders neu angesetzt, sodass es ehrlich gesagt nicht viel zu hören gab), aber ab und zu blieben doch ein, zwei Spaziergänger stehen. Eine Frau lächelte mich sogar an. Allerdings weiß ich nicht, ob es ein Mitleidslächeln war, weil ich so grausig gesungen habe, oder ob ihr meine Stimme wirklich gefallen hat.

Das eine ist so gut möglich wie das andere.

Jetzt haben wir den dritten Tag, Andrew ist sicher, dass wir das Lied draufhaben, und will so bald wie möglich im Old Point damit auftreten.

Ich bin nicht so scharf darauf. Ich brauche noch eine Woche oder einen Monat oder vielleicht ein, zwei Jahre.

»Du wirst das wunderbar hinbekommen«, sagt er, während er seine Stiefel schnürt. »Du wirst das sogar ganz *fantastisch* hinbekommen. Wenn wir fertig sind, werde ich die Jungs mit der Fliegenklatsche von dir fernhalten müssen.«

»Ach, halt doch den Mund«, sage ich und schlüpfe in ein schulterfreies schwarzes Top mit süßen Kettenträgern. Heute Abend werde ich auf gar keinen Fall das trägerlose Top tragen. »Ich hab doch gesehen, wie dich die Mädchen neulich angehimmelt haben – dass du da oben neben mir stehst, ist meine Rettung, denn alle werden viel zu fasziniert von dir sein, um meine Patzer zu bemerken.«

»Baby, du kennst den Song besser als ich«, sagt er. »Sieh nicht immer so schwarz.« Sein schwarzes T-Shirt fällt über seine Bauchmuskeln abwärts. Er trägt einen schwarz-silbernen Gürtel und steckt das Shirt nur hinter der Schnalle fest, während es überall sonst frei über seine kantigen Hüften hängt. Dunkle Jeans, die Spitzen seines verstrubbelten Haares leicht gegelt – *was hat er gerade gesagt?*

»Hauptsache, du machst dir immer eines bewusst«, sagt er, während er Deo aufträgt, »nämlich dass du nicht den ganzen Song zu singen brauchst – eigentlich könntest du zwischendurch pausieren, aber bis jetzt singst du immer noch bei meinen Solostellen mit.« Er zieht eine Braue hoch und sieht mich an. »Nicht dass es mich stören würde, ich dachte nur, es wäre dir lieber, wenn du nicht so viel singen musst.«

»Ich weiß, aber ich bin es so gewöhnt, *das ganze Stück* zu singen – irgendwie fällt es mir schwer, an manchen Stellen nicht zu singen.«

Er nickt.

Ich schlüpfe in meine neuen High Heels und trete vor den großen Spiegel neben dem Fernsehtisch.

»Du bist so verflucht sexy«, sagt Andrew und steht im selben Moment hinter mir.

Er legt die Hände an meine Taille und küsst mich auf den Hals, dann klatscht er mir so fest auf den Hintern meiner fast hautengen Jeans, dass es brennt und ich kurz aufjaule.

»Und wie immer, Babe, liebe ich deine Zöpfe.« Er streicht mit den Daumen über die Zöpfe, die über meinen beiden Schultern liegen, und gibt mir dann einen Schmatz auf die Wange.

Ich weiche zurück und schubse ihn scheinbar empört weg. »Du ruinierst noch mein Make-up.«

Er geht lächelnd zum Bett, nimmt seine Geldbörse vom Nachttisch und steckt sie in die hintere Hosentasche.

»Also, dann mal los«, sagt er.

Mitten im Zimmer bleibt er stehen, streckt mir eine Hand entgegen, legt den anderen Unterarm quer über den Rücken und verneigt sich grinsend. Meine Fingerspitzen tasten sich an seine, dann umschließt er meine Hand und zieht mich zur Tür.

»Was ist mit deiner Gitarre?«

Wir bleiben einen Schritt vor der Tür stehen, und er sieht mich dankbar an.

»Ja, die könnte ganz nützlich sein«, sagt er und nimmt die Gitarre am Hals. »Vielleicht ist Eddie nicht da, und dann hätten wir, wenn wir totales Pech haben, keine Gitarre.«

»Mist, warum habe ich das nur gesagt?«

Er zieht mich kopfschüttelnd auf den Flur.

# 32

Diesmal nehmen wir die Chevelle. Nach einem kurzen Blick auf meine Schuhe war Andrew klar, dass ich es in diesen Babys nie im Leben bis nach Algiers schaffen würde, und er wollte auf keinen Fall mich *und* die Gitarre tragen müssen. So nehmen wir statt der Fähre den Freeway über den Mississippi und treffen bei Anbruch der Dunkelheit ein. Natürlich wäre es mir lieber gewesen, genau wie beim ersten Mal den Rest des Weges zu Fuß zu gehen, denn mir ist klar, dass wir mit dem Auto in Nullkommanichts da sein werden.

Ich merke, wie mir flau wird.

Wir parken in der Olivier Street und steigen aus. Meine Füße kleben am Asphalt fest.

Andrew kommt um den Wagen herum, zieht mich in seine Arme und drückt mich sanft.

»Ich zwinge dich nicht.« Offenbar hat er seine Meinung geändert. Ziemlich sicher sehe ich aus, als würde mir gleich das verspätete Mittagessen, das wir uns vorhin genehmigt haben, aus dem Gesicht fallen.

Er löst sich wieder von mir, nimmt mein Gesicht in seine Hände und sieht mir tief in die Augen. »Es ist mein voller Ernst, Baby, ich mache keine Witze – wenn du es absolut nicht tun willst, dann will ich auch nicht, dass du es tust, nicht mal für mich.«

Ich nicke nervös und hole tief Luft, das Gesicht immer noch zwischen seinen Händen.

»Nein, ich schaffe das schon«, sage ich immer noch nickend und versuche meinen ganzen Mut zusammenzunehmen. »Ich *will* das durchziehen.«

Er streicht mit den Daumen über meine Wangen. »Bist du *sicher*?«

»Ja.«

Er lächelt mich mit diesen grünen Augen an, mit denen er mich wahrscheinlich verhext, wie ich inzwischen argwöhne, und nimmt meine Hand. Dann zieht er die Gitarre vom Rücksitz, und gemeinsam betreten wir das Old Point.

»Parrish!«, ruft Carla hinter der Bar. Sie winkt uns zu sich.

Ohne meine Hand loszulassen, bahnt Andrew uns einen Weg durch das Gedränge bis zur Theke. Im Fernseher hinter Carla läuft gerade Werbung; der Widerschein legt eine weiße Aura um ihren Kopf.

»Hey, Carla«, begrüßt Andrew sie und beugt sich über die Theke, um sie zu umarmen. »Ist Eddie heute Abend da?«

Sie stemmt die Hände in die Hüften und lächelt mich an. »Klar isser das«, sagt sie zu Andrew. »Er muss hier irgendwo stecken. Hi Camryn, freut mich, dich wiederzusehen.«

Ich erwidere ihr Lächeln. »Mich auch.«

Andrew lässt sich auf einem Hocker nieder und gibt mir ein Zeichen, mich auf den daneben zu setzen. Ich springe hinauf und warte nervös ab. Mir will nicht aus dem Kopf, wie viele Leute heute Abend hier sind. Mein Blick fliegt beklommen durch den Raum, über die vielen Köpfe hinweg und zwischen den Gästen hindurch, die in diesem Moment aufstehen, weil die Band wieder zu spielen begonnen hat. Die Musik ist so laut, dass Andrew und Carla sich über die Theke hinweg anschreien müssen.

»Hättet ihr heute Abend noch Platz für uns?«, ruft Andrew.

Carla beugt sich noch weiter über die Theke. *»Uns?«*, fragt sie nach und sieht dabei mich an. »O wow, wollt ihr *zu zweit* auftreten?« Die Vorstellung scheint ihr zu gefallen.

Mein Herz springt von Bord und landet in meinen Schuhen. Ich sehe vom einen zur anderen und schlucke den fetten Kloß in meinem Hals hinunter, nur um zu spüren, wie sich an derselben Stelle sofort ein neuer bildet.

Carla legt den Kopf schief, und ihr breites Lächeln wird noch wärmer. »O Honey, du wirst das super hinkriegen – lass dich nicht nervös machen; die Leute werden dich lieben.« Sie greift hinter sich ins Glasregal nach einem Whiskyglas. Ein Mann setzt sich neben mir an die Bar, offenbar ein Stammgast, weil sie ihm einschenkt, ohne dass sie ihn zuvor fragen muss.

Doch die ganze Zeit konzentriert sie sich dabei auf mich und Andrew.

»Das habe ich ihr auch schon gesagt«, erklärt Andrew ihr, »aber sie singt heute zum ersten Mal, also sei nicht so streng.«

»Zum ersten und *letzten* Mal«, korrigiere ich ihn.

Carla lächelt Andrew verstohlen an und sagt dann zu mir: »Also, normalerweise bin ich kein Fan von Gewalt, aber falls du mit irgendwem hier drin Probleme kriegen solltest, dann sag mir nur Bescheid, und ich schmeiße ihn oder sie hochkant raus, genau wie im Film.« Sie zwinkert mir zu und wendet sich dann wieder Andrew zu.

»Da kommt Eddie schon«, sagt sie und nickt zur Bühne hin.

Tatsächlich drängt sich Eddie gerade durch die Menge. Er trägt das Gleiche wie bei unserer letzten Begegnung: ein weißes Hemd mit geknöpftem Kragen, eine schwarze Stoffhose, auf Hochglanz polierte schwarze Schuhe und ein breites, faltiges Lächeln im Gesicht.

»Mann, da is' ja Parrish!« Eddie ergreift Andrews Hand und zieht ihn an seine Brust. Dann sieht er mich an. »Girlee! Du siehst aus wie aus eim von diesen Ladys-Magazinen!« Und er schließt mich ebenfalls in die Arme. Er riecht nach billigem Whisky und Zigarettenrauch, aber aus irgendeinem Grund finde ich das tröstlich.

Andrew strahlt.

»Camryn tritt heute Abend mit mir auf«, verkündet er stolz.

Eddies Augen weiten sich zu großen weißen Kugeln, die begeistert aus seinem dunkelbraunen Gesicht leuchten. Eigentlich müsste mich das noch nervöser machen, genau wie vorhin Carlas Reaktion, aber dass Eddie hier ist, beruhigt mich tatsächlich ein wenig. Vielleicht sollte ich ihn während meines Auftritts mit Handschellen an mich fesseln.

»O Mann«, lächelt Eddie mich an. »Ich wette, du singst so gut, wie du aussiehst!«

Ich werde knallrot.

»Na, denn rauf mit euch!« Er deutet auf die Bühne. »Sobald die da ob'n fertig sin', seid ihr dran!«

Andrew nimmt meine Hand und zieht mich an seine Seite. Es wirkt fast so, als wäre Eddie so was wie ein zweiter Vater für Andrew und als würde es Andrew glücklich machen, dass Eddie mich so gern hat.

Eddie marschiert vor die Bühne und streckt uns von dort drei Finger entgegen. »Noch drei Minuten!«, ruft er uns zu.

»O Gott, ich bin so scheißnervös!«

Ja, ich hätte Eddie in meiner Nähe behalten sollen.

Andrews Hand greift fester zu. Er beugt sich an mein Ohr: »Vergiss nicht, all diese Leute sind nur hier, um sich zu amüsieren; hier will dich keiner beurteilen – wir sind hier nicht bei irgendeinem Casting.«

Ich hole tief Luft, um mich zu beruhigen.

Wir warten ab, bis die Band ihr Stück beendet hat, dann wird es ruhiger, und aus den Lautsprechern sind nur die üblichen Pausengeräusche zu hören: das Scharren der Instrumente, wenn sie verschoben werden, ein Klopfen, wenn sie gegen irgendwas schlagen oder ein leises Stimmen. Ohne die Musik klingt das Stimmengewirr plötzlich viel lauter und hängt wie ein verstärktes, ungleichmäßiges Summen im Raum. Der dichte Zigarettenqualm macht in Kombination mit den vielen, eng stehenden Körpern die Luft stickig.

Als Andrew mich zur Bühnentreppe zieht, beginnen meine Hände zu zittern, und als ich den Blick senke, sehe ich, wie sich meine Nägel neben seinen Fingerknöcheln in die Haut bohren.

Er lächelt mich aufmunternd an, und ich steige mit ihm die Stufen hoch.

»Sehe ich gut aus?«, flüstere ich ihm zu. Ich kann mir nicht vorstellen, dass ich das hier ohne Panikattacke durchstehe.

»Baby, du siehst perfekt aus.« Er küsst mich auf die Stirn und stellt die Gitarre neben das Schlagzeug, um das Mikrofon einzustellen.

»Wir müssen uns ein Mikro teilen«, erklärt er mir. »Hau mir nur nicht deine Stirn gegen die Nase.«

Ich sehe ihn mit schmalen Augen an. »Ich finde das überhaupt nicht witzig.«

»Das war auch nicht witzig gemeint.« Er lacht kurz. »Das ist mein voller Ernst.«

Ein paar Leute im Publikum schauen schon her, aber die meisten sind mit sich beschäftigt. Dass ich so tatenlos herumstehen muss, macht mich noch nervöser. Andrew kann sich wenigstens mit seiner Gitarre beschäftigen. Ich kann nur meine Gedanken kreisen lassen.

»Bist du bereit?«, fragt er mich schließlich.

»Auf gar keinen Fall, aber bringen wir es einfach hinter uns.«

Wir sehen uns an, und er zählt leise ein: »Eins. Zwei. Drei …«

Dann singen wir gemeinsam los: »*Ooooh … oooh … oooh … oooh!*« Eine Sekunde Pause. »*Ooooh … oooh … oooh … oooh!*«

Gitarre.

Immer mehr Köpfe wenden sich uns zu, und die Gespräche verstummen wie abgeschnitten.

Während Andrew das erste Riff spielt und er auf die erste Strophe zusteuert, bin ich vor Angst so erstarrt, dass ich nur noch die Augen bewegen kann. Aber je länger er spielt, desto deutlicher spüre ich, wie sich mein Körper im Rhythmus der Musik bewegen will.

Im Publikum wiegen sich schon alle oder nicken im Takt mit dem Kopf. Andrew singt die erste Strophe.

Dann kurz wieder zu zweit: »*Ooooh …*«

Darauf folgt der Chorus, den wir beide singen, und mir wird klar, dass ich jetzt diesen einen hohen Ton treffen muss …

*Ich hab's geschafft!*

Andrew lächelt mich aufmunternd an und setzt zur zweiten Strophe an, wobei er die Gitarre schlägt, als würde er den Song schon ewig spielen.

Das Publikum geht inzwischen richtig mit. Ein paar Leute nicken einander zu, als wollten sie sagen: *Die sind echt gut*, und ich merke, wie mein Gesicht zu strahlen beginnt, als ich erneut und diesmal deutlich selbstbewusster in Andrews Gesang einstimme. Inzwischen wiegt sich mein Körper wie von selbst im Takt der Musik, und ich glaube schon, dass ich meine Angst endgültig überwunden habe und ich nur noch mein Solo … *o Gott, gleich kommt mein Solo …*

Andrew sieht mich eindringlich an, als wollte er mich mit seinem Blick zwingen, konzentriert und ruhig zu bleiben, während er die letzten Akkorde anschlägt.

Genau vor meiner ersten Zeile hört er zu spielen auf und klopft nur noch auf den Gitarrenkörper, dann schlägt er ein paar Akkorde an und hört wieder auf, klopft nach der zweiten Zeile wieder auf den Gitarrenkorpus und so weiter, bis ich mit meinem Solo durch bin und Andrew wieder richtig zu spielen beginnt. *»Sauber«*, flüstert er mir noch kurz zu, dann beginnt er wieder zu singen. Er grinst von einem Ohr zum anderen. Genau wie ich. Bei dem schnelleren Zwischenstück pressen wir unsere Wangen aneinander und singen aus ganzem Herzen ins Mikro.

*»Woooh … ooooh … ooooh!«*

Die Gitarre wird langsamer, wir singen den letzten Refrain gemeinsam, er küsst mich kurz auf den Mund, nachdem wir beide *»… Soul …«* gesungen haben, und damit endet das Stück.

Das Publikum klatscht und johlt. Von ganz hinten höre ich sogar jemanden »Zugabe!« rufen.

Andrew zieht mich an seine Seite und presst vor allen Leuten seine Lippen auf meine.

»Heilige Scheiße, Baby, du hast dich super geschlagen!« Seine Augen strahlen und lassen sein ganzes Gesicht aufleuchten.

»Ich fasse es nicht, dass ich mich das getraut habe!« Ich schreie ihn mehr oder weniger an, so laut ist der Applaus.

Und ich habe am ganzen Leib eine Gänsehaut.

»Sollen wir noch mal?«

Ich schlucke.

»Nein, damit bin ich durch! Aber ich bin froh, dass ich es gemacht habe!«

»Ich bin so stolz auf dich!«

Ein paar ältere Männer kommen mit Biergläsern in der Hand auf uns zu. Der Bärtige sagt: »Du musst unbedingt mit mir tanzen.« Er breitet die Arme aus und tänzelt peinlich hin und her.

Ich werde knallrot und sehe aus dem Augenwinkel Andrews lachende Augen.

»Aber die Musik ist aus«, sage ich zu dem Mann.

»Das glaubst du!« Er deutet auf jemanden an der Wand gegenüber, und ein paar Sekunden später beginnt die Jukebox neben dem Spielautomaten zu plärren.

Nachdem ich es gerade geschafft habe, auf der Bühne zu singen, bin ich total aufgedreht und hätte richtige Gewissensbisse, diesem Typen einen Korb zu geben, sodass ich einfach mit ihm tanzen muss.

Ich drehe mich noch einmal zu Andrew um und sehe, wie er mir zuzwinkert.

Der Bärtige nimmt meine Hand, hält sie hoch über meinen Kopf, und ich beginne mich wie von selbst zu drehen. Ich tanze zwei Songs mit ihm, bevor Andrew mich »rettet«, indem er sich sanft zwischen uns drängt, meinen Körper an seinen schmiegt und mit seiner Hüfte meine in Schwingungen versetzt. Seine Hände liegen auf meiner

Taille. Wir tanzen und plaudern und spielen sogar eine Partie Darts mit Carla, bis wir um Mitternacht die Bar wieder verlassen.

Auf der Rückfahrt zum Hotel sieht Andrew mich an und fragt: »Und, wie fühlst du dich?« Ein wissendes Lächeln umspielt seine Lippen.

»Du hattest recht«, sage ich. »Ich fühle mich … ich weiß nicht, irgendwie anders, aber total gut – ich hätte nie gedacht, dass ich mich das trauen würde.«

»Ich bin froh, dass du es gemacht hast.« Er lächelt mich liebevoll an.

Ich löse den Gurt und rutsche neben ihn. Er legt den Arm um mich.

»Und wie sieht es morgen Abend aus?«

»Hm?«

»Willst du morgen Abend wieder singen?«

»Nein, ich glaube nicht, dass ich das könnte …«

»Schon gut, schon gut«, sagt er und massiert dabei meinen Arm. »Ich werde dir nicht länger zusetzen, schließlich hätte ich nicht erwartet, dass du überhaupt singst.«

»Nein.« Ich richte mich in meinem Sitz auf und drehe mich ihm zu. »Weißt du was? Ich *will.* Ich will noch mal singen.«

Ihm klappt vor Überraschung der Kiefer runter. »Im Ernst?«

»Ja, im Ernst.« Ich lächle ihn offen an.

Er erwidert mein Lächeln genauso offen.

»Also gut«, sagt er und schlägt leicht auf das Lenkrad, »dann treten wir morgen Abend wieder auf.«

Andrew bringt mich ins Hotel, und wir haben Sex unter der Dusche, bevor wir ins Bett gehen.

Wir bleiben noch zwei volle Wochen in New Orleans und treten in dieser Zeit noch ein paarmal im Old Point auf, bevor wir die Clubs und Bars der Stadt abklappern. Vor einem Monat hätte ich die Vorstellung, in Clubs zu singen, so abwegig gefunden, dass es schon ans Lächerliche grenzt, aber jetzt singe ich voller Inbrunst *Barton Hollow* und auch ein paar andere Songs, bei denen ich hauptsächlich Andrew begleite und nur selten im Mittelpunkt stehe. Und alle lieben uns. Nach jedem Auftritt kam jemand auf uns zu, um uns zu beglückwünschen oder zu fragen, ob wir diesen oder jenen Song singen könnten, was Andrew jedes Mal ablehnte. Ich bin immer noch viel zu nervös, als dass ich Musikwünsche erfüllen könnte. Und ich hätte nie gedacht, dass man mich ernsthaft mehrmals um ein Autogramm bitten würde oder dass wildfremde Leute mit mir zusammen fotografiert werden wollten. Bestimmt waren sie total betrunken. Jedenfalls rede ich mir das ein, weil alles andere echt schräg wäre.

Nach diesen zwei Wochen hatte Andrew die Liste seiner Lieblingsbands um einen Namen erweitert. Inzwischen liebt er die Civil Wars genauso wie ich. Und gestern Abend, an unserem letzten Abend in New Orleans, lagen wir zusammen im Bett und sangen *Poison & Wine* mit, das auf dem Smartphone neben dem Bett lief … und … ich glaube, da sagten wir uns durch den Songtext Dinge, die wir uns gern gestanden hätten …

Glaube ich jedenfalls …

Bis ich mich in seinen Armen leise in den Schlaf weinte.

Bestimmt bin ich gestorben und inzwischen im Himmel. Ja … ich glaube, ich bin gestorben.

# Andrew

# 33

*»Sie sollten das machen lassen, damit Sie Gewissheit haben«, sagte Marsters, der in seinem typischen Arztkittel auf seinem typischen schwarzen Arztbürostuhl in seinem typischen Arztsprechzimmer saß.*

*»Das bringt doch nichts.« Ich saß auf der anderen Seite des Tisches. »Was soll das ändern? Was gibt es denn noch zu untersuchen?«*

*»Aber Sie …«*

*»Nein, wissen Sie was? Sie können mich am Arsch lecken.« Ich stand auf und schubste dabei den Stuhl über das Parkett zurück bis in eine Topfpflanze. »Diese Scheiße brauche ich nicht mehr.«*

*Auf dem Weg nach draußen schlug ich die Tür so fest zu, dass das Glas im Rahmen klirrte.*

»Andrew! Baby, wach auf«, höre ich Camryns Stimme. Ich reiße meine Augen auf. Ich sitze immer noch auf dem Beifahrersitz. Ich habe keine Ahnung, wie lange ich geschlafen habe.

Im Aufsetzen drehe ich den Kopf nach links und rechts, bis es knackst, und fahre mir mit der Hand übers Gesicht.

»Alles okay?«

Es ist dunkel. Ich drehe mich Camryn zu und sehe, wie sie mich besorgt anschaut, bis sie den Blick wieder auf die Straße richten muss.

»Klar«, nicke ich. »Alles in Ordnung. Wahrscheinlich hatte ich einen Albtraum, aber ich weiß nicht mehr, worum es ging«, lüge ich.

»Du hast aufs Armaturenbrett eingeprügelt«, sagt sie mit einem leisen Lachen. »Auf einmal schoss deine Hand nach vorn; du hast mir einen Scheißschrecken eingejagt.«

»Tut mir leid, Baby.« Ich beuge mich lächelnd zu ihr und küsse sie auf die Wange. »Wie lange fährst du inzwischen?«

Sie wirft einen Blick auf die leuchtenden Uhrenziffern im Armaturenbrett.

»Keine Ahnung, vielleicht ein paar Stunden.«

Ich warte das nächste Schild ab, um festzustellen, ob sie auf dem Highway 90 geblieben ist, so wie ich es gesagt habe.

»Halt da mal an.« Ich nicke in Richtung einer Parkbucht am Highway.

Sie lenkt den Wagen von der Fahrbahn auf den rissigen Asphalt und stellt den Hebel der Automatikschaltung auf Parken. Ich will schon aussteigen, als sie mich am Arm zurückhält.

»Warte … Andrew.«

Ich sehe sie an. Sie stellt den Motor ab und rutscht aus ihrem Sicherheitsgurt.

»Ich werde eine Weile fahren, damit du schlafen kannst.«

»Ich weiß«, sagt sie und sieht mich düster an.

»Was ist denn los?«

Sie streicht mit beiden Händen am Lenkrad abwärts und sinkt in den Fahrersitz zurück. »Ich bin nicht mehr so sicher, ob ich wirklich nach Texas will.«

»Warum?«

Ich rutsche neben sie.

Endlich sieht sie mich an.

»Was kommt *dann*?«, fragt sie. »Irgendwie kommt mir das wie das Ende vor. Dort lebst du. Was soll danach noch kommen?«

Ich weiß, woher dieser Gedankengang kommt, denn insgeheim teile ich ihre Befürchtungen schon eine ganze Weile.

»Danach machen wir, was wir wollen«, sage ich. Ich drehe mich ihr zu und lege die Fingerspitzen an ihr Kinn. »Sieh mich an.«

Sie tut es. In ihrem Blick erkenne ich Sehnsucht, aber auch Furcht und Qual. Ich erkenne das, weil ich dasselbe empfinde.

Ich schlucke kurz, dann beuge ich mich vor und gebe ihr einen Kuss. »Das überlegen wir uns, wenn wir dort sind, okay?«

Sie nickt zaghaft. Ich versuche mir ein Lächeln abzuringen, aber das ist nicht so leicht, schließlich weiß ich genau, dass ich ihr die Antworten, auf die sie hofft, nicht geben kann. Ich kann ihr nicht mal die geben, die ich ihr geben *möchte.*

Während ich außen um den Wagen herumgehe, rutscht Camryn über die Sitzbank auf die Beifahrerseite. Zwei Wagen passieren uns und blenden uns mit ihren Scheinwerfern. Ich ziehe die Tür zu und bleibe kurz sitzen. Camryn schaut aus dem Fenster und ist zweifellos in einer ähnlichen Verfassung wie ich: verloren und unsicher und vielleicht sogar verängstigt. Noch nie habe ich mich so verbunden mit jemandem gefühlt wie mit ihr, und genau das bringt mich langsam um. Ich will schon den Wagen anlassen, halte aber noch einmal inne, die Finger schon fest um den Schlüssel geschlossen. Dann seufze ich schwer. »Wir nehmen den längeren Weg«, sage ich leise, ohne sie anzusehen, und dann erwacht der Motor wieder zum Leben.

Ich spüre, dass sie den Kopf zu mir dreht.

Und ich sehe sie an. »Wenn du möchtest.«

Ein winziges Lächeln gibt ihrem Gesicht wieder Leben. Sie nickt.

Ich schalte den CD-Player ein, und die CD wird gewechselt. Aus den Lautsprechern kommt Bad Company. Mir fällt unsere Abmachung ein, und ich will schon die CD wechseln, aber Camryn sagt: »Nein, lass nur«, und ihr kleines Lächeln wird wärmer dabei.

Ich frage mich, ob sie sich an die erste Nacht damals im Bus erinnert, als ich sie fragte, ob sie mir auch nur einen einzigen Song von Bad Company nennen könnte. Damals sagte sie *Ready for Love.* Und ich sagte: »*Bist* du es?« Keine Ahnung, warum ich das damals sagte, aber inzwischen ist mir klar, dass es die richtige Frage war. Schräg, dass der Song ausgerechnet jetzt läuft.

Wir durchqueren den äußersten Süden von Louisiana und bleiben bis Texas auf der 82. Camryn lächelt schon den ganzen Morgen – obwohl wir in Texas sind –, und das bringt wiederum mich zum Lächeln. Wir fahren mit offenen Fenstern, und seit einer halben Stunde streckt sie ihre nackten Füße aus dem Fenster; wenn ich in ihren Außenspiegel schaue, kann ich nur ihre niedlichen lackierten Zehennägel sehen.

»Wenn du deine Füße nicht auf dem Highway aus dem Fenster hängst, ist es kein richtiger Roadtrip!«, ruft sie über die Musik und den durch den Wagen brausenden Wind. Diesmal hat sie ihre Haare zu einem einzigen dicken Zopf geflochten, aber der Wind weht ihr ständig Strähnen ins Gesicht.

»Wie wahr«, sage ich und drücke aufs Gas. »Und auf einem *echten* Roadtrip musst du außerdem mit einem Trucker ficken.«

Ihr Kopf fährt so abrupt herum, dass ihr die Haare ins Gesicht klatschen. »Was?«

Ich grinse. »Yepp.« Ich trommle mit den Fingern zur Musik aufs Lenkrad. »Das gehört unbedingt dazu. Wusstest du das nicht? Du musst mindestens eins der folgenden drei Dinge tun: Erstens …« Ich strecke einen Finger hoch: »Du musst einem Trucker deinen nackten Hintern entgegenstrecken.«

Ihre blauen Augen werden immer größer.

»Zweitens: Du musst so tun, als würdest du dich befingern, während wir an einem Truck vorbeifahren.«

Ihre Augen werden riesig, und ihr Kiefer klappt nach unten.

»Oder drittens: Du pumpst einfach mit dem Arm …«, ich pumpe mit der erhobenen Faust auf und ab, »damit er uns anhupt.«

Die Erleichterung ist ihr deutlich anzusehen.

»Also gut«, sagt sie, und ein rätselhaftes Lächeln spielt um ihre Mundwinkel, »beim nächsten Truck, den wir überholen, mache ich unsere Reise zu einem *echten* Roadtrip und schlafe mit dem Trucker.« Sie sagt das so, als gäbe es daran keinen Zweifel.

Zehn Minuten später kommt unser Opfer – na schön, »Glückspilz« trifft es eher; schließlich hat er es mit Camryn zu tun – in Sichtweite. Wir befinden uns auf einem ewig langen, schnurgeraden Abschnitt durch eine baumlose Ebene. Allmählich schließen wir zu dem Sattelschlepper auf und bleiben mit genau fünfundsechzig Meilen hinter ihm. Camryn trägt wieder diese scharfen winzigen Baumwollshorts, die ich so an ihr liebe; sie nimmt die Füße vom Sitz und schiebt sie unter das Armaturenbrett. Dabei grinst sie so boshaft, dass es mich sofort scharfmacht.

»Bist du so weit?«, frage ich und drehe die Musik ein bisschen leiser.

Auf Camryns Nicken hin kontrolliere ich kurz im Rückspiegel und mit einem Blick nach vorn, ob wirklich kein anderes Auto kommt.

Gerade als ich hinter dem Schlepper auf die Gegenfahrbahn ziehe, schiebt Camryn ihre rechte Hand in ihre Shorts.

Augenblicklich bekomme ich einen Ständer.

Ich war so sicher, dass sie sich für das Hupsignal entscheiden würde.

Ich lächle sie düster an, während alle möglichen perversen Gedanken durch meinen Kopf ziehen, und sie erwidert mein Lächeln genauso boshaft. Ich drücke fester aufs Gas und beschleunige, bis wir auf einer Höhe mit dem Seitenfenster des Trucks sind.

*O mein Gott …*

Camryns Hand bewegt sich sacht, aber sichtbar unter dem dünnen Stoff ihrer Shorts; Zeigefinger und Daumen ihrer linken Hand schieben sich hinter den Hosenbund und ziehen ihn so weit nach unten, dass der nackte Bauch zu sehen ist. Sie lässt den Kopf zurückfallen und rutscht ein bisschen tiefer. Ich habe massive Schwierigkeiten, die Straße im Blick zu behalten. Jetzt beißt sie sich auf die Unterlippe und bewegt die Finger der rechten Hand immer wilder. Allmählich habe ich den Verdacht, dass sie das nicht nur spielt. Mein Schwanz ist so hart, dass man damit Diamanten schneiden könnte.

Der Sattelschlepper bleibt die ganze Zeit mit uns auf einer Höhe. Camryn hat mich so abgelenkt, dass mir gar nicht aufgefallen ist, wie sich mein Fuß langsam vom Gas hebt, doch obwohl die Nadel auf dem Tacho ein paar Striche zurückgegangen ist, ist der Sattelschlepper immer noch neben uns.

Eine Bärenstimme heult aus dem Seitenfenster des Trucks: »Heilige *Schei-ße*! Ich krieg noch einen Herzinfarkt, Baby! Whoo-*hoo*!« Dann hupt er wie wild.

Ich spüre einen eifersüchtigen Stich und bremse von fünfundsechzig Meilen pro Stunde auf fünfundvierzig ab und falle hinter den Truck zurück. Und gerade rechtzeitig, denn in dem Moment kommt uns ein Lieferwagen entgegen.

Ich sehe Camryn an, und mir ist klar, dass ich einen absolut irren Blick haben muss. Sie zieht die Hand aus den Shorts und lächelt mich nur an.

»Damit hätte ich echt nicht gerechnet!«

»Genau deshalb habe ich es gemacht«, sagt sie und streckt die Füße wieder aus dem offenen Fenster, sodass ich im Seitenspiegel nur ihre Zehen sehen kann.

»Hast du dich wirklich … *tatsächlich* gestreichelt?«

Die fünfundvierzig Meilen pro Stunde sind inzwischen auf vierzig geschrumpft. Mein Herz rattert wie wild in meiner Brust.

»Schon«, sagt sie, »aber damit wollte ich nicht den Trucker scharfmachen.«

Mit einem breiten Lächeln zieht sie ein paar Haarsträhnen, die sich zwischen ihren Lippen verfangen haben, aus dem Mundwinkel. Ich hänge mit den Augen an ihren Lippen, studiere sie, will sie beißen und küssen.

»Also, nicht dass ich mich beschweren würde«, sage ich, wobei ich mich auf die Straße zu konzentrieren versuche, um uns nicht beide umzubringen, »aber damit hast du mir ein … ziemlich großes Problem beschert.«

Camryns Blick senkt sich auf meinen Schoß, dann sieht sie mich wieder an und legt neckisch und mörderisch sexy den Kopf schief. Sie rutscht über die Sitzbank an meine Seite und schiebt die Hand zwischen meine Beine. Jetzt *hämmert* mein Herz gegen meine Rippen. Ich halte mich mit aller Kraft am Lenkrad ein. Sie küsst mich auf den Hals und auf das Kinn und lässt ihre Lippen dann an mein Ohr wandern. Meine Gänsehaut bringt mich fast um.

Und dann zieht sie den Reißverschluss meiner Shorts nach unten.

»Nachdem du mir mit meinen ›Problemen‹ geholfen hast«, flüstert sie mir ins Ohr und knabbert danach wieder an meinem Hals, »ist es nur fair, wenn ich mich revanchiere.«

Sie sieht zu mir auf.

Weil ich mit dem Kopf auf meinen Schultern im Moment keinen Gedanken fassen und erst recht keinen vernünftigen Satz bilden kann, beschränke ich mich auf ein dämliches Nicken.

Ich presse mich in den Sitz, während sie meinen Ständer aus der Hose befreit und mit ihrem Kopf zwischen meinen Bauch und das Lenkrad rutscht. Ein elektrischer Schlag lässt mich zusammenzucken, als ihre Zunge vorschnellt und einmal über meine Spitze leckt. *Fuck … O mein Gott … o fuck … Wie soll ich dabei nur Auto fahren …*

Dann nimmt sie ihn ganz in den Mund. Ich schaudere, mein Kopf kippt nach hinten gegen die Nackenstütze, während ich weiterhin den Blick auf die Straße zu richten versuche, und mein Kiefer klappt wie von selbst nach unten. Inzwischen krampft sich nur noch meine linke Hand ums Lenkrad; meine Rechte hat sich vom Lenkrad gelöst und auf ihren Hinterkopf gesenkt, wo sich meine Finger in ihre blonden Haare krallen und dem immer heftigeren Auf und Ab ihres Mundes folgen.

Die vierzig Meilen pro Stunde haben sich wieder auf fünfzig gesteigert.

Als wir die Sechzig erreicht haben, beginnen meine Beine zu zittern, und ich kann kaum noch geradeaus schauen. Ich halte das Lenkrad wieder mit beiden Händen fest, weil ich wenigstens *irgendwas* unter Kontrolle behalten will, vor allem den verfluchten Wagen, und dann stöhne ich laut auf und komme.

Irgendwie habe ich es geschafft, trotz Camryns atemberaubenden Einsatzes nicht in den Graben zu fahren. Und so liegt sie immer noch tief schlafend über der Sitzbank, die Beine halb im Fußraum, als wir noch am Vormittag Galveston erreichen. Ich wecke sie noch nicht. Erst fahre ich langsam am Haus meiner Mutter vorbei, deren Wagen nicht in der Auffahrt steht, woraus ich schließe, dass sie in der Bank ist und arbeitet. Um noch etwas Zeit totzuschlagen, fahre ich über die 53. Straße zu meinem Apartment. Camryn hat gestern Nacht nicht viel Schlaf bekommen, aber ich schätze, dass sie sowieso aufwacht, sobald der Wagen langsamer fährt. Tatsächlich beginnt sie sich zu bewegen, kurz bevor ich in der Park Street am Cedar Lawn in die Zufahrt zu meinem Apartmentkomplex biege.

Sie hebt ihren wunderschönen blonden Kopf vom Sitz, und ich muss automatisch lachen, als ich ihr Gesicht sehe.

Verdrossen und noch völlig verpennt, legt sie den Kopf schief und fragt: »Was ist so komisch?«

»O Babe, ich hab echt alles versucht, damit du nicht so einschläfst.«

Sie richtet sich auf, klappt den Schminkspiegel herunter und verdreht die Augen, sobald sie die drei langen roten Streifen sieht, die sich über ihre Wange bis zum Ohr ziehen. Behutsam betastet sie die Druckstellen.

»Wow, die tun echt weh«, sagt sie.

»Selbst mit Streifen bist du wunderschön.« Ich lache, bis sie auch lächeln muss.

»So, da wären wir«, sage ich schließlich, und dann fahre ich den Wagen auf einen Stellplatz, stelle den Motor ab und lasse die Hände sinken.

Im Auto ist es unangenehm still. Obwohl keiner von uns je ausgesprochen hat, dass unsere Reise in Texas zu Ende gehen oder dass sich hier alles zwischen uns ändern wird, können wir es beide spüren.

Der einzige Unterschied ist ... dass nur ich weiß, warum das so ist.

Camryn bleibt still und stumm sitzen, die Hände locker im Schoß gefaltet.

»Gehen wir rein«, sage ich, um die Stille zu durchbrechen.

Sie ringt sich ein Lächeln ab und öffnet ihre Tür.

»Mann, das hier sieht eher nach einem Uni-Wohnheim als nach einem Apartmenthaus aus.« Sie schultert ihre Reisetasche und die Handtasche und bleibt stehen, den Blick auf den alten Bau und die riesigen alten Eichen rundum gerichtet.

»In den Dreißigerjahren war das ein Marinekrankenhaus«, erkläre ich ihr, während ich meine Taschen aus dem Kofferraum wuchte.

Camryn nimmt Aidans Gitarre vom Rücksitz.

Wir gehen den geschwungenen, kalkweißen Gehweg entlang bis zu meinem Apartment im Erdgeschoss. Ich fummle den Schlüssel ins Schloss und öffne die Tür zu dem großen Wohnbereich. Sobald wir eintreten, schlägt mir der Geruch nach verlassener Wohnung entgegen; kein fauliger Gestank, nur der Geruch nach Leere.

Ich lasse meine Taschen fallen.

Camryn bleibt in der Tür stehen und sieht sich erst mal um.

»Du kannst dein Zeug irgendwo abstellen, Babe.«

Ich gehe zur Couch, ziehe die Jeans herunter, die dort schlaff über der Rückenlehne hängt, und pflücke dann die Boxershorts und ein T-Shirt vom Sessel und von der Liege.

»Dein Apartment ist echt nett«, sagt sie und schaut sich weiter um.

Schließlich stellt sie ihre Sachen auf dem Boden ab und lehnt Aidans Gitarre an die Couch.

»Nicht gerade die typische Junggesellenbude«, sage ich und bin schon auf dem Weg in die Essecke, »aber mir gefällt's hier, und ich wollte so nah wie möglich am Strand wohnen.«

»Du wohnst allein hier?«, fragt sie und kommt mir nach.

Ich nicke kurz, trete in die Küche und öffne den Kühlschrank; in der Tür klirren die verschiedenen Flaschen und Gläser gegeneinander. »Inzwischen schon. Eingezogen bin ich mit meinem Freund Heath, aber drei Monate später ist er nach Dallas zu seiner Verlobten gezogen.«

Ich entscheide mich für eine 2-Liter-Flasche Ginger Ale und drücke die Tür wieder zu. »Willst du was trinken?« Ich halte die Flasche hoch. »Siehst du? Ich habe was ohne Alkohol im Kühlschrank, was auch keine Limo ist, und ich konnte es nicht mal vorab hier deponieren.«

Sie schenkt mir ein zuckersüßes Lächeln und sagt: »Danke, aber ich habe gerade keinen Durst – wofür hast du es gekauft: gegen Kater oder Magenverstimmung?«

Ich grinse und trinke direkt aus der Flasche. Sie verzieht nicht mal das Gesicht, wie ich es insgeheim erwartet hätte.

»Erwischt«, gestehe ich und drehe den Deckel wieder zu. »Das Bad ist übrigens da hinten.« Ich trete aus der Küche und deute durch den kurzen Flur. »Falls du duschen willst. Ich ruf erst mal meine Mom an, damit sie sich keine Sorgen macht, und räume ein bisschen auf, bevor ich duschen gehe. Meine Pflanze ist wahrscheinlich hinüber.«

Camryn sieht mich überrascht an. »Du hast eine Pflanze?«

Ich lächle. »Ja, und sie heißt Georgia.«

Sie zieht die Brauen noch höher.

Ich lache kurz und küsse sie sanft auf die Lippen.

Während Camryn duscht, suche ich jeden Winkel meiner Wohnung nach allem ab, was verfänglich wirken könnte: ekligen alten Socken (einer lag vor meinem Bett), ungeöffneten Kondomen (auf meinem Nachttisch steht eine ganze Schachtel, die ich in der Schublade verschwinden lasse), *geöffneten* Kondomfolien (zwei in meinem Schlafzimmer-Papierkorb), noch mehr Schmutzwäsche und dem Pornoheft (Scheiße! Das liegt auf dem Wasserkasten hinter der Toilette – bestimmt hat sie es schon gesehen).

Danach spüle ich die paar schmutzigen Teller ab, die ich bei meiner Abreise in der Spüle stehen lassen hatte, und setze mich auf die Wohnzimmercouch, um meine Mom anzurufen.

# Camryn

# 34

Als ich das Pornoheft hinten auf der Toilettenspülung liegen sehe, ganz offen, so als wäre es irgendeine Motorradzeitschrift, muss ich leise lachen. Ich frage mich, ob es auch nur einen Mann auf der Welt gibt, der *nichts* mit Pornos am Hut hat, und merke im selben Moment, was für eine dämliche Frage das ist. Ich brauche echt nicht zu reden; ich habe selbst genug Internetpornos gesehen.

Ich dusche lang und heiß, trockne mich mit dem Strandtuch ab, das Andrew mir gegeben hat, und ziehe mich dann wieder an.

Es gefällt mir hier nicht. In seinem Apartment. In Texas.

Zu einem anderen Zeitpunkt oder unter anderen Umständen wäre das vielleicht anders, aber ich stehe zu dem, was ich gestern Abend bei unserem kurzen Stopp am Straßenrand zu ihm gesagt habe. Hier fühlt sich alles nach dem *Ende* an. Es ist, als hätte der Regen der letzten Woche die Magie unserer gemeinsamen Reise fortgewaschen. Nicht unsere Gefühle füreinander … nein, die sind immer noch so stark, dass ich beinahe in die Knie gehe, wenn ich nur an das Ende denke. Unsere Gefühle füreinander sind … kurz gesagt sind sie alles, was uns noch geblieben ist. Die Straße endet hier. Ab jetzt ist es vorbei mit den spontanen Zwischenstopps in Orten, von denen wir manchmal nicht mal den Namen wussten. Es ist vorbei mit den Motels und den kleinen Sachen wie Beef Jerky und Babyöl und Schaumbädern. Der Soundtrack unserer gemeinsamen Reise, unseres kurzen Lebens zu zweit, ist verklungen wie der letzte Song auf einem Album. Nur das leise Summen aus den Lautsprechern ist noch zu hören. Ich würde so gern die CD wieder anwerfen, aber mein Finger will einfach nicht den Knopf drücken.

Und ich begreife nicht warum.

Ich wische mir die Tränen vom Gesicht, zwinge meine Gefühle in meine Lunge zurück und presse sie dort mit einem tiefen Atemzug zusammen, bevor ich die Badezimmertür aufziehe.

Während ich durch den Essbereich gehe, höre ich Andrew am Telefon reden.

»Fick dich doch, Aidan. Bleib mir mit dieser Scheiße vom Leib. Und wenn schon, na und? Wie kommst du darauf, dass du mir vorschreiben kannst, was ich mit meinem Leben anfangen soll? Was? Ach, leck mich doch, Bruderherz; niemand muss auf eine Beerdigung gehen. Ich persönlich würde am liebsten auf gar keine mehr gehen, außer auf meine eigene. Mir will sowieso nicht in den Kopf, was die Leute auf einer Beerdigung wollen; nur um jemanden, den man mal geliebt hat, verfickt leblos in einer gottverdammten Kiste liegen zu sehen. Mir ist es lieber, dass jemand lebt, wenn ich ihn das letzte Mal sehe. Erspar mir diese Scheiße, Aidan! Und du weißt, dass das nur Scheiße ist!«

Ich will nicht hinter der Ecke stehen bleiben und lauschen, aber es wäre auch unpassend, einfach so in sein Gespräch zu platzen.

Ich tue es trotzdem. Er redet sich richtig in Rage, und ich will ihn beruhigen. Sobald er mich sieht, hört er auf, ins Telefon zu schimpfen, und setzt sich auf der Couch auf.

»Hör zu, ich muss Schluss machen«, sagt er. »Ja, Mom hab ich schon angerufen. Yeah. Ja, schon gut, ich hab's kapiert. Später.«

Er drückt das Gespräch weg und wirft das Handy neben seinen aufgestützten nackten Fuß auf den Eichenholz-Couchtisch.

Ich lasse mich neben ihm in die Polster fallen.

»Entschuldige«, sagt er nur, tätschelt meinen Schenkel und reibt dann mit der flachen Hand darüber. »Er will einfach keine Ruhe geben.«

Ich löse mich von den Sofapolstern und setze mich auf seinen Schoß, und er zieht mich an seine Brust, als wäre ich das Einzige, was ihn beruhigen kann. Also lege ich die Arme um seinen Hals und verschränke die Finger über seiner Schulter. Dann beuge ich mich vor und küsse ihn seitlich auf den Mund.

»Camryn.« Er sieht mich ernst an. »Hör zu, ich will genauso wenig wie du, dass hier alles endet«, sagt er, als hätte er gehört, was ich mir gerade im Bad gedacht habe.

Plötzlich hebt er mich an und setzt mich ihm zugewandt auf seinen Schoß, sodass ich ihm in die Augen sehe und meine Knie links und rechts von ihm gegen die Rückenlehne gedrückt werden. Er nimmt meine Hände in seine und sieht mich ernst und eindringlich an.

»Was hältst du davon, wenn wir …« Er wendet den Blick ab, als müsste er seine Worte genau bedenken, und ich wünsche mir, ich wüsste, ob er gerade überlegt, wie er sie am besten oder ob er lieber gar nichts sagen soll.

»Wenn wir *was*?«, versuche ich ihm einen Schubs zu geben. Was ihm auch auf der Seele liegt, ich will nicht, dass er jetzt einen Rückzieher macht; ich will, dass er es ausspricht. Ich merke, wie sich eine schwache Hoffnung in mir regt, an die ich mich mit aller Kraft klammere. »Andrew?«

Meine Stimme reißt ihn in die Gegenwart zurück, und seine grünen Augen bohren sich in meine.

»Und wenn wir zusammen losziehen würden?«, fragt er, und mein Herz beginnt wie wild zu pochen. »Ich will nicht hierbleiben. Und das sage ich nicht wegen meines Vaters oder meines Bruders – beides hat nichts mit meinen Gefühlen zu tun. Mit dem, was ich in diesem Moment empfinde. Was ich in deiner Nähe empfinde. Was ich schon empfunden habe, als ich dich in Kansas allein in diesem Bus sitzen sah.« Er drückt meine Hände. »Ich weiß, dass du damals deinen Seelenverwandten verloren hast, aber ... ich will, dass du *zu mir* gehörst. Vielleicht sollten *wir* zusammen durch die Welt reisen, Camryn ... mir ist klar, dass ich deinen Ex nicht ersetzen kann ...«

Ich kann meine Tränen nicht länger zurückhalten.

Was er total falsch auffasst. Er lässt meine Hände los und kann mich plötzlich nicht mehr ansehen. Ich lege meine Finger an seine Wangen und zwinge ihn, seinen Blick auf mich zu richten.

»Andrew ...«, ich schüttle unter Tränen den Kopf, »... es gab von Anfang an nur dich«, flüstere ich heiser. »Selbst bei Ian hatte ich immer das Gefühl, dass irgendwas fehlt. Ich habe es dir erzählt, damals in der Nacht auf dem Feld; da habe ich dir erzählt, dass ...« Mir versagt die Stimme. Also lächle ich erst stumm und erkläre ihm dann: »*Du* bist mein Seelenverwandter. Das weiß ich schon lange.« Ich küsse ihn auf den Mund. »Und ich kann mir nichts Schöneres auf der Welt vorstellen, als sie zusammen mit dir zu erforschen. Wir gehören auf die Straße. Gemeinsam. *Nichts* möchte ich lieber.«

Seine Augen glänzen, aber er drückt mit einem breiten

Lächeln die Tränen weg, bevor sie fließen können. Und dann presst er seinen Mund auf meinen, während wir beide das Gesicht des anderen festhalten. Sein Kuss raubt mir den Atem, aber ich küsse ihn einfach noch fester und trinke so viel von seinem Atem, wie ich nur kann. Und ohne dass er den Kuss beendet hätte, lösen sich seine Hände von meinem Gesicht, schlingen sich um meinen Leib und heben mich hoch, damit er mit mir aufstehen kann.

»Du musst noch heute meine Mom kennenlernen«, sagt er und tastet dabei mit Blicken mein Gesicht ab, bevor er mir tief in die Augen sieht.

Ich schniefe die letzten Tränen hoch und nicke. »Das würde ich wirklich gern.«

»Super.« Behutsam löst er seinen Griff, damit ich mich von ihm löse und aus eigener Kraft stehe. »Ich dusche noch kurz, und dann zeige ich dir die Stadt, bis sie von der Arbeit heimkommt.«

»Okay«, sage ich, ohne das Lächeln aus meinem Gesicht verschwinden zu lassen.

Ich könnte es sowieso nicht, selbst wenn ich es versuchen würde.

Er sieht mich aufmerksam an, so als wollte er mich nicht mal lang genug allein lassen, um unter die Dusche zu gehen, und seine lächelnden Augen strahlen so intensiv wie direkt nach unserem ersten Auftritt im Old Point. In seinem Gesicht steht alles Mögliche geschrieben, was einem auf der Zunge liegt, wenn man unglaublich glücklich ist, aber er spricht nichts davon aus.

Weil er das nicht braucht.

Schließlich geht Andrew duschen, und ich checke die Nachrichten auf meinem Handy. Mom hat endlich zurückgerufen. Sie hat mir auf die Mailbox gesprochen und mir alles von ihrer Kreuzfahrt auf die Bahamas erzählt, die letztendlich volle acht Tage dauerte. Es klingt, als würde sie echt auf diesen Typen stehen. Roger. Vielleicht sollte ich doch mal zu Hause vorbeischauen und ihn durchchecken, nur für den Fall, dass er meine Mom mit irgendwas derart blendet, dass sie mögliche Arschloch-Warnzeichen übersieht: mehr Geld als mein Dad, einen besseren Body als Andrew – also, das wohl kaum – oder einen richtig großen … Wobei ich nicht recht weiß, wie ich das rausfinden sollte, solange ich Mom nicht direkt frage. Und das wird bestimmt nicht passieren.

Mein Dad hat auch angerufen. Er fährt in einem Monat auf Geschäftsreise nach Griechenland und fragt, ob ich mitkommen möchte. Liebend gern, aber tut mir leid, Dad, falls ich irgendwann in der nächsten Zeit nach Griechenland fahre, dann garantiert mit Andrew. Ich war immer Daddys kleines Mädchen, aber irgendwann muss jede Frau erwachsen werden, und jetzt … jetzt bin ich nur noch Andrews Mädchen.

Ich schüttle die verträumten Gedanken ab und checke weiter meine Nachrichten. Natalie hat schließlich angerufen, statt sich weiter auf die Zunge zu beißen und noch mehr Nachrichten zu schicken. Bestimmt dreht sie inzwischen total durch, weil sie nicht weiß, was und mit wem ich es treibe. Vielleicht habe ich sie echt lang genug auf die Folter gespannt.

Hmmm … ich könnte ihr einen kleinen Brocken hinwerfen.

Ein heimtückisches Lächeln breitet sich auf meinem Gesicht aus. So ein kleiner Brocken könnte ihre Qualen noch verschlimmern, trotzdem ist er besser als überhaupt nichts.

Als Andrew aus der Dusche kommt und mit einem feuchten Handtuch um den Hals durchs Zimmer geht, rufe ich ihn ins Wohnzimmer. Halb nackt steht er vor mir, mit den letzten Wassertropfen auf seinem gebräunten Sixpack: Noch nie habe ich etwas gesehen, das so sexy ist. Am liebsten würde ich jeden Tropfen einzeln ablecken, aber das verkneife ich mir um Natalies willen.

»Komm mal her, Baby«, sage ich und winke ihn mit dem Finger zu mir. »Ich will Natalie ein Bild von uns beiden schicken. Seit New Orleans liegt sie mir deinetwegen in den Ohren, aber ich habe ihr noch nichts über dich verraten, nicht mal deinen Namen. Sie hat mir eine Nachricht draufgesprochen.« Ich drücke ein paar Tasten auf meinem Handy.

Lachend rubbelt er sich mit dem Handtuch übers Haar. »Was hat sie denn gesagt?«

»Eigentlich nur, dass sie vor Neugier platzt. Und ich will sie ein bisschen quälen.«

Andrews Grübchen werden tiefer. »Fuck, da bin ich dabei.« Er plumpst auf die Couch und zieht mich mit nach unten.

Ich schieße ein paar Bilder von uns zusammen: eins, auf dem wir bloß in die Kamera schauen, eins, auf dem er mich auf die Wange küsst, und eins, auf dem er verführerisch in die Kamera linst und gleichzeitig seine Zunge aus dem Mundwinkel schlängeln lässt, um mir über die Wange zu lecken.

»Das ist *perfekt*«, kommentiere ich das dritte begeistert. »Sie wird ausflippen. Pass auf; sobald sie das hier gesehen hat, kann sich Texas auf Hurrikan Natalie gefasst machen.«

Andrew lacht und lässt mich mit meinem Handy auf der Couch sitzen. »Ich bin in ein paar Minuten fertig«, meint er noch, bevor er ins Schlafzimmer verschwindet.

Ich lade das Foto in eine Nachricht und tippe dazu:

*Das sind wir in Galveston, Texas.*

Und dann drücke ich auf Senden. Ich höre Andrew herumgehen. Gerade als ich aufstehen will, um ihm nachzuspionieren, erreicht mich nicht mal eine Minute nach dem Absenden unseres Fotos Natalies SMS:

*OMFG! Du schläfst mit Kellan Lutz?!?!!!!?*

Ich muss laut lachen. Andrew kommt hinter der Ecke hervor, diesmal leider mit Hemd, das er vorn hinter die Gürtelschnalle steckt. Und er hat die Shorts bereits gegen eine Jeans getauscht.

»Was, hat sie etwa schon geantwortet?« Er scheint das lustig zu finden.

»O ja«, antworte ich, und ein Lachen schwingt in meiner Stimme. »Mir war klar, dass da sofort eine Reaktion kommen würde.«

Eine ganze Salve von Nachrichten geht auf meinem Handy ein, so als würde am anderen Ende eine Maschine tippen:

*Cam, OMFG, er ist so verdammt scharf! Was ist da los?*

*Ruf an. SOFORT!!!!!!*

*Camnryn Martybeth Bennett! Ruf sofort an!*

*Ich stehen hier!!!*

*Ich meine STEHE*

*GRRR!!!!!*

*VERFLUCHTE AUTOKORREKTUR! Ich hasse dieses Scheißding!*

*STERBE, nicht stehe!!*

Ich grinse breit. Andrew bleibt hinter mir stehen und nimmt mir das Handy ab.

Lachend scrollt er durch ihr Kauderwelsch.

»Autovervollständigung ist und bleibt eine Kunst«, meint er. »Wer ist verflucht noch mal Kellan Lutz? – Ist er hässlich?« In seinen Augen blitzt so etwas wie Furcht auf.

*Nein … ähmmmm, hässlich ist er auf keinen Fall.*

»Nur ein Schauspieler«, versuche ich zu erklären. »Und nein, ist er nicht. Mach dir deswegen keine Gedanken; Natalie vergleicht immer, und ich meine wirklich *immer,* absolut *jeden* mit irgendeinem Promi, und gewöhnlich übertreibt sie maßlos dabei.« Während er noch über meine Erklärung nachdenkt, nehme ich ihm das Handy ab und lege es auf die Couch. »Wir sind mit Shay Mitchell und Hayden Panettiere zur Schule gegangen, Megan Fox war die Königin auf unserem Abschlussball, und Chris Hemsworth war ihr König.« Ich schnalze mit der Zunge. »Und dann gab es da noch Natalies Erzfeindin, eine Cheerleaderin, die ihr in der zehnten Klasse Damon ausspannen wollte; Natalies Meinung nach war sie die Schlampenausgabe von Nina Dobrev – und keiner von denen sah tatsächlich so aus, jedenfalls nicht wirklich. Natalie ist einfach … eigenwillig.«

Andrew schüttelt lächelnd den Kopf. »Jedenfalls hat sie Charakter, das muss man ihr lassen.«

Ich höre mein Handy zwar im Polster summen, doch ich ignoriere es und stehe auf, um die Arme um Andrews Taille zu schlingen.

»Bist du sicher, dass du mich mitnehmen willst?«

Er sieht mir in die Augen und legt die Hände an meine Wangen. »Ich war mir noch nie so sicher, Camryn.«

Dann beginnt er auf und ab zu gehen.

»Ich habe immer dieses … dieses …«, sein Blick wird eindringlich und konzentriert, »… *Loch* in mir gespürt … Ich meine, es war kein leeres Loch, immer war irgendwas drin, aber es hat nie richtig gepasst. Eine Weile war ich auf dem College, bis ich mich eines Tages selbst am Kragen gepackt und mir gesagt habe: Andrew, was machst du hier überhaupt? Und dann ging mir auf, dass ich nicht dort war, weil *ich* es wollte, sondern weil die Leute das von mir erwarteten, sogar Leute, die ich überhaupt nicht kannte, was weiß ich, die Gesellschaft eben. So *macht* man das eben. Man wird erwachsen, geht aufs College, sucht sich einen Job und macht dann jeden Tag die gleiche Scheiße, bis man alt wird und stirbt – genau wie du es beschrieben hast, als du mir an dem Abend in Birmingham erzählt hast, was für Pläne du mit deinem Freund gemacht hattest.« Er holt mit der rechten Hand aus, als wollte er die Luft ohrfeigen. »Die meisten Menschen kriegen ihr ganzes Leben lang nichts von der Welt zu sehen als die Gegend, in der sie aufgewachsen sind.« Er geht immer schneller auf und ab und bleibt nur hin und wieder stehen, wenn er einem Wort oder einem Satz besonderen Nachdruck verleihen will. Dabei sieht er mich kaum an; er scheint eher mit sich selbst zu reden, so als würde auf einmal ein Fluss von langersehnten Antworten seinen Geist durchströmen und als müsste er sich anstrengen, um sie alle aufzunehmen. »Eigentlich war ich nie wirklich glücklich …«

Erst jetzt sieht er mich an.

»Und dann bin ich dir begegnet … und es war, als würde in meinem Kopf ein Schalter umgelegt oder als wäre ich endlich aufgewacht, keine Ahnung, aber …« Er bleibt vor mir stehen. Ich würde am liebsten losheulen, aber ich tue es nicht. »… aber ich wusste, dass es richtig war, was immer es auch war. Es hat gepasst. *Du* hast gepasst.«

Ich stelle mich auf die Zehenspitzen und küsse ihn auf die Lippen. Ich möchte ihm so viele Dinge sagen, dass ich mich gar nicht entscheiden kann und stumm bleibe.

»Ich schätze, ich muss dich das auch fragen«, sagt er. »Bist du *sicher,* dass du das mit mir machen willst?«

Meine Augen lächeln ihn an. »Andrew, das ist gar keine Frage«, sage ich. »Ja!«

Andrew strahlt mich so an, dass seine teuflisch grünen Augen glänzen.

»Damit ist es offiziell«, sagt er. »Wir fahren morgen früh ab. Ich hab genug auf der Bank, um uns eine Weile durchzubringen.«

Ich nicke lächelnd. »Das Geld auf meinem Konto habe ich nicht selbst verdient, darum bin ich immer besonders sparsam damit umgegangen, aber hierfür gebe ich es bis auf den letzten Cent aus, und dann …«

»*Bevor* uns das Geld ausgehen kann«, fällt er mir ins Wort, »suchen wir uns Arbeit, genau wie du vorhin gesagt hast. Wir können in Clubs und Bars auftreten oder auf Wochenmärkten.« Bei der Vorstellung muss er lachen, trotzdem ist es ihm ernst. »Und wenn wir in einer Bar oder einem Restaurant nicht auftreten können, können wir dort immer noch kochen oder abspülen oder bedienen oder … was weiß ich, das wird sich alles finden.«

Es klingt wie ein verrückter, durchgedrehter Traum, aber das ist uns beiden egal. Wir leben ganz und gar im Augenblick.

»Ja, *bevor* das Geld ausgeht, ist eindeutig klüger«, pflichte ich ihm bei und werde rot. »Schließlich will ich nicht betteln oder hinter einem Müllcontainer schlafen müssen oder mit einem SUCHE-ARBEIT-Schild an der Straßenecke stehen.«

Andrew massiert mir lachend die Schultern. »Nein, so

weit wird es nie kommen. Wir werden immer Arbeit finden, aber trotzdem nie zu lange an einem Ort bleiben und auch nie in eine feste Routine rutschen.«

Ich sehe ihm in die Augen, schlinge die Arme um seinen Hals und küsse ihn leidenschaftlich.

Dann greift er nach seinen Schlüsseln.

»Komm.« Er zeigt mit dem Kopf zur Tür und streckt mir die Hand hin. Ich nehme sie. »Eins nach dem anderen: Erst mal muss ich nach meinem Wagen sehen. Bestimmt vermisst sie mich schon!«

Pornohefte *und* ein Auto mit weiblicher Persönlichkeit!

Ich schüttle lachend den Kopf, während ich mich von ihm zur Tür ziehen lasse. Unterwegs schnappe ich mir meine Handtasche vom Boden, dann sind wir draußen.

# 35

Zuerst fahren wir Andrews 1969er Camaro holen. Als wir in die Werkstatt einbiegen, wo Andrew allem Anschein nach bisher gearbeitet hat, treffe ich auf den ersten Texaner, der sämtliche Klischees bedient.

»Dir ist doch klar, dass ich dich hochkant rausgeschmissen hab, oder?«, dröhnt der Riese mit Cowboyhut und Cowboystiefeln, der uns vor der Werkstatt in Empfang nimmt. Zuvor stand er im offenen Werkstatttor und unterhielt sich mit einem anderen Mann, der tatsächlich wie ein Mechaniker aussieht.

Er greift nach Andrews Hand, zieht ihn an seine Brust und donnert ihm die flache Hand auf den Rücken.

»Ja, ist mir klar«, sagt Andrew und haut ihm ebenfalls auf den Rücken. »Aber ich musste das einfach tun.«

Andrew dreht sich zu mir um.

»Billy, das ist meine Freundin Camryn. Camryn, mein Exboss Billy Frank.«

Mein Herz setzt einen Schlag aus, als er mich als seine Freundin bezeichnet. Ich hätte nie gedacht, dass es mich so berühren könnte, wenn er das sagt.

Billy reicht mir eine ölfleckige, rissige Hand, die ich, ohne zu zögern, schüttle. »Freut mich.« Ich lächle.

Er lächelt ebenfalls; seine Zähne stehen schief und sind, wahrscheinlich von unzähligen Zigaretten und Kaffees, vergilbt.

»Ein richtig süßes Ding«, grinst Billy Andrew an. »Für

so ein Mädel würd ich auch meinen Job sausen lassen.« Er boxt Andrew spielerisch gegen den Arm. Dann sieht er mich wieder an. »Behandelt er dich auch gut? Der Junge hat ein Mundwerk, das deine Momma umhauen könnte.«

Ich lache leise und sage: »O ja, das hat er, aber er behandelt mich wie eine Königin.«

Aus dem Augenwinkel bemerke ich, wie Andrews Augen mich anlächeln.

»Also, wenn er irgendwann Ärger machen sollte, dann weißt du, wo du mich finden kannst. Keiner hier kann ihn so gut zusammenfalten wie ich.« Er grinst Andrew an.

»Danke, das werde ich mir merken.«

Wir nicken Billy Frank noch einmal zu und gelangen dann durch eine Seitentür in der offenen Werkstatt auf das eingezäunte Gelände, wo die Autos parken. Obwohl ich den Wagen bis jetzt nur getarnt in der Baumrinde von Andrews Tattoo gesehen habe, ist mir sofort klar, welcher ihm gehört. Es ist das schönste Fahrzeug auf dem ganzen Gelände. Dunkelgrau mit zwei schwarzen Rallyestreifen längs über der Haube. Es erinnert sehr an die alte Chevelle von Andrews Vater. Wir arbeiten uns durch das Labyrinth von Autos vor, und Andrew zieht die Fahrertür auf, aber erst nachdem er die Karosserie von allen Seiten genau inspiziert hat.

»Wenn sie nicht in die Werkstatt gemusst hätte, als ich gerade beschlossen hatte, nicht nach Wyoming zu fliegen«, erklärt er und streicht mit den Fingern den Türrahmen entlang, »dann wäre ich mit ihr gefahren, statt den Bus zu nehmen.«

»Ich will deinem Mädchen ja nichts Böses«, sage ich lächelnd und tätschle dabei vorsichtig die Motorhaube,

»aber ich bin wirklich froh, dass sie den Dienst verweigert hat.«

Andrew sieht mich an, und sein Gesicht strahlt so, wie ich es in letzter Zeit immer öfter strahlen sehe.

»Ich auch«, sagt er nur.

Kurz schießt mir durch den Kopf, wo wir beide jetzt wohl wären, wenn er mit dem Auto gefahren wäre, wenn wir uns nie begegnet wären. Doch selbst kurz ist schon fast zu lang, denn bei diesen Gedanken schnürt es mir sofort die Kehle zu. Ich kann mir nicht mal mehr vorstellen, dass wir uns nicht kennengelernt hätten. Und ich will es auch nicht.

»Also, nehmen wir jetzt sie statt der Chevelle?«

Andrew kaut grübelnd auf seiner Unterlippe. Er steht immer noch in der offenen Tür, eine Hand flach auf das Dach gelegt. Dann patscht er einmal sanft aufs Autodach und sieht mich an.

»Was meinst du? Was wäre dir denn lieber, Babe?«

Jetzt kaue zur Abwechslung ich nachdenklich auf meiner Unterlippe. Ich bin ehrlich gesagt gar nicht auf den Gedanken gekommen, dass ich das entscheiden könnte. Ich trete an den Wagen und werfe einen Blick ins Innere, sehe die ledernen Schalensitze und … also, mehr brauche ich eigentlich gar nicht zu sehen.

»Ganz ehrlich?«, frage ich und verschränke die Arme.

Er nickt.

Ich sehe wieder auf den Camaro und überlege.

»Irgendwie mag ich die Chevelle«, sage ich. »Der Wagen hier ist super – ein echtes Geschoss –, aber ich glaube, ich habe mich irgendwie an den anderen gewöhnt.« Und dann deute ich vielsagend ins Innere. »Und wie soll ich bei diesen Sitzen meinen Kopf auf deinen Schoß legen oder auf der Vorderbank schlafen?«

Andrew lächelt sanft und streicht seiner vierrädrigen Freundin übers Dach, wie um ihr zu versichern, dass das nicht persönlich gemeint ist. Er tätschelt sie ein letztes Mal und schließt dann die Tür.

»Dann nehmen wir die Chevelle«, sagt er. »Ich fahre sie später nur heim und stelle sie dort ab.«

Andrew führt mich zum Essen aus und zeigt mir ein paar seiner Lieblingsplätze auf Galveston Island. Und dann, kurz nach der Stoßzeit, ruft seine Mom auf seinem Handy an.

»Ich bin nervös«, gestehe ich ihm vom Beifahrersitz aus, als wir uns ihrem Haus nähern.

Er runzelt die Stirn, sieht mich an und sagt: »Dazu hast du überhaupt keinen Grund; meine Mom wird dich lieben.« Er schaut wieder auf die Straße. »Sie ist bestimmt keine von diesen verklemmten Spießerinnen, die überzeugt sind, dass kein Mädchen gut genug für ihren Sohn ist.«

»Das ist definitiv beruhigend.«

»Und selbst wenn sie so eine wäre«, sagt er und grinst mich kurz an, »würde sie dich trotzdem lieben.«

Ich falte die Hände im Schoß und lächle. Es hilft nichts; er kann mir noch so lang und breit erklären, wie nett sie ist, es hilft nichts gegen das flaue Gefühl in meiner Magengrube.

»Wirst du es ihr sagen?«, frage ich ihn.

»Was, dass wir zusammen losziehen wollen?«

»Ja.«

Er nickt. »Natürlich, sonst wird sie sich so sorgen, dass sie direkt in Therapie gehen kann.«

»Und wie wird sie es aufnehmen?«

Andrew lacht leise. »Babe, ich bin fünfundzwanzig. Ich

bin mit neunzehn von zu Hause ausgezogen. Sie wird es schon verkraften.«

»Na ja, ich meine bloß … du weißt schon … warum du eigentlich weggehen willst und was wir alles machen wollen.« Ich wende den Blick kurz ab und schaue dann wieder durch die Windschutzscheibe. »Das ist was anderes, als sein Zeug zu packen und in eine andere Stadt zu ziehen; damit könnte sogar meine Mom umgehen. Aber wenn ich ihr erzählen würde, dass ich *keinen Schimmer* habe, wohin es mich verschlagen wird, und dass ich mit einem Typ losziehen will, den ich im Bus kennengelernt habe, würde ihr das wahrscheinlich den Boden unter den Füßen wegziehen.«

»*Wahrscheinlich?*«, fragt Andrew. »*Wenn* du es ihr erzählen *würdest*?«

Ich sehe ihn wieder an. »Nein, natürlich werde ich es ihr erzählen. Ich finde genau wie du, dass sie es wissen sollte … aber du weißt, was ich meine, Andrew.«

»Allerdings, Babe.« Er setzt den linken Blinker und biegt an einem Stoppschild ab. »Und du hast recht; normal ist das nicht.« Dann grinst er mich wieder an, und sofort muss ich zurücklächeln. »Aber tun wir es nicht genau deswegen? Weil es eben nicht normal ist?«

»Ja, genau.«

»Natürlich geht es mir hauptsächlich um die Reisebegleitung«, ergänzt er.

Ich werde rot.

Nach zwei Blocks mit gemütlichen Vorstadthäusern und weißen Gehwegen, auf denen Kinder Fahrrad fahren, biegen wir in die Einfahrt zum Haus seiner Mutter. Es ist ein ebenerdiger Bau mit einem hübschen Blumenbeet, das sich über die gesamte Hausfront zieht, und zwei üppigen grünen Büschen beiderseits des Fußwegs zur

Haustür. Die Chevelle kommt schnurrend hinter einem weißen, viertürigen Familienauto zu stehen, das in der offenen Garage parkt. Während ich einen schnellen Blick in den Rückspiegel werfe, um sicherzugehen, dass ich keinen Popel an der Nase hängen habe und zwischen meinen Zähnen keine Salatreste von dem Hähnchensandwich stecken, das ich vorhin gegessen habe, kommt Andrew um das Auto herum und öffnet mir die Tür.

»Ach, so läuft der Hase also«, ziehe ich ihn auf. »Kaum könnte uns deine Mutter beobachten, schon hältst du mir die Tür auf.«

Er greift nach meiner Hand und verbeugt sich übertrieben. »Von nun an, Mylady, werde ich Euch stets die Türen offen halten, so Euch daran gelegen ist … allerdings …«, ich muss über seine Darbietung lächeln, lege aber dennoch die Hand in seine, »… nahm ich bislang an, dies sei nicht Eure Art.«

»O ja?«, erwidere ich in einem grauenhaften englischen Akzent und recke die Nase in die Luft. »Und was ist Eurer Meinung nach meine Art, Mr. Parrish?«

Er schließt die Tür, reicht mir galant den Arm und schreitet kerzengerade und hocherhobenen Hauptes mit mir auf die Garage zu.

»Ich dachte, Eure Art sei es, einen Scheiß darauf zu geben, ob Euch jemand die Tür öffnet, solange sie nur aufgeht, sobald Ihr es wollt.«

Ich lache.

»Wahr gesprochen«, sage ich und schmiege mich an seine Schulter, während wir auf die Verbindungstür von der Garage zum Haus zusteuern.

Durch die Tür gelangt man direkt in die Küche, wo es nach Braten riecht. Sie hatte Zeit, einen Braten zu machen, schießt es mir durch den Kopf, bis ich den Schongarer auf der Küchentheke stehen sehe. Andrew führt mich um die Frühstückstheke herum ins Wohnzimmer, und im selben Moment erscheint eine hübsche, sandblonde Frau im Durchgang zum Flur.

»Ich bin ja so froh, dass du wieder da bist«, sagt sie, schließt ihn in die Arme und quetscht ihn an ihren kleinen Körper. Andrew ist eine gute Handbreit größer als sie. Aber mir ist sofort klar, von wem er die grünen Augen und die Grübchen hat.

Sie lächelt mich offen und unvoreingenommen an und schließt mich dann zu meiner Überraschung ebenfalls in die Arme. Ich will da nicht zurückstehen und drücke meine Arme auf ihren Rücken.

»Du bist also Camryn«, sagt sie. »Ich habe das Gefühl, dich schon ewig zu kennen.«

Das ist irgendwie merkwürdig. Ich wusste bis heute nicht mal, dass es sie überhaupt gibt. Verstohlen sehe ich zu Andrew hinüber, dessen Lippen sich zu einem verschwiegenen Lächeln verziehen. Wahrscheinlich hatte er auf unserer Reise mehr als reichlich Gelegenheit, ihr von mir zu erzählen, vor allem, als wir noch in getrennten Zimmern schliefen, aber es überrascht mich trotzdem, dass er mich überhaupt erwähnt hat.

»Sehr erfreut, Miss …« Mit aufgerissenen Augen sehe ich Andrew an und hoffe auf die Informationen, die er mir bislang vorenthalten hat, wofür ich ihm später noch einen satten Tritt ans Schienbein verpassen werde. Ich kneife ärgerlich die Lippen zusammen, aber er grinst bloß.

»Nenn mich einfach Marna«, sagt sie und entlässt mich aus ihrer Umarmung, um dafür nach meinen Händen zu greifen. Dann hebt sie meine Arme an und nimmt mich mit dem ihr eigenen strahlenden Lächeln in Augenschein.

»Habt ihr zwei schon gegessen?«, fragt sie und sieht dabei erst Andrew und dann mich an.

»Ja, Mom, wir hatten vorhin was.«

»Aber ihr müsst unbedingt noch was essen. Ich habe einen Schmorbraten mit grünen Bohnen gemacht.« Sie lässt nur eine meiner Hände los, die andere hält sie weiter fest, sodass ich ihr ins Wohnzimmer folgen muss, wo über dem Kamin ein riesiger Flachbildschirm hängt. »Setzt euch hin, dann bringe ich euch was.«

»Mom, sie hat keinen Hunger, glaub mir.«

Andrew folgt uns auf dem Fuß.

Schon jetzt schwirrt mir der Kopf. Offenbar weiß sie genug über mich, um das Gefühl zu haben, dass sie mich kennt. Und sie ist mir gegenüber so nett und aufmerksam, als würde sie mich wirklich lieben. Nicht zu vergessen, dass sie mich und nicht Andrew an der Hand genommen und durch ihr Haus gezogen hat. Habe ich irgendwas verpasst, oder ist sie einfach der netteste und charmanteste Mensch auf diesem Planeten? So oder so erwidere ich ihre Gefühle absolut.

Sie sieht mich an und wartet mit schief gelegtem Kopf darauf, dass ich mich äußere. Ich verziehe leicht das Gesicht, weil ich sie nur ungern enttäusche, und sage dann: »Vielen Dank für das großzügige Angebot, aber ich kann wirklich nicht schon wieder was essen.«

Ihr Lächeln wird weich. »Und wie steht es mit etwas zu trinken?«

»O ja, gern; haben Sie Eistee?«

»Natürlich«, antwortet sie. »Normalen, ungesüßten, mit Zitrone, Pfirsich oder Himbeere?«

»Am liebsten den ganz normalen, danke.«

Ich setze mich mitten auf ihr burgunderrotes Sofa.

»Und was möchtest du, Schatz?«

»Das Gleiche wie Camryn.«

Andrew setzt sich neben mich, und sie sieht kurz mit einem stillen, nachdenklichen Lächeln zu uns herüber, bevor sie in die Küche geht. Gleich darauf ist sie um die Ecke verschwunden.

Ich drehe mich sofort Andrew zu und flüstere: »Was hast du ihr über mich erzählt?«

Andrew grinst. »Nichts weiter«, sagt er und bemüht sich vergeblich, dabei möglichst lässig auszusehen. »Nur dass ich ein süßes, unglaublich sexy Mädchen mit einer Riesenklappe und einem niedlichen Muttermal an der Innenseite ihres linken Schenkels kennengelernt habe.«

Ich schlage ihn aufs Bein. Sein Grinsen wird nur breiter.

»Nein, Babe«, beteuert er mir ernst. »Ich habe ihr nur erzählt, dass ich dich im Bus kennengelernt habe und dass wir seither zusammen reisen.« Er massiert mir aufmunternd den Schenkel.

»Dafür scheint sie mich ein bisschen zu sehr zu mögen.«

Andrew kann gerade noch kurz mit den Achseln zucken, bevor seine Mutter mit zwei Gläsern Eistee zurückkehrt. Sie stellt die Gläser vor uns auf dem Couchtisch ab. Sie sind mit kleinen gelben Sonnenblumen bedruckt.

»Danke«, sage ich, nehme einen Schluck und setze das Glas vorsichtig wieder ab. Ich halte unauffällig nach einem Untersetzer für mein Glas Ausschau, kann aber keinen entdecken.

Sie setzt sich uns gegenüber in den Sessel.

»Andrew hat mir erzählt, dass du aus North Carolina kommst?«

*Ach ja … mehr hat er ihr nicht erzählt, wie?* Ich kann ihn fast grinsen hören; so laut, als würde er offen lachen. Er weiß, dass ich ihm keinen finsteren Blick zuwerfen und ihm keinen Hieb versetzen oder ihn sonst irgendwie dafür büßen lassen kann. Darum lächle ich nur, als säße er nicht neben mir.

»Ja«, antworte ich dann. »Ich bin in New Bern geboren, aber ich lebe schon ewig in Raleigh.« Dann nehme ich noch einen Schluck Eistee.

Marna schlägt die Beine übereinander und faltet die beringten Finger im Schoß. Sie trägt schlichten Schmuck, zwei kleine Ringe an jeder Hand und goldene Ohrstecker mit einer passenden Kette, die in den Falten ihrer weißen Bluse verschwindet.

»Meine älteste Schwester lebte sechzehn Jahre in Raleigh, bevor sie nach Texas zurückkam – es ist ein so schöner Staat.«

Ich nicke nur und lächle. Wahrscheinlich wollte sie mit dem Thema das Eis brechen, denn gleich darauf senkt sich eine verlegene Stille über uns, in der sie, wie mir auffällt, immer wieder auf Andrew sieht. Der seinerseits keinen Ton von sich gibt. Ich finde das Schweigen beklemmend, ich komme mir vor, als wüsste ich als Einzige nicht, was allen anderen gerade im Kopf herumgeht.

»Also, Camryn«, setzt Marna noch einmal an und wendet den Blick von Andrew ab, »wohin wolltest du eigentlich, als du Andrew begegnet bist?«

Na toll; damit hat sie mich kalt erwischt. Ich will nicht lügen, aber die Wahrheit ist kein Thema für einen unverfänglichen Plausch mit jemandem, den man gerade erst kennengelernt hat.

Andrew nimmt einen tiefen Schluck Tee und stellt das Glas wieder ab. »Im Grunde war sie in einer ähnlichen Situation wie ich«, antwortet er an meiner Stelle und bringt mich damit vor Schreck zum Schweigen. »Ich wollte nicht so schnell ankommen, und Camryn wollte überhaupt nirgendwo ankommen, und dabei haben sich unsere Wege gekreuzt.«

Marnas Augen leuchten neugierig auf. Sie schiebt den Kiefer zur Seite und sieht erst mich, dann Andrew und zuletzt uns beide an. Ihr Gesicht strahlt eine überaus rätselhafte Wärme aus, ganz und gar nicht die verwirrte Skepsis, mit der ich gerechnet hätte.

»Also, Camryn, ich bin wirklich froh, dass ihr euch begegnet seid. So wie es aussieht, hat deine Gesellschaft Andrew durch schwere Zeiten geholfen.«

Direkt nach diesem Kommentar schwächt sich ihr strahlendes Lächeln ein bisschen ab, und ich sehe aus dem Augenwinkel, dass Andrew sie argwöhnisch beobachtet. Anscheinend findet er, dass sie damit genug gesagt hat, und befürchtet nun, dass sie ihn mit einer weiteren Bemerkung in Verlegenheit bringen könnte.

Es ist ziemlich unangenehm, die Einzige im Raum zu sein, der offenbar eine entscheidende Information fehlt, doch ich ringe mir für Andrews Mutter ein schmales Lächeln ab.

»Also, wir haben uns *gegenseitig* sehr geholfen, um ehrlich zu sein«, sage ich, und mein Lächeln wird breiter, denn das ist auf jeden Fall wahr.

Marna klopft sich kurz mit den Handflächen auf die Schenkel, lächelt mich glücklich an und steht auf. »Ich muss schnell mal telefonieren«, sagt sie und schwenkt die Hand. »Ich habe ganz vergessen, dass ich Asher wegen des Motorrads anrufen wollte, das er von Mr. Sanders kaufen möchte. Ich erledige das lieber gleich, bevor ich es wieder vergesse; entschuldigt mich ein paar Minuten.«

Mir entgeht nicht, wie ihr Blick Andrew streift, bevor sie das Zimmer verlässt. Hier läuft irgendwas ab, was ich offenbar nicht wissen soll, und mit Sicherheit ist beiden klar, dass ich das mitbekommen habe. Ich weiß nicht, ob sie mich insgeheim nicht leiden kann und mir was vorgespielt hat, um Andrew nicht bloßzustellen, oder ob es um was ganz anderes geht. Natürlich setzt mir das zu, ich bin längst nicht mehr so entspannt wie bei unserer Begrüßung.

Und tatsächlich steht Andrew ebenfalls auf, kaum dass sie das Zimmer verlassen hat.

»Was ist denn los?«, frage ich leichthin.

Er sieht mich an, als wäre ihm klar, dass ich dieses Spiel nicht mehr lange mitspielen werde. Ihm ist bewusst, dass ich die Situation genauer erfasst habe, als ihm lieb ist.

Sein Blick tastet mein Gesicht ab, aber er lächelt nicht, er sieht mich fast so an, als wollte er sich irgendwie von mir verabschieden. Dann beugt er sich zu mir herunter und küsst mich. »Gar nichts ist los, Babe.« Er spielt mir wieder den lächelnden, gut gelaunten Andrew vor, den ich so gut kenne, aber den kaufe ich ihm nicht ab.

Mir ist klar, dass er lügt und dass ich ihm diese Lüge keinesfalls durchgehen lassen werde. Solange wir hier sind, spiele ich noch mit, aber danach will ich eine Erklärung hören.

»Ich bin gleich wieder da«, sagt er und folgt seiner Mom nach nebenan.

# Andrew

# 36

Wahrscheinlich hätte ich Camryn nicht hierherbringen sollen, denn es war klar, dass sie sogar die leisesten Untertöne in unserem Gespräch mitbekommen würde. Schließlich ist sie nicht auf den Kopf gefallen. Mom machte es ihr auch nicht gerade schwer. Aber weil sich die beiden unbedingt kennenlernen mussten, habe ich getan, was getan werden musste.

Ich gehe aus dem Wohnzimmer und durch den kurzen Flur ins Schlafzimmer. Meine Mom erwartet mich schon. Ihr Gesicht ist tränennass.

»Mom, nicht, bitte.« Ich nehme sie in die Arme und drücke ihren Kopf an meine Brust.

Sie versucht schniefend und hustend, ihre Tränen zurückzuhalten. »Andrew, wirst du bitte endlich einen Termin machen und …«

»Mom, nein. Hör zu.« Ich löse sie vorsichtig von meiner Brust und sehe sie an, die Hände auf ihren Schultern. »Es ist zu spät. Ich habe zu lang gewartet, das weißt du selbst. Ich gebe zu, ich hätte vor acht Monaten gehen sollen, aber da habe ich es nicht getan, und jetzt ist es zu spät.«

»Woher willst du das wissen?« Wieder fließen Tränen über ihre Wangen.

Ich sehe sie eindringlich an, aber mir ist klar, dass sie sich nicht überzeugen lassen wird, soviel Mühe ich mir auch gebe.

»Es hat sich verschlimmert«, sage ich. »Hör zu, ich will

nur, dass du sie kennenlernst. Sie ist mir sehr wichtig. Ihr seid mir *beide* sehr wichtig, und ich finde, ihr solltet euch kennen …«

Meine Mom hebt abwehrend ihre Hand und schüttelt sie vor meinem Gesicht. »Ich kann darüber nicht reden«, presst sie hervor. »Das kann ich einfach nicht. Ich tue alles, worum du mich bittest, und ich habe sie schon jetzt wirklich gern, Andrew. Ich sehe ihr an, dass sie ein wunderbarer Mensch ist. Sie ist ganz anders als die anderen Mädchen, mit denen du bisher zusammen warst. Und sie ist mir nicht nur wichtig, weil sie dir wichtig ist, sondern weil sie dir so viel gegeben hat.«

»Danke«, sage ich und muss mich anstrengen, nicht ebenfalls zu weinen.

Meine Hände lösen sich von ihren Schultern.

Ich ziehe einen zusammengefalteten Umschlag aus meiner hinteren Hosentasche und drücke ihn meiner Mutter gegen ihren Willen in die Hand. Dann küsse ich sie auf die Stirn.

Sie weigert sich, den Umschlag anzusehen. Für sie ist er ein Abschied. Für mich ist er die Summe all dessen, was ich nicht aussprechen kann.

Meine Mutter nickt, und sofort beginnen die Tränen wieder zu fließen. Sie legt den Umschlag auf ihrer Kommode ab und zerrt ein Papiertaschentuch aus einem Spender neben ihrem Bett. Nachdem sie sich die Tränen von den Wangen getupft und den Rest hochgeschnieft hat, versucht sie wieder Haltung zu gewinnen, bevor wir wieder ins Wohnzimmer und zu Camryn gehen.

»Warum sagst du es ihr nicht, Andrew?« In der Schlafzimmertür dreht sie sich noch mal zu mir um. »Du solltest es ihr sagen, damit ihr beide all das machen könnt, was du immer machen wolltest, bevor …«

»Das kann ich nicht«, sage ich, und meine Worte reißen ein Loch in meine Brust. »Ich will, dass alles so normal wie möglich abläuft, und nicht, dass es wegen irgendwas im Schnelldurchlauf passieren muss.«

Meine Antwort gefällt ihr nicht, aber sie versteht mich.

Wir gehen gemeinsam zurück, und um Camryns willen lächelt sie so breit sie nur kann, als wir wieder ins Wohnzimmer treten.

Camryn lächelt ebenfalls, aber ich kann ihr ansehen, dass sie weiß, dass meine Mutter geweint hat.

»Entschuldigt, dass ich mich schon wieder verabschieden muss«, sagt meine Mom und drückt Camryn an sich. »Aber bei unserem Telefonat hat mir Asher etwas sehr Trauriges über jemanden erzählt, der mir nahesteht. Ich hoffe, ihr versteht das.«

»Natürlich«, sagt Camryn, und ihre Miene erstarrt vor Sorge. Sie wirft mir einen kurzen Blick zu. »Das tut mir sehr leid. Ich hoffe, es wendet sich noch alles zum Guten.«

Meine Mom nickt und presst ein Lächeln durch ihre Tränen. »Danke, Schatz. Ich würde mich freuen, wenn du mich bald wieder mit Andrew besuchen kämst; du bist hier immer willkommen.«

»Danke«, sagt Camryn und drückt dann ihrerseits meine Mom an sich.

»Was war das eben, Andrew?«, fragt sie, bevor ich auch nur die Autotür zugezogen habe.

Ich schiebe seufzend den Schlüssel in die Zündung. »Nur die übliche Hackerei unter Brüdern«, sage ich, ohne sie dabei anzusehen. Ich starte den Motor und lege den Rückwärtsgang ein. »Mom regt sich immer auf, wenn ich mich mit Aidan fetze.«

»Du lügst.«

Stimmt, und ich werde es weiter tun.

Ich sehe sie kurz an und gleich wieder auf die Straße. »Sie wollte dich nicht in die Sache reinziehen«, erkläre ich, und von da an fügt sich die Lüge wie von selbst zu einem Ganzen. »Aber es ging natürlich um die Beerdigung von meinem Vater. Die sie vor dir nicht angesprochen hat, wie dir vielleicht aufgefallen ist. Also hat sie mich ins Schlafzimmer geholt und dort mit mir geredet, um dich nicht damit zu belasten.«

Sie glaubt mir immer noch nicht, aber ich spüre, dass sie schon schwankt. »Und was waren das für traurige Neuigkeiten, die sie erfahren hat?«

»Die gab es nicht«, sage ich. »Sie wollte nur mit mir reden, und als ich ihr erzählt habe, dass ich mich mit Aidan gestritten habe, bevor wir zu ihr gefahren sind, hat sie das total aufgeregt.«

Camryn blickt seufzend aus dem Fenster.

»Meine Mom mag dich.«

Sie sieht mich an. Im ersten Moment habe ich das Gefühl, dass sie mich noch mal auf Aidan ansprechen will, aber dann lässt sie das Thema fallen.

»Sie ist wirklich eine unglaublich nette Frau«, sagt Camryn. »Vielleicht sollten du und *Aidan*« – sie betont seinen Namen so, als würde sie mir immer noch nicht glauben – »versuchen, besser miteinander auszukommen, damit sie sich nicht immer so aufregen muss.«

Es ist kein schlechter Rat, auch wenn er nicht passt.

»Baby, hör zu, es tut mir leid; vielleicht hätte ich noch warten sollen, bevor ich dich zu ihr schleife.«

»Schon okay«, sagt sie und rutscht an meine Seite. »Ich bin froh, dass du es getan hast. Es gibt mir das Gefühl, dass ich was … Besonderes bin.«

Wahrscheinlich glaubt sie mir inzwischen, oder sie versucht zumindest, ihr flaues Gefühl wieder zurück in die Magengrube zu drücken, weil ihr klar ist, dass ich in nächster Zeit sowieso nicht mit der Wahrheit rausrücke.

Ich lege den Arm um ihre Schultern. »Du *bist* auch was Besonderes.«

Sie legt den Kopf auf meine Brust. »Du hast ihr nicht erzählt, dass wir morgen weiterfahren wollen.«

»Ich weiß, aber das mache ich noch. Vielleicht rufe ich sie heute Abend an und erzähle es ihr.« Ich drücke sie sanft. »Und jetzt, wo sie dich kennengelernt hat und dich eindeutig gern hat, wird sie sich hoffentlich nicht so viele Sorgen machen, dass ich was total *Abnormales* tue.«

Camryn schiebt ihre Hand zwischen meine Schenkel und lächelt mich von unten her an. »Jetzt muss ich es nur noch *meiner* Mom erklären.« Auf einmal richtet sie sich auf, als wäre ihr gerade eine Idee gekommen. »Ich könnte damit auch warten, bis wir sowieso durch North Carolina fahren, und dann mit dir zusammen bei ihr vorbeischauen, damit sie dich auch kennenlernt.«

Diese wunderbaren blauen Augen strahlen mich über einem breiten Lächeln an.

Ich lächle ebenfalls und nicke. »Willst du deiner Mom wirklich jemanden wie mich vorstellen? Und wenn sie meine Tattoos sieht und dich daraufhin in dein Zimmer sperrt?« Ich grinse.

»Auf keinen Fall«, widerspricht sie lachend. »Wenn überhaupt, verfällt sie dir mit Haut und Haar.«

»Hey, scharf, vielleicht läuft da ja was!«

Ihr fallen fast die Augen aus dem Kopf, und ich werfe lachend den Kopf zurück. »Ich mach nur Witze, Baby!«

Sie faucht kurz und holt tief und ärgerlich Luft, aber auch sie kann nur mit Mühe ernst bleiben.

»Sag mal, hast du schon mal … du weißt schon …«

Sie bringt es einfach nicht über die Lippen, was echt zum Schreien ist.

»Ob ich es schon mal mit einer älteren Frau gemacht habe?«, frage ich schmunzelnd.

Das Thema ist ihr sichtlich unangenehm, aber sie hat damit angefangen, darum steht es mir frei, sie nach Lust und Laune damit zu foltern.

»Schon.«

Ihr Kopf fährt hoch, und ihre Augen werden noch größer. »Hast du *nicht*!«

Ich muss lachen. »O doch.«

»Wie alt war sie? Oder waren es *mehrere*?« Sie legt den Kopf schief, behält mich aber genau im Auge.

Plötzlich habe ich das Gefühl, mich auf gefährliches Territorium zu begeben, aber ich will unbedingt absolut ehrlich zu ihr sein. Na ja, wenigstens in dieser Sache …

Ich lege die Hand auf ihr Bein. »Ein paarmal. Eine war erst achtunddreißig, was für mich nicht so viel anders ist als achtundzwanzig. Aber ich hab auch schon mit einer Dreiundvierzigjährigen geschlafen.«

Camryns Gesicht glüht vor Verlegenheit, aber sie ist weder eifersüchtig noch irgendwie sauer. Obwohl sie vielleicht ein bisschen … besorgt ist.

»Und was gefällt dir besser?«, fragt sie argwöhnisch.

Ich verkneife mir mühsam ein Grinsen. »Baby, das hat doch nichts mit dem Alter zu tun«, beruhige ich sie. »Ich meine, ich stehe nicht auf Omas oder so, aber ich bin überzeugt, dass jede Frau, egal wie alt sie ist, sich so heiß zurechtmachen kann, dass sie absolut fickbar ist.«

»O Gott!«, lacht Camryn. »Und angeblich habe *ich* hier die dreckige Klappe!« Sie schüttelt die Schockstarre ab und meint dann: »Du hast meine Frage nicht beantwortet.«

»Genau betrachtet schon«, ziehe ich sie weiter auf. »Du hast mich gefragt, was mir besser gefällt, aber deine Frage lässt sich so nicht beantworten, sondern nur ganz generell.« Ich weiß genau, was sie eigentlich fragen wollte, und sie weiß bestimmt, dass ich es weiß. Aber wenn sie mir schon die Gelegenheit gibt, lasse ich sie gern ein bisschen zappeln.

Sie sieht mich mit schmalen Augen an.

Schließlich gebe ich mich lachend geschlagen. »Baby, ich hatte noch mit keiner Frau so guten Sex wie mit dir«, sage ich, und sie kneift die Lippen zusammen, als wollte sie sagen: Sicher doch, das sagst du nur, weil du dir was davon versprichst. »Und das ist mein *Ernst*, Camryn. Ich erzähle dir keinen Mist, nur weil du neben mir sitzt und ich Angst um meine Eier habe.«

Sie verdreht lächelnd die Augen, aber diesmal glaubt sie mir. Ich ziehe sie wieder an meine Brust, und sie lässt zufrieden den Kopf auf meinen Brustkorb sinken.

»Ich hatte noch nie so guten Sex wie mit dir, weil du mir was gegeben hast, das mir noch kein Mädchen vor dir geben konnte.«

Sie legt wieder den Kopf in den Nacken und sieht mich gespannt und neugierig an.

Ich lächle sie an und sage: »Ich habe sozusagen deine Unschuld entjungfert. Ich habe es geschafft, dass du zu deiner Sexualität stehst. Und das ist heißer als alles, was ich bisher erlebt habe.«

Camryn reckt sich nach oben und küsst mich aufs Kinn. »Quatsch, du magst mich bloß, weil ich dir auf dem Highway einen geblasen habe.«

Ich sehe grinsend zum Autohimmel auf. »Also, das fand ich echt, echt, *echt* scharf, aber nein, Babe, ich mag dich nicht nur deswegen.«

Offenbar nimmt ihr das die Selbstzweifel. Sie schmiegt ihren Kopf an meine Brust, legt den rechten Arm um meinen Bauch und drückt mich.

Schweigend fahren wir zu meiner Wohnung zurück. Ihr Schweigen ist spürbar heiterer als meines. Aber ich will sie weder in Sorgen noch in Verzweiflung stürzen. Jedenfalls nicht jetzt. Eigentlich überhaupt nie. Natürlich wird es sich nicht vermeiden lassen, trotzdem will ich es so lang wie möglich hinauszögern.

Stundenlang fläzen wir auf der Couch im Wohnzimmer und schauen Filme. Ich halte sie im Arm und lenke sie mit Küssen ab, wenn sie sich auf eine wichtige Szene zu konzentrieren versucht, und ich stecke ihr die Zunge ins Ohr, nur damit sie aufkreischen kann, wie eklig das ist. Sie ist wirklich süß, wenn sie ihre »Ekelanfälle« kriegt, und hat es sich darum selbst zuzuschreiben, dass ich sie so gern ärgere. Wir werfen uns gegenseitig Popcorn in den Mund. Sie liegt sechs zu vier vorne, als wir schließlich aufgeben und das Popcorn lieber essen, statt damit Blödsinn zu machen. Und ich habe sie meiner Pflanze Georgia vorgestellt, die überraschenderweise meine lange Abwesenheit überlebt hat. Camryn erzählte mir von ihrem Mischlingshund, den sie aus einem Tierheim geholt und BeeBop getauft hatte, und ich erzählte ihr daraufhin, wie leid mir ihr Hund tat, mit so einem Scheißnamen leben zu müssen. Verrückterweise starb BeeBop genau wie mein Hund und bester Freund Maximus an Herzversagen. Ich habe ihr ein paar Bilder von ihm gezeigt, und zufällig hatte sie auch eins von BeeBop dabei. Das Tier war so hässlich, dass es schon wieder niedlich war.

Stunde um Stunde sitzen wir quatschend auf der Couch, bis sie sich schließlich rittlings auf meinen Schoß setzt. Sie lehnt ihren Oberkörper gegen meinen und sagt so leise, dass es mir einen Schauer durch den Körper jagt: »Lass uns ins Bett gehen …«

Als ich aufstehe, schlingt sie die Beine um meine Taille, ich schiebe die Hände unter ihren Hintern und trage sie so ins Schlafzimmer. Dort lege ich meine Sachen ab, und zwar alle, und mich dann ins Bett. Schon bevor ich das Schlafzimmer betreten habe, habe ich einen Hammerständer. Und jetzt schaue ich zu, wie sie sich langsam vor mir auszieht, wobei sie nicht nur ihre Kleider, sondern auch ihre übliche Schüchternheit ablegt. Auf allen vieren krabbelt sie vom Fußende aus aufs Bett und lässt sich dann auf meinem Schoß nieder, sodass ich spüre, wie mein Schwanz gegen ihre warmen Schamlippen drückt. Ohne den Blick von mir zu wenden, beugt sie sich vor, sodass ihr Mund dicht vor meinem schwebt, und küsst dann meine Brust, wobei sie mit ihrer Zunge meine Brustwarzen umspielt. Ich spüre mit den Händen der Hitze ihrer Schenkel nach, bis sie mich schließlich auf den Mund küsst und ich die Hände nach oben nehme, um sie mit ihren Brüsten zu füllen.

»Du fühlst dich so gut an«, flüstere ich unter ihren Lippen, und im nächsten Moment raubt sie mir mit einem Kuss den Atem.

Ich drücke meinen Unterleib sanft gegen ihren, und sie spannt mich auf die Folter, indem sie den Druck erhöht, bis ich mich mit einem einzigen Stoß tief in sie versenken will. Aber diesmal hat sie die Kontrolle, und ich überlasse sie ihr gern.

Sie löst ihre Lippen von meinen und küsst mich dann erst links, dann rechts auf den Hals, wobei sie ihre Hüften so langsam kreisen lässt, dass ich es fast nicht mehr aushalte.

»Ich will, dass du ganz feucht bist«, flüstere ich ihr zu, die Hände fest um ihre schmalen Hüften geschlossen. Sie ist zwar längst feucht, aber darum geht es nicht. »Komm hoch zu mir, Baby«, sage ich und recke das Kinn hoch, um ihr zu zeigen, wie ich das meine.

Erst leckt sie mit der Zunge über meine Lippen, dann krabbelt sie nach oben, während ich ein bisschen tiefer rutsche, damit sie genug Platz hat.

Sobald ihre Schenkel sich über meinem Kopf senken, beginne ich sie wie wild zu lecken und lutsche so fest an ihrer Klitoris, dass sie ihre Hüften über mein Gesicht reibt und sich mit den Fingern am Kopfteil des Bettes einkrallen muss. Sie ist klitschnass. Aber sobald sie zu stöhnen und zu wimmern beginnt, höre ich auf. Sie weiß warum. Sie weiß, dass ich zusammen mit ihr kommen will.

Sie schiebt sich wieder über meinen Körper nach unten, setzt sich auf meinen Schoß und reibt sich an mir, um dann endlich mit einer Hand nach unten zu greifen und meinen Schaft zu packen.

Als sie sich ganz langsam auf mich senkt, halten wir beide schaudernd den Atem an.

Nachdem wir uns fast die ganze Nacht geliebt haben, schläft sie irgendwann in meinen Armen ein, und ich halte sie stundenlang fest. Leise weine ich in ihr weiches Haar, bis auch ich irgendwann einschlafe.

# Camryn

# 37

»Andrew?«, murmle ich und wälze mich auf seine Bettseite. Inzwischen halb wach, hebe ich langsam den Kopf und stelle fest, dass er nicht mehr neben mir liegt.

Ich rieche gebratenen Speck.

Als ich an die vergangene Nacht denke, macht sich ein verräterisches Grinsen auf meinem Gesicht breit. Ich wickle mich aus den Laken, stehe auf und schlüpfe in Slip und T-Shirt.

Andrew steht in der Küche am Herd.

»Baby, warum bist du so früh auf?«

Ich gehe an den Kühlschrank, ziehe ihn auf und halte nach irgendwas Ausschau, um meinen Mund anzufeuchten. Am liebsten würde ich mir erst mal die Zähne putzen, aber er macht gerade Frühstück, und ich will nicht, dass alles nach Zahnpasta schmeckt.

»Eigentlich wollte ich dir das Frühstück ans Bett bringen.«

Er braucht ein paar Sekunden, um mir zu antworten, und seine Stimme klingt irgendwie komisch dabei. Ich drehe mich vom Kühlschrank weg und sehe ihn an. Er steht wie versteinert am Herd und starrt in die Pfanne.

»Baby, ist alles in Ordnung?«

Ich lasse die Kühlschranktür zufallen, bekomme aber keine Antwort.

Er hebt kaum den Kopf, um mich anzusehen.

»Andrew?«

Mein Herz schlägt immer schneller, ohne dass ich wüsste warum.

Ich gehe zu ihm und lege die Hand auf seinen Arm. Er sieht von der Pfanne auf und wendet mir langsam das Gesicht zu.

»Andrew …«

Wie in einer grausigen Zeitlupe knicken Andrews Beine ein, und sein Körper kracht auf den weißen Fliesenboden, der Pfannenwender in seiner Hand schlägt neben ihm auf den Boden, und das heiße Fett spritzt durch die Luft. Ich will ihn noch festhalten, aber er ist mir zu schwer. Immer noch nehme ich alles wie in Zeitlupe wahr: meinen Aufschrei, meine Hände, die seine Schultern packen, seinen Kopf, der auf dem Boden aufschlägt. Aber dann beginnt sein Körper zu beben und krümmt sich unkontrolliert zusammen, und auf einmal läuft alles statt in Zeitlupe wie im Zeitraffer ab.

»ANDREW! O MEIN GOTT, *ANDREW*!«

Ich will ihm aufhelfen, aber sein Körper ist völlig verkrampft. Seine Augen sind so verdreht, dass ich nur noch das Weiße darin sehe, und er bleckt die Zähne wie im Horrorfilm. Die Arme und Beine haben sich völlig versteift.

Ich schreie noch mal auf, und aus meinen Augen schießen Tränen. »Hilfe! Hilfe!« Und dann komme ich schlagartig zur Besinnung und renne zum Telefon. Sein Handy liegt auf der Küchentheke. Ich wähle die 911 und schalte während der zwei Sekunden, bis mir jemand antwortet, den Herd aus.

»Hilfe! Er hat einen Anfall! Ich brauche Hilfe, *bitte*!«

»Madam, vor allem müssen Sie sich erst einmal beruhigen. Dauert der Anfall noch an?«

»Ja!«

Entsetzt sehe ich, wie Andrews Körper zuckend über die Fliesen rutscht. Mir ist vor Angst kotzübel.

»Madam, zuerst müssen Sie alles aus dem Weg räumen, woran er sich verletzen könnte. Trägt er eine Brille? Könnte sein Kopf an ein Möbelstück oder ein anderes Objekt schlagen?«

»Nein! Aber er hat sich den Kopf angeschlagen, als er umgekippt ist!«

»Okay, jetzt suchen Sie etwas, das Sie unter seinen Kopf legen können, ein Kissen vielleicht, damit er sich nicht noch einmal den Kopf anschlagen kann.«

Ich sehe mich erst in der Küche um, ohne fündig zu werden, und renne dann ins Wohnzimmer, wo ich mir ein kleines Kissen von der Couch schnappe. In der Küche lege ich das Handy lang genug zur Seite, um das Kissen unter seinen bebenden Kopf zu schieben.

*O nein … o Gott, was ist nur mit ihm?*

Dann greife ich wieder nach dem Handy. »Okay, ich habe ein Kissen unter seinen Kopf geschoben.«

»Gut, Madam«, sagt die Frau in der Notrufzentrale ruhig. »Wie lange dauert der Anfall schon an? Wissen Sie von irgendwelchen Vorerkrankungen, die einen Anfall auslösen könnten?«

»Ich … keine Ahnung, vielleicht … zwei Minuten, höchstens drei. Und nein, ich habe ihn noch nie so erlebt. Er hat mir auch nichts von irgendwelchen Krankheiten erzählt, die …« Plötzlich dämmert es mir: Er hat mir nie etwas erzählt. Schlagartig beginnt es in meinem Kopf zu arbeiten, und ich gerate wieder in Panik. »Bitte schicken Sie einen Krankenwagen! Bitte! Schnell!« Die Tränen schnüren mir die Kehle zu.

Andrew hört auf zu zucken.

Bevor die Frau in der Notrufzentrale etwas sagen

kann, rufe ich: »Es hat aufgehört! Was … was soll ich jetzt tun?«

»Okay, Madam, jetzt müssen Sie ihn auf die Seite rollen – wir schicken währenddessen einen Krankenwagen los. Wie lautet Ihre Adresse?«

Noch während ich ihn auf die Seite wälze, lässt mich ihre Frage erstarren.

*Ich … ich weiß die verfickte Adresse überhaupt nicht! Scheiße!*

»Ich – ich weiß nicht, wo …« Ich springe auf und laufe an die Küchentheke, wo ein Stapel Briefe liegt, und tatsächlich steht auf dem obersten die Adresse, die ich ihr hastig vorlese.

»Ein Krankenwagen ist schon unterwegs. Möchten Sie, dass ich am Telefon bleibe, bis er eingetroffen ist?«

Ich weiß nicht genau, was sie gesagt hat oder ob sie überhaupt was gesagt hat oder ob ich mir das nur eingebildet habe, aber ich antworte nicht. Mein Blick klebt wie hypnotisiert an Andrew, der völlig reglos auf dem Küchenboden liegt.

»Er ist bewusstlos! O mein Gott, warum wacht er denn nicht auf?« Meine Fingerspitzen liegen zitternd auf seinen Lippen.

»Das ist nicht ungewöhnlich«, erklärt sie mir und schreckt mich damit aus meiner Erstarrung. »Möchten Sie, dass ich am Telefon bleibe, bis der Krankenwagen eingetroffen ist?«

»Ja, bitte legen Sie nicht auf. *Bitte*!«

»Okay, ich bin hier«, sagt sie, und ihre Stimme ist mein einziger Trost. Ich kann nicht mehr atmen. Ich kann nicht mehr denken. Ich kann nicht mehr sprechen. Ich kann ihn nur noch anstarren. Ich fürchte mich sogar davor, mich neben ihm auf den Boden zu setzen, weil ich Angst habe, er könnte noch mal krampfen und ich könnte ihm dann im Weg sein.

Minuten später höre ich auf der Straße Sirenengeheul.

»Ich glaube, der Wagen ist jetzt da«, spreche ich geistesabwesend ins Telefon.

Immer noch starre ich wie gelähmt auf Andrew.

*Warum passiert das?*

Jemand klopft an die Tür, und endlich stehe ich auf und laufe los, um die Sanitäter hereinzulassen. Mir ist überhaupt nicht bewusst, dass ich Andrews Handy auf den Boden fallen lasse, obwohl die Frau aus der Notrufzentrale noch dran ist. Bis ich halbwegs wieder zu mir komme, liegt Andrew schon auf einer Trage und wird festgeschnallt.

»Wir brauchen noch seinen Namen«, höre ich eine Stimme, die bestimmt einem der Sanitäter gehört, ohne dass ich ein Gesicht dazu wahrnehmen würde. Ich sehe nur Andrew, der eben zur Tür hinausgerollt wird.

»Andrew Parrish«, antworte ich leise.

Ich höre mit halbem Ohr, in welches Krankenhaus er gebracht werden soll. Und als die Sanitäter abgefahren sind, bleibe ich wie gelähmt im Raum stehen und starre auf die Tür, durch die sie verschwunden sind. Mehrere lange Minuten verstreichen, bis ich mich halbwegs orientiert habe und sein Handy aufhebe, um die Nummer seiner Mutter herauszusuchen. Ich höre, wie sie in Tränen ausbricht, sobald ich ihr sage, was passiert ist, und dann fällt ihr wahrscheinlich das Telefon aus der Hand.

»Miss Parrish?« Die Tränen brennen in meinen Augen. »Miss Parrish?« Aber die Leitung ist tot.

Schließlich steige ich hastig in meine Sachen – ohne überhaupt mitzubekommen, was ich anziehe –, schnappe mir Andrews Autoschlüssel und meine Handtasche und laufe zur Tür hinaus. Ein paar Minuten fahre ich ziellos mit der Chevelle durch die Straßen, bis mir aufgeht, dass ich weder weiß, wohin ich muss, noch, wo ich überhaupt bin. Schließlich finde ich eine Tankstelle, an der ich mir den Weg zum Krankenhaus erklären lasse, aber ich verfahre mich trotzdem mehrmals, bevor ich es finde. Ich kann keinen vernünftigen Gedanken fassen.

Die Handtasche lose über meiner Schulter, knalle ich die Autotür zu und renne in die Notaufnahme. Wahrscheinlich würde ich es nicht mal merken, wenn mir die Tasche von der Schulter rutschen würde. Die Schwester an der Rezeption tippt meine Angaben in ihren Computer und weist mir dann den Weg, der allerdings in einem Warteraum endet. In dem außer mir kein Mensch wartet.

Meinem Gefühl nach müsste insgesamt etwa eine Stunde vergangen sein, aber ich könnte mich auch täuschen. Eine Stunde. Fünf Minuten. Eine Woche. Es ändert nichts, das Gefühl wäre in jedem Fall das gleiche. Ich habe so viel geweint, dass meine Brust schmerzt. Und ich bin so oft im Warteraum auf und ab gegangen, dass ich angefangen habe, die Flecken im Teppichboden zu zählen.

Noch eine Stunde.

Mit den braunen Wänden und den braunen Wartesesseln, die sich in zwei Reihen quer durch den Raum ziehen, ist dieser Warteraum an Trostlosigkeit nicht zu überbieten. An der Wand über der Tür tickt eine Uhr gnadenlos vor sich hin, und obwohl das Geräusch zu leise ist, als dass ich es wirklich hören könnte, glaube ich doch, es wahrzunehmen. Neben einem Waschbecken steht eine Thermoskanne mit Kaffee. Eben kam ein Mann – glaube ich – durch eine Seitentür herein, füllte sich einen Styroporbecher mit Kaffee und verschwand wieder.

Und noch eine Stunde.

Mir dröhnt der Kopf. Meine Lippen sind rissig und wund. Immer wieder fahre ich mit der Zunge darüber, was den Schmerz nur verschlimmert. Schon eine ganze Weile habe ich keine Krankenschwester mehr gesehen und wünsche mir inzwischen, ich hätte die letzte aufgehalten, bevor sie in den langen, sterilen, neonbeleuchteten Flur hinter dem Warteraum verschwinden konnte.

Wieso brauchen sie so lang? Was ist nur los?

Ich schlage mir mit der Handfläche gegen die Stirn und höre, gerade als ich Andrews Handy aus meiner Handtasche ziehen will, eine vertraute Stimme.

»Camryn?«

Ich drehe mich um.

Andrews jüngerer Bruder Asher kommt in den Warteraum.

Eigentlich wäre ich gern erleichtert, dass überhaupt jemand da ist, um mit mir zu reden und um mich aus diesem Abgrund schmerzhafter Unwissenheit zu zerren, aber ich bin nicht erleichtert, weil ich insgeheim erwarte, dass er mir eine Hiobsbotschaft überbringt. Soweit ich weiß, war Asher bis heute nicht mal in Texas, und wenn er jetzt hier ist, heißt das, dass er, wo er auch vorher war, sofort ins Flugzeug gesprungen ist, und das tut man nur, wenn was wirklich Schlimmes passiert ist.

»Asher?«, frage ich, und die Tränen pressen meine Stimme zusammen.

Ohne auch nur zu zögern, werfe ich mich in seine Arme. Er drückt mich fest an seine Brust.

»Bitte sag mir endlich, was los ist«, flehe ich ihn unter neuen Tränen an. »Geht es Andrew wieder gut?«

Asher nimmt meine Hand und führt mich zu der Sitzgruppe, wo ich mich neben ihn setze und meine Handtasche im Schoß knete, nur um mich irgendwo festzuhalten.

Asher sieht Andrew so ähnlich, dass es mir das Herz zerreißt.

Er lächelt mich freundlich an.

»Er ist über den Berg«, sagt er, und dieser kleine Satz genügt, um neue Kräfte in meinen Körper zu pumpen. »Aber das ist nur vorübergehend, befürchte ich.«

Und genauso schnell verpufft der hoffnungsvolle Energiestoß wieder und nimmt dabei alles mit: mein Herz, meine Seele, das winzige bisschen Hoffnung, an dem ich mich die ganzen Stunden festgeklammert habe. *Was sagt Asher da … was will er mir damit sagen?*

Meine Brust bebt unter Tränen.

»Wie meinst du das?« Ich bekomme die Worte kaum über die Lippen.

Er holt tief Luft.

»Vor etwa acht Monaten«, beginnt er vorsichtig, »wurde bei meinem Bruder ein Hirntumor entdeckt …«

Mir stockt das Herz. Und der Atem.

Meine Handtasche fällt mir aus der Hand, der Inhalt ergießt sich über den Boden, aber ich kann mich nicht bücken, um die Sachen wieder aufzuheben. Ich kann mich überhaupt nicht bewegen.

Ich spüre, wie Asher meine Hand nimmt.

»Weil unser Vater da schon todkrank war, weigerte sich Andrew, weitere Untersuchungen vornehmen zu lassen. Eigentlich sollte er noch in derselben Woche wieder in Dr. Marsters' Sprechstunde kommen, aber er war nicht dazu zu bewegen. Mom und Aidan versuchten alles, um ihn umzustimmen. Soweit ich weiß, war er zwischendurch sogar einverstanden, aber dann ging es unserem Vater wieder schlechter, und er ging doch nicht hin.«

»Nein …« Ich schüttle immer wieder den Kopf, weil ich nicht glauben will, was er mir da erzählt. »Nein …« Ich will seine Worte aus meinem Kopf verbannen.

»Nur darum haben sich Aidan und Andrew die ganze Zeit gefetzt«, fährt Asher fort. »Aidan wollte, dass er sich gründlich untersuchen lässt, aber Andrew ist bockig wie immer und wehrt sich mit Händen und Füßen dagegen.«

Ich sehe zur Wand und sage: »Darum wollte er seinen Vater nicht im Krankenhaus besuchen …« Die Erkenntnis betäubt mich zusätzlich.

»Genau«, bestätigt Asher ruhig. »Und darum wollte er auch nicht zur Beerdigung kommen.«

Jetzt sehe ich Asher endlich richtig an, meine Augen bohren sich in seine, und meine Finger tanzen auf meinen Lippen. »Er hat Angst. Er hat Angst, dass es ihm genauso geht, dass auch sein Tumor inoperabel ist.«

»Genau.«

Ich schieße aus meinem Stuhl hoch, und unter meinem Fuß zerknackt ein Lippenstiftdeckel.

»Aber wenn es bei ihm gar nicht so schlimm ist?«, ereifere ich mich. »Schließlich ist er jetzt im Krankenhaus; jetzt können sie alles Nötige unternehmen.« Automatisch steuere ich auf den Ausgang zu. »Ich *bringe* ihn dazu, sich untersuchen zu lassen. Ich *zwinge* ihn! Auf mich wird er hören!«

Asher packt mich am Arm. Ich fahre herum.

»Soweit sie das im Moment beurteilen können, stehen seine Chancen nicht gut, Camryn.«

Ich glaube, ich muss kotzen. Meine Wangen fühlen sich an, als würden sie von tausend winzigen Nadeln durchstochen, und wieder beginnen hinter meinen Lidern die Tränen zu brennen. Meine Hände zittern auch. Mein ganzer verdammter Körper zittert!

Asher ergänzt leise: »Er hat wahrscheinlich zu lang gewartet.«

Meine Hände fliegen vor mein Gesicht, und ich beginne zu schluchzen und wie verrückt zu schlottern. Dann spüre ich Ashers Arm um meine Schultern.

»Er würde dich gern sehen.«

Auf diese Bemerkung hin sehe ich auf.

»Sie haben ihn schon in ein Stationszimmer verlegt; ich zeige dir gleich, in welches. Warte hier nur noch ein paar Minuten, bis meine Mom gegangen ist, dann bringe ich dich hin.«

Ich sage kein Wort. Ich stehe nur da, still und stumm … und innerlich tot, der schlimmste Schmerz, den ich je empfunden habe.

Asher sieht mich noch einmal an, um sich zu vergewissern, dass ich ihn verstanden habe, und dann sagt er, um sicherzugehen: »Ich bin gleich wieder da. Warte hier auf mich.«

Als Asher geht, kralle ich mich am nächsten Stuhl ein und lasse mich auf die Sitzfläche fallen, um nicht zusammenzubrechen. Ich kann kaum noch was sehen, die Tränen brennen in meinen Augen und strömen über meine Wangen. Mein Brustkorb fühlt sich an, als hätte jemand hineingegriffen und mir das Herz rausgerissen.

Ich weiß nicht, ob ich ihm überhaupt gegenübertreten kann, ohne völlig auszuflippen.

Warum hat er das nur gemacht?!

*Warum* passiert das alles?!

Ehe ich total durchdrehe und irgendwas zertrümmere oder mir selbst wehtue, gehe ich auf Hände und Knie und suche auf dem Boden nach meiner Handtasche. Mir ist völlig entgangen, dass Asher alles aufgesammelt und wieder in die Tasche getan und sie dann auf einen Stuhl gestellt hat. Ich wühle nach meinem Handy und rufe Natalie an.

»Hallo?«

»Natalie, du … du musst mir helfen.«

»Cam … *weinst* du etwa?«

»Natalie, bitte hör mir zu.«

»Okay, ja, ich bin ja da. Was ist denn los?«

»Du bist meine beste Freundin«, sage ich, »und ich brauche dich hier in Galveston. So schnell wie möglich. Kannst du kommen? Ich brauche dich. *Bitte.*«

»O mein Gott, Camryn, was ist denn los? Was ist passiert? Ist dir was zugestoßen?«

»Mir ist nichts passiert, aber ich brauche dich. Ich brauche jemanden, und am besten dich. Meine Mom würde das nicht verst… Natalie, bitte!«

»Schon gut, schon gut«, sagt sie tief besorgt. »Ich nehme den ersten Flug nach Galveston. Ich komme, so schnell ich kann. Lass nur dein Handy eingeschaltet.«

Ich lasse die Hand sinken, die sich immer noch um das Handy krallt, und starre eine Ewigkeit auf die Wand gegenüber, bis mich Ashers Stimme aus meiner Trance reißt. Ich sehe zu ihm auf. Er kommt auf mich zu und hält mir seine Hand hin, denn er weiß, dass ich sie brauchen werde. Meine Beine fühlen sich hölzern und wacklig an, so als müsste ich plötzlich auf Prothesen gehen. Asher hält meine Hand ganz fest. Wir treten in den grell erleuchteten Korridor und steuern auf einen Aufzug zu.

»Ich muss mich erst mal beruhigen«, sage ich laut, aber eher zu mir selbst als zu Asher. Im nächsten Moment löse ich meine Hand aus seinem Griff, fahre mir kurz übers Gesicht und ziehe dann die Finger über meinen Scheitel und durch mein Haar. »Er soll mich nicht so aufgelöst sehen. Es fehlte noch, dass er mich beruhigen muss.«

Asher sagt nichts. Ich sehe ihn nicht an. Ich starre auf unsere verzerrten und ausgewaschenen Spiegelbilder in der Aufzugtür. Die Stockwerksanzeige wandert zwei Ziffern nach oben, dann hält der Aufzug wieder an. Die Tür gleitet auf. Im ersten Moment bleibe ich vor Angst einfach in der Kabine stehen, aber dann hole ich tief Luft und wische mir noch mal über die Augen.

Wir gehen die Hälfte des Flurs hinunter bis zu einer breiten Holztür, die einen Spaltbreit offen steht. Asher stößt sie auf, aber mein Blick bleibt auf den Boden und die unsichtbare Linie gesenkt, die mich im Flur von Andrew in seinem Zimmer trennt, weil ich erst meinen ganzen Mut zusammennehmen muss, bevor ich sie überschreite. Irgendwie ist es so, als müsste ich mich erst dahinter der Erkenntnis stellen, dass all das wirklich passiert und dass es kein Zurück gibt. Ich kneife die Augen zu, versuche die wieder einschießenden Tränen wegzudrücken und atme ein paarmal tief durch, die Hände fest um meine Handtasche gekrallt.

Gerade als ich die Augen wieder öffne, tritt Andrews Mom aus dem Zimmer.

Ihr sanftes Gesicht ist so ausgezehrt wie meines bestimmt auch. Ihre Haare sind zerzaust. Ihre Lider flammend rot. Aber sie schafft es, mich liebevoll anzulächeln und ihre weichen Finger auf meine Schulter zu legen.

»Schön, dass du da bist, Camryn.«

Und dann geht sie Hand in Hand mit Asher den Korridor hinunter.

Kurz blicke ich ihnen nach, während sie über den Gang davongehen, aber ihre Silhouetten scheinen mit der Umgebung zu verschwimmen.

Wenn ich mich in der Tür vorbeuge, kann ich das Fußende des Bettes sehen, in dem Andrew liegen muss.

Ich trete ins Zimmer.

»Baby, komm her«, sagt Andrew, sobald er mich sieht.

Im ersten Moment bleibe ich wie angewurzelt stehen, aber dann schaue ich in seine Augen, in diese unvergesslichen grünen Augen, denen ich mich nie entziehen kann, und ich lasse meine Handtasche fallen, um an sein Bett zu laufen.

# 38

Ich werfe mich praktisch auf ihn und in seine Arme. Er drückt mich fest an seine Brust, allerdings nicht so fest, wie ich es gern hätte. Ich möchte, dass er mir die Luft aus der Lunge presst, dass er mich nie wieder loslässt, bis ich völlig mit ihm verschmolzen bin. Aber er ist noch geschwächt. Ihm ist anzumerken, dass das hier all seine Kräfte aufzehrt.

Andrew hält mein Gesicht in den Händen, streicht mir die Haare aus den Augen und küsst die Tränen weg, die ich um jeden Preis unterdrücken wollte, damit er seine Kraft nicht für mich aufwenden muss. Aber das Herz hat seinen eigenen Willen und setzt ihn immer wieder durch, vor allem, wenn es im Sterben liegt.

»Es tut mir so leid«, sagt er bekümmert, fast verzweifelt, ohne die Hände von meinem Gesicht zu nehmen. »Ich konnte es dir nicht erzählen, Cam … ich wollte, dass die Zeit mit dir zusammen genau so ist, wie sie war.«

Tränen strömen aus meinen Augen, tropfen über seine Finger und laufen an seinen Unterarmen entlang.

»Hoffentlich bist du jetzt nicht …«

»Nein, Andrew …« Ich schlucke ein paar Tränen hinunter. »Ich verstehe dich; du brauchst mir nichts zu erklären. Ich bin froh, dass du es mir nicht erzählt hast …«

Das scheint ihn zu überraschen, aber auch zu freuen. Schließlich zieht er mein Gesicht zu sich herab und küsst mich auf die Lippen.

»Du hast recht«, sage ich. »Wenn du es mir erzählt hättest, hätte das die Zeit mit dir überschattet und … ich ich weiß nicht, jedenfalls wäre es *anders* gewesen, und diesen Gedanken könnte ich nicht ertragen – aber Andrew, ich wünschte trotzdem, du hättest es mir erzählt, und zwar aus einem einzigen Grund: weil ich dann alles, *alles* getan hätte, um dich früher ins Krankenhaus zu bringen.« Meine Stimme wird allmählich lauter, weil mich die traurige Wahrheit in meinen Worten selbst schmerzt. »Vielleicht hättest du doch …«

Andrew schüttelt den Kopf. »Baby, da war es schon zu spät.«

»Sag das nicht! Es ist nicht mal *jetzt* zu spät! Du bist immer noch hier, du hast immer noch eine Chance!«

Er lächelt mich sanft an, und endlich lösen sich seine Finger von meinen Wangen und senken sich neben seinem Körper auf die weiße Krankenhausdecke, mit der er zugedeckt ist. Ein dünner Schlauch schlängelt sich aus seinem Handrücken zu einer Infusionsflasche.

»Ich bin nur realistisch, Camryn. Sie haben mir schon erklärt, dass meine Chancen nicht allzu gut stehen.«

»Trotzdem *hast* du noch eine Chance«, beharre ich unbeirrt. Ich versuche den nächsten Tränenansturm zurückzuhalten und wünsche mir, ich wüsste, wo der Ein- und Ausschalter dafür sitzt. »Besser eine kleine als gar keine.«

»Falls ich in die Operation einwillige.«

Ich fühle mich, als hätte er mir eben eine saftige Ohrfeige verpasst.

»Was soll das heißen, *falls*?«

Sein Blick wendet sich verlegen ab. Ich packe sein Kinn mit der Hand und zwinge ihn, mich anzusehen. »Da gibt es kein ›falls‹, Andrew – das ist nicht dein Ernst!«

Andrew streckt die Hand nach mir aus und rutscht auf seinem Bett nach links. Er dreht sich auf die Seite, zieht mich neben sich auf die Matratze und legt, als ich meinen Körper an seinen schmiege, einen Arm über mich, um mich festzuhalten.

»Wenn ich dir nie begegnet wäre«, sagt er und sieht mir aus nächster Nähe in die Augen, »hätte ich mich auf gar keinen Fall operieren lassen. Wenn du jetzt nicht hier bei mir wärst, würde ich es auch nicht tun. Ich würde das für Zeit- und Geldverschwendung halten, mit der man meiner Familie bloß vergebliche Hoffnungen macht und das Unvermeidliche um ein paar Wochen hinauszögert.«

»Aber jetzt lässt du die Operation machen«, sage ich so argwöhnisch, dass es eher nach einer Frage klingt.

Er streicht mit dem Daumen über meine Wange.

»Für dich würde ich *alles* tun, Camryn Bennett. Ganz gleich, was es ist, worum es auch geht … Ich würde alles tun, worum du mich bittest. Ohne Ausnahme.«

Ein Schluchzer rasselt in meiner Brust.

Bevor ich Gelegenheit habe, etwas darauf zu erwidern, fährt Andrew mit den Fingern über meine Wange und streicht meine Haare zurück. Dabei sieht er mir tief in die Augen. »Ich werde es tun.«

Ich presse meinen Mund auf seinen, und wir küssen uns verzweifelt.

»Ich darf dich nicht verlieren«, erkläre ich ihm. »Auf uns wartet die Reise unseres Lebens. Du bist mein Seelenverwandter.« Ich ringe mir unter Tränen ein Lächeln ab.

Er küsst mich auf die Stirn.

Eine Weile liegen wir nebeneinander auf seinem Bett, reden über die Operation und die Untersuchungen, die sie vorher machen müssen, und ich erkläre ihm, dass ich ihm nicht von der Seite weichen werde. So lange es auch dauern mag, ich werde hier bei ihm bleiben. Immer wieder reden wir auch über die Orte, die wir noch sehen wollen, und dann beginnt er, aus heiterem Himmel Lieder aufzulisten, die ich auswendig lernen soll, damit wir sie unterwegs vortragen können. Noch nie war ich so bereit, mit ihm zusammen aufzutreten, wie in diesem Moment. Ich würde es sogar mit Celine Dion oder einer Opernsängerin aufnehmen – mir scheißegal. Ich würde einfach alles tun. Wahrscheinlich würde das Publikum schreiend zu den Ausgängen flüchten, aber ich würde für ihn singen. Irgendwann kommt eine Schwester ins Zimmer, um nach ihm zu sehen, und Andrews unbeschwerte Art blitzt kurz auf, als er ihr erklärt, dass sie sich doch zu uns legen und bei unserem »kleinen Sandwich« mitmachen soll.

Die Schwester reagiert mit einem Lächeln, verdreht nur die Augen und zieht ansonsten ihr Ding durch. Andrews Bemerkung hat ihr geschmeichelt, und mehr wollte er damit nicht erreichen.

Eine Weile fühlt es sich so an, als lägen wir nicht in einem Krankenbett, sondern als wären wir wieder unterwegs. Wir denken weder an seine Krankheit noch an den Tod, und wir weinen nicht. Wir reden und lachen nur, und ab und zu versucht er an mir herumzufummeln. Ich schiebe kichernd seine Hände weg, weil ich das Gefühl habe, dass wir das nicht tun sollten. Dass er lieber Kraft tanken sollte.

Schließlich gebe ich mich geschlagen und lasse ihn machen. Weil er sowieso nicht aufgibt. Und weil ich ihm natürlich nicht widerstehen kann. Ich lasse ihn unter der Decke mit dem Finger ran und revanchiere mich anschließend mit der Hand.

Nach einer weiteren Stunde steige ich aus dem Bett.

»Was ist denn los, Babe?«

»Nichts ist los.« Ich lächle ihn an und ziehe T-Shirt und Hose aus.

Er grinst von einem Ohr zum anderen. Mir war klar, dass der schmutzige Teil seines Hirns zuallererst wieder anspringen würde.

»So gern ich auch mit dir in einem Krankenzimmer Sex haben würde«, erkläre ich ihm, als ich wieder zu ihm ins Bett steige, »das wird nicht passieren; du brauchst deine ganze Kraft für die Operation.« Ich hätte keine Hemmungen, in diesem Bett mit ihm zu schlafen, aber im Moment geht es nicht um Sex.

Aufmerksam verfolgt er, wie ich mich in Slip und BH neben ihn lege und meinen Körper genau wie zuvor an seinen presse. Unter der Krankenhausdecke trägt er nur eine dünne blaue Krankenhaus-Pyjamahose. Ich drücke meinen Oberkörper gegen seinen und verschränke meine Beine mit seinen. Unsere Körper verbinden sich zu einer Einheit, und unsere Rippen liegen genau aufeinander.

»Was machst du da?« Er wird mit jeder Sekunde neugieriger und ungeduldiger, aber genießt auch jede einzelne Sekunde.

Ich schiebe meinen freien Arm unter die Decke und fahre mit den Fingern sein Eurydike-Tattoo nach. Er sieht mir gespannt zu. Und als mein Zeigefinger auf Eurydikes Ellbogen zu liegen kommt, wo sein Tattoo endet, ziehe ich die Fingerspitze weiter auf meine Haut, um ihren Unterarm dort weiter zu zeichnen.

»Wenn du mich lässt, wäre ich gern deine Eurydike.«

Sein Gesicht hellt sich auf, und seine Grübchen werden tiefer.

»Ich würde mir gern die andere Hälfte des Bildes tätowieren lassen«, fahre ich fort und lege dabei die Finger an seine Lippen. »Ich möchte Orpheus auf meinen Rippen tragen und die beiden wieder vereinen.«

Er ist sprachlos. Ich sehe das Glänzen in seinen Augen.

»O Baby, das musst du nicht; sich die Rippen tätowieren zu lassen tut höllisch weh.«

»Aber ich möchte es, und es ist mir egal, wie weh es tut.«

Er sieht mich mit tränenfeuchten Augen an, und dann legt sich sein Mund auf meinen, und unsere Zungen beginnen, liebevoll miteinander zu tanzen.

»Ich fände das wunderschön«, flüstert er gegen meine Lippen.

Ich gebe ihm einen zarten Kuss und flüstere ebenfalls: »Wir gehen ins Studio, sobald du nach deiner Operation wieder halbwegs auf den Beinen bist.«

Er nickt. »Ja. Ich muss auf jeden Fall dabei sein, damit Gus sieht, wo dein Tattoo in meines übergeht – er hat mich ausgelacht, als ich mir das hier stechen ließ.«

Ich lächle. »Ach ja?«

»Yeah.« Er lacht leise. »Er hat mich als hoffnungslosen Romantiker bezeichnet und gedroht, all meinen Freunden davon zu erzählen. Ich hab ihm erklärt, dass er sich anhört wie mein Vater und seine verfickte Klappe halten soll. Gus ist ein richtig guter Typ und ein verflucht guter Tattoo-Künstler.«

»Das sieht man.«

Andrew kämmt mit den Fingern durch mein Haar und streicht es immer wieder über meinen Scheitel zurück. Und während er mich so ansieht und mein Gesicht mustert, frage ich mich, was ihm wohl durch den Kopf geht. Sein Lächeln hat sich aufgelöst, stattdessen wirkt er nachdenklich und besorgt.

»Camryn, ich will, dass du mit dem Schlimmsten rechnest.«

»Fang nicht damit an …«

»Nein, Baby, du musst das für mich tun«, sagt er, und ich sehe die Sorge in seinem Blick. »Du darfst nicht deine ganzen Hoffnungen darauf setzen, dass ich überlebe. Das darfst du nicht.«

»Andrew, bitte. Hör auf damit.«

Er legt vier Finger auf meine Lippen und bringt mich so zum Schweigen. Ich muss schon wieder weinen. Er versucht mir die Wahrheit so schonend wie möglich beizubringen und hält dabei seine Tränen und Gefühle besser zurück, als ich es kann. *Er* kämpft hier um sein Leben, und *ich* muss dauernd heulen. Das ärgert mich wahnsinnig, aber trotzdem kann ich die Tränen nicht unterdrücken und bin deshalb stinksauer auf mich.

»Versprich mir nur, dir immer wieder vor Augen zu halten, dass ich vielleicht sterben werde.«

»An so was will ich überhaupt nicht denken!«

Er drückt mich an sich.

»Versprich es mir.«

Ich beiße die Zähne zusammen und spüre, wie hinter meinen Wangen die Kiefer mahlen. Meine Nase und meine Augen brennen und laufen wie verrückt.

Schließlich presse ich ein »Ich verspreche es dir« heraus, auch wenn mir das Herz dabei bricht. »Dafür musst du *mir* versprechen, dass du durchhältst«, ergänze ich dann und schmiege dabei den Kopf wieder unter sein Kinn. »Ohne dich kann ich nicht leben, Andrew. Das muss dir immer klar sein.«

»Ich weiß, Baby … ich weiß.«

Schweigen.

»Singst du mir was vor?«, fragt er nach einer Weile.

»Was soll ich denn singen?«

»*Dust in the Wind*«, antwortet er.

»Nein. Das singe ich nicht. Darum darfst du mich *nie wieder* bitten. Niemals.«

Seine Arme drücken mich fester an seinen Körper.

»Dann sing irgendwas anderes«, flüstert er. »Ich will einfach nur deine Stimme hören.«

Und so singe ich für ihn *Poison & Wine*, den Song, den wir damals zusammen in New Orleans gesungen haben, als wir nachts eng umschlungen im Bett lagen. Ein paar Zeilen singt er mit, aber ich höre ihm an, wie schwach er ist, denn er kann kaum noch einen Ton halten.

Und dann schlafen wir ein.

»Wir müssen noch ein paar Untersuchungen vornehmen«, höre ich eine Stimme über dem Bett.

Ich schlage die Augen auf und sehe die Sandwich-Schwester an Andrews Bett stehen.

Andrew wacht ebenfalls auf.

Ein Blick aus dem Fenster verrät mir, dass es schon später Nachmittag ist und bald dunkel wird.

»Vielleicht möchten Sie sich lieber etwas anziehen«, meint die Schwester mit einem vielsagenden Lächeln.

Wahrscheinlich glaubt sie, Andrew und ich hätten es miteinander gemacht, nachdem ich halb nackt neben ihm liege.

Ich klettere aus dem Bett und steige in meine Sachen, während die Krankenschwester Andrews Puls und Temperatur misst und ihn für die anstehenden Untersuchungen bereitmacht. Am Fuß des Bettes wartet schon ein Rollstuhl.

»Was sind das für Untersuchungen?«, fragt Andrew matt.

Seine Stimme ist so schwach, dass ich automatisch aufsehe. Er sieht gar nicht gut aus. Er wirkt … orientierungslos.

»Andrew?« Ich stelle mich an sein Bett.

Langsam hebt er eine Hand und winkt mich weg. »Nein, Baby, alles in Ordnung; mir ist nur ein bisschen schwummrig. Ich bin noch nicht richtig wach.«

Die Schwester wirft mir einen Blick zu, und ich sehe ihr an, dass sie sich Sorgen macht, obwohl sie bestimmt in ihrer Ausbildung gelernt hat, jederzeit entspannt zu wirken und sich irgendwelche Befürchtungen nicht anmerken zu lassen. Ihr ist klar, dass da etwas nicht stimmt.

Trotzdem setzt sie ein optimistisches Lächeln auf, bevor sie um das Bett herumgeht, den Tropfständer beiseiteschiebt und Andrew aufhilft.

»Es wird mindestens ein, zwei Stunden dauern, bis sie alle Untersuchungen durchgeführt haben und er wieder hier ist«, sagt sie zu mir. »Sie sollten währenddessen einen Happen essen gehen und sich die Beine vertreten.«

»Aber … aber ich will bei ihm bleiben.«

»Tu, was sie dir sagt«, murmelt Andrew, und je länger ich ihn reden höre, desto mehr Angst bekomme ich um ihn. »Ich will, dass du was essen gehst.« Immerhin schafft er es diesmal, mir den Kopf zuzudrehen und mit einem strengen Finger auf mich zu zeigen. »Aber kein Steak«, verlangt er ironisch. »Das Steakessen bist du mir immer noch schuldig, vergiss das nicht. Das werden wir nachholen, sobald ich hier raus bin.«

Er entlockt mir das Lächeln, auf das er es abgesehen hat, auch wenn es bemüht bleibt.

»Okay.« Ich nicke widerstrebend. »In ein paar Stunden bin ich wieder hier und warte dann auf dich.«

Ich gehe zu ihm und gebe ihm einen zarten Kuss. Als

ich mich wieder aufrichte, sieht er mir tief in die Augen. Ich sehe den Schmerz in seinem Blick. Schmerz und Erschöpfung. Trotzdem versucht er tapfer einen Mundwinkel nach oben zu ziehen. Er lässt sich in den Rollstuhl fallen und von der Krankenschwester aus dem Raum schieben, ohne sich noch einmal umzudrehen.

Es schnürt mir die Kehle zu.

Am liebsten hätte ich ihm hinterhergeschrien, dass ich ihn liebe, aber ich bleibe stumm. Ich liebe ihn aus ganzem Herzen, aber tief in mir brodelt die Ahnung, dass alles um uns herum in Trümmer fällt, wenn ich das jetzt sage, wenn ich es in diesem Moment laut ausspreche. Vielleicht muss ich die Worte für mich behalten und für alle Zeiten in mir bewahren, damit unsere Geschichte nie zu Ende gehen kann. Diese drei entscheidenden Worte können einen Anfang bedeuten, aber in meinem und Andrews Fall fürchte ich, dass sie das Ende sind.

# 39

Ich könnte keinen Bissen hinunterbringen, selbst wenn mein Leben davon abhinge. Ich wollte Andrew nur beruhigen, als ich sagte, ich würde was essen. Stattdessen gehe ich nach draußen und setze mich vor dem Krankenhaus auf eine Bank. Solange er hier ist, will ich das Gelände überhaupt nicht verlassen. Es hat mich meine ganze Selbstbeherrschung gekostet, die Krankenschwester mit ihm abziehen zu lassen.

Schließlich bekomme ich eine SMS von Natalie.

*Eben gelandet. Nehme ein Taxi. Bin gleich da. Hdl*

Als ich das Taxi vor dem Krankenhaus anhalten sehe, brauche ich ein paar Sekunden, um von meiner Bank aufzustehen. Wir haben uns eine ganze Weile nicht mehr gesehen; seit der Sache mit Damon.

Aber all das spielt für mich keine Rolle mehr. Schon lang nicht mehr. Was deine beste Freundin dir auch antut, sie kann dich nur so verletzen, weil sie deine beste Freundin *ist.* Und keiner von uns ist vollkommen. Fehler sind nur dazu da, damit wir sie unseren Freundinnen vergeben können; erst dadurch wird man offiziell zu besten Freundinnen. Genau wie bei Andrew kann ich mir beim besten Willen nicht vorstellen, dass Natalie nicht Teil meines Lebens ist. Und im Moment brauche ich sie dringender als je zuvor.

Sobald sie mich sieht, rennt sie über die betonierte Zufahrt auf mich zu, dass ihr schokoladebraunes Haar hinter ihr herweht.

»O mein Gott, du hast mir so gefehlt, Cam!« Sie zerquetscht mich beinahe.

Es reicht, dass sie überhaupt aufgetaucht ist, und schon lasse ich mich an ihre Brust sinken, um mich auszuheulen. Als hätte ich die Tränen keine Sekunde länger zurückhalten können. Ich habe in meinem ganzen Leben noch nicht so viel geweint wie in den letzten vierundzwanzig Stunden.

»Was ist denn los, Cam, was ist denn?« Ich spüre ihre Finger in meinem Haar, während meine Tränen ihr Hemd durchnässen. »Komm, setzen wir uns hin.«

Natalie führt mich zu einer Steinbank unter einer großen Eiche, und wir setzen uns.

Ich erzähle ihr alles. Von meiner Flucht aus North Carolina, wie ich in Kansas Andrew kennengelernt habe und alles Weitere bis zu diesem Moment, an dem ich mit ihr auf einer Bank sitze. Sie weint und schmunzelt und lacht mit mir, und doch habe ich sie nur selten so ernsthaft und mitfühlend erlebt. Außer damals, als mein Bruder Cole ins Gefängnis musste und nachdem meine Eltern sich scheiden ließen. Und nach Ians Tod. Natalie ist vielleicht ein durchgeknalltes Partygirl mit einer dreckigen Klappe, die sie zuverlässig im unpassendsten Moment aufreißt, aber sie weiß, dass es für alles eine Zeit und einen Platz gibt, und in Momenten wie diesem schenkt sie mir ihr ganzes Herz und verkneift sich jeden dummen Kommentar.

»Ich kann nicht glauben, dass du nach der Sache mit Ian schon wieder so eine Scheiße durchmachen musst. Das ist fast so, als wollte dir das Schicksal einen verfickt grausamen Streich spielen.«

Irgendwie fühlt es sich wirklich so an, aber das mit Andrew ist weit grausamer, als es ein Streich je sein könnte.

»Mädchen«, sagt sie und legt die Hand auf mein Bein, »sieh es mal so: Wie wahrscheinlich ist es, dass das alles nur aus Zufall passiert ist?« Sie schüttelt den Kopf. »Tut mir leid, Cam, aber das wären einfach *zu viele* Zufälle – ihr beide seid füreinander *bestimmt*. Fuck, das ist wie ein beknacktes Lovestory-Märchen, so was kann sich kein Mensch ausdenken, verstehst du?«

Darauf fällt mir erst mal nichts zu sagen ein; ich denke einfach darüber nach. Normalerweise würde ich mich über ihre dramatische Wortwahl auslassen, aber diesmal bleibe ich stumm. Ich kann einfach nichts dazu sagen.

Sie wartet ab, bis ich sie wieder ansehe. »Ernsthaft, glaubst du echt, dass dich das Schicksal diese ganze Scheiße durchmachen lässt, nur damit du ihm beim Sterben zusiehst?«

Dass sie es so brutal ausdrückt, versetzt mir einen Stich, aber ich bleibe ruhig.

»Ich weiß nicht.« Ich schaue auf die Bäume, die auf dem Rasen stehen, aber ich nehme sie kaum wahr. Ich sehe immer nur Andrews Gesicht vor mir.

»Er wird es schaffen.« Natalie legt beide Hände an meine Wangen und sieht mir tief in die Augen. »Er wird durchkommen, du musst dem Tod bloß klarmachen, dass er sich verpissen kann, dass der Typ diesmal *dir* gehört, verstehst du?«

Manchmal überrascht sie mich wirklich. So wie jetzt.

Ich lächle zaghaft, und sie wischt die Tränen von meinen Wangen.

»Und jetzt suchen wir uns einen Starbucks.«

Die riesige schwarze Ledertasche locker über den Ellbogen gehängt, steht Natalie auf und streckt mir die Hand hin.

Ich will nicht so recht.

»Ich … Natalie, ich würde wirklich lieber hierbleiben.«

»Nein, du musst eine Weile aus dieser üblen Energie raus – Krankenhäuser saugen dir jede Hoffnung aus. Du kommst besser erst wieder, wenn er in seinem Zimmer liegt, und dann kannst du mich diesem sexy Kellan-Imitat vorstellen, um das ich dich so verflucht beneide.« Sie schenkt mir ein breites, strahlendes Lächeln.

Irgendwie schafft sie es immer, mich ebenfalls zum Lächeln zu bringen.

Ich nehme ihre Hand.

»Na gut«, gebe ich mich geschlagen.

Wir fahren mit der Chevelle zum nächsten Starbucks. Natalie sabbert mir auf der Fahrt praktisch den Wagen voll.

»Fuck, Cam, mit dem hast du echt das ganz große Los gezogen.« Sie sitzt mir gegenüber und trinkt ihren Iced Caffè Latte. »So perfekte Typen gibt es nur alle hundert Jahre.«

»Na ja, er ist nicht wirklich perfekt«, sage ich und ziehe mit dem Strohhalm Kreise in meinem Becher. »Er hat eine ziemlich dreckige Klappe, er ist ein Sturkopf, er zwingt mich zu irgendwelchen Sachen, die ich nicht machen will, und er setzt jedes Mal seinen Willen durch.«

Natalie saugt grinsend an ihrem Strohhalm. Dann zeigt sie kurz mit dem Finger auf mich. »Siehst du, ich hab's doch gesagt: perfekt.« Sie lacht kurz und verdreht dann die braunen Augen. »Und *bitte* – zwingt dich zu Sachen, die du nicht machen willst, *fuck.* Ich habe das starke Gefühl, dass du es liebst, wenn er dich zu irgendwelchen

Sachen zwingt.« Sie klatscht mit der flachen Hand auf den Tisch und sieht mich mit untertassengroßen Augen an. »Ooooh, er nimmt dich im Bett richtig ran, stimmt's? *Stimmt's*?« Sie kann kaum noch an sich halten.

Ich habe ihr zwar erzählt, dass wir Sex hatten, aber die Details habe ich für mich behalten.

Mein Blick senkt sich ungewollt auf die Tischplatte.

Sie klatscht wieder auf die Tischplatte, und diesmal so fest, dass sich der Typ am Tisch hinter ihr zu uns umdreht.

»O mein Gott, ich hab's *gewusst*!«

»Ja, du hast recht!«, zische ich und gebe mir Mühe, nicht zu lachen. »Bist du jetzt endlich still?«

»Ach komm, ein paar winzig kleine Details musst du mir schon zukommen lassen.« Sie presst Daumen und Zeigefinger zusammen, um anzuzeigen, wie winzig sie sein müssen, und kneift gleichzeitig ein Auge halb zu.

Ach, was soll's. Achselzuckend beuge ich mich vor und schaue kurz nach links und rechts, um festzustellen, ob irgendwer lauscht.

»Beim ersten Mal«, setze ich an, und sofort scheint ihr Gesicht mit weit aufgerissenen Augen und halb offenem Mund in der Zeit zu erstarren, »hat er sich mir praktisch aufgezwungen … du weißt schon, wie ich es meine … natürlich *wollte* ich es, aber du verstehst mich, oder?«

Sie nickt wie ein Wackeldackel, sagt aber kein Wort, weil ich auf keinen Fall zu erzählen aufhören soll.

»Ich kann spüren, dass er von Natur aus sexuell dominant ist und das nicht nur gemacht hat, weil ich ihm davor gestanden hatte, dass ich auf so was stehe. Und ich habe gemerkt, dass er trotz allem ganz vorsichtig war und auf keinen Fall zu weit gehen wollte, damit es für mich okay ist.«

»Hat er seither noch mehr gewollt?«

»Nein, aber mir ist klar, dass das nur eine Frage der Zeit ist.«

Natalie lächelt.

»Du kleine perverse Sexbestie«, sagt sie, und ich laufe so knallrot an, dass ich ein paar Sekunden nicht aufsehen kann. »Für mich hört sich das so an, als wäre er genau das, was du brauchst, und zwar in *jeder* Hinsicht. Er hat Seiten an dir zum Vorschein gebracht, von denen Ian und Christian nichts geahnt haben.« Sie sieht kurz zur Decke auf, erklärt schnell: »Du weißt, dass ich dich liebe, Ian«, küsst dann zwei Fingerspitzen und reckt sie himmelwärts. Dann wendet sie sich sofort wieder mir zu.

»Aber nicht nur deshalb liebe ich ihn so.«

Natalie bleibt der Mund offen stehen. Mir auch. Es ist, als wäre auf einmal die Luft aus dem Raum gesogen worden. Mir war bis zu diesem Augenblick nicht klar, was ich da sage.

Warum musste ich es laut aussprechen?

»Du liebst ihn wirklich?«, fragt sie, so als würde sie das nicht besonders überraschen.

Ich sage gar nichts mehr. Ich schlucke einfach alles hinunter, was ich möglicherweise sagen wollte.

»Also, wenn du ihn nach allem, was ihr beide durchgemacht habt, *nicht* lieben würdest, dann müsste ich annehmen, dass *du* hier den Hirntumor hast.«

Ich finde es schrecklich, dass sie dieses hässliche und grauenhafte Wort in den Mund genommen hat, aber mir ist klar, dass sie sich nichts weiter dabei gedacht hat.

Aber trotz ihres lockeren Plaudertons und ihrer Begabung, mich vergessen zu lassen, dass es momentan nicht so toll läuft, kann ich dieses Spiel nicht länger mitmachen. Ich bin ihr dankbar, dass sie mich aus meinen depressiven Gedanken gerissen und mir geholfen hat, die Angst um Andrew zu vergessen, wenigstens während der paar Minuten, die ich mit ihr wie in alten Zeiten über Sex gequatscht habe.

Aber jetzt kann ich nicht mehr.

Ich will nur noch ins Krankenhaus und zu ihm zurück.

Kurz nach Sonnenuntergang machen Natalie und ich uns auf den Rückweg, durchschreiten gemeinsam die Eingangstüren und erwischen sofort einen Aufzug.

»Hoffentlich sind sie inzwischen fertig mit den Untersuchungen«, sage ich nervös und starre dabei wieder auf das verschwommene Spiegelbild in der Verkleidung der Aufzugtür.

Ich spüre, wie sich Natalies Hand um meine schließt. Ich sehe sie an und stelle fest, dass sie mich voller Mitgefühl anlächelt.

Die Aufzugtür gleitet auf, und wir treten in den Flur. Asher und Marna kommen vom anderen Ende des Korridors auf uns zu.

Sobald ich ihnen ins Gesicht sehe, schließt sich eine eisige Faust um mein Herz. Ich presse Natalies Hand so fest zusammen, dass ich sie wahrscheinlich halb zerquetsche.

Als Asher und Marna bei uns ankommen, sehe ich die Tränen, die ihr über die Wangen strömen. Sie schließt mich in die Arme und erklärt mir schaudernd: »Andrew ist ins Koma gefallen … sie glauben nicht, dass er durchkommt.«

Ich erstarre und trete automatisch einen Schritt zurück.

Auf einen Schlag erstirbt jedes noch so kleine Geräusch, vom Rauschen in den Lüftungsschlitzen an der

Decke bis zu den gedämpften Schritten der Besucher, die auf dem Gang an uns vorbeischlurfen. Ich spüre, wie Natalie nach mir greift, aber ich stoße ihre Hand geistesabwesend weg und taumle, beide Hände auf meine Brust gepresst, ein paar Schritte rückwärts. Ich bekomme keine Luft mehr … keine Luft mehr. Ich sehe die Tränen in Ashers Augen glänzen, aber ich wende das Gesicht ab. Ich wende das Gesicht ab, weil er Andrews Augen hat und ich den Anblick nicht ertrage.

Marna greift in ihre Handtasche und zieht einen Briefumschlag heraus. Sie kommt langsam auf mich zu, nimmt meine beiden Hände und legt den Umschlag hinein.

»Andrew wollte, dass ich dir den gebe, falls ihm irgendwas zustoßen sollte.« Sie faltet mit ihren Händen meine Finger über dem Umschlag zusammen. Ich weigere mich, den Umschlag anzusehen; stattdessen starre ich unter Tränen in ihr Gesicht.

Ich bekomme keine Luft …

»Es tut mir so leid«, erklärt mir Marna mit bebender Stimme. »Ich muss jetzt gehen.« Sie tätschelt mir mütterlich die Hände. »Du bist in meinem Haus und meiner Familie immer willkommen. Vergiss das nie.«

Um ein Haar wäre sie in die Knie gegangen, doch Asher hat schon einen Arm um ihre Taille gelegt und führt sie durch den Korridor zu den Aufzügen.

Ich bleibe wie gelähmt stehen. Ein paar Krankenschwestern kommen auf uns zu und gehen stumm an uns vorbei. Ich spüre, wie ein Luftzug über mein Gesicht weht, als sie uns passieren. Erst nach einer Ewigkeit habe ich genug Mut gesammelt, um den Blick auf den Umschlag in meinen Händen zu senken. Ich zittere. Unsicher fummeln meine Finger die eingesteckte Umschlaglasche heraus.

»Lass mich dir helfen«, höre ich Natalie sagen. Ich bin zu sehr außer mir, um zu protestieren.

Vorsichtig zieht sie den Umschlag aus meinen Fingern, öffnet ihn für mich und faltet langsam das darin liegende Blatt Papier auf.

»Soll ich ihn dir vorlesen?«

Ich sehe sie an. Meine Lippen zittern, doch schließlich habe ich ihre Frage verstanden und schüttle den Kopf. »Nein … lass mich …«

Sie gibt mir den Brief, ich falte ihn ganz auf und sehe meine Tränen auf das Papier tropfen, während ich ihn lese:

*Liebe Camryn,*
*ich wollte wirklich nicht, dass es so kommt. Ich hätte dir all das so gern selbst gesagt, aber ich hatte zu viel Angst. Ich hatte Angst, dass alles, was wir miteinander hatten, mit mir sterben würde, wenn ich dir offen gestehe, dass ich dich liebe. In Wahrheit wusste ich schon in Kansas, dass du meine Seelenverwandte bist. Ich habe dich seit dem Tag geliebt, an dem du mich über die Sitzlehne im Bus hinweg wütend angestarrt hast und ich zum ersten Mal in deine Augen gesehen habe. Vielleicht wusste ich damals nicht, dass du meine Seelenverwandte bist, aber mir war vom ersten Moment an klar, dass ich dich nicht mehr gehen lassen konnte.*
*Ich habe nie so intensiv gelebt wie in der kurzen Zeit mit dir. Zum ersten Mal in meinem Leben fühlte ich mich vollständig, lebendig, frei. Du warst das, was meiner Seele bis dahin gefehlt hat, du warst der Atem in meiner Lunge, das Blut in meinen Adern. Wenn es tatsächlich so was wie Wiedergeburt gibt, dann müssen wir in jedem einzelnen früheren Leben ein Liebespaar gewesen sein. Ich kenne dich*

*erst so kurz und habe doch das Gefühl, dich schon ewig zu kennen.*
*Du sollst wissen, dass ich dich selbst im Tod nie vergessen werde. Ich werde dich* immer *lieben. Ich wünschte, es wäre alles anders gekommen. Jede Nacht auf unserer Reise waren meine Gedanken nur bei dir. Jede Nacht habe ich in meinem Motelzimmer die Decke angestarrt und mir ausgemalt, wie unser Leben ablaufen würde, wenn ich weiterleben dürfte. Manchmal wurde ich richtig sentimental und habe mir vorgestellt, wie du im Hochzeitskleid oder sogar mit einem Mini-Me im Bauch vor mir stehst. Ich habe gehört, der Sex soll während der Schwangerschaft super sein ;)*

*Es tut mir so leid, dass ich dich verlassen muss, Camryn. So unendlich leid … ich wünschte, die Geschichte von Orpheus und Eurydike wäre real, denn dann könntest du zu mir in die Unterwelt kommen und mich ins Leben zurücksingen. Ich würde mich bestimmt nicht umdrehen. Ich würde es auf keinen Fall so verbocken wie Orpheus.*

*Es tut mir so leid, Baby …*

*Bitte versprich mir, dass du immer so stark und schön und süß und liebevoll bleiben wirst. Ich wünsche dir, dass du glücklich wirst und noch einmal jemanden findest, der dich so liebt, wie ich es getan habe. Ich wünsche dir, dass du heiratest und Kinder bekommst und ein wunderbares Leben führst. Vergiss nur nie, immer du selbst zu sein, und fürchte dich nie davor, deine Gedanken oder Träume auszusprechen.*
*Ich hoffe, dass du mich nie vergisst.*
*Eins noch: Bitte hab kein schlechtes Gewissen, weil du mir*

*nicht gesagt hast, dass du mich liebst. Das brauchtest du nicht zu sagen. Ich wusste es die ganze Zeit.*

*In ewiger Liebe*
*Andrew Parrish*

Mit Andrews Brief in meinen zitternden Fingern sacke ich mitten auf dem Krankenhauskorridor zu Boden.

Danach weiß ich nichts mehr von diesem Tag.

# Zwei Monate später

# 40

Die Sonne scheint, und keine einzige Wolke steht am Himmel. Ich höre sogar die Vögel zwitschern. Wahrscheinlich ist es das perfekte Wetter für so einen Tag. Der Absatz meines einen Schuhs drückt sich in das weiche Gras. Ich trage ein hübsches weiß-gelbes Sommerkleid, das knapp über meinen Knien endet. Die Haare habe ich auf einer Seite zu einem Zopf geflochten. Andrews Lieblingsfrisur. Die Hände vor meinem Bauch gefaltet, blicke ich auf den Grabstein, auf dem in großen Buchstaben PARRISH eingemeißelt steht. Es war nicht einfach, hierherzukommen, aber irgendwann war der Zeitpunkt einfach da.

Ich halte den Blick gedankenverloren auf den lehmigen Erdhügel gesenkt, der auch zwei Monate nach der Beerdigung noch frisch wirkt. Anscheinend konnte ihn nicht einmal der wochenlange Dauerregen einebnen. Mein Blick streift über die anderen Gräber, die zum größten Teil mit Gras überwachsen sind, aber ich finde den Anblick nicht traurig, sondern nur tröstlich, so als würden sich hier die Toten, obwohl sie alle lang aus unserem Leben verschwunden sind, gegenseitig Gesellschaft leisten.

Zwei Hände schieben sich von hinten um meine Taille.

»Danke, dass du mit mir hierhergekommen bist«, murmelt mir Andrew ins Ohr und küsst mich dann auf die Wange.

Ich nehme seine Hand, ziehe ihn an meine Seite, und

gemeinsam schauen wir ein letztes Mal auf das Grab seines Vaters.

Noch am selben Abend verlassen wir Wyoming, doch diesmal nehmen wir das Flugzeug. Unsere Pläne, die Welt zu bereisen, liegen nur vorübergehend auf Eis. Nach Andrews Koma und Operation begann er, sich innerhalb von drei Wochen zu erholen. Die Ärzte waren genauso überrascht wie wir anderen, aber er braucht immer noch Zeit, um wieder zu Kräften zu kommen, darum wohne ich seither bei ihm in Galveston. Einmal pro Woche geht er zur Physiotherapie, aber ich habe schon jetzt den Eindruck, als bräuchte er das bald nicht mehr.

Andrew wollte unbedingt, dass wir unsere Ärsche hochkriegen und wie geplant auf Reisen gehen – ihn hat eine manische Zweites-Leben-Euphorie ergriffen, weshalb er jetzt alles Mögliche unternehmen will, und zwar grundsätzlich sofort. Er wäscht sogar mit Begeisterung ab oder macht die Wäsche. Allerdings haben seine Mom und ich ihm strikt verboten, sich zu viel aufzubürden oder sich zu überanstrengen. Andrew murrt zwar, aber er ist nicht so blöd, sich mit uns beiden gleichzeitig anzulegen.

Wir würden ihm, und zwar wortwörtlich, gehörig in den Arsch treten.

Trotzdem wollen Andrew und ich immer noch die Welt bereisen und halten unseren Schwur aufrecht, uns nicht von der Monotonie des Lebens zermürben zu lassen. Daran hat sich nichts geändert, und das wird sich auch nie ändern.

Natalie ist inzwischen wieder in North Carolina, aber wir haben täglich Kontakt. Inzwischen ist sie mit Blake zusammen, dem Typen, den Damon damals auf dem Dach attackiert hat. Ich muss lächeln, wenn ich mir die beiden zusammen vorstelle. Wenn wir skypen, ist mir sonnenklar, dass die zwei echt füreinander geschaffen sind. Wenigstens jetzt; bei Natalie weiß man nie. Damon hingegen wurde mit Drogen erwischt und verhaftet. Nachdem er Wiederholungstäter ist, wird er diesmal wahrscheinlich für ein Jahr ins Gefängnis wandern. Vielleicht lernt er ja aus seinen Fehlern, aber irgendwie bezweifle ich das.

Was hingegen meinen Bruder Cole angeht, hat Andrew wohl recht gehabt. Andrew und ich flogen nach North Carolina, um meine Mom zu besuchen, und haben dabei auch Cole im Gefängnis besucht. Irgendwie kommt er mir verändert vor, so als würde er inzwischen aufrichtig bereuen. Man sieht es in seinen Augen. Er versteht sich super mit Andrew. Ich könnte mir vorstellen, dass mein Bruder nach seiner Entlassung *wirklich* wieder der große Bruder sein wird, den ich von früher kenne. Und mit Andrews Hilfe konnte ich Cole endlich verzeihen, was er uns angetan hat. Mir wird immer die Familie leidtun, die er zerstört hat, als er bei dem Unfall den anderen Fahrer getötet hat, aber mir ist klar, dass Verzeihen vieles heilt.

Meine Mom ist immer noch mit Roger zusammen. Tatsächlich wollen die beiden im Februar heiraten, und zwar auf den Bahamas. Ich freue mich so für sie. Inzwischen habe ich Roger kennengelernt und ihn einer kritischen Arschlochinspektion unterzogen, und ich kann mit Freuden sagen, dass er sie mit Bravour bestanden hat. Meine Mom ist inzwischen kaum noch zu Hause; ständig reist er mit ihr irgendwohin.

Und sie hat das *so* verdient.

Andrews Mom und seine Brüder haben mich mit offenen Armen in ihrer Familie aufgenommen. Mit Asher kann ich wirklich gut. Und auch Aidan liebe ich aus tiefstem Herzen, obwohl ich ihn anfangs für total abweisend gehalten habe. Eigentlich hat er es immer nur gut mit Andrew gemeint. Ganz ehrlich, Andrew hatte das verdient. Aidan und seine Frau Michelle reden mit mir und über mich, als wäre ich Andrews *Frau.* Ich werde dabei regelmäßig rot. Und vor allem kommen Aidan und Andrew inzwischen besser miteinander aus. Bevor Aidan und Michelle nach ihrem Kurzbesuch letzte Woche nach Chicago zurückflogen, habe ich mit größtem Vergnügen zugeschaut, wie die beiden Männer miteinander im Wohnzimmer gerauft haben. Sie hätten dabei um ein Haar den Fernseher demoliert, aber Michelle und ich saßen nur da und haben lachend zugesehen, wie sich die zwei ein Testosteronduell geliefert haben.

Und heute … heute wird einiges ein bisschen anders laufen, als Andrew es gewohnt ist.

Ich gehe ins Wohnzimmer, wo er auf dem Sofa fläzt und *Prometheus* anschaut.

Sobald er mich auf sich zukommen sieht, streckt er die Hand aus.

»Nein«, erkläre ich ihm kopfschüttelnd, »du wirst schon aufstehen müssen.«

»Was ist denn, Babe?« Er richtet sich halb auf und kratzt sich am Kopf. Seine Haare wachsen allmählich nach, aber er hat sich noch nicht an seine Stoppelfrisur gewöhnt und betastet immer wieder die Stelle rund um seine Operationsnarbe.

Er setzt die Füße auf den Boden, und ich stelle mich zwischen seine Schenkel. Meine Hände streichen über seinen Kopf. Er küsst nacheinander meine beiden Handgelenke.

»Komm mit.« Ich nicke mit dem Kopf in Richtung

Schlafzimmer, nehme ihn an der Hand und ziehe ihn hinter mir her.

Wie immer, wenn ich mit ihm in Richtung Schlafzimmer gehe, glaubt er sofort, dass es um Sex geht, und seine sexy grünen Augen beginnen zu strahlen wie die eines kleinen Jungen.

»Ich möchte nur, dass du dich eine Weile mit mir hinlegst«, sage ich und ziehe mich dabei nackt aus.

Er schaut mich verwirrt an und sieht dabei richtig niedlich aus.

»Okay«, sagt er lächelnd. »Soll ich mich auch ausziehen? Quatsch, ich ziehe mich auf jeden Fall aus. Was soll die blöde Frage überhaupt?« Er beginnt aus seiner Hose zu steigen.

Kurz darauf liegen wir nebeneinander, die Gesichter einander zugewandt, eng umschlungen und mit verschränkten Beinen. Er nimmt mich in die Arme und streicht mit den Fingern über den Orpheus, den ich mir vor zwei Wochen tätowieren habe lassen. Das Tattoo sitzt perfekt und verschmilzt nahtlos mit dem von Andrew. Wenn wir so nebeneinanderliegen, fügen sich die beiden Hälften zu einem Ganzen zusammen.

»Ist alles okay, Baby?« Andrew sieht mich neugierig an und streicht mit den Fingerspitzen über meine Rippen.

Ich küsse ihn lächelnd auf den Mund.

Dann ziehe ich den Kopf zurück, nehme seine Hand und führe sie über mein Tattoo, das auch einen Teil meines Bauches bedeckt.

»Ich liebe mein Tattoo, Baby«, flüstere ich ihm aus nächster Nähe ins Ohr, »aber ich befürchte, dass Orpheus in den nächsten siebeneinhalb Monaten ziemlich zunehmen wird.«

Andrew blinzelt verdattert und braucht ein paar Sekunden, um zu begreifen. Er legt leicht verblüfft den Kopf in den Nacken und hebt ihn dann ein bisschen an.

»Der Termin ist im Mai.«

Erst werden seine Augen groß; er ist so perplex, dass ihm die Worte fehlen, doch dann presst er ein »Du bist schwanger?« heraus. Wie von selbst legt sich seine Hand auf meinen Bauch.

Seine Reaktion lässt mich noch mehr lächeln.

Er sieht auf mich herab, seine Grübchen werden kurz tiefer, und ehe ich mich versehe, taucht seine Zunge in meinen Mund. Noch während mir sein Kuss den Atem raubt, hebt er mich mitten auf dem Bett auf seine Arme.

»Heirate mich«, sagt er, und jetzt fehlen mir die Worte. »Eigentlich wollte ich morgen Abend im Restaurant um deine Hand anhalten, aber jetzt will ich nicht mehr so lange warten. Heirate mich.«

Weil ich unwillkürlich zu weinen anfange, drückt er mich wieder an sich und küsst mich weiter.

Als er sich schließlich von mir löst und mir wieder in die Augen sieht, antworte ich: »Ja, ich will dich heiraten, Andrew Parrish.«

»O fuck, ich kann dir gar nicht sagen, wie sehr ich dich liebe«, flüstert er und küsst mich gleich wieder. Dann nimmt er mein Gesicht in beide Hände. »Los, lass uns sofort Schwangerschaftssex haben!«

Was soll ich dazu sagen? Das ist Andrew, wie ich ihn liebe.